Mario Giordano

TERRA DI SICILIA

Die Rückkehr des Patriarchen

GOLDMANN
Lesen erleben

Mario Giordano

TERRA DI SICILIA

Die Rückkehr des Patriarchen

ROMAN

GOLDMANN

Originalausgabe

FSC
www.fsc.org
MIX
Papier aus verantwortungsvollen Quellen
FSC® C014496

Penguin Random House Verlagsgruppe FSC® N001967

1. Auflage

Umschlaggestaltung: buxdesign | Ruth Botzenhardt
unter Verwendung von Motiven von © Granger/Bridgeman Images, mammuth/Getty Images und buxarchiv
CN · Herstellung: Han
Satz: Buch-Werkstatt GmbH, Bad Aibling
Druck und Bindung: GGP Media GmbH, Pößneck
Printed in Germany
ISBN 978-3-442-31560-4
www.goldmann-verlag.de

Besuchen Sie den Goldmann Verlag im Netz

FAMILIE CARBONARO

Barnaba (Nino) Carbonaro: *1880, Obstgroßhändler

Pancrazia Carbonaro: *1864, seine Mutter. Wunderheilerin und Schneiderin

Salvatore Raisi: *1850, sein Vater. Priester, Sänger, Behördengeher

Pina Passalacqua: *1884, seine Frau. Obstgroßhändlerin

Nino Carbonaro: *1910, Sohn von Barnaba und Pina. Schneider und Obstgroßhändler

Anna Mangano-Carbonaro: *1913, Ninos Frau. Schneiderin

Franz Aschenbrenner: *1933, Sohn von Barnaba Carbonaro. Einzelhändler

Die Kinder von Nino und Anna:

Pancrazia (Maria) Carbonaro: *1933, Obstgroßhändlerin

Barnaba (Toni) Carbonaro: *1935, Reiseleiter

Giuseppe Carbonaro: *1937, Schneider

Aurora Carbonaro: *1939, Schneiderin, Heilerin

Angela Carbonaro: *1946, Reiseleiterin

DIE FAMILIE CARBONARO

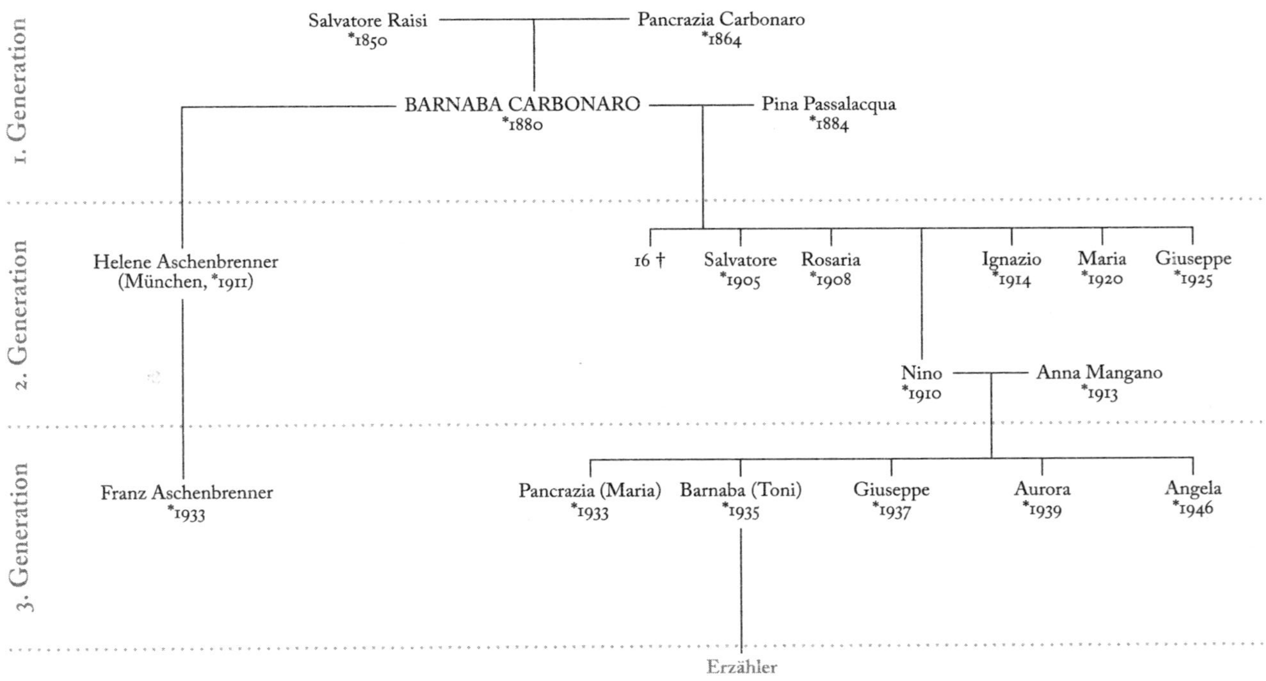

I
ARKADIEN

MÜNCHEN 1960

Mein Urgroßvater Barnaba Carbonaro, Sohn eines Priesters und einer Wunderheilerin, hat vierundzwanzig Kinder gezeugt, einen Menschen getötet und ein Mandarinenimperium gegründet. Ein kleiner Mann mit rastlosen Augen, Analphabet, aber mit einem exzellenten Gedächtnis für Zahlen und ausstehenden Gefälligkeiten. Ein Mann mit einer Glückshaut, er bedauert nichts, als er nach langer Abwesenheit wieder nach München zurückkehrt. Wirklich stolz ist er jedoch vor allem auf zwei Dinge: seinen deutschen Pass und den Verlust seines Vermögens.

Wir Carbonaro sind seit Generationen eine Familie von Schneidern, Obsthändlern, Hypochondern, Cholerikern, Dandys, Wunderheilern, Sängern und Reiseleitern. Die meisten Carbonaro tragen die Namen ihrer zu früh verstorbenen Geschwister, denn in unserer Familie werden Namen aufgetragen wie in anderen Familien Kleider und Schuhe. Vielleicht sind die Toten uns deswegen so nah. Kinder sterben, Namen überleben: Maria, Nino, Pippo, Anna, Aurora, Turri, Pina, Angela, Ignazio. Wer bei diesem Reigen je den Vornamen Pancrazia oder Barnaba abbekam, hat ihn zeitlebens gehasst und sich Maria oder Antonio nennen lassen. Aber wie zum Ausgleich für den ungeliebten Namen werden alle Pancrazias und Barnabas der Familie Carbonaro mit einer Glückshaut geboren.

Von ihnen will ich erzählen.

Es ist Anfang Dezember. Der Nachtzug hält auf Gleis 11 wie alle Sonderzüge aus Italien. Um Missverständnisse mit den Bahnsteigordnern zu vermeiden, lässt Barnaba Carbonaro sich Zeit mit dem Aussteigen. Er raucht sein Zigarillo zu Ende und beobachtet aus dem Fenster seines Erste-Klasse-Abteils, wie Hunderte von jungen und nicht mehr ganz so jungen Männern auf den Bahnsteig rascheln wie trockenes Laub. Keine einzige Frau darunter, nur Männer aus dem *mezzogiorno* mit zu früh gealterten Gesichtern, angeweht vom Elend und dem Versprechen von Wohlstand. Fischer, Bauern, Hilfsarbeiter in viel zu dünnen Anzügen für den Münchner Winter, mit kleinen Handkoffern und gestempelten ärztlichen Attesten und Arbeitsgenehmigungen in der Tasche, die sie nicht lesen können.

»Du allerdings auch nicht, *my friend.*«

Ruggero sitzt vor ihm, in seiner faschistischen Fliegeruniform, Stiefel auf Hochglanz gewienert, Beine lässig übereinandergeschlagen. Er leuchtet wie eh und je nur so vor gut gelaunter Arroganz.

»Verschwinde!«, seufzt Barnaba, an Gespenster gewöhnt.

Die Männer da draußen lassen sich von den Bahnsteigordnern nach und nach ins Untergeschoss in einen ehemaligen Luftschutzbunker treiben. Dort werden sie ein heißes Getränk und einen Arbeitsvertrag auf Deutsch bekommen, auf dem eine rote Nummer darüber entscheidet, wo es kurz darauf hingeht: nach Essen, Wolfsburg, Köln. Orte, von denen die meisten noch nie gehört haben, wo man sie in hastig gezimmerten Baracken zusammenpferchen wird, damit sie Straßen bauen, Automobile bauen, den Deutschen ihr zerbombtes Land wiederaufbauen und etwas schaffen, was man später *Wirtschaftswunder* nennen wird.

Gleis 11 also. Sechzig Jahre zuvor ist Barnaba Carbonaro zum ersten Mal hier ausgestiegen, schon damals eleganter gekleidet als die anderen Fahrgäste. Den Bunker unter Gleis 11 hat er nie betreten, aber er weiß Bescheid. Er hat die *Katzlmacher* gesehen. Sechstausend Italiener in der Au, die unter erbärmlichsten Bedingungen Ziegel für die rasant wachsende Provinzhauptstadt brannten. Dreißig Jahre später nannte man sie dann *Fremdarbeiter*, als dieses Land die Arbeitskräfte ersetzen musste, die derweil an verschiedenen Fronten fielen, erfroren, verbluteten und verreckten. Barnaba Carbonaro weiß, dass das ganze Anwerbeverfahren, die Auswahl, die deutsche Außenstelle in Verona, die gesamte Organisation bis hin zu den Formularen exakt die gleiche ist wie zwanzig, wie fünfzig Jahre zuvor. Man hat praktisch alles übernehmen können. Inzwischen sagt man *Gastarbeiter*, weil man erwartet, dass die da in dem Kellerraum unter Gleis 11 irgendwann auch freiwillig wieder gehen werden.

Mein Urgroßvater Barnaba Carbonaro interessiert sich jedoch weder für die verschiedenen Bezeichnungen noch für die Bezeichneten. Er ist kein Gast in diesem Land, sondern ein deutscher Unternehmer. Er ist nach München zurückgekehrt, um ein Familienfoto zu machen, ein Bordell zu besuchen und ein Unternehmen zu gründen, auch wenn er noch nicht weiß, was für eines. Er reibt sich eine Hand am Hosenbein vor Vorfreude auf seinen Mercedes, den er vor zwölf Jahren bei seinem Sohn untergestellt hat mit der ausdrücklichen Anweisung, ihn zu hüten wie einen Schatz. Denn das ist er, ein Schatz. Eine viertürige 170-V-Limousine in edlem Maronenbraun, Baujahr 1938, mit synchronisiertem Getriebe, herrlicher Laufruhe und einer Kofferbrücke am Heck für die langen Fahrten nach Sizilien. Viertausendeinhundertdreißig Reichsmark hat Barnaba damals mit der Sonderausstattung und dem erhöhten Fahrersitz bezahlt, aber das war es wert. Denn erst der Mercedes verwandelte den Analphabeten aus Sizilien endgültig in einen Deutschen von Stand.

Alles lange her. Zunehmend ungeduldig, beleibt und rüstig, mit achtzig noch nahezu im Vollbesitz seiner Manneskraft, tadellos frisiert und manikürt wie immer und in einen unzerstörbaren Anzug aus grauer Schurwolle gekleidet, beobachtet Barnaba die Italiener, die sich noch auf dem Bahnsteig stauen, verloren unter dem großen Reklameschild des Tierparks Hellabrunn. Das Reklameschild erinnert Barnaba Carbonaro an die Zoobesuche mit Franz. Und während er sich erinnert, verklumpen die Männer da draußen zu kleinen Grüppchen, stampfen mit den Beinen auf gegen die Kälte, rauchen, wechseln kurze Sätze im Dialekt, sehen sich verstohlen um. Zwei halten sich an der Hand, ein Vater und sein erwachsener Sohn, wie Barnaba vermutet. Barnaba kann nicht wegsehen, so sehr trifft ihn die Ähnlichkeit des jungen Mannes mit Mariano Bagarella. Die gleichen arabischen Züge, beschattet von einem großen geheimen Kummer. Augen, die dem Blick stets ausweichen und doch alles ständig auf eine aufziehende Gefahr hin absuchen. Die gleichen Augen wie Rosaria.

Als der junge Mann ihn entdeckt, starren sich die beiden für einen kurzen Moment an. Der junge Mann winkt Barnaba, dass er aussteigen solle. Bis sein Blick sich verändert, als er versteht, dass der dort auf der anderen Seite der Glasscheibe ein Herr sein muss, Obrigkeit, Gefahr, der ewige Feind. Als Barnaba die Hand zu einem matten Gruß hebt, wendet sich der junge Mann ab.

Mehr als nur ein Fenster, eine ganze Welt und vor allem sein deutscher Pass in der Manteltasche trennen Barnaba Carbonaro von diesem Mann, der seinem Jugendfreund Mariano Bagarella so sehr gleicht, als habe er die Jahrzehnte übersprungen wie eine Pfütze. Durch das Abteilfenster sieht er ihn als verblichene Fotografie, nackt, mit Lorbeer geschmückt, in lasziver Pose und mit einer Panflöte auf einer umgestürzten Säule in der Ruine eines griechischen Amphitheaters mit Blick auf den Ätna.

Nein, nicht Mariano Bagarella, sondern sich selbst.

Wie immer sieht Barnaba Carbonaro nur sich selbst.

TAORMINA 1890

»Wie ist dein Name?«

»Barnaba, Herr. Aber alle nennen mich Nino. Ich bin auch ein Baron.«

»Soso. Hast du heute schon was gegessen, Barnaba?«

»Nein, Herr.«

»Hier, probier mal, mein kleiner Baron.«

Der Fotograf reicht ihm ein mit *ricotta* gefülltes Cremeröllchen und sieht zu, wie Barnaba mit aufgerissenen Augen den ersten *cannolo* seines Lebens verschlingt. Natürlich hat er *cannoli* schon *gesehen*, im Fenster der Pasticceria Russo am Corso Umberto, aber sein Vater hat ihm noch nie einen gekauft. Barnaba will die Köstlichkeit so lange wie möglich genießen, aber er hat Hunger, schrecklichen Hunger, er kann einfach nicht anders.

Der *cannolo* überrennt seine Sinne. Die Kruste des Röllchens zersplittert beim ersten Biss, und sein Mund füllt sich mit einer Wolke aus schneeweißem Quark. Aromen verpuffen wie Feuerwerksböller an San Pancrazio. Da knistert Karamell, pocht Vanille an seinem Gaumen, und er beißt auf, ach, bittersüße Orangenschale, kandierte Kirschen und geröstete Pistazien. Und überall zugleich wie die Hand seiner Mutter ist da die *ricotta*, mild-süß, säuerlich und ein kleines bisschen salzig.

Eruptionen der Seligkeit. Steinchen in ein stilles Meer geworfen, die Wellen schlagen, tiefer sinken und ganz unten am Grund schließlich etwas Uraltes aufwirbeln, aus dem seine Träume und Wünsche bestehen.

»Schmeckt er dir?«

Barnaba nickt ergriffen.

»*Wunderbar*«, sagt der Baron auf Deutsch. Und auf Sizilianisch weiter: »Wenn ich es sage, musst du ganz stillstehen. Kannst du das?«

»Ja, Herr.«

Mariano Bagarella und Vincenzo Cuddetta haben ihm bereits alles erklärt. Dass er nur stillsitzen und seinen Pimmel herzeigen müsse. Kleinigkeit.

Ein Hustanfall schüttelt den Baron. Er röchelt in sein Taschentuch. Barnaba weiß nicht, was Tuberkulose ist, er weiß nur, dass der Baron sich jeden Tag von Mariano Bagarellas Vater und zwei Maultieren Krüge voll frischem Meerwasser aus Giardini hinaufschaffen lässt. Jedenfalls muss der Baron sehr reich sein, wenn er sich jeden Tag Meerwasser bringen lassen kann. Die anderen Fremden, die mit Gespannen über die neue Straße anreisen, besuchen ihn in seinem Studio und lassen sich seine Fotografien zeigen. Also muss sein Reichtum damit zusammenhängen.

Barnaba überlegt, wie es sich wohl anfühlen mag, reich zu sein, und ob man davon Husten bekommt. Aber selbst mit Husten könnte man dann immerhin jeden Tag *cannoli* essen.

»*Genau*«, ächzt der Baron auf Deutsch, wirft einen Blick in sein Taschentuch und steckt es wieder ein. »Das ist ein schöner, verträumter Ausdruck. Genauso machst du es nachher. Ganz entspannt, aber beweg dich keinen Millimeter, hörst du?«

Barnaba hat keine Ahnung, was ein Millimeter ist, aber als

er sich die letzten Krümel und Reste der Creme von den Fingern leckt, ist er bereit, alles zu versprechen.

»Ja, Herr.«

»Wenn du gut bist, kriegst du eine halbe Lira. Wirst du das schaffen, Barnaba?«

»Eine Lira.«

»Wie bitte?«

»Ich krieg es hin für eine Lira.« Er blinzelt nicht mal. Der Baron starrt ihn an und lacht dann.

»*Wunderbar!* Du wirst es noch weit bringen, Junge. Zieh dich aus, wir machen erst eine Probe.«

Der deutsche Fotograf, den sie im Ort *u baruni* nennen, sieht zu, wie Barnaba seine geflickte Hose und das Hemd abstreift. Als er Barnaba von allen Seiten mustert, lacht er nicht mehr.

»Wann hat dein Vater dich zuletzt geschlagen?«

»Heute Morgen, Herr.«

»Er soll damit aufhören, sonst kann ich dich nicht gebrauchen, sag ihm das.«

»Ja, Herr.«

»Komm mit.«

Barnaba hat noch nie ein Bad gesehen. Sein Vater wäscht sich fast nie, seine Mutter benutzt manchmal eine alte Zinkschüssel hinter dem Haus. Aber im Haus des Barons gibt es sogar ein kleines Zimmer mit gekachelten Wänden und einem Spiegel, mit einem gusseisernen Ofen und einer emaillierten Zinkwanne. Der Baron drückt Barnaba ein Stück Seife in die Hand, das nach Orangenblüten duftet, und deutet auf die Wanne.

»Weißt du, wie man sich wäscht?«

»Ja, Herr.«

»Gut. Aber richtig, hörst du, auch hinter den Ohren und untenrum, und vergiss die Finger nicht. Ein Baron darf nicht mit Seife sparen.«

Er lächelt ihn an und lässt Barnaba allein. Aus dem Garten dringen das Husten des Barons und Vogelgezwitscher herein. Ein schöner Tag.

Barnaba posiert vor dem Spiegel und inspiziert das Bad. Es gibt sogar ein hölzernes Wasserklosett, das erste, das Barnaba in seinem Leben sieht. Er öffnet vorsichtig den Deckel, drückt die Handpumpe und verfolgt begeistert, wie das Wasser durch den Abort strudelt.

Barnaba strullt ins Klosett und beeilt sich mit dem Waschen. Die Seife schäumt viel mehr als der graue Klotz, den seine Mutter für die Wäsche verwendet. Braunes, schaumiges Wasser gurgelt in den Ausguss und hinterlässt einen Rand. Barnaba sieht sich um, nach irgendwas, das sich eventuell zu klauen lohne, aber dann fällt ihm ein, dass er ja nackt ist.

Als er wieder in den Garten tritt, sitzt der Baron im Schatten einer Palme und häutet sorgfältig einen Pfirsich. Ab und zu hält er inne, um zu husten. Er trägt einen Strohhut, eine helle Leinenhose und ein offenes weißes Leinenhemd, die Ärmel hochgekrempelt. Er wippt versonnen mit den Füßen, die in hellen Slippern und Seidenstrümpfen stecken, was Barnaba noch nie gesehen hat.

Obwohl er aus dem Norden kommt, wie die Leute sagen, auch wenn Barnaba keinen Schimmer hat, was das eigentlich bedeutet, schwitzt der Baron kaum. Die Hitze scheint an seiner eleganten Erscheinung abzuperlen. Noch Jahre später wird sich Barnaba vor allem an die Eleganz dieses großen Mannes mit dem gezwirbelten Nazarenerbart erinnern, den die Tuberkulose und die Prüderie des wilhelminischen Deutschlands in Taormina angespült hatten. Wenn einer aus dem Ort klamm ist, beschäftigt der Baron ihn für eine Weile als Gärtner oder für irgendwelche handwerklichen Arbeiten, damit es nicht nach Almosen aussieht. Der Baron hat verstanden, wie wichtig *bella figura* in Sizilien ist. Daher schicken ihm die Leute ihre Töchter und Söhne zum Fotografieren und auch gelegentlich abends ihre halbwüchsigen Söhne, wenn der Baron wieder einmal ausländische Gäste in seinem Haus an der Piazza San Domenico hat.

Barnaba hat den Baron bislang nur aus der Entfernung gesehen, unterwegs mit seinem großen Fotoapparat und dem zusammengefalteten Zelt, in dem er die Platten anschließend entwickelt. Er kennt Namen und Verwandtschaftsbeziehungen, hat immer Zeit für kleine Plaudereien, stellt Fragen, hört zu. Obwohl er ein Herr aus dem Norden ist, spricht er den Dialekt der Leute.

Der Baron reibt Barnaba zuerst am ganzen Körper mit einer Creme aus Glyzerin, Milch und Olivenöl ein, um die blauen Flecken und Narben abzudecken, die Barnabas kleinen Körper zeichnen. Dann führt er ihn zu einer Steinbank zwischen Oleanderbüschen.

»Setz dich da hin und schlag die Beine untereinander. Nein, anders herum, ja, so. *Genau.* Bleib so.«

Er drückt Barnaba einen Blumenkranz auf den Kopf und eine Panflöte in die Hand und zeigt ihm, wie er sie halten soll. Wie er den Kopf drehen soll. Wie er sich hinsetzen soll, sodass man seinen Pimmel sehen kann. Es ist doch schwerer, als Barnaba gedacht hat, aber für einen *cannolo* und eine Lira hätte er sogar den ganzen Tag regungslos auf einem Bein gestanden. Eine Lira! Selbst wenn er den Vater und Mariano Bagarella und Vincenzo Cuddetta bescheißt und ihnen nur jeweils zehn Centesimi abliefert, kann er für die restlichen siebzig zwei Brote, Öl und Tomaten kaufen. Oder sparen. Er überschlägt kurz, wie oft er stillsitzen muss, um genug Geld für eine Zugfahrkarte nach Messina zurückzulegen, um für immer abzuhauen. Dann überschlägt er, wie lange er stillsitzen muss, um auch seine Mutter mitzunehmen. Dann überschlägt er, wie lange er stillsitzen muss, um …

»Eh!«

»Ja, Herr?«

»Warum verdrehst du die Augen? Still hab ich gesagt!«

»Verzeiht, Herr. Ich habe gerechnet.«

»Verdammt, du sollst nicht rechnen, *Kerl*, du sollst stillsitzen. Nein, wir lassen das. Du kannst gehen. Ich kann dich nicht gebrauchen.«

Ein Anflug von Panik erfasst Barnaba. »Ich werde stillsitzen, Herr! Ganz still. Ich kann das gut. Bitte!«

Der deutsche Fotograf sieht ihn prüfend an. Dann korrigiert er erneut Barnabas Pose, zupft, was Barnaba seltsam findet, an seinem Pimmel herum wie ein Doktor.

»Der ist schön, du hast Glück«, sagt der Fotograf. »Und ab jetzt keine Bewegung mehr.«

Der Fotograf zückt eine Stoppuhr und lässt Barnaba nicht aus den Augen. Und Barnaba tut das, was er immer tut, wenn sein Vater ihn verdrischt: stillhalten und rechnen. Er addiert die Neunerreihe, bildet die Quersumme der ungeraden Zahlen, sucht Zahlen, die sich durch drei teilen lassen. Alles diesmal ohne jeden Mucks. Die Zahlen beruhigen ihn, tragen ihn fort an einen schönen Ort. Jede Zahl von Null bis Neun hat ihre Farbe. Die Eins ist ganz aus cremigem Weiß gewebt. Die Zwei leuchtet wie eine Zitrone, die Drei wie eine Erdbeere. Die Fünf – das ist der Himmel an einem Sommernachmittag. Die Neun ist so violett wie eine vollreife Maulbeere. Und so bilden die Ergebnisse seiner Rechnungen immer schöne bunte Muster, an denen er sich erfreut, wenn sein Vater ihn schlägt oder wenn der Hunger zu stark wird. Nun jedoch haftet den Zahlen etwas Neues an, hüllt sie ein wie ein feines Gespinst. Die Eins duftet auf einmal nach Vanille, die Sechs wie herbes Karamell. Die Sieben kitzelt wie Orangenschale, die Acht verströmt betörendes Pinienharz. Die Vier ist aus Minze. Und die Null? Er spürt dem Duft seiner Lieblingszahl hinterher, kommt erst nicht darauf, bis es ihm dann aufgeht. Natürlich. Seine Lieblingszahl hat seinen Lieblingsduft: geröstetes Brot.

»Nicht perfekt, aber wir machen einen Versuch.«

Der Fotograf kriecht unter den Vorhang seines Fotoapparats und füttert ihn dann mit der großen Platte.

»Gehst du zur Schule?«

»Nein, Herr.«

»Wieso kannst du dann rechnen?«

»*Mamma* hat es mir gezeigt.«

»Auch lesen?«

»Nein, Herr.«

»Wenn sie rechnen kann, warum hat sie dir nicht auch Lesen beigebracht?«

Barnaba überlegt, was der Fotograf damit meint. Ob er ihn wegen der Sache mit dem Lesen womöglich ablehnen wird.

»Sie kann nicht lesen, Herr. Nur rechnen. Und Würmer besprechen, das kann sie auch. Meine Mutter ist eine Heilerin.

Mein Vater ist ein Baron und meine Mutter eine Heilerin. *Mamma* kennt alle Geheimnisse und alle Würmer und auch die Läuse. Die Würmer, die im Fleisch leben, und die Kopfläuse, die von zu vielen Gedanken kommen. Sie macht Salben aus Fliegenschiss und Knoblauch gegen die Würmer und die Furu … furi … Sie hat Turriddu Navarra vom bösen Blick geheilt, bis er trotzdem gestorben ist. Und als er tot war, kamen überall Würmer aus ihm raus. Sie kann auch Talismane machen und dass Leute sterben. Es ist wahr. Die Frau von Carmelo Guarino wollte, dass *mamma* ihr einen Zauber macht, damit ihr Mann stirbt, aber sie hat es nicht gemacht. Und als Carmelo Guarino das rausgefunden hat, hat er sie grün und blau geschlagen, also seine Frau, nicht *mamma*, fast tot hat er sie geschlagen, das weiß ich von Mariano.«

»Sitz still.«

Niemand hat Barnaba irgendwas davon gesagt, dass man lesen können müsse beim Fotografen. Das macht ihn wütend. Mariano und Vincenzo haben nichts von Lesen gesagt. Sie haben ihn reingelegt, damit er seinen Pimmel vorzeigt für nichts, das macht ihn wütend. Aber so richtig. Er wird sich ein Messer besorgen und die beiden abstechen, auch wenn sie größer sind. Er wird es ihnen zeigen.

»Eh!«, ruft der Fotograf. »Was machst du da?«

»Nichts, Herr.«

»An was hast du gerade gedacht?«

»An nichts, Herr. Wirklich.«

Der Fotograf kommt wieder näher, er wirkt auf einmal aufgeregt und sieht ihm ins Gesicht, als ob er Barnaba erst jetzt richtig wahrnehme. »*Wunderbar!* Der junge Polyphem!«, ruft er aus. »Wie war dein Name?«

»Barnaba, Herr. Aber alle nennen mich Nino.«

»Egal, an was du gedacht hast, denk weiter dran, mein kleiner zorniger Zyklop. Und sieh direkt in die Kamera. Nimm die Flöte runter, ja, so. *Genau.*«

Er nimmt ihm den Blumenkranz vom Kopf, verwuschelt Barnabas Haare, korrigiert seine Haltung erneut, diesmal ohne an seinem Pimmel zu ziehen, dafür dreht er seinen Kopf zur Kamera.

»Immer weiter daran denken, Barnaba. Sieh in die Kamera, aber beweg dich nicht. *Genau so.*«

Er eilt zurück zu seinem Apparat und macht das Foto.

Barnaba hört ein Klacken und denkt an Mariano Bagarella und Vincenzo Cuddetta. Wie er sie umbringen wird, wenn er die Lira nicht bekommt, am liebsten würde er sofort aufspringen, um die beiden abzustechen und dann für immer davonzulaufen, aber geht ja nicht, weil er ruhig sitzen muss, keinen Mucks, aber am liebsten würde er alles zusammenschlagen, und der Baron steht da nur mit seiner Scheißstoppuhr und will ihm die Scheißlira nicht geben, hat ihn mit einem Scheiß*cannolo* verhext. Und das alles zusammen macht ihn noch viel wütender, am liebsten würde er den Scheißfotoapparat kurz und klein treten.

»Sehr gut, kleiner Polyphem. *Wunderbar.*«

Barnaba hat keine Ahnung, was der Mann meint. Die deutschen Wörter beunruhigen ihn.

»Kriege ich jetzt die Lira?«

»Später. Wir sind noch nicht fertig.«

Der Fotograf macht noch drei weitere Bilder. Jedes Mal interessiert er sich nur für Barnabas Augen, jedes Mal verschwindet er danach für längere Zeit in der Dunkelkammer im

Haus und kommt schweißgebadet, aber zufrieden wieder zurück. Die Mittagshitze setzt Barnaba nun ebenfalls zu. Auf der Bank gibt es keinen Schatten, dennoch rührt er sich nicht von seinem Platz, stochert nur weiter in seiner schwelenden Wut, um dem Baron zu gefallen. Der Fotoapparat mit dem großen Objektiv interessiert ihn. Nicht so sehr das fotografische Verfahren an sich, sondern der Wert des Apparats in Lire und Freiheit.

Der magische Prozess des Reichwerdens interessiert ihn, der Übergang von der einen in die andere Welt. Der Baron ist real, sein Apparat ist real, sie atmen beide die gleiche Luft. Dennoch trennt sie eine feine Membran. Also, überlegt Barnaba, wenn *u baruni* mit seinem Apparat und seinen Glasplatten reich werden kann, dann muss es auch für ihn einen Weg durch diese Membran auf die andere Seite geben.

Als mein Urgroßvater dem Baron von Gloeden Modell sitzt, ist Taormina ein sterbender Ort mit kaum mehr als zweitausend Einwohnern. Die strategisch bedeutsame Siedlung auf dem Monte Tauro hat viele Blütezeiten erlebt, in der Antike, im Mittelalter und in der Renaissance, aber schon als Goethe Taormina besucht, findet er das antike Amphitheater mit Blick auf den Ätna völlig überwuchert vor. Während der Baron dem europäischen Bürgertum die Fata Morgana eines mythischen Arkadiens verkauft, grassieren in Taormina Typhus, Malaria und jede Art von Wurmbefall. Jedes zweite Kind stirbt vor seinem vierten Lebensjahr, es gibt keine Kanalisation, der ganze Ort stinkt nach Exkrementen, Jasmin und Oleander. Häuser verfallen, gutes Land liegt brach. Die Zerschlagung der adligen Privilegien nach der Einigung Italiens hat zu unklaren Besitzverhältnissen geführt. Manches Land wird gar nicht mehr bestellt. In die Fußstapfen der bourbonischen Grundbesitzer ergießt sich wie ein klebriges Öl ein neuer Typus von Blutsaugern. Richter, Ärzte, Gutsverwalter ohne Skrupel, die im Schutz der Kirche so viel Land an sich reißen, wie es nur geht. Wer aufmuckt, verschwindet einfach.

Gleichzeitig strömt die europäische Boheme auf Goethes Spuren nach Sizilien, und der Baron lichtet Knaben in lasziven Posen auf Glasplatten ab, die mit einem Glibber aus Kollodiumwolle, Jod, Brom und Äther bestrichen sind.

Und wird reich damit.

Das will mein Urgroßvater auch. Barnaba Carbonaro, der nur eine Hose und ein Hemd besitzt, noch nicht einmal Schuhe. Der abends manchmal wilden Senf frisst, um überhaupt etwas in den Magen zu kriegen. Barnaba, der nicht lesen, aber rechnen kann, gerade zehn Jahre geworden. Barnaba träumt. Ein Steinchen hat den Grund seiner noch ungeträumten Träume aufgewirbelt. Träume, die nach Vanille und Orangenblüten duften. Von diesem Tag an träumt Barnaba Carbonaro von einem Leben, in dem es *cannoli*, Bäder und elegante Anzüge gibt. Von diesem Tag an träumt er unerschütterlich vom Reichwerden.

»Wie viel hat er dir gegeben?«

Barnaba streckt seinem Vater zehn Centesimi entgegen.

Salvatore funkelt ihn an. »Mehr nicht?«

Barnaba schüttelt den Kopf. »Ich bin nicht mehr wert, hat er gesagt. Weil wegen der blauen Flecken, hat er gesagt. Weil ich wie eine matschige Orange bin, hat er gesagt. Du sollst mich nicht mehr schlagen, sonst kann er mich nicht gebrauchen. Hat er ges…«

Da trifft ihn schon der erste Schlag ins Gesicht.

»Ich weiß genau, was du gekriegt hast! Wo ist der Rest?«

Barnaba wirft seinem Vater die restlichen siebzig Centesimi hin, denn zwanzig hat er ja bereits Mariano und Vincenzo abgeben müssen. Der Vater schreit, die Mutter schreit, und Salvatore prügelt jetzt abwechselnd auf beide ein in wachsender Raserei. Aber die Schläge sind wie ein Gewitter, das vorüberziehen wird. Kennt Barnaba alles schon, er igelt sich ein und rechnet sich an einen schöneren Ort. Die Zahlen hüllen ihn in Farben und Düfte, die Neunerreihe, die Achterreihe, die Primzahlen, so weit er kommt. Sie rascheln und tuscheln und weben ihm einen Traum aus Pomeranzenblütenöl und dämmerigem Nachmittag, von Reichtum, Fotoapparaten und *cannoli*. Ein Traum, von dem sein Vater nie erfahren wird.

Man konnte Salvatore Raisi ja vieles nachsagen, dass er ein Choleriker war, zum Beispiel, und ein Idiot dazu. Aber eben nicht Idiot genug. Salvatore weiß, wie viel die anderen Jungen bekommen. Salvatore Raisi weiß auch, was im Haus an der Piazza San Domenico geschieht, wenn der Baron Gäste hat und dazu junge Männer aus dem Ort einlädt. Jeder weiß das. Man spricht zwar nicht offen darüber, findet allerdings nicht viel dabei. Auch Salvatore Raisi nicht. Denn mal im Ernst: Hat er nicht am eigenen Leib die Verderbtheit des Weibes erfahren und die Macht, die die Frauen über ihn haben mit dem Moschusgeruch aus ihren Röcken und Achselhöhlen, ihren schamlosen Bewegungen? Hat Pancrazia ihn etwa nicht verhext, ihn, einen ehrbaren Priester, wie Eva einst Adam mit dem Apfel der Lust? Ist es daher nicht gar geboten, dass junge

Männer ihre natürliche Begierde unter ihresgleichen austoben, um den Verlockungen des Weibes zu widerstehen und um allzu frühe Vaterschaft zu vermeiden?

Von den Gesetzen im fernen Kaiserreich Deutschland, die jede Art gleichgeschlechtlicher Zärtlichkeit unter harte Strafe stellen, weiß Salvatore Raisi nichts, aber er kennt die Fotos des deutschen Barons. Sie hängen ja für alle sichtbar im Schaufenster des Kunsthandelsgeschäfts Schuler an der Piazza Badia aus, und wenn sie so öffentlich aushängen und die Ausländer dafür viel Geld bezahlen, was kann daran groß schlecht sein?

Die Fremden reisen im Herbst an und bleiben bis Mai. Wie Zugvögel, wie die Gezeiten. Jedes Jahr werden es mehr. Die Welt des mondänen Europas tost durch Taormina wie eine eigene Jahreszeit aus Seidenstoffen, Gelächter, Hüten, blasser Haut und unerhörten Nachrichten über Erfindungen, Geschwindigkeit und Reichtum. Deutsche vor allem. Die Deutschen, scheint es Salvatore Raisi, sind alle krank. Sie kommen wegen des milden Klimas oder wegen der jungen Männer. Aber immer sind sie reich, diese Deutschen, das macht Salvatore wütend. Weil er sich für seine eigene Armut schämt, schlägt er seine Frau Pancrazia, die ihm das ganze Elend angehext hat, wie er findet, und seinen Sohn, dieses hungrige, scheißende Symbol seines Elends.

In seinen besseren Momenten erzählt Salvatore seinem Sohn gerne von ihrer bourbonischen Abstammung aus dem Geschlecht der Raisi, was schließlich von dem arabischen *ra'īs* abgeleitet sei und »Herrscher« bedeutet. Von sagenhaften Besitztümern am Ätna, endlosen fruchtbaren Hügeln, jeder einzelne mit einem Palast gekrönt. Dass sie *baruni* seien, genau wie der deutsche Fotograf.

Die Wahrheit ist nur, dass meine Vorfahren, die Raisi, niemals dem Hochadel des Königreichs beider Sizilien angehörten.

Bis ins siebzehnte Jahrhundert heißen meine Vorfahren noch Raguccio. Bauern aus Gravina bei Catania, die Maulbeerbäume und Seidenspinner für die sizilianische Seidenproduktion kultivieren. Durch Betrug und Mord zu Besitz gelangt, erkaufen sie sich für viel Geld den unteren Adelsstand, ändern ihren Namen und träumen zwischen ihren Maulbeerbäumen dynastische Träume.

Der Ruin kommt Mitte des neunzehnten Jahrhunderts in Form von zwei Plagen über die Raisis: eines einzelligen Kleinsporentierchens namens *Nosema bombycis* und eines mehrzelligen Revolutionärs und Guerillakämpfers namens Giuseppe Garibaldi.

Nosema bombycis fegt durch die Maulbeerbäume wie die Pest einst durch Venedig und löscht in ganz Europa die empfindlichen Seidenraupen aus. Innerhalb weniger Jahre frisst die Flecksucht die sizilianische Seidenproduktion. Die Raisis besitzen Tausende von Maulbeerbäumen, von dessen Blättern die Seidenraupe ausschließlich lebt, die müssen sie laut Dekret nun alle abholzen. Da sie es aus schierer Gier versäumt haben, nebenbei Wein oder Zitronen anzubauen oder Schürfrechte an der einen oder anderen Schwefelmine zu erwerben, bleibt ihnen nur das nackte Land mit dem einstöckigen Gutshaus.

Fast gleichzeitig landet Garibaldi in Sizilien, um Italien zu vereinen und den Adel samt und sonders zu enteignen. Natürlich nicht die mächtigen Familien, die Pennisi, Manganelli, Biscari, Ursino oder Floristella. Die arrangieren sich mit dem neuen Regime und behalten die Hälfte ihrer Güter, Palazzi und Schwefelminen. Genug, dass noch ihre Ururenkel allein durch unvorteilhafte Landverkäufe in Wohlstand leben können, ohne je einen einzigen Tag arbeiten zu müssen.

Die Raisis dagegen verlieren alles. Als sich die Nachricht von der Landung Garibaldis verbreitet, läuten die Landarbeiter und Bauern von Gravina die Glocken und ziehen los mit Äxten und Sensen. Angetrieben von jahrhundertealter Wut und einem Schneider erschlagen sie innerhalb weniger Stunden jeden, der einen Hut trägt. Vor dem Gutshaus der Raisis dampft das Blut. Niemand entkommt außer der elfjährige Salvatore. Denn der verschläft jenen blutigen Nachmittag in dämmriger Kühle auf einer Kirchenbank, erschöpft von der Hitze und der Rührung über sich selbst, nachdem er mit seiner schönen Stimme und tüchtig Hall zuvor der Muttergottes vorgesungen hatte, während zur gleichen Zeit seine Familie ausgerottet wird.

Jedenfalls entgeht Salvatore als Einziger dem Gemetzel, und weil der Blutdurst gestillt ist und die Leute wie verkatert nach einem rauschenden Fest über eine seltsame Mattigkeit und einen pelzigen Geschmack im Mund klagen und weil in diesem Zustand niemand Lust verspürt, auch noch den kleinen Salvatore zu erschlagen, herrscht allgemeine Verlegenheit. Mützen werden geknetet, Flüche gestöhnt, Fenster verrammelt, Lippen verschließen sich für immer. Da Salvatores Anblick den Leuten unangenehm ist und niemand etwas mit ihm anzufangen weiß, ordnet der Schneider Carbonaro an, dass man das Waisenkind zu den Nonnen geben möge. Die Nonnen nehmen Salvatore auch nur wegen seiner Glockenstimme und einer mickrigen Kollekte, die der Schneider Carbonaro hastig im Ort organisiert. Bei den Nonnen wächst Salvatore ohne Liebe auf, aber als er sich zu einem schönen jungen Mann und einer lebendigen Prüfung ihrer Keuschheit entwickelt, schieben sie ihn mit sechzehn ins Priesterseminar nach Ragusa ab.

Trotz seiner eher unerfreulichen Kindheit träumt Salvatore unverdrossen vom *dolce vita*. Vom leichten Leben, angefüllt mit Bewunderung, sinnlicher Zuwendung und anmutigem Müßiggang, nur unterbrochen von regelmäßigen Mahlzeiten. Schon während seiner Ausbildung am theologischen Kolleg in Ragusa fällt er durch drei Dinge auf: seine Engelsstimme, seine Prahlerei und seine Techtelmechtel. Ein schöner junger Mann, aber oft kränklich. Sein Leben lang leidet er an Blutarmut, Schwindel und Gelenkschmerzen, an allerlei kleinen Infekten und Zipperlein, aber am allermeisten an sich selbst. Ganze Tage verbringt er im Bett, anmutig leidend und in der festen Überzeugung, bald sterben zu müssen.

Aber singen kann er. Wenn er anhebt in seinem Belcanto-Schmelz, einerlei ob Kirchenlieder oder Volksweisen, und seine Stimme in den oberen Lagen fast splittert wie dünnes Eis, weinen sogar die Felsen, sagen die Leute. Kein Wunder also vielleicht, dass ihm, der sich vor dem Zölibat mehr fürchtet als vor dem Fegefeuer, die Herzen der Mädchen und auch einiger Ehefrauen und Witwen nur so zufliegen. Unverschuldet, findet Salvatore, ganz unverschuldet gerät er unter den typischen Verführungsdruck sizilianischer Männer, die mit Schönheit geschlagen sind und von denen mythisches Feuer erwartet wird, selbst wenn sie Priester sind. Salvatore kommt noch nicht einmal dazu, sich zu schämen, während er sich so unverschuldet pflücken lässt wie eine überreife Feige.

Nach seiner Priesterweihe verbringt er einige freudlose Jahre in einer Pfarrei in Vizzini, sozusagen am Arsch der Welt, doch dann ergibt sich die Gelegenheit, die frei gewordene Pfarrstelle in seinem Heimatort Gravina zu übernehmen, eine schmucklose, rosa getünchte Kirche mit einem gedrungenen Turm und einer mickrigen Steintreppe, aber immerhin in Sichtweite der Domstadt Catania. Jeden Tag sieht Salvatore unten Catania liegen, die prächtige Barockstadt mit dem Dom, zum Greifen nah und doch unerreichbar für ihn.

Dort, in Gravina, trifft Salvatore schließlich Pancrazia Carbonaro. Meine Ururgroßmutter.

Pancrazia Carbonaro ist das zweite Kind des Schneiders Giuseppe Carbonaro aus Gravina. Die Familie lebt in bescheidenen, aber nicht ärmlichen Verhältnissen, nachdem der Schneider Carbonaro zur Plünderung des Gutshauses der Raisi aufgerufen und sich mit Garibaldis Freischärlerarmee arrangiert hat. Zwar erhält er danach Aufträge von höchster Stelle, aber die Schuldgefühle quälen ihn jede Nacht mit schrecklichen Albträumen. Kein Wunder also vielleicht, dass es dem Schneider Carbonaro gar nicht gefällt, als ihm das Schicksal den einzigen Überlebenden des Massakers sozusagen vor die Haustür spült. Da die Madonna ihm keine Antwort auf sein Flehen um Vergebung gewährt, beschließt er, ihr ein Opfer zu bringen, um sich für alle Zeiten reinzuwaschen.

Seine Tochter Pancrazia erlebt wie alle Schönheit Siziliens eine stürmische, überreife, die Sinne betäubende Blüte, die bald darauf in die Schönheit eines langsamen ewigen Verfalls übergeht. Ihr Vater wacht eifersüchtig über Pancrazias Ehre und hält sie bis zu ihrem vierzehnten Lebensjahr im Haus gefangen. Nicht einmal zur Schule gehen darf sie. Das ist aber auch so üblich, selbst seine Frau verlässt das Haus nur für die notwendigsten Besorgungen. Statt Lesen und Schreiben lernt Pancrazia von ihrem Vater das Schneiderhandwerk und von ihrer Großmutter die Kenntnis über Heilkräuter und das Rechnen. Von den Schuldgefühlen ihres Vaters ahnt sie nichts, sie wundert sich nur, warum er sie auf einmal so bereitwillig in Stellung bei dem neuen Priester gibt. Da ist sie fünfzehn und Salvatore neunundzwanzig.

Pancrazia mag den blassen Pfarrer wegen seiner schönen Stimme, seinen traurigen Augen und seinen linkischen Bewegungen, die sie an einen Hundewelpen denken lassen. Manchmal singt er für sie, nur für sie allein. Als er im ersten Winter schwer erkrankt, behandelt sie den Fiebernden mit Kräutern und Umschlägen aus Ziegenpisse und Wein. Kaum wieder bei Kräften, dankt es ihr der Rekonvaleszent, indem er sein Nachthemd lupft. Und danach immer und immer wieder. Von diesem Tag an bespringt Salvatore sie bei jeder Gelegenheit, unverschuldet natürlich. Manchmal schlägt er sie auch, nicht fest, einfach so. Danach ist er jedes Mal ganz unglücklich, weint viel, wird krank und muss viel schlafen und gepflegt werden. All das, Salvatores Begierde, die Schläge, sein Jammern und seine Trägheit, erträgt Pancrazia duldsam, denn sie hält alles für Zeichen, dass der Talisman wirkt, den sie unter seinem Bett versteckt hat, damit Salvatore ganz ihr gehöre. Denn die Wahrheit ist, dass Pancrazia bei Salvatore in Stellung zum ersten Mal so etwas wie Freiheit erlebt, nachdem sie zuvor ihr ganzes Leben im Haus ihres Vaters eingesperrt war und dort ebenfalls nicht nur Erfreuliches erlebt hat. Aber die Macht über einen Mann, die Macht über einen Priester, das gefällt Pancrazia, das will sie nicht mehr aufgeben. Dass sie dafür zwischendurch besprungen und geschlagen wird, nimmt sie hin wie den Wechsel der Jahreszeiten. Dafür gibt es ebenso Salben und Talismane wie gegen Verbrühungen und den bösen Blick, keine große Sache.

Sie wird schwanger. Da ist sie immer noch fünfzehn.

Dass ein Priester Vater wird, ist ein nicht unüblicher Fauxpas, für den es bewährte Verfahren der Vertuschung gibt. Die allerdings mit Unterhaltszahlungen und der Verheiratung des Mädchens mit einem anderen verbunden sind, und Salvatore ist arm. Man muss ihm zugutehalten, dass er Pancrazia nicht mit dem Kind sitzen lässt, sondern das ohnehin ungeliebte Priesteramt aufgibt und sie heiratet. Offiziell aus christlichem Mitleid und ohne die Vaterschaft anzuerkennen, obwohl jedermann Bescheid weiß. Daher erhält Barnaba später auch den Nachnamen seiner Mutter. Carbonaro.

Natürlich zerreißen sich die Leute das Maul, aber immerhin bleibt die Ehre des Mädchens gewahrt. Pancrazias Vater empfindet die Schwangerschaft seiner Tochter ohnehin als göttlichen Wink, dass seine Schuld an den Raisis damit nun endgültig getilgt sei. Um seine Albträume jedoch ganz und gar loszuwerden, will er auch Salvatore lieber loswerden. Also legt er ihm dar, dass er als gefallener Priester gut beraten sei, woanders neu anzufangen. Für diesen Neuanfang könne er Salvatore großzügigerweise eine Mitgift von hundert Lire anbieten.

Nicht gewohnt zu feilschen, sagt mein Ururgroßvater Salvatore sofort zu.

Warum Salvatore und Pancrazia ausgerechnet nach Taormina ziehen, ist nicht zuverlässig überliefert. Warum treffen Menschen Entscheidungen? Was krümmt den Schicksalsweg?

Was führt zu was? Auf und ab treibt uns das Leben, immer wieder müssen wir hoch an die Oberfläche des Ozeans der Möglichkeiten, um zu atmen und Entscheidungen zu treffen, doch am liebsten würden wir unten im schlammigen Grund unserer Existenz die Zeit verträumen. Das Leben ist gerecht oder ungerecht oder einfach nur ein stilles Meer, in das kindliche Götter zum Spiel Steine werfen. Es gibt Neid und Leid und Verzweiflung, Zuversicht und Liebe. Menschen sind wütend, böse oder dumm, die meisten im Grunde freundlich, manche naiv, träge oder traurig. Der Tag, den wir herbeisehnen, kommt nie, oder er ist immer schon wieder vorbei. Einer erkennt das Glück am Wegesrand, ein anderer nicht. Kinder, die alles haben, treten mutwillig an einen Abgrund, um sich zu schaudern. Alle suchen ihren Platz, und wenn sie einen gefunden haben, dann wollen sie, dass alles so bleibt, wie es ist. Bis die kindlichen Götter wieder etwas kaputt machen wollen. Steine müssen in Meere fallen, müssen Wellen schlagen, sandigen Grund aufwühlen. Steine versinken, Schiffe versinken, Imperien versinken, Häuser und Gewissheiten versinken. Tränen trocknen. Rechnungen werden beglichen. Staub senkt sich. Meere ruhen wieder still, Wege gabeln sich. Etwas führt zu etwas. Geschichten werden erzählt.

Eine verblasste Urkunde in geschnörkelter Handschrift aus dem Nachlass meines Urgroßvaters lässt vermuten, dass der Umzug nach Taormina mit einem Scharlatan namens Musumeci zusammenhängt. Dieser Musumeci ist ein dürres Männchen mit schlechten Zähnen, leichengrauer Haut und farblosen, umschatteten Augen. Das Leben hat ihm übel mitgespielt, mehr als einmal saß er im Zuchthaus. Er zieht von Dorf zu Dorf, um *Zicchinedda* zu spielen, ein Kartenspiel der

Landsknechte des Dreißigjährigen Krieges, das mit alten sizilianischen Karten gespielt wird und das dem Bankhalter schon ohne Betrug einen beträchtlichen Vorteil bringt. Musumeci ist so fingerfertig, dass die anderen Spieler beim Abheben gar nicht mitkriegen, wenn Musumeci sie anschließend wieder in ihre ursprüngliche Reihenfolge bringt. Er lässt die Leute zunächst gewinnen, aber danach verliert er kein einziges Spiel mehr. Er nimmt sie alle aus. Niemand kann ihm den Betrug nachweisen, aber natürlich verzweifeln die Leute, denn seine Opfer sind genau so arm und elend dran wie er selbst. Manchmal jagen sie ihn dann fort, aber für jedes Dorf, aus dem sie ihn fortjagen, kommen zwei neue hinzu, wo sie mit ihm spielen wollen, um eine Abkürzung ins Glück zu nehmen.

Musumeci hat sich außerdem auf den bösen Blick spezialisiert. Den heilt er so: Zunächst lässt er sich ein Stück Baumwolle von den Leuten geben, die ihn rufen, weil der Mann das Fleckfieber hat oder das Vieh stirbt. Mit seinen flinken Fingern versteckt Musumeci ein Stück Natriummetall in den Baumwollfetzen und lässt Wasser darauf träufeln. Dazu psalmodiert er: »Im Namen Samuels befehle ich dir, böser Geist, zeige dich!« Woraufhin die Baumwolle fauchend in Flammen aufgeht und die Leute ihm Geld geben, damit er sie vom bösen Blick erlöst. Neben seinen Natriumbröckchen und Karten führt Musumeci noch allerlei Talismane und Papiere voller alchemistischer Symbole und seiner eigenen Fantasieschrift mit, die er den Leuten verkauft. Wenn die Leute kein Geld haben, nimmt er auch alten Schmuck an oder die erpresste Duldung einer halbwüchsigen Tochter, denn er findet, dass ihm das Leben das schulde. Die Anziehungskraft der Wahrsager ist in jenen Tagen so groß, dass viele unverheiratete Mädchen und verheiratete Frauen bereit sind, alles Mögliche mit sich anstellen zu lassen. Weil Verlobungen in die Brüche gegangen sind, weil sie glauben, dass die Tochter von einem Dämon besessen ist, oder weil sie ihrem Mann den Tod wünschen. Musumeci weiß immer Rat.

Dieser Musumeci nun hat von Pancrazias Heilkunst gehört und ist neugierig, denn natürlich hält er sie für seinesgleichen, und man lernt ja nie aus. Umso verblüffter ist er, als er feststellt, dass Pancrazia wirklich heilen kann. Sie erkennt sofort den Scharlatan und erklärt ihm, dass er schleunigst verschwinden solle, sonst hetze sie ihm die Hunde auf den Hals. Diese Abfuhr zusammen mit Pancrazias unerreichbarer Schönheit pulverisiert Musumecis Selbstvertrauen, schürt seinen Hass auf die Welt, die ihn verhöhnt, wo sie nur kann. Am liebsten würde er sich die schwangere Pancrazia so richtig vornehmen und ihr ihre Schönheit anschließend mit Säure ausbrennen, so traurig macht ihn das alles.

Doch das mit den Hunden, das nimmt er immer ernst. Er ist zwar ein Scharlatan, aber blöd ist er nicht. Er kann Leute lesen, das ist wichtig in seinem Metier. Er hat sofort verstanden, dass diese Pancrazia meint, was sie sagt. Andererseits – so ganz ohne Entschädigung mit eingekniffenem Schwanz abzuziehen lässt seine Eitelkeit auch wieder nicht zu. Ein einziges Spiel würde er gerne machen, nur um sein Gesicht nicht zu verlieren, aber wie gesagt: die Hunde.

Da trifft es sich, dass er den Priester gesehen hat, und weil Musumeci Leute lesen kann, weiß er: Der ist auch traurig, der verzehrt sich nach Anerkennung und will etwas darstellen, was er nie sein wird. Musumeci hat ein Talent für Klatsch und Tratsch, denn davon lebt er wie der Pilz vom Mulch, also ist er rasch im Bilde. Er kann sein Glück kaum fassen, als er erkennt, dass er mit einem Streich drei wundervolle Dinge tun kann: einen ehemaligen Pfaffen auszunehmen, dieser Stute Pancrazia eins auszuwischen und mit hundert Lire dieses unselige Dorf zu verlassen. Hundert Lire, von denen er im Geiste bereits zwanzig in einem Bordell ausgibt, dreißig seiner Frau in Messina überlässt und zehn für Medizin für seinen Sohn. Den Rest will er behalten, das findet er nur gerecht.

Es läuft so: Musumeci fleht Salvatore an, dass er ihm bitte die Beichte abnehmen möge. Salvatore erklärt ihm zwar, dass er dazu nicht mehr befugt sei, aber Musumeci lässt nicht locker, klagt über seine Seelenqual. Und da es noch keinen neuen Priester gibt und Salvatore durchaus geschmeichelt ist und er außerdem immer noch die Schlüssel zur Kirche hat und es sowieso niemanden in Gravina interessiert, legt er ein letztes Mal die Stola an und nimmt dem durchreisenden Büßer die Beichte ab. Musumeci gesteht ein paar kleinere Betrügereien beim Kartenspiel und dann, unter Tränen, dass er im Streit einen Mann erschlagen habe, der seine Frau belästigt habe. Aber weil die Familie des Mannes sehr mächtig sei und Rache geschworen habe, habe er aus seinem Heimatort fliehen müssen. Ein wunderschönes Haus besitze er da in Taormina, mit einem Gemüsegarten und einem Brunnen, ein Paradies für eine Familie, die überall respektiert werde. Aber nun könne er nie wieder zurück. Er jammert und klagt, rauft sich die Haare. Salvatore gibt den strengen Priester, zeigt sich aber auch interessiert. Noch im Beichtstuhl schiebt ihm Musumeci unter Tränen eine amtliche Urkunde zu, üppig bestempelt, mit vielen Paragrafen und seinem Namen darauf, Calogero Musumeci.

»Ich würde es ja verkaufen, um meine arme Familie ernähren zu können, aber wer kauft einem Sünder wie mir schon ein Haus ab?«

»Wie viel ist es denn wert?«

»Nun ja, ich habe es damals für fünfhundert Lire gekauft und bestimmt weitere fünfhundert in die Verschönerung gesteckt. Aber in meiner Lage und um Buße zu tun, auch wenn es mir das Herz bricht, würde ich es auch für … fünfhundert abgeben.«

»Hundert«, sagt Salvatore. Es kommt ihm einfach so über die Lippen auf seiner Seite des Beichtstuhls. Als ob der Heilige Geist über ihn gekommen sei, um ihn für seinen Edelmut zu belohnen.

»Wie meinen, *padre*?«

»Hundert Lire. Und hundert Rosenkränze, und du wirst dich nie wieder dort blicken lassen. Das soll deine Buße sein.«

Musumeci windet sich, jammert, greint, rauft sich die Haare. »Zweihundert!«, fleht er, aber Salvatore bleibt eisern, ganz die strenge Stimme des Herrn. Fast bereut er, das Priesteramt bald aufgeben zu müssen.

Einen Monat später erreicht er mit der hochschwangeren Pancrazia einen sterbenden Ort mit großer Geschichte auf dem Monte Tauro. Vergeblich sucht er das Haus, dessen Besitzurkunde er überall herumzeigt. Niemand jedoch hat je von einem Musumeci gehört, geschweige denn von dem leer stehenden Haus. Der *maresciallo* der Carabinieri erklärt Salvatore, dass die Besitzurkunde eine Fälschung sei. Keine üble Fälschung, muss er schon zugeben, aber dennoch eine deutliche Fälschung. Der *maresciallo* lässt einen Bericht schreiben, und das war's.

Salvatore tobt. Schreit, flucht, brüllt sich die Wut aus dem

Leib, als ihm der Betrug endlich klar wird. Pancrazia bleibt die ganze Zeit ruhig, hält sich nur den Bauch, denn sie weiß, es ist bald so weit. Sie brauchen eine Unterkunft. Sie schlägt vor, zurück nach Gravina zu gehen, aber das kommt für Salvatore nicht infrage, zu ungeheuerlich die Schande. Er verkündet, dass Gott es eben so gewollt habe, dass sie in diesem Taormina enden wie einst Maria und Josef in Bethlehem. Und sie finden auch kaum etwas Besseres als einen Stall.

Durch die Vermittlung des *maresciallo* mieten sie von einem Dottore Passalacqua eine Ruine von Haus, direkt am Hang gelegen, mit Rissen in den Mauern, Türen, die nicht mehr schließen, und das nachts wie unter Qualen stöhnt. Salvatore gefällt das. Er fühlt sich sofort dem Haus verbunden und stöhnt nachts mit ihm um die Wette.

In diesem Haus, unter dem Stöhnen der Balken, dem Wehklagen des Vaters und dem Wimmern der Mutter, kommt mein Urgroßvater Barnaba Carbonaro im Jahre 1880 im Zeichen des Widders zur Welt, dem Zeichen des Willens und der unerschütterlichen Zuversicht.

Überhaupt ein Jahr der Durchbrüche. Auf der Baustelle des Gotthardtunnels erfolgt der Durchstich, Thomas Alva Edison erfindet die Glühbirne, der Kölner Dom wird nach sechshundert Jahren Bauzeit endlich fertig, und das zerstückelte Deutschland wird unter Otto von Bismarck zum Deutschen Reich. Die Welt elektrifiziert sich, in London, Paris und Berlin werden die ersten Telefonleitungen und Straßenbahnschienen verlegt. In den Fabriken laufen Fließbänder, und wie am Fließband produziert eine junge Industrie neue Errungenschaften, unter anderem eine immer selbstbewusstere Arbeiterklasse. Briefe werden jetzt mit vorbezahlten Briefmarken transportiert, und überall in Europa erheben sich die ersten Luftschiffe vom Boden. Die Welt träumt vom Fliegen und von Geschwindigkeit, die Welt liegt mit einem neuen Jahrhundert in den Wehen, und die europäischen Metropolen bereiten sich schon mal auf seine Geburt vor. Sie folgen endlich den Empfehlungen von Louis Pasteur und Robert Koch, lüften kräftig durch, legen Kanalisationen und Parks an, karren den Abfall weg, zentralisieren Schlachthöfe und Friedhöfe und beuten nebenbei ihre Kolonien aus. Die Städte stinken auf einmal weniger, werden luftiger und hygienisch, auch wenn es in Hamburg und Neapel immer noch zu Choleraausbrüchen kommt.

Als Barnaba Carbonaro in Taormina seinen ersten Schrei tut, stehen seine Überlebenschancen eins zu drei. Wegen der miserablen medizinischen Versorgung verlaufen schon kleinste Infektionen oft tödlich. Barnaba jedoch erweist sich von robuster Gesundheit, mit einer kräftigen Stimme und einem unerschütterlichen Überlebenswillen. Ein kleines Kind, und klein wird er immer bleiben, aber vielleicht toben die Wetter des Lebens deswegen ohne größeren Schaden über ihn hinweg.

Als er fünf wird, schickt ihn sein Vater statt zur Schule zum Arbeiten in die Orangenplantage des Dottore Passalacqua, die dieser von einem enteigneten Barone di Belfiore übernommen hat. Da die Orangenbäume im Wuchs niedrig gehalten werden, setzt man für die drei Ernten im Jahr gerne Kinder ein. Die bekommen auch noch weniger als die *braccianti*, die Landarbeiter und Tagelöhner.

Barnaba ist ein kräftiges Kind und verrichtet die schwere Arbeit ohne Murren. Er versteht schnell, dass man die Früchte nicht einfach vom Stiel abreißen, sondern sorgsam mit dem Fingernagel lösen muss, damit der Baum an dieser Stelle wieder blühen kann. Überhaupt gefällt Barnaba die Arbeit zwischen den duftenden Spalieren durchaus, und weil er sonst nichts lernt, lernt er eben begierig alles über die verschiedenen Orangensorten.

Sein Vater Salvatore dagegen hat es nicht so mit harter Landarbeit. Wenn er nicht gerade kränkelnd im Bett liegt, gewürgt von der Scham über Musumecis Betrug, holt er manchmal mit Antonio Bagarella frisches Meerwasser für den Baron aus Giardini herauf. Oder zieht wochenlang als *cantastorie* über die Dörfer, singt auf Marktplätzen Moritaten über die Wunder und Schrecken der Welt, die ihm in Taormina von den Fremden zu Ohren kommen. Sogar mit gewissem Erfolg, muss man sagen. Der Applaus, die paar Lire und die ergriffenen Blicke der Frauen wärmen sein Herz, das sich so sehr nach Aufmerksamkeit verzehrt. Irgendwo findet sich immer eine gastfreundliche Familie, die ihn aufnimmt, manchmal sogar eine Witwe, die ihn nachts wärmt.

Zu jener Zeit sind die *cantastorie*, die Geschichtensinger, für die sizilianische Landbevölkerung neben den amtlichen Bekanntmachungen die einzige Nachrichtenquelle über all das, was außerhalb ihrer kleinen Welt vorgeht. Manche Sängerinnen und Sänger werden verehrt wie Götter.

Vielleicht hätte Salvatore sogar berühmt werden können, aber irgendwann hört er von einem Tag auf den anderen damit auf. Vielleicht weil ihn zahllose Zipperlein plagen, unter anderem das Heimweh. Vielleicht weil er sich einem gehörnten Ehemann entziehen muss. Vielleicht einfach weil ihm der Mut fehlt.

Der Mut, an sich zu glauben.

Stattdessen richtet Salvatore in seinem Herzen ein kratziges Lager aus verletztem Stolz und Schuldzuweisungen ein, aus Bitterkeit, Neid und Scham, von dem er sich nie mehr erhebt.

Pancrazia muss die Familie mit Näharbeiten, Kräutermischungen und Talismanen durchbringen. Es reicht hinten und vorne nicht, aber Salvatore kümmert sich nicht gerne ums Finanzielle. Die Miete von zwanzig Lire pro Monat ist der reine Wucher, und Pancrazia bangt vor jedem Monatsersten, wenn der Dottore Passalacqua zum Kassieren kommt. Oft genug muss sie um Stundung bitten, muss sich drohen lassen, dass der Dottore sie allesamt von den Carabinieri rausschmeißen lassen wird. Einmal macht sich Pancrazia daraufhin auf den Weg, um Passalacqua persönlich um Aufschub zu bitten. Danach kehrt sie mit verschlossenem Gesicht zurück, und der kleine Barnaba beobachtet, wie sie sich hinter dem Haus am ganzen Körper mit Seife und einem Bimsstein aus Lava abschrubbt. Es wird auch nicht das letzte Mal bleiben, aber Salvatore fragt nie, wieso der Dottore ihnen manchmal die Miete stundet. Er betrachtet es als Zeichen des Respekts des Dottore vor seiner adligen Abstammung.

Da er lesen und schreiben kann und immer noch über eine Reserve an nobler Blasiertheit verfügt, verdient Salvatore sich hin und wieder ein paar Lire als Behördengeher. Eine Tätigkeit, die nicht gut angesehen ist und von den Behörden nur mehr oder weniger geduldet wird. Behördengeher gelten als gewinnsüchtige Blutsauger, dabei verdienen sie kaum etwas. Ein Behördengeher muss oft tagelang vor den Ämtern oder Gerichten herumlungern, um Heiratsurkunden, Geburtsurkunden, Todesurkunden, notarielle Verträge, Eintragungen ins Strafregister oder auch nur Auskünfte über schwebende

Verfahren zu besorgen und abzuwickeln. Er muss Kontakte zu den Beamten in Giardini aufbauen, sie in Cafés einladen und sie von seinem kargen Lohn bestechen. Selbst die Pförtner kassieren ab. Ein Behördengeher muss gewitzter sein als die anderen Behördengeher, und von seinem Lohn muss er auch noch die Gebührenmarken bezahlen. Aber vor allem muss er für seine Kunden, die dafür entweder keine Zeit haben oder einfach Analphabeten sind, warten. Warten, Schlange stehen, den Beamten kurz nach Schalterschluss persönlich abpassen, ihm schmeicheln, sich abweisen lassen, wiederkommen und wieder warten. Je höher die Beamten, desto seltener erscheinen sie im Amt. Manchmal vergehen mehrere Tage nur für einen einzigen Auftrag, der Salvatore am Ende gerade mal zwei Lire einbringt.

Das alles, die Scham über die eigene Armut, das Warten, die Erniedrigung vor den Beamten, der Selbsthass und der Hass auf, ach, jede kleine Laus, die ihm über die Leber läuft, all das schürt Salvatores Wut. Tag für Tag. Lässt sie anschwellen wie ein Furunkel, gegen das Pancrazia keine Salbe hat. Nur ihren schimmernden Körper, den bespringt er immer noch gerne, aber kurz darauf schlägt er sie schon wieder grün und blau. Einmal so schlimm, dass er ihr eine Rippe bricht und Pancrazia das Bett für mehrere Wochen nur kniend machen kann.

»Der Mann ist der Herr des Hauses und auch der Frau«, sagen die Frauen am Waschplatz. »Die Frau muss kurzgehalten werden, wer weiß, wo sie sonst landet«, sagen die Frauen, laut genug, damit die jungen Mädchen es auch früh genug hören. »Wenn eine Frau eine Stute ist und dem Mann widerspricht und ihn beschimpft und ankeift und das letzte Wort haben will, dann ist es nur richtig, wenn der Mann sie schlägt.« Oder sie sagen: »Unser sind die Zärtlichkeiten und auch die Prügel. Man kommt nicht ohne Ordnung aus. Eine ordentliche Frau sagt nicht, dass es ihr Mann war, selbst ihrer Mutter nicht.«

Wenn ein Mann krank wird, betet seine Frau zur Muttergottes, sie leckt den Boden der Kirche vom Eingang bis zum Altar sauber, damit er wieder gesund wird. »Madonna, nimm mein Kind, aber lass mir den Mann«, hört man viele Frauen beten, während sie würgend Speichel, Staub, Schmutz und Kinderpisse auflecken, bis ihre ausgefransten Zungen bluten. Und dann, am Altar angekommen, bedanken sie sich bei der Muttergottes mit glühendem Herzen. Hartgesottene Männer hat man bei diesem Anblick weinen sehen, aber niemals hat man eine dieser Frauen weinen sehen, denn wer Buße tut, muss sich standhaft zeigen.

Auch Pancrazia sieht man niemals weinen. Aber auch nie lachen, und sie beteiligt sich auch nie am Dorftratsch und den Lästereien der Nachbarinnen. Das zusammen mit den Kräutermischungen und den Talismanen trägt ihr eine dunkle Aura ein, der man besser nicht zu nahe kommt.

Sie wird wieder schwanger, aber das Mädchen verstirbt nach einem halben Jahr an Unterernährung. Im nächsten Jahr gebiert Pancrazia ein weiteres Mädchen, das wird Maria getauft und überlebt. Salvatore liebt sie so sehr, dass er seine Frau fast gar nicht mehr schlägt. Aber in dem Winter, als sie vier wird, erkrankt Maria an Keuchhusten, und trotz Pancrazias ganzer Kunst verschlechtert sich ihr Zustand. »Du bringst sie um! Du bringst sie um!«, schreit Salvatore in Raserei. Er rennt zum Apotheker, einem Säufer und Quacksalber, der ihm für Salvatores letzte sechs Lire einen Sirup zusammenmischt. Kaum hat Salvatore der kleinen Maria den Sirup eingeflößt, bekommt sie fürchterliche Krämpfe und verstirbt noch in der gleichen Nacht. Der Apotheker hatte zwei Fläschchen verwechselt. Weil der Apotheker aber ein Cousin des Dottore Passalacqua und mit dem Priester gut bekannt ist, wird rasch der Totenschein ausgestellt. Barnaba, sieben Jahre alt, sieht stumm zu, wie seine tote Schwester früh am nächsten Morgen weggebracht wird, und das Sediment seiner Kindheitserinnerungen verdichtet sich um eine weitere schwarze Schicht.

Ohnmächtig vor Schmerz und Wut schreit Salvatore auf der Straße, dass er den Apotheker umbringen werde und den Dottore Passalacqua gleich dazu. Es gelingt den Nachbarn nur mit Mühe, ihn zurückzuhalten. Denn wer aufmuckt, verschwindet.

Und Salvatore verschwindet.

MÜNCHEN 1960

Erst als das Gleis sich fast vollständig geleert hat, betritt Barnaba Carbonaro wieder Münchner Boden. Er trägt einen grauen Wollmantel mit Pelzkragen, schlenkert mit seinem Gehstock, zum Zeichen, dass er ihn nicht braucht, während hinter ihm der Schaffner einen bulligen Überseekoffer, groß wie ein Tresor, und einen leichten Reisekoffer auf den Bahnsteig hievt. In dem Reisekoffer befindet sich, dick in Wachspapier und Zeitung verpackt, ein prächtiger Oktopus, den der Patriarch kurz vor seiner Abreise frisch auf dem Fischmarkt von Catania gekauft hat und der dringend ins kochende Wasser muss.

Mein Großvater Nino und mein Vater Barnaba, genannt Toni, erwarten ihn am Ende des Bahnsteigs. Mein Vater ist damals fünfundzwanzig, aber auf dem Familienfoto sieht er viel älter aus. Alle sehen in dieser Zeit viel älter aus. Der Patriarch drückt Toni herzlich an sich, küsst ihn auf beide Wangen, kneift ihn, sieht ihn sich an. Bevor er allerdings auch seinen Sohn Nino auf diese Weise begrüßen kann, küsst ihm mein Großvater schon die Hand.

Mein Großvater Nino wirkt nervös wie ein Jugendlicher, der heimlich geraucht hat. Wie eine hastig hingekritzelte, ängstliche Kopie seines Vaters. Er trägt einen weit geschnittenen kamelfarbenen Nadelstreifenanzug aus feinster Wolle, den er noch in der Nacht fertig genäht hat. Dazu polierte Budapester, Mantel und Hut und ebenfalls einen Gehstock. Alles zum Zeichen, dass er nicht zu den armen Schluckern gehört, die in Grüppchen im Bahnhof herumstehen, rauchen, reden, gestikulieren, nichts weiter, dennoch misstrauisch von den Deutschen beäugt. Dabei kommen sie einfach nur jeden Sonntag auf dem Bahnhof zusammen wie sonst auf der Piazza ihrer Heimatdörfer. Sie kommen aus Baracken in der Au, in Haidhausen und aus dem Hasenbergl, wo sie sich zu sechst ein Zimmer teilen. Sie haben den Hauptbahnhof zur Piazza gemacht und kommentieren verstohlen das Männertrio mit den zwei Koffern von Gleis 11.

Kennt man die? Ist das nicht? Der Sohn. Der Vater. Vom Billard. Catania. Terroni. Erdfresser. Halt bloß dein Maul, Polentafresser. Selbst dein Maul, Afrikanerzwerg. Hat der nicht? Doch hat er. Schon damals. Die Tochter, wie heißt die, Pancrazia, Maria? Die mit den Mandarinen? Pellen würd ich sie wohl, sanft ihr Häutchen zupfen. Nein, die trägt Hosen, die ist nicht Fisch noch Fleisch. Die andere, Aurora. Ja, die mit der Stimme. Madonna, diese Stimme. Wie eine Moro so schwarzrotsaftigsüß, die. Der würde ich. Den Saft. Vergiss es, Afrikanerzwerg.

Lippen werden beleckt, Zigaretten bis zum Daumennagel abgeraucht, Stummel ausgetreten, Blicke senken sich, als die drei Carbonaro vorbeigehen.

Nur ein Wörtchen. Das Zöpfchen flechten. Den Dienst ihr erweisen. Pancrazia, Aurora, wie auch immer. Die Schwarzrotsaftigsüße schon zum Singen bringen. Die Glocken läuten. Pass auf, was du redest. Pass selber auf. Zwei Brüder, der da, Toni, ist der ältere. Was schert's mich.

Ausgehungertes Gerede, Sizilianer, Kalabresen, welche aus dem Norden. Sie ducken sich unter den Blicken der Deutschen weg, denn jeden Tag aufs Neue wird ihnen eingebläut, dass Gäste in diesem Land gefälligst still zu sein und nicht nach Knoblauch zu riechen haben. Die Fremdheit schweißt sie zusammen. Der Hauptbahnhof vereint sie, wo sie Neuigkeiten austauschen, wo sie Geilheit, Wut und Heimweh mit dem Zigarettenrauch aufsteigen lassen, denn morgen müssen sie schon wieder ran, schuften, malochen, die Knochen hinhalten.

Es ist ein Sonntag, und es schneit. Genau wie damals, als Barnaba neunzehnjährig zum ersten Mal in München ankam. Vor dem Bahnhof parkt ein Hanomag-Pritschenwagen im Halteverbot. *Carbonaro – Südfrüchte Import* steht auf der Plane, ein Schupo stiefelt grantig um den Kleinlaster herum und schreibt das Kennzeichen ab.

»*Ah, gell, des hab i mir scho denkt*«, grantelt er los, als er die drei Sizilianer mit dem Überseekoffer durch den Schnee heranschlurfen sieht. »*Heda, Katzlmacher, ist des dein Fahrzeug da? Des. Fahrzeug. Deins? Hab i g'fragt. Papiere! Aber ganz schnell.*«

Der Schnee fällt in dicken Flocken, dämpft alle Geräusche. Unbewegt sieht Barnaba Carbonaro zu, wie Nino und Toni mit dem Verkehrspolizisten diskutieren. Barnaba Carbonaro versteht kaum ein Wort, denn richtig Deutsch hat er nie gelernt. Er hofft nur, dass Nino sein Temperament im Griff hat, denn er hat erlebt, wie schnell Begegnungen mit uniformierten Deutschen eskalieren können. Er erinnert sich an Bianchinis Traum vor langer Zeit, der am Ende wahr geworden ist, als der Brennkofer von gegenüber und seine uniformierten Bestien das Ehepaar Reis auf offener Straße erschlugen. Gerade mal fünfzehn Jahre ist es erst her, dass sogar ein falsch geparktes Auto, ein hitziges Wort zur Deportation führen konnten.

»Hier in Deutschland, do hat's a Straßenverkehrsordnung, hast mi, Makkaroni? Da gibt's ned a so a Umanandergwurschtl wie bei euch dahoam.«

Barnaba spürt, wie ihm der Schweiß ausbricht. Er fasst sich an die Brusttasche, dort, wo sein deutscher Pass steckt, und sieht, wie Toni den Strafzettel entgegennimmt. Unter den strengen Blicken des Schupos bugsiert Nino den Patriarchen hastig auf den Beifahrersitz des Hanomag und quetscht sich selbst dazu. Im Wagen ist es kalt, eiskalt.

»Du hättest mich mit dem Mercedes abholen sollen, Nino«, brummt der Patriarch, als Toni den Hanomag durch den Schnee manövriert und das Heizungsgebläse endlich warme Motorluft in die Kabine pustet. »Vor einem Mercedes haben die deutschen Polizisten Respekt, da schreiben sie keine Strafzettel.«

Nino räuspert sich verlegen. Toni konzentriert sich aufs Fahren.

»Ist irgendwas mit dem Mercedes?«

Nino windet sich. »Es ist so, *papà* ... Wir haben ihn ... also letztes Jahr verkauft.«

»IHR HABT MEINEN MERCEDES VERKAUFT?«, brüllt der Patriarch. Da ist er gerade mal seit einer Stunde in München.

»Er war ... nun ja, doch schon sehr alt, *papà*.«

»ER WAR SO GUT WIE NEU!«

»Er hatte über zweihunderttausend Kilometer auf dem Buckel.«

»Das ist kein Alter für einen Mercedes. Ein Mercedes kann hundert Jahre alt werden und Millionen Kilometer fahren. Er lief tadellos wie ein Uhrwerk.«

»Der Mercedes stand doch nur herum«, schaltet sich jetzt

Toni ein. »Es gab schon Gerede, weil Autos immer noch knapp sind. Es war ein günstiger Zeitpunkt, *nonno*.«

»Wo ist der Wagen jetzt?«

»Mario Buscemi hat ihn gekauft.«

»Seid ihr wahnsinnig? Wie konntet ihr mir das antun!? Ihr hättet mich fragen müssen!«

»Aber das habe ich!«, beteuert Nino lebhaft. »Ich habe angerufen. Wegen des Kredits, erinnerst du dich? Du wolltest nichts davon hören. Da hat *mamma* gesagt, dass ich den Mercedes verkaufen soll.«

»*Das* hat sie gesagt? Dass du ihn verkaufen *sollst*?«

»Genau so hat sie es gesagt. Ich schwöre es, *papà*.«

»Ihr habt mich verraten!«

So trifft Barnaba Carbonaro auch in der Westermühlstraße 16 ein. Wütend schleudert er den Vorwurf zur Begrüßung in die Wohnung, kaum dass er sie betreten hat. Die Familie duckt sich, ratlos, was unterwegs passiert ist.

»Ich will ihn zurückhaben!«, herrscht Barnaba seinen Sohn vor der versammelten Familie an. »Kümmere dich darum.«

Selbstverständlich tritt die Familie ihrem Patriarchen den Salon und das angrenzende Schlafzimmer mit Bad ab. Der Rest der Familie wird zusammenrücken müssen, aber Platz gibt es in der Siebenzimmerwohnung noch genug.

Der Reihe nach und mit eingezogenen Köpfen begrüßen alle den verstimmten Patriarchen mit Handküssen.

»Wo ist Franz?«, will der Patriarch wissen.

Betretenes Schweigen.

»Wo ist Franz?«, schreit Nino seine Kinder an, wie ein schrilles Echo seines Vaters.

Mein Urgroßvater sieht meinen Vater an. »Toni, warum ist er nicht hier?«

»Er arbeitet viel. Er wird bestimmt noch kommen, *nonno.*«

»Meinetwegen kann er zur Hölle fahren«, zischt Pancrazia, die älteste der drei Carbonaro-Töchter, und kassiert eine Watschn von Nino dafür. Da ist sie siebenundzwanzig.

Nachdem Barnaba sich kurz frisch gemacht hat, wird ihm im Salon zunächst ein zünftiges Weißwurstfrühstück mit Brezn und Weißbier serviert, man weiß schließlich, was ihm schmeckt. Die Schmatzlaute aus dem Salon deutet die Familie jedenfalls als gutes Zeichen, noch aber hüllt sich der Patriarch in Grollen und Schweigen. Die Familie drückt sich in der Küche herum, hin und wieder wird Angela losgeschickt, um an der Tür zum Salon zu horchen. Die Frage, die alle bewegt, ist: Warum ist er zurückgekehrt?

Erst eine Woche zuvor hatte er seinen Besuch telefonisch angekündigt. Um ein Familienfoto zu machen, wie es hieß. Der Überseekoffer lässt allerdings vermuten, dass er nicht nur wegen des Fotos gekommen ist und bestimmt auch nicht nur wegen des Mercedes. Niemand wagt jedoch, ihn zu fragen. Fragen sind das Privileg des Patriarchen.

Von den vierundzwanzig Kindern, die mein Urgroßvater gezeugt hat, haben nur sechs überlebt. Bis zur Geburt meines Großvaters Nino zum Beispiel waren vor ihm drei Antoninos verstorben. Im Alter von zweiundzwanzig Jahren heiratete Nino dann meine damals neunzehnjährige Großmutter Anna und bekam mit ihr fünf Kinder, die alle überlebten: Pancrazia, Barnaba, Giuseppe, Aurora und Angela. Meine Tanten, mein Onkel und mein Vater. Am Tag von Barnabas Rückkehr nach München sind sie junge Erwachsene, bis auf das Nesthäkchen Angela. Sie alle sind typische Carbonaro – Schneiderinnen, Obsthändlerinnen, Hypochonder, Choleriker, Dandys, Wunderheilerinnen und Reiseleiter. Pancrazia und Barnaba hassen ihre Namen und werden Maria und Toni genannt. Und so will ich sie auch fortan nennen.

Nach dem Frühstück verteilt der Patriarch die mitgebrachten Geschenke. Das sind:

- Hosenträger für Nino
- ein Set Geschirrtücher für Anna
- ein Blechflugzeug zum Aufziehen für Toni
- ein Blechkreisel zum Aufziehen für Giuseppe
- Wachsmalstifte für Maria
- zwei Mappen mit Glanzbildern für Aurora
- ein Teddybär für Angela

Niemand wagt, etwas zu sagen. Während mein Urgroßvater Barnaba im Salon anschließend verschiedene Telefonate führt, drängen sich Nino, Anna, Maria, Toni, Giuseppe, Aurora und Angela in der Küche zusammen wie Verschwörer. Nino raucht nervös und klagt über Herzschmerzen. Aurora, die tatsächlich einen Herzfehler hat und daher das Haus kaum verlassen darf, klagt dagegen nie. Giuseppe und Toni lehnen schweigend mit Rockabilly-Tollen und spitzen Schuhen an der Wand, kauen auf Zahnstochern herum, und Giuseppe sieht aus wie ein Hollywoodstar. Aurora und Angela tragen selbst genähte Petticoats und formen Semmelknödel. Aus dem Ofen duftet bereits der Schweinsbraten, hin wieder übergießt Anna ihn mit Bier.

Die Geschenke liegen unberührt auf dem Tisch wie Findelkinder. Der Patriarch ist für seine Großzügigkeit bekannt. Immer hatte er funkelnde Wunder für seine Enkel dabei und immer einen Umschlag für Nino und Anna. Diesmal jedoch – Findelkinder. Kinderspielzeug. Tand. Blech und Plunder. Alle fragen sich, was das soll.

»Ich sterbe!«, schreit Nino. Niemand beachtet ihn.

Maria steht Schmiere an der Küchentür. Sie trägt eine auf Taille geänderte Anzughose ihres Bruders Giuseppe, was am Morgen zu einem Mordsstreit mit ihrem Vater geführt hat. Den ewigen Streit und die Watschn, die sie sich trotz ihres Alters immer wieder einfängt, betrachtet sie als Preis ihrer Freiheit.

»Regt euch ab«, sagt sie. »Der *nonno* war einfach zu lange weg, er meint es bestimmt nicht böse.«

Sie steht an der Tür, wie immer irgendwo dazwischen, behält den Flur im Blick und gleichzeitig ihre Familie in der Küche. Die vertrauten Stimmen und Gesten, die flüchtigen Berührungen. Die zur Schau gestellte Coolness ihrer Brüder, die der Mutter, wenn sie naschen, einen Kuss auf die Wange schmatzen und aus alter Gewohnheit eine Armlänge Sicherheitsabstand zum Vater wahren. Angelas verträumte Abwesenheit, Auroras Schönheit, die ewig gleichen Sticheleien. Die komplizenhaften Blicke zwischen Aurora und Giuseppe. Die heitere Gelassenheit der Mutter. Das Jammern und Schreien des Vaters. Alles so vertraut, und doch kommt es Maria vor, als ob sich das alles gerade von ihr entferne. Eine unbestimmte Unruhe zieht aus ihrem Herzen herauf wie ein Wetterumschwung. Lähmend und elektrisierend zugleich, wirbelt alte Gewissheiten durcheinander, und auf einmal schmeckt die Welt nach Aufbruch.

»Er war einfach nur zu lange weg«, wiederholt Maria und sieht zu, wie ihre Mutter den Oktopus aus dem Zeitungspapier auswickelt. Ein prächtiges Exemplar, das noch vor Kurzem majestätisch in allen Farben schillernd in Makrelenschwärmen geräubert hat. Die Reise hat ihm alle Majestät gründlich aus den Tentakeln gerüttelt. Blass und teigig sieht er aus, und er müffelt auch bereits. Anna betrachtet ihn wie einen alten Jugendfreund, der sich nicht zu seinem Vorteil verändert hat.

»*Pfui Deibel*«, sagt Giuseppe auf Deutsch.

»Sprich gefälligst Italienisch!«, schnauzt ihn Nino auf Italienisch an.

»Ich finde, er geht noch.«

»*Den könnt's ihr fei schön alleine essen.*«

»Du sollst Italienisch reden! Das ist ein Geschenk.«

»*Des stinkt.*«

»Hat er denn sonst gar nichts gesagt?«, hakt Anna nach und setzt einen Topf mit Essigwasser für den Oktopus auf. »Er muss doch irgendwas gesagt haben. Irgendeine Andeutung zumindest.«

»Dass er wegen des Familienfotos gekommen ist«, jammert Nino. »Mehr nicht.«

»Habt ihr den Koffer gesehen?«, sagt Toni. »Niemals ist er nur wegen des Fotos gekommen!«

Maria sieht ihn an. »Sondern?«

»Weil er einen Plan hat, natürlich. Der *nonno* hat immer einen Plan.«

Maria sieht ihre Mutter bereits lächeln und weiß, was alle denken.

»*Der Große Ossobuki*«, sagt sie leise und grinst ihren Bruder an, den unerschütterlichen Tröster der Familie.

Denn jede Familie hat ihren eigenen Mythos. Aus etwas entstanden, was sich vielleicht so und so zugetragen hat oder auch nicht, niemand weiß es mehr genau. Jahr um Jahr, Generation um Generation wächst und wuchert der Mythos, bildet Schicht um Schicht seine eigene Wahrheit, einfach nur, weil man ihn immer wieder erzählt.

Der Große Ossobuki ist der Trostmythos der Familie Carbonaro. Als Toni mit neun Jahren die Geschichte zum ersten Mal fabulierte, kauerten die Carbonaro in einem Luftschutzkeller und hörten die Bomben fallen. Mit einer kindlichen Fabel über einen gestiefelten Feldhasen in einem herrschaftlichen Lodenanzug, der die Familie Daridiri aus Iradirudi aus größter Not rettet, steuerte Toni seine Geschwister und seine Eltern durch einen Taifun der Angst. Er brachte sie zum Singen und sogar zum Jodeln und musste die Fabel seitdem immer wieder und wieder erzählen. Denn Toni erzählte sie mit der unerschütterlichen Zuversicht, zu der nur geborene Reiseleiter fähig sind.

Über die Jahre hat mein Vater sie um neue Nöte der Familie Daridiri erweitert. Und wie alle Geschichten, die weitererzählt werden, entwickelte die Fabel ein Eigenleben. Stolperte und berappelte sich wieder, bekam Haare und Pickel, verlor ihre Unschuld und wuchs zu einem festen Teil der Carbonaro heran. Der Große Ossobuki ist unser Symbol des Trostes, wir betrachten ihn als einen von uns.

Eine Geschichte wurde erzählt, das Meer ruht wieder still, Wege gabeln sich, etwas führt zu etwas. Niemand in der Küche muss es aussprechen, aber alle denken das Gleiche. Dass der Große Ossobuki gekommen ist, um sie alle aus der Misere zu führen.

Maria zieht den Blechkreisel auf. Fröhlich brummend dreht er sich auf dem Tisch bis zur Kante, und dann – erhebt er sich in die Luft. Dreht langsam und geziert Pirouetten, schwebt um ihre Köpfe herum und zaubert ein Lächeln auf jedes Gesicht.

Ma guarda! Che bello. Un miracolo.

Sachte und anmutig landet der Kreisel wieder auf dem Küchentisch und kippt zur Seite, als verbeuge er sich. Der Bann ist gebrochen.

»*Aurora, leihst mir fünf Mark?*«, fragt Giuseppe.

»*Geh, spinnst?*«

»*Jetzt zier di ned. Nächste Woche kriegst es wieder.*«

»*Damit du bei der Kathi wieder einen auf Spendierhosen machen kannst?*«

»*Leihst du sie mir jetzt oder nicht?*«

»Hier wird Italienisch gesprochen!«

»*Ich* leih sie dir«, mischt sich Angela ein. »Aber nur, wenn ihr mich mitnehmt.«

Anna wendet sich zu Giuseppe um. »Ist das Sakko für den Dottore Halbreiter schon fertig?«

»Das mache ich morgen früh. Kathi will mich mit jemand vom Bayerischen Rundfunk zusammenbringen. Den muss ich doch einladen, sonst seh ich aus wie ein Gastarbeiter.«

»Du *siehst* aus wie ein Gastarbeiter«, stichelt Aurora.

»Fahr zur Hölle, *bruttina*.«

Sie werfen sich Kusshändchen zu.

»Nein, du machst es heute fertig«, erklärt Anna, ohne sich umzudrehen. »Und bevor du Aurora die zehn Mark vom letzten Mal nicht zurückgegeben hast, leiht sie dir auch kein Geld mehr. Hast du mich verstanden, Aurora?«

»Ja, *mamma*.«

»Wenn ihr mich mitnehmt, mach ich das Sakko für dich fertig!«, ruft Angela.

»Du gehst nirgendwohin«, erklärt Toni, aber Giuseppe zwinkert seiner jüngsten Schwester bereits zu, und Angela macht einen kleinen Hüpfer.

»Toni«, geht Maria dazwischen. »Weiß Franz, dass der *nonno* da ist?«

Toni schüttelt den Kopf. »Ich seh ihn aber heute Abend. Er hat übrigens nach dir gefragt.«

»Du kannst ihm einen Arschtritt von mir geben.«

»Maria!«, ruft Anna streng. Sie zieht den Oktopus aus dem siedenden Essigwasser, betrachtet ihn missbilligend, bittet die Muttergottes um Vergebung und schmeißt ihn heimlich weg.

Zum Mittag setzt der Patriarch sich ans Kopfende des langen Esstischs und lässt sich Schweinsbraten, Knödel und Kraut servieren. Wie immer isst zunächst nur er und stellt zwischen den Bissen kurze Fragen. Zum Geschäft, den Zahlen, wie es diesem oder jenem gehe, was es Neues in München gebe. Antworten werden genuschelt, Zahlen geschönt, Blicke flattern über den Tisch wie Motten. Erst danach isst die Familie. Mit am Tisch sitzt auch die verrückte Frau Erlinger, die seit der Einquartierung vor dreizehn Jahren immer noch das kleine Zimmer neben dem Eingang bewohnt. Sie grantelt leise vor sich hin, niemand beachtet sie, aber Angela hilft ihr, ihre Bratenscheibe klein zu schneiden.

»Morgen Vormittag kommt ein Fotograf für das Foto«, erklärt der Patriarch. »Sagt es Franz, er muss mit aufs Foto.«

»Muss das sein?«, stöhnt Maria.

Der Patriarch funkelt sie an. »Franz ist Familie!«

Betretenes Schweigen. Und in die Stille hinein kräht die alte Frau Erlinger ein altbekanntes Münchner Lied.

Ein Wagn von der Linie 8,
weiß-blau, fährt ratternd durch die Stadt.
So fährt der Wagen schnell dahin,
die Menschen, die im Wagen drin,
die schaun gar grantig, koana lacht,
da drin, im Wagn der Linie 8.

Nino läuft rot an, die Geschwister glucksen.

»*Mögn's noch oan Knedl, Frau Erlinger?*«, beeilt sich Anna die alte Mitbewohnerin zu unterbrechen.

»*Naaaa!*«, grantelt die Alte. »*Oan Vanillpudding wui i jetzad. Vanillpudding!*«

Aber sogar der Patriarch lächelt jetzt, weil er das alte Lied wiedererkennt, obwohl er den ganzen Sketch nie verstanden hat. Doch es holt das München der Nachkriegsjahre zurück und Erinnerungen an einen aufgeblasenen dicken Volksschauspieler, der keine Italiener, aber italienisches Essen mochte, ein Kumpel seines Freundes Valentin aus der Au.

Der Anblick des lächelnden Patriarchen löst endlich die Anspannung am Tisch, es wird tüchtig zugegriffen, sogar ein wenig Heiterkeit kommt auf, und nach dem *caffè* sollen Aurora und Giuseppe dem Patriarchen noch etwas vorsingen. Der Patriarch wünscht sich »Vitti 'Na Crozza« und »Ba Ba Baciami Piccina«. Das singen die Geschwister mit einem rauen Schmelz, der ein stürmisches Meer glätten könnte, und danach noch moderne Schlager wie »Tu Vuò Fa' L'Americano« und »Marina«.

»*Bravi!*« Der Patriarch applaudiert, Maria, Toni und Angela johlen und pfeifen, Anna strahlt, Nino zieht ein säuerliches Gesicht und fasst sich ans Herz. Die alte Frau Erlinger verlangt nach Vanillepudding. Aurora und Giuseppe singen noch »Hound Dog« und »Bye Bye Love«, aber da gähnt der Patriarch schon, denn es ist Zeit für die Siesta.

Nachdem er ausgiebig geruht hat, empfängt Barnaba seinen Sohn Nino sowie Giuseppe und Toni nacheinander zu kurzen Audienzen und führt wieder Telefonate. Am Abend dann lässt er sich von Maria eine Mandarine pellen. Der Kachelofen bollert gegen einen eisigen Luftzug an, der durch die Ritzen der Fenster kriecht und den Dezember unter der Tür durchschiebt. Der Rest der Wohnung bleibt praktisch unbeheizt, nur im Nähzimmer steht noch ein Ölofen. Schneeflocken peitschen gegen die Scheiben, die Temperaturen sind auf fünfzehn Grad unter null gefallen, die Münchner Stadtbetriebe suchen verzweifelt freiwillige Helfer, um die Schneemassen zu räumen. Drinnen jedoch, auf dem kleinen Beistelltisch, steht wie zur Erinnerung, dass es noch einen Sommer gibt, eine Vase mit frischen Rosen. Überall in der Wohnung, ist Barnaba aufgefallen, sind Rosen verteilt, er nimmt an, dass Nino sie günstig auf dem Großmarkt bekommen hat. Vom anderen Ende der Wohnung her weht auf dem Luftzug das Surren der Nähmaschine und Swingmusik aus dem Radio herüber. Auroras raue Stimme singt den Refrain mit, manchmal erklingt helles Gelächter aus der Nähstube. Im Salon vermischt sich der Duft der ätherischen Öle der Mandarinen und Rosen mit dem Geruch von Kohleruß, Bohnerwachs und kalter Zigarrenasche. An den Wänden sieht Barnaba ringsum die Familienfotos und die Porträts von sich aus den vergangenen siebzig Jahren. Überall sieht er sich selbst.

»Achte auf die Häutchen«, ermahnt er seine Enkelin auf Sizilianisch, während er zusieht, wie Maria mit einem Messer sorgfältig die letzten Fasern abschabt.

»*Ich mach das nicht zum ersten Mal,* nonno«, gibt Maria ein wenig pampig zurück.

»Sprich Italienisch mit mir und sei keine Stute. Kein Mann will eine Stute zur Frau, die Widerworte gibt. Wenn eine Frau eine Stute ist, muss ihr Mann sie schlagen, um sie zur Vernunft zu bringen.«

Maria unterbricht ihre Tätigkeit und hält sich das Obstmesser an den Hals.

»Es soll nur einer wagen, dann stech ich ihn ab. Ich schwöre, ich stech ihn ab. Lieber bleibe ich unverheiratet. Und wenn ihr mich zwingt, stech ich mich selbst ab.«

»*Geh, Schmarrn*«, winkt Barnaba Carbonaro ab, einer der ganz wenigen deutschen Ausdrücke, die er gelernt hat, und bedeutet Maria, mit dem Pellen fortzufahren.

»Warum meidet Franz mich?«

Maria sieht nicht einmal auf. »Wundert dich das?«

»Sei nicht so frech. Ein Sohn muss dem Vater Respekt erweisen. Sag ihm, dass ich mit ihm sprechen möchte.«

Maria presst die Lippen zusammen.

»Was soll jetzt dieses Gesicht?«

»Franz redet schlecht über uns. Er hat beim Tengelmann angefangen.«

»Das ist gut. Der Tengelmann war immer ein guter Kunde.«

»Der Tengelmann hat jetzt ein Selbstbedienungsgeschäft in der Leopoldstraße aufgemacht. Franz trägt einen weißen Kittel und tut, als ob ihm der ganze Laden gehöre. Da wirst du nicht mehr bedient, sondern kannst dir einfach alles nehmen und gehst anschließend damit zur Kasse.«

Barnaba Carbonaro schnauft aus. »Und wie viel klauen sie ihm da unter der Nase weg?«

»Franz sagt, nichts. Oder kaum. Aber das ist nicht der Punkt. Sondern dass der Tengelmann seitdem auf dem Großmarkt nicht mehr bei uns kauft, sondern nur noch bei Buscemi. Ich hab Franz gefragt, was das soll. Und er sagt, dass wir zu teuer wären und unsere Ware nicht gut.«

»Warum sollte Franz so etwas tun?«

»Weil er uns hasst.«

Der Patriarch stößt einen ungehaltenen Grunzlaut aus. »Er ist dein Onkel. Du bist ihm Respekt schuldig.«

»Halbonkel. Und genauso alt wie ich. Ich bin ihm gar nichts schuldig.«

Der Patriarch erhebt sich gereizt aus dem Sessel und tritt ans Fenster. Sieht den Schneeflocken zu oder auch nur seinem Spiegelbild im Fenster.

»Rede mit ihm. Franz ist Familie. Er muss mit aufs Foto.«

»Warum redest du nicht selbst mit ihm?«

»Ein Sohn muss dem Vater Respekt zollen.«

Maria versucht, sich ihren Großvater als den Großen Ossobuki vorzustellen, aus einem Koffer voller Kummer gestiegen, um sie alle zu retten. Aber es will ihr diesmal nicht gelingen. Sie kann keinen gestiefelten Feldhasen erkennen, nur einen kleinen alten Mann mit kleinen alten Geheimnissen.

»Warum bist du gekommen, *nonno*? Ich meine, nachdem du uns zwölf verdammte Jahre lang praktisch ignoriert hast?«

Barnaba Carbonaro wendet sich wieder um und fasst seine Enkelin ins Auge, als ob sie sich in ein fremdartiges, aber auch interessantes Tier verwandelt hätte.

»Du hast viel von ihr«, sagt er leise. »Das hattest du schon als kleines Mädchen.«

»Von wem?«

Barnaba greift in sein Jackett und zieht die Brieftasche heraus, in der auch sein Pass und der Zehnmarkschein stecken, den er nie ausgibt. Als er das zerrissene und geklebte Foto herausfummelt, fällt ein alter, gefalteter Brief mit einem Loch heraus. Ehe Barnaba reagieren kann, hat Maria ihn schon vom Boden gefischt und liest die erste Zeile.

Mein lieber zorniger Polyphem!

»Gib das sofort zurück!«, fährt der Patriarch sie an.

Erschrocken faltet Maria den Brief rasch wieder zusammen.

»Bitte entschuldige, *nonno.*«

Der Patriarch behandelt den Brief wie etwas unendlich Kostbares und reicht ihr dafür das geklebte Foto.

»Das hier wollte ich dir zeigen.«

An dem vergilbten Albuminpapier erkennt Maria sofort, dass die Aufnahme sehr alt sein muss. Auf der Rückseite ist ein verblichener Stempel zu erkennen: *Studio Fotografico W. v. Gloeden.*

Das Foto wurde einst in vier Teile zerrissen und erst viele Jahrzehnte später mit transparentem Klebefilm wieder geklebt. Jedes der vier Teile hat ebenfalls ein Loch. Das Bild zeigt ein junges Paar mit einem Esel auf einer Dorfstraße irgendwo in Sizilien, denn überall sind Kakteen mit reifen Früchten zu erkennen.

»*Madonna!*«, seufzt Maria, als sie das Paar betrachtet.

»Erkennst du die Ähnlichkeit?«

»Was für eine Ähnlichkeit? *Magari,* sie ist tausendmal schöner als ich!«

»Nein, ihr seid euch wie aus dem Gesicht geschnitten. Und auch sonst bist du ihr in vielem sehr ähnlich.«

»Wer ist sie?«

»Das sind deine Urgroßeltern Pancrazia und Salvatore kurz nach ihrer Hochzeit. Meine Mutter war damals mit mir schwanger, man kann es sogar sehen.«

»Ich habe noch nie ein so schönes Paar gesehen.«

»Warum, glaubst du, zeige ich dir das Foto?«

Maria sagt nichts, kann den Blick einfach nicht von dem Anblick ihrer Urgroßeltern abwenden.

»Weil es beweist, woher du kommst. Weil es beweist, dass du ein Teil von mir bist. Erzähl mir, wie die Geschäfte laufen.«

Statt einer Antwort zerteilt Maria die säuberlich gepellte Mandarine, zupft die Fasern aus dem Kernbereich heraus und reicht ihrem Großvater eine Hälfte.

»Ich würde gerne wissen, ob du die Sorte erkennst.«

Barnaba runzelt die Stirn, setzt sich wieder, sieht sich die Mandarinenstückchen genau an. Mit dem Duft der Frucht bestürmt ihn erneut die Erinnerung an einen Moment vollkommenen Glücks in seinem ersten Münchner Sommer. Er lässt die Erinnerung an sich vorbeiziehen, erst dann probiert er die Mandarine.

»Klein, kaum Kerne, zarte Schale. Sehr aromatisch. Späte Sorte. Das könnte eine Tardivo aus Ciaculli sein.«

»Bravo!«, sagt Maria beeindruckt.

»Wo hast du die her? Die Mengen, die sie dort erzeugen, sind zu gering für den Export.«

»Seit ein paar Jahren produzieren sie mehr. Sie haben ein Konsortium gegründet und wollen auf den deutschen Markt. Mit einer kleinen Anschubfinanzierung könnte ich die gesamte Ernte zum Fixpreis kriegen. Dann wären wir die Einzigen in München, die bis März noch frische hochwertige Mandarinen anbieten, und …«

Barnaba winkt ab. »Die Deutschen können im März keine Mandarinen mehr sehen. Dann wollen sie endlich ihre holzigen Erdbeeren. Qualität ist ihnen ohnehin scheißegal, zumindest den Münchnern.«

»Es hat sich einiges verändert. Die Leute sind anspruchsvoll geworden.«

»Die Deutschen werden sich niemals ändern. Also? Wie schlimm ist es?«

Maria stöhnt. »Seit *papà* sich aus dem Geschäft zurückgezogen hat, näht er mit *mamma*, Aurora und Peppe die Nächte durch, damit wir über die Runden kommen. Aber am Wochenende spielt er den feinen Herrn und verpulvert die Hälfte beim Billard. Er sagt, dass er schließlich Werbung für die Anzüge machen müsse, aber dann frage ich mich, wieso seine tollen Billardspezies nichts bei ihm anfertigen lassen.«

»Er hat sich aus dem Geschäft zurückgezogen?«

»Hast du das nicht gewusst?«

»Dein Vater hat mich schon immer lieber belogen, als mir schlechte Nachrichten mitzuteilen. Wer führt dann den Großmarktstand?«

»Ich. Versani macht nach wie vor die Steuer. Aber ich fürchte, ich werde ihn demnächst nicht mehr bezahlen können.«

»Du bist viel zu jung.«

»Und außerdem eine Frau, schon klar.«

»Der Großmarkt ist ein hartes Geschäft, Frauen gehören da nicht hin.«

»Bei allem Respekt, *nonno*, aber ich habe eine kaufmännische Ausbildung, und ich bin praktisch in der Großmarkthalle aufgewachsen. Ich kenne das Geschäft, und ich habe Pläne, wie …«

»*Porca miseria!*«, brüllt Barnaba unvermittelt. »Ich habe aber andere Pläne!«

Am Ende des Korridors ersterben das Surren, die Swingmusik und der Gesang.

»Was ist mit Peppe und Toni?«

»Peppe träumt von einem Plattenvertrag. Toni hat eine gute Stelle bei der CIT und verkauft Reisen nach Italien. Wir haben überlegt, ob wir zusammen …«

»Sind denn alle verrückt geworden?«, ruft der Patriarch gereizt. »Wozu habe ich das alles aufgebaut?«

»Ich bin sicher, mit den *tardivo di Ciaculli* …«

»Nein«, unterbricht sie der Patriarch unwirsch erneut. Räuspert sich. »Ich bin pleite.«

Er zupft sich die Krawatte zurecht und lehnt sich zurück, als ob alles gesagt wäre. Maria versteht nicht gleich.

»Was heißt das?«

Barnaba Carbonaro breitet die Arme aus. »Kein Geld mehr. Alles weg.« Er bläst leicht über seine Handfläche, als wolle er seiner Enkelin eine Feder zu pusten. Zieht ein Zigarillo aus seinem Lederetui und hält es abwartend vor sich. Maria beeilt sich mit dem Feuerzeug.

»Du wirkst nicht besonders bedrückt, *nonno*«, sagt sie argwöhnisch, während sie ihm Feuer gibt. »Was ist mit Reserven? Wertpapieren, Aktien und so weiter?«

Eine wegwerfende Handbewegung. »Aktien! Ich habe mehr Bankrotte durch Börsencrashs gesehen als durch unternehmerisches Pech. Wenn mir schon jemand gesagt hat: *Das Geld muss arbeiten!* – was für ein Quatsch. Dein Geld muss nicht arbeiten, *du* musst arbeiten.«

Der Patriarch pafft ein paar Züge. Maria zieht eine Packung

Lucky Strike aus der Hosentasche, klopft eine Zigarette heraus. Der Patriarch runzelt die Stirn.

»Weiß dein Vater davon?«

»Bitte, *nonno*.«

»Frauen sollten nicht rauchen.«

Maria raucht ungerührt. »Was ist mit dem Palazzo am Corso Sicilia?«

Barnaba will noch etwas über rauchende Frauen hinzufügen, lässt es dann aber. »Hat mir nie gehört. Im Frühjahr mussten wir ausziehen. Die *nonna* und ich fanden eine kleine Wohnung, es ging uns gut. Aber dann starben erst deine beiden Urgroßmütter und dann deine *nonna*.«

Maria erinnert sich. Nino war mit Anna im Sommer zur Beerdigung gefahren. Von dem Verlust des Vermögens und des Hauses hatte er jedoch nichts berichtet. Die Sommerferien im Palazzo des Patriarchen gehören nicht zu Marias schönsten Kindheitserinnerungen. Die strenge, immer ein bisschen unheimliche *nonna*, die sich nie an sie erinnern konnte und sich oft tagelang in ihr Schlafzimmer zurückzog. Die beiden unzertrennlichen Urgroßmütter wie zwei schwarze Vögel, die alles und jeden zu prüfen schienen. Die merkwürdigen Tanten und Onkel mit ihren Spielkarten, ihren Gelagen und ihrem Zank.

»Und wo lebt der Rest der Familie jetzt?«

Ihre unvermittelte Frage verstimmt den *nonno*.

»Ich habe immer gut für sie gesorgt. Nun müssen sie alleine klarkommen. Natürlich hassen sie mich. Aber im Augenblick kann ich nichts mehr für sie tun.«

Maria raucht. »Also deswegen bist du hier. Weil deine Kinder dich hassen, weil du einsam und pleite bist.«

Der Patriarch klopft sich ein bisschen Zigarilloasche von der Weste und funkelt seine Enkelin streng an.

»Angenommen, ich würde dir fünftausend Mark geben. Als Investition. Was würdest du damit machen?«

»Hast du nicht gerade gesagt, du bist pleite?«

»Antworte mir.«

»Ist das ein Test, *nonno*?«

»Antworte.«

Maria muss gar nicht erst überlegen. Sie drückt ihre halb gerauchte Zigarette aus.

»Saft«, sagt sie entschlossen. »Ich würde Saft daraus machen.«

TAORMINA 1890

Sein erstes Glas Saft bekommt mein Urgroßvater am Tag nach seinem ersten *cannolo*, am Tag nachdem sein Vater ihn wegen zehn Centesimi verdroschen hatte, am Tag nachdem sein Vater in der Dunkelheit verschwand. So verschmelzen drei Erschütterungen, eine geologische, eine seelische und eine kulinarische, zu einem Wendepunkt in Barnabas Leben und zu einer glücklichen Erinnerung. Bei jedem Schluck Saft in seinem Leben wird er fortan an die Befreiung von seinem Vater denken.

Bevor das Beben Taormina überhaupt erreicht, zittert es in Barnabas Träumen. Ein leises Grollen presst sich auf seine Brust und weckt ihn. Eine Verdichtung der Luft eher als ein Geräusch. Wie eine Katze spürt Barnaba die Veränderung, noch bevor die Balken über ihm anfangen zu stöhnen. Der Boden vibriert, sein ganzer Körper schreit Flucht.

Barnaba kann sich kaum bewegen, so sehr schmerzt sein Körper noch von den Schlägen des Vaters. Aber er quält sich hoch, nackt und übersät mit blauen Flecken rennt er nach nebenan und weckt seine Eltern. Seine Mutter springt auf, rafft ihr Kleid an sich und schreit, Salvatore springt auf, wirkt kurz verwirrt, kann sich kaum auf den Beinen halten, aber dann bückt er sich hastig und kriecht unters Bett.

Pancrazia versucht, ihn vom Bett wegzuziehen.

»Wir müssen hier raus!«

»Lass mich!« Salvatore strampelt sich frei. »Mein Geld!«

Er tritt mit den Füßen nach ihr. Der Boden wackelt, Pancrazia fällt hin, knallt mit dem Kopf gegen einen Tisch. Die Balken beginnen zu klagen. Schlimmer als je zuvor, wie von tausend Teufeln gequält, so kommt es Barnaba vor, der zitternd am Bett seiner Eltern steht und bereits spürt, wie der Hang unter den kurzen Stößen des Bebens in Bewegung gerät. Pancrazias Lippe blutet.

»Was für Geld?«, schreit sie fassungslos.

»Meine zweihundert Lire!«

Barnaba sieht, wie sein Vater irgendwas unter dem Bett hervorziehen will, aber wie seine Mutter schon wieder an seinen Beinen zerrt. Salvatore tritt nach ihr.

»Lass mich! Ich gehe nicht ohne mein Geld!«

»Da ist nichts!«

»Doch. Meine zweihundert Lire.«

»Raus hier!«, schreit Pancrazia Barnaba an. »Mach, dass du verschwindest! Ich komme mit *papà* nach.«

Barnaba sieht die Decke absacken. Er will ja raus, nichts will er mehr als das, aber er kann sich einfach nicht bewegen. Er starrt nur auf seine Eltern, auf seinen Vater halb unter dem Bett, auf seine Mutter, die verzweifelt an ihm zerrt. Salvatore scheint gar nicht wahrzunehmen, dass alles zu fließen beginnt, er ist ganz bei seinen zweihundert Lire. Barnaba hat keine Ahnung, ob es die wirklich gibt oder ob sein Vater noch träumt.

»Raus!«, brüllt Pancrazia ihn schon wieder an. In diesem Moment löst sich seine Starre. Barnaba fasst die Hand seiner Mutter, so fest, als ob alle Lebenskraft in seine Hand fließe. Pancrazia will sich befreien, um Salvatore noch in letzter Sekunde mitzunehmen, aber mein Urgroßvater, zehn Jahre alt, hält sie fest wie zwei Carabinieri und zerrt sie aus dem Haus.

In der Sekunde, als sie aus dem Haus taumeln, gibt der Hang unter den Erdstößen nach. Es ist so dunkel, dass Barnaba kaum etwas sehen kann, nur einen Schatten und eine fließende Bewegung in der Nacht, als der an dieser Stelle poröse Fels des Monte Tauro mit einem ohrenbetäubenden Donnern gleich vor seinen Füßen in die Tiefe sackt. In einem Augenblick reißt der Erdrutsch das Haus mit sich, Salvatore samt seiner zweihundert Lire, Erdreich, Gebüsch und einer Palme. Das Haus geht unter wie ein leckgeschlagenes Schiff im Sturm, die Erde bebt noch einige Sekunden nach, dann ist Stille.

Seine Mutter starrt in die Finsternis. Barnaba hält noch immer ihre Hand, aber nun ganz ohne Kraft. Pancrazia löst sich aus seinem Griff, wendet sich zu ihm um und gibt ihm eine Ohrfeige.

Am nächsten Nachmittag erscheint Barnaba bei dem Fotografen, um ihm zu erklären, dass er zukünftig keine blauen Flecken mehr haben werde. Der Baron sieht ihn irritiert an.

»Weiß deine Mutter, dass du hier bist?«

Barnaba schüttelt den Kopf.

»Du bist ein Held«, erklärt ihm der Baron. »Du solltest jetzt bei ihr sein.«

»Jetzt, wo *papà* tot ist, muss ich doch Geld verdienen, Herr.«

Der Baron will etwas sagen. Aber dann fragt er:

»Magst du ein Glas Saft, Nino?«

Barnaba bemerkt, dass der Baron ihn nicht mit dem ungeliebten, sondern dem selbst gewählten Namen anspricht. Er hatte zwar eher mit einem weiteren *cannolo* gerechnet, nickt aber und folgt dem Baron ins Haus.

»Soll ich mich ausziehen, Herr?«

»Nein. Heute nicht.«

Barnaba sieht zu, wie der Baron in seiner Küche Mandarinen und Zitronen halbiert und sie mit einer Gabel großzügig auspresst.

Zentner über Zentner Orangen hat Barnaba in der Plantage des Dottore Passalacqua bislang schon gepflückt, aber trotz dieses Überflusses ist es bei Prügelstrafe verboten, sie mit nach Hause zu nehmen. Jeden Abend tasten die Aufseher alle Pflücker ab, als kämen sie geradewegs aus einer Diamantenmine. Nur das mieseste Fallobst, die angedetschten mit den aufgeplatzten Schalen, die den Transport nicht überstehen und den Rest der Charge nur ruinieren würden, die dürfen sie mit nach Hause nehmen. Die essen sie, wenn sie kein Geld für Brot haben.

Allerbeste Orangen jedoch verschwenderisch zu Saft zu pressen hatte bis dahin ebenso jenseits von Barnabas Vorstellungskraft gelegen wie der Absturz ihres Hauses.

Barnaba stockt der Atem, als der Baron die halb ausgepressten Schalen wegwirft. Dann sieht er zum ersten Mal in seinem Leben Wassereis. Einen ganzen tropfenden Eisblock zieht der Baron aus einem Schränkchen unter dem Abfluss hervor. Er befreit ihn sorgfältig vom Stroh, hackt mit einem Messer einige Stücke ab und lässt sie in den Mandarinen-Zitronen-Saft gleiten, wo sie an der Oberfläche leise klickern und knistern, als flüsterten sie sich Geheimnisse zu. Das Glas beschlägt, Barnaba will nach ihm greifen, doch der Baron hebt die Hand.

»Warte noch. Er muss erst kalt werden.«

Barnaba zuckt zurück, versteckt beide Hände unter dem Tisch.

»Ich hab gehört, was du getan hast. Das war sehr mutig.«

Barnaba schüttelt den Kopf. »Ich wünschte, ich wäre tot und nicht *papà*. *Mamma* wünscht sich das auch.«

»Sag so etwas nicht.«

»Die Leute sagen es.«

Der Baron seufzt. Dann verschwindet er kurz in seinem Studio und kehrt mit einer Fotografie zurück, die er Barnaba wortlos über den Tisch schiebt.

Die Aufnahme zeigt ein junges Paar im gleißenden Mittagslicht auf einem steilen Pfad, im Hintergrund ist fern der Ätna zu erkennen. Die Frau trägt eine Stola über dem Kopf, sitzt hochschwanger auf einem Esel. Sie berührt schützend ihren Bauch, ihr Blick ist abwesend, verklärt, irgendwo in der Ferne. Wie gar nicht von dieser Welt. Ganz anders der Mann. Er trägt einen schlichten dunklen Anzug und führt den Esel, blickt Barnaba trotzig an, als versperre der ihm den Weg. Die Szene soll natürlich Maria und Josef auf dem Weg nach Bethlehem darstellen, das erkennt auch Barnaba gleich, aber auf ihn wirkt sie wie ein Rätsel.

»Da waren deine Eltern gerade in Taormina angekommen«, erklärt ihm der Baron. »Ich hatte noch nie zuvor zwei so schöne Menschen gesehen. Vielleicht ist das eine der besten Aufnahmen, die ich je gemacht habe. Sie enthält alles, was ich in Sizilien sehe, alle Schönheit, alle Magie und allen Untergang.«

Barnaba nickt nur, kann den Blick nicht von dem Bild abwenden. Als er merkt, dass seine Tränen auf das Foto tropfen, wischt er sie hastig weg.

»Schon in Ordnung, Nino. Das Papier ist beschichtet. Du bist übrigens auch drauf.«

»Wo?«

»Da – im Bauch deiner Mutter.«

»Oh.«

Barnaba schiebt die Fotografie schüchtern über den Tisch zurück.

»Nein, behalt sie. Ich schenke sie dir. Aber sieh sie dir genau an. Was sagt dir das Foto?«

»Ich weiß nicht, Herr.«

»Schau hin. Deine Mutter, wo geht ihr Blick hin? Zu deinem Vater?«

»Nein.«

»*Genau.* Sie ist nämlich bei ihrem ungeborenen Kind. Denn du bist ihre Zukunft und ihre Hoffnung, Nino. Dein Vater dagegen ist ganz bei sich. Irgendwo in der Vergangenheit. Wenn deine Mutter in diesem Moment zwischen dir und deinem Vater hätte wählen müssen, wen hätte sie wohl gewählt?«

Barnaba sagt nichts.

»Weißt du eigentlich, dass du in einem Paradies lebst?«

Barnaba schüttelt den Kopf.

»Und doch ist es so. Warum, meinst du, kommen die Fremden hierher?«

»Weil sie krank sind?«

»*Genau.* Aber nicht so, wie du denkst. Die Krankheit, an der sie leiden, ist eine Vergiftung der Seele. Denn dort, wo sie sonst leben, müssen sie sich verstecken. Sie verstecken sich in schönen großen Häusern, unter seidenen Kleidern und eleganten Anzügen. Sie verstecken sich hinter Maschinen, hinter ihren Schreibtischen und Zeitungen, hinter Operngläsern und geistreichen Worten. Aber in Wirklichkeit sind sie Gefangene. Nur hier können sie für ein paar Monate frei sein. Hier in Arkadien.«

Barnaba starrt das Glas mit dem Saft an. Es ist nicht mehr beschlagen, die Eisklumpen kaum noch zu sehen. Barnaba schluckt.

»Weißt du, was Arkadien ist, Nino?«

»Nein, Herr.«

»Das war ein fernes Land in ferner Zeit. Ein Paradies für Menschen, die an einer Vergiftung der Seele leiden. Aber es ist untergegangen. Niemand weiß genau, wo es lag. Und nun lasse ich es hier wiederauferstehen, hier in Sizilien, damit die Menschen sich von ihrer Vergiftung erholen können. Magst du mir dabei helfen, Nino?«

Barnaba schluckt erneut, löst seinen Blick nur schwer von dem Glas und dem Foto und blickt auf.

»Ja, Herr.«

»*Wunderbar.* Du bist ein kluger Junge. Und ein Held. Du hast deine Mutter gerettet und wirst sie noch sehr glücklich machen. Dir gehört die Zukunft. Jetzt trink.«

Ehrfürchtig nimmt Barnaba das Glas in beide Hände. Die Kühle an seinen Händen elektrisiert ihn. Aber als er dann den ersten Schluck nimmt, überrollt der Geschmack seine überreizten Sinne. Wie eine erlöste Fee rauscht die Kälte hinauf in seinen Kopf bis an seine Schädeldecke, wirbelt herum und stürzt sich hinab in seinen Magen. Die überreife Fruchtigkeit der Mandarine zusammen mit der Säure der Zitrone treffen ihn unversehens, es ist fast ein Schock. Wie durch den kalten Saft verdichtet, zerplatzen die Fruchtaromen ganz hinten an seinem Gaumen, verharren dort noch einen Moment und strudeln dann wie Goldregen mit der Kälte hinab. 232 ist die Zahl dieses Geschmacks, gelb, rot, gelb. Barnaba muss sich zwingen, nicht sofort das ganze Glas in einem Zug zu leeren. Er trinkt in kleinen, gierigen Schlucken, die Augen fast glasig, als ob er eine schönere Welt betrachte. Dabei sieht er nur immer wieder, wie der Schemen ihres Hauses mitsamt dem Vater in der Dunkelheit versackt. Aber mit jedem Schluck wird die Dunkelheit nun ein bisschen goldener, wird das Grollen der Erde zu einem Gluckern flüssiger Süße.

Als Barnaba ergriffen das leere Glas auf den Tisch zurückstellt, versteht er, was der Baron gemeint hat.

Dass er tatsächlich in einem Paradies lebt, das Schmerzen der Seele lindern und für Momente glücklich machen kann. Und wenn das so ist, dann kann es auch ihn glücklich machen.

»Weißt du schon, was du mal werden willst, Nino?«, fragt ihn der Baron. Was man Zehnjährige eben fragt, wenn man sie von ihrem Kummer ablenken will oder auch nur gefesselt ist von der geheimnisvollen Energie, die sie abstrahlen. Niemand hat Barnaba das bisher gefragt, sein Vater nicht, seine Mutter nicht. Noch nicht einmal er selbst. Aber inzwischen kennt er die Antwort.

»Reich.«

Der Baron lacht. »*Wunderbar!* Wenn jemand das schaffen kann, dann du.«

»Könnt Ihr mir zeigen, wie man reich wird, Herr?«

Der Baron schüttelt den Kopf. »Ich glaube nicht, dass ich dafür besonders viel Talent habe.«

»Aber Ihr seid reich!«

»Ich wurde so geboren, das zählt nicht. Dort, wo ich herkomme, gelte ich außerdem nicht als besonders reich.«

Barnaba kaut unzufrieden auf seiner Lippe.

»Ihr lügt. Ihr wollt es bloß für Euch behalten.«

Der Baron wird ernst. »Das Einzige, was ich übers Reichwerden weiß, ist: Du musst etwas verkaufen, was alle haben wollen. Was, spielt keine große Rolle. Aber sie werden es nur wollen, wenn du selbst auch daran glaubst.«

Barnaba denkt darüber nach. »An was glaubt Ihr, Herr?«

»An meine Fotografien. Aber ehrlich gesagt verdiene ich damit noch nicht viel.«

»Aber Ihr glaubt daran?«

»Mehr als an irgendeinen Gott. Ich glaube, dass sie ein wenig heilen können. An was glaubst du, Nino?«

Auch diese Frage ist ihm noch nie gestellt worden. Er fragt sich, ob sein Vater an irgendetwas geglaubt hat. Vielleicht an Gott, denn schließlich war er einmal Priester gewesen. Sicher ist Barnaba sich jedoch nicht, denn sein Vater ist nicht oft zur Kirche gegangen. Auf der anderen Seite glaubt aber schließlich jeder an Gott, doch irgendwie findet Barnaba nichts Besonderes daran, an etwas zu glauben, an das sowieso alle glauben. Sein Vater hatte an Geld geglaubt. Aber auch an Geld glauben schließlich alle. Auch nichts Besonderes also. Und dann fällt ihm ein, an was er wirklich glaubt.

»Zahlen, Herr. Ich glaube an Zahlen.«

Es tut gut, das endlich auszusprechen, ohne Furcht, dass der Vater ihn dafür gleich wieder verprügeln wird. Und in dem Moment, als er es ausspricht, versteht Barnaba, dass sein Vater ihn nie wieder verprügeln wird und auch, wie sehr er wirklich an Zahlen glaubt. Sie sind seine Freunde, in unendlicher Fülle stehen sie bereit, ihm zu helfen.

»Stimmt, du rechnest ja gerne. Zahlen haben etwas Magisches, nicht wahr?«

Barnaba nickt.

»Ich kenne sogar ein paar Leute, die Zahlen verkaufen, nur besonders reich sind sie damit nicht geworden.«

»Meine Zahlen haben aber Farben.«

»Das klingt schon besser. Bunte Zahlen verkaufen sich bestimmt viel leichter. Was können deine Zahlen sonst noch?«

»Sie haben Geschmack.«

»Oh! Wonach schmecken sie?«

Barnaba geht in sich, spürt dem Geschmack der Zahlen nach. Die 232 des Safts hallt immer noch übermächtig nach. Er deutet auf das leere Glas vor sich.

Der Baron nickt ernsthaft. »Dann könntest du vielleicht Zahlen mit Mandarinengeschmack verkaufen, Nino.«

Barnaba sieht den Baron an, ob er ihn etwa auf den Arm nehmen wolle. Aber der Baron wirkt vollkommen ernst.

Vielleicht, stelle ich mir vor, beginnt in diesem Moment auch die Idee in Barnaba zu keimen, dass es seine Aufgabe im Leben sein würde, dieses Arkadien, von dem der Baron spricht, in kleinen Portionen an Leute zu verkaufen, die zu arm für die *Grand Tour* sind. Portionen des kleinen Glücks mit Mandarinengeschmack.

»Wie geht das?«, fragt er.

Der Baron hebt die Arme. »Ich würde denken, dass es gut wäre, alles über Mandarinen zu lernen. Und wenn irgendwann das Wasser kommt, musst du rudern.«

Das Foto des Barons bewahrt Barnaba auf wie einen Schatz, aber er zeigt es nie seiner Mutter. Er versteckt es in einer Pappschachtel unter seinem Bett und schaut es sich nur heimlich an, wenn er sich an seinen Vater erinnern will. Also nicht oft.

Es dauert vier Tage, bis man Salvatores zerschmetterten Leichnam aus den Trümmern des abgestürzten Hauses geborgen hat. Die vermeintlichen zweihundert Lire tauchen dagegen nicht auf. Barnaba stellt sich vor, dass sein Vater unter dem Bett einen Schatz hütete, um die Familie eines Tages in ein schöneres Haus und eine bessere Zukunft zu führen. Er fühlt sich schuldig, dass er die Eltern nicht früher geweckt hat. Aber als er seine Mutter zaghaft nach den zweihundert Lire unter dem Bett fragt, sagt sie nur: »Dein Vater hat uns betrogen. Eines Tages hätte er uns verlassen.«

Barnaba sieht seine Mutter kein einziges Mal weinen. Wenn er ihre Hand nimmt, erwidert sie die Berührung nicht. Barnaba kann nur hilflos mitansehen, wie sich ihr Gesicht langsam verschließt. Obwohl sie nie herausfinden, ob jene zweihundert Lire unter dem Bett wirklich existiert haben, ist Pancrazia überzeugt, dass er heimlich gespart hatte, um die Familie eines Tages zu verlassen.

»Du bist jetzt mein Sohn *und* mein Mann«, erklärt sie Barnaba. »Du bist mein Fleisch und Blut, du bist ein Teil von mir. Du musst dich um mich kümmern, hörst du?«

»Ja, *mamma*.«

»Du darfst mich niemals verlassen, hörst du?«

»Ja, *mamma*.«

»Niemals. Sag es.«

»Ich werde dich niemals verlassen, *mamma*.«

»Schwör es.«

»Ich schwöre es, *mamma*.«

Das Echo der Ohrfeige in der Nacht des Absturzes hallt ein Leben lang nach, aber wenn sie essen, wartet Pancrazia fortan, bis Barnaba fertig ist, erst dann isst auch sie. Wenn das Essen nicht reicht, verzichtet sie für ihn. Sie näht seine Kleidung, wäscht seine Wäsche, und sie wäscht auch ihn, bis er fünfzehn ist. Sie behandelt ihn wie ihren Mann. Aber als sie mit sechsundzwanzig Jahren das Witwenschwarz anlegt, wiederholt sie es jeden Tag:

»Ich habe dich geboren, du gehörst mir, solange ich lebe. Vergiss das nie.«

Durch die Vermittlung des Priesters bekommen sie ein winziges geducktes Häuschen am Ortsrand zugewiesen, einsam zwischen Kakteen gelegen, grob aus Lavastein gemauert, wo im Jahr zuvor eine ganze Familie an Typhus verstorben ist.

Die Miete beträgt zehn Lire, ein Wohnraum mit Kochstelle und zwei Schlafkammern, aber hinten dafür sogar ein kleines verwildertes Gärtchen, wo Pancrazia Gemüse und allerlei Kräuter zieht. Nachdem sie das Haus vom Unrat befreit, geweißelt und mit Rosmarin und Pinienharz ausgeräuchert hat, wirkt es geradezu freundlich. In der Ferne stemmt sich der Ätna mit seiner Rauchfahne in den Himmel, manchmal hört man ihn grollen, manchmal weht nachts der Widerschein der Eruptionen über dem Krater. Der Vulkan wird für Barnaba zum Symbol seines Vaters, zornig, aber zu fern, um noch eine Gefahr zu sein. Und trotz seiner Schuldgefühle denkt Barnaba, dass in diesem Haus nun alles gut wird, wo sein Vater ihn nie wieder schlagen und drangsalieren wird.

Eines Nachts, gleich in der ersten Woche, jedoch werden Pancrazia und Barnaba von schlurfenden und nestelnden Geräuschen geweckt – und finden Salvatore vor, der mit bekümmertem Gesicht das kleine Häuschen absucht, Töpfe wendet und Kleidertruhen durchwühlt. Barnaba verspürt keine

Angst, nur Mitleid und die Bitterkeit, dass sein Leben womöglich für immer kompliziert bleiben könnte.

»Was willst du?«, fragt Pancrazia ihren Mann leise.

»Meine zweihundert Lire«, murmelt der Verstorbene und fährt mit seiner Suche fort.

»Verschwinde«, stöhnt Pancrazia. »Kschsch!«

Doch in der nächsten Nacht ist Salvatore wieder da und auch in den folgenden Nächten. Wieder und wieder durchsucht er das Häuschen nach seinen zweihundert Lire, hinterlässt Unordnung und Kummer. Bis Barnaba eine kleine Schatulle zwischen den Kakteen vor dem Haus vergräbt, die nichts weiter enthält als einen besprochenen Talisman seiner Mutter mit zwei Centesimi.

In der Nacht hören sie Salvatore scharren, aber am nächsten Morgen sehen sie, dass er die Schatulle zwar ausgegraben, den Talisman darin aber zurückgelassen und die zwei Centesimi an sich genommen hat.

»Vielleicht will er wirklich nur sein Geld«, sagt Barnaba.

»Und dann hat er seinen Frieden?«

Barnaba hebt die Schultern. Seine Mutter nickt erschöpft. »Dann soll er sein Geld eben bekommen.«

Also legen sie jeden Centesimo, den sie irgendwie abzwacken können, in die Schatulle, die Barnaba jeden Morgen wieder an der gleichen Stelle verbuddelt. Jede Nacht gräbt Salvatore sie aus, nimmt nur das Geld darin an sich, und Barnaba führt im Kopfe Buch. Zu Anfang versucht er noch, den Vater anzusprechen, aber Salvatore gräbt nur schweigend und mit bekümmertem Gesicht weiter. Immerhin erscheint er seitdem nicht mehr im Haus, und Barnaba und seine Mutter gewöhnen sich an das nächtliche Scharren hinten bei den

Kakteen wie an den Wind. Zwei Jahre geht das so, bis die zweihundert Lire voll sind. Als Barnaba am Morgen darauf voller Nervosität nachsieht, ist diesmal auch die Schatulle mitsamt dem Talisman verschwunden, und Salvatore sucht das Häuschen nie wieder heim.

So lernt Barnaba, dass man die Toten nicht fürchten muss und wie erlösend es ist, Schulden zu begleichen. Von diesem Tag an wird das Häuschen zwischen den Kakteen zu einem glücklichen Ort, zu Barnabas erstem richtigen Zuhause. Der Ort, an dem er nicht mehr geschlagen und der nicht abstürzen wird. An dem er fortan von Saft träumen kann und einem Land, in dem die Leute nur darauf warten, dass er sie mit Mandarinen beliefert.

Von Deutschland.

MÜNCHEN 1960

Eine Standuhr hat scheu die Stunden der Nacht verkündet. Mandarinen sind gepellt, eine Geschichte ist erzählt worden. Barnaba weiß gar nicht, was über ihn gekommen ist. Er drückt sein Zigarillo aus und lauscht dem Echo seiner Erinnerungen.

»Weiter!«, flüstert Maria. »Bitte.«

»Es ist spät.«

»Du kannst mich doch jetzt nicht ins Bett schicken wie ein kleines Kind!«

»Sie kommt ganz nach dir, *mon ami.*«

Ruggero lehnt in seiner Uniform an der Fensterbank.

»Verschwinde endlich!«, seufzt Barnaba, doch Ruggero macht keinerlei Anstalten.

»Kschsch!«, zischt Maria den Uniformierten an, dem sie sofort ansieht, was er ist. Ruggero verbeugt sich vor Maria und verlässt geräuschlos den Salon.

»Du musst keine Angst vor ihm haben«, seufzt der Patriarch.

»Hab ich nicht. Kommt er auch noch in der Geschichte vor?«

Der Patriarch nickt.

»Gut«, sagt Maria. »Solange kann er meinetwegen bleiben.«

»Sprich mit Franz, *gioia mia.* Er muss mit aufs Foto. Dann darfst du mir deine Geschäftsidee mit dem Saft vorrechnen.« Müde wedelt der Patriarch sie weg. »Gute Nacht, *gioia.*«

Aber an der Tür des Salons dreht Maria sich noch einmal um. Der *nonno* erscheint ihr auf einmal noch kleiner als sonst. Kleiner, aber auch näher.

»*Nonno?*«

»Ja, *gioia*?«

»Hast du es jemals zuvor schon jemand erzählt?«

»Nein.«

»Warum ausgerechnet mir?«

Der Patriarch atmet aus. »Ich fange langsam an, es zu bereuen.«

»Und ich fange langsam an, dich zu mögen.« Ehe der Patriarch sie zurechtweisen kann, wirft sie ihm eine Kusshand zu. »Danke, *nonno*.«

Das Gespräch mit Maria hinterlässt einen Akkord jugendlicher Aufgekratztheit bei Barnaba. Als ob Marias Jugend sich elektrostatisch auf ihn übertragen hätte, fühlt er das Kribbeln wieder, als die Welt noch knackte und duftete wie frisch gebackenes Brot und all ihre Enttäuschungen für sich behielt. Ein luftiger Schwindel, als er sich zu Bett begibt, mahnt ihn zwar, dass er sich hat hinwegtragen lassen, aber er bereut es dennoch nicht. Als er unter die Daunendecke schlüpft, erinnert er sich wieder an einen Körper und eine Haut wie aus flüssigem Honig. Erfreut spürt er sogar seine Erregung unter der Decke, aber er ist zu müde und zu erfüllt, also lässt er sie zufrieden verstreichen.

Er weiß selbst, dass man alles zusammen – entfesselter Strom von Erinnerungen, verheißungsvolle letzte Erektion vor dem Einschlafen – als eher düsteres Vorzeichen deuten könnte. Aber zum einem ist er nun wirklich zu müde, um sich vor dem Tod zu fürchten, und außerdem ist er hier noch nicht fertig.

Dennoch ist er ein bisschen überrascht, als er früh am nächsten Morgen quicklebendig erwacht. Voller Tatendrang und Appetit erhebt sich der Patriarch aus dem Bett, bereit für ein Foto und ein Wunder. Nach einem leichten Frühstück aus geröstetem Brot mit Feigen schickt er Maria los, um Franz zu holen. Kurz darauf erscheint pünktlich der Fotograf vom Studio Böckl, vormals Salomon, bei dem der Patriarch viele Familienporträts in seiner Münchner Zeit hat anfertigen lassen. Das Studio hat einen jungen Schweizer namens Roberto Tosetti geschickt, da er Italienisch spricht und der zu stottern anfängt, als Aurora ihm die Tür öffnet. Der ganzen Familie stockt der Atem beim Anblick der beiden jungen Menschen, eingehüllt in die Einsamkeit ihrer Schönheit. Selbst Barnaba hat in seinem Leben noch kein vollkommeneres Paar gesehen, und er erkennt mit einem Blick, dass die Würfel des Schicksals gefallen sind. Wie einst an einem Waschplatz vor langer Zeit.

Ehe die beiden noch mehr erröten können, zieht Barnaba den jungen Fotografen in den Salon, um ihn mit seinen Wünschen vertraut zu machen und sich von dessen Sachkenntnis zu überzeugen.

»Was ist das für eine Kamera?«

»Eine Hasselblad, Mittelformat.«

»Sie sieht mir sehr klein aus.«

»Eine bessere Kamera werden Sie auf der Welt nicht finden.«

»Deutsche Wertarbeit.«

»Schwedische.«

Der junge Fotograf antwortet nur abwesend, denn wie verzaubert bestaunt er die unzähligen Familienfotos und Porträts des Patriarchen, die ihn kreuz und quer verstreut von allen Wänden herab prüfen. Er hat sie aus dem Augenwinkel bereits im Flur wahrgenommen, die ganze Wohnung scheint vollzuhängen mit Familienfotos, es müssen Hunderte sein.

»Madonna! Das ist ja eine Zeitreise. Seit wann machen Sie das?«

»Seit ich denken kann.«

Tosetti betrachtet eingehend jedes einzelne Bild. Irgendetwas irritiert ihn.

»Niemand lächelt jemals. Nicht einmal die Kinder.«

»Ist das so?«

Tosetti wendet sich wieder seinem Auftraggeber zu und sieht ihn an, als versuche er herauszufinden, mit welcher Art von Reptil er es zu tun hat. Eben noch so verlegen, wirkt er nun ganz in seinem Element. Während er das Stativ aufbaut und das Licht einrichtet, beantwortet er ruhig alle Fragen seines seltsamen Kunden, den ihm Böckl zugewiesen hat. Und denkt dabei die ganze Zeit an Aurora und dass er am liebsten nur sie fotografieren würde.

»Sind Sie vertraut mit dem Werk von Wilhelm von Gloeden?«, unterbricht ihn die Stimme des Patriarchen in seinen Gedanken.

Der junge Schweizer blickt interessiert auf. »Den Pionier der homoerotischen Aktfotografie?«

»Das war nur ein kleiner Teil seines fotografischen Werks«, erklärt Barnaba verstimmt. »Der Mann war ein Genie. Ich muss das wissen, ich kannte ihn persönlich.«

»Oh, wirklich?« Tosetti versucht das Alter seines Kunden zu schätzen, aber seine eigene Jugend macht ihm einen Strich durch die Rechnung. »Waren Sie ein Schüler?«

»Ich nicht. Aber ein guter Freund von mir. Er kümmert sich in Taormina um den Nachlass des Meisters und die wenigen Glasplatten, die der Vernichtung entgangen sind.«

»Es existieren noch Originaglasplatten?« Tosetti glüht jetzt geradezu, ruft etwas auf Schweizerdeutsch aus und dann auf Italienisch: »Ich meine, die würde ich gerne mal sehen.«

»*Wunderbar.*« Der Patriarch ist versöhnt. Trotz der kleinen Kamera mag er den Jungen, er kommt ihm gerade recht für das erste Wunder. »Auf eurer Hochzeitsreise wird sich bestimmt eine Gelegenheit dazu ergeben.«

Tosetti räuspert sich verlegen. »Wie viele Personen sollen mit auf das Foto?«

»Die ganze Familie. Mein Sohn und seine Frau in der Mitte auf dem Sofa, links und rechts die Söhne, die Mädchen anmutig zu ihren Füßen wie bei einem sommerlichen Picknick. Ich selbst werde mit meinem Sohn Franz im Hintergrund stehen. Eine lockere Komposition, aber geschmackvoll und selbstbewusst. Es wird das erste Familienfoto in Farbe sein.«

Tosetti runzelt die Stirn seines Renaissancegesichts und deutet hinter den Patriarchen. »Was ist mit den Herrschaften dort?«

Als Barnaba sich umwendet, sieht er vier traurige *patruneddi di casa* auf dem Sofa sitzen, wie man in Sizilien die Toten nennt, die nicht gehen können und die er nur allzu gut kennt. Ruggero in seiner Paradeuniform putzt seine Brille. Barnaba wundert sich nur, dass sie für Tosetti ebenfalls sichtbar sind, und nimmt es als Zeichen, dass der junge Schweizer längst zur Familie gehört. Grund genug, ihn zu duzen.

»Du musst keine Angst haben, Junge.«

»Hab ich nicht. Aber sollen sie mit aufs Foto?«

»Nein.«

»Doch, natürlich!«, widerspricht Ruggero. »Wir gehören schließlich zur Familie.«

»Ihr gehört nicht hierher«, knurrt Barnaba. »Warum folgt ihr mir?«

»Wir folgen dir nicht, Nino, du hast uns hier zurückgelassen, *remember*? Seit zwölf Jahren warten wir in deinem Mercedes auf dich, da ist es vielleicht angemessen, dass wir mit aufs Foto kommen.«

Barnaba weiß, dass die Bedürfnisse der *patruneddi* schlicht sind. Am Ende wird sich die Angelegenheit wie immer mit Geld regeln lassen. Geld, das er wieder einmal nicht hat.

»Wo ist der Mercedes jetzt?«

»In Mario Buscemis Garage. Er wird ihn dir nur allzu gerne zurückgeben. Und dann wäre es *very much appreciated*, wenn du uns zurückbringst.«

Schritte schlurfen vor dem Salon vorbei, eine Bodendiele knarzt, irgendwo nebenan läuft ein Radio mit einem sonntäglichen Orgelkonzert. Tosetti bemüht sich um Diskretion, während sein Kunde mit den Toten verhandelt, studiert weiter die Fotos an den Wänden, bis die *patruneddi* den Raum lautlos verlassen und Barnaba Carbonaro sich ihm wieder zuwendet.

»Neun Personen, keine Toten. Kriegst du das hin, Junge?«

Tosetti denkt an Aurora und wirft einen letzten Blick auf die Familienfotos, fast sämtlich in den gleichen Posen.

»Ich würde allerdings gerne etwas Neues versuchen, wenn Sie erlauben. Ich würde Sie und die Familie ein wenig wirkungsvoller arrangieren.«

»Du meinst, ich sollte doch in der Mitte auf dem Sofa sitzen?«

»Nein. Sie sind doch kein Münchner Bierbrauer. Ich denke eher an eine dynastische Komposition mit einer mythischen Textur als Referenz an von Gloeden. Der heimgekehrte Odysseus.«

»Wie war noch gleich dein Name, mein Junge?«

»Tosetti, Roberto, *Voscenza.*«

Er verwendet die alte sizilianische Anrede für Adlige, Mafiosi und Respektspersonen aller Couleur.

»Du hast eine große Klappe, wenn du nicht gerade herumstammelst, Robertino«, brummt der Patriarch, und mit einer Geste der Großzügigkeit: *»Prego.«*

Barnaba will noch auf Franz warten, doch statt mit Franz kehrt Maria gegen Mittag mit geröteten Augen zurück und schließt sich im Badezimmer ein. Die Carbonaro eilen zum Bad, trommeln und klopfen an der Tür, aber Maria erklärt von drinnen nur, dass sie seinen Namen nie wieder hören wolle, und lässt Wasser laufen. Barnaba tobt, Nino tobt, Anna schreit, dass Maria sich etwas antun wolle. Toni und Giuseppe hämmern gegen die Badezimmertür, bis Maria gefasst, aber so zornig wieder herauskommt, dass draußen der Schnee taut. Aurora und Angela bestürmen sie – wie, weshalb, warum? Klagen, Verwünschungen und Hände flattern auf, Füße werden gestampft, die Luft füllt sich mit Worten, Worte so schnell, dass Tosetti schwindlig wird. Er versteht den Dialekt nicht, kriegt nur mit, dass sich irgendwer angeblich verlobt habe. Toni will los und mit Franz reden, Maria verbietet es ihm, sie schreien sich an, Nino simuliert einen Herzanfall. Barnaba herrscht ihn an, Anna schreit, dass sich alle beruhigen sollen, aber weil sich niemand beruhigt, beschließt sie, Makkaroni aufzusetzen. Giuseppe will ein Bier, die alte Frau Erlinger schimpft auf die Nazis und will auch ein Bier und den Kaiser zurück, und irgendwo abseits starrt Roberto Tosetti auf Aurora im Sucher seiner Hasselblad und spürt sein Herz beben. Er ahnt schon, dass es heute nichts mehr wird mit dem Familienfoto, aber er will noch nicht einpacken, nein, er will bleiben in diesem Sturm aus Worten, Zorn und Haut.

Und dann hört er ihre Stimme, so warm und rau wie Filz.

Vinni la primavera
Li mennuli su 'nciuri
A mia 'nfocu d'amuri
Lu cori m'addumò

Aurora singt ein altes sizilianisches Volkslied über den Schmerz einer jungen Frau zur Mandelblüte, wenn all ihre Freundinnen sich verloben – und nur sie bleibt noch einsam. Tosetti muss den Liedtext gar nicht verstehen, denn Aurora singt im Takt seines bebenden Herzens, und als sie endet, sind die Makkaroni fertig, und Anna berührt ihn am Arm.

»Du isst doch mit, mein Junge, nicht wahr?«

Es gibt *pasta alla Norma* als Vorspeise, ein schlichtes Cataneser Gericht, benannt nach einer Oper von Bellini. Als Anna ihm wie üblich zuerst auftischt, wünscht Barnaba diesmal, dass alle gleichzeitig essen, und kann nicht anders, als 23891 zu denken, denn das ist die Zahl und die Farbkombination dieses Gerichts. Die goldgelben Makkaroni sind die Zwei. Annas Tomatensugo ist die Drei, so fruchtig und berauschend wie der erste Kuss. Die frittierten Auberginen sind die Neunundachtzig, sie schmecken nach Sommer, Erde und Rauch. Die schneeweiße geriebene *ricotta salata* ist die Eins, sie schmeckt so cremig und salzig wie Heimweh und alles zusammen so tröstlich wie eine Umarmung.

Er würde es nie zugeben, aber Trost kann er gebrauchen. Sein Elan vom Vormittag ist einem Gefühl gewichen, das ihn schon lange begleitet: dem Groll nach lästigen Volten des Lebens. Er hatte sich wirklich sehr auf Franz gefreut. Wäre Franz vor zwölf Jahren mit ihm nach Sizilien gegangen, wäre vielleicht alles anders gekommen.

Seit er das große Haus in Catania aufgegeben hat, seit die beiden Mütter und auch Pina verstorben sind, lebt er allein in einer kleinen Wohnung in der Nähe des Giardino Bellini. Er will nicht jammern, aber die Wahrheit ist: Er ist der Welt abhandengekommen, wie in dem Gedicht dieses deutschen Dichters, das ihm Helene einst übersetzt und vorgelesen hat. Besuch erhält er nur noch von der Signora, die für ihn kocht und sauber macht. Nicht mal mehr von den Toten.

Die andere Wahrheit aber, die ihm beim Essen aufgeht, ist, dass es ihm bei der Familie gefällt, sehr gefällt. Die Aufregung gefällt ihm, die überreizten Gefühle, der entfesselte Zorn, auch wenn er die Zusammenhänge nicht versteht. Aber es beschert ihm tüchtig Appetit und ist seiner Verdauung ungemein zuträglich. Zwar grollt er noch, aber er fühlt sich auch viel leichter und lebendig wie lange nicht mehr. Zusammen mit der wohligen Sattheit lässt ihn das in einen Spalt zwischen zwei Wirklichkeiten rutschen. Die Wohnung in der Westermühlstraße ist eine Insel. Weder Deutschland noch Sizilien, eher ein entrückter Zwischenzustand.

Seit Barnaba in München angekommen ist, hat er die Wohnung noch kein einziges Mal verlassen. Er müsste persönlich mit Franz und Helene sprechen, schon wegen des Fotos, aber er schiebt es noch hinaus, schiebt es auf die Kälte und die Schneemassen. Draußen vor dem Fenster schneit es unaufhörlich, aber hier drinnen, in Annas bullig geheizter Küche, blühen Rosen, ist die Luft erfüllt von Gelächter, Schmatzen und dem Duft von Tomatensugo und *polpette* in Zitronenblättern aus dem Ofen. Früher oder später wird er dieses kleine Arkadien verlassen müssen, Angelegenheiten regeln, Hände schütteln, alte Gefälligkeiten einfordern müssen, aber noch ist er nicht bereit. Er hat einen deutschen Pass, und obwohl er ja praktisch kein Deutsch spricht, hat er auf einmal etwas sehr Deutsches: Bedenken.

Zu den Dingen, die Barnaba an den Deutschen stets am meisten bewundert hat, gehört ihre Hartnäckigkeit, Fehler so lange zu wiederholen, bis sie sie perfekt beherrschen. Er hat es nie ganz verstanden, aber es scheint ein Grundpfeiler ihres Erfolgs zu sein.

Satt und milder gestimmt betrachtet Barnaba die Familie und den jungen Gast beim Essen, wie sie versunken schlingen, sogar die alte Münchnerin, er kommt gerade nicht auf den Namen. Ninos sauertöpfische Nervosität nervt ihn, aber Annas unbeschwerte Heiterkeit daneben versöhnt ihn gleich wieder. Er bemerkt, dass Toni ihn ebenfalls beobachtet, als erwarte er jeden Moment einen Zaubertrick oder das Zauberwort von ihm. Er bemerkt, dass alle Geschwister außer Giuseppe inzwischen gutes Hochitalienisch sprechen. Er bemerkt, dass Giuseppe lieber Deutsch spricht und zu viel trinkt. Es rührt ihn, wie Angela sich um die alte Münchnerin kümmert, die auf Bayerisch vor sich hin grantelt und Frau Erlinger heißt, es ist ihm wieder eingefallen. Diese Menschen am Tisch sind seine

Familie, sie werden ihn retten, und dafür wird er sie retten, so viel steht fest. Er versucht, Marias Blick zu erhaschen, aber sie meidet ihn. Doch er bemerkt die flüchtigen Blicke zwischen Aurora und dem Schweizer, sie haben bereits ihr eigenes Universum erschaffen, sie wissen es nur noch nicht.

»*He, Roberto!*«, ruft Giuseppe über den Tisch. »*Kannst auch Fotos von mir machen für Autogrammkarten?*«

»Am Tisch wird Italienisch gesprochen!«, fährt ihn Nino an.

»Lass sie doch«, wiegelt Barnaba ab.

»Nein, *papà*, wir sind immer noch Italiener.«

»Das waren wir vor langer Zeit, Nino. Jetzt sind wir Deutsche. Die Deutschen wissen es nur noch nicht.«

Für einen Moment herrscht Stille. Nino läuft rot an, sagt aber nichts.

»Natürlich. Gerne«, sagt Tosetti diplomatisch auf Italienisch zu Giuseppe.

»*Ich kann dich aber nicht bezahlen.*«

»*Kein Problem.*«

»*Kommt gar nicht infrage!*«, geht Aurora empört dazwischen. »*Meinem Bruder ist es ein Vergnügen, Ihnen als Gegenleistung einen Anzug zu machen, nicht wahr, Peppe?*«

Maria wirkt wieder gefasster und amüsiert sich über die Verlegenheit zwischen Aurora und Roberto. Was Barnaba jedoch immer noch erschüttert, wenn er daran denkt, ist der Moment, als Aurora zu singen anhob. Als alle ergriffen schwiegen und er das Gesicht des jungen Schweizers sah. Denn da sah er wieder sich selbst, vor langer Zeit an einem Waschplatz, und auf einmal freut er sich darauf, Maria am Abend davon zu erzählen.

TAORMINA 1896

Mit sechzehn weiß Barnaba Carbonaro zwar fast immer noch nichts über Deutschland, aber alles über Zitrusfrüchte. Über die Femminello- und die Primofiori-Zitrone. Über die dickschalige süße Cedro, über die fleischige Tarocco-Orange und die blutschwarze Moro. Am liebsten aber mag er weiterhin Mandarinen, die gewöhnliche Avana, die King- und die Cleopatra-Mandarine. Er erkennt sie an ihren Größen, ihren Schalen, ihren Kernen und ihrem Geschmack. Er lernt, sie zu pflanzen, zu düngen, zu wässern und zu ernten. Er lernt es durch jahrelange Schufterei auf den verschiedenen Zitrusplantagen des Dottore Passalacqua, die *jardinu* genannt werden, Gärten, selbst wenn sie etliche Hektar groß sind. Vielleicht weil sie einst zum Paradies gehörten.

Seine Mutter will, dass er das Schneiderhandwerk von ihr lerne, aber Barnaba verspürt wenig Lust dazu.

»Was stellst du dich nur an!«, schimpft sie. »Du könntest immer bei mir sein, müsstest den langen Weg nicht machen und dir nicht den Rücken krumm schuften. Nähen ist eine schöne und edle Arbeit.«

»Ich weiß, *mamma*.«

»Aber du willst mich nur quälen und verlassen wie dein Vater.«

»Nein, *mamma*«, lügt er. »Niemals.«

Denn edel und bequem hin oder her, lieber ist er draußen, im betäubenden Duft der Orangenblüten, auch wenn die Arbeit hart ist. Manchmal assistiert er seiner Mutter bei Krankenbesuchen. Einmal werden sie zu einer englischen Lady gerufen, die an einem warmen Oktobertag einen Schwächeanfall erlitten hat. Als Pancrazia ihr kurzerhand das Oberkleid, das Unterkleid und das eng geschnürte Mieder aufschneidet und darunter dicke Unterwäsche zu sehen ist, versteht Barnaba, was viktorianische Zwänge sind.

Lesen lernt er nicht mehr. Als Kind musste er arbeiten, als Jugendlicher hält er es nicht für so wichtig, und als ihm aufgeht, dass dies ein Irrtum ist, schämt er sich bereits zu sehr, als dass es ihm sein Stolz erlaubt hätte, sich von Kindern in der Schule auslachen zu lassen.

Dafür kann er rechnen wie kein Zweiter, aber sein Verhältnis zu Geld entspringt der Armut. Geld ist für ihn immer noch ein ewig knappes Tauschmittel, um das Überleben zu sichern. Nichts, das seidig von Konto zu Konto fließt, das Warenströme reguliert, Grenzen überspringt und sich allein durch die richtige Vision vermehren kann. Noch sind Geld und Reichtum für meinen Urgroßvater gleichbedeutend mit *roba*, Besitz, mit eleganten Möbeln und Anzügen, mit eisgekühlten Getränken und Müßiggang. Zu sehr ist er Sizilianer, zu tief sitzt jahrhundertealtes Standesdenken. Eine archaische Welt, unüberwindbar getrennt in Adel und Bauern, verbunden nur durch Fatalismus und die Institution der Familie als allerhöchstem Wert. Die Familie ist alles, ohne Familie bist du nichts. Die Familie ist wichtiger als du. Alles, was du hast, gehört der Familie. Alles, was du brauchst, erhältst du von der Familie.

Aber der Puls der Welt beschleunigt sich von Jahr zu Jahr. Das Fieber der Industrialisierung schwappt auch über die

Meerenge von Messina, schwemmt Ideen von den Möglichkeiten eines Einzelnen mit der nötigen Entschlossenheit an den Strand und nagt am uralten Zement der Familien.

Familie – das ist für Barnaba die Mutter. Nachdem Salvatore sie nicht mehr heimsucht, leben sie in ihrem abgeschiedenen Häuschen inmitten von Kakteen fast wie Eremiten. Es sind glückliche Jahre, vielleicht die glücklichsten seiner kurzen Kindheit. Pancrazia ist das Erste und das Letzte, was Barnaba am Tag sieht, sie ist so allgegenwärtig wie die Sonne. Sie küsst ihn, wenn er frühmorgens zur Arbeit aufbricht, und sie wartet ungeduldig in der Tür auf ihn, wenn er abends zurückkehrt.

»Wo warst du so lange?«

»Wir mussten noch düngen.«

»Rumgetrieben hast du dich.«

»Ich hab mich nicht rumgetrieben.«

»Lüg mich nicht an. Gestorben vor Sorge bin ich. Du bringst mich noch ins Grab.«

Wenn er sich mal mit Mariano und Vincenzo treffen oder zum Baron zum Modellstehen gehen will, dann klagt sie: »Du bist wie dein Vater, du willst dich nur rumtreiben.« Aber sie sagt auch: »Ein Mann muss für seine Familie sorgen und etwas darstellen. Als *bracciante* wirst du ein Niemand bleiben.«

»Ich werde kein *bracciante* bleiben, *mamma*. Eines Tages werden wir reich sein.«

»Das hat dein Vater auch immer gesagt. Ein Schneider, ja, der stellt etwas dar. Mein Vater ist ein Schneider und ein geachteter Mann.«

Barnaba hat seinen Großvater noch nie kennengelernt. Aber wenn er seine Mutter fragt, warum sie nach Salvatores Tod nicht nach Gravina zurückgegangen sind, sagt sie: »Wie stellst du dir das vor? Im besten Fall wird man mich wieder mit einem Niemand verheiraten, der mich schlagen und im Haus einsperren wird. Ich kann erst zurück, wenn du Schneider bist und etwas darstellst. Aber du willst dich ja nur rumtreiben.«

Da versteht Barnaba, dass seine Mutter ihre eigenen Vorstellungen von Freiheit und Wohlstand hat. Von dem Geld, das er von dem Baron fürs Modellstehen kriegt, kauft er ihr für ungeheuerliche vierundvierzig Lire eine fast neue amerikanische Singer-Nähmaschine mit Fußantrieb. Seine erste Investition. Als geübte Schneiderin schafft Pancrazia dreißig Stiche pro Minute mit der Hand, aber mit der Singer ändert sich alles. Pancrazia kopiert Schnitte aus Modezeitschriften, die Barnaba aus dem Haus des Barons mitgehen lässt, und fertigt nun schlichte Kleider und Anzüge. Zu Barnabas fünfzehntem Geburtstag näht sie ihm seinen ersten Anzug, einen einfachen grauen Zweiteiler. Barnaba kommt sich wie ein Herr vor.

Die Kindheit weht scheu durch ihn hindurch wie ein Windhauch vom Meer im August, der keine Kühlung bringt und nichts hinterlässt. Nichts außer Fotografien, die im Kunsthandelsgeschäft Schuler aushängen und von Fremden gekauft werden. Manchmal versucht er sich vorzustellen, wo sein zehnjähriges, zwölfjähriges, vierzehnjähriges Ich wohl hängen mag. Prächtig gerahmt in einem Salon in London oder Berlin? Oder irgendwo versteckt unter einem Bett, nur heimlich hervorgeholt, wenn niemand zusieht?

Was Barnaba von der Welt weiß, hat er aus den Moritaten der durchreisenden *cantastorie*, die von Erfindungen und Schrecken singen, von geflügelten Riesenechsen in Indien und Kindern mit drei Köpfen in Australien, von fliegenden, kristallenen Städten in Amerika und monströsen deutschen Kanonen, groß wie der Turm zu Babel. Mit kehligen Stimmen pressen die Sängerinnen und Sänger die Kunde von den Wundern des Fortschritts heraus, als wenn sie sie selbst immer und immer wieder gebären müssten. Und ganz vorne steht Barnaba, verzehrt von einer namenlosen Sehnsucht nach Ferne und Aufbruch.

Manches schnappt er aus den Erzählungen der Fremden auf, die die Welt wie Staub an ihren Kleidern nach Taormina tragen und vor ihm ausschütteln, aber viel ist es nicht. Barnaba weiß nicht, dass Deutschland von Großbritannien eine sturmumtoste Nordseeinsel gegen eine Kolonie in Ostafrika eingetauscht hat. Er weiß nicht, dass die Journalistin Nellie Bly auf den Spuren eines französischen Romans in weniger als achtzig Tagen die Welt umrundet hat. Er weiß nichts vom Jugendstil und auch nicht, dass van Gogh in Paris gerade traurige Porträts malt.

Während Barnaba in Taormina für den Baron posiert und in den Zitronengärten des Dottore Passalacqua schuftet, nimmt die Welt Anlauf für ein neues Jahrhundert. Als gut situierter Herr trägt man jetzt Sakko, die Schuhe werden spitzer, auch bei den Damen. Die tragen enge, aufwendig bestickte Röcke mit ausgepolstertem Gesäß, viel Spitze und Mieder. Die jungen Nationen Europas beuten mit Hurra ihre Kolonien aus, im Deutschen Reich erlässt Bismarck eine gesetzliche Rentenversicherung, auf den Straßen Londons fahren die Leute auf englischen Rover-Fahrrädern mit Kettenantrieb und Luftreifen. In Leipzig wird der erste American Express Travelers Cheque eingelöst, und in Berlin springt Otto Lilienthal mit einem Flugapparat von einem Sandhügel.

In Amerika trinkt man Coca-Cola, die Rolltreppe, der Reißverschluss, die Popcornmaschine und der Dieselmotor werden erfunden, der Pesterreger entdeckt, und irgendwo in der Südsee malt Paul Gauguin glückliche Menschen. Während Taormina nachts in vollkommener Dunkelheit liegt, erleuchten überall auf der Welt bereits elektrische Glühbirnen die Nacht, sogar auf den Boulevards von Palermo, und in Amerika wird der erste Mensch auf einem elektrischen Stuhl hingerichtet. Ein Deutscher schreibt sentimentale Abenteuerromane über Länder, die er nie gesehen hat, während am Broadway in New York die ersten Kinosalons eröffnen.

Überhaupt wird viel eröffnet. Neue Eisenbahnlinien vor allem, auf denen immer schnellere Lokomotiven und immer luxuriösere Züge fahren. Aber auch Güterzüge voll mit Waren und Zitrusfrüchten. Überall auf der Welt werden nun elektrische Automobile entwickelt, aber Carl Benz stellt den ersten serienreifen Motorkraftwagen mit Verbrennungsmotor vor.

In München eröffnet Alois Dallmayr ein Geschäft für Feinkost und Kolonialwaren an der Dienerstraße, wo er auch sizilianische Mandarinen anbietet. In den Kabaretts dieser Provinzhauptstadt werden derbe Couplets gesungen, Thomas Mann zieht nach Schwabing, im Armenviertel in der Au spielt der kleine Valentin, der sich später Karl Valentin nennen wird, mit Schießpulver.

Von alledem kriegt mein Urgroßvater im Großen und Ganzen nichts mit. Wie einer Tante, die er nie gekannt hat, trauert er seiner Kindheit nicht hinterher, denn als Sizilianer lebt er ohnehin im Hier und Jetzt. Er begreift früh, dass alles vorbeigeht. Schläge, Hunger, die Jahreszeiten. Und wie eine Jahreszeit würde auch seine Armut vergehen. Es kommt nur darauf an, nimmt sich Barnaba vor, den richtigen Zeitpunkt nicht zu verpassen.

Zu rudern, wenn das Wasser kommt.

Aber das Wasser lässt auf sich warten. In der Hierarchie der *braccianti* stehen die *carusi*, die Kinderarbeiter, ganz unten. Von Morgengrauen bis Sonnenuntergang pflücken sie Zitronen von den kurz gehaltenen Bäumen oder hacken barfuß den steinigen Boden auf, wo es Schlangen und Skorpione gibt. Dafür bekommen sie nur den halben Lohn und werden geschlagen, wenn sie sich beklagen. Eigentlich werden sie ständig geschlagen, von den Aufsehern, aber auch von den anderen Landarbeitern, einfach weil sie billigere Konkurrenz sind. Wer aufbegehrt, wird nicht mehr beschäftigt. Hungrige Arbeitskräfte gibt es genug.

Allein für den Fußmarsch in die Gärten im Tal des Alcantara-Flusses braucht Barnaba zwei Stunden. Wer zu spät im Hof des *padruni* erscheint, kriegt keine Arbeit. Zwei Stunden hin und zwei zurück, in denen er seinen Lohn hochrechnet, den Ertrag, die Nebenkosten und den geschätzten Erlös pro Hektar kalkuliert, immer und immer wieder. Die Ergebnisse schüren seine Wut auf den Dottore Passalacqua. Jedoch nicht als eine Art Klassenfeind. Solche Gedanken kommen ihm gar nicht, denn die *braccianti* verbindet nur eine wenig belastbare Solidarität und schließt die *carusi* ohnehin aus. Barnaba erwartet sowieso keine Solidarität von Leuten, die ihn jeden Tag schlagen.

Aber sosehr er auch rechnet – mit dem Wenigen, was er in den Gärten verdient, wird er niemals ein Stück Land in Pacht oder Halbpacht übernehmen können, geschweige denn kaufen. Und selbst wenn, wird er damit kaum den Reichtum eines Dottore Passalacqua erreichen.

Barnaba sieht überall neue Gärten entstehen und merkt sich *Nachfrage*. Von dem Baron von Gloeden lernt er, dass die Gärten nur durch ein System von Darlehen zwischen Grundbesitzern, Pächtern und Zwischenhändlern wachsen können und dass es einfacher sein kann, sich Tausende von Lire für eine Idee zu leihen, als ein paar Centesimi für Brot und Öl. Er merkt sich das Wort *Kredit*. Er merkt sich außerdem zwei weitere deutsche Wörter: *genau* und *wunderbar*. Sooft wie der Baron sie sagt, müssen sie die wichtigsten deutschen Wörter überhaupt sein.

Deutschland bleibt ein ferner Traum, denn Pancrazia erinnert ihn jeden Tag an seinen Schwur, und als Sohn einer sizilianischen Mutter weiß Barnaba, dass sein Schicksal damit besiegelt ist.

Also mischt er sich weiterhin jeden Morgen unter die *braccianti*, die mit ausgemergelten Körpern und brennenden Augen im Hof des Dottore Passalacqua auf Arbeit hoffen. Für einen Lohn, der oft nicht mal für Brot reicht. Der Hunger und die Scham über die eigene Armut fressen an der Würde der Leute wie der Adler an Prometheus' Leber. Die Männer sterben an Malaria, Typhus oder einfach an entzündeten Schnittwunden, die Frauen an Würmern, die Kinder an Unterernährung. Manchmal schmieren die Mütter den Kindern Tomatensoße auf die Lippen und malen ihnen Festbankette aus, nur damit sie still sind. Der Hunger wohnt in Mauerritzen und Herzen. Hunger, Scham und Gewalt.

In der Macchia rund um Taormina gibt es Kaninchen, also stellen Barnaba und Mariano Fallen auf. Sie sind selbst überrascht, als sie eines Morgens tatsächlich eines fangen. Das Kaninchen hängt mit dem Hals in der Schlinge und lebt noch.

Die Nacht über hat es versucht, sich zu befreien, hat sich fast den Hals dabei abgeschnitten, das ganze Fell ist voller Blut. Als Barnaba und Mariano die Falle am Morgen kontrollieren, liegt es regungslos am Boden, aber Barnaba sieht sein Näschen noch zucken.

»*Du* musst es tun«, sagt Mariano.

»Warum ich?«

»Ist nicht schwer. Du musst es nur töten und dann abziehen und ausnehmen.«

»Ich will nicht.«

»Du musst.«

Barnaba wird übel. Aber ein Feigling will er auch nicht sein. Er nimmt einen Stein und schlägt dem Kaninchen auf den Kopf. Ein hässliches Geräusch. Das Näschen flattert noch immer. Also schlägt er ein zweites Mal zu. Mariano reicht ihm ein Messer, damit er das Kaninchen abziehen kann. Aber das Messer ist nicht scharf genug und die Haut des Tiers zäher, als Barnaba erwartet hat. Er muss Kraft aufwenden, als er das Messer am Hals einsticht, muss richtig säbeln, kriegt die Sehnen kaum durchtrennt. Barnaba keucht, aber er macht verbissen weiter.

Zwei Tage später wird er krank. Richtig krank. So schwer, dass er wochenlang mit Krämpfen und Fieberträumen von Kaninchen und Schlingen im Bett liegt, um Luft ringt, Flecken auf der Haut, und jeder denkt, er werde sterben. Aber Pancrazia, die den Tod schon an Barnabas Bettlager stehen sieht, flößt ihm bittere Sude ein, schmiert seinen Körper mit Ziegenkot ein, legt Talismane auf sein Herz und bespricht ihn nächtelang wie ein murmelnder, niemals versiegender Fluss.

Barnaba ist zäh, er überlebt, aber wie als Preis für seine Gesundheit hört er auf zu wachsen. Größer als einen Meter vierundvierzig wird er nicht mehr. Selbst für sizilianische Verhältnisse bleibt er so klein, dass die anderen Tagelöhner ihn *nano* rufen, Zwerg.

Barnaba lernt mit der Hacke umzugehen, der *zappa*, und bekommt Muskeln und Schwielen. Er pflückt Zitronen, Orangen und Mandarinen, füllt Tausende von Körben, erträgt Schläge, Demütigungen und Skorpionstiche. Die Bauern sind Sklaven der Bäume, denn die Bäume sind anspruchsvoll und brauchen ständige Pflege. Alle drei Jahre werden sie gedüngt. Bei der großen Zahl von Gärten wird also praktisch ständig irgendwo gedüngt. Der Dung kommt mit Karren von Höfen am Ortsrand, die sich darauf spezialisiert haben, den Mist von Pferden, Maultieren und Ochsen aus den umliegenden Ortschaften zu sammeln. Barnaba lernt, dass man sogar Scheiße verkaufen kann.

Jeder Baum wird einzeln gedüngt. *Carusi* wie Barnaba schleppen den Dung in Körben, *cufinu* genannt, von der Dunggrube zum Baum. Dann müssen sie das Erdreich um den Baum herum aufhacken, bis die Wurzeln frei liegen. Nur die senkrechte Wurzel, die *chiuvardu*, die den Baum wie einen Dorn im Boden hält, wird sorgfältig ausgelassen. In dieses Loch, die *scugna*, kommt der Dung, der von einem *zappaturi* gleichmäßig verteilt und mit der aufgehackten Erde bedeckt wird. Die *braccianti* sind hoch spezialisiert. Der ganze Ablauf von der Düngung bis zur Ernte ist bis ins Kleinste durchgeplant und folgt einer uralten Choreografie des Schuftens.

Jeder Zitrushain muss drei- bis viermal im Jahr gehackt werden, gleich nach der Ernte, wenn das Wetter es zulässt. Diese schwere Tätigkeit kann nur synchron erledigt werden. Nach jeweils etwa einem Meter häufen die *zappaturi* die Erde zu einem *pupu* auf und hacken dann weiter. Erst wenn ein *pupu* fertig ist, können sich die Arbeiter gemeinsam kurz strecken und durchatmen. Beugt einer sich nicht schnell genug wieder, wird er vom Vorarbeiter mit einem harschen »*Calamu!* – Runter mit euch!« angetrieben. Die Kinder werden einfach geschlagen, und Barnaba ordnet den Farben seiner Blutergüsse abends Zahlen zu.

So süß und saftig die Früchte auch sind, das Land ist es nicht. Trotzig widersetzt es sich den Hacken, keilt zurück, schlägt und beißt und kneift. Es reißt Barnaba die Füße auf, tritt ihm in den Rücken und schneidet ihm in die Finger. Das Land duftet nach wildem Oregano, Jasmin und Rauch. Das Land ist uralt und launisch, im Frühjahr kleidet es sich in Blüten. Manchmal sieht Barnaba auf seinem Weg im Morgengrauen Wolken von Blütenpollen aus den Büschen an den Hängen aufsteigen wie ein Geistervolk auf dem Weg in eine neue Heimat. Das Land fordert Demut und Unterwerfung, dann kann es sich großzügig erweisen und dreimal im Jahr verschwenderische Fülle abwerfen. Aber dazwischen wütet es wie ein geblendeter Zyklop gegen jeden, der ihm mit einer *zappa* zu nahe kommt.

Für jede Gerätschaft, jeden Arbeitsschritt gibt es ein eigenes Wort, das auf Sizilianisch so samtig klingt wie ein Kosename. Die Männer singen beim Hacken, zwischendurch verfluchen sie den *padruni*, die Aufseher und ihre eigene Misere. Sie sind wie die Bäume, die sie hegen – geduckt und knorzig. Sie sind wie das Wasser – ihr Leben versickert mit der unveränderbaren Abfolge ewig gleicher Handgriffe. Sie sind wie das Land, das sie bestellen – hart und verbrannt, Barnaba kann manchmal keinen Unterschied mehr erkennen. Verschmolzen mit dem

Land, leben sie mit den Jahreszeiten und kennen sich mit dem Wetter aus. Wenn Barnaba kurz in den Himmel aufschaut, weiß auch er bald, ob es Regen geben oder ob es noch heißer werden wird. Dann beugt er sich schon wieder.

Das ist seine Jugend: beugen, rennen, tragen, hacken, aushalten, bluten. Die ganze Zeit jedoch rechnet er dabei mit. Zählt die Dungmengen, die er schleppt, und rechnet sie pro Hain hoch, überschlägt die Erntemengen und den Erlös pro Baum. Das Rechnen trägt ihn wieder an einen schöneren Ort aus Düften und Farben, an dem sich Schmerzen und Demütigungen besser ertragen lassen.

Beim Baron hört Barnaba Geschichten von dem griechischen Piraten, der vor langer Zeit nicht weit bei Acitrezza einen Zyklopen blendete. Er hört von den beiden Ungeheuern Skylla und Charybdis, die die Meerenge von Messina bewachen, und von den unzähligen Völkern, die über das Meer kamen, ihre Götter mitbrachten und irgendwann zu Sizilianern wurden. So stellt Barnaba sich Sizilien vor: ein sperriges Paradies, bevölkert von Nachfahren von Zyklopen, Göttern und Piraten.

Bloß was davon ist er?

Die Vielfalt der sizilianischen Kultur ist zugleich Verdammnis. Wer sind wir? Die uralte Frage der Sizilianer verfolgt ihn. Doch dazu schweigt das Land, und Barnaba ahnt, dass er Sizilien eines Tages verlassen muss, um eine Antwort zu erhalten.

Da er immerhin von diesem Land abstammt, betrachtet er sich fürs Erste als Zyklop und beschließt, sich nicht blenden zu lassen, von niemandem.

Das Land ist durstig. Auch wenn der Ätna viel Niederschlag an sich zieht, versickert er jedoch rasch im Boden oder rauscht in Sturzbächen ins Meer. Das Wasser für die Gärten kommt aus Brunnen, die durch unterirdische Tuffsteingänge, die *cunnutati*, verbunden sind und regelmäßig von Sand befreit werden müssen. Weil er klein ist, muss Barnaba wochenlang in stockfinsterer, bedrückender Enge Sand schaufeln.

Über Ketten mit Metallbehältern wird das Wasser zunächst vom Hauptbrunnen in ein Becken, der *gebbia*, oberhalb des Zitrushains gefördert. Dazu läuft ein Esel mit verbundenen Augen unaufhörlich um den Brunnen herum. Endlos im Kreis, ein ganzes Eselsleben lang fördert er Wasser aus der Tiefe. Hunderttausende von Runden, rechnet Barnaba hoch und schwört sich, dass er so nicht enden will.

Von der *gebbia* fließt das Wasser durch Tuffsteinkanäle in die »Gärten« und kann durch aufgehackte Öffnungen, *zappeddu*, zielgenau zur *conca*, dem aufgehackten Becken um den ersten Baum herum, geleitet werden. Ist die *conca* voll, hackt der Arbeiter den Rand um den nächsten Baum auf. Jeder Baum wird auf diese Weise einzeln bewässert.

Barnaba lernt, dass es Schädlinge gibt, die eine ganze Ernte vernichten können, und dass man sie bekämpfen muss wie einen Feind. Die Schädlinge heißen Wolllaus, Schildlaus, Rüsselkäfer und Spinnmilbe. Die Wollläuse werden einzeln mit der Hand entfernt, Blatt für Blatt. Aus Amerika übernimmt man ein neues Verfahren, das sehr gefährlich ist: Jeder Baum wird mit Blausäure ausgeräuchert. Dazu muss der Baum mit einer Plane abgedeckt und für eine Stunde beräuchert werden. Diese Arbeit kann nur in windstillen Nächten erledigt werden, wenn die Luft trocken ist und die Temperatur nicht über zwanzig Grad liegt, damit der Baum nicht an der Blausäure verbrennt. Ein dafür angelernter Arbeiter, der *capu-*

squatra, führt einen kleinen Trupp. Sobald die Plane mit den Markierungen über dem Baum liegt, liest der *cubbuaturi* die Zahlen auf der Plane am Boden laut vor. Der *capusquatra* sitzt an einem Tisch, dem *vancu*, und berechnet aus dem Umfang der Abdeckung das Volumen des Baumes und die benötigte Menge Blausäure.

Als man herausfindet, dass Barnaba im Kopf immer schneller auf das Ergebnis kommt als der *capusquatra*, teilt man ihm diese Aufgabe zu. Gemäß seinen Berechnungen bereitet der *mastillieri* die Blausäure zu und positioniert das rauchende Tongefäß mit angehaltenem Atem so unter der Abdeckung, dass der Stamm möglichst wenig leidet. Zehn Bäume können auf diese Weise in einer Nacht behandelt werden, ständig raucht irgendwo die Blausäure, manchmal stirbt ein Arbeiter daran.

Und dann: die Ernte. Wenn alles gut geht, sind drei Ernten im Jahr möglich. Barnaba gefällt, dass *agrumi* zugleich blühen und Früchte tragen können. So will er auch sein – gleichzeitig blühend, duftend, ertragreich und großzügig. Und er fiebert jedes Mal auf den Tag hin, an dem die Früchte gezählt und in die Magazine abtransportiert werden. Denn das ist der Moment, wo das Geld ins Spiel kommt. Der Moment, in dem sich die leuchtenden Erzeugnisse des Feldes in eine Handelsware mit einem Preis verwandeln. Für Barnaba nichts weniger als ein magischer Prozess, und die Magier dieses Prozesses interessieren ihn besonders.

Die Magier heißen: Händler, Zwischenhändler, Vertrauensleute, Exporteure und Einkäufer. Sie sind verbunden durch ein verwirrendes Geflecht von Beziehungen, Geldströmen und Gefälligkeiten, das Barnaba erst nach und nach durchblickt. Männer in Anzügen und Hüten, die einander respektvoll grüßen, miteinander scherzen, feilschen und streiten. Ein Orden mit eigenen Ritualen und Zeremonien, eigenen Geheimnissen und Erkennungsmerkmalen, dem Barnaba unbedingt angehören will.

Manchmal sind Ausländer darunter, aber nicht solche wie die, die den Winter in Taormina verträumen und die Fotografien des Barons kaufen. Diese Ausländer sind gesund, voller Energie und mit scharfen Augen, sie prüfen die Früchte, sie sprechen die Sprache, sie kennen sich aus. Barnaba lernt, dass diese *corrispondenti* die eigentlichen Einkäufer sind, die den Bedarf in ihrem Heimatland kennen, beide Sprachen sprechen und den Transport organisieren. Der *corrispondente* hat die Ware zuvor von einem Zwischenhändler, dem *sanzali*, erworben, der sie wiederum vorab per Fixpreis oder kurz vor der Ernte je nach Qualität vom *padruni* gekauft hat. Barnaba versteht, dass die *sanzali* für den *corrispondente* eine Art Risikoversicherung für den Fall von Missernten sind.

Da die Früchte nun dem *corrispondente* gehören, ist er auch für die Ernte zuständig. Dazu beauftragt er einen Aufseher, den *capuchjurma*. Dieser wirbt am Vorabend der Ernte auf der Piazza Tagelöhner für die Ernte an, die eine Arbeitsgruppe bilden, die *chjurma*. In einer *chjurma* gibt es *cugghituri*, *panarari* und *tagghiaperi* alles Bezeichnungen, die von den Gerätschaften stammen.

Wenn der Trupp frühmorgens am Zitrushain ankommt, müssen die *braccianti* erst warten, bis die vom Frühtau nassen Früchte am Baum trocken sind, da sie sonst bei der Lagerung und dem langen Transport faulen würden. Während dieser Wartezeit frühstückt die *chjurma* oder vertreibt sich die Zeit mit einem Kegelspiel, während die *tagghiaperi* den *scalu* vorbereiten, den Ort, an dem sich die geernteten Orangen bald häufen werden. Die Schalen der Früchte dürfen keine Kratzer oder Dellen bekommen, daher bereiten die *tagghiaperi* ein weiches Bett aus Sauerampfer vor, der reichlich unter den Bäumen wächst.

Auf das Zeichen des *capuchjurma* beginnen die *cugghituri* mit dem Pflücken. Ohne sie zu drücken, legen sie jede Frucht einzeln in einen Korb, den *panaro*, der ihnen von einem *panararu* gereicht wird und der mit Stroh ausgelegt ist und nie ganz befüllt werden darf. Die gleichen Männer, die Barnaba beim Düngen, Hacken, Wässern und Räuchern beschimpft und geschlagen haben, behandeln die Früchte nun mit einer Zärtlichkeit, als wären es ihre Erstgeborenen.

Als *panararu* muss Barnaba schnell sein, immer zur Stelle. Er wird angetrieben, beschimpft und geschlagen. Aber so klein er auch ist, sechs bis acht, manchmal gar zehn Körbe lädt er sich gleichzeitig auf, lässt sich keine Schwäche anmerken. Erst wenn er nach Sonnenuntergang nach Hause taumelt, knicken ihm die Beine weg, und er verbringt eine Stunde würgend am Boden, bis es wieder geht.

Die geernteten Früchte werden nach Größe und Qualität sortiert und gezählt. Verkauft wird immer zu ganzen Tausenden. Das Verfahren ist umständlich. Ein *cantaturi*, der das Vertrauen des Landbesitzers wie des Käufers genießt, nimmt ein Paar Früchte vom *scalu* auf, eine mit der linken, eine mit der rechten Hand, hält sie in die Höhe, zählt laut »*Eins, zwei!*«, und legt die Früchte in die *cuffuna*, einen großen Korb, der hundert Orangen fasst. Das wiederholt er vierundfünfzigmal, dann ruft er »*Tagghia!*«, und legt das fünfundfünfzigste Paar in den Korb. Macht also hundertzehn Orangen pro Korb. Nach jeder zehnten *cuffuna* geht die Ware an den Händler, tausendeinhundert Früchte.

Zu Anfang wundert sich Barnaba noch, warum ein Landbesitzer sich bestehlen lässt, wenn der Händler tausendeinhundert Früchte bekommt und doch nur für tausend bezahlt. Er versteht jedoch bald, dass die zusätzlichen zehn Prozent eine weitere Risikoversicherung für den Händler darstellen, der ja mit Schwund beim Transport rechnen muss.

Wenn die Früchte gezählt sind, werden die Körbe von ausgebildeten Kutschern in die Lager gebracht, immer acht bis zehn Körbe pro Karren. Barnaba verfolgt aufmerksam, wie die Händler und Zwischenhändler alles kontrollieren. Er schleicht sich in ihre Nähe, lauscht ihren Gesprächen, bis sie ihn fortjagen oder ihm manchmal, wenn sie guter Stimmung sind, eine Frage beantworten.

Im Lager wird die Ware von Frauen, den *ncartaturi*, unter der Leitung einer *maìstra* sortiert und für den Versand vorbereitet. Dutzende von *ncartaturi* reinigen und trocknen die Früchte mit Schwämmen und wickelten sie dann einzeln in Seidenpapier, zum Schutz beim Transport. Weil die Früchte so empfindlich sind, werden sie in Holzkisten in drei Lagen auf Stroh gebettet wie rohe Eier. Auf großen vierrädrigen Wagen, den *carruzzelli*, werden die Kisten anschließend zur Bahnstation gebracht, wo sie von *caruàna* in die Güterwaggons verladen werden. Nur die Früchte erster Wahl werden in Holzkisten geliefert. Die zweite Wahl wird auf Reisstroh entladen und bis zu eineinhalb Meter hoch gestapelt. Dazu müssen die Seitenwände der Waggons mit Karton gepolstert werden.

Barnaba versteht, dass die Fahrt nach Norden vom Händler selbst oder einem seiner Vertrauten begleitet wird, um

Diebstahl zu verhindern. Er erfährt, dass es ständig zu Wartezeiten an einzelnen Stationen kommt und dass der Händler die Weiterfahrt dann beschleunigt, indem er einige Kisten an das Personal verteilt.

Aber auch wenn die Waggons endlich den Zielort im fernen Deutschland erreichen, ist noch nicht alles überstanden. Manchmal kommt die Ware beschädigt an, überall gibt es Schwund, in den Magazinen, auf den Schiffen, den Zügen und später noch auf den Großmärkten in Deutschland oder England. Barnaba kapiert, dass das Geschäft mit *agrumi* voller Risiken ist. Das gefällt ihm. Denn es bedeutet, dass damit nur einer reich werden kann, der sich auskennt und mit Zahlen mit Mandarinengeschmack rechnen kann.

Der Einzige jedoch, den er kennt, der auf diese Weise immer reicher wird, ist der Dottore Passalacqua. Das ganze Land, von Letojanni bis Fiumefreddo entlang des Alcantara, hat er sich nach und nach von den Baronen unter den Nagel gerissen, die lieber weiterhin schwermütig in ihren abgedunkelten Palästen in Catania und Messina hocken und Karten spielen.

Der Dottore Passalacqua ist ein kleiner jovialer Mann Mitte vierzig mit einem Schnurrbart und eng stehenden Augen, stets begleitet von zwei Männern mit Flinten. Die Pächter und Halbpächter, die Aufseher und Zwischenhändler küssen ihm zur Begrüßung die Hand. Der Dottore Passalacqua leitet zwar immer noch das Hospital in Giardini, aber in Wahrheit leitet er viel mehr. Er ist Bezirksarzt und Gebietsinspektor, ein mächtiger Mann aus einer mächtigen Familie von Verwaltungsbeamten und Militärs. Mächtiger als das Gesetz, mächtiger als der *maresciallo* der Carabinieri im Ort. Jeder weiß das.

Die Macht hat drei Beine wie Sizilien drei Kaps. Drei Beine und das Haupt einer menschenfressenden Gorgone sind das Symbol Siziliens. Die drei Beine der Macht sind: der örtliche Priester, der örtliche *maresciallo* und der örtliche Mafioso.

Zum Priester geht man, wenn man heiraten, beichten oder seine Kinder taufen lassen will. Der Priester schlichtet kleinere Familienstreitigkeiten und freut sich über Spenden.

Zum *maresciallo* und den Carabinieri geht man, wenn man bestohlen wurde, wenn Grenzsteine verrückt oder jemand umgebracht wurde. Der *maresciallo* schreibt dann Protokolle und schickt Polizisten los, die aber nie etwas finden. Der *maresciallo* darf keine Spenden annehmen, dennoch erwartet er natürlich kleine Aufmerksamkeiten.

Zum Mafioso geht man, wenn es wirklich wichtig ist. Wenn man ungerecht behandelt wurde. Wenn jemand mit der Frau des Nachbarn geschlafen oder den Liebhaber der Schwester getötet hat und Blutrache im Raum steht. Wenn wieder ein junges Mädchen vergewaltigt wurde, wenn man Arbeit braucht oder Fürsprecher an höherer Stelle. Wenn man ein Haus bauen will oder nicht will, dass der Nachbar eines baut. Eigentlich geht man besser direkt zum Mafioso. Der Mafioso weiß über jeden Bescheid, und was er nicht weiß, stecken ihm der Priester und der *maresciallo*. Sein Preis ist totale Unterwerfung.

Der Mafioso ist manchmal ein umgänglicher Mann mit einem väterlichen Lächeln, manchmal ein grausamer Mann, der gerne tötet, nur so aus Spaß. Er hat ein gutes Verhältnis zum Priester und zum *maresciallo*, aber er schätzt es, wenn man ihn zuallererst fragt. Und zwischendurch lässt er Leute verschwinden.

Die Brüder Crisafulli aus Messina, weiß Barnaba, hatte man mit durchgeschnittenen Kehlen auf den Gleisen der neuen Bahnstrecke zwischen Messina und Catania gefunden. Sie hatten getönt, dass sie die lokale Mafia von Taormina als Zahnstocher verwenden würden. Barnaba weiß auch von dem Schmied Tumino, den haben sie am helllichten Tag mit einem Kopfschuss erledigt. Gianni Capra war erschossen worden, weil er Erpresserbriefe für Leute schrieb. Einem anderen, einem Pino Occhipinti, der ebenfalls übermütig geworden war, haben sie mit Schrot ins Gesicht geschossen. Placido Cassia hatte man mit einem Strick um den Hals in einer Grube bei Gaggi gefunden, die so voll mit Knochen gewesen war, dass man einen Karren gebraucht hatte, um sie alle fortzuschaffen. Vito Scuzzulato haben sie nur die Hände abgehackt, weil er eine Kuh gestohlen hatte. Cicci Gulotta haben sie erwürgt wegen einer Verlobungsangelegenheit, Peppe Fiorello haben sie mit einem Gewehrkolben den Schädel zertrümmert wegen einer Entehrung, Francesco Stracuzzi und Pippo Falconi fand man mit aufgeschlitzten Kehlen auf der Piazza San Domenico in einem See aus getrocknetem Blut. Der Baron Valentini aus Giarre wurde vor seinem Palazzo umgebracht, weil er sein Land nicht verkaufen wollte. Tano Schillaci haben sie in den Rücken geschossen wegen einer Geldangelegenheit, Totò Anzalone, einen Viehhüter, haben sie mit einem Stein erschlagen, danach seinen Bruder Carmelo und auch noch seinen anderen Bruder, Barnaba erinnert sich nicht mehr an den Namen.

Manchmal werden sie in Gruben oder alte Brunnen geworfen, bis sie volllaufen. Manchmal aber bleiben die Leichen zur Warnung einfach auf der Straße liegen. Barnaba hat die Leiche von Nino Carnazzo gesehen, zwei Wochen nach einem

Streit mit einem Feldhüter. Die Leute sagten, dass es Nino Carnazzo war, aber Barnaba hätte ihn nicht mehr erkannt, so entstellt war er. Ein Gemansche aus aufgerissenem Fleisch, Eingeweiden, Blut und Stoffresten. »Die Hunde«, sagten die Leute, mehr mussten sie gar nicht sagen.

Die Hunde, das sind zwei Dobermannrüden und zwei Mischlingsrüden aus der Hölle, angekettet hinter dem Haus des Dottore, mit denen der *padruni* manchmal durch die Gärten zieht. Sobald die Hunde einen *bracciante* nur wittern, drehen sie fast durch. Jeden Morgen im Hof des Dottore hört Barnaba ihr heiseres Bellen hinter dem Haus. Er mag Hunde sowieso nicht besonders, aber seit er die Leiche von Nino Carnazzo gesehen hat, scheißt er sich fast in die Hosen vor diesen Hunden.

Alle haben Angst. Wer redet, verschwindet.

»Einen Krug kann man nicht gegen einen Stein stoßen«, sagen die Leute. Und manchmal raunen sie: »Gut, dass sie den umgebracht haben« oder »Recht so«, wenn es einen trifft, der gestohlen oder angegeben oder Streit gesucht hat. Dabei bleibt es dann. *Einen Krug kann man nicht gegen einen Stein stoßen.* Es ist besser, sich um die eigenen Angelegenheiten zu kümmern. Mafiosi hat es immer gegeben, keiner liebt sie, meistens bringen sie sich ohnehin gegenseitig um. Die Leute kennen nichts anderes. Seit Generationen beugen sie sich dem Terror, küssen dem Mafioso die Hand und erbitten Gefälligkeiten und Gerechtigkeit. Frauen werden fast nie umgebracht. Aber *wegen* Frauen dagegen viele.

Als Kind hatte Barnaba manchmal *Morden* mit Mariano und Vincenzo gespielt. Sie hatten sich Gewehre aus Stöcken gebastelt, einmal hatte Mariano geschrien: »Ich hab dich!«

Barnaba hatte sich getroffen zu Boden fallen lassen, dann war Mariano zu ihm gelaufen, hatte ihm den Stock an den Kopf gehalten und ihm mit einem Kopfschuss den Rest gegeben. Sie waren beste Freunde. Sie wussten von klein auf, wer die Macht hatte.

Schon damals bei ihren Spielen war Vincenzo ernsthafter vorgegangen als Barnaba und Mariano. Aber nun beobachtet Barnaba, dass er sich gerne in der Nähe der Familien aufhält, die zu den mittleren Rängen in der militärisch organisierten Mafia gehören. Irgendwann erteilen sie ihm kleinere Aufträge. Botengänge, nichts Besonderes. Aber von diesem Tag an entkoppelt sich ihre Freundschaft geräuschlos wie ein heimlich geknacktes Schloss. Vincenzo überschreitet eine Grenze, die keine Rückkehr erlaubt. Dafür tritt er aus der Unsichtbarkeit der Armut heraus, wird zu einem Jemand, einem, den man sich merken und grüßen muss.

Barnaba dagegen ist immer noch niemand. Niemand, den man sich merken oder grüßen muss. Das ändert sich nach der Sache mit Salvo Sciortino, einem schlaksigen Typ mit einem hervorstehenden Kehlkopf wie eine zweite Nase, der ihn oft hänselt, *nano* nennt und bei den Aufsehern anschwärzt, um sich beliebt zu machen. Beim Dungholen stößt Sciortino Barnaba von hinten in die Jauchegrube, sodass er fast in der Scheiße ersäuft. Unter Gejohle klettert Barnaba aus der Grube und übergibt sich zitternd. Dann schnappt er sich eine Hacke.

Es geht so schnell, dass es fast schon wieder vorbei ist, als der erste Aufschrei kommt. Ehe Sciortino reagieren kann, drischt Barnaba ihm von hinten in den Rücken, auf die Arme, die Beine. Präzise Schläge mit der geschärften *zappa*. Haut platzt auf, Blut fließt. Obwohl Sciortino viel größer ist, geht er einfach zu Boden. Sein Glück, denn mit dem vierten Schlag hätte Barnaba ihm wohl einen Fuß abgehackt. Vielleicht sogar umgebracht, aber in diesem Moment, taub vor Wut, ist Barnaba alles egal. Er wirft die Hacke weg und tritt Sciortino mit der nackten Ferse die Nase zu Brei. Ehe er noch ein zweites Mal zutreten und Sciortino den Kiefer brechen kann, zerren ihn drei Männer endlich weg.

Danach wagt niemand mehr, meinen Urgroßvater *nano* zu nennen oder zu schlagen. Alle kennen jetzt seinen Namen.

Was ihm aber nicht viel nützt. Der Verwalter des Dottore Passalacqua sperrt ihn von der Arbeit aus.

»Wegen dir werden wir hungern und alles verlieren«, schimpft Pancrazia düster, als Barnaba es ihr beichtet. »Du bist genauso wie dein Vater!«

»Ich hab mich nur gewehrt. Ich finde andere Arbeit, *mamma*, mach dir keine Sorgen.«

»Wo willst du andere Arbeit finden? Du kannst ja nicht einmal lesen, und nähen willst du auch nicht. Mehr als beim Baron die Hosen runterlassen kannst du nicht.«

Er versteht ihre Wut nicht.

»Es tut mir leid, *mamma*.«

»Der Dottore hatte uns vergessen, aber heute bist du aufgefallen. Der Dottore weiß jetzt, wer du bist.«

»Soll er doch.«

»Du verstehst es einfach nicht. Du hast uns in Gefahr gebracht.«

»Ich bringe das wieder in Ordnung, *mamma*.«

»Gar nichts wirst du tun. Du wirst wieder unsichtbar werden und endlich das Handwerk lernen.«

Weder hat Barnaba Lust, unsichtbar zu werden, noch zu nähen. Zwei Monate lang erscheint er jeden Morgen auf dem Hof des *padruni*, doch der Verwalter jagt ihn jedes Mal fort. Bis Barnaba sich eines Morgens einfach nicht mehr mürrisch verzieht.

»Ich will mit dem *padruni* sprechen«, erklärt er dem Verwalter trotzig.

»Scher dich zum Teufel, Carbonaro. Oder ich lass die Hunde los.«

Sofort fährt ihm die Angst in die Glieder, nein, die Panik, dass der Verwalter die Hunde wirklich loslassen könnte. Aber zurück kann er eben auch nicht.

»Ich muss den *padruni* sprechen.«

»Um was zu tun?«

»Um mich zu entschuldigen.«

Der Verwalter spuckt aus. »Was schert's den Löwen, wenn die Mücke um Vergebung fleht. Er wird sie höchstens totschlagen. Also verzieh dich, Carbonaro, und komm nie wieder.«

Aber Barnaba schüttelt nur den Kopf und ruft, dass es jeder hören kann: »*Padruni! Padruni*, hört mich an!«

Dem Verwalter reicht's, er geht die Hunde holen.

»*Padruni!*«

Der Dottore Passalacqua erscheint auf seinem Balkon im ersten Stock, die Serviette noch im Hemdkragen, offenbar beim Frühstück gestört.

»Eh, Carbonaro! Was schreist du hier rum?«

»Ich will wieder arbeiten!«, ruft Barnaba hinauf und nimmt seine Mütze sofort ab. »Lasst mich wieder arbeiten, Herr. Bitte! Es tut mir leid. Das mit Salvo Sciortino. Bitte, Herr!«

Der Verwalter ist hinter dem Haus verschwunden, Barnaba hört die Hunde schon hecheln. Der Dottore blickt auf ihn herab, wischt sich den Mund mit der Serviette, dann winkt er Barnaba mit der Hand herauf.

Nervös, aber trotzig folgt Barnaba einem Mann mit einer Flinte hinauf in den ersten Stock, über Teppiche, vorbei an schweren dunklen Möbeln, einer ganzen Bibliothek mit alten Büchern und Ölgemälden von den adligen Vorbesitzern. Der Dottore empfängt ihn in einem wuchtigen Sessel, groß wie ein Thron. Und wie ein König stützt er sich dabei auf einen alten Säbel. Zu seinen Füßen liegt einer der Mischlingsrüden, bei Barnabas Eintreten spitzt er die Ohren. Hinter dem Sessel lugt ein Kind hervor, die jüngste Tochter des Dottore.

»Geh draußen spielen, *gioia*«, flüstert der Dottore ihr zu, als Barnaba eintritt. »*Papà* kommt gleich.«

Aber das zwölfjährige Mädchen schüttelt nur entschlossen den Kopf und starrt Barnaba an. Sie ist ein wenig kleiner als er, ihr Gesicht wirkt verschlossen und ernst. Aber auch interessiert, als ob da ein seltenes und gefährliches Tier eintrete. Sie starrt ihn unverwandt an.

Der Dottore lässt seine Tochter gewähren und wendet sich Barnaba zu.

»Also, was willst du?«

»Ich will nur wieder arbeiten, Herr.«

Der Dottore betrachtet ihn kühl. »Ist das alles?«

Barnaba schluckt seinen Stolz herunter und sagt: »Ich bitte um Entschuldigung, Herr. Es wird nicht wieder vorkommen.«

»Was wird nicht wieder vorkommen?«

»Ich werde keinen Ärger mehr machen. Ich will nur arbeiten. Bitte gebt mir wieder Arbeit.«

Der Dottore betrachtet ihn einen Moment und streckt dann die Hand aus. Barnaba rührt sich nicht. Erst als der Mann mit der Flinte ihm einen Stoß in den Rücken gibt, tritt er vor, um dem *padruni* die Hand zu küssen. Er versucht, irgendwie Abstand zu dem Hund zu halten, und tritt danach eilig wieder zwei Schritte zurück, nur fort aus der Reichweite des Säbels und des Hundes. Barnaba sieht Nino Carnazzos zerfetzte Leiche vor sich, er will nur weg von hier, aber er weiß nicht, ob er jetzt gehen darf oder gehen soll. Der Dottore krault den Hund.

»Du bist doch der Sohn von Salvatore Carbonaro.«

»Ja, Herr.«

»Dein Vater war ein Faulpelz und Angeber.«

Barnaba schluckt. »Mein Vater war Behördengeher und *cantastorie*.«

Der Dottore lacht schallend. »Ich sag ja, Faulpelz und Angeber. Und ein Hurenbock obendrein, der die Leute aufgehetzt hat.«

Barnaba spürt bereits, wie ihm die Wut in die Glieder kriecht. Er überlegt schon, ob er es schaffen könnte, dem Dottore Passalacqua seinen bescheuerten Säbel zu entreißen und ihn damit aufzuschlitzen, bevor der Typ mit der Flinte ihn abknallt und der Hund ihn zerfleischt. Aber dann sieht er wieder geradewegs in die Augen des Mädchens hinter dem Sessel, das ihn anstarrt, als könne es seine Gedanken lesen.

»Bist du etwa auch so einer?«, ruft ihm der Dottore zu.

»Nein, Herr«, presst Barnaba heraus. »Ich bin nicht faul.«

»Nein, faul bist du nicht«, sagt der Dottore. »Du bist auch nicht dumm, Carbonaro. Aber vielleicht bist du genauso ein Störenfried wie dein Vater? Einer, der die Leute aufhetzt.«

»Nein, Herr.«

Barnaba versteht nicht, was der Dottore von ihm will. Wenn er ihn für einen Aufwiegler hält, warum lässt er ihm dann nicht einfach die Kehle durchschneiden und ihn in eine Grube werfen?

»Deine Mutter ist doch die Heilerin, nicht wahr?«

Überrascht, dass der Dottore seine Mutter kennt, glotzt Barnaba den Dottore mit offenem Mund an wie der Idiot Turi Rapisarda, dem immer Rotz und Speichel laufen.

»Antworte mir, wenn ich mit dir rede.«

»Ja, Herr«, presst Barnaba hervor.

Der Dottore leckt sich die Lippen und scharrt mit dem Säbel auf dem Steinboden herum, was ein hässliches Geräusch macht.

»Sie ist eine Hexe. Sie hat mir vor einigen Jahren eine Gürtelrose weggehext.«

Davon weiß Barnaba nichts. Er spürt, wie seine Achseln feucht werden, er muss mal dringend. Der Hund knurrt, das Mädchen tritt hinter dem Sessel hervor. Es trägt ein schlichtes weißes Kleid und wirkt so ernst, wie Barnaba es selbst bei Kindern der verzweifeltsten Familien noch nie gesehen hat. Barnaba weiß, dass diese Tochter Pina heißt, aber in ihrem Blick sieht er, was sie ist: eine alte Seele, eingeschlossen im Körper eines Kindes. Ein Kind ohne Kindheit, schon als Erwachsene geboren. Ein Kind, das es nicht erwarten kann, die Hülle seines kindlichen Körpers abzuwerfen.

All das verstört ihn, er will nur noch weg von hier. Und er muss jetzt wirklich dringend.

»Wie alt bist du?«

»Sechzehn, Herr.«

Der Dottore denkt nach. »Du hast keine Ähnlichkeit mit deinem verlausten Vater. Dreh dich mal um. Steh gerade. Warum bist du so klein?«

»Als Kind war ich krank, Herr. Aber jetzt bin ich gesund. Nur klein.«

»Ist auch egal«, sagt der Dottore, als sei er seines Anblicks überdrüssig geworden. »Ich gebe dir eine letzte Chance.«

»Danke, Herr.«

Er will sich umdrehen, aber der Dottore ist noch nicht fertig.

»Du gehst, wenn ich es sage.«

»Ja, Herr.« Barnaba friert auf der Stelle fest.

»Schick deine Mutter zu mir. Ich habe Schmerzen im Rücken. Sag ihr, dass sie zu mir kommen soll.«

»Aber Ihr seid doch selbst Doktor«, entfährt es Barnaba.

»Wenn ich mich heilen könnte, hätte ich es wohl schon getan«, fährt ihn der Dottore an. »Also schick deine Mutter zu mir.«

Der Dottore Passalacqua streckt ihm erneut die Hand zum Kuss hin und wedelt ihn dann fort. Als Barnaba sich umdreht, hört er Pina sagen: »Ich werde ihn heiraten.«

Gar nicht laut, aber so bestimmt, dass niemand im Raum es ignorieren kann. Der Typ mit der Flinte hat es auch gehört, Barnaba spürt, wie die Temperatur im Raum fällt und ihm eiskalt wird. Er geht einfach weiter, nur raus, während der Dottore hinter ihm lacht.

»Ach, *gioia*, was redest du da? Das ist nur ein verlauster *bracciante*.«

»Ich werde ihn heiraten.«

Barnaba spürt ein Beben hinter sich heranrollen. Kaum hat er die Tür erreicht, ist der Dottore Passalacqua hinter ihm, packt ihn am Kragen, wirbelt ihn herum und drückt ihn gegen die Wand. Den Rüden hat er mitgebracht, das Biest knurrt ihn an und wartet nur auf die Gelegenheit, Barnaba an die Kehle zu gehen. Der Typ mit der Flinte steht auch bereit. Passalacquas Gesicht ist ganz nah.

»Sie ist ein Kind«, zischt er Barnaba an. »Kinder reden viel Unsinn.«

Barnaba nickt nur.

»Vergiss nicht, wer du bist, Carbonaro. Und vergiss nie, wer ich bin. Wenn du ihr zu nahe kommst, werfe ich dich lebendig den Schweinen zum Fraß vor und deine Mutter gleich mit. Hast du das verstanden?«

»Ja, Herr.«

Der Dottore stößt ihn von sich. Er schwitzt und richtet sich den Binder. Scheint zu überlegen, ob er den Bengel nicht lieber auf der Stelle den Schweinen zum Fraß vorwerfen soll, wer würde ihn schon vermissen. Aber dann klopft er Barnaba kurz und hart auf die Wange.

»Du gehörst mir, Carbonaro. Vergiss das nie.«

Und Barnaba sagt: *»Baciamu li manu Voscenza.«* Die uralte sizilianische Formel der Unterwerfung. Als er mit weichen Knien endlich den Hof verlassen hat, schafft er es gerade noch ins nächste Gebüsch, wo er sich übergibt und erleichtert.

Als er am Abend seiner Mutter davon erzählt, friert ihr Gesicht ein.

»Was hat er noch gesagt?«

»Nur dass du kommen und seinen Rücken behandeln sollst. Du musst nicht, wenn du nicht willst. Ich finde woanders was.«

Sie winkt ab. »Dafür ist es jetzt zu spät. Du wirst weiter fleißig arbeiten. Irgendwann wird er dich zum Aufseher, vielleicht zum Verwalter machen.«

Barnaba ist erleichtert, dass sie ihn nicht nötigt, endlich Nähen zu lernen.

»Eines Tages werde ich dir ein Haus kaufen, da werden wir zusammenleben, du wirst sehen.«

»Eines Tages wirst du mich verlassen. Wie dein Vater mich verlassen wollte.«

»Nein, *mamma*, niemals.«

Und schon wieder lügt er. Denn inzwischen träumt er nicht mehr nur von Reichtum, sondern auch von einer eigenen Familie. Von Kindern, einem prächtigen Haus, vor dem er sich mit seiner Familie jedes Jahr vom Baron fotografieren lassen wird, vielleicht sogar mit einem Automobil, und von einflussreichen, gut gekleideten Freunden, die bei ihm ein und aus gehen und ihn respektieren und verehren. In diesem Bild erscheint seine Mutter nur am Rande. Aber auch von einer Frau träumt Barnaba bislang nur als schattenhafte Erscheinung an seiner Seite.

Bislang ist er seinem Traum jedoch nicht viel näher gekommen als eine Sardine dem Gipfel des Ätna. Je mehr er schuftet, lernt und spart, umso mehr kapiert er, dass es niemals reichen wird. Für ein kleines Häuschen vielleicht irgendwann, falls der Dottore Passalacqua ihn wirklich zum Verwalter macht. Für eine Familie vielleicht, und möglicherweise werden seine Kinder zur Schule gehen können. Vielen seiner Freunde würde das schon mehr als genügen. Aber Barnaba will mehr, und er versteht allmählich, dass er dazu schneller und schlauer sein muss. Schneller und schlauer noch als der Dottore Passalacqua. Das traut er sich zu.

Das Gespräch mit dem Dottore, Pinas Blick und ihre Feststellung wie der Spruch eines Schicksals verfolgen ihn jedoch wie eine Gleichung, die nicht aufgeht.

Was auch nicht in diese Gleichung passt, ist seine Mutter, die am nächsten Tag in ihrer schwarzen Witwenkleidung und mit einem Korb voller Kräuter und Salben aus dem Haus geht und erst spät in der Nacht zurückkehrt. Als Barnaba sie am nächsten Morgen danach fragt, schweigt sie nur.

Barnaba kriegt diese Gleichung einfach nicht aufgelöst. Gereizt und wachsam kann er nur zusehen, wie seine Mutter sich in der Woche darauf wieder auf den Weg zum Dottore Passalacqua macht.

Manchmal stromert Pina nun wie ein kleines Gespenst durch die Zitrushaine, immer dort, wo auch Barnaba gerade zu tun hat. Die Arbeiter weichen ihr aus, manche schnalzen mit der Zunge, wenn es keiner hört. Pina scheint keinen von ihnen überhaupt wahrzunehmen. Wenn Barnaba sich beim Hacken aufrichtet oder die *zappa* schärft, sieht er sie auf einmal zwischen den Obstspalieren. Sie hat nie eine Puppe dabei oder spielt irgendetwas, sie wandert einfach durch die Gärten, umkreist Barnaba, bis sie von ihrer Mutter aus der Ferne gerufen wird. Nie wechseln sie ein Wort miteinander.

Dafür ruft ihn der Dottore eines Morgens wieder vom Balkon zu sich. Wieder wird Barnaba von einem Mann mit Flinte hinaufbegleitet, wieder scharrt der Dottore mit dem Säbel auf dem Steinboden, zu seinen Füßen diesmal ein Dobermann. Nur Pina fehlt diesmal. Barnaba rechnet mit nichts weniger als dem endgültigen Rausschmiss. Stattdessen sagt der Dottore:

»Deine Mutter ist eine Hexe. Aber sie hat meine Schmerzen geheilt. Deswegen erfülle ich ihr eine Bitte. Ich mache dich zum Aufseher, Carbonaro. Vielleicht mache ich dich eines Tages sogar zum Verwalter.«

Barnaba bringt kein Wort heraus vor Überraschung.

»Ich erwarte, dass du dich würdig erweist«, hört er den Dottore sagen. »Und dass du nie vergisst, wem du das zu verdanken hast.«

Immer noch kann Barnaba nichts antworten.

»Du kannst natürlich auch ablehnen«, knurrt der Dottore, nun schon ein bisschen gereizt, weil dieser Rotzlöffel kein Zeichen der Dankbarkeit erkennen lässt. Tatsächlich hat Barnaba kurz so einen Impuls, das Angebot auszuschlagen. Ihm ist das alles zu unheimlich, er wird das Gefühl nicht los, dass es hier noch um etwas ganz anderes geht. Tonlos sagt er: »Danke, Herr.«

Als er es am Abend seiner Mutter berichtet, nickt sie nur und schweigt. Er versteht es einfach nicht.

Die Beförderung könnte ihn freuen, es gibt ein bisschen mehr Lohn, aber vor allem muss er nun nicht mehr jeden Tag um Arbeit bangen. Dennoch ist er misstrauisch. Er glaubt nicht, dass Passalacqua vorhat, ihn je zum Verwalter zu machen. Das kommt ihm alles vor wie eine Möhre, die man einem Esel vor der Nase baumeln lässt, damit er weiter im Kreis trabt. Bloß warum?

Er bemerkt die schleichende Veränderung seiner Welt. Taormina verwandelt sich in einen Ort voll blühender Bougainvilleen, Oleander und Palmen, gepflanzt von englischen Ladys, die keine Mieder mehr tragen. Sie kaufen Häuser, eröffnen Hotels. Der Bürgermeister lässt den Corso Umberto pflastern und eine Kanalisation anlegen. Die Lady Trevelyan kauft einen Felsen im Meer, der durch eine kleine Landzunge mit dem Strand verbunden ist, bepflanzt ihn mit exotischen Gewächsen und nennt ihn *Isola Bella*. Dorthin ziehen sich die Fremden an heißen Nachmittagen zurück, bleiben unter sich oder holen manchmal Jungen aus dem Ort dazu.

Gleichzeitig verlassen ganze Familien den Ort. Die Maugeri, die Inguanta, die Licciardello, die Mandanici, die Guzzetta und die Zappalà gehen als Ziegelbrenner nach Deutschland, einige sogar nach Amerika. Es kommen allerdings auch neue Familien dazu, die in den neuen Hotels arbeiten oder kleine Läden und die ersten Cafés eröffnen. Die Welt verschiebt sich vor Barnabas Sinnen wie eine neue Jahreszeit, wechselt kaum merklich ihre Farbe, ihren Duft. Denn das ist neu: Taormina duftet jetzt.

Auch Barnaba selbst verändert sich. Mit dreizehn hat sein Körper zwar aufgehört, in die Höhe zu wachsen, dafür ist etwas anderes weitergewachsen. Obwohl kleiner als seine Freunde Mariano und Vincenzo, schneidet Barnaba beim Pimmelvergleich regelmäßig besser ab.

Als er vierzehn ist, treten Mädchen aus dem Dunst am Rande seiner Wahrnehmung, als ob sie zuvor unsichtbar gewesen wären und langsam nun Gestalt annehmen würden. Doch außer wilden Träumen tut sich da noch nicht viel bei ihm, dazu ist er einfach zu beschäftigt.

Er lebt ein Leben unter Männern. Bei der Arbeit, beim Baron. Frauen oder gar Mädchen kriegt er kaum zu sehen, und wenn er nach Hause kommt, ist da nur seine Mutter mit dem Ausdruck ewigen Vorwurfs im Gesicht.

Doch dann, mit sechzehn, trifft es ihn in Gestalt von Marianos Schwester Rosaria. Als Kinder hatten sie ihr manchmal erlaubt, mit ihnen zu spielen und Ratten zu jagen. Sie hatten sie gezwungen, die Prinzessin zu sein, wenn sie die Geschichten vom Paladin Gesualdo aus den Marionettenopern nachspielten, die von fahrenden Puppenspielern auf der Piazza aufgeführt wurden. Rosaria hatte immer nur unwillig zugestimmt, einmal hätte sie ihm beim Stockkampf fast ein Auge ausgeschlagen. Ein wildes, dürres, staubiges Mädchen mit zerrissenen Kleidern und verfilzten Haaren. *U baruni* hatte ein paar Porträtaufnahmen von ihr gemacht, mit einer Amphore auf dem Kopf.

Aber das war eine andere Rosaria gewesen als die, die an einem warmen Märzabend mit ihrer Mutter und anderen Frauen am Waschplatz steht. Barfuß, in einem schlichten geblümten Rock, weißem ärmellosem Hemd und einem Kopftuch, unter dem die Haare hervorquellen wie ein lebendiges Wesen. Nichts an ihr ist mehr verfilzt oder staubig, im Gegenteil, es scheint Barnaba, als ob sie im Abendlicht glänze. Die Knochigkeit ihrer Glieder ist weg, eine uralte Gottheit hat sie mit Honig gefüllt.

Erschüttert starrt Barnaba auf nackte Füße, Waden, Arme und auf die Wölbung ihrer Brüste unter dem Hemd, die ihm zuvor nie aufgefallen sind. Er erkennt Rosaria Bagarella erst an den Augen und den energischen Bewegungen, mit denen sie das Laken schrubbt, als wolle sie es zerreißen. Dabei singt sie mit rauer Stimme ein *stornello a ciuri*, ein dreiversiges Volkslied über Sehnsucht, Blüte, Blut und wilde Träume. Eines jener ewigen Lieder, angeweht vom Wind, die sich an jede Zeit und jeden Ort anpassen, um dann wieder weiterzuziehen.

Ciuri d'aguannu!
Ma iu chi aju ca la notti 'un duormu
Siempri pinsannu a tia, corpu di sangu!

Das Lied, Rosarias Stimme, der Anblick ihrer Honighaut wühlen Barnaba auf und betäuben ihn zugleich. Sein ganzer Körper brennt, seine Hände werden eiskalt.

»Was stehst du da rum und glotzt?«, ruft ihm eine der Frauen schließlich zu. Als Rosaria ihn bemerkt, pustet sie sich eine Haarsträhne aus dem Gesicht, beschattet ihre Augen mit der Hand und sieht ihn an, als habe er ihren Namen gerufen und sie müsse sich erst erinnern, wer er eigentlich sei. Dieser Blick setzt ihn in Flammen und löscht ihn aus. Er ist gar nicht mehr da.

»Na los, verschwinde! Kschsch!«, ruft die Frau und macht eine Geste, wie man Fliegen und Gespenster verscheucht.

Betäubt und brennend trottet Barnaba nach Hause. In der Nacht masturbiert er immer und immer wieder, heftig und ohne Zärtlichkeit gegen sich selbst, bis er endlich einschlafen kann. Aber seitdem träumt er honigfarbene Träume, aus denen er stöhnend erwacht, in einer klebrigen Pfütze, die nach muffigem Olivenöl riecht.

Er schleicht nun öfter am Waschplatz oder am Haus der Bagarellas vorbei, wie ein Komet auf seiner Bahn um sein Zentralgestirn, in dem er eines Tages verglühen wird. Aber das Zentralgestirn zeigt sich nur selten. Die jungen Männer aus dem Ort belagern das Haus wie eine Schar Krähen, flattern kurz auf, wenn Rosarias Mutter sie verscheucht, und hüpfen dann wieder näher. Die mutigsten bringen Rosaria sogar Ständchen dar, bis Signor Bagarella sie wütend zum Teufel jagt.

Pancrazia, der das nächtliche Stöhnen ihres Sohnes nicht entgeht, ermahnt ihn eines Abends beim Essen.

»Schüttele ihn, so viel du willst, wenn du es nicht lassen

kannst. Aber mach es nie mit Mädchen, hörst du? Mädchen kriegen davon Kinder.«

Barnaba starrt sie perplex an.

»Ja, *mamma*«, nuschelt er verlegen, aber von diesem Tag an kann Barnaba erst recht an nichts anderes mehr denken.

Es wird Teil der üblichen Raufspiele zwischen ihm, Mariano und Vincenzo, dass sich der Sieger über den Verlierer wälzt und seinen Pimmel an ihm hart reibt. Nachher lachen sie und finden nichts dabei. Manchmal tun sie es, wenn sie im Garten des Barons oder zwischen irgendwelchen Ruinen in der Sonne dösen und darauf warten, dass der Baron sie für eine Aufnahme hinzuruft.

Seit er in den Gärten arbeitet, schafft Barnaba es zwar nicht mehr so oft wie sonst zu den fotografischen Sitzungen des deutschen Barons, dennoch sind es gute Gelegenheiten, ein paar Lire nebenbei zu verdienen. Die Sitzungen beim Baron gehören zu seinem Leben wie die Mandarinen, der Hunger, das Glitzern des Meeres und der Schirokko. Er hat inzwischen zwei Lire für jede Sitzung rausgeschlagen, von der er seiner Mutter eine abgibt. Die andere spart er. Zusammen mit seinem Arbeitslohn und den Näharbeiten und Tränken seiner Mutter kommen sie einigermaßen über die Runden, und seit Barnaba zum Aufseher aufgestiegen ist, reicht es sogar für Schuhe.

Daher will Barnaba auf die Sitzungen beim Baron nicht verzichten. Manchmal verdösen sie ganze Tage nackt im Garten des Barons, reißen Witze über ihn, lästern über die Ausländer, prahlen mit heimlichen Liebschaften mit englischen Ladys und stellen sich vor, sie wären reiche Dandys, nur gesünder. Sobald er in das Haus an der Piazza San Domenico eintritt, mit seinem schattigen Garten voller Pflanzen und

Blumen in Tonkrügen, betritt Barnaba eine Welt ohne Bitterkeit. Eine Welt gewebt aus Müßiggang, Überfluss und Eleganz. Sein Arkadien.

Der Baron von Gloeden hustet inzwischen nicht mehr und braucht auch die Meerwasserbäder nicht mehr. Aber Barnaba weiß, dass seine Familie im Jahr zuvor ihr ganzes Vermögen verloren hat wegen irgendeiner politischen Sache in Deutschland. Der Baron hat ihnen erzählt, dass er nun arm sei. Doch nicht etwa klagend, sondern erstaunlich heiter, wie von einer Last befreit. Barnaba ist nicht dumm, er weiß, dass die Armut des Barons wie ein Schnupfen ist und vergehen wird. Richtige Armut dagegen ist wie Malaria. Sie kehrt immer wieder zurück, schabt dich von innen aus, bis du irgendwann daran krepierst.

Die Fremden legen Gärten an und pflanzen Blumen. Aber wer arm ist, pflanzt keine Blumen, der pflanzt lieber Gemüse, falls er überhaupt ein Fleckchen Erde dafür hat. Wer arm ist, kann nur dem Verfall zusehen. Aber selbst bei denen, die durch Glück und Geschick zu etwas Geld kommen, sieht Barnaba keine Veränderung. Selbst die pflanzen keine Bougainvilleen oder weißeln etwa im Frühjahr ihr Haus gegen den Schimmel und die Salzluft, wie es richtig wäre. Was sie sich früher nicht leisten konnten, finden sie nun unnötig. Die Armut, versteht Barnaba, ist eine Krankheit, die den Körper zersetzt, aber auch die Seele. Er vermutet, dass er ebenfalls mit dieser Krankheit infiziert ist, also muss er sich irgendwie davon kurieren und versucht zu verstehen, worin der Unterschied zwischen den Fremden und den Leuten im Ort besteht.

Gespannt verfolgt er, dass der Baron geradezu beflügelt sein letztes Geld ausgibt, um hochwertige Abzüge seiner Fotografien anzufertigen und nach Deutschland und England zu schicken, wo sie bald in Büchern und Zeitschriften abgedruckt werden. Dafür erhält er sogar Geld. Und seine Fotografien verkaufen sich immer besser. Für Barnaba messbar in dem neuen Fotoapparat, den der Baron sich bald leisten kann, und Barnaba lernt daraus, dass der Verlust eines Vermögens nicht zu Armut führen muss, wenn man nur stur an das glaubt, was man tut. Die Deutschen, scheint es ihm, sind besonders gut in diesem Glauben an sich selbst und dieser Sturheit. »Jeder ist seines Glückes Schmied«, hämmern sie schon ihren Kindern ein. Die Deutschen, denkt Barnaba, verehren die Jugend und den Fortschritt. Das gefällt ihm.

In seiner eigenen Welt ist es genau anders herum. In seiner Welt verehrt man die Weisheit des Alters und schmäht den Fortschritt. »*Rispetta lu vecchiu unni lu trovi*«, sagen die Leute, respektiere das Alter, wo immer du es triffst. Wer alt ist, hat immer recht, also gibt es keinen Grund, sich etwas Besseres auszudenken. Denn die Leute sagen: »*Cu lassa a vecchia ppà nova peggiu s'attrova*«, wer das Alte für das Neue verlässt, dem wird es schlecht ergehen.

Es ist eine Welt, in der sich Ehrgeiz nicht lohnt. Die Leute sagen: »*Quannu 'u piru è maturu cari sulu*«, wenn der Pfirsich reif ist, fällt er schon von alleine. »*Megghiu pierdiri ca strapierdiri*«, sagen die Leute, besser wenig verlieren als alles. Die Dornen im Fleisch des anderen fühlen sich wie Seide an, sagen die Leute, und der Neid ist allgegenwärtig. Die Leute sagen zwar ironisch: »*A puvirtà nun' è virgogna, ma mancu preju*«, Armut ist keine Schande, aber auch keine Zierde. Aber sie sagen auch: »*Cu nasci tunnu nun pò moriri quatratu*«, wer rund geboren ist, stirbt nicht quadratisch. Und weil sie bei all dem Fatalismus dennoch die Hoffnung nicht aufgeben, sagen sie: »*Cchiù scuru di mezzanotti nun pò fari*«, dunkler als Mitternacht kann es nicht werden.

Nur wann ist Mitternacht?, fragt sich Barnaba. Die Leute in seiner Welt glauben nicht ans Glück, sondern ans Unglück. Sie singen ihm Lieder und bringen ihm Opfer, nämlich ihre Jugend und ihre Träume, und der Altar, auf dem sie opfern, heißt Familie.

Wer arm ist, hat immer noch die Familie, die ihn unterstützt, und zur Familie gehören auch sämtliche Tanten, Onkel, Cousinen und Cousins bis zum vierten und fünften Grad. Praktisch der halbe Ort. Barnaba hat erlebt, wie ganz Taormina den Baron als Verwandten betrachtete und ihn monatelang durchfütterte, als er arm wurde. Aber diese Großzügigkeit hat ihren Preis. Die Dorfgemeinschaft ist ein Geflecht aus Familienbanden, Fehden und Abhängigkeiten über Generationen, jede Familie ist unauflösbar darin eingesponnen. Frömmigkeit, Aberglaube und Furcht vor Gesichtsverlust oder dem Verlust der Ehre sind wie ein klebriges Sekret, das alles zusammenhält. Dieses zähe Geflecht bewahrt die Traditionen und die Verhältnisse zwischen Herren und Dienenden, zwischen Staatsmacht, Kirche und Mafia. Jeder Versuch, daran etwas zu ändern, wird umgehend bestraft. Überall versperren Tabus den Weg oder irgendein Greis, der den Finger hebt und raunt: »Das war schon immer so.« Also bleibt es auch so. Arm bleibt arm, reich bleibt reich, über diese Kluft gibt es keine Brücke.

Die Gemeinschaft ist alles, du bist nichts, denkt Barnaba frustriert. Sobald es einem ein wenig besser geht, weil er durch eigene Klugheit, Rücksichtslosigkeit, Mauschelei oder Empfehlung von höherer Stelle vielleicht eine bessere Position ergattert hat, Verwalter geworden ist, Hausmeister in einer Behörde oder gar Beamter, obwohl er weder lesen noch schreiben kann, erwartet die gesamte Familie, dass er sie fortan unterstützt. Alle erwarten Gefälligkeiten oder leihen sich Geld, das sie natürlich niemals zurückzahlen.

Barnaba erinnert sich an Gaetano Impalà, einen Fischer, der sich für sein gesamtes Gespartes eine Barke gekauft hatte, eine blaue Barke, die er schön bemalte. Nicht um damit zu fischen, sondern um Fremde aufs Meer hinauszurudern, denn sie lassen sich gerne aufs Meer hinausrudern und zahlen gut dafür. Gaetano Impalà hat also eine Idee, geht ein Risiko ein und verdient mit seiner schön bemalten Barke auf einmal mehr als je zuvor mit Fischen. Vielleicht hätte er sich im nächsten Jahr sogar eine zweite Barke kaufen und seinen Bruder beschäftigen können. Aber was passiert? Ständig borgt sich irgendein Cousin oder ein Onkel Geld von ihm oder bittet ihn, ihm die Barke zum Fischen zu leihen. So oft, dass Gaetano Impalà bald keine Fremden mehr aufs Meer hinausrudern kann. Und eines Morgens entdeckt er auch noch, dass ihm jemand die Barke leckgeschlagen hat, halb abgesoffen dümpelt sie im Wasser. Inzwischen ist er wieder Fischer, es reicht gerade so zum Überleben.

Die Familie dämpft deinen Fall, denkt Barnaba, aber sie wird dir nie Flügel schenken. Jede Familie will das Gleiche: dass alles so bleibt, wie es ist.

Natürlich gibt es Ausnahmen. Zum Beispiel die, die fortgehen, nach Deutschland oder Amerika. Aber weil sie aus schierer Verzweiflung gehen, glaubt Barnaba nicht, dass sie in der Fremde etwas anderes finden werden als neue Armut.

Da in einem solchen Gewebe Ehrgeiz nicht gut gedeiht und die Alten unter allen Umständen respektiert werden müssen, gelten Kinder einzig als Vorsorge fürs Alter. Kinder sind Eigentum der Eltern. Je mehr, desto besser, selbst wenn eine Familie sie kaum ernähren kann. Die meisten sterben ohnehin früh. Die, die überleben, werden ihr Leben lang die Eltern versorgen und wiederum Kinder haben, die sie später versorgen. Barnaba kennt keinen Vater, dem es eingefallen wäre, dass seine Söhne es einmal besser haben sollen als er.

Dabei sehnt er sich nach einer Familie, nach der Sicherheit, die jemand wie Mariano Bagarella kennt, der so ziemlich mit jedem in Taormina verwandt ist. Gleichzeitig misstraut Barnaba diesem Gespinst, das ihn in Armut festhalten will.

Doch dann erzählt ihm der Baron etwas Ungeheuerliches. Dass Italien nämlich den Fortschritt praktisch erfunden habe. Dass es eine *Renaissance* gegeben habe, eine Zeit der Erfindungen und Entdeckungen, und dass all das in Italien seinen Anfang genommen habe.

»Was glaubst du wohl, warum es uns nach Italien zieht, Nino?«, erklärt ihm der Baron. »Dieses Land, Nino, dein Land, ist die Wiege des modernen freien Menschen.«

Es klingt so verführerisch wie eine Serenade und erfüllt Barnaba zum ersten Mal mit Stolz auf sein Land, dessen Geschichte er nicht kennt und dessen Sprache er nur mit Dialekt spricht. Der Baron erzählt ihm von Universalgenies und Dichtern, deren Werke Barnaba nie lesen wird. Er besitzt sogar einen Edison-Walzen-Phonographen, mit dem er Barnaba und den anderen Jungen Musik über die vier Jahreszeiten und Opern vorspielt, die Barnaba erst viele Jahre später im Theater erleben wird. Aber der Phonograph fasziniert ihn, ihm gefällt, dass ihm ein deutscher Baron auf einem amerikanischen Phonographen italienische Musik vorspielt. Der Baron erzählt ihm, dass ein Italiener das Fernrohr erfunden und die Bewegung der Gestirne entdeckt habe. Dass es ein Italiener gewesen sei, der die Elektrizität entdeckt habe, dass Italiener in diesem Moment dabei wären, Automobile und Flugapparate zu konstruieren und die Welt zu revolutionieren. Und alles, was Barnaba versteht, ist: *Du hast eine Chance.*

»Was für eine Chance?«, fragt Mariano träge.

Sie liegen am Strand vor der Isola Bella an einem windlosen, heißen Sonntag Ende Mai. Salz und Sand verkrusten in ihren Haaren, sie sind nackt, aber sie schämen sich nicht. Sie haben sich so sehr an die Lüsternheit der Fremden gewöhnt, dass es sich nicht anders anfühlt als das Jucken von Salz auf der Haut.

In Sichtweite macht der Baron Aufnahmen von der Isola Bella. Die wenigen seiner ausländischen Freunde, die noch da sind, schlendern barfuß am Strand, werfen Kiesel ins Meer wie Kinder. Ein Tisch ist gedeckt mit Karaffen voll eisgekühlter Limonade und einem Obstkorb. Barnaba überlegt, ob er rübergehen und sich etwas holen soll, aber er ist zu träge. Auf dem Tisch steht auch der Phonograph, von der Zelluloidwalze singt ein junger unbekannter Tenor namens Caruso wehmütige neapolitanische Volkslieder. Barnaba gefällt der karamelldunkle Belcanto.

»Was für eine Chance?«, wiederholt Mariano seine Frage.

Barnaba blinzelt in die Sonne. »Mir Flügel zu bauen.«

Mariano kratzt sich. »Du wirst nur abstürzen wie dieser Grieche, du weißt schon, der aus dem Märchen, dieser … verdammt, wie hieß der?«

»Seh ich aus wie ein Scheißgrieche, oder was?«

Er verpasst Mariano einen Klaps auf den Hinterkopf, kriegt prompt einen zurück.

»Idiot.«

»Selber Idiot.«

Sie kichern, zum Raufen sind sie zu müde.

»Wenn du Flügel willst, musst du auch wegfliegen«, sagt Mariano. »Hier werden dir Flügel jedenfalls nichts nutzen. Die Leute werden dir deine Federn eine nach der anderen rausreißen und Kissen damit füllen. Hier wirst du immer Nino, der Angeber, Sohn eines Angebers, bleiben.«

»Flieg ich eben weg. Wenn ich eines Tages zurückkomme, wird mich keiner mehr Angeber nennen.«

»Angeber.«

»Im Ernst, Mariano. Lass uns weggehen.«

»Spinnst du? Wohin?«

»Deutschland. Oder Amerika. Da gibt es Flüsse voller Gold, im Ernst, man kann es mit bloßen Händen herausholen. Hat Mister Shaw erzählt.«

»Das sind doch nur Geschichten. Am Ende wollen sie alle nur fummeln. Alle wollen immer nur das: dich rumkriegen.«

Barnaba richtet sich ein wenig auf. »Und?«

Mariano lacht. »Die meiste Zeit glotzen sie dich von der Seite an oder flüstern dir manchmal in ihrer Sprache was ins Ohr. Wenn sie was getrunken haben, wollen sie dich anfassen, deine Haare, deine Wangen und so. Und irgendwann, klar, auch deinen Pimmel. Aber erst tun sie immer so, als wäre es nicht beabsichtigt.«

»Und dann?«

»Sie freuen sich, wenn er hart wird«, sagt Mariano achselzuckend. »Manchmal werden sie auch hart, aber die meisten von ihnen können nicht. Die Deutschen wollen nur anfassen. Die Engländer wollen, dass du ihn reinsteckst.«

»Tust du das?«

Mariano schüttelt den Kopf. »Du machst ein bisschen rum, und irgendwann reicht es ihnen. Dafür gibt es zwei Lire.«

Barnaba ist nicht entgangen, dass Mariano dem Baron praktisch nicht mehr von der Seite weicht. Er besorgt Erledigungen, putzt und assistiert ihm an der Kamera. Er weiß über Blenden und Verschlusszeiten Bescheid, über Schärfe und über die Mischung der Chemikalien für die Beschichtung und Entwicklung der Platten. Barnaba hat gesehen, dass er sogar die Etiketten an den Chemikalienfläschchen lesen kann, und nimmt an, dass der Baron ihm nebenbei das Lesen beigebracht hat.

Barnaba fragt nicht nach, er versteht, dass sein Freund ebenfalls dabei ist, seine Zukunft zu planen, langsam und geräuschlos. Wie es aussieht, ist er dabei sogar erfolgreicher als er selbst. Ein Anflug von Neid befällt Barnaba.

»Glaubst du denn an gar nichts?«

»Was kommt, das kommt. Der reife Pfirsich fällt schon von ganz allein.«

»Es sei denn, jemand pflückt ihn dir vor der Nase weg.«

»Ich will nur jeden Tag einen Teller Spaghetti auf dem Tisch und ein Haus, das mir niemand wegnehmen kann«, sagt Mariano trotzig. »Ich will nicht weggehen.«

»Auch nicht, wenn du reich werden könntest?«

Mariano deutet auf den Baron. »Um so zu werden wie er?«

»Was meinst du?«

»Na, du weißt schon. Reich, aber trotzdem allein. Keine Frau, keine Familie, nur hin und wieder einen Liebhaber, der ihn eines Tages verlässt und seine eigene Familie gründet. Und seine tollen ausländischen Freunde, die kommen und gehen, wie sie wollen.«

»Wir sind seine Familie.«

»Das ist nicht das Gleiche. Ich will eine richtige Familie, verstehst du? Ohne Familie sind wir niemand. Willst du keine eigene Familie, Nino?«

Doch, das will er. Seit Rosaria an seinem Firmament aufgegangen ist, will er das. Er verzehrt sich nach ihrer Honighaut, er wird noch verrückt, und sofort muss er sich wieder auf den Bauch rollen, damit Mariano nicht mitkriegt, wie hart er schon wieder wird.

»Ich will nicht, dass du weggehst, Nino.«

»Ohne dich gehe ich nirgendwohin.«

»Doch. Ich weiß es.«

»Ich kann *mamma* nicht allein lassen.«

»Als ob dich das aufhalten würde.«

Der Baron lässt sich neben ihnen in den Sand plumpsen, er wirkt gut gelaunt.

»Über was sprecht ihr, meine Prinzen des Orients?«

Barnaba entgeht nicht, wie er Mariano dabei ansieht.

»Nino will weggehen. Nach Deutschland oder Amerika.«

»Will ich nicht.«

Der Baron streckt seine Füße neben ihnen im Sand aus. »Wenn ihr euch für eines entscheiden müsstet, was euch wichtiger ist, Freiheit oder ein gutes Leben, wie würdet ihr entscheiden?«

Mariano sagt: »Ein gutes Leben.«

Barnaba denkt an Rosaria und sagt: »Wenn ich eine Familie habe, dann werde ich meine Kinder zur Schule schicken, sogar die Mädchen, damit sie richtiges Italienisch lernen und die Bücher von diesem Alighieri und diesem Goldoni lesen können, von denen der Baron erzählt hat. Sie sollen Schmiede ihres eigenen Glücks werden.«

»Das war aber nicht die Frage, mein zorniger Polyphem.«

Barnaba geht nicht darauf ein, er ist noch nicht fertig. »Dann werde *ich Euch* dafür bezahlen, dass Ihr Fotos von mir und meinen Kindern macht, Herr. Jedes Jahr ein Foto.«

Der Baron von Gloeden lacht. »*Wunderbar.* Es wird mir eine Ehre sein, Nino.«

Er wird gerufen. Einer der Herren am Strand winkt. Der Baron erhebt sich.

»Heute Abend gebe ich ein kleines Dînée. Magst du nicht auch einmal kommen, Nino?«, sagt der Baron im Weggehen.

Wie immer lehnt Barnaba höflich ab. Sosehr ihn Marianos Fortschritte bei der Lebensplanung wurmen, will er dem Freund nicht im Weg stehen. Er will nur Rosaria.

Daher bietet er Mariano mit sechzehn Jahren am Strand vor der Isola Bella den ersten Vertrag seines Lebens an.

»Bist du jetzt komplett verrückt geworden?«, ruft Mariano.

»Nein. Ich will sie heiraten.«

»Sie ist vierzehn!«

»Nicht jetzt natürlich. In zwei Jahren oder so, wenn ich reich bin. Sie soll nur solange warten.«

»Du willst ihn ihr doch nur reinstecken, du Schwein!«

»Ist es dir lieber, dass es Gaspare Ficuzza tut? Oder Antonino Livrizzi? Oder der Drecksack Turi Fricano, der es auch mit Ziegen macht?«

»Willst du damit sagen, sie ist eine Hure?«

»Reg dich ab, Mariano. Sie ist eine Heilige. Ich bringe jeden um, der ihr zu nahe tritt. Du sollst ihr nur von mir erzählen. Meinen Namen erwähnen, verstehst du? Und dass ich bald reich bin.«

»Sie kennt deinen Namen, du Idiot.«

»Dann soll sie ihn eben noch öfter hören. Den Rest mache ich schon. Dafür bringe ich auch jeden um, der dir beim Baron in die Quere kommt. Mein Wort drauf.«

»Und wenn sie sich gar nicht für dich interessiert?«

Barnaba streckt seine schwielige Hand aus. »Mach dir darüber keine Gedanken.«

Wie wird man für ein Mädchen sichtbar? Barnaba hat keine Ahnung. Jeden Tag hofft er auf kleine Zeichen des Erkennens. Ob Rosarias Blick ihn flüchtig streift, ob sie ihm unmerklich zunickt. Aber sie scheint ihn nicht einmal wahrzunehmen.

»Und was sagt sie? Fragt sie nach mir?«, quetscht Barnaba Mariano jeden Tag aus.

»*Madonna*, Nino, was soll sie schon fragen?«

Jeden Tag kommt er sich unsichtbarer vor. Mit jedem Tag fühlt er sich durchscheinender, wie ausgeatmet in eine Welt ohne Farben und Zahlen.

Aber was weiß Barnaba schon über Mädchen? Er weiß nicht, dass die Zeit der wilden Spiele für Rosaria für immer vorbei ist. Dass sie zu einer Gefangenen im Haus ihres Vaters geworden ist, seit dem Tag ihrer ersten Blutung. Barnaba weiß mit seinen sechzehn Jahren ja noch nicht einmal, dass Mädchen regelmäßig bluten. Die Leute klatschen und tratschen über alles Mögliche, nur nicht über diese Dinge.

Zu den seltenen Gelegenheiten, bei denen Rosaria das Haus verlassen darf, gehören die Kirchgänge mit der Familie. Barnaba richtet es so ein, dass Rosaria ihn beim Hinausgehen aus der Kirche in seinem Anzug sehen muss. Aber niemals streift ihn auch nur ihr Blick.

Da findet Barnaba, dass es Zeit wird, in seine Zukunft zu investieren. Von dem, was er in den Gärten verdient, bleibt nie etwas übrig, das reicht gerade so zum Leben. Dafür jedoch hat er jede Lira des Barons, die er nicht seiner Mutter gegeben hat, unter seiner Matratze bei dem Foto seiner Eltern versteckt. Insgesamt schläft Barnaba zu diesem Zeitpunkt auf einem Privatvermögen von einhundertvierundvierzig Lire und dreißig Centesimi.

Er kauft *cannoli* und gibt sie Mariano für seine Schwester mit. Jeden Tag. Sie bedankt sich niemals.

»Ich brauche einen neuen Anzug, *mamma*«, erklärt er seiner Mutter beim Essen.

»Wieso, der eine ist doch noch gut.«

»Ich brauche einen neuen. Nach modernstem Schnitt, mit Weste und allem.«

Sie sieht ihn an. »Wozu?«

»Weil ich heiraten will.«

Zu seiner Überraschung bleibt seine Mutter ganz ruhig.

»Wen?«

»Rosaria Bagarella.«

»Weiß sie schon davon?«

»Ja. Das heißt, nein. Deswegen brauche ich ja den Anzug.«

Pancrazia überlegt kurz, winkt ihn zu sich. »Komm mal her, Ninuccio.«

Barnaba gehorcht.

»Geh mal runter, damit deine alte Mutter dir in die Augen schauen kann.«

Barnaba kniet sich vor ihr nieder, sieht seiner Mutter in die Augen. Und Pancrazia verpasst ihm eine schallende Ohrfeige.

»Wie kannst du mir das antun?«, brüllt sie ihn an. »Hast du mir nicht etwas geschworen?«

»Aber ich werde dich niemals allein lassen, *mamma*!«

»Glaubst du, ich kriege nicht mit, wie diese kleine Hure sich überall produziert und dass ihr euch wie Gockel vor ihr aufplustert, damit sie euch an ihr Schatzkästlein lässt? Sie legt's doch nur drauf an, dass einer von euch ihr den Bauch vollmacht, damit sie aus dem Drecksloch bei ihrer Familie rauskommt. Wo wollt ihr denn wohnen, na?«

»Wir nehmen meine Kammer. Vorerst. Und dann finde ich ein größeres Haus für uns alle.«

»Wie willst du das bezahlen? Ich sage dir, was passieren wird. Wenn der kleinen Hure erst mal der Bauch schwillt, wird sie mich rauswerfen wie Dreck.«

»Das werde ich niemals zulassen.«

»Doch, das wirst du. Du bist wie dein Vater, du denkst nur mit dem Schwanz. Ich bedeute dir gar nichts mehr.«

Sie schlägt sich die Fäuste an die Brust, sie schreit.

»Du willst mich nur loswerden, damit dein Schwanz freie Bahn hat! Du hast keinen Respekt vor deiner Mutter! Ich bedeute dir nichts. Du schneidest dich von mir los, aber wie soll ich dann leben? Ich kann nur noch sterben, ich bin ja schon längst tot.«

Barnaba hat sie noch sie so außer sich gesehen, selbst nicht bei Salvatores Tod. Aussichtslos, sie zu beruhigen. Sobald er sich ihr nähert, schreit sie nur noch lauter, rauft sich die Haare und schlägt ihn.

Barnaba kann nichts tun. Er ist sechzehn und wie alle Söhne

sizilianischer Mütter verstrickt in einem Knoten aus Vereinnahmung und Verwöhnung. In Wien praktiziert zur gleichen Zeit ein kokainsüchtiger Nervenarzt, der Barnaba vielleicht erklärt hätte, dass es sich dabei um projizierte Libido handele. Weil es für junge Frauen keine soziale Sicherheit gibt, müssen sie arrangierte Ehen mit oft ungeliebten Männern eingehen, um überhaupt versorgt zu sein. Ihre ganze Liebe übertragen sie dann auf die Kinder. Vielleicht gelingt es den Töchtern noch, sich eines Tages aus diesem Knoten zu lösen, die Söhne jedoch bleiben in ewiger Adoleszenz gefangen, in einer Mischung aus Fürsorge und Gewalt. Die in Sizilien allgegenwärtige Jungfrau Maria führt zu einer Stilisierung der sizilianischen Mutter, die ihre Söhne nährt, schützt, tröstet, heilt und leitet. Eine sizilianische Mutter ist eine mythische Kreatur, fruchtbar und furchtbar zugleich, sie frisst ihre Kinder auf. Für einen Sizilianer bleibt die Mutter ein Leben lang das Maß aller Dinge.

Vielleicht hätte der Wiener Nervenarzt Barnaba erklären können, dass diese erdrückende Liebe praktisch zwangsläufig zu jener mythischen Verehrung männlicher Virilität führt, die ebenfalls typisch für Sizilien ist. Dass alle sizilianischen Männer ihr Leben lang zurück in den Mutterbauch wollen. Und dass das unterbewusste Wissen um diese Schwäche den Boden für die Idealisierung eines Kultes männlicher Stärke bereitet, wie ihn bald vulgär und roh der italienische Faschismus feiern wird.

Aber was hätte es genutzt? Ich glaube nicht, dass mein Urgroßvater das verstanden hätte. Wer rund geboren ist, stirbt nicht quadratisch.

»Willst du denn, dass ich niemals heirate, *mamma*?«

»Du heiratest, wenn ich sage, dass du so weit bist. Wenn ich eine gute Partie für dich gefunden habe mit einer ordentlichen Mitgift, nicht irgendeine arme Nutte.«

»Sie ist keine Nutte! Nenn sie nicht so.«

»Sie hat dich ja schon verhext, die kleine Nutte! Sieh dich nur an, du weist die Liebe deiner Mutter zurück, die dich geboren und sich für dich aufgeopfert hat, nur um deinen Schwanz irgendwo reinzustecken. Du bringst mich um.«

»Es gibt in ganz Taormina sowieso kein einziges Mädchen mit einer Mitgift!«, versucht er zu argumentieren.

»Doch«, sagt seine Mutter kühl. »Pina Passalacqua.«

Der Name trifft ihn wie eine zweite Ohrfeige.

»Wie kommst du auf Pina Passalacqua?«

»Natürlich ist sie noch zu jung. Aber in drei, vier Jahren ist sie so weit, und du auch.«

»Aber du hasst den Dottore, *mamma*! Du hältst ihn für gefährlich, und das ist er auch!«

»Daher wird es nur ausgleichende Gerechtigkeit sein, wenn du seine Tochter heiratest.«

»Er wird mich doch niemals akzeptieren!«

»Warte ab.«

Barnaba ist sofort alarmiert. »Hast du etwa mit ihm gesprochen?«

»Hältst du deine Mutter für eine Idiotin? Wir haben noch Zeit. Ich habe bloß ein oder zwei Talismane mit einer Haarlocke von dir in seinem Haus versteckt.«

»Was hast du, *mamma*?«

»Schaden kann es nicht.«

»Was, wenn der Dottore die findet? Umbringen wird er dich!«

»Gar nichts wird er. Solange du nur deinen Schwanz in der Hose behältst. Sonst richtet sich der Zauber gegen dich.«

»Ich werde Rosaria heiraten, keine andere!«

»Du wirst tun, was ich sage. Ich bin deine Mutter. Ich liebe dich, ich weiß am besten, was gut für dich ist.« Und als Barnaba sie anschreit: »Es ist aber mein Leben!«, hält sie sich ein Messer an die Brust. »Wenn du Rosaria schwängerst, reiße ich mir das Herz heraus, und mit meinem letzten Atemzug werde ich den Tag verfluchen, an dem ich dich geboren habe.«

Es werden schwierige Tage. Barnaba fleht und schmeichelt, er massiert seiner Mutter die Füße, aber Pancrazia bleibt hart und verweigert ihm den neuen Anzug. Barnaba findet zwei versteckte Talismane in seiner Schlafkammer und schmeißt sie heimlich weg.

Und er denkt, wenn seine Mutter ihn austricksen will, dann darf er das auch. Also lässt er sich von einem Schneider in Giardini heimlich einen Anzug anfertigen. Cremefarbenes Leinen, mit Weste, elegant, aber nicht zu modisch. Als Barnaba sich bei der ersten Anprobe zum ersten Mal im Spiegel sieht, stockt ihm der Atem, denn er sieht einen Herrn.

Unverschämte dreißig Lire fordert der Schneider zwar dafür, aber Barnaba bedauert nichts. Im Gegenteil, es fühlt sich herrlich an, für den Anzug zu bezahlen, denn damit gehört er nun ganz ihm, nur ihm. Allerdings feilscht Barnaba so lange mit dem Schneider, bis der entnervt noch zwei Hemden, einen Binder und ein Einstecktuch drauflegt.

Beim Schuster lässt sich Barnaba für weitere zwanzig Lire ein Paar Halbschuhe nach Budapester Art anfertigen. Außerdem kauft er einen Strohhut nach neuester Mode, einen kreisrunden Boater mit schwarzer Binde, wie ihn der Baron und seine Freunde tragen.

Und mein Urgroßvater, sechzehn Jahre alt, ist wie im

Rausch. In seinem neuen Anzug, gekleidet wie ein Herr, trinkt er erst einen *caffè* auf der Piazza, dann betritt er das Damenmodengeschäft der Signora Matranga in Giardini. Als er das Geschäft mit zwei weiteren großen Schachteln wieder verlässt, hat er insgesamt einhundertzwei Lire ausgegeben, fast sein ganzes Gespartes. Ihm ist schwindlig, aber Geld auszugeben, merkt er, gefällt ihm.

»Bist du wahnsinnig geworden?«, schreit ihn seine Mutter an, als Barnaba ihr den fertigen Anzug, Schuhe und Hut präsentiert, alles sorgfältig in Pappschachteln und in Seidenpapier eingepackt. »Was hat das alles gekostet?«

»Das ist noch nicht alles.«

Er zeigt ihr das Kleid, dass er bei Signora Matranga für Rosaria gekauft hat.

»Es ist wahr!«, schreit Pancrazia. »Du bist wie dein Vater, du denkst nur mit dem Schwanz. Du willst mich umbringen. Deine eigene Mutter.« Sie will wieder nach dem Messer greifen, aber Barnaba ist schneller, hält sie fest.

»Lass mich. Ich will sterben. Du tust mir weh!«

»Setz dich bitte, *mamma*.«

Sie ohrfeigt ihn, er steckt auch diesen Schlag ein.

»Bitte, *mamma*. Hör mich an.«

Er drückt sie auf einen Stuhl, stellt ein Paar glänzende schwarze Damenstiefel auf den Tisch, dazu den Ballen feinen schwarzen Stoffs und die schwarze Spitze, die er für seine Mutter gekauft hat.

»Ich möchte, dass du dir ein Kleid nähst. Ein Kleid wie für eine Königin.«

Pancrazia spuckt auf den Stoff. »Im Sarg werde ich es tragen.«

»*Mamma!* Willst du denn nicht, dass ich glücklich werde?«

»Was soll das denn heißen? Willst du damit sagen, ich mache dich unglücklich? Ich bin deine Mutter, ich weiß am besten, was dich glücklich macht.«

Barnaba fühlt sich erschöpft. Am liebsten würde er den Anzug, das Kleid für Rosaria, die Schuhe und den Stoff für seine Mutter verbrennen.

»Du meinst, was *dich* glücklich macht.«

»Das ist ein und dasselbe. Du bist ein Teil von mir. Was mich glücklich macht, macht auch dich glücklich.«

»Wenn ich ein Teil von dir bin, dann gilt das genauso umgekehrt.«

Sie schlägt mit der flachen Hand auf den Tisch.

»Nein! Du bist schwach. Schwach wie dein Vater.«

»Ich liebe Rosaria!«

»Woher willst du wissen, was das ist, Liebe? Die Liebe existiert nicht. Die einzige wahre Liebe ist die einer Mutter. Woher willst du überhaupt wissen, ob sie dich heiraten will? Natürlich will sie das, die kleine Nutte, aber hat sie's dir gesagt? Hast du ihn ihr etwa schon reingesteckt? Los, sprich? Ja, natürlich hast du. Wahrscheinlich ist sie längst schwanger von dir. Genau wie dein Vater, immer drauf, so wie er's auch bei mir gemacht hat.« Sie weint. »Du willst mich nur loswerden und ins Grab bringen.«

»Es ist nichts passiert, ich schwöre es dir, *mamma*! Sie ist ein ehrenhaftes Mädchen. Wenn sie mich nicht heiraten will, dann werde ich es akzeptieren.«

»Eine gute Ehe muss sorgfältig geplant werden, das ist eine Sache der Eltern. Pina Passalacqua ist genau die Richtige. Ihr werdet viele Kinder haben.«

»Sie ist doch selbst noch ein Kind!«

»Nicht mehr lange.«

»Willst du, dass ich ein Mafioso und Mörder werde wie ihr Vater?«

»Wer sagt das! Aber es ist nicht verkehrt, Respekt und gute Verbindungen zu haben. Und Land! Ich werde meine Meinung nicht ändern. *Basta.*«

Sie starren sich finster an, ahnen beide, dass sie auf verlorenem Posten stehen, aber genau deswegen wollen sie nicht nachgeben.

Barnaba sieht seine Mutter an, die immer noch jung ist, trotz des Witwenschwarz, und ihm kommt ein Gedanke.

»Ich möchte dir etwas zeigen, *mamma.*«

»Ich will es nicht sehen.«

Barnaba holt das Foto unter seiner Matratze hervor und reicht es seiner Mutter. Das Foto, das zwei unglückliche junge Menschen auf dem Weg in eine unglückliche Zukunft zeigt. Das Foto, auf dem er unsichtbar mit drauf ist.

Pancrazia scheint zunächst nicht zu begreifen, aber dann entringt sich ihr ein gequälter Laut. Sie schlägt die Hände vor den Mund.

»*Madonna!* Das hatte ich ganz vergessen.«

»Du warst damals so alt wie ich jetzt.« Barnaba flüstert, wie um die Verbindung seiner Mutter mit ihrem jüngeren Ebenbild nicht zu stören. Pancrazia hat immer noch die Hände vor dem Mund, als müsse sie sich schützen. Barnaba sieht, dass sie weint.

»Mein Gott, wie schön ich war.«

»Erinnerst du dich an den Tag?«

Pancrazia löst den Blick von dem Foto, wischt sich die Tränen aus dem Gesicht.

»An diesem Tag hast du mich zum ersten Mal im Bauch getreten. Seit wann hast du es?«

Er windet sich. »Ist nicht so wichtig. Ich schenke es dir.«

»Warum hast du es mir nie gezeigt?«

Barnaba könnte irgendwas erfinden, aber er sagt: »Vielleicht wollte ich eine Sache, eine einzige Sache mal nur für mich ganz alleine haben.«

»Du bist wie dein Vater. Du siehst immer nur dich.«

Pancrazia nimmt das Foto in die Hand und küsst es. Aber ehe Barnaba es verhindern kann, zerreißt sie es mit zwei entschlossenen Bewegungen und wirft ihm die vier Schnipsel auf den Tisch. Sie erhebt sich, ihre Stimme zittert vor Schmerz und Wut.

»Du hast mir das Herz herausgerissen, aber ich werde tun, was du verlangst.«

Am nächsten Sonntag bei der Messe steht er in seinem neuen cremefarbenen Leinenanzug, weißem Hemd, Binder, blitzblanken Budapestern und seinem Boater in der Hand ganz vorn in der ersten Reihe neben seiner Mutter. Pancrazia trägt ein atemberaubendes elegantes schwarzes Kleid mit Spitzenborte, dazu einen schwarzen Schleier, wie es sich gehört. Alle starren die beiden an, sogar der Priester kann den Blick nicht von Mutter und Sohn abwenden, beide den Kopf stolz erhoben, ohne jede Demut. Niemand übersieht Barnaba mehr, auch Rosaria nicht. Es wird getuschelt.

Als Rosaria mit ihrer Familie aus der dämmrigen Kühle der Kirche in den gleißenden Sonntag auf der Piazza tritt und ins Licht blinzelt, erwartet Barnaba sie draußen. Er sieht nur Rosaria. Alle linkische Verlegenheit ist von ihm abgefallen oder wirkt zumindest vom Stoff des Anzugs gebändigt. Er zieht den Hut. Die Signora Bagarella mustert ihn und setzt ein strenges Gesicht auf. Pancrazia erkundigt sich bei der Signora nach den Tomaten in ihrem Gärtchen hinter dem Haus. Der Signor Bagarella ist gleich an der Kirchentür abgebogen, um mit seinen Freunden Karten zu spielen. Mariano weiß nicht, wo er hingucken soll. Barnaba hat freie Bahn.

»*Ciao* Rosaria. Kennst du mich noch?«

Sie ist schon jetzt ein wenig größer als er, legt den Kopf schräg, blinzelt, als müsse sie seine Gestalt erst scharf stellen, um sich zu erinnern.

»Danke für die *cannoli*, Nino.«

Barnaba zupft sich an der Nase.

»Schöner Anzug. Mariano sagt, du bist jetzt Aufseher. Aber machst auf *dottore*.«

Die Provokation lässt sein Herz hüpfen, weil sie an die gemeinsamen Kinderspiele anknüpft. Er grinst Rosaria an und deutet auf den Corso.

»Gehen wir ein Stück?«

Rosaria sieht zu ihrer Mutter auf, die Signora Bagarella wirft Pancrazia einen Blick zu und nickt knapp. Alles läuft ab wie ein gemessener Tanz, dessen Choreografie niemandem mehr erklärt werden muss. Eine kleine *passeggiata* nach der Kirche den Corso Umberto hinauf und wieder zurück ist die einzige Form öffentlichen Müßiggangs, die Frauen und jungen Mädchen ohne männliche Begleitung gestattet ist.

Rosaria und Barnaba gehen vorweg, halten Abstand zueinander, drei Schritte hinter ihnen die Mütter. Irgendwo dahinter Mariano, der will im Boden versinken, so peinlich ist ihm das, denn alle sehen zu. Der ganze Ort verfolgt die kleine

Prozession, Barnaba weiß, dass hinter jedem geschlossenen Fensterladen Augen herunterplieren. Sie können es förmlich riechen, dass da etwas Unerhörtes geschieht, dass Barnaba Carbonaro mit Rosaria Bagarella techtelmechtelt. Ein Mordsgerede wird es geben, aber das genau ist seine Absicht. Jeder soll es sehen, jeder soll es wissen. Er ist nervös, natürlich ist er das, aber er trägt auch seine cremefarbene Rüstung, an der alle Lästereien abperlen. Der Anzug stützt ihn, hält ihn gerade und ruhig, wenn sein Körper vor Verlegenheit zappeln will. In dem Anzug strahlt er eine selbstverständliche männliche Gelassenheit ab, in der er sich gefällt und die sich auf Rosaria überträgt, die schweigend darauf wartet, dass er was sagt.

Aber Barnaba kriegt kaum ein Wort heraus. Dabei wird die kurze *passeggiata* bald enden, hinten sieht er schon die Porta Messina, da wird umgedreht, wieder zurück bis zur Kirche, und das war's dann. Hinter sich hört er, wie die beiden Mütter über Tomaten und die Nachbarn plaudern, und es erfreut sein Herz, dass seine Mutter das für ihn tut.

Aber was sagt man zu einem Mädchen?

Am Vicolo Stretto zeigt Barnaba die enge Gasse mit den steilen Stufen hinauf.

»Da hast du mich mal eingeholt und verdroschen.«

»Hast es verdient gehabt.«

Eine Steilvorlage für eine zweideutige Erwiderung, aber in Barnabas Gehirn herrscht absolute Leere. Nein, stimmt nicht. Denn wie immer in kritischen Situationen rechnet er. Er rechnet verzweifelt die Differenz zwischen Erzeugerpreis und Endverkaufspreis pro Doppelzentner Zitronen hochgerechnet auf eine Waggonladung aus. Er hat es zigmal berechnet, immer mit dem gleichen Ergebnis, nämlich einer Marge von einundvierzig Prozent, aber irgendwie hängt er in einer Schleife fest. Er ringt mit Zahlen und Worten, und dabei hat er die ganze Zeit Rosarias Duft nach Sonne, Haut und Seife in der Nase, er wird noch verrückt.

Da sieht er den Baron von Gloeden mit einem jungen Herrn auf sich zuschlendern. Der junge Mann wirkt verschlossen, blass und vornehm. Ein Deutscher, vermutet Barnaba. Als der Baron ihn erkennt, zieht er den Hut und verbeugt sich.

»Signor Carbonaro«, begrüßt er zuallererst Barnaba. Wie einen Patriarchen. »Signorina Rosaria. Signora Bagarella. Signora Carbonaro.« Jedes Mal mit einer angedeuteten Verbeugung. Mariano zwinkert er nur zu.

»Darf ich Ihnen Signor Mann vorstellen? Ein aufstrebender Schriftsteller aus Deutschland. Die Welt wird noch viel von ihm hören und lesen.«

Er übersetzt kurz, der steife junge Deutsche lüftet seinen Hut und sagt: *»Genau.«*

Barnaba erwidert: *»Wunderbar«*, und hat in diesem Moment die ganze Aufmerksamkeit des deutschen Schriftstellers. Der blasierte junge Mann reicht Barnaba die Hand: *»Sehr erfreut.«*

Barnaba erwidert: *»Genau«*, und genießt den Moment. Die beiden sizilianischen Mütter quittieren das alles mit zurückhaltendem Nicken, jedoch sichtlich angetan. Der Baron gratuliert Barnaba zur Beförderung, macht ihm Komplimente für den Anzug, aber vor allem der Signorina Rosaria für ihre Schönheit. Dann empfiehlt er sich, man schlendert weiter.

»Kennst du ihn gut, den Baron?«, fragt Rosaria.

Barnaba nickt. »Wir sind Geschäftspartner.«

Rosaria lacht. »Du Idiot, glaubst du, ich weiß nicht Bescheid? Ihr lasst doch alle nur die Hosen runter.«

Barnaba beißt sich auf die Lippen.

»Außerdem werde ich bald Verwalter.«

»Wer's glaubt.«

»Und eines Tages werde ich reich sein.«

»Und wie willst du das anstellen, du Angeber?«

»Ich werde mit Zitronen handeln.«

Rosaria sieht ihn spöttisch an.

»Glaubst du mir etwa nicht?«

»Eher werde ich alt und grau, bevor du reich wirst.«

»Warte nur ab. In zwei Jahren bin ich reich. Wenn du so lange wartest und mit niemand was anfängst, dann heiraten wir.«

Rosaria sieht ihn an, als prüfe sie die Ware.

»Sagt wer?«

»Sage ich.«

Sie schnalzt mit der Zunge. »Eher schlägt mein Vater dich tot. Er hat schon gesagt, dass er jeden totschlägt, der mich anrührt.«

»Und ich schlage jeden tot, der dich nur anschaut.«

»Denkst du etwa, ich gehör dir jetzt? Nur wegen ein paar *cannoli*? Ich kann anschauen, wen ich will. Vielleicht gefällt mir ja ein anderer besser.«

Ihr Ton ist ziemlich schnippisch jetzt, findet Barnaba. So wie früher, wenn sie ihn mit irgendwas aufziehen wollte. Was immer geklappt hat.

»So?«, schnappt er zurück. »Wer denn?«

Sie tut, als müsse sie nachdenken. »Gaspare Ficuzza? Der hat schöne Augen. Oder Nino Livrizzi, er hat schöne Hände und ist größer als du. Turi Fricano hat mir einen Esel versprochen, wenn ich ihn küsse.« Sie gluckst. »Aber bevor ich den küsse, küsse ich lieber seinen Esel.«

»Ich bringe sie alle um«, keucht Barnaba.

»Reg dich ab.« Ihre Stimme jetzt so trocken wie der Boden im Juli, und irgendwie ist bei Barnaba die Luft raus. Er weiß nicht mehr, was er sagen soll, sie nimmt ihn nicht ernst.

Eine Weile gehen sie einfach schweigend weiter.

»Ich will gar nicht heiraten«, sagt sie unvermittelt. »Weder dich noch irgendwen sonst. Ich habe andere Pläne.«

Damit hat Barnaba nicht gerechnet. Aber auf der anderen Seite – so kennt er sie, das hätte er ahnen können. Dass sie Pläne hat. Schon als sie klein waren, hat sie mit ihm und Mariano und Vincenzo rumgestritten und wollte etwas anderes spielen. Rosarias Pläne waren aufregend gewesen, hatten immer was mit Entdeckungen, verlassenen Gebäuden und Geheimnissen zu tun gehabt.

»Was denn für Pläne?«

»Pläne eben. Geht dich nichts an.«

Sie sind längst wieder auf dem Rückweg. Er hat noch einen letzten Trumpf, aber die Zeit wird knapp. Die Kirche ist schon zu sehen, da lungern Leute herum, die nicht verpassen wollen, wie Barnaba und Rosaria zurückkommen. Gleich wird er sich verabschieden müssen. Aber er ist noch nicht fertig.

»Ich habe ein Geschenk für dich.« Barnaba kann förmlich spüren, wie das Wort *Geschenk* sie elektrisiert, wie sehr sie sich bemühen muss, ihren gelangweilten Ton zu wahren.

»Aha. Was ist es denn?«

»Ich bringe es dir heute Nachmittag.«

»Bist du verrückt?«, zischt sie mit einem Anflug von Panik.

»Heute Nachmittag.«

»Du spinnst. Mein Vater schlägt dich tot. Und mich auch. Wehe, du tust das.«

Da weiß Barnaba, dass sie es unbedingt will.

Am Nachmittag nach der Siesta steht er nervös vor dem kleinen Haus der Bagarellas, ein großes Paket und ein kleines Paket mit Schleife in der Hand. Das kleine sind *cannoli* für die Familie. Beides zusammen hat ihn dreiundzwanzig Lire gekostet, beides überreicht er Signor Bagarella, der ihn gleich anschnauzt.

»Was soll das? Verschwinde!«

Signor Bagarella trägt seine Sonntagshose und sein Sonntagshemd, aufgeknöpft bis zum Bauchnabel. Er ist am ganzen Körper behaart, die Augen liegen unter gewaltigen Wülsten. Er ist klein, nicht so klein wie Barnaba, aber klein und voller Muskeln. Die Hände groß und grob, wenn er wollte, könnte er eine Melone damit zerquetschen. Oder seinen Kopf. Barnaba denkt, dass das vielleicht keine gute Idee war, andererseits kann er jetzt nicht mehr zurück.

»Ich möchte um die Hand Eurer Tochter anhalten«, sagt Barnaba tapfer.

»Was?« Rosarias Vater glotzt ihn an.

»Ich möchte Rosaria heiraten.«

Hinten im Dunkel des Hauses Bewegung. Barnaba kann Mariano erkennen, und auch Rosaria wagt sich vor. Wird allerdings von der Signora Bagarella zurückgezogen.

»Sie ist erst vierzehn, du Lump!«, blökt ihn Rosarias Vater an. »Verschwinde, oder ich schlag dich tot.« Er droht ihm mit der Faust, doch Barnaba zuckt nicht. Er war noch nie so ruhig.

»Ihr kennt mich, Signor Bagarella. Ihr kennt mich länger als ich mich selbst. Mein Vater hat immer mit Bewunderung von Euch gesprochen.« Eine Lüge, tatsächlich ist das Gegenteil wahr, Salvatore Raisi hat niemals in seinem Leben mit Bewunderung über irgendjemand gesprochen, aber die Lüge flattert Barnaba von den Lippen wie ein Schmetterling. »Bin ich ein Lump? Stehle ich? Treibe ich mich herum? Nein, nichts von alledem, das wisst Ihr. Ich arbeite hart, ich ersetze meiner Mutter den Mann. Ich bin jetzt Aufseher, bald werde ich Verwalter sein.« Er überlegt kurz, ob er *und bald reich* hinzufügen soll, lässt es aber, um nicht wie ein Aufschneider zu wirken. Verwalter reicht für Rosarias Vater, findet Barnaba.

»Daher bitte ich Euch, versprecht mir Eure Tochter. Wenn ich Verwalter bin, werde ich sie heiraten.«

Er überreicht ihrem Vater die beiden Geschenke. »Das ist für Euch. Und das – für Rosaria.«

Vielleicht ist Signor Bagarella einfach zu überrumpelt, denn er nimmt die Geschenke an und reicht sie seiner Frau nach hinten. Dann aber sieht er Barnaba gleich wieder finster an.

»Und auf einmal ist er groß, der kleine Hosenscheißer und Schreihals und trägt einen piekfeinen Anzug. Kommt sich schon vor wie ein Herr, nur weil er jetzt Aufseher ist und glaubt, er kann mir meine Tochter für ein paar *cannoli* abkaufen.«

»Ich werde Euch keine Schande bereiten.«

Barnaba weiß, er muss jetzt irgendwie einen Abgang hinkriegen. Er setzt seinen Strohhut auf und wendet sich um. Ein Schritt, noch ein Schritt, nur nicht zu schnell. Als er den Anzug zu Hause auszieht, ist er durchtränkt von Schweiß.

Von Mariano erfährt er in den nächsten Tagen, dass es natürlich Geschrei gegeben habe. Und dass Rosaria sich ziemlich viel anhören musste. Aber dass ihre Mutter den Vater beruhigen konnte und dass Rosaria am Ende das Geschenk auspacken durfte.

»Und?«, fragt Barnaba fiebrig. »Was hat sie gesagt?«

»Dass du vollkommen verrückt bist.«

»Sonst nichts?«

»Dass du sie wohl für fett hältst.«

Das genügt Barnaba. Mehr muss er gar nicht wissen.

Denn am nächsten Sonntag trägt sie das Kleid in der Kirche, das er in Giardini im Geschäft der Signora Matranga für sie gekauft hat, ohne ihre Größe zu kennen. Die Signora wollte ihn erst nicht bedienen, aber mein Urgroßvater Barnaba, sechzehn Jahre, ein *capusquatra* in einem Anzug, hat sich nicht abwimmeln lassen und auf ein Kleid gezeigt, dass ihm sofort ins Auge gesprungen war.

Das trägt sie jetzt. Einundzwanzig Lire. Barnaba hat wie beim Schneider versucht zu feilschen, aber die Signora Matranga hat ihm nur eisern erklärt, dass sie hier nicht in Afrika auf dem Basar seien und dass er sich auch gerne zum Teufel scheren könne. Einundzwanzig Lire. Aber kümmert ihn das? Nein, es kümmert ihn nicht, im Gegenteil. Geschenke zu machen, spendabel zu sein verstärkt seinen Rausch, und als er Rosaria in dem Kleid sieht, jubelt er innerlich.

Ein schlichtes, hochgeschlossenes weißes Kleid mit malvenfarbenen Blütenapplikationen über dem Saum und an den Ärmeln. Rosaria trägt dazu eine weiße Stola über dem Haar aus gehäkelter Spitze von ihrer Mutter. Ihre Mutter, erfährt Barnaba von Mariano später, hat das Kleid auch noch an einigen Stellen enger gemacht, allerdings nicht so eng, wie Rosaria wollte. Rosaria sieht darin schon aus wie eine Braut. Oder eine Madonna. Barnaba stockt der Atem, er kann nicht wegsehen. Niemand kann das, alle starren Rosaria an, auch Gaspare Ficuzza, Tonino Livrizzi und der Drecksack Turi Fricano. Aber Barnaba lässt das kalt, denn mit dem Kleid kann keiner von den Schwachköpfen mithalten, er hat sie alle abgehängt. Als Rosaria nach der Messe ihre Bank verlässt und ihn direkt ansieht, nur ihn, ganz kurz nur, aber mit glühenden Augen, da weiß er, dass er gewonnen hat.

»Glaub bloß nicht, dass du gewonnen hast«, sagt sie bei der anschließenden *passeggiata*. »Ich habe das Kleid nur angenommen, um keinen Skandal zu machen.«

»Gefällt es dir etwa nicht?«

Sie sieht ihn an. »Was ist das denn für eine bescheuerte Frage? Hältst du mich für eine Schlampe, die alles tut, wenn ihr jemand was schenkt?«

Barnaba schüttelt den Kopf, versteht nicht, auf was sie hinauswill.

»Oder denkst du, dass ich irgendwas tragen würde, das mir nicht gefällt?«

»Nein. Aber …«

»Du verstehst gar nichts, Nino.«

Sie verwirrt ihn. Er weiß nicht, was er sagen soll.

»Es gefällt mir sehr«, sagt sie leise. »Es ist wunderschön.«

»Du bist wunderschön«, haucht er.

»Wie schön?«

»So schön wie eine Sieben.«

»Was?«

Es ist ihm so rausgerutscht. Er versucht Rosaria zu erklären, dass die Sieben malvenfarben ist, wie die Applikationen auf ihrem Kleid, und dass sie nach Orangenschale duftet. So stellt er sie sich vor. Eine Sieben im Nachmittagslicht.

»Wie eine Zahl, die nach Orange riecht? Bist du jetzt total verrückt geworden?«

Er beißt sich auf die Lippen.

»Warum bloß eine Sieben und keine Acht? Oder Zehn? Oder Tausend?«

Er zuckt mit den Schultern.

»Findest du mich schöner als Agata Pirri oder Maria Lo Turco?«

»Viel schöner.«

»Hast du sie dir auch genau angeschaut, sie sind nämlich schön. Das sagen alle.«

»Nicht so schön wie du.«

»Dann hast du keine Ahnung, und dein Kompliment ist einen Dreck wert.«

»Na gut, sie sind schön.«

»Ah! Jetzt gibst du es also zu. Du findest sie schöner als mich.«

»Nein, ich sage nur, dass sie schön sind, aber du bist schöner.«

»Wie willst du das beurteilen, wenn du nicht richtig hinschaust?«

»Das tue ich. Aber ich sehe nur dich, Rosaria.«

Das ist sogar fast die Wahrheit. Rosarias Blick wird auf einmal traurig.

»Nein, Nino. Du siehst immer nur dich selbst.« Sie wendet sich ab. »Welche Augenfarbe habe ich?«

»Äh … braun.«

»Da hast du's, du schaust nicht hin.« Sie formt die Fingerspitzen zu Krönchen. »*Madonna*, ich habe ein braunes und ein goldenes Auge.«

»Ja und? So nah habe ich sie eben noch nie gesehen.«

»Doch, Nino. Du hast auf mir gesessen, mit deinen Knien auf meinen Armen, sodass ich mich nicht mehr rühren konnte. Weil ich dich Feigling genannt habe und du wütend geworden bist. Und dann hast du mir ins Gesicht gerotzt, erinnerst du dich? Du hast deine Rotze in einem langen Faden rausgespuckt und gesagt, wenn ich nicht wegzucke, lässt du mich los.«

Barnaba erinnert sich. Natürlich hatte Rosaria nicht weggezuckt. Sie hatte ihn die ganze Zeit angeschaut, während ihr die Spucke ins Gesicht tropfte.

»Da hättest du erkennen können, dass ich zwei verschiedene Augen habe. Aber du hast nur dich und deine Rotze gesehen, wie immer.«

Barnaba schweigt betreten. Läuft nicht so, wie er erwartet hatte. Rosaria zeigt auf ihre nackten Füße.

»Fällt dir was auf?«

»Was meinst du?«

»Also findest du es etwa richtig, dass ich in diesem Kleid barfuß laufe?«

Aber es gibt ein Problem. Barnaba muss ja jeden Tag von Sonnenaufgang bis Sonnenuntergang in den Gärten des Dottore Passalacqua arbeiten. Für die Anproben hat er sich dreimal beim Verwalter abmelden müssen, gegen Lohnabzug natürlich. Als er den Verwalter erneut fragt, macht der ihm rigoros klar, dass nun Schluss sei, seine Geduld sei erschöpft. Vielleicht will er dem jungen neuen Aufseher auch einfach nur zeigen, wer hier immer noch das Sagen hat. Vielleicht hat er was läuten hören, dass der Dottore Passalacqua dem Jungen eine Verwalterstelle in Aussicht gestellt hat, womöglich seine, es wird viel geredet. Jedenfalls wird er ihm keine Nachlässigkeit durchgehen lassen, alles sofort brühwarm dem *padruni* melden.

Barnaba überlegt, wie er sich zwischendurch unbemerkt für einen halben Tag verdrücken könnte, er aber traut den anderen *braccianti* nicht und will seine neue Position als *capusquatra* nicht gefährden. Also bleibt ihm nichts anderes übrig, als zähneknirschend auf eine Gelegenheit zu warten. Jeden Tag hat er Geld für Schuhe dabei, auch einen Stoffbeutel mit einem alten Schuh, den ihm Rosaria mitgegeben hat wegen der Größe.

Aber wie es mit Gelegenheiten so ist – immer wenn man sie braucht, trödeln sie. Also schafft sich Barnaba entschlossen eben selbst eine und erklärt dem Verwalter, dass frischer Dung fehlt.

»Jemand muss nach Giardini zum Hof von Carmelo Toscano fahren und welchen holen.«

»Kann das nicht warten?«, fragt der Verwalter misstrauisch.

Barnaba zuckt mit den Schultern. »Kann, kann nicht. Wenn Ihr es dem *padruni* erklärt, warum die Bäume später weniger tragen als sonst.«

Der Verwalter heißt Pizzuto und ist ein bulliger, fauler Mensch, der meistens auf einem Stuhl im Schatten sitzt und gerne ausspuckt. Auch jetzt spuckt er wieder aus, stiert Barnaba an und überlegt, ob der ihn verarschen will.

»Zum Teufel, dann schick halt jemand los.«

Barnaba atmet aus, schüttelt langsam den Kopf. »Ich brauche jeden Mann fürs Hacken, und der Dung muss bei Empfang ordnungsgemäß quittiert werden. Das muss ein *capo* machen, außerdem kann keiner meiner Leute lesen.« Barnaba holt Luft. »Nur Ihr könnt das.«

Pizzuto funkelt Barnaba böse an. »Erteilst du mir jetzt etwa schon Befehle, Kerl?«

»Verzeiht, Herr, natürlich nicht. Aber …«

»Denkst du, du kannst mich einfach losschicken, Scheiße holen?«, brüllt Pizzuto ihn an. »Damit ihr euch auf eure faulen Ärsche hocken und euch über mich kaputtlachen könnt?«

Barnaba senkt den Kopf. »Nein, Herr.«

»Du wirst die Scheiße holen!«

Barnaba zieht ein gequältes Gesicht. »Das geht nicht, Herr. Ich muss mit meinen Leuten hacken.«

»Halt's Maul! Du bist Aufseher, also schnapp dir einen Karren und fahr los, hol Scheiße.«

Das lässt Barnaba sich nicht zweimal sagen. Der Dung von Carmelo Toscano ist nicht besser oder schlechter als anderswo, aber von seinem Hof kann er unauffällig einen Abstecher zu dem Damenmodengeschäft machen. Die ganze Zeit stellt er sich Rosarias Gesicht vor und ihren Blick. Er stellt sie sich auch nackt vor und wie er sie überall liebkost. Als der Karren schließlich mit Säcken voller Dung beladen ist, die in der Hitze zum Himmel stinken, quittiert er die Ladung mit einem ungelenken Schnörkel.

Und bemerkt seinen Fehler.

Dass er die Schuhe nämlich vorher hätte kaufen sollen, denn jetzt muss er mit einem Karren voller Scheiße vor dem Geschäft halten. Er verflucht sich für diese Dämlichkeit, aber es lässt sich nicht mehr ändern.

In jenen Jahren ist Giardini durch seine Lage am Meer wirtschaftlich entwickelter als Taormina. Von dem neu gebauten Bahnhof gehen die langen Güterzüge ab, hier liegen die Magazine, in denen die Ernte sortiert, verpackt und verladen wird. Giardini hat eine von Palmen gesäumte Strandpromenade, Thermalbäder, elegante Hotels und Cafés und eben Geschäfte. Die meisten in Sichtweite des Rathauses, in dem Barnabas Vater als Behördengeher so manchen Tag auf irgendeinen Beamten gewartet hat.

Mein Urgroßvater bindet den Esel mit seiner stinkenden

Ladung vor dem Damenmodengeschäft an der kleinen Piazza Municipio an einen Baum vor dem Laden und betritt das Geschäft der Signora Matranga. Diesmal jedoch nicht als elegant gekleideter junger Herr, sondern als säuerlich riechender Landarbeiter.

Signora Matranga ist eine der ganz wenigen sizilianischen Unternehmerinnen in jener Zeit. Eine füllige Frau in Rosatönen mit hoher Stimme und anmutigen Bewegungen, die auf einen blassen Teint achtet, was schwierig ist mit nordafrikanischen Genen. Sie sieht aus wie eine Beduinenprinzessin und hat mit Ende vierzig noch volles schwarzes Haar. Nur der Mund mit den immer geschürzten Lippen, was sie ewig beleidigt wirken lässt, ist eindeutig griechisch. Eine Sizilianerin durch und durch, kinderlose Witwe eines ranghohen Garibaldisten, mit dessen Erbe sie sich zehn Jahre zuvor selbstständig gemacht hat. Und ihr Geschäft floriert. Rosa trägt Signora Matranga nur im Laden, ansonsten geht sie natürlich in Schwarz, wie es sich gehört. Was niemand weiß, ist, dass sie ein Verhältnis mit einem Priester hat. Was auch niemand weiß, ist, dass sie ebenfalls ein kurzes Verhältnis mit Barnabas Vater hatte.

»Halt! Keinen Schritt weiter!«, ruft sie spitz aus, als Barnaba ihren Laden betritt, in dem es nach Seife und Blüten duftet. »Raus hier, du Strolch, und schaff bloß deinen stinkenden Karren da weg, oder ich rufe die Carabinieri.«

Barnaba lässt sich nicht einschüchtern, er kann den Laden nicht ohne die Schuhe verlassen.

»Ich bin es, Signora, Barnaba Carbonaro aus Taormina. Ich habe kürzlich das weiße Kleid mit den Blumen gekauft.«

Die Signora Matranga blinzelt ihn an, als stehe er im Gegenlicht.

»Was willst du?«, zischt sie.

»Schuhe«, erklärt Barnaba. »Die zu dem Kleid passen.«

»Für wen?«

Das fragt allerdings nicht die Signora Matranga, sondern Pina Passalacqua, die in diesem Moment mit ihrer Mutter aus dem Anprobenzimmer tritt. Sie trägt nur ein ärmelloses Unterkleid ohne Strümpfe und Schuhe, ihre Haut ist so weiß wie Mandelblüten, und sie sieht Barnaba forschend an.

Barnaba starrt zurück, als betrachte er einen Geist.

Sie verfolgt ihn, kein Zweifel. Und nun steht sie im Geschäft der Signora Matranga vor ihm. Ihre Figur ist zart, aber wie aus geflochtenem Draht. Auch die dunklen Haare sind zu Zöpfen geflochten. Sie wirkt adrett, dabei ist ihr Gesichtsausdruck wie immer streng, nicht der Anflug eines Lächelns. Eine große Nase hat sie, findet Barnaba, aber insgesamt findet er sie nicht hässlich. Sein Blick gleitet kurz tiefer, er kann gar nichts dagegen machen. Er bemerkt, dass sie bereits Brüste kriegt, und natürlich fängt sie diesen Blick auf, als habe sie seine Gedanken gelesen.

»Das ist Nino Carbonaro«, erklärt sie ihrer Mutter, und Barnaba entgeht nicht, wie sie ihn nennt. »Vielleicht wird er mal Verwalter, wenn er sich gut anstellt. Ich werde ihn heiraten.«

Barnaba muss an die Talismane seiner Mutter denken und hat ein mulmiges Gefühl. Die Signora Passalacqua sieht Barnaba irritiert an. Sie wirkt ebenfalls zart, aber nicht so drahtig, sondern durchscheinend und zerbrechlich und wie von einer großen Traurigkeit erschöpft.

»Ja, schön. Jetzt komm.«

Sie zieht an ihrer Tochter, aber Pina bleibt wie angewurzelt stehen, lässt Barnaba nicht aus den Augen.

»Für wen sind die Schuhe?«

»Für meine Verlobte.«

»Ah, man ist verlobt. Mit wem?«

Barnaba will nur noch weg, am liebsten würde er aus dem Geschäft hinausstürmen, aber das wäre feige, und wer weiß, ob er so bald noch mal eine Chance kriegt für die Schuhe. Außerdem packt ihn nun schon wieder die Wut. Was lässt er sich hier von einem Mädchen vorführen, egal wessen Tochter sie ist!

»Das geht dich nichts an.«

Pina schüttelt den Kopf, ihr Zöpfe wippen ein kleines bisschen mit. »Ist sie schön?«

Der Signora Matranga reicht es. Sie schiebt sich zwischen beide Parteien und drängt Mutter und Tochter resolut zurück in die Anprobenkammer.

»Ich bin gleich bei Ihnen.«

Sehr ungehalten wendet sie sich an Barnaba. Aber sie ist eben auch Geschäftsfrau.

»Welche Größe?«

Barnaba zeigt ihr Rosarias alten Schuh, die Signora Matranga präsentiert ihm zwei Paar flache Damenschuhe. Das eine ist hellblau, das andere weiß mit einer rosafarbenen Schleife, aber von dem hellblauen Paar rät sie ihm gleich wieder ab. Das weiße kostet neunzehn Lire, mehr als Barnaba kalkuliert hatte.

»Fünfzehn, und ich verschwinde sofort, und Sie sehen mich nie wieder«, ächzt er.

»Achtzehn. Mein letztes Wort, oder du verlässt mein Geschäft ohne die Schuhe.«

Barnaba beeilt sich, die achtzehn Lire abzuzählen. Da ist Pina wie aus dem Nichts neben ihm, wie ein Schatten, und raunt ihm zu: »Vergiss nicht, mir auch was zu schenken. Sonst erzähl ich *papà*, wo du warst.«

Wie ein Spuk verschwindet sie wieder. Barnaba stöhnt. Die Signora Matranga versteht, was los ist, und zeigt ihm ein kleines Schnupftüchlein mit aufgestickten Mandelblüten.

»Ich geb's dir für drei Lire. Glaub mir, damit mache ich kein Geschäft.«

Drei Lire. Für ein Schnupftüchlein. Er hat keine Lust, Pina irgendwas zu schenken. Soll sie ihm drohen, wie sie will. Andererseits ist er nun neugierig auf das seltsame Mädchen. Also kauft er auch das bestickte Schnupftüchlein, lässt es sogar in eine hübsche Schachtel mit Schleife legen. Er besitzt jetzt noch fünfundzwanzig Lire, aber immerhin – er hat die Schuhe für Rosaria.

Als er aus dem Damenmodengeschäft in den Mittag über der Piazza tritt, bedauert er nichts. Aber er hat es satt, so richtig satt, sich rumschubsen zu lassen. Er hat es so was von satt, dass ein zwölfjähriges Mädchen ihm drohen kann, nur weil sein Vater zufällig der *padruni* und ein Mafioso ist. Er hat es satt, die Klappe zu halten, und bloß nicht aufzumucken. Er hat es satt, ein Niemand zu sein.

Gegenüber, im Schatten einer Platane, erkennt er die zweiachsige schwarze Kalesche mit Klappverdeck und einem angespannten Maultier davor, die er zuvor übersehen hatte. Der Kutscher döst auf dem Kutschbock, die *coppola* tief ins Gesicht gezogen, eine Flinte lehnt neben ihm. Er ist älter als Barnaba, aber nicht viel älter.

Barnaba überlegt kurz, dann führt er seinen Esel mit dem Karren in den Schatten neben die Kalesche der Passalacquas.

Vom Gestank des Dungs geweckt richtet der Kutscher seine Schiebermütze und schnauzt Barnaba von seinem Kutschbock herab an, dass er sich verpissen solle mit seiner Scheiße. In aller Seelenruhe zieht Barnaba eine Hacke von seinem Karren, tritt näher und legt eine Hand an der Kalesche, als gehöre sie ihm. Er muss zu dem Kutscher aufschauen und würde ihn mit der Hacke vermutlich noch nicht mal richtig erwischen bei seiner Größe. Er sieht auch, dass der Kutscher eine Hand bereits an sein Gewehr legt. Kümmert ihn aber alles nicht in diesem Moment, und er sagt:

»Wie heißt du?«

»Carmelo Cucinotta, und jetzt verpiss dich. Oder ich mach dir Beine.«

»Weißt du, wer ich bin?«

»Ist mir scheißegal, wer du bist.«

»Ich bin Nino Carbonaro, Aufseher. Merk dir meinen Namen, Cucinotta. Niemand außer dem Verwalter und dem *padruni* erteilt mir Befehle. Ich bin Eigentum des *padruni.* Du bist Eigentum des *padruni.* Die Scheiße da ist Eigentum des *padruni,* genau wie der Karren, die Kutsche, das Maultier und der Esel und überhaupt die ganze Scheißwelt. Und das hier …« Er zeigt ihm die kleine Schachtel mit dem Schnupftüchlein. »… ist Eigentum der *signorina,* das geb ich ihr gleich, und *dann* verschwinde ich. Und wenn du weiter dein Maul aufreißt, hole ich dich von da runter und schlag dich zu Brei.«

Das ist so unverschämt, dass der Kutscher Cucinotta ihn erst mal nur wütend anglotzt. Dann spuckt er aus.

»Kannst froh sein, dass die *signora* und die *signorina* gleich zurückkommen. Aber wehe, ich erwische dich eines Tages alleine …« Er hält die Flinte hoch.

Barnaba wendet sich gleichmütig ab und steigt auf seinen Karren. Der rote Nebel vor seinen Augen verzieht sich, aber besser fühlt er sich nicht. Denn er denkt bedrückt: *Ich bin Eigentum des* padruni. Es ging ihm so leicht von den Lippen wie sein Name. Weil es immer schon so war, weil sie hier mit dieser Wahrheit geboren werden, dass sie jemandes Eigentum sind. Barnaba weiß, dass Cucinotta über die Provokation reden wird, früher oder später wird es auch der *padruni* erfahren, aber soll er doch. Barnaba will endlich sichtbar werden. Alle sollen wissen, dass er keine Angst hat.

Ich stelle mir meinen Urgroßvater Barnaba vor, wie er da auf einem Eselskarren hockt auf der Piazza Municipio in Giardini, die heute Piazza Abate Cacciola heißt, wo ringsum Autos parken, wo bunte Lichterbögen am Fest der Schutzheiligen Maria Santissima Raccomandata blinken und dahinter das Meer. Wo sich Cafés, *tabacchi* und Handyläden die Hauptstraße entlang quetschen. Aber damals, an einem Maitag des Jahres 1896, stehen dort nur das Rathaus und gegenüber zwei kleine Häuser.

Der Platz ist der zentrale Treffpunkt im Ort, wo man tratschen und sich zeigen kann. Mein Urgroßvater ist sechzehn, und er sitzt auf einem Haufen Scheiße, mit Geschenken für zwei Mädchen in der Hand, die irgendwas in ihm sehen, von dem er nicht weiß, ob er das sein will. Er fühlt sich wie der Marionetten-Paladin in der Puppenoper, der immer kämpfen muss, angefeuert vom Johlen und Buhen des Publikums, der immer und immer wieder die Prinzessin befreien muss. Aber wenn der Vorhang fällt und der *puparo* loslässt, fällt er schlaff in sich zusammen und ist nichts weiter als Holz, Schnüre und bemaltes Blech.

Nichts weiter als das Eigentum eines *padruni.*

Hinter dem Platz blinzelt ihm das Meer aus tausend Augen zu. Er sieht die Lateinersegel von Fischerbooten in der Ferne. Er ist noch nie auf dem Meer gefahren. Das Meer umschließt und begrenzt seine Welt, hält ihn dort fest, wo er geboren ist und auch bleiben soll. Manchmal stellt er sich vor, dass dieses Deutschland gleich auf der anderen Seite des Meeres läge und wie es wäre, wenn …

Er dreht sich eine Zigarette, und während er raucht, denkt er darüber nach, ob er die Seiten tauschen will. Selbst ein *puparo* werden und die Strippen ziehen, aber das gefällt ihm nicht. Er will kein *padruni* sein, kein mächtiger, gefährlicher Mann, der über Leben und Tod entscheidet, er will nur frei sein. Denn das wäre seine Antwort auf die Frage des Barons. Wenn er wählen müsste zwischen Sicherheit und Freiheit, würde er immer die Freiheit wählen.

Auf einem Haufen Scheiße kommt ihm dieser Gedanke. Dass es doch irgendwie möglich sein muss, frei zu sein. Frei und reich, so wie es der Baron ja auch geschafft hat mit seinen Fotografien. Barnaba auf seinem Haufen Scheiße denkt an seinen Vater, der das vielleicht auch gewollt hat, dem aber immer der Mut zu allem gefehlt hat und der ihn nun von irgendwo beobachtet und kritisiert. Und er fragt sich, wie es mit seinem eigenen Mut aussieht.

»Warum knirschst du mit den Zähnen?«

Pina steht mit ihrer Mutter an seinem Karren und sieht ihn an mit ihrem unkindlichen Blick. Ein Mausgesicht mit Eulenaugen, findet Barnaba. Ihre Glieder sind knochig, lange nicht so fließend und unendlich biegsam wie Rosarias Arme, ihre Hände erstaunlich kräftig, fast grob, als ob sie schwere Arbeit gewohnt sei. Die Signora Passalacqua hat den Arm voller Pakete mit Schleifen und wirkt nicht glücklich darüber, dass ihre Tochter schon wieder mit dem jungen Arbeiter auf seinem stinkenden Eselskarren spricht. Aber offenbar hat sie es aufgegeben, ihrer Tochter irgendetwas zu verbieten.

»Tu ich gar nicht.«

»Doch, tust du.« Sie wendet sich zu ihrer Mutter um. »Ich fahre mit ihm. Du kannst uns mit Carmelo folgen.«

»Das kommt nicht infrage«, widerspricht ihre Mutter erschöpft. »Das möchte *papà* bestimmt nicht.«

Pina wendet sich wieder zu Barnaba. »Was ist? Hilfst du mir jetzt?«

Barnaba steigt ab und hebt Pina an den Hüften hinauf. Sie ist ganz leicht. Der Karren hat keinen richtigen Kutschbock, nur ein schmales Brett. Gleich dahinter türmen sich die Säcke mit Dung. Aber Pina streicht sich nur ihr Kleid glatt.

»Du kennst den Weg?«

»Ich kenne den Weg.«

Er kennt den Palazzo des Dottore Passalacqua, der ein Stück oberhalb liegt, mit Blick über den ganzen Ort bis übers Meer. Dort residiert er mit seiner Familie. Das Landhaus in den Gärten bewohnt er nur zu den Erntezeiten, immer alleine oder manchmal mit einer seiner Geliebten. Barnaba weiß das, alle wissen das.

Er nimmt die Zügel und schnalzt mit der Zunge. Es ist ein warmer Tag, der Sommer spannt schon seine Muskeln, bald wird er alles ausdörren und die Zitronen zum Leuchten bringen. Falls genug Wasser da ist. Barnaba denkt darüber nach, dass sie bald wieder wässern müssen. Welche Brunnen noch entsandet werden müssen.

Sie fahren gemächlich den Corso entlang. Jeder Ort, der etwas werden will, hat jetzt einen Corso Umberto, wo man flanieren und erfahren kann, was los ist. Den ganzen Weg über klappert die Kalesche mit Pinas Mutter und dem Kutscher Cucinotta im Gestank des Dungs hinter ihnen her, aber Barnaba dreht sich kein einziges Mal um.

»Woran denkst du?«, fragt Pina.

»An nichts.«

»Hast du mein Geschenk?«

Barnaba zeigt ihr die kleine Schachtel. Pina will danach greifen, aber Barnaba steckt sie wieder ein.

»Dann sage ich meinem Vater, dass du mich angefasst hast.«

Barnaba schnalzt mit der Zunge. »Scheiß drauf.«

Sie blickt kurz nach hinten zu ihrer Mutter und sieht ihn dann wieder an.

»Ich tu's nicht. Ich verspreche es. Ich schwöre.«

»Kriegst du immer, was du willst?«

»Ja. Und sonntags, was ich nicht will.«

»Du bist ein seltsames Kind.«

»Ich bin kein Kind mehr. Ich bin eine Frau.«

Barnaba sagt nichts dazu.

»Was ist es? Sag schon.«

»Vielleicht schenke ich es ja doch lieber meiner Verlobten.«

»Das wirst du nicht!«, faucht sie ihn an. »Dann sage ich meinem Vater, dass er dich umbringen soll.«

Barnaba zuckt mit den Schultern. »Er wird mich sowieso umbringen, wenn er deine Mutter und Cucinotta fragt, was los war.«

Sie runzelt die Stirn. »Er wird nichts erfahren. Er ist oben im Landhaus. Und ich werde es auch nicht zulassen.«

»Glaubst du wirklich, das hält deinen Vater von irgendwas ab?«

»Mein Vater tut alles, was ich will. Ich bin seine Prinzessin.«

Barnaba sagt nichts dazu.

»Und warum hast du mir dann was gekauft und auf mich gewartet?«

Jetzt sieht er sie kurz an. »Woher weißt du, dass man mich Nino nennt?«

»Weil du dich selber so nennst.«

»Woher weißt du das?«

»Jemand hat es mir erzählt.«

»Wer?«

»Jemand eben.«

»Einfach so.«

»Ich hab gefragt.«

»Wen?«

»Leute. Hör auf zu fragen.«

»Warum?« Er muss an die Talismane denken. »Was soll das? Warum willst du mich heiraten?«

»Ich weiß gar nicht, ob ich will. Ich weiß nur, dass wir heiraten *werden*. Ich weiß es einfach.«

»Du bist doch noch ein Kind.«

»Nein, bin ich nicht mehr. Ich blute schon.«

Barnaba verzieht angewidert das Gesicht.

»Blödsinn. Ich werde Rosaria heiraten. Es ist alles beschlossen.«

»Hast du sie schon geküsst?«

»Nein. Das gehört sich nicht. Aber ich werde. Bald.«

Eine Weile schweigen sie, hängen ihren sechzehnjährigen und zwölfjährigen Gedanken nach. Zwei Jugendliche, zu früh erwachsen geworden, auf einem stinkenden Eselskarren in einem uralten Land, in dem uralte Götter schlafwandeln, verfolgt von neugierigen Blicken und Getuschel.

»Rosaria und wie weiter?«

»Geht dich nichts an.«

Sie stöhnt. »Halt an, ich will absteigen.«

Barnaba schnalzt mit der Zunge, der Esel legt einen Schritt zu.

»Halt sofort an, hab ich gesagt!«

Barnaba reicht ihr die Schachtel, aber so, dass man es von der Kalesche aus nicht sehen kann. Wie eine Eidechse schießt ihre kleine Hand vor und schnappt sich das Geschenk. Sie reißt die Schleife auf, behält sie in der Hand, zieht das bestickte Schnupftüchlein heraus und betrachtet es wie einen Vogel, der sich zu ihr verirrt hat.

»Gefällt es dir?«

»Warte.« Sie deutet auf eine Seitenstraße rechts vor ihnen. »Bieg da rein.«

»Das ist nicht der Weg.«

»Bieg da ab.«

Als sie in die Straße einbiegen, dreht Pina sich erneut um, und als sie sieht, dass die Kalesche außer Sicht ist, streckt sie sich und küsst Barnaba. Ihr Mund ist trocken und warm und klein, ihr Kuss so leicht wie eine Hummel, die sich kurz ausruht und dann davonfliegt.

Barnaba ist zu perplex, um es zu verhindern oder gar den Kuss zu erwidern. Hinter ihnen klappert bereits wieder die Kalesche, die ihnen natürlich gefolgt ist.

»Es gefällt mir«, sagt sie.

In der kommenden Nacht masturbiert Barnaba wilder als sonst, verzweifelt und wütend, aber die Körper und die Haut, die er sich dabei vorstellt, verschwimmen und überlagern sich nun. Er kommt sich vor wie verhext. Stöhnend und unbefriedigt fällt er in einen erschöpften Schlaf.

In den nächsten Tagen rechnet er mit irgendeiner Reaktion des *padruni,* aber nichts passiert. Er hackt, er düngt, er wässert, aber niemand fragt ihn raunend, was da los war in Giardini, oder trägt ihm zu, dass der Kutscher Cucinotta gedroht habe, ihn umzubringen. Der Verwalter behandelt ihn genauso ruppig wie immer, den Dottore Passalacqua kriegt er nicht zu Gesicht. Das schürt Barnabas Unruhe, es fühlt sich an wie Fieber, wie die Luft vor einem Gewitter.

Das Gewitter kommt am Donnerstag. Er hat frei, alle haben frei, denn es ist der Festtag von San Pancrazio, des Schutzheiligen von Taormina. Der ganze Ort ist geschmückt, seit dem frühen Morgen wummern Salutböller durch die Gassen und rütteln an den Nerven. Ein heißer Julitag, selbst die Katzen bleiben im Schatten. Barnaba geht mit seiner Mutter zur Prozession, die Statue des Heiligen wird aus der Kirche durch den Ort getragen, eine Blaskapelle scheppert schleppende Märsche, die Witwen singen klagend das Lied über den Heiligen mit, der so müde war und dennoch den Stab nahm und sich auf den Weg machte. Zwei Männer schlagen Tamburine.

Era stancu e nun putia,
Si pigghiau lu vastunieddu
E si misi a camminari.

Rosaria in den neuen Schuhen strahlt. Barnaba will sie berühren, wahrt aber Abstand. Überraschend ist auch der Dottore Passalacqua mit seiner Familie da, grüßt leutselig nach links und rechts, nur Barnaba und Pancrazia scheint er gar nicht wahrzunehmen. Dafür verfolgen Pinas Blicke Barnaba bei jedem Schritt.

Der Gesang wird inbrünstiger, fiebriger. Irgendwo quäkt eine Schalmei, wieder Böller, ein heißer Wind kommt auf, schürt Feuer in Herzen oder löscht sie für immer aus. Barnaba fühlt sich benommen und hellwach zugleich. Die Luft vibriert, etwas führt zu etwas. Nach der Prozession stauen sich die Leute noch wie betäubt vor der Kirche. Auf der Piazza sind Buden aufgebaut, ein Orchester mit Schalmeien und Maultrommeln spielt Volksweisen, die Barnaba durch und durch gehen, weil sie etwas Uraltes wecken, das am Boden eines Tümpels geschlummert hat. Aber nun ist es wach. Und hungrig.

Barnaba sucht nach Rosaria, findet sie nicht, entdeckt nur Pina, die ihn praktisch verfolgt, der Dottore Passalacqua spricht mit einigen Männern, Vincenzo wartet in der Nähe, bis man ihn hinzuruft und dem Dottore vorstellt, aber dann schiebt sich Rosaria mit ihrer Mutter auf einmal in sein Gesichtsfeld.

»Gehen wir?«

Die Luft steht still. Alles steht still. Er nickt.

Bei dieser *passeggiata* glotzt niemand die beiden mehr schief an, ihre Verlobung gilt als besiegelt. Gaspare Ficuzza, Antonino Livrizzi und Turi Fricano scharwenzeln auch nicht mehr um sie herum. Barnaba könnte zufrieden sein, ist er aber nicht. Er lodert. Wenn sie so neben ihm geht und er sie riechen kann und manchmal auch einen verstohlenen Blick auf das Grübchen an ihrem Hals wirft, wird ihm schlecht vor Verlangen. Er streckt sich in seinem Anzug, aber irgendetwas stimmt nicht. Irgendetwas rollt auf ihn zu, er kann es förmlich spüren, wie damals.

»Gefallen sie dir?« Er zeigt auf die Schuhe.

»Nino! Das hast du mich schon hundertmal gefragt.« Rosaria spreizt die Finger vor Vergnügen.

»Also sag, gefallen sie dir?«

»Jaaaa! Sie sind wunderschön.« Sie zögert kurz. »Komm heute Nachmittag zum Konvent.«

Sie haucht es mehr, als sie es sagt, aber so bestimmt, als sei nichts dabei. Barnaba starrt sie ungläubig an.

»Und deine Eltern?«

»Kannst du vielleicht noch lauter schreien, du Idiot? Sonntags und an Festtagen gibt die Lady Trevelyan mir und ein paar Mädchen immer Englischunterricht. Aber ich werde heute nicht hingehen.«

Barnaba glotzt sie an. »Du lernst Englisch?«

»It's a pleasure to meet you.« Sie führt ihm ihr Englisch vor wie ein neues Kleid. Barnaba versteht kein Wort. *»Thank you. My name is Rosaria. I love you.«* Sie lacht, als sie sein verdutztes Gesicht sieht. »Erst hat *papà* es mir verboten. Aber die Lady hat ganz respektvoll mit ihm gesprochen, und ich hab ihm gesagt, *papà*, hab ich gesagt, vielleicht heirate ich dann ja mal einen Lord.« Sie lacht. »Da hat er zugestimmt. Aber auch nur, weil die Lady hoch und heilig versprochen hat, dass sie nur Mädchen einlädt.«

»Warum? Ich meine, warum …?«

»Ach, Nino. Wenn du dich nur hören könntest. Ich hab dir gesagt, dass ich Pläne habe.«

»Du kannst noch nicht mal lesen.«

»Doch. Ich hab's im letzten Jahr gelernt. Ich habe sogar schon ein Buch gelesen. Heimlich, damit *papà* nicht wütend wird. Das würde dir gefallen. Es geht um einen Jungen aus Holz, der immer lügt.«

»Ich hab nie gesehen, dass du zur Schule gegangen bist«, sagt Barnaba fassungslos.

»Du hast mich überhaupt nicht gesehen, Nino Carbonaro«, seufzt Rosaria. »Die Lady hat sich im letzten Jahr ein paar Mädchen rausgesucht. Jeden Sonntagnachmittag gehen wir zu ihr, Anna Lombardo, Ninetta Nicolosi, Santina Ficuzza und ich. Mariano muss mich jedes Mal begleiten und wieder zurückbringen. Erst war er sauer, aber dann hat er auch heimlich angefangen zu lernen.«

Die neue Entwicklung bestürzt Barnaba. Er kommt sich dumm vor. Hört sein Blut rauschen, es pocht an seiner Schläfe wie eine Maultrommel.

»Kannst du auch … ich meine, schreiben?«

»Schreiben ist viel schwieriger. Aber ja, natürlich.« Ihr Tonfall geht ihm auf die Nerven. Überhaupt gefällt ihm diese ganze Sache mit dem Sonntagsunterricht nicht. Neid und Misstrauen hocken sich links und rechts auf seine Schultern wie zwei Kobolde und raunen ihm hässliche Dinge zu: *Alle dürfen lernen, nur du nicht. Während du dir für einen Hungerlohn den Rücken krumm schuftest, machen sich andere ein leichtes Leben. Sieh an, sie hat Geheimnisse. Glaubst du wirklich, sie wird dir je all ihre Geheimnisse verraten? Was glaubst du wohl, wie sie das meint mit diesem Jungen aus Holz, der immer lügt? Denk nach. DENK NACH! Sie ist eine Stute, sie wird dir nur Ärger machen, nimm dir, was du brauchst, steck ihn ihr rein, und gut ist.*

In den Gassen wird geböllert. Viva San Pancrazio! Die Kobolde krallen sich in seinen Nacken, die Gedanken strudeln ungebremst durch seinen Kopf, vermischt mit seinem Verlangen, seine Zuversicht dagegen befindet sich im freien Fall. Aber ehe sie von einem Abgrund aus Misstrauen verschlungen wird, sagt er:

»Hast du das ernst gemeint mit dem Lord?«

»Du verstehst einfach gar nichts, Nino Carbonaro.«

Das alte Dominikanerkonvent ist ein Ort, an dem sie früher oft gespielt haben. Das Haus des Barons liegt gleich nebenan, er macht da gerne Aufnahmen. Seit Hunderten von Jahren leben keine Mönche mehr in dem Konvent, den Hof im Kreuzgang haben Büsche, Kakteen und Katzen erobert, aber das Gebäude selbst ist noch erstaunlich gut erhalten. Ein guter Ort für Mutproben und heimliche Stelldichein.

Aber vom Baron weiß Barnaba, dass es bald vorbei sein wird mit dem romantischen Idyll, wo schon Generationen von Jugendlichen ihre ersten Küsse getauscht haben. Der Konvent soll zu einem Luxushotel umgebaut werden, in wenigen Wochen werden die Bauarbeiten beginnen.

Barnaba ist viel zu früh dran und versteckt sich oben in dem kleinen Glockenturm. Von hier hat er einen Überblick über den Kreuzgang und den Hof. Die Zeit ist gut gewählt, die Kinder verdösen ihren Nachmittag noch zu Hause oder werden von ihren Eltern für die *passeggiata* herausgeputzt. Die Liebespaare kommen nie vor Einbruch der Nacht.

Es ist heiß. Barnaba zieht sein Jackett aus, faltet es sorgfältig und legt es so behutsam über die Brüstung, als wolle er es nicht wecken. Die alten Mauern strahlen Wärme ab wie ein lebendiges Wesen. Zwischendurch geht irgendwo ein Salutböller los, aber das richtige Feuerwerk wird erst später stattfinden.

Barnaba ist nervös, wer wäre das nicht. Er fühlt sich fiebrig, wischt sich zu oft die Hände an seiner Hose ab, andererseits ist er erstaunlich gesammelt für einen Jugendlichen vor seinem ersten romantischen Stelldichein.

Die Luft duftet nach Jasmin und Rauch. Nach Rauch riecht es immer, dem Rauch von harzigem Pinienholz. Daran wird er sich viele Jahre später erinnern, wenn er fast erstickt am dumpfen deutschen Kohleruß, wenn das Heimweh ihn überwältigt. Jetzt aber ist der Rauch einfach nur da, so selbstverständlich und ewig wie der Nachmittag und das Meer weit unten, wie der dunkle Kegel des Ätna in der Ferne, hinter dem bald die Sonne verschwinden wird, wie die Dächer, das Hundegebell und die schneidende Stimme der Signora Sparacio, die nach ihrem Sohn Ciccio ruft.

Barnaba hält den Atem an, schließt die Augen. Für einen Moment ist er ganz bei sich. Er ist frei, er ist alles, was er sein kann, er ist Herr über sein Leben und seine Entscheidungen. Wenn er will, kann er die Zeit anhalten. Aber die Zeit raunt ihm zu, dass er sich entscheiden muss. Hier und jetzt.

Was willst du, Barnaba?

Und Barnaba erwidert: *Ich will, dass sich alles verändert.*

Als er die Augen wieder öffnet, sieht er Rosaria unten im Hof stehen zwischen Rosmarinbüschen, Disteln und Kakteen. Sie trägt das Kleid, aber die Schuhe hält sie in der linken Hand. Sie hat die Ärmel leicht aufgekrempelt, ihre Haut leuchtet zu ihm hinauf wie das letzte Glühen des Abends kurz vor der Nacht. Sie trägt ihre Haare offen, so schwarz wie Lava, beschattet ihre verschiedenfarbigen Augen mit einer Hand und schaut zu ihm hoch. Sie kommt ihm vor, wie soeben aus der Erde gewachsen, wie eine Erdnymphe, mit Wurzeln so tief, dass kein Zyklop sie je verpflanzen könnte. Eine Böe aus warmer Luft erfasst ihre Gestalt, lässt ihr Kleid kurz flattern, wirbelt ihre Haare auf und verwandelt sie in das Bild einer Gorgone. Rosaria nimmt die Huldigung des Windes gleichmütig entgegen.

Keiner von beiden sagt etwas. Dann sieht Barnaba, wie sie den Hof durchquert und wie ihre Gestalt sich im Schatten des alten Klostergebäudes auflöst.

Bis sie wieder vor ihm erscheint, Stufe um Stufe zu ihm auf den Turm hinaufsteigt. Sie streicht sich eine Strähne aus dem Haar und damit den letzten Rest jugendlicher Verlegenheit. Barnaba tritt einen Schritt vor, hinaus aus der Realität. Jetzt erkennt er endlich ihre verschiedenfarbigen Pupillen, und in den Pupillen sieht er sich und weiter dahinter ein Meer, das man nur gemeinsam überqueren kann. Seine Hände legen sich wie von selbst auf ihre Hüften, er zieht sie an sich, und im gleichen Augenblick umschlingen zwei honigbraune Arme seinen Hals, die nach Sonne riechen.

Dann überqueren sie das Meer.

Vorsichtig und atemlos zunächst tasten sie sich an sandigen Ufern entlang auf der Suche nach einer geeigneten Stelle, waten durch kristallklares Wasser, jagen lachend Meerschaumflocken hinterher, wälzen sich im Sand, bieten einander dar, staunend und ohne Scham. Bis Rosaria ihn schließlich mit sich zieht, tiefer ins Wasser, dorthin, wo er nicht mehr stehen kann und schwimmen muss. Barnaba klammert sich an ihr fest, schnappt nach Luft, aber schließlich beginnt er zu schwimmen, als ob er nie etwas anderes getan hätte, und lässt sich ziehen, immer weiter, immer tiefer.

Er hört ihren Schrei, fern und gedämpft wie in großer Tiefe, und ruft gurgelnd nach ihr. Böllerdonner rollt über sie hinweg. Viva San Pancrazio! Das *stornello* geht ihm durch den Kopf.

Ma iu chi aju ca la notti 'un duormu.
Siempri pinsannu a tia, corpu di sangu!

Das sind sie jetzt: zwei Körper aus Blut, gemeinsam verschlungen von einem Traum. In einer Blase trudeln sie zurück an die Oberfläche, zurück in die Realität oder irgendwo kurz davor, lassen sich an ein neues Ufer anspülen und bleiben atemlos einfach so liegen.

Er merkt, dass er auf seinem Anzug und seinem Hemd liegt, im Nacken hat er Rosarias eingerolltes Kleid. Der Boden ist hart, Anzug und Kleid werden vollkommen zerknittert sein, aber es stört ihn nicht. Rosaria liegt auf ihm, er spürt ihren Atem kaum, nur ihren Herzschlag.

»Schläfst du?«

Sie schüttelt den Kopf, brummt etwas in seinen Hals. Sofort spürt er sie wieder, ihr Gewicht, ihre Haut, ihre Haare, sofort überschwemmt ihn die Lust erneut. Sie macht ein leises Geräusch, bewegt sich ein wenig, sodass er sie wiederfindet, heißt ihn willkommen.

Zum ersten Mal in seinem Leben fühlt sich Barnaba willkommen. Er möchte diesen Ort nie wieder verlassen.

»Ich muss gleich zurück«, flüstert sie ihm irgendwann ins Ohr. Er nickt, während sie an seinem Hals schnuppert.

»Hat es wehgetan?«, fragt er.

»Nur kurz am Anfang, aber nicht sehr. Hast du es dir so vorgestellt?«

Er schüttelt den Kopf.

»Ich auch nicht.« Sie seufzt. »Ich wollte es. Aber es macht mir Angst.«

»Du musst keine Angst mehr haben. Vor gar nichts. Ich bin jetzt da.«

»Du hörst nie auf mit deinen Geschichten, Nino. Aber ich vergebe dir ausnahmsweise.«

Sie prustet kräftig in seine Halsbeuge, dass er lachen muss. Sie hocken nackt auf ihren Kleidern und strahlen sich an, können sich nicht aneinander sattsehen.

»Oh, verdammt!«, sagt sie auf einmal erschrocken, als sie an sich herabblickt, nimmt sein Hemd und presst es sich zwischen die Beine.

»Was ist?«

»Du fließt aus mir raus. *Madonna*, wie viel ist das!«

Interessiert sieht Barnaba zu, wie sein Sperma sein Hemd durchtränkt. Ein bisschen Blut ist dabei. Sie richtet sich vor ihm auf.

»Siehst du mich?«

Er sieht das Grübchen an ihrem Hals, braune Härchen auf ihren Unterarmen, Schweißtropfen auf ihrer Oberlippe, kleine Pusteln und eine Narbe an ihrer Stirn.

»Ich sehe dich. Siehst du mich auch?«

»Ich hab dich immer gesehen. Ich hab alles getan, dass du mich auch siehst, aber du hast nie richtig hingeschaut.«

»Jetzt sehe ich dich.«

Sie schüttelt den Kopf. »Manchmal haben Mariano und ich vor dem Schlafen über dich gesprochen. Weißt du eigentlich, wie sehr er dich bewundert?«

»Mariano? Hör auf.«

Sie streckt sich. Barnaba beobachtet, wie ihre Brüste sich spannen. Sie sind größer, als er vermutet hatte, mit großen braunen Inseln. Er will sie wieder berühren, aber Rosaria gibt ihm einen leichten Klaps.

»Schau mir in die Augen. Er sagt, dass du eines Tages weggehen wirst. Aber wenn du weggehst, kann ich dich nicht heiraten.«

Barnaba versteht nicht. »Aber wir sind doch jetzt …«

»Wir sind gar nichts, Nino. Aber ich möchte kein Nichts sein, verstehst du? Ich will keinen Mann, der weggeht.«

»Das werde ich nicht. Wir werden reich sein.«

Sie wirft ihm sein fleckiges Hemd zu, greift über ihn hinweg nach ihrem Kleid und zieht sich an.

»Hörst du mir überhaupt zu? Ich will gar nicht reich sein. Ich will dir auch nicht nur dabei zusehen, wie du's versuchst, und deine Kinder kriegen und Dreck fressen und eingesperrt sein wie *mamma*.«

Er schluckt. »Was willst du denn?«

»Ich will etwas lernen. Und dann …«, sie holt Luft wie vor einem Sprung ins Wasser, »… will ich arbeiten.«

Das ist so unerhört, dass Barnaba erst mal nichts dazu einfällt.

»Richtig arbeiten? Ich meine, was willst du denn arbeiten? Etwa auf dem Feld?«

»Nein, du Idiot. In einem Hotel. Die Lady hat gesagt, dass bald immer mehr Fremde kommen werden. Die werden Unterkünfte brauchen und Leute, die ihre Sprache sprechen. Sie sagt, dass wir keine Ahnung haben, in was für einem Paradies wir leben. Aber dass wir etwas aus uns machen können, wenn wir nur wollen. Auch wir Mädchen.«

Barnaba fällt wieder ein, dass der Konvent bald zu einem Hotel umgebaut werden wird.

»In welchem Hotel?«

»In unserem Hotel«, sagt sie da, als wäre bereits alles geplant und beschlossen. »Kein großes. Aber mit einer Palme vor dem Eingang. Und einem Garten. Die Fremden mögen Gärten.«

Sofort beginnt Barnaba zu rechnen, er kann gar nicht anders.

»Ich hab mir das so vorgestellt«, fährt sie fort. »Du wirst erst Verwalter, und ich lerne Englisch. Dann bauen wir ein Hotel, du leitest die Geschäfte, und ich kümmere mich um die Gäste.«

Barnaba starrt sie an. »Möchtest du keine Kinder?«

»Doch. Aber nicht sofort, verstehst du? Und auch nur, wenn sie zur Schule gehen können.«

»Hast du überhaupt eine Ahnung, was es kostet, ein Hotel zu bauen? Woher willst du so viel Geld nehmen?«

Rosaria steht jetzt wieder angezogen vor ihm, glättet sich die Haare und versucht, die Knitterfalten aus dem Kleid zu streichen.

»Das ist deine Aufgabe. Wenn du mich heiraten und noch mal küssen willst, dann bau mir ein Hotel.«

MÜNCHEN 1960

Im Salon füllen sich die Aschenbecher mit Zigarillo- und Zigarettenstummeln. Jeden Morgen, wenn meine Großmutter Anna den Raum lüftet, stinken die Möbel und Vorhänge nach kaltem Rauch. Die ganze erste Woche verlässt der Patriarch die Wohnung in der Westermühlstraße kein einziges Mal. Zu den Mahlzeiten erscheint er pünktlich im Anzug, in der restlichen Zeit telefoniert er oder empfängt verschiedene Leute, es ist ein ständiges Kommen und Gehen. Anna hat den Überblick verloren. Ein Herr von der italienischen Handelsvertretung war darunter und ein Herr mit der Visitenkarte einer Münchner Privatbank. Niemand weiß, wer diese Leute sind, was sie von dem Patriarchen wollen oder er von ihnen. Und natürlich erscheint auch Versani jeden Vormittag, verbringt einige Stunden mit dem Patriarchen im Salon und isst anschließend mit ihnen zu Mittag, denn er gehört ja praktisch zur Familie. Anna hat Versani nie wirklich gemocht. Allein schon seine Art, sofort mit dem Essen zu beginnen, sobald sein Teller gefüllt wurde, aber das würde sie nie offen aussprechen. Sie weiß, dass die Familie ihn braucht, weil er die Steuer macht, weil er sich mit den Ämtern auskennt, weil Deutsch seine Muttersprache ist. Vor allem aber, weil er über viele Jahrzehnte die rechte Hand des Patriarchen war. Selbst Nino behandelt ihn wie seinen besten Freund und beschenkt ihn großzügig. Dabei weiß sie, dass die alte Verbundenheit längst einen Knacks hat. Aber nun sitzt er wieder mit ihnen am Tisch, als sei nichts gewesen.

Wie immer fegt Anna den Groll sachte aus ihrem Herzen wie eine Spinne im Fensterkreuz, die man nicht zerquetschen möchte. Nur die Sorgen und den Kummer, die kriegt sie nie hinausgefegt. Gegen die Sorgen gibt es kein Mittel, gegen den Kummer zumindest das Radio. Während sie die Aschenbecher leert, die traurigen Gespenster wieder hinausscheucht, die Daunendecke des Patriarchen aufschlägt und die Rosen anschneidet, singt sie zu italienischen Schlagern mit. Wenn sie mit dem Salon fertig ist und den Ofen angeheizt hat, nimmt sie das Radio mit in die Schneiderwerkstatt und beginnt mit den Zuschnitten. Anschließend geht sie auf den Markt und zur Apotheke, um die Herztabletten für Aurora abzuholen und die Vitaminpillen für Nino, die sie zu Hause in alte Döschen mit dramatischen Namen umfüllt.

Was auch immer sie tut, sie singt dabei oder scherzt in ihrem holprigen Bayerisch mit einer Marktverkäuferin oder einer Nachbarin. Sie mag München und die Münchner. Trotz allem, was passiert ist. Sie hat drei Kinder hier auf die Welt gebracht, die die Heimat nur aus dem italienischen Kulturinstitut in der *Casa degli Italiani* und den Ferien kennen und die nicht gerne Italienisch sprechen. Sie hat ihnen nie bei den Hausaufgaben helfen können und zusehen müssen, wie Toni jeden Tag nach der Schule verdroschen und mit dem Tod in Dachau bedroht wurde. Das hat ihnen auch der Brennkofer in seiner Naziuniform damals angekündigt. Dass man sie demnächst nach Dachau deportieren würde. Kürzlich hat sie ihn zufällig beim Einkaufen gesehen, älter geworden, aber sie hat ihn dennoch sofort erkannt. Gescherzt hat er mit einem Mann an der

Tramhaltestelle, als ob nichts gewesen wäre, als ob nicht alle gesehen hätten, was er damals mit dem Ehepaar Reis gemacht hat. Da hat sie nur die Straßenseite gewechselt und Nino anschließend nichts erzählt.

Trotzdem mag sie München. Natürlich möchte sie irgendwann *zurück*, in der *Casa degli Italiani* sprechen alle ständig vom Zurückgehen, irgendwann. Aber sie weiß, dass sie auch *dort* längst fremd ist. Doch wenn Nino eines Tages zurückgehen will, wird sie keine Wahl haben. Einmal hatte sie die, damals. Da hätte sie auch den Carabiniere nehmen können, der ist heute *maresciallo* in Ragusa. Aber sie wollte nur Nino, weil er so elegant aussah, weil er Himmel und Hölle für sie in Bewegung gesetzt hat und weil ihr Vater ihn nicht mochte. Sie muss lachen, wenn sie an die Nacht zurückdenkt, als Nino sie mit der Barke entführt hat, was gar keine richtige Entführung war, sondern ein Theaterstück mit Publikum. Er wäre fast ertrunken, aber damals war er beeindruckend. Über dreißig Jahre ist das her. Und als hätten sie es bei der RAI geahnt, singt Claudio Villa im Radio »La Signora di trent'anni fa« für Anna, und Anna singt den alten Schlager über eine verflossene Liebe vor dreißig Jahren mit.

Meine Großmutter Anna singt, wenn sie Daunendecken aufschlägt und Aschenbecher leert, wenn sie kocht und abwäscht, wenn sie zuschneidet, die Wohnung putzt, die Teppiche ausklopft, Wäsche macht und Hemden bügelt, wieder kocht, wieder abwäscht und weiternäht. Sie hat sogar in den Bombennächten mitgesungen, wenn Toni vom Großen Ossobuki erzählte, der sie alle eines Tages retten werde. Anna glaubt allerdings nicht, dass ihr Schwiegervater der Große Ossobuki ist. Sie glaubt auch nicht, dass er wegen des Fotos da ist, sondern um zu bleiben. Sie weiß, wenn sie es Nino sagt, wird er nur herumschreien und nichts davon hören wollen. Also sagt sie nichts. Was kann sie schon tun?

Spätabends, wenn die Kinder auf ihre Zimmer verschwinden oder ausgegangen sind, wenn Nino noch immer an der Singer sitzt, wenn ihre Knie und die Handknochen schmerzen, dann zieht sie sich in die Küche zurück. Seit der Patriarch da ist, muss sie manchmal eine traurige Tote von ihrem Stuhl verscheuchen, die sich auch gerne dort aufhält. Die vier *patruneddi*, die neuerdings ebenfalls zu Gast sind, stören sie zwar nicht sonderlich, aber abends will sie einen Moment für sich haben. Sie macht nie Licht, sie isst eine Mandarine und seufzt. Sie ist dankbar. Der Krieg ist vorbei, der Wohlstand steigt, die Preise allerdings inzwischen auch, nur Annas Haushaltsgeld nicht. Nino sagt ihr nicht, was sie mit den Anzügen verdienen, Anna kann es nur schätzen. Ein Anzug bringt zwischen hundertfünfzig und zweihundertfünfzig Mark, je nachdem, aber mehr als vier komplette Anzüge verkaufen sie selten im Monat. Ein einfaches Kleid kostet zwischen vierzig und sechzig Mark, im Winter kommt manchmal eine Anfertigung für einen Wollmantel für achtzig Mark herein, selten ein aufwendiges Ballkleid. Dazu die vielen kleinen Änderungsarbeiten, die Aurora immer macht. Alles in allem, schätzt Anna, verdienen sie im Monat nicht mehr als tausendfünfhundert, höchstens zweitausend Mark, die noch versteuert werden müssen.

Aber die monatlichen Kosten, die kennt Anna genau. Vierhundertachtzig allein für die Miete der Siebenzimmerwohnung, Licht und Kohlen. An jedem Monatsersten muss sie mit Nino streiten, damit er nicht noch weniger als die sechshundert Mark Haushaltsgeld gibt. Den Rest trägt er zum Billard und in die Tanzlokale. Er lädt gerne ein. Wenn sie fragt, wen und wo, dann schreit er herum und schlägt sie. Anna kann nichts tun. Nur auf den Groschen genau kalkulieren kann sie, auf Sonderangebote achten, sparsam bleiben, nicht verzweifeln, wenn am Ende des Monats nie etwas übrig bleibt. Auf dem Großmarkt kämpft Maria verbissen gegen den Bankrott an, kann nichts beisteuern. Wenn Toni nicht seinen ganzen Lohn von der Reiseagentur abgeben, wenn Peppe und Aurora nicht in der Nähstube mithelfen würden, wenn sie fast ihre gesamte Garderobe nicht selbst schneidern würden, dann würde es längst nicht mehr reichen. Nicht für Schuhe, nicht für die Medikamente, nicht für Taschengelder, die Ferngespräche, die Reparatur des Kühlschranks, Angelas Tanzstunden, für Geburtstage und Weihnachten oder die Zugfahrkarten im Sommer nach Sizilien. Und nun haben sie noch den Patriarchen im Haus mit seinen unklaren Plänen, seinen *patruneddi* und seinen Ansprüchen. Dazu Versani und andere Gäste, allein die Kosten für *caffè* verdoppeln sich bereits. Und Nino erwartet sogar noch, dass für seinen Vater gekocht wird, als sei jeden Tag Sonntag. Dabei steht Weihnachten vor der Tür und damit gleichzeitig Ninos Geburtstag, sie hat keinen Schimmer, wie sie das schaffen soll. Früher hat der Patriarch immer einen großzügig gefüllten Umschlag auf den Esstisch gelegt, damit es jeder mitkriegt, aber diesmal nichts. Von wegen Großer Ossobuki, er ist doch wieder pleite, das weiß Anna genauso gut wie Nino. Alles wie damals, als sie mit zwei Kindern nach München nachzog und sie hier zu siebt zusammenlebten: Sie und Nino mit Maria und Toni, der Patriarch mit seiner Geliebten und dem vierjährigen Franz. Jeden Abend denkt Anna wieder an ihre ersten Münchner Monate, wenn sie für einen

Moment allein in der dunklen Küche sitzt, eine Mandarine pellt und seufzt. Und nun ist Franz stellvertretender Marktleiter beim Tengelmann, ein guter Junge. Und obwohl Anna das Verhältnis des Patriarchen zu seiner Münchner Geliebten immer missbilligt hat, kann sie es Franz nicht übelnehmen, dass er keine Lust hat, für ein Foto mit einem Vater anzutanzen, der nichts für ihn getan hat, und einer Familie, die ihn nicht akzeptiert. Nur dass er Maria zum Weinen gebracht hat, das nimmt sie ihm übel.

Ein Geräusch. Anna sieht, wie Maria mit der Rechenmaschine unter dem Arm vorbeischleicht und im Salon verschwindet. Obwohl es dunkel im Flur ist, erkennt Anna sie an jeder Bewegung. Die Kinder sind Annas Glück, ihre Sorge, ihre Hoffnung. Angela ist ein träumerisches Mädchen mit guten Noten, das viel lacht und viel weint. Ein Wesen zwischen Wasser und Land, den Gezeiten des Lebens ausgeliefert. Ihr Leben wird nicht leicht sein, aber lang, das ahnt Anna an der Art, wie sie aufmerksam auf der Fensterbank in der Küche sitzt und auf ihre Gelegenheit wartet. Giuseppe ist lebenshungrig und verschwenderisch, vor allem mit sich selbst. Ein Schmetterling, immer in Eile, immer woanders. Mit einer schönen Stimme, und ein geschickter Schneider, auch wenn er das Handwerk nicht liebt. Er wird unglücklich bleiben und zu früh gehen, das ahnt Anna bereits, wenn sie sieht, wie er beim Essen krümelt und kleckert, als ob er das Leben nicht in seiner ganzen Fülle bei sich behalten könne. Es bricht ihr das Herz, aber sie weiß, dass sie es nicht verhindern kann. Aurora ist ein dunkler Stern aus Leidenschaft und Fürsorge, mit der Gabe, alle zu bezaubern und zu heilen. Außer sich selbst mit ihrem Herzfehler, der sie die meiste Zeit ans Haus fesselt. Die Ärzte sagen, dass sie früh sterben wird, aber an dem Glanz auf ihrem Gesicht ahnt Anna, dass es ihr vorbestimmt ist, noch lange zu leiden und Leid zu lindern.

Keines ihrer Kinder wird es leicht haben, ahnt Anna, dennoch empfindet sie jedes von ihnen als einen Aspekt des Glücks. Maria und Toni jedoch, das hat Anna von dem Augenblick an gespürt, als sie beide zum ersten Mal im Arm hielt, sind etwas Besonders. Still, ehrgeizig, biegsam und stark wie Weiden, als wurzelten sie in einer mythischen Tiefe, die den meisten Menschen verwehrt bleibt. Vielleicht weil sie beide noch in Sizilien geboren wurden. Sie sind unbeirrbar, trittsicher bei Sturm und Hitze im allersteilsten Fels, unerschütterlich und großzügig mit ihrer Zuversicht. Eines Tages werden sie auf einem Gipfel stehen und in der Sonne leuchten, denkt Anna. Wenn sie Maria und Toni ansieht, dann glaubt sie wieder, dass es Hoffnung und Rettung gibt. Und als Maria an ihr vorbeigeht, mit elastischen, energischen Schritten, ohne die Mutter in der Küche zu bemerken, formt meine Großmutter stumm die Worte: *die Große Ossobuki.*

Jeden Nachmittag lässt sich Barnaba im Salon von Toni seine Idee mit der Reiseagentur und jeden Abend von Maria die Geschäftsidee mit der Saftproduktion mit wechselnden Kostenschätzungen durchrechnen. Zigarillos und Zigaretten werden geraucht, Mandarinen gepellt. Maria benutzt eine wuchtige elektrische Olympia-Rechenmaschine, die ratternd Additionen und Subtraktionen auf einem Bonstreifen ausgibt. Das Rechnen belebt Barnaba, und Maria und Toni sind die Einzigen in der Familie, die überhaupt kalkulieren können. Beide Ideen, die Reiseagentur wie die Saftproduktion, bergen Risiken, aber sie passen so sehr in die Zeit, dass Barnaba schon den Feigenduft der Rendite in der Nase spürt. Ihn irritiert nur, dass Zahlen auch für Maria und Toni weder Farbe noch Geschmack haben. Was für ihn völlig natürlich ist, finden Maria und Toni so sonderbar wie einen sechsten Finger an der Hand.

Er beobachtet Maria, die konzentriert auf die Tasten der Olympia einhackt. Die Maschine rattert, als wolle sie sich durch den Tisch und den Fußboden rütteln.

»Bis du das eingetippt hast, hab ich längst das Ergebnis.«

»Ja, schön für dich, *nonno*. Es gibt inzwischen sogar Computer, die schaffen Tausende von Berechnungen in einer Sekunde.«

Davon hat Barnaba auch gehört. Wenn er sich all die Farbenexplosionen in jeder Sekunde vorstellt, wird ihm übel, er kann nichts Gutes an Computern finden.

»Mit Zahlen, die nach nichts schmecken, kann man kein Geschäft machen«, erklärt er Maria.

»Aber zum Mond fliegen eines Tages.«

»Sei keine Stute. Willst du zum Mond fliegen oder erfolgreiche Geschäfte machen? Entscheide dich.«

Maria hackt weiter Zahlen in die Olympia, die Maschine hämmert sie auf den Bonstreifen. Wechselnde Einkaufspreise pro Doppelzentner, Betriebskosten, Anschaffung und Laufzeiten der Anlagen, Lohnkosten, Transportkosten, Werbekosten, Schmier- und Schutzgelder, Qualitätskontrolle, den Vertrieb und schließlich den geschätzten Verkaufspreis pro Liter Saft.

»Beispiel Mandarinen. Im Augenblick verdienen wir im Schnitt sechs Pfennig pro Kilo. Mit Saft könnten es zehn sein.

Mit fünftausend Mark könnte ich in Scordia oder Paternò eine Pressanlage errichten und sie vermieten, wenn ich sie nicht nutze. Wir pressen und pasteurisieren vor Ort, aber abfüllen tun wir hier in München. In den Tanks bleibt der Saft länger frisch, und es reduziert die Transportkosten um vierunddreißig Prozent.«

Sie reicht dem Patriarchen den Bonstreifen mit dem Ergebnis, das Barnaba längst kennt. Er verzieht das Gesicht.

»Die Deutschen lieben Saft, *nonno*!«, sagt Maria lebhaft. »Nach Bier, Kaffee und Milch ist Apfelsaft ihr liebstes Getränk. Sie können gar nicht genug davon kriegen, und er ist billig. Die Amerikaner dagegen sind verrückt nach Orangensaft.«

»Widerliche Massenware aus Konzentrat«, knurrt der Patriarch. »Wie sieht es hier mit der Konkurrenz aus?«

»Eckes am Rhein macht seit Jahrzehnten Säfte aus Äpfeln und Trauben. Und seit einigen Jahren ziemlich erfolgreich auch Orangensaft. Aber was, wenn wir Blutorangensaft, Mandarinensaft, Pfirsichsaft und Kirschsaft anbieten könnten? Flüssiges Obst. Trinkbare Früchte. Wie klingt das? Die Sonne Italiens in einem Glas. In hübschen Glasflaschen mit Etiketten wie deine alten Obstpapierchen, *nonno*. Stell dir vor, wie edel das aussieht.«

Seit sie im vorletzten Sommer nachts in Catania an einem *chiosco* ein Glas frisch gepressten Mandarinensaft mit Zitrone getrunken hat, verfolgt sie dieser Gedanke. Und seit sie im vergangenen Sommer den Versuch gewagt hat, mit Toni abends vor der Oper frisch gepresste Säfte anzubieten, denkt sie an nichts anderes mehr.

»Geschmack und Vitamine. Du weißt, wie sehr die Deutschen auf die Vitamine achten.«

»Aus Pfirsichen kann man keinen guten Saft machen. Und Kirschen sind viel zu wertvoll, um sie zu Saft zu pressen.«

»Nicht, wenn man sie mit Wasser verdünnt und leicht nachzuckert.«

Barnaba raucht. »Zehn Pfennig ist zu optimistisch«, brummt er. »Im ersten Jahr kannst du froh sein, wenn du bei vier landest.«

Alles, was Maria hört, ist *im ersten Jahr.* Sie strahlt ihren Großvater an.

»Aber wenn ich schon fünftausend Mark in ein Experiment investiere, dann will ich dreißig Prozent vom Umsatz.«

Maria starrt ihn an. »Du bist mein *nonno.*«

»*Genau.* Deswegen vertraue ich dir mein Geld an, obwohl du völlig unerfahren und eine Frau bist. Als Investor erwarte ich natürlich eine Rendite.«

»Aber doch nicht vom Umsatz!«

»Das war ein Test, ob du noch aufpasst. Auf deinen Gewinn natürlich.«

»Zehn.«

»Lächerlich. Fünfundzwanzig. Und auch nur, weil ich so ein gutes Herz habe.«

»Indiskutabel. Fünfzehn. Mein letztes Angebot.«

»Ich mache hier immer noch das letzte Angebot. Und fünfundzwanzig *war* bereits das letzte.« Er streckt seine Hand aus. Maria zögert.

»Wann kann ich loslegen?«

»Von mir aus jederzeit.«

»Und wann kriege ich die fünftausend?«

»Sobald ich sie habe.«

»Oh. Wann wird das sein?«

»Bald. Sehr bald schon. Du wirst sehen.«

Seine Hand ist weiterhin ausgestreckt, aber Maria schlägt nicht ein. Sie schüttelt den Kopf und lacht.

»Hast du früher so deine Geschäfte gemacht?«

»Ich habe immer Wort gehalten.«

Maria lacht nicht mehr. »Das ist alles nur ein amüsantes Spiel für dich, *nonno*, nicht wahr? Du hast gar nicht vor, in mich zu investieren. Genauso wenig, wie du Rosaria ein Hotel bauen wolltest.«

»O doch, das wollte ich«, seufzt Barnaba. »Und ich will es immer noch.«

TAORMINA 1896

Rosarias Geruch haftet überall an ihm, als er den Konvent verlässt. Er ist zu aufgewühlt, um gleich nach Hause zu gehen, also streunt er in seinem zerknitterten Anzug durch den verwunschenen Park, den die Lady Trevelyan angelegt hat. Das befleckte Hemd hält er zusammengeknüllt in der Hand wie einen Schatz, manchmal riecht er dran.

Er hat geglaubt, dass es ihn erleichtern würde, mit Rosaria zu schlafen, nur ein einziges Mal, dann sei er geheilt. Aber im Gegenteil. Wenn er die Augen schließt, sieht er sie vor sich, nichts sonst, nur ihren schimmernden Körper. Er will sie einatmen, berühren und besitzen, nie wieder loslassen, aber er weiß, dass damit für lange Zeit Schluss ist.

Als es dunkel wird, beginnt drüben das Feuerwerk. Rote und grüne Sterne zerplatzen am Abendhimmel, Goldregen schauert herab, Barnaba hört Gejohle und Applaus.

Er hat keine Ahnung von Hotels. Er war ja noch nicht einmal in einem. In seiner Vorstellung sind Hotels Orte wie das Haus des Barons, nur größer, wo elegant gekleidete Fremde Wein trinken, sich in ihrer Sprache unterhalten und sich zwischendurch mit Jungen wie Mariano zurückziehen. Oder Mädchen wie Rosaria. Er will das nicht. Überhaupt will er nicht, dass seine zukünftige Frau arbeitet. Natürlich arbeiten die meisten Frauen, sie sortieren Mandarinen in den Magazinen, sie schuften auf den Feldern. Aber nur aus Not, und es gefällt Barnaba nicht. Ein Mann muss die Ehre seiner Frau und seiner Schwestern und Töchter schützen – wie soll das bitte gehen, wenn sie in einem Hotel arbeiten? Wenn die Leute erst einmal reden, verlieren sie den Respekt, und ohne Respekt macht man keine Geschäfte und führt auch kein Hotel. Da beißt sich die Katze in den Schwanz. Denkt er.

Andererseits hat Rosaria nicht ganz unrecht, das kann er nicht abstreiten. Die Fremden bringen Geld, und irgendwo müssen sie ja schließlich wohnen. Um sich von Rosaria abzulenken, rechnet er. Schätzt die Bau- und Unterhaltskosten für ein Hotel mit zwanzig Zimmern, überschlägt Personalbedarf und Lohnkosten. Er hat keinen Schimmer von Gastronomie, er rechnet mit Fantasiepreisen, geht verschiedene Laufzeiten des Hotels durch, zwanzig Jahre, dreißig, vierzig. Er rechnet den besten und den schlechtesten Fall durch: Vollbelegung während der gesamten Wintersaison gegen ein halb oder nur zu einem Viertel belegtes Hotel. Selbst bei seinen bescheidensten Rechenmodellen kommt er zu dem Ergebnis, dass es sich lohnen könnte. Er stellt sich den Namen vor: *Hotel Carbonaro*. Aber den verwirft er gleich wieder. *Villa Paradiso* findet er erst gut, dann aber hat er einen besseren Namen, den einzig möglichen: *Hotel Villa Rosaria.*

Bau mir ein Hotel, hat sie gesagt, und das sieht er nun vor sich. Ein rosa getünchtes Haus mit einer Palme davor, einem Garten und Blick aufs Meer, er sieht einen geschwungenen Schriftzug, und er sieht sich mit Rosaria und ihren Kindern vor dem Haus auf einem Foto, das der Baron von ihnen machen wird. Er wird Rosaria ein Hotel bauen, das ihren Namen trägt und in dem sie niemals wird arbeiten müssen. Er wird Geld brauchen, viel Geld.

Aber macht ihm das Angst? Nein, im Gegenteil. Es verleiht ihm Flügel.

Er will seiner Mutter davon berichten, er muss einfach, sonst platzt er noch. Der Zug ist da, er muss jetzt aufspringen. Das Wasser kommt, er muss rudern.

Das Feuerwerk ist vorbei. Als Barnaba ins Haus tritt, hört er Geräusche aus der Kammer seiner Mutter. Schweres Atmen, dumpfes Stöhnen. In der abgedunkelten Kammer erkennt Barnaba den Dottore Passalacqua nicht gleich. Im ersten Schock erkennt er nur einen massigen haarigen Hintern mit heruntergelassener Hose auf seiner Mutter, sieht, wie der Mann ihre Arme festhält und sich keuchend in sie hineinpresst. Er sieht den hochgeschobenen Rock und die abgespreizten Beine seiner Mutter, ihre entblößten Brüste, an denen der Mann gierig saugt. Er sieht ihr abgewandtes Gesicht und dann ihren Schrecken, als sie Barnaba erkennt. Sie stößt einen kurzen Schrei aus, versucht, den Mann auf ihr von sich zu schieben, aber der presst sich noch heftiger grunzend in sie hinein.

»Was soll das, halt still, meine kleine Stute!«

Da weiß Barnaba, wer der Mann ist.

Aber immer noch steht er nur da und glotzt, unfähig zu irgendeinem Laut. Seine Mutter stemmt sich gegen das Gewicht des Dottore, ihre Augen flehen Barnaba die ganze Zeit an. Barnaba denkt noch an ein Messer, aber er hat keins, und dann ist er auch schon auf dem Dottore, reißt ihn von seiner Mutter weg, prügelt auf ihn ein. Er hört Passalacqua brüllen, hört seine Mutter schreien, alles wie aus großer Ferne. Er sieht nur das erhitzte Gesicht des Dottore vor sich, seine blutende Nase, aber das will er alles nicht sehen, also prügelt er weiter, damit das Gesicht verschwindet.

Es verschwindet aber nicht. Nach dem ersten Schreck wehrt sich der Dottore. Er ist fett, doch überraschend wendig, wehrt die Schläge ab und teilt nun ebenfalls aus, hart und gezielt wie einer, der gelernt hat, wo es wehtut. Barnaba ist zwar kräftig, aber eben klein. Als der Dottore mit seinem ganzen Gewicht auf ihm hockt und wie eine Maschine Faust auf Faust auf ihn eindrischt, auf die Brust, in die Seiten, ist es praktisch aus. Die Luft ist erfüllt von Wut und Schweiß. Feuer regnet vom Himmel, ein dunkler Engel schreitet durch den Raum, die Luft ist siedendes Öl, bald ist es aus. Die Fäuste sind rasende Hunde, die Schläge sind wie ein Beben, der Hang kommt ins Rutschen, bald ist es aus.

»Lass ihn sofort los! Lass meinen Jungen los, oder ich stech dich ab.«

Barnaba hört die Stimme seiner Mutter, aber die Worte ergeben keinen Sinn für ihn. Er spürt, wie das Gewicht von seiner Brust verschwindet, als der Dottore sich langsam von ihm wegrollt. Reflexhaft kriecht Barnaba zurück, nur raus aus der Reichweite der Fäuste. Er versucht sich aufzurichten, Luft zu schnappen, hustet Blut. Sein Körper steht in Flammen, er kann kaum atmen und kapiert es immer noch nicht richtig, als seine Mutter dem Dottore Passalacqua ein langes Küchenmesser zwischen die Beine hält. Die Hose hängt ihm immer noch in den Knien, das macht ihn wehrlos.

»Mach keinen Fehler, Pancra…«

»Bei Gott und allen Teufeln der Hölle, ich schlitze dich auf wie ein Schwein.«

Der Dottore schreit, fasst sich in den Schritt, krümmt sich. Barnaba sieht Blut.

»Du verdammte Hexe!«

»Stell dich nicht so an, das ist nur ein Kratzer. Zieh die Hose hoch und verschwinde.«

Barnaba sieht zu, wie der Dottore sich wimmernd seine Hose hochzieht. Ein Blutfleck bildet sich im Schritt. Der Dottore will nach seinen Schuhen greifen, aber Pancrazia scheucht ihn mit dem Messer aus der Kammer.

»Kschsch! Raus hier.«

Barnaba hört, wie die Haustür zuschlägt. Dann hört er den Dottore draußen.

»Ihr seid tot! Ihr seid beide tot!«

Kurz darauf ist seine Mutter wieder bei ihm.

»Wie geht es dir?«

Barnaba kauert immer noch an der Wand, kann sich nicht rühren vor Schmerz, lässt zu, dass seine Mutter ihm das Gesicht wäscht, wie früher. Dabei summt sie leise, flüstert beruhigende Worte. Sie hat ihr Kleid gerichtet, versorgt seine Prellungen und Platzwunden mit Salbe.

»Schau dir nur deinen guten Anzug an. Alles voller Blut. Der ist hin. Wo ist dein Hemd? Wo warst du?«

Barnaba antwortet nicht, der Schmerz in seiner Brust ist zu stark. Seine Mutter setzt sich auf ihr Bett und stöhnt, vergräbt ihr Gesicht in den Händen. Weint sie? Barnaba kann nichts hören.

»Nicht hier, hab ich gesagt«, hört er sie auf einmal. »Dass du gleich zurückkommst, hab ich gesagt. Aber er ist ein Tier. Ich habe ihn geheilt, aber das war ihm nicht genug. Ich habe der Madonna dafür gedankt, als es nach dem Tod deines Vaters aufhörte, aber kürzlich hat es wieder angefangen. Was meinst du, warum du Aufseher geworden bist?«

Barnaba wird übel. »Er hat dich zur Hure gemacht. Ich

bringe ihn um.« Er will aufstehen, schafft es aber nicht. Und er weiß: Das war's. Steine fallen in Meere und versinken ohne Spur, Entscheidungen fallen, etwas führt zu etwas. Bestimmt haben die Nachbarn alles gehört, aber niemand wird reden. Barnaba denkt an die Hunde, an die Leiche von Nino Carnazzo, an die Gruben voller Knochen, er denkt an Rosaria und ihre Haut.

Seine Mutter erhebt sich ächzend. »Ich packe nur ein paar Sachen, dann gehen wir.«

»Wohin?«

»Nach Hause«, sagt sie müde. »Nach Gravina. Nur für eine Weile, bis sich alles beruhigt hat. Dann rede ich mit ihm, alles wird wieder gut.«

Barnaba glaubt nicht daran. Aber ihm bleibt nicht viel Zeit. Unter Schmerzen stopft er Kleidung und sein restliches Geld in einen Sack und auch die Schnipsel des zerrissenen Fotos dazu. Dann eilt er zum Haus des Barons, wo an diesem Abend wieder ein Dînée stattfindet.

»Mein Gott, was ist passiert?«, ruft der Baron bestürzt aus, als Barnaba mit seinem geschwollenen und blutverkrusteten Gesicht vor der Tür steht.

»Ist Mariano da?«

Hastig erklärt er es dem Freund im Garten des Barons. »Du musst auf sie aufpassen, hörst du? Niemand darf sie berühren. Wenn einer sie nur anglotzt, musst du ihn verdreschen. Sie ist mir versprochen, nur mir. Ich werde bald wiederkommen und sie heiraten, sag ihr das. Und dass sie niemandem schöne Augen machen soll. Sie soll Englisch lernen und alles, und ich werde ihr ein Hotel bauen, sag ihr das. Hotel Villa Rosaria, sag ihr das. Sie soll auf mich warten.«

Die Gäste des Barons sehen betreten herüber. Der Baron begleitet Barnaba hinaus.

»Das tut mir unendlich leid für dich und deine Mutter, Nino.«

»Danke, Herr.«

»Kann ich irgendwas tun?«

Barnaba schüttelt den Kopf. Der Baron reicht ihm ein dickes Kuvert. »Das werdet ihr brauchen.«

Barnaba rührt den Umschlag nicht an.

»Das ist kein Geschenk, Nino. Das sind deine Tantiemen an den Verkäufen meiner Fotos. Das Geld liegt eigentlich auf einem Treuhandkonto, das ich für jeden von euch eingerichtet habe. Du solltest es kriegen, wenn du volljährig bist. Aber wer weiß, wann wir uns wiedersehen. Jedenfalls hast du es dir verdient.«

Zögernd nimmt Barnaba das Kuvert an.

»Danke, Herr. Ich werde Euch nie vergessen.«

Der Baron hebt die Hand. »Nein, nein, Nino. Versprich mir, dass du zurückkommst. Ich muss doch ein Foto von dir und deiner Familie machen.«

Barnaba schafft es nicht zu lächeln mit seinem geschwollenen Mund. »Ja, Herr.«

Und ehe Barnaba noch etwas einwenden kann, beugt sich der Baron vor und küsst ihn auf den Mund.

»Mein kleiner zorniger Polyphem.«

Nur mit dem Nötigsten bepackt marschieren Barnaba und seine Mutter in der Nacht los, den Eselspfad hinab durch die sizilianische Nacht, die allerdunkelste Nacht, bis zum neuen Bahnhof von Giardini, dessen Eingang sogar von Gaslampen erleuchtet wird. Dort verstecken sie sich in einem verfallenen

Schuppen hinter dem Gebäude, denn der erste Zug wird erst am Vormittag gehen, und sie befürchten, dass Passalacqua jemanden zum Bahnhof schickt. Viel mehr Fluchtwege gibt es schließlich nicht.

Als Erstes zählt Barnaba das Geld in dem Kuvert. Dreihunderteinundfünfzig Lire. Er hat noch nie so viel Geld gesehen, er kann es kaum glauben. Mit seinen restlichen fünfundzwanzig besitzt er damit ein Vermögen von dreihundertsechsundsiebzig Lire. Ein Jahresverdienst. Aber nach seinen letzten Investitionen weiß Barnaba, wie schnell so ein Vermögen schmelzen kann, er nimmt sich vor, sparsam zu sein.

Die ganze Nacht verbringen sie in Todesangst. Aber seit Jahren ist es auch das erste Mal, dass Barnaba seiner Mutter wieder nah ist.

»Wenn du doch früher nach Hause gekommen wärst. Wo warst du nur?«

Barnaba geht nicht darauf ein. »Du hättest ihn töten sollen.«

»Ich konnte nicht.« Und dann leiser: »Er ist nicht durch und durch schlecht.«

Da versteht Barnaba, dass sie das alles nur getan hat, um ihn eines Tages mit Pina Passalacqua zu verheiraten. Er versucht, seiner Mutter ins Gesicht zu sehen, aber es ist zu dunkel, um ihren Ausdruck zu deuten.

»Das kannst du nicht verstehen«, flüstert seine Mutter. »Ich werde mit ihm reden. Du wirst sehen.«

Barnaba schüttelt heftig den Kopf. »Er hat dich zur Hure gemacht. Ich verbiete dir, seinen Namen jemals wieder zu erwähnen.«

Er nimmt sie in den Arm, als sie zu zittern beginnt. Zum ersten Mal in seinem Leben hört Barnaba seine Mutter weinen.

»Schschsch.« Er streicht ihr über die Haare. Sie erscheint ihm viel kleiner als sonst, wie ein Kind. Er macht sich Vorwürfe, dass er an allem schuld ist. Weil er unbedingt sichtbar werden wollte. Wenn er Salvo Sciortino nicht zusammengeschlagen hätte, wenn er den Dottore nicht gebeten hätte, ihn wieder einzustellen, wenn er sich nicht mit Rosaria getroffen und früher nach Hause gekommen wäre. Alles seine Schuld, denkt er.

»Erzählst du mir eine Geschichte, Ninuccio?«

So hat sie ihn lange nicht mehr genannt.

»Was für eine Geschichte?«

»Eine schöne.«

Aber eine schöne fällt ihm nicht ein, sondern nur die von dem Zyklopen Polyphem, der eine Nymphe so sehr liebt, dass er fast verrückt wird. Aber Galatea spielt mit ihm, lässt sich mit Acis, einem Hirtenjungen, ein. Außer sich vor Eifersucht tötet Polyphem den Jungen und zieht sich verbittert in seine Höhle zurück. Dort stöbert ihn der griechische Pirat Odysseus auf und stellt sich listig als Outis vor – Niemand. Das hat Barnaba gefallen. Niemand zu werden, um zu überleben. Denn Polyphem nimmt Odysseus und seine Mannschaft gefangen, frisst einen nach dem anderen auf, bis Odysseus ihn im Schlaf blendet und entkommt. Der blinde Zyklop ruft die anderen Zyklopen zu Hilfe, aber als sie Polyphem fragen, was los sei, schreit er: »Niemand hat mich geblendet! Niemand will mich töten!« Da kümmern sich die anderen Zyklopen nicht mehr um ihn. Rasend vor Wut und Bitterkeit schleudert Polyphem den Griechen noch Felsbrocken hinterher, aber auch die verfehlen ihr Ziel.

»Was für eine traurige Geschichte«, murmelt seine Mutter.

»Sie ist wahr«, sagt Barnaba und denkt, dass er nun doch Outis ist. Kein zorniger Zyklop, sondern Niemand, nur irgendein Pirat auf einer Irrfahrt, wer weiß, für wie lange. Er nimmt sich vor, das Beste daraus zu machen, als Niemand zu überleben und irgendwann als Jemand zurückzukehren. Das will er seiner Mutter alles noch sagen, aber da ist sie schon vor Erschöpfung eingeschlafen.

Als er früh am nächsten Morgen aus dem Schuppen späht, sieht er im ersten Morgenlicht, wie Güterwaggons mit Kisten voller Früchte beladen werden. Der Anblick schmerzt, aber er kann den Blick auch nicht abwenden.

Als die Schalter öffnen, wagt er sich hinaus, kauft für vier Lire zwei Billets, einfachste Klasse. Auf dem Bahnsteig herrscht bereits Betrieb, Herren in Anzügen und Strohhüten diskutieren und rauchen, Arbeiter schreiten die Gleise ab und prüfen die Schienenklemmen mit Hämmern, zwei aristokratische Damen mit Sonnenschirmen und einem kleinen Hund halten gerade mit einer Kutsche. Sein ganzer Körper tut noch weh von den Schlägen, Barnaba kann kaum gerade laufen, seine Wange brennt, er merkt, dass die Leute ihn anstarren. Aber trotz der Schmerzen und trotz des Risikos streunt er noch ein wenig auf dem Bahnsteig herum. Es ist das erste Mal für ihn, und ein bisschen hat er gehofft, dass Rosaria gekommen ist, um Abschied zu nehmen. Ist sie aber nicht.

Enttäuscht will Barnaba sich schon wieder verdrücken, da bemerkt er die einspännige Kalesche vor dem Bahnhofsgebäude. Der Kutscher Cucinotta überprüft das Geschirr. Panik erfasst Barnaba, er biegt ab, läuft über den Bahnsteig zum Schuppen zurück.

»Nino!«

Barnaba wirbelt herum. Pina steht vor ihm. Schuluniform, Schnürstiefel, Strohhut. Sie wirkt noch erwachsener und strenger als sonst, sieht ihn geradeheraus an, eine Papiertüte in der Hand.

»Warum willst du meinen Vater töten, Nino?«

»Was machst du hier? Ist dein Vater etwa auch hier?«

Sie schüttelt den Kopf. »Ich lasse mich jeden Morgen vor der Schule von Carmelo hier vorbeifahren, weil sie hier frische *pain au chocolat* verkaufen.«

Barnaba hat keine Ahnung, was das ist, starrt Pina nur an. Pina hebt die Papiertüte. Der Duft von warmen *cornetti* steigt Barnaba in die Nase, er merkt, wie hungrig er ist.

»Magst du eins?«

»Nein danke.«

Sie streckt die Hand aus und berührt seine geschwollene Wange. Barnaba zuckt.

»Tut das weh?«

Er schüttelt den Kopf.

»Was ist passiert?«

»Ich möchte nicht darüber sprechen.«

»*Papà* hat getobt heute Morgen«, fährt sie fort. »Dass du ihn umbringen wolltest und dass er dich eigenhändig erwürgt, wenn er dich erwischt, und deine Mutter gleich mit.«

»Was hat er sonst noch gesagt?«

»Mehr weiß ich nicht. Also, warum willst du meinen Vater töten?«

Barnaba stöhnt. »Das ist alles ein verdammtes Missverständnis. Dein Vater hat meine Mutter aufgesucht wegen Rückenschmerzen. Dabei hat sie ihn aus Versehen leicht geritzt. Ein Versehen, hörst du? Als ich nach Hause kam, haben sie deswegen gestritten. Ich bin dazwischengegangen, weil er meine Mutter geschüttelt hat. Das musste ich doch. Dabei ist … na ja, ein Messer vom Tisch gefallen. Ich wollte es aufheben, aber dein Vater dachte, ich wollte ihn abstechen. Wollte ich aber gar nicht. Ich schwöre, das ist die Wahrheit.«

Er schluckt. Die ganze Zeit über hält Pina seinen Blick gefangen.

»Und warum willst du dann wegfahren?«

Barnaba muss sich zusammenreißen, nicht fortzurennen. Er denkt an Cucinotta. Wenn der ihn erkennt, wird er reden. Dann wird es nicht schwer sein herauszufinden, wo sie sind.

»Ich komme bald zurück, und alles wird wieder gut.«

Pina schüttelt den Kopf. »Ich will nicht, dass du gehst. Ich werde mit *papà* reden.«

»Tu das nicht, bitte. Lass es einfach, ja? Wir verreisen nur für eine Weile, bis sich alles beruhigt hat. Wenn wir zurück sind, rede ich mit ihm. Ich verspreche es.«

Pina denkt darüber nach, kaut auf ihrer Lippe. »Wo fahrt ihr hin?«

»Messina.«

»Du lügst. Wenn ich *papà* erzähle, dass ich dich gesehen habe, wird er dich finden. Und dann erwürgt er dich.«

Barnaba packt Pina an den Schultern, rüttelt sie.

»Willst du das?« Er muss sich zwingen, nicht zu schreien. Die Leute gucken schon. Zwei seltsame Jugendliche auf einem Bahnsteig, sie könnten streitende Geschwister sein. Er denkt an seine Mutter in dem Schuppen. Er ist schon zu lange fort, sie wird sich Sorgen machen. Vielleicht verlässt sie bereits den Schuppen, um nach ihm zu suchen. Cucinotta wird sie sehen.

»Willst du das?«

Pina schüttelt den Kopf.

»Dann vertrau mir und behalte es für dich. Wenn ich zurückkomme, heiraten wir.«

Er sagt es, um sie loszuwerden, die pure Verzweiflung.

»Und was ist mit Rosaria? Ich hab euch gesehen.«

»Ich werde dich heiraten.«

»Du lügst.«

»Ich schwöre es bei der Madonna und allen Heiligen.«

Ohne Zögern hebt er die Hand, er würde in diesem Moment alles schwören, denn er will nur noch zurück zu seiner Mutter.

»Sag es.«

»Ich schwöre es bei der Madonna und allen Heiligen.«

»Nein, das davor.«

»Ich werde dich heiraten.«

Pina sieht sich kurz um, greift mit einer raschen Bewegung tief unter ihren Rock und zieht das bestickte Tüchlein hervor, das er ihr geschenkt hat. Reicht es ihm.

»Damit du mich nicht vergisst. Aber ich will es zurückhaben. Und ich möchte jede Woche einen Brief von dir, sonst erzähle ich *papà* von Messina.«

»Ich kann nicht schreiben«, stöhnt Barnaba.

»Dann finde jemanden, der es kann.«

Damit dreht sie sich auf dem Absatz um. Barnaba zwingt sich zu warten, bis sie mit der Papiertüte schlenkernd im Bahnhofsgebäude verschwunden ist, dann kann er dem Reflex nicht mehr widerstehen, an dem Tüchlein zu schnuppern. Es riecht nach ihr und schwach nach Veilchen. Seine Starre löst sich endlich, er traut sich ins Bahnhofsgebäude, wo es am Eingang einen kleinen Stand mit Erfrischungen gibt. Pina sieht er nicht mehr. Für eine Lira kauft er zwei *pain au chocolat*, die sich als mit Schokolade gefüllte *cornetti* herausstellen. Für das Geld bekäme er in Taormina drei ganze Brote, aber darum geht es jetzt nicht. Er wird sparen, aber nicht heute. Als er das Gebäude verlässt, ist die Kalesche verschwunden.

Der Zug aus Messina fährt mit fast einer Stunde Verspätung ein. Barnaba kann sich gar nicht sattsehen an der qualmenden und schnaufenden Dampflok mit den drei Abteilwagen. Sie suchen sich eine Holzbank abseits der anderen Fahrgäste, verstauen ihr hastig zusammengeklaubtes Gepäck unter dem Sitz.

Es ist Barnabas erste Zugfahrt, aber richtig genießen kann er sie nicht. Wie Seetang schwingt er hin und her in einem Meer aus Todesangst und Neugier. Der Zug rüttelt, rattert und quietscht ein Lied von Aufbruch und Gefahr und Freiheit, und mit jedem Kilometer, den sie sich von Taormina entfernen, reißt ein weiteres Stück Angst von ihm ab wie längst vertrocknete braune Blätter aus einer Palmenkrone. Die Schmerzen lassen allmählich nach, Barnaba fühlt sich klar, so klar wie lange nicht mehr.

Bis zu diesem Tag ist mein Urgroßvater Barnaba noch nie weiter als bis Giardini gekommen, Catania, die barocke Provinzhauptstadt mit ihrer Kathedrale aus schwarzem Lavabasalt, kennt er nur aus Erzählungen und von Fotografien des Barons. Bis Catania sind es fast fünfzig Kilometer, zwei Tagesreisen mit einem Eselskarren, mit dem Zug nur knapp zweieinhalb Stunden, ein Wunder an Geschwindigkeit und Komfort.

Sein ganzes Leben blickt Barnaba schon aufs Meer, nun aber zieht es gleichgültig an ihm vorbei, und Barnaba ahnt, dass er in seinem Leben noch oft in Zügen sitzen wird. Er ist immer noch enttäuscht, dass Rosaria nicht am Bahnhof war. Und auf einmal ist die Angst da, dass er sie nie wiedersehen könnte, sie überfällt ihn scharf und plötzlich, frisst ihn fast auf, er möchte am liebsten losheulen.

»Sie wird warten.«

Seine Mutter sitzt aufrecht vor ihm wie eine Dame und verzehrt ihr *pain au chocolat* mit kleinen Bissen, als ob sie auf einem Ausflug wären.

»Ich weiß.«

Pancrazia beugt sich vor und streicht ihm sanft über die Wange. »Ach, Ninuccio.«

Als sie sich wieder zurücklehnt, sagt sie: »Was hast du mit Pina gesprochen?« Wie nebenbei, wie eine Feder, die zu Boden sinkt. Aber Barnaba zuckt zusammen.

»Ich habe euch auf dem Bahnsteig gesehen.«

»Nichts. Sie hat mich gefragt, wo ich hinfahre. Ich hab gesagt, Messina.«

»Wird sie ihrem Vater davon erzählen?«

»Nein, *mamma*. Nein, das wird sie nicht.«

Pancrazia nickt. »Sie ist ein gutes Mädchen. Auch sie wird warten.«

»Ich will sie nie wiedersehen.«

Das meint er sogar so. Das Problem ist nur, jedes Mal wenn Barnaba an Rosaria denkt, schiebt sich nun Pina davor mit ihrem unergründlichen Blick, es macht ihn noch wahnsinnig.

Der Zug fährt dröhnend durch einen langen, engen Tunnel, und als er wieder herausfährt, ist das Meer verschwunden. Die Trasse folgt jetzt dem Lauf des Alcantara ins Landesinnere, links und rechts liegen überall Güter des Dottore Passalacqua.

An jeder Station erwartet Barnaba, dass Männer mit Flinten den Waggon stürmen. Immer wieder fasst er an die Jackentasche, wo das Kuvert mit seinem Geld steckt.

Bei Carruba richtet er sich dann wieder auf, das Meer liegt zu seiner Linken, und zur Rechten breitet der Ätna seine Schwingen aus, größer und gewaltiger, als Barnaba ihn je gesehen hat. Über dem Hauptkrater steht wie zu seiner Begrüßung kerzengerade eine weiße Rauchwolke. Und überall, wohin Barnaba nur schauen kann, steht das ganze Land voller Zitronenbäume. Die Gärten ziehen sich wie ein Meer den Hang hinauf, dazwischen stehen wie Wächter eines Schatzes die rosa getünchten Landhäuser der *padruni* viel prächtiger als das des Dottore Passalacqua. Und Barnaba kann nicht anders als rechnen, Hektar, Erträge, Waggons, Prozente. Das Land, diese ach so sperrige, harte, verschlossene Erde raunt ihm wundervolle Versprechen zu.

Hinter Acireale bei Acitrezza sieht er die Kegel der drei *faraglioni* im Meer stehen, jene Felsen, die der geblendete Polyphem Odysseus hinterhergeschleudert hat, und da stellt er sich vor, er selbst wäre gemeint gewesen. Denn er ist jetzt Odysseus, denkt er, ein schlauer Pirat, und Passalacqua, *vaffanculo*, nichts weiter als ein dummer, geblendeter, wütender Zyklop. Outis. Niemand.

Und dann: Catania.

Staunend sieht Barnaba barocke Pracht an sich vorbeiziehen, als sie über Ognina am Meer entlang die Stadt erreichen. Boulevards, zweihundert Jahre zuvor nach dem großen Erdbeben in den Torso der zerstörten Stadt geschnitten, und gewaltige Paläste, geschmückt mit Ornamenten und Grotesken. Als sie an dem neuen Zentralbahnhof aussteigen, stehen auf den Nebengleisen schier endlose Reihen von Güterwaggons mit Zitronen und Orangen. Große Eisblöcke werden verladen, um die Früchte zu schonen, Dampfloks werden rangiert, Züge setzen sich in Bewegung, Ware wird bewegt. Barnaba kann die Geldströme fast rauschen hören, die unterirdisch alles antreiben.

Auf dem weitläufigen Platz vor dem Bahnhofsgebäude warten einspännige Kutschen und Eselskarren. Sogar zwei Automobile, die ersten, die Barnaba sieht. Und Menschen, überall sind Menschen. Die Männer tragen Boater-Hüte, die wenigen Frauen ausladende Kleider und Sonnenschirme. Dazwischen fliegende Händler, die Obst und frittiertes Gebäck feilbieten und Eis, das sie von Eisblöcken schaben und mit Zitronensaft vermischen.

Pancrazia sucht nach einem Eselskarren, der sie rauf nach Gravina bringt. Zerlumpte Kinder und Jugendliche wuseln herum, aber Barnaba fühlt sich bereits einer anderen Klasse zugehörig. Er stellt seinen Kleidersack vor sich ab, setzt seinen Boater auf, damit auch jeder sieht, dass er dazugehört. Dann greift er sich wieder an die Jackentasche, zieht das Kuvert mit dem Geld hervor, um sich zu vergewissern, dass es noch da ist. Ein Fehler.

Er spürt nur einen kurzen Schlag von der Seite, dann ist das Kuvert weg. Der Junge ist höchstens zwölf, abgerissene Kleidung, Schiebermütze, er rennt wie von einer Pistole abgefeuert über den Bahnhofsvorplatz. Barnaba braucht eine Sekunde, um zu begreifen, was passiert ist. Dann reagiert sein Körper für ihn, und trotz der Schmerzen stürmt er dem Jungen hinterher. Er hört seine Mutter rufen, aber er achtet nicht mehr darauf.

Er rennt nur. So schnell er kann, rennt er seinem Geld hinterher, seinem Vermögen, seiner Zukunft.

Laufen kann er ja, wie oft ist er als *panararu* mit voll beladenen Körben zwischen Pflückern und Sammelstelle hin und her gewetzt, und er weiß, dass er den Jungen dort einfach kriegen *muss*. Seine Rippen schmerzen bereits wieder, aber er läuft um sein Leben, hört sich irgendwas brüllen. Der Junge wendet sich kurz um, biegt links ab in Richtung Kathedrale, wieselt durch die flanierenden Leute, Eselskarren und Fahrräder hindurch. Barnaba rennt an Palästen vorbei, durch eine Palmenallee hindurch, ohne einen Blick für die Schönheit der Stadt, versucht nur, den Jungen nicht zu verlieren. Der schlägt jetzt an der Kathedrale einen rechten Haken, hinein ins Marktgetümmel. Barnaba hat aufgeholt, er kann den Jungen fast schon greifen, sieht, wie dem die Puste schon ausgeht, und weiß: Dass. Er. Ihn. Kriegen. Wird. Den Mistkerl.

Aber der Markt ist voll, die Stände drängen sich zu beiden Seiten der Altstadtgassen. *Zu viel. Menschen.* Barnaba rempelt einen Mann an, stolpert über einen Korb mit Artischocken, jemand brüllt, jemand versucht, ihn festzuhalten, Barnaba reißt sich los. Der Mistkerl kennt sich aus, läuft im Zickzack durch die Menge, Barnaba bleibt dran. Eine Treppe hinab. Überall Menschen, Dutzende von Fischern, die frische Ware auf rohen Holztischen feilbieten, sie besprenkeln die Fische mit Wasser, schreien ihr Angebot hinaus. Blutige Hälften von Schwertfischen und Thunfischen glotzen Barnaba an, überall auch Blut auf dem von hunderttausend mal hunderttausend Füßen blank polierten Basaltpflaster.

Barnaba rutscht aus, stürzt der Länge nach hin, rappelt sich auf, sein Knie pumpt, aber egal. Die beiden Jungen stürmen quer über den Domplatz, um den Obelisken mit dem schwarzen Elefanten herum, sie biegen in die prachtvolle Via Etnea ein, die himmelwärts zu führen scheint, geradewegs zum Ätna hinauf, der sich fern im Dunst am Ende des Boulevards erhebt. Schemenhaft nimmt Barnaba Menschen wahr, die über die Via Etnea flanieren. Ein Mann auf einem Fahrrad überholt ihn, für einen Moment überlegt Barnaba, ob er ihn von seinem Veloziped zerren soll, aber er kann ja nicht mal Fahrrad fahren.

Er wird langsamer, das Knie schmerzt, alles schmerzt. Seine Augen tränen, er quält sich weiter, er wird den Kerl kriegen und sich sein Geld zurückholen, und wenn er dabei draufgeht. Auf der Höhe des Parks der Villa Bellini strauchelt der Junge, rudert mit den Armen. Barnaba stößt einen grimmigen Jubellaut aus, denn gleich hat er ihn. Gleich. Hat. Er. Ihn. Er hat ihn. Fast.

Denn da überholt ihn ein Automobil. Es sieht aus wie eine normale offene Droschke mit vier Sitzen, nur ohne Pferde. Eine Dame sitzt am Steuer, daneben ein Junge in Barnabas Alter in einem dunkelblauen Anzug und einem Boater. Fast lautlos schiebt sich das Automobil an ihm vorbei, kommt ins Schlingern, schrammt an einen Laternenpfahl entlang. Menschen flitzen auseinander, jemand schreit. Das Automobil rollt vor Barnaba quer über das Trottoir, gar nicht mal schnell, und kracht dann gegen einen Baum.

»Hilfe! … Hilfe!«, schreit der Junge auf dem Beifahrersitz. Aber Barnaba rennt weiter.

»Hilfe! Meine Mutter! *Mamma!* Sie stirbt!«

Barnaba wird langsamer, nähert sich dem Automobil. Die Frau hängt regungslos über dem Lenkrad, der Junge beugt sich verzweifelt über sie. Der Dieb mit dem Kuvert läuft einfach an ihnen vorbei. Barnaba weiß, dass er ihm folgen muss, wenn er sein Geld zurückhaben will, es fehlt nicht mehr viel.

»Hilfe, sie stirbt!«

Barnaba hat keine Zeit für so was. Für ihn selbst geht es hier um Leben und Tod, und da sind ja auch überall genug Leute. Keuchend hält er neben dem Automobil an.

»Was ist passiert?«

»Sie hat das Bewusstsein verloren.«

Die Frau atmet flach, sieht leichenblass aus. Barnaba sieht den Dieb seines Vermögens und seiner Zukunft in eine Seitenstraße verschwinden. Und er sagt: »Warte.«

Er ist weder ein Arzt noch ein Heiler, aber er erinnert sich, wie seine Mutter der englischen Lady damals beim Baron geholfen hat. Die ohnmächtige Frau trägt ein stramm geschnürtes Mieder und mehrere Schichten von Kleidung. Sie ist kaum älter als Barnabas Mutter, aber viel beleibter, alles an ihr ist voll und rund, bis auf ihr puppenhaft zierliches Gesicht.

»Hast du ein Messer?«, fragt er den aufgelösten Jungen in dem blauen Anzug.

»Was?«

»Ein Messer! Hast du ein Messer?«

Panik in den Augen des anderen. »Was willst du mit einem Messer?«

»Verdammt, ich brauch ein Messer!«

Der Junge in dem blauen Anzug greift in seine Jackentasche und zieht ein kleines Klappmesser mit Elfenbeingriff hervor, vielleicht zum Obstschälen. Barnaba nimmt es ihm aus der Hand, tritt hinter die Frau und beginnt, ihre Kleidung hinten aufzuschlitzen.

»Was machst du da?«, schreit der Junge.

Barnaba gibt keine Antwort, keucht immer noch vom Laufen, sein Knie fühlt sich an wie Brei, pumpt Schmerz durch seinen ganzen Körper. Außerdem ist das Messer nicht scharf. Keuchend und verbissen arbeitet Barnaba sich durch den Stoff, legt das Mieder frei, säbelt mit Kraft die Schnürung von unten nach oben durch und denkt an damals, an das Kaninchen.

Inzwischen sind Leute da, schreien, gestikulieren, jemand zerrt an ihm, Barnaba reißt sich los, richtet die Frau auf, klopft ihr sanft auf den Rücken. Stöhnend holt sie Luft. Sie ist immer noch blass, Schweiß auf der Stirn. Barnaba bittet den Jungen in dem blauen Anzug, ihm zu helfen, sie auf die Rückbank zu legen.

»Wird sie sterben?«

»Nein. Sie muss nur aus der Sonne raus und braucht Wasser.«

»Wasser!«, schreit der Junge sofort.

Im Nu ist der Wagen umringt von Neugierigen und Gaffern. Ein Kellner aus dem Café gegenüber eilt mit einem Glas Wasser herbei. Signora hier, Signora dort, allenthalben Ausrufe der Bestürzung, Ratschläge, Kommentare. Hände berühren verstohlen den Lack des Automobils, Barnaba wird zurückgedrängt. Er fühlt nicht viel. Denkt an sein verlorenes Geld, aber es fühlt sich an wie ein Schmerz, der erst noch kommen wird.

»*Mamma!*«

»Ruggero. Ruggero, mein Liebling, mein Pony.«

Zitternd, aber schon wieder bei Sinnen richtet sich die Frau ein wenig auf. Glückwünsche werden gerufen. Ein paar Herren schieben das Automobil unter Bravorufen rückwärts zurück auf die Straße, der Junge im blauen Anzug klettert auf den

Fahrersitz, dankt den Leuten mit einer Geste, die zeigt, dass er in so etwas geübt ist. Er hat ein schönes klassisches Gesicht mit dunklem Teint und hellblauen Augen, ein Renaissancemaler hätte seine Freude an ihm gehabt. Vielleicht ein bisschen zu weich und rund, aber Barnaba denkt noch, dass er dem Baron gefallen würde, da winkt ihm der Junge.

»He, danke!«

Barnaba hebt matt die Hand.

»Ich bringe *mamma* nach Hause. Willst du mitfahren?«

Barnaba schüttelt den Kopf. Will nur noch weg, am liebsten für immer verschwinden. Zumindest will er zurück zu seiner Mutter.

»Meine Mutter wartet am Bahnhof. Wir sind gerade erst angekommen.«

»Wo wohnt ihr?«

Barnaba hebt die Schultern. Der Junge macht keine Anstalten loszufahren. Deutet auf Barnabas Knie.

»Das sieht übel aus.«

Barnaba blickt an sich herab – seine Hose ist am Knie getränkt von Blut. Pulsierender Schmerz.

»Steig auf, wir wohnen nicht weit. Ich bringe *mamma* nach Hause und rufe den Dottore. Der kann sich auch dein Knie ansehen.«

»Kann er nicht. Meine Mutter wartet. Sie wird sich um das Knie kümmern.«

Der Junge im Anzug stöhnt. »Dann lass mich dich wenigstens anschließend zum Bahnhof fahren, du kannst doch kaum laufen. Das ist das Mindeste, was ich tun kann, oder? Na los, mach schon. Oder hast du Schiss?«

Barnaba starrt das Automobil an, als könne es ihm sagen,

wie er sein Geld zurückbekäme. Es ist vorne ziemlich verbeult, ein Scheinwerfer hängt herab. Aber Laufen kann er tatsächlich kaum noch. Jeder Schritt eine Qual.

»Weißt du denn, wie man so etwas fährt?«

»Los, steig auf.«

Barnaba klettert auf den Beifahrersitz. Kann das Knie kaum beugen vor Schmerz. Wie viele Menschen auf der Welt haben zu diesem Zeitpunkt schon in einem Automobil gesessen? Hundert? Tausend? Barnaba müsste zumindest aufgeregt sein, müsste den Rausch der Geschwindigkeit genießen. Aber er fühlt gar nichts. Er hat sein Geld und Rosaria verloren, der Dottore Passalacqua will ihn töten, sein Knie ist Matsch, und er hat keinen Schimmer, wie es weitergehen soll. Also, was soll's, er setzt sich.

Der Junge legt einen Schalter um, Barnaba hört ein Summen, und ohne weiteres Geräusch rollt das Fahrzeug an. Erschrocken hält sich Barnaba fest, als das Gefährt über das breite schwarze Kopfsteinpflaster aus Lavabasalt holpert. Alle starren ihnen hinterher. Auch daran scheint der Junge am Steuer gewöhnt zu sein.

»Es fährt elektrisch!«, erklärt er. »Höchstgeschwindigkeit fünfundzwanzig Kilometer in der Stunde, aber keine Sorge, so schnell werde ich nicht fahren. Die Ärzte sagen, der menschliche Körper könne Geschwindigkeiten über dreißig Kilometer pro Stunde nicht aushalten. Ich glaube, das ist Unsinn. Hundert ist die Grenze, was meinst du?«

»Weiß nicht.«

»Elektrizität ist die Zukunft. Die Zukunft der Welt und die Zukunft Italiens. Elektrizität und Geschwindigkeit.«

»Bitte, fang nicht wieder mit diesen republikanischen Parolen an, mein Pony«, stöhnt seine Mutter von hinten. »Du weißt, wie sehr mich das aufwühlt.«

»Die Republik ist nicht unser Feind, *mamma.*«

Barnaba hält sich fest und wendet sich zu der Mutter um. »Geht es Ihnen besser, Signora?«

Sie sieht ihn mit traurigen Augen an und sagt: »Bist du der Junge, der mich ins Leben zurückgeholt hat?«

»Tut mir leid wegen … nun ja, Ihrem Kleid.«

»Vergiss das Kleid. Er hat sich eine Belohnung verdient, Ruggero. Bitte sorge dafür, dass er eine Belohnung erhält, mein Pony, bist du so gut?«

»Ja, *mamma.*« Er wendet sich wieder an Barnaba. »Wie heißt du?«

»Äh, Barnaba. Aber alle nennen mich Nino.«

»*Magnifique.* Ich bin Ruggero. Alle nennen mich *il mostro,* weil ich so viel lese und vier Sprachen spreche, *mamma* nennt mich Pony, aber mir wäre es recht, wenn du Ruggero sagen könntest, Nino. Woher hast du gewusst, was du tun musst? Ich meine, das Kleid aufzuschlitzen.«

»Meine Mutter ist eine Heilerin. Ich hab ihr mal zugesehen, wie sie es bei einer englischen Lady gemacht hat.«

Das scheint Ruggero einzuleuchten. »Hast du das gehört, *mamma*?« Und wieder zu Barnaba: »Der Arzt sagt, sie leidet an nervöser Unruhe.«

»Hysterie«, haucht die Mutter von hinten.

»Keine Ahnung«, sagt Barnaba matt. Er fühlt sich elend und überlegt, ob das der Schmerz ist oder der Rausch der Geschwindigkeit, von dem er gehört hat.

»Wer war das, dem du da vorhin hinterhergerannt bist?«

»Ein Dieb.«

»Du hättest ihn fast gehabt. Was hat er dir gestohlen?«

Und da ist er, der Schmerz des Verlusts, schneidend und unbarmherzig. Barnaba wird übel, so hart trifft ihn die Erkenntnis, was passiert ist.

»Mein ganzes Geld.«

»Oh. Über welche Summe sprechen wir da?«

Barnaba schluckt. Aber er wird nicht weinen. Nicht zum ersten Mal seit Jahren, nicht ausgerechnet auf einem elektrischen Automobil neben einem fremden jungen Herrn.

»Dreihundertsechsundsiebzig Lire.«

Der Junge im Anzug pfeift durch die Zähne.

»*Caspita!* Das tut mir leid.«

An der Piazza dei Quattro Canti biegt Ruggero links ab, dann noch mal links, bis vor einen imposanten Palazzo mit barocken Verzierungen und gusseisernen Balkonen. Er kutschiert das elektrische Automobil durch die große Toreinfahrt bis in einen ausladenden Innenhof und ruft: »Maria! Maria!«

Eine ältere Frau in Dienstbotenkleidung und zwei Männer in Livree eilen herbei. Die ältere Frau stößt einen bestürzten Schrei aus, als sie das aufgeschnittene Kleid, das zerbeulte Automobil und den fremden abgerissenen Jungen auf dem Beifahrersitz sieht. Ruggero erklärt ihnen hastig, was passiert ist. Gestützt auf die ältere Zofe wankt Ruggeros Mutter ins Innere des Palastes. Ruggero wendet das Automobil mit einer Hand am Lenkrad.

»Wo kommst du her, Nino?«

»Taormina.«

»Vorzügliche *cornetti* machen sie da. Bist du zum Studium in Catania?«

Barnaba schüttelt den Kopf. Und denkt, was soll's.

»Ich kann nicht mal lesen. Wir haben nichts. Meine Mutter und ich fliehen vor jemandem, der uns töten will. Wir wollen nach Gravina, zur Familie meiner Mutter, die ich noch nie gesehen habe. Mein Vater ist vor sechs Jahren mit unserem Haus den Hang abgestürzt, ich habe mich gestern verlobt und weiß nicht, ob ich sie jemals wiedersehe. Ich habe kein Geld mehr, aber ich werde mir irgendwo Arbeit suchen und dann reich werden.«

Ruggero nickt ernst. »Was kannst du?«

»Rechnen.«

»Ah, gut. Das ist nämlich das Einzige, was ich nicht kann. Niemand in meiner Familie kann das, es ist unter unserer Würde. Klingt bescheuert? Aber so ist es eben leider, wir können nicht rechnen, und die moderne Welt hat für Reptilien wie uns bald keine Verwendung mehr. Wie gut kannst du rechnen?«

»Sehr gut.«

»Sonst noch was?«

»Laufen?«

Ruggero sieht ihn an, sieht das Knie an, dann platzt er heraus vor Lachen.

»Ja, laufen kannst du, Nino. Und Mieder aufschlitzen, und ich wette, dass du noch mehr draufhast.«

Barnaba entdeckt seine Mutter vor dem Bahnhofseingang mit zwei jungen Carabinieri. Sie wirkt erregt, aber nicht aufgelöst. Als sie Barnaba auf dem Automobil entdeckt, beruhigt und strafft sie sich. Die beiden Carabinieri betrachten interessiert das Automobil.

»Hast du ihn gekriegt?«

Barnaba schüttelt den Kopf. Pancrazia schließt die Augen.

»Es tut mir leid, *mamma*.«

»Es ist meine Schuld, Signora«, ruft Ruggero vom Fahrersitz aus. »Meine Mutter hatte einen Geschwindigkeitsschock, und Nino war so freundlich, ihr das Leben zu retten.«

»Es war nur ein Hitzschlag.«

»Hysterie«, sagt Ruggero.

Pancrazia mustert den jungen Mann, dann wieder Barnaba.

»Wer ist das?«

»Mein Name ist Ruggero di Manganelli, Signora.«

Er zieht seinen Hut. Pancrazia deutet auf Barnabas blutiges Knie.

»Zeig mal.«

Das Knie sieht schlimmer aus, als Barnaba vermutet hatte, blutig, dick geschwollen.

»Ich muss das behandeln. Kannst du laufen?«

Barnaba nickt. Was gelogen ist.

»Ich besorge uns einen Karren«, seufzt seine Mutter.

»Darf ich etwas vorschlagen, Signora?«, ruft Ruggero vom Fahrersitz. »Nino hat mir auf der Fahrt kurz ihre prekäre Situation skizziert. Ich möchte mich keinesfalls aufdrängen, aber kommen Sie doch mit zu uns. Der Dottore La Paglia könnte sich das Knie ansehen, Sie könnten sich nach den Strapazen ein wenig restaurieren und weiterreisen, wann und wie es Ihnen beliebt. Nino hat sein Geld verloren, weil er sich heldenhaft dazu entschieden hat, meiner Mutter das Leben zu retten, ich fühle mich verpflichtet. Bitte, lehnen Sie nicht ab.«

Mein Urgroßvater hat Reichtum und Luxus bereits im Hause des Barons kennengelernt, aber der Palazzo Manganelli sprengt seine Vorstellungskraft, schüchtert ihn ein. Zur Straßenseite hin wirkt er noch wie ein einigermaßen unscheinbarer grauer Klotz mit eher zurückhaltendem barockem Dekor. Aber hinter der Toreinfahrt öffnet sich schon der erste Hof, dahinter ein zweiter, dahinter ein Park mit Büschen, Palmen und Statuen grotesker Ungeheuer. In allen Flügeln des Palasts, auf allen vier Etagen reihen sich schier endlos Salons, Bibliotheken, Musikzimmer, Studierzimmer, Schlafzimmer, Bäder mit Wasserklosetts und verschwiegene Winkel. Und Säle. Speisesäle, Tanzsäle, Konzertsäle, Repräsentationssäle. Alles verbunden durch endlose Flure und imposante Treppenaufgänge. Jeder Raum ist auf eine andere Weise tapeziert, mit Stuckornamenten und üppigen Deckenfresken geschmückt. Jeder Raum ist angefüllt mit schweren Möbeln, Polstersesseln mit Löwenfüßen, chinesischen Vasen, Bücherschränken, Kachelöfen und gusseisernen Lüstern. An den Wänden drängeln sich missmutige Porträts vergangener Manganelli-Generationen, Gobelins und wollüstig gerahmte Gemälde aus vier Jahrhunderten. Jeder Raum ist anders gefliest, manche schlicht mit heller sizilianischer Terrakotta, andere mit aufwendig glasierten Kacheln; die Säle sind mit Edelholzparkett ausgelegt. Überall liegen Teppiche, die schon Tausende von Schritten und Seufzern erstickt haben. In den unteren Geschossen befinden sich zwei riesige Küchen, eine Wäscherei und die Lager für Lebensmittel sowie Reihen von Schränken mit der Tischwäsche für bis zu dreihundert Personen. Unter dem Dach liegen die Kammern der Dienstboten, die geräuschlos durch die Salons huschen, fegen, wischen, dekorieren, reparieren und servieren.

Der Palazzo, fällt Barnaba gleich auf, hat seinen eigenen Geruch. Eine Mischung aus altem Holz, erhitztem Stein, Rosenöl und dem Staub von Jahrhunderten. Ein Palast ohne Heiterkeit, außen grau, innen dunkel, denn die Fenster sind mit Fensterläden verrammelt, um die Hitze und das Elend der Welt abzuwehren.

»Der Palazzo ist so groß und verwinkelt, dass meine Kindheit nicht ausgereicht hat, ihn vollständig zu erkunden«, erklärt ihm Ruggero. »Es gibt sogar Geheimgänge, die meine Vorfahren in weiser Voraussicht angelegt haben, falls mal eine Revolution ausbricht.«

Eine ältere Zofe weist Barnaba und Pancrazia zwei Schlafzimmer mit einem Bad und einem kleinen Salon im Gästetrakt im dritten Stock zu. Mehr Platz, als sie in Taormina je hatten. Ein Obstkorb wird gebracht, Gebäck, Karaffen mit Wasser und eisgekühlter Limonade. Barnaba würde lieber etwas Richtiges essen, aber er ist so hungrig, dass er die *cannoli* und das Obst wortlos verschlingt.

Pancrazia rührt nichts an, der ganze Luxus scheint sie nicht im Geringsten zu beeindrucken. Sie lehnt das Angebot einer Visite des Dottore La Paglia auch einigermaßen brüsk ab, wie Barnaba findet, und fragt stattdessen nach Eis. Keine halbe Stunde später erscheint Ruggero mit einem Diener, der einen Eisklotz hereinträgt. Da hat Pancrazia Barnabas aufgeschlagenes Knie schon gewaschen und so weit untersucht, um feststellen zu können, dass nichts gebrochen ist. Sie packt das Knie in Eis und sagt:

»Das hast du sehr gut gemacht mit der Signora, Nino. Ich bin sehr stolz auf dich.«

Ruggero sieht interessiert zu, plaudert über dies und das, seine Familie, Elektrizität, die Stoa, das Deutsche Reich, Hunderassen, Mozart. Zwischendurch wechselt er ins Englische oder Französische, sogar ins Deutsche, Barnaba kommt nicht mehr mit. Er hat noch nie jemanden getroffen, der endlos so viele unverständliche Wörter hervorsprudeln lassen kann. Am meisten scheint Ruggero zu interessieren, wie Pancrazia Barnabas Knie versorgt.

»Wären Sie vielleicht so freundlich, kurz nach *mamma* zu sehen?«, fragt er plötzlich.

»Ich denke, der Dottore war schon da?«

»Bitte, Signora.«

Die Signora Manganelli liegt apathisch auf ihrem Bett in einem völlig verdunkelten Schlafzimmer, neben ihr auf dem Nachttisch türmen sich *cannoli*, Cremetörtchen und Kuchen, denn der Dottore La Paglia, erklärt Ruggero, habe ihr gegen die Hysterie verordnet, möglichst viel zu essen. Pancrazia sieht jedoch mit einem Blick, was wirklich mit der Signora los ist, und schickt alle hinaus.

Abends sitzen sie dann mit der Familie an einem langen Tisch mit blauem Wedgwood-Porzellan, verwirrend vielerlei Silberbesteck und bestickten Servietten. Zwei Corgis wuseln um den Tisch herum, um Barnabas Beine vor allem. Barnaba muss immer an die Rüden des Dottore Passalacqua denken, aber die beiden Corgis wirken zumindest freundlich. Er behält sie trotzdem im Blick.

Barnaba und Pancrazia nehmen steif am Ende des Tisches Platz. Am anderen Ende die Duchessa mit den Kindern: Ruggero, sein zwei Jahre jüngerer Bruder Gioacchino und seine acht- und zehnjährigen Schwestern Beatrice und Bianca. Außerdem sitzt noch eine griesgrämige Tante mit am Tisch, eine ganz in Schwarz gekleidete, fledermausartige Gestalt namens Lolette, die Ruggero *Auntie* nennt, weil sie lange in London gelebt hat, wo sie mit einem Bankier verheiratet gewesen war, der sich kurz nach der Hochzeit zur Homosexualität bekannt hatte. Das und noch andere pikante Details raunt Ruggero Barnaba zwischendurch zu.

Die Duchessa dagegen wirkt wie frisch erblüht. Ihr Teint schimmert sogar wieder rosig, wie von einer inneren Glut beleuchtet, sie lächelt Pancrazia milde an.

Nach einer Weile erscheint wie bei einem Theaterstück als Letzter der Hausherr durch die große Flügeltür und lässt sich am Kopfende des Tisches nieder. Duca Pietro di Manganelli Banchieri della Torretta ist ein großer Mann mit wachen Augen, einem imposanten Vollbart und einem noch imposanteren Bauch, über den sich von West nach Ost eine goldene Uhrenkette spannt. Der Duca trägt einen grauen dreiteiligen Anzug, polierte Schuhe, die Haare mit Pomade präzise gescheitelt, die Hände manikürt, und er duftet wie ein ganzer Zedernwald. Barnaba weiß bereits, dass er Diplomat war, allerdings sagt ihm das nicht viel. Aber die Augen des Duca, die sagen ihm was. Augen, die mit einem Blick alles erfassen und beurteilen.

»Guten Abend.«

Die Familie erwidert murmelnd den Gruß, auch Barnaba und Pancrazia. Die Corgis bestürmen den Duca, der Fürst füttert sie liebevoll mit Brotstückchen. Natürlich hat er die Gäste längst bemerkt, aber er begrüßt sie nicht besonders. Denn nun wird umgehend der erste Gang serviert, eine klare Bouillon. Der livrierte Diener serviert zunächst nur dem Hausherrn, niemandem sonst. Der Duca schlägt eine Serviette auf und beginnt zu essen, während die anderen warten. Barnaba wird bald schwindlig vor Hunger, dennoch verfolgt er gebannt jede Einzelheit des Zeremoniells.

»Ich sehe, wir haben Gäste.«

Ruggeros Stichwort. Er stellt Barnaba und Pancrazia vor und erstattet knapp Bericht über den Vorfall auf der Via Etnea. Barnaba fällt auf, dass er sich durchaus kurzfassen kann, wenn er will. Oder muss. Ihm fallen auch die warmen Blicke auf, die die Duchessa seiner Mutter zwischendurch zuwirft.

Der Duca nickt Barnaba und Pancrazia zu. »Ich danke Ihnen. Seien Sie herzlich willkommen.« Und zu Ruggero sagt er: »Wie konntest du deine Mutter nur in dieser Höllenmaschine spazieren fahren!«

»Ich dachte, es würde *mamma* guttun, mal rauszukommen.«

»Tu das nie wieder.«

»Ja, *papà*.«

Als der Patriarch mit seiner Suppe fertig ist, wird nun auch allen anderen serviert. Beim zweiten Gang, einer deftigen Pasta mit Schweinswürsten, läuft es ebenso, und auch beim Fisch und bei der abschließenden *cassata*. Immer isst der Patriarch zuerst. Barnaba hat sich die Serviette in den Kragen gesteckt wie der Hausherr und achtet darauf, welches Besteck Ruggero zu welchem Gang verwendet. Er merkt sich alles. Und er kann es kaum fassen, als der Diener ihm jedes Mal, wenn er seinen Teller in Windeseile leer gegessen hat, eine weitere Portion auflegt. An die dreihundertsechsundsiebzig Lire denkt er nicht mehr.

Die Duchessa dagegen rührt kaum etwas an.

»Iss, *ma chère!*«, ermuntert sie der Hausherr. »Der Dottore sagt, du sollst essen.«

»Ich habe keinen Appetit«, nuschelt Ruggeros Mutter. »Der Schreck sitzt mir immer noch in den Gliedern. Außerdem war die Signora Carbonaro heute Nachmittag so freundlich, mich zu behandeln. Die Signora Carbonaro ist eine heilkundige Frau. Ich fühle mich schon viel besser. Vielleicht ist es auch nicht mehr nötig, dass der Dottore jeden Tag kommt.«

»Sieh an.« Der Duca wirft Pancrazia einen misstrauischen Blick zu. »Um was für eine Art Behandlung hat es sich dabei gehandelt?«

Barnaba spannt sich an. Aber seine Mutter tupft sich die Lippen mit der Serviette ab und sagt ganz ruhig:

»Wir haben uns nur unterhalten.«

»Unterhalten, soso.« Der Duca mustert sie scharf. »Der Dottore La Paglia ist eine Koryphäe. Ich bin ein Mann des Fortschritts. Ich dulde keinen Hokuspokus in meinem Haus.«

Pancrazia nickt, und Barnaba packt im Geiste schon seinen Kleidersack. Aber da sagt die Duchessa leise:

»Der Dottore erhält fünfzig Lire für jeden Besuch. Jeden Tag. Meinetwegen mag er weiterhin kommen. Die Signora Carbonaro ist unser Gast, unser Gespräch hat mir sehr wohlgetan. Ich würde mich gerne noch einmal mit ihr … unterhalten.«

Als Barnaba zum ersten Mal in seinem Leben in einem richtigen Bett mit richtigen Kissen und Laken liegt, nackt, satt, und den Atem anhält, fühlt er sich aufgewühlt und benebelt zugleich. Vor gerade einmal vierundzwanzig Stunden hat er mit Rosaria geschlafen und den Dottore Passalacqua mit heruntergelassener Hose auf seiner entblößten Mutter gesehen. Er versucht, das Bild zu verdrängen, aber es brennt sich nur noch weiter ein. Der Zug, auf den er aufspringen wollte, hat ihn überfahren und schleift ihn nun mit, so kommt es ihm vor.

Leise pocht sein Knie. Er denkt an Rosaria. Ob sie ihn vermisst, ob sie sich Sorgen macht. Aber sobald er an Rosaria denkt, schiebt sich Pinas Bild wieder davor, ihr brennender Blick, wie eine Gleichung, die er nicht aufgelöst kriegt. Ruggero, die Duchessa und der Duca, das Automobil, der Palazzo, das Abendessen, sogar seine Mutter – alles neue Variablen.

Es wird kompliziert, sein Leben, wird ihm klar. Aber er denkt: endlich. Denn kompliziert bedeutet Veränderung. Die Welt knistert vor Elektrizität, er muss den Moment nutzen, die richtigen Schalter umlegen.

An die verlorenen dreihunderteinundfünfzig Lire denkt er zwar auch, aber der Diebstahl schmerzt ihn viel weniger als das Knie. Es wundert ihn selbst, warum er nicht verzweifelter über den Verlust seines Vermögens ist, eher ärgert es ihn sportlich, dass er den Kerl nicht erwischt hat. Alles ging so schnell. Das Geld kam, das Geld verschwand. Er nimmt sich vor, es dem Baron eines Tages zurückzuzahlen, und irgendwie ist er stolz, dass ihn der Verlust nicht zur Verzweiflung treibt. Vielleicht ahnt er schon, dass er diese Haltung in seinem Leben noch öfter brauchen wird.

Seine Mutter hat ihm nicht verraten, was sie mit der Duchessa gemacht hat, aber ihm scheint, dass auch seine Mutter bereits dabei ist, die Elektrizität des vergangenen Tages zu nutzen. In jedem Fall sind sie hier vor dem Dottore Passalacqua sicher, geht ihm auf, sicherer jedenfalls als in Gravina.

Barnaba hat überhaupt keine Lust, zu seinen Großeltern und irgendwelchen Verwandten zu fahren. Aber so weit kommt es gar nicht. Am nächsten Morgen bringt die Zofe ihnen mit dem Frühstück frische Kleidung. Ein schlichtes schwarzes Kleid aus dem Dienstbotenfundus für Pancrazia und einen abgelegten Anzug von Gioacchino für Barnaba, der ihm sogar leidlich passt. Gleich nach dem Frühstück holt Ruggero ihn ab, um ihn durch den Palazzo zu führen. Abgeklärt präsentiert er Barnaba die Schätze der Manganellis, lästert über verschiedene Verwandte und nennt seine Familie und überhaupt die gesamte Aristokratie Reptile. Dabei plaudert er in einer wunderlichen Mischung aus Italienisch, Englisch und Französisch, mischt die Sprachen nach Herzenslust. Barnaba versteht kaum einen Satz, humpelt Ruggero einfach wortlos hinterher und kommt sich vor wie eine Neuerwerbung, die Ruggero demnächst in einen Schrank stellen und dort vergessen wird. Die ganze Zeit sind die beiden Corgis, Vittorio und Emanuele, dabei und buhlen um Barnabas Gunst.

Der Palazzo ist an ein Kabel angeschlossen, das elektrischen Strom direkt ins Haus liefert, der die Akkumulatoren des Automobils über Nacht auflädt und Dutzende von elektrischen Glühbirnen zum Leuchten bringt. Wie der Baron von Gloeden besitzen auch die Manganellis einen Phonographen, aber besonders stolz sind sie seit Neuestem auf ihr Theatrophon. Es sieht aus wie eine Kiste aus poliertem Edelholz, aus der einige lange Kabel zu Hörern führen, wie Ruggero erklärt.

»Es überträgt Opern!«, erklärt Ruggero. »Aus der Oper von Catania und sogar aus dem Teatro Massimo in Palermo. Jeden Abend in der Saison können wir wählen, was wir hören wollen. Aber nicht nur Musik. Du kannst dir auch Nachrichten vorlesen lassen. Du kannst dich sogar mit anderen Leuten verbinden lassen, die auch ein Theatrophon haben. In ganz Sizilien.«

Barnaba bestaunt den kleinen Kasten. Von Telefonen hat er schon gehört, aber noch nie eines gesehen, selbst der Baron hatte so etwas nicht.

»Italien ist das modernste Land der Welt«, schwärmt Ruggero weiter. »In Italien gibt es bereits über dreitausend Telefonanschlüsse, und jedes Jahr werden es mehr. Eines Tages wird jeder Italiener ein Telefon haben.«

»Blödsinn.«

»Nein, die Zukunft, Nino. Die Zukunft!«

Ruggero entwirft ein Italien voller Automobile, Luftschiffe und Elektrizität. Eine italienische Nation, die durch den Fortschritt in Frieden und Wohlstand lebt, beschützt vor ihren Feinden durch furchterregende elektrische Waffen.

Barnaba nickt abwesend. Betrachtet immer noch nachdenklich das Theatrophon.

»Alles, absolut alles und ausnahmslos alles wird durch den technologischen Fortschritt besser werden. Die Zukunft gehört dem Fortschritt und Italien.«

Barnaba denkt immer noch nach.

»*What?*«, fragt Ruggero, als er sein Gesicht sieht.

Barnaba deutet auf das Theatrophon. »Kann man damit auch Leute anrufen, die weiter weg sind als Sizilien?«

»Zum Beispiel?«

»Zum Beispiel in Deutschland.«

Ruggero sieht ihn amüsiert an. »Wen willst du anrufen? Bismarck?«

»Großhändler«, sagt Barnaba. »Jemand, der die Nachfrage für Zitrusfrüchte in Deutschland kennt.«

»Wozu sollte das gut sein?«

Barnaba sieht ihn an. »Wenn ich die Nachfrage kenne, kann ich den Preis genau kalkulieren. Mein Risiko sinkt, ich brauche keinen Zwischenhändler mehr, mein Gewinn steigt.«

»Nino!«, sagt Ruggero beeindruckt. »Nino Carbonaro, ich

hab gleich gewusst, dass du *extraordinaire* bist. Genau wie ich. Oder wie Mister Oscar Wilde schreibt: ›Das Durchschnittliche gibt der Welt ihren Bestand, das Außergewöhnliche ihren Wert.‹«

Barnaba weiß nicht, was Ruggero damit meint, aber er will nicht blöd dastehen.

»Ja, ich kenne Mister Wilde.«

Ruggero sieht ihn perplex an. »Ich spreche von Oscar Wilde, dem Dichter.«

»Ja, ich hab ihn ein paarmal getroffen. Er kam oft nach Taormina. Ich hab gehört, dass er in England wegen irgendetwas verurteilt wurde.«

»Yes indeed«, sagt Ruggero verblüfft. »Wegen Unzucht, ein beschämender Skandal für die britische Justiz. Aber woher … Ich meine, *tu ne parles pas anglais du tout.*«

Barnaba deutet auf das Theatrophon. »Darf ich es mal ausprobieren?«

Beim Essen erklärt Pancrazia ihrem Sohn nebenbei, dass die Duchessa sie gebeten habe, noch einen weiteren Tag zu bleiben.

»Wunderbar«, sagt Barnaba.

Aus dem einen Tag werden mehrere Tage, die träge dahinplätschern wie der Alcantara durch seine Schlucht.

Barnaba hat sein Leben lang gearbeitet, seit er denken kann. Müßiggang kennt er nur von den Sitzungen beim Baron von Gloeden. Ansonsten hat er gehackt, gedüngt, gewässert, geblutet und gedient. Die müßigen Tage im Palazzo Manganelli überfordern ihn, er ist angespannt wie auf dem Sprung, seine Haut juckt. Bis er merkt, dass die Zeit auch so vergeht, dass der Tag sich nicht darum schert, ob man etwas getan hat oder nicht.

Der Palazzo Manganelli ist ein strenger Ort, für seinen quadratischen Grundriss jedoch erstaunlich verwinkelt, wie Barnaba feststellt. Er reicht hinunter bis auf die Fundamente der ältesten sikulischen Siedlung, Katane genannt. Ein dunkler Ort, sämtliche Fenster werden auf Anweisung des Duca ständig geschlossen gehalten. Die wenigen Bediensteten, denen Barnaba begegnet, verrichten ihre Arbeit lautlos wie Geister. Die wahren Geister erkennt Barnaba daran, dass die Corgis sie anknurren. Traurige Herren in altmodischer Kleidung, die griesgrämig auf Menüs warten, die niemals kommen, blasse junge Damen, die sich in Nischen herumdrücken und ihm Angebote machen, auf die er nie eingeht, Kinder, die selbstversunken im Flur mit Murmeln spielen. Aus Mitleid setzt sich Barnaba manchmal auf eine Partie Karten zu den traurigen Herren, aber es langweilt ihn bald, weil sie ihre Stiche nie richtig mitzählen.

Der Palast gehört den Toten. Er ächzt mit seinen Parketts, stöhnt bei Schirokko in den Treppenaufgängen, wispert mit seinen Vorhängen und wimmert mit seinen Türen. Wie ein uraltes, sieches Wesen verdaut es langsam die Seelen seiner Bewohner und raunt Barnaba zu: *Verschwinde!*

Aber Barnaba denkt: *Du bist nur ein altes Haus. Aber ich bin der Fortschritt.*

Dennoch setzt der Palazzo ihm zu, verhöhnt ihn mit seinen Bibliotheken, die die Weisheit aller Jahrhunderte speichern, die Barnaba jedoch immer verschlossen bleiben wird.

Ruggeros Mutter wirkt mit jedem Tag heiterer, trägt ihre Korsetts bald zwei Nummern größer und verrät Pancrazia, dass sie wieder bereit sei, ihren Mann zu empfangen. Aber auch seine Mutter scheint aufzublühen, fällt Barnaba auf. Manchmal hört er sie auf seinen Streifzügen sogar singen. Allerdings scheint es dem Palast nicht zu behagen, denn jedes Mal stöhnt und wimmert er wie gequält gegen Pancrazias Stimme an.

Kein Wunder, dass Barnaba froh ist, wenn Ruggero ihn nach der Siesta abholt. Dann fahren sie in dem Automobil durch Catania, einfach so. Manchmal nehmen sie Gioacchino mit, der in einem fort über die Elfen und Trolle im Garten des Palazzos plappert. Sie bewohnen den Ort, berichtet er, schon seit Tausenden von Jahren, seit sie durch die Vorfahren der Manganellis aus ihren Mulden und Bächen vertrieben wurden. Tatsächlich sieht Barnaba zwar einige von ihnen im Garten, aber immer sind es nur flüchtige Begegnungen, denn diese menschenscheuen Wesen gehen lieber ihren eigenen, uralten Beschäftigungen nach.

Noch weniger als die Elfen und Trolle bekommt Barnaba Ruggeros Schwestern Beatrice und Bianca zu Gesicht. Sie verlassen das Haus fast nie, er hat keine Ahnung, wie sie ihre Tage verbringen.

Mit dem elektrischen Automobil erregen die Jungen viel Aufmerksamkeit. Sie tragen Boater-Hüte, besuchen Cafés, essen *cassata*, Barnaba trinkt frisch gepressten Mandarinensaft und denkt dabei jedes Mal kurz an den Baron. Ruggero lädt selbstverständlich ein. Die Kellner berechnen immer zu viel, merkt Barnaba, aber Ruggero hält es für unter seiner Würde, die Rechnung zu kontrollieren und sich zu beschweren.

Im Café Elena am Dom gerät Ruggero jedoch einmal in Streit mit zwei anderen Dandys, die mit einer jungen Engländerin flirten. Ruggero hat sie auf Englisch angesprochen, das passt den beiden anderen nicht. Ein Wort gibt das andere, man wird laut. Barnaba steht zunächst nur schweigend abseits. Als einer der beiden Ruggero gegen die Brust stößt, reicht es ihm. Er stürzt sich auf den Mann, bricht ihm die Nase und hätte ihn in seinem Furor wohl windelweich geprügelt, wenn man sie nicht getrennt und vor das Lokal gezerrt hätte. Man ruft die Carabinieri, aber als Ruggero ihnen erklärt, wer er ist, lassen sie sie laufen.

Ruggero ist begeistert von Barnabas *fulminanter ruraler* Wut, wie er sagt. In seinem dreisprachigen Redefluss bedrängt er Barnaba, ihm mehr über die Sitzungen beim Baron von Gloeden zu erzählen und über die Persönlichkeiten, die im Haus an der Piazza San Domenico aus und ein gehen. Am meisten interessiert ihn Barnabas Liebesnacht mit Rosaria und was bei den Dînées des Barons ablief, aber Barnaba will nicht darüber sprechen.

»Kannst du mir einen Gefallen tun?«, fragt er seinen neuen Freund stattdessen.

»Schieß los.«

»Ich möchte Rosaria einen Brief schicken.«

»*Marvelous idea.* Was gedenkst du, ihr zu schreiben?«

»Sie soll nur wissen, dass es mir gut geht.«

»Und dass du vor Sehnsucht verglühst wie ein Meteor am Nachthimmel. Dass die Sonne dankbar sein kann, ihre Haut zum Leuchten zu bringen, und dass du durch einen Ozean von Säure schwimmen würdest, nur für einen Kuss von ihr natürlich.«

Barnaba verzieht das Gesicht. »Also hilfst du mir?«

Ruggero sieht ihn an: »*Quid pro quo.*«

Im Arbeitszimmer seines Vaters knallt er kurz darauf eine Mappe voller Dokumente mit Tabellen und Zahlen auf den Schreibtisch.

»Wenn ich dir vorlese, was da steht, kannst du es im Kopf mitrechnen?«

»Kein Problem.«

Ist es wirklich nicht, denn bei den Dokumenten handelt es sich größtenteils um Aufstellungen von Erträgen, Einnahmen und Kosten zu verschiedenen Latifundien des Duca. Eine Schwefelmine ist dabei, aber vor allem Zitrusgärten mit Pächtern und Unterpächtern. Zahlen kann Barnaba ja immerhin lesen, er verfolgt die wechselnden Farbmuster von Erntemengen, Erlösen und Kosten und rechnet im Kopf alles mit. Zum ersten Mal seit Langem fühlt er sich wieder am richtigen Platz. Und mit jeder Spalte, die er durchrechnet, packt ihn so etwas wie Jagdfieber.

»Also, wie schlimm ist es?«, fragt Ruggero, als Barnaba fertig ist.

»Willst du das wirklich wissen?«

»Nein, natürlich nicht«, sagt Ruggero müde. »Aber sag's mir trotzdem.«

»Laut den Abrechnungen zahlt ihr allein für die Gärten, die hier aufgeführt sind, Löhne für etwa achtzig Arbeiter, die es gar nicht gibt. Eure Zitronen verkauft ihr an den Zwischenhändler fast vierzig Prozent unter Wert. Bei den Orangen und Mandarinen sind es vierundvierzig. Außerdem passen die Erträge nicht zur Größe der Gärten. Ihr müsstet pro Hektar viel mehr erzeugen. Ihr macht praktisch keinen Gewinn. Beim Schwefel sieht es etwas besser aus.«

»Mit einem Wort, irgendjemand beklaut uns.«

»Nein«, sagt Barnaba. »Jemand ruiniert euch.«

»Vielleicht ist das unser Schicksal. Wir sind eine aussterbende Art.«

Barnaba kann sich die Gleichgültigkeit seines neuen Freundes nicht erklären. Die Zahlen haben ihm ein Lied gesungen von einem fruchtbaren Land, das ungenutzt brachliegt, man müsste es nur richtig anpacken. Die unerhörten Verluste kommen ihm wie eine Schande vor, er möchte am liebsten sofort loslegen.

»Willst du es denn gar nicht ändern?«

Ruggero sieht ihn kühl an. »Wir sind Fürsten, keine Händler. Wenn wir pleite sind, verkauft *papà* ein Stück Land oder irgendein Haus auf dem Land, dann geht's wieder. So werden wir weitermachen, bis irgendwann nichts mehr da ist. Das ist unser Schicksal.«

»Aber ihr könnt etwas dagegen tun, ihr könnt …«

»NEIN!«, brüllt Ruggero unvermittelt. »Wir sind Fürsten, merk dir das! Fürsten feilschen nicht, Fürsten arbeiten nicht. Fürsten regieren, Fürsten leben wie Fürsten, und wir gehen als Fürsten unter.«

Schon lange ist Barnaba nicht mehr angeschrien worden, eine Stichflamme aus Scham und Wut schießt ihm durch den Hals in den Kopf, am liebsten würde er Ruggero eine reinhauen.

»Nein, das ist einfach nur dumm und feige!«, brüllt er stattdessen zurück. »Die Leute, die euch beklauen, das sind Mafiosi wie der Dottore Passalacqua. Die nehmen sich, was sie wollen, und wer aufmuckt, wird umgebracht. Ihr lasst euch von denen nur beklauen, weil ihr sie verachtet. Aber Leute wie der Dottore Passalacqua lachen über euch, die pissen auf eure Titel, und weil sie die Macht haben, lachen die Leute mit. Du redest ständig von diesem neuen Italien und dem Fortschritt, aber das sind doch nur beschissene Worte. Da draußen sind diese

Mafiosi längst dabei, dein Italien untereinander aufzuteilen. Aber ihr hockt nur in euren elektrischen Palästen rum und vertrocknet wie ausgelutschte Orangenschalen. Erzähl mir bloß nichts von Fortschritt!«

Ruggero ist rot geworden. »Du nennst mich dumm und feige?«

»*Madonna*, ist das alles, was du verstanden hast? Du bist klug, siehst gut aus, du hast alles, wovon ein Mensch nur träumen kann. Ich bewundere dich. Aber was machst du mit all deinen Qualitäten? Du lädst dir ein Äffchen aus dem Volk zum Spielen ein, und wenn du irgendwann genug von mir hast, wirst du mich rausschmeißen. Geschenkt, ich bin dankbar, dass ich hier Gast sein durfte. Aber statt mit elektrischen Automobilen und Äffchen zu spielen, könntest du dir auch überlegen, wie du diesen Mafiosi in den Arsch treten kannst und Teil des Fortschritts wirst.«

Ruggero streicht Barnaba zärtlich über die Wange. »Das ist das Schönste, was je jemand zu mir gesagt hat. *I mean it my friend.* Niemand will euch rausschmeißen. *Mamma* liebt deine Mutter, und ich schätze deine Gesellschaft. Sehr. Und jetzt schreiben wir den Brief an deine Dulcinea.«

Er zieht ein Blatt feinen Büttenpapiers aus einer Schublade, nimmt einen vergoldeten Federhalter aus einer Schatulle und tunkt ihn geziert ins Fässchen aus Kristallglas. Barnaba steht noch immer mit geballten Fäusten vor ihm.

»Sie heißt Rosaria, nicht Dulcinea.«

»Geliebte Rosaria. Polarstern meines Firmaments, Leuchtfeuer meiner verlorenen Seele, nie versiegender Quell meiner Leidenschaft.« Ruggero deutet auf den Stuhl vor dem Schreibtisch. »*Take a seat, please.*«

Barnaba bleibt stehen.

»Schreib«, sagt er und diktiert Ruggero zwei Briefe, ohne ein einziges Mal abzusetzen.

Verehrter Herr Baron,
ich schreibe Ihnen, um Ihnen mitzuteilen, dass es mamma *und mir gut geht. Ein Dieb hat mir die dreihunderteinundfünfzig Lire gestohlen, dafür wurden wir sehr gastfreundlich im Haus des Duca di Manganelli aufgenommen. Ich werde mir bald Arbeit suchen und Ihnen das Geld zurückerstatten.*

Dürfte ich Sie bitten, den beiliegenden Brief für Rosaria an Mariano zu übergeben? Ich möchte sicher sein, dass Rosaria den Brief erhält und sonst niemand.

Sie können mir Briefe von Rosaria an die Adresse Palazzo Manganelli, Catania, weiterleiten. Über einen Brief von Ihnen würde ich mich natürlich auch freuen.

Rosaria, geliebte Rosaria!
Welche Lügen auch immer der Dottore verbreitet – glaub sie nicht. Mariano weiß, wie es wirklich gewesen ist. Ich bin kein Mörder und mamma *keine Hure.*

Mamma *und ich sind für eine Weile an einem sicheren Ort. Ich denke jede Minute an dich. Ich werde noch verrückt. Aber bald komme ich zurück und baue dir ein Hotel. Alles wird gut. Warte auf mich. Sieh niemanden an.*

Mein Herz gehört nur dir.

PS: Wenn du mir schreiben willst, dann gib den Brief dem Baron, er kennt die Adresse.

Ruggero setzt den Federhalter ab und sieht Barnaba schweigend an.

»Nicht gut?«, fragt Barnaba.

»Hast du dir vorher überlegt, was du schreiben willst?«

»Nein.«

»Außer *papà* habe ich noch niemanden erlebt, der zwei Briefe ohne Gestammel hintereinander diktieren kann, ohne dass man wagt, irgendwas zu ändern oder hinzuzufügen. Du erwähnst nicht mal, dass du den Brief deinem Gastgeber diktiert hast. *Chapeau.*«

»Was willst du damit sagen?«

Ruggero pustet die restliche Tinte trocken und faltet die beiden Briefe. »Ich will sagen, dass du noch viele Briefe diktieren wirst, Nino. Aber, zum Teufel, nie wieder mir.«

»Habt ihr euch gestritten?«, fragt Pancrazia ihn besorgt, als sie Barnaba am Abend packen sieht.

»Nein, alles gut. Aber dies ist ein sterbender Ort. Ich will hier weg.«

Pancrazia lächelt auf einmal. »Du spürst es auch, das dachte ich mir. Aber wir könnten noch eine Woche warten, bis dein Knie ganz verheilt ist.«

»Ich will nicht warten, *mamma*. Das Wasser ist da, ich muss endlich rudern.«

»Und was heißt das?«

»Wir finden eine billige Wohnung, ich suche mir Arbeit bei einem *sanzali* und lerne das Geschäft mit Zitrusfrüchten. Und dann hole ich Rosaria.«

Zu seiner Überraschung hat Pancrazia keine Einwände. Aber als die beiden sich am nächsten Morgen von der Familie verabschieden wollen, werden sie ins Arbeitszimmer des Duca gebeten. Dort erwartet sie der Fürst mit Ruggero, der Barnaba angrinst. Auf dem Schreibtisch liegt ein Kuvert, sonst nichts.

»Ich höre, dass Sie abzureisen wünschen«, spricht der Fürst Pancrazia an. »Ich kann Sie natürlich nicht aufhalten. Allerdings möchte ich Ihnen einen Vorschlag machen.« Er legt seine Hand auf den Umschlag. »Dies sind dreihundertsechsundsiebzig Lire. Soweit mir Ruggero erklärt hat, die Summe, die Sie verloren haben, weil Barnaba meiner Frau heldenhaft das Leben gerettet hat. Es ist das Mindeste, dass ich Sie dafür entschädige. Sie können den Umschlag nehmen und gehen, wir werden Sie in wohlwollender Erinnerung behalten.« Er macht eine Pause, sieht sie beide an. Und sagt dann: »Oder …«

»Es war das Angebot deines Lebens, *my friend.* Und wem hattest du es zu verdanken? *Moi.*«

Ruggero sitzt mit überschlagenen Beinen in seiner Uniform auf einer Sofakante. Er ist der Einzige von den Toten, der spricht. Die anderen drei wirken nur bedrückt. Barnaba sieht gar nicht hin.

»Kschsch.«

»Ihr wart also Freunde«, sagt Maria.

»Sag's ihr, Nino.«

»Verschwindet.«

Sie lassen sich zwar kurz verscheuchen, aber sie kommen wieder zurück wie Fliegen. Die Familie sagt nichts aus Respekt, dennoch ist es ihm peinlich wie ein unangenehmer Geruch, obwohl die *patruneddi* weder riechen noch sonst irgendwelchen Ärger machen. Sie tragen nur ihre Traurigkeit herein wie einen hartnäckigen Schmutz, und das drückt allmählich allen auf die Stimmung. Niemand fragt ihn, wer sie sind. Als ob sie für immer bleiben würden, wenn man sie beim Namen nennt. Vielleicht ist das auch so, genau weiß Barnaba es nicht. Er weiß nur, dass er den Mercedes braucht, um sie loszuwerden.

Schon wird Barnaba wieder wütend, wenn er daran denkt, dass Nino das schöne Auto an Buscemi verscherbelt hat. Das einzig Gute an der Sache ist, dass der Wagen noch da ist. Nino hat ihm berichtet, dass Mario Buscemi tatsächlich interessiert sei, ihm den Mercedes für zweitausend Mark zurückzugeben, und wahrscheinlich würde er ihn auch für tausend oder sogar fünfhundert überlassen, aber Tatsache ist: Auch die hat Barnaba nicht. Er kann ja nicht einmal das Fotostudio bezahlen. Sein letztes Geld hat er dem Zugschaffner als Trinkgeld gegeben. In seiner Brieftasche hinter seinem deutschen Pass, dem Brief und dem Foto klemmt ein alter Zehnmarkschein vom Tag der Währungsreform, als jeder vierzig Mark bekam. Von den restlichen dreißig hat er Franz damals ein Rennrad gekauft. Mehr als diese zehn Mark hat er nicht mehr, und aus einem alten Aberglauben heraus will er sie nicht ausgeben. Deswegen verlässt er die Wohnung auch nicht. Er kann sich keine Taxifahrt leisten, nicht einmal die Tram, keinen Kaffee mit Schlag beim Dallmayr, geschweige denn jemand einladen, wie es sich gehört. Er hat immer eingeladen, sein ganzes Leben lang. Die Großzügigkeit erst macht ihn zum Patriarchen. Die Großzügigkeit ist seine Rüstung, die Zahlen sind sein Schwert, beides sind die Pfeiler des Erfolgs und seines Rufs. Wenn er nicht mehr einladen kann, wer ist er dann noch?

Er stöhnt leise. Er hatte es sich einfacher vorgestellt mit München. Ein paar Gespräche führen, alte Kontakte auffrischen, verbreiten, dass er wieder zurück ist und Pläne hat, einige Leute an Gefälligkeiten erinnern, die er ihnen vor vielen Jahren erwiesen hat. Aber entweder sind diese Leute zwischenzeitlich verstorben, oder sie meiden ihn. Nur Pippo Catalano, der Bastard, möge auf alle Ewigkeit in einem Fegefeuer enden, hat der doch die Dreistigkeit besessen, ihn mit Nürnberger Lebkuchen zu besuchen, ihn mit Wangenkuss zu begrüßen und dann peinlich berührt zu behaupten, dass es jene besagte Gefälligkeit nie gegeben, nein, dass sich das damals doch ganz anders zugetragen habe, er schwöre beim Kopf seiner Enkelin, und – nichts für ungut – dass das Gedächtnis dem alten Freund da wohl einen Streich spiele. Sein Gedächtnis! Auf den Tag genau weiß Barnaba noch, wann er dem nichtsnutzigen Sohn dieses Bastards die Stelle bei der Gebäudereinigung Ebenböck & Söhne vermittelt hat, wo der Faulpelz wenig später eingeheiratet und es zum Prokuristen gebracht hat.

Prompt packt Barnaba die Wut, und ehe Versani ihn zurückhalten kann, schlägt er Catalano, der bequem im Sessel lümmelt, mit der Faust ins Gesicht. Die Wahrheit ist allerdings, dass er ihn nicht einmal erreicht. Seine Wut reicht gerade noch für einen Wutschrei, aber nicht mehr, um ihn aus dem Sessel hinauszukatapultieren. Die Gelenke machen nicht mehr mit. Er fällt auf die Knie, und als er versucht, sich mit den Armen abzustützen, stößt er den Beistelltisch mit den Kaffeetassen und den Lebkuchen um. Sein Wutschrei wird zu einem Gurgeln, er ist nur noch ein erbärmlicher alter Mann auf den Knien, eine peinliche Figur mit Flecken auf dem Anzug, eine *figuraccia* gibt er ab.

Pippo Catalano erstarrt, Versani versucht, Barnaba aufzuhelfen, aber Barnaba schlägt seine Hand weg, kommt immer noch nicht hoch, rudert herum, aber es ist kein Wasser da. Im Nu ist dafür die Familie zur Stelle. Nino, Anna, Aurora und Giuseppe stürmen in den Salon, sehen den Patriarchen auf dem Boden, überall ist jetzt Geschrei.

»Du bringst ihn um!«, schreit Nino Catalano an und fasst sich gleichzeitig ans Herz. Catalano erhebt sich verdattert aus dem Sessel, weist alle Schuld von sich. Barnaba spürt, wie man ihm aufhilft, aber als er halbwegs wieder auf den Beinen ist, schüttelt er Anna und Aurora ab. Seine Knie schmerzen, eine Hand hat er sich verstaucht. Alle reden und gestikulieren durcheinander, Schuldzuweisungen, Erklärungen und Bestürzung erfüllen den Raum. Pippo Catalano empfiehlt sich hastig, Nino nennt ihn Mörder, droht ihm mit der Faust, aber schlägt nicht zu. Und Barnaba weiß, Catalano wird alles brühwarm in der italienischen Gemeinde herumerzählen, morgen weiß es dann ganz München: Barnaba Carbonaro ist zurück, aber als gebrochener alter Mann, ein Schatten seiner selbst, eine lächerliche Gestalt, ein Niemand. Alle werden sich das Maul zerreißen.

Ihm wird immer noch übel vor Wut und Scham, wenn er daran denkt.

»Soll ich auch verschwinden, *nonno*?«, holt Maria ihn leise aus seinen trüben Gedanken.

»Entschuldige. Ich habe nur etwas nachgerechnet. Gute Nacht, *gioia mia*.«

»Was macht das Knie?«

»Alles gut.«

»Brauchst du noch was?«

»Einen Kuss.«

Er hält ihr die Wange für den Gutenachtkuss hin, auf den er sich den ganzen Tag freut. Den ganzen Tag freut er sich darauf, dass sie mit ihrer Rechenmaschine kommt und ihm Zahlen mit Mandarinengeschmack vorrechnet. Ansonsten sind die Tage keine wahre Freude. Die Herren von der Dürck-Bank haben ihm ebenfalls wenig Hoffnung gemacht wegen Bianchinis altem Konto. Man werde Nachforschungen anstellen. Aber Barnaba vermutet, dass das nur Versanis geschönte Übersetzung einer unzweideutigen deutschen Absage ist. Er wird einen guten Anwalt für diese Angelegenheit brauchen, aber auch den kann er nicht bezahlen. Er kann auch Versani nicht bezahlen, der wie früher für ihn übersetzt, ihn berät, Termine macht, Papiere vorbereitet. Er ist so beflissen und loyal wie immer, hat noch keine einzige Andeutung gemacht, aber natürlich haben seine Beflissenheit und seine Loyalität ihren Preis. Und nach dem Vorfall mit Catalano wird er nicht mehr lange zögern, ihn darauf anzusprechen. Und was dann?

Mein Urgroßvater kann die Gedanken nicht abstellen, sie schlurfen durch seinen Kopf wie die Toten durch den Salon. Er kann sie verscheuchen, aber er wird sie nicht los. Seit er vor Catalano auf die Knie gefallen ist, behandelt ihn die Familie wie ein rohes Ei. Es nervt ihn schon, wie sie darauf achten, ihn möglicherweise jederzeit zu stützen. Zwar umsorgen sie ihn unverändert mit allem gebotenen Respekt, niemand wagt, ihm Fragen zu stellen, aber Barnaba merkt, dass sich ihr Respekt bereits mit Mitleid infiziert hat. Dass sie ihre Zuversicht verlieren. Nur Maria und Toni nicht, aber wer weiß, wie lange noch. Er hat bei seinen anderen Kindern erlebt, wie tückisch diese Infektion ist. Wenn Mitleid zu Enttäuschung wird.

Von den vierundzwanzig Kindern, die Barnaba Carbonaro gezeugt hat, haben sechs überlebt, die seinen Namen tragen. Den unehelichen Nachzügler Franz empfindet Barnaba wie ein verspätetes, hastig verpacktes Geschenk, das man aber mehr liebt als die anderen. Er findet, dass er gut für sie alle gesorgt hat. Und auch noch für seine Enkel. Er findet, er ist ein guter Patriarch. Umso mehr verbittert es ihn, dass sich ehemalige Freunde und, wie es aussieht, auch Franz von ihm abgewandt haben.

Nur sein Sohn Nino nicht. Der kleine, kränkliche Nino, mit dem er nie viel anfangen konnte. Der kleine Antonino mit dem stutzerhaften Gang, der immer glänzen wollte, aber kein besonderes Talent oder Ehrgeiz erkennen ließ. Aber dann war es eben ausgerechnet Nino, der ihm nach München folgte, und wie es aussieht, ist er nun seine letzte Zuflucht. Und ausgerechnet dieser ungeliebte, mäßig talentierte Sohn hat eine Frau wie Anna gefunden und etwas geschaffen, was Barnaba ihm nie zugetraut hätte. Etwas, das keines seiner anderen Kinder hingekriegt hat: eine Familie, in der gesungen wird, und ein Zuhause mit blühenden Rosen im Winter.

Zwar tragen sie wie alle Carbonaro das Unglück über sich aufgespannt wie Sonnenschirme in der Mittagsglut, aber sie können Barnaba nicht täuschen. Er hat Beobachtungen gemacht. Jedes Mal wenn er an der Nähstube vorbeigeht, erklingen dort Radiomusik, Gesang und Lachen, lauter als das Surren der Nähmaschinen. Einmal hat er Nino drinnen etwas auf Deutsch schreien gehört und kurz darauf das schallende Gelächter von Anna und Aurora. Es hatte einen Moment gedauert, bis Barnaba klar wurde, dass Nino einen Witz gemacht hatte. Er kann sich nicht erinnern, dass er selbst, Pina oder eines seiner anderen Kinder je einen Witz gemacht hätte. Er kann sich nicht erinnern, ob in dem Haus am Corso Italia jemals jemand gesungen hätte. Er kann sich nicht erinnern, wann er selbst zum letzten Mal gesungen hat. Aber in der Wohnung in der Westermühlstraße singen die Carbonaro. Sie lachen, sie streiten, sie knuffen sich am Esstisch, sie werfen sich verschwörerische Blicke zu, sie küssen Anna regelmäßig, manchmal nur so im Vorbeigehen, sogar Nino tut das oft. Sie echauffieren sich über Politik und Fußball, sie helfen Angela bei den Hausaufgaben, sie schneiden der alten Frau Erlinger die Spaghetti klein, sie bewundern einander, sie teilen kleine

Geheimnisse, sie leihen sich Geld. Wenn jemand zufällig allein in der Küche sitzt, setzen sie sich dazu, es sei denn, es ist Anna, die spätabends im Dunkeln eine Mandarine isst. Und dann die Sache mit den Rosen. Barnaba hat herausgefunden, dass Nino regelmäßig Rosen vom Großmarkt mitbringt, also nicht nur, wenn sie besonders billig sind. Nein, sie können ihn nicht täuschen, sie müssen einfach glücklich sein.

Mit diesem Gedanken kehrt Barnabas Zuversicht wieder zurück. Es ist schließlich nicht seine erste Pleite, und er weiß, wo er herkommt. Er wird sich durchbeißen, wieder aufstehen, so wie jedes andere Mal davor. Bloß fällt ihm das Aufstehen dieses Mal besonders schwer. Er kommt ja kaum noch aus dem Sessel mit dem geprellten Knie. Er wird etwas tun müssen, was er noch nie in seinem Leben getan hat: um Hilfe bitten.

Früh am nächsten Morgen verlässt er zum ersten Mal seit seiner Ankunft das Haus. Seit zwei Tagen schneit es nicht mehr, dafür liegt ein schleimiger Nebel über der Stadt, der nach Kohlenruß stinkt, man sieht kaum die Hand vor Augen. Zweihundert Fabrikschlote und eine Viertelmillion Kamine verpesten die Münchner Luft und bilden eine Smogglocke bis in hundert Metern Höhe. Es ist immer noch bitterkalt, in jedem Stadtteil gibt es Wärmestuben der Münchner Stadtverwaltung, wo sich Menschen, die zu Hause keine Heizung haben, zwischen vierzehn und einundzwanzig Uhr kostenlos aufwärmen können. Trotz der Kälte genießt Barnaba jedoch die ersten vorsichtigen Schritte auf den geräumten Trottoirs und ist froh, im Nebel nicht erkannt zu werden, einstweilen zumindest.

Es ist Samstag, eine Woche vor Heiligabend. Am Stephansplatz stehen Buden, in denen abends Weihnachtsschmuck und Punsch verkauft wird. Straßen, Geschäfte und Kaufhäuser sind weihnachtlich geschmückt, durch den Nebel und den Schnee wirkt München an diesem Morgen besonders still und verzaubert. Der alte Zehnmarkschein ist aus der Brieftasche in die Manteltasche gewandert, denn ja, Barnaba will ihn auf den Kopf hauen. Und zwar für einen anständigen Weihnachtsbaum und, wenn es reicht, auch für Lametta und einen *panettone*. Aber zuvor hat er noch etwas zu erledigen.

Wegen des schmerzenden Knies braucht er den Gehstock nun tatsächlich. Vom Stephansplatz aus durchschreitet er den verwunschenen Südfriedhof wie zurückeroberte Latifundien dennoch bemüht rüstig, dann weiter die Thalkirchner hinunter, bis die altvertrauten maisgelben Hallen und Kontore des Großmarkts im Nebel vor ihm auftauchen. Barnaba gestattet sich eine sentimentale Runde durch die nach dem Krieg wiederaufgebaute Halle 2. Doch die einst vertrauten Fischgründe seines Erfolgs erscheinen ihm nun fremd und abweisend. Er kennt nur noch die wenigsten Firmennamen an den vergitterten Ständen, Luigi Becherucci gibt es nicht mehr, aber dafür sind immerhin Reichl und Gleissner noch da mit ihren Bananen und Südfrüchten. Und natürlich Buscemi, überall Buscemi. Er belegt inzwischen fast die gesamte Halle. Von allen Seiten brüllen ihm sein Logo und sein Name in protzigen roten Versalien ihren Triumph entgegen, den Namen Carbonaro vollständig vom Münchner Großmarkt verdrängt zu haben.

Als Barnaba an einem vergitterten Stand vorbeigeht, flattern Orangenpapierchen aus den gelagerten Obststeigen auf. Hunderte von bunt bedruckten Papierchen mit Buscemis Logo schweben durch die Luft, hüllen ihn ein wie eine Wolke Schmetterlinge, lachen ihn aus und wispern ihm zu: *Verschwinde!*

Trotzig fuchtelt Barnaba mit dem Gehstock durch die Wolke wie ein Magier mit seinem Zauberstab, bis die Papierchen wie Eintagsfliegen zu Boden rascheln. Barnaba zupft sich mit spitzen Fingern ein letztes vom Revers und schreitet über die Papierchen hinweg zum Ausgang. Als er wieder auf den Hof tritt, taucht ein Lkw aus dem Nebel vor ihm auf, verfehlt ihn nur um Haaresbreite. Barnaba kann gerade noch zur Seite springen, aber eine Ladung braunen Schneematschs trifft ihn voll und verschmutzt ihm Mantel und Hose. Einen Augenblick steht er verdattert da, dann zieht Barnaba Carbonaro gemessen sein Taschentuch aus der Brusttasche und reinigt sein Gesicht.

Verhöhnt, vertrieben und verdreckt betritt mein Urgroßvater nach zwölf Jahren wieder die Großmarktgaststätte, das Nervenzentrum des Münchner Obst- und Gemüsegroßhandels. Hier hat er Helene kennengelernt, Geschäfte gemacht, Geld verloren, Franz gezeugt und rauschende Feste gefeiert. Hier sitzen die Händler und Tagelöhner nach Marktschluss bei Weißwürsten, Haxen und Bier zusammen, sprechen übers Geschäft oder handeln mit der allerwichtigsten Ware überhaupt: Gerüchten.

Trotz der frühen Uhrzeit ist die Gaststätte gut gefüllt, die Luft schwer von Zigarettenrauch und Bierdunst. Aber als Barnaba eintritt und nach Mario Buscemi Ausschau hält, kommt ihm auch dieser vertraute Ort abweisend vor. Die Bedienungen sind jung und flink und rotwangig wie eh und je, aber sie tragen keine Tracht mehr, sondern Lidstriche wie Pharaoninnen. In einer Ecke spielt ein Trio »Jingle Bells«, »O du fröhliche« und »Gesù Bambino«. An den Tischen sitzt eine neue Generation von Händlern, Männer mit harten Gesichtern, viel mehr

Deutsche als früher. Köpfe drehen sich nach ihm um, aber nur wenige erkennen ihn, und auch die wenden sich schnell ab. Wer auch immer Barnaba an diesem Ort einst war, nun ist er hier wieder niemand.

»*Dio mio*, Nino! Was ist passiert?«, fragt Buscemi, als er Barnabas bespritzten Mantel sieht. Buscemi ist der Älteste im Raum und Magnet aller Blicke. Ein massiger Mann von einundachtzig Jahren mit einem kahlen Schädel und Augen wie Schlitzen, die ihn aussehen lassen, als ob er schlafe. Das Gegenteil ist der Fall. Ein Mann, der sich in Manchesterhosen, karierten Hemden und gesteppten Jacken wohler fühlt als in einem Anzug, verwachsen mit dem Großmarkt, seit die Großmarkthalle 1912 eingeweiht wurde.

Barnaba winkt ab und setzt sich. Buscemi mustert ihn durch seine Schlitzaugen.

»Wie schön, dich in diesem Leben noch mal zu sehen, Nino. Du hast dich kein bisschen verändert.«

»Ich bin pleite, Mario.«

Für verdruckste lange Einleitungen kennen sie sich zu gut.

»Ja, ich hab so was gehört.«

Buscemi winkt der Bedienung, und sofort erscheint ein frisch gezapftes Helles vor Barnaba. Sie plaudern über dies und das, die Familie, wer alles groß geworden, wer alles gestorben ist, wer jetzt wer auf dem Großmarkt ist, und dann steht ein Teller mit Weißwürsten vor Barnaba. Versonnen sieht er der jungen Bedienung nach.

»Also, was kannst du für mich tun, Nino?«

»Ich kann dich von einer Last befreien.«

Buscemis Augenschlitze weiten sich ein kleines bisschen. »Ich höre.«

»Ich nehme den Mercedes zurück.«

Buscemi atmet leise aus, rührt sich aber nicht.

»Wie kommst du auf die Idee, dass er mir eine Last ist?«

»Ich weiß es. Sonst würdest du ihn fahren.«

»Es stimmt, der Wagen ist unheimlich. Jedes Mal wenn ich mich ans Steuer setze, wird mir eiskalt, als ob mir der Tod in den Nacken haucht.«

»Wenn er in einem guten Zustand ist, bin ich bereit, ihn zurückzunehmen.«

»Und was erwartest du für diese Großzügigkeit?«

»Nur eine Kleinigkeit. Eine Bankbürgschaft für meinen Sohn Toni.«

»Über?«

Barnaba zuzelt an einer Weißwurst. »Zwanzigtausend Mark.«

»*Madonna!* Wen will er heiraten?«

»Er hat eine Geschäftsidee, bei der ich ihn unterstützen möchte.«

Barnaba sieht, wie sich Buscemi unmerklich anspannt. »Was für eine Idee ist das?«

Barnaba leckt sich die Finger. »Eine Reiseagentur.«

Buscemi nickt. »Nicht verkehrt. Toni ist ein guter Junge.« Er überlegt wieder, lässt Barnaba keinen Augenblick aus den Augen. »Was macht eigentlich Maria?«

Barnaba ist auf der Hut. Er hebt die Arme.

»Wir sprechen kaum.«

»Ich habe gehört, dass sie im Sommer mit dem Konsortium in Ciaculli gesprochen und sich für Tardivos interessiert hat.«

»So? Na ja, wahrscheinlich eher für einen jungen Herrn im Konsortium, würde ich denken.«

»Letzten Sommer hat sie vor der Oper Säfte verkauft. Ich höre Gerüchte, dass sie Pläne hat, ein Unternehmen daraus zu machen.«

»Ich bitte dich, Mario. Sie ist eine Frau.«

»Ich kann ihr nur abraten. Die großen Handelsketten geben jetzt den Ton an. Piraten wie du und ich, wir sind Dinosaurier. Im nächsten Jahr ziehe ich mich raus. Andrea führt bereits die Geschäfte, sein Sohn Marco studiert Wirtschaft und arbeitet auch schon mit. Der Name Buscemi wird bleiben. Aber ich bin bloß noch Folklore.«

»Du bist eine Legende, Mario.«

Buscemi winkt ab. »Spar dir das. Ohne dich macht es nicht mehr so viel Spaß. Du hättest durchhalten müssen, bis Toni und Maria so weit sind. Zusammen wären wir heute die Größten in Deutschland. Ein Handelshaus mit eigenen Supermärkten, mit einer Armada von Lastwagen und Schiffen. Wir hätten die deutschen Florio werden können.«

Sie trinken. Zwei alte Löwen im Schatten.

»Ich könnte jemand im Kontor gebrauchen«, beginnt Buscemi schließlich wieder. »Maria kann sofort anfangen. Ich gebe ihr sogar Prokura. Dann kriegst du deinen Mercedes zurück.«

Eher würde Barnaba sich einen Finger abschneiden, und er weiß, Maria ebenfalls. Er verzieht das Gesicht. »Schwierig. Ich bin bei Toni im Wort. Und wie gesagt, ich befreie dich von einer Last.«

Buscemi schüttelt den Kopf. »Dein Sohn hat mich schon gefragt, was ich für den Mercedes haben will. Vielleicht bietet mir jemand anderes ja noch mehr. Aber ich wäre bereit, ihn dir für zweitausend wieder zu überlassen. Sagen wir tausend. Aus alter Freundschaft. Und du überzeugst Maria, bei mir anzufangen, und wenn Tonis Geschäftsidee Hand und Fuß hat, soll er die verfluchten Banken vergessen, dann steige ich selbst ein.«

Barnaba mahlt mit den Kiefern.

»Und wenn ich dich bitte?«, presst er heraus.

Buscemi hebt die Arme. »Wie könnte ich dir eine Bitte abschlagen, Nino! An dem Tag, an dem Maria bei mir unterschreibt, kriegst du den Mercedes zurück.«

Als mein Urgroßvater aus der Gaststätte heraustritt und zurück in den Nebel eintaucht, verfehlt ihn prompt der zweite Lkw nur um Haaresbreite. Wieder wird er über und über mit Schneematsch bespritzt, er sieht jetzt aus wie ein Landstreicher. Aber das ficht Barnaba Carbonaro alles nicht mehr an, als er guter Dinge den Großmarkt verlässt. Denn er hat genau gesehen, wie Buscemi ausgeatmet hat, er weiß jetzt, dass Buscemi den Mercedes unbedingt loswerden will, auch wenn die Gespenster darin für ihn nicht sichtbar sind. Zwar ahnt er, dass Maria irgendwelche Pläne hat, aber noch nicht genau, welche. Barnaba kennt das Spiel, er schätzt, dass er noch eine Weile mit Buscemi hin und her verhandeln muss. Aber am Ende, da ist er nun sicher, wird Buscemi ihm den Mercedes für symbolische fünfhundert Mark überlassen und zehntausend in Tonis Agentur investieren, während er mit Maria unbemerkt ein Fruchtsaftimperium aufbaut. Nur braucht er dazu eben den Mercedes, und dazu braucht er fünfhundert Mark, und dafür muss er den nächsten Schritt machen, den schwierigsten von allen.

PALERMO 1899

»Wann heiratest du mich endlich?«

»Nächste Woche.«

»Das hast du schon letzte Woche gesagt. Und die Woche davor auch. Du bist ein Lügner. Wann stellst du mich endlich deiner Familie vor?«

»Nächste Woche.«

»Du liebst mich nicht.«

Ihr Ton ist quengelig. Durch die geschlossenen Fensterläden fällt staubiges Licht, zerteilt Haut in helle und dunkle Streifen, die langsam wandern. Barnaba streichelt einen Rücken, umkreist ein Muttermal am Po mit dem Finger und zeichnet Muster in die Schweißtröpfchen. Es ist August, kurz vor Ferragosto. Der Nachmittag versickert. Tage versickern, Monate versickern, draußen vor dem Fenster zerfließt Palermo. Alles schmilzt. Entscheidungen sind getroffen, Türen geöffnet worden, Glück hat sich hinein- und wieder hinausgeschlichen wie ein Straßenköter. Etwas führt immer zu etwas, aber was heißt das schon, am Ende sind wir unzufrieden oder unglücklich oder allein oder alles zusammen. So wie mein Urgroßvater Barnaba in diesem Moment, aber er tut alles, um es zu verdrängen.

Oberflächlich betrachtet deutet wenig auf sein Unglück hin. Rein äußerlich ist Barnaba mit neunzehn Jahren ein zwar kleiner, aber selbstbewusster, leicht erregbarer junger Herr mit rastlosen Augen und seit Neuestem einem Oberlippenbart. Im Augenblick allerdings ist er nackt. Immer noch streichelt er Antonellas Sommerhaut, auf der sich neue Schweißtröpfchen bilden, aber seine Gedanken sind längst angezogen und zu den Zahlen zurückgekehrt. Ertragszahlen, Umsatzzahlen, Prozentzahlen, Lohnkosten, Frachtkosten, Versicherungskosten, Steuern, Zwischensummen, Endsummen, Gewinn. Manchmal Verlust. Aber doch meistens Gewinn. Gewinn hat einen eigenen Geruch. Nach reifen Feigen. Verlust riecht nach verglühtem Eisen, aber Gewinn duftet nach Feigen, daher die Schale mit frischen Feigen zu Hause auf einem Tisch. Dass die Feige ein Maulbeergewächs ist, die Schicksalspflanze seiner Vorfahren, weiß Barnaba nicht.

Jeden Samstag empfängt er Antonella im Hotel Eden in einer Seitengasse der Via Roma. Seiner Mutter erzählt er, dass er Bianchini treffe, was nur halb gelogen ist, denn er wird nachher noch mit ihm zu Abend essen. Das Eden ist ein diskreter Ort für die Seitensprünge der Palermitaner Mittelschicht. Die Diskretion hat zwar ihren Preis, aber die Zimmer sind gepflegt, und Barnaba schläft lieber dort mit Antonella als in dem Drecksloch, in dem sie sonst anschafft. Seit April geht das schon so.

Antonella ist kaum älter als Barnaba, sie stammt aus Licata und sieht Rosaria nicht ähnlich, darauf hat er geachtet. Rosaria ist seine Heilige. Jeden Tag denkt er an ihren Körper, ihre Haut, ihren Blick. Aber je verzweifelter er die Erinnerung heraufbeschwört, umso unschärfer und unwirklicher wird sie, verhallt wie das Echo eines Traums. Er klammert sich an Kindheitserinnerungen. An den Spott und die Bewunderung in ihren Augen, ihre schnippischen Antworten. Wie er auf ihr saß und ihr langsam ins Gesicht spukte. Aber auch diese Erinnerungen sinken langsam auf den morastigen Grund eines Tümpels.

Stattdessen findet eine seltsame, fast magische Wandlung statt. Denn sobald er das Zimmer verdunkelt, verwandelt sich Antonella in Barnabas Vorstellung zu Pina. Die Ähnlichkeit ist nicht augenfällig, aber inzwischen kann er es nicht mehr leugnen. Der ernste Blick, die hellen Augen, die kleinen Brüste und großen Hände, überhaupt all das Normannische in einem zerbrechlichen Körper. Wenn er mit Antonella schläft, wird sie zu Pina. Dabei mag er Antonella, ihre Haut, ihr Muttermal, sogar ihr leichtes Hinken, aber inzwischen geht ihm ihre Quengelei auf die Nerven.

Barnaba zählt achtzehn Lire für Antonella ab, inzwischen schon acht mehr als im April, aber von Bianchini hat Barnaba sich die Großzügigkeit abgeschaut. Als er sich umdreht, kniet Antonella aufgerichtet auf dem Bett, die Arme hinter dem Kopf gekreuzt, streckt sich und schmollt. Barnaba sieht ihren mageren Körper und die lange Narbe an der Hüfte. Die Verwandlung kehrt sich um, der Nachmittag ist vorbei. Er will nur noch, dass sie geht.

»Gefalle ich dir nicht mehr?«

Barnaba legt noch zwei Lire drauf, sieht zu, wie sie sich anzieht und ihn mit ihrem leichten Hinken verlässt. Anschließend wäscht und rasiert er sich in dem anliegenden kleinen Bad und zieht sich für den Abend um. Wie fast jeden Abend seit zwei Jahren ist er mit Bianchini verabredet. Bianchini, der ihn dem Duca praktisch abgeschwatzt hat wie einen dressierten Esel. Bianchini, der ihn benutzt, ihn bezahlt und ihm alles beibringt.

Bevor er jedoch das Hotel verlässt, zieht er wie jeden Abend sein Unglück aus der Innentasche seines Jacketts hervor. Er trägt es immer bei sich. Der Brief ist nun über zwei Jahre alt, Barnaba muss ihn gar nicht lesen können, er kennt ihn ja längst auswendig.

Mein lieber zorniger Polyphem!
Es tut mir unendlich leid, der Bote schlechter Nachrichten zu sein. Du hast dich sicher schon gewundert, dass auf deine vielen Briefe keine Antwort kam.

Rosaria hat sie alle erhalten. Aber durch Mariano lässt sie ausrichten, dass du keine weiteren Briefe mehr schicken sollst. Nach eurer Flucht gab es großen Wirbel im Ort. P. ist immer noch außer sich vor Zorn. Es ist sicherer, wenn ihr eine Weile in Catania bleibt.

Außerdem sind Rosarias Eltern leider hinter euer Rendezvous gekommen, und jetzt hat der arme Signor Bagarella geschworen, dich umzubringen. Das wird er natürlich nicht, aber deswegen ist es sicher weise, Zeit verstreichen zu lassen. Wie viel, kann ich dir leider nicht sagen.

Rosaria darf das Haus nicht mehr verlassen, man hat ihr auch den Unterricht bei Lady Trevelyan verboten. Alles ganz schrecklich.

Mariano ist über die Maßen betrübt, leider kann er nicht viel ausrichten.

Das sind niederschmetternde Nachrichten, aber ich werde vermitteln, wo ich kann, und dir umgehend schreiben, sobald sich erste Hoffnungsschimmer am Horizont zeigen.

Mein kleiner Zyklop, sei tapfer! Wie mir scheint, bist du deinem Ziel schon einen großen Schritt näher. Wenn du zurückkehrst, wirst du alle beeindrucken und verzaubern, ganz gewiss. Rosaria ist stark, sie wird auf dich warten.

Es umarmt dich, dein
W. v. Gloeden

Der Brief, der ihm das Herz herausreißt, kommt zwei Monate, nachdem Barnaba das Angebot des Duca angenommen hat, in seine Dienste zu treten. Barnaba glaubt immer noch, dass das Angebot eigentlich seiner Mutter galt, weil sie der Duchessa aus der Dunkelheit heraushilft. Jedenfalls soll Barnaba als eine Art Handelsassistent die Bilanzen durchrechnen und den Verlust des fürstlichen Vermögens aufhalten oder zumindest abdämpfen, weil er rechnen kann. Dafür zahlt ihm der Duca ein monatliches Salär von zweihundert Lire, zehnmal mehr, als Barnaba je zuvor verdient hat, doppelt so viel wie ein Lehrer bekommt. Die Summe, für die sein Vater gestorben ist.

Verschwinde!

Auch wenn er weiterhin spürt, dass der Palast ihn lieber ausspucken würde wie einen unverdaulichen Brocken, ist es ein Angebot, das Barnaba einfach nicht ablehnen kann. Barnaba und Pancrazia beziehen daraufhin zwei Zimmer im Dienstbotentrakt. Ihre Mahlzeiten müssen sie zwar fortan mit dem Personal einnehmen, aber die Maßanzüge bleiben. Von seinem Gehalt schickt Barnaba jeden Monat zehn Lire an Mariano für die Miete ihres Häuschens, denn er will sein Zuhause nicht verlieren.

Wenn er nicht gerade mit Ruggero unterwegs ist, spaziert Barnaba mit seiner Mutter über die Via Etnea. Sie essen *gelato* und *cannoli*, als sei es das Selbstverständlichste von der Welt, als hätten sie nicht noch wenige Wochen zuvor hungern müssen. Pancrazia mästet ihn geradezu und erklärt ihm, dass es wichtig sei, einen Bauch zu bekommen.

»Ein Bauch zeugt von Wohlstand. Ein Bauch ist die Zierde eines Mannes.«

Da ist mein Urgroßvater immer noch sechzehn.

»Was machst du eigentlich mit der Duchessa, wenn du sie behandelst?«, fragt er sie nebenbei.

»Wir reden.«

»Über was?«

»Dies und das.«

»Na los, sag schon!«, hakt er amüsiert nach und hofft, keine Ahnung, auf irgendeine Pikanterie.

»Über Sterne. Die Duchessa weiß alles über die Sterne, sie kennt all ihre Namen und kann Horoskope berechnen. Sie liest viel und erzählt mir davon.«

Barnaba ist enttäuscht. »Und das hilft ihr?«

»Es hilft immer, über Dinge zu reden, über die man sonst mit niemandem sprechen kann«, antwortet Pancrazia ein bisschen spitz. Sie löffelt ihr Eis. »Die Duchessa erzählt, und ich sitze nur da und höre ihr zu. Und nebenbei lege ich ihr die Hand auf.«

»Wie?«

»Das geht dich nichts an.«

Was verständlicherweise Barnabas Neugier weckt. Seit er in den Diensten des Fürsten steht, ist er nicht mehr durch den Palast gestromert, um das sieche barocke Wesen des Palazzo Manganelli nicht weiter zu reizen. Auch das hätte ihm der Wiener Nervenarzt vielleicht erklären können, aber was weiß Barnaba schon von Unterbewusstsein.

Jedenfalls legt er sich in den kommenden Tagen auf die Lauer, lauscht an der Tür zu den abgedunkelten Gemächern der Duchessa oder versucht, durchs Schlüsselloch zu spähen. Mehr als murmelnde Stimmen und Schatten hört und sieht er allerdings nicht. Also verfällt er auf einen fortschrittlicheren Gedanken.

Barnaba hat mitbekommen, dass die Dienstboten sich oft längere Wege durch den Palazzo ersparen und sich über die im Gebäude verteilten Theatrophone verständigen. Wenn der Fürst Freunde besucht, rufen sie mit dem Gerät sogar in den Palästen der Gastgeber an, um seine Ankunft anzukündigen. Das inspiriert Barnaba, die Duchessa und seine Mutter mit dem Gerät abzuhorchen.

Es sind auch gar nicht die Worte, die ihn so verstören, sondern die Laute, die über das Theatrophon an sein Ohr dringen. Die kleinen Laute der Lust.

Da er wegen des Missbrauchs des Theatrophons ein schlechtes Gewissen hat, traut Barnaba sich weder mit seiner Mutter noch mit Ruggero darüber zu reden. Bislang war sein Bedürfnis, mit jemandem über seine Gefühle zu sprechen, ohnehin praktisch nicht vorhanden. Nun aber geht ihm auf, dass er niemanden hat, dem er sich überhaupt über irgendetwas anvertrauen kann.

Also schreibt er Rosaria. Sein Herz kann er ihr nicht ausschütten, da er die Briefe einem Sekretär des Fürsten mit fragwürdiger Diskretion diktieren muss. Aber er erzählt Rosaria auf diese Weise zumindest jede Woche, wie es ihm geht, was er tut, dass er sie vermisst. Nie erhält er eine Antwort.

Bis zu dem Brief des Barons.

Als Ruggero ihm den Brief vorliest, sackt Barnaba stöhnend

zu Boden. Und im Grunde hat er sich seitdem nicht wieder aufgerichtet. Seitdem lebt er mit einer seltsamen Taubheit an der Hülle seiner Seele. Wie nach einer Infektion oder einem schlecht verheilten Bruch, der die Gelenke versteift und die Beweglichkeit einschränkt. Seit dem Brief leidet Barnaba an einem Hinken seiner Seele.

Vielleicht ist das der Grund, warum er sich von Ruggero einen eleganten Gehstock mit Elfenbeingriff ausleiht und fortan nie wieder ohne ausgeht. Der Stock wirkt wie ein Zauberstab auf ihn, macht ihn größer, beschützt ihn vor Elend und Verzweiflung, mit dem Stock fühlt er sich gewappnet, sämtliche Widerstände auf seinem Weg aufzuspüren und abzuwehren.

Überall sind jetzt Elektrizität und Dampf, sie fließen durch Leitungen, treiben Maschinen und Ideen an. Die Welt riecht nach Schwefel und dem Schweiß Zehntausender Arbeiter, die allmählich erkennen, dass es gut wäre, mit einer Stimme zu sprechen. In Düsseldorf-Flingern gründet Peter Voss, mein Urgroßvater mütterlicherseits, mit anderen Arbeitern der Haniel-&-Lueg-Maschinenwerke einen Fußballverein, dem Sport der neuen Arbeiterklasse. Barnaba und Peter werden sich nie kennenlernen, ihre Biografien könnten unterschiedlicher nicht sein, aber eines verbindet sie: Sie kommen von ganz unten.

Überall in Europa und Nordamerika erheben sich Industrien und spalten die Klassen. Unternehmerdynastien entstehen, Dämme werden gebaut, Gebirge durchstochen, Banken gegründet. Geldströme überwinden Grenzen und Meere. Ein schwäbischer Ingenieur bekommt den ersten Strafzettel der Geschichte über drei Mark für zu schnelles Fahren in einem Benz-Motor-Pferd, weil in einer Wirtschaft in dem Dorf Denzlingen die Vorhänge geflattert haben.

Ein Fieber hat die Welt erfasst, es heißt Beschleunigung. Nur Barnaba, scheint es, bleibt verschont. In dem Moment, wo sein Leben endlich Fahrt aufnimmt, bleibt sein Herz stehen. Er tut sein Bestes, rechnet die Bilanzen des Fürsten nach, macht Vorschläge, die wohlwollend entgegengenommen und dann ignoriert werden.

Der Fürst schickt ihn auf seine Latifundien, um mit den *sanzali* neue Verträge auszuhandeln. Als Barnaba die Gärten besucht, sieht er gleich, was los ist. Die Pächter verhalten sich wie *padruni*, die Brunnen sind versandet, die Erde schlecht gehackt, die Bäume nicht gedüngt. Es arbeiten viel weniger *braccianti*, als in den Lohnlisten verzeichnet, ein beträchtlicher Teil des Ertrags wird offenbar unter der Hand verscherbelt. Überall trifft Barnaba auf windige Zwischenhändler und lokale Mafiosi, die nur darauf warten, sich das gute Land unter den Nagel zu reißen. Keinen von denen beeindruckt sein dandyhafter Auftritt oder sein fürstlicher Auftrag. Als er einmal wütend den Gehstock schwingt, schlägt einer der Pächter ihm ins Gesicht und erklärt ihm, dass er sich davonscheren solle, wenn ihm sein Leben lieb sei.

Niemand fürchtet sich vor dem Fürsten. Barnaba kann nur den Verfall berechnen, sich belügen und anpöbeln lassen. Natürlich macht ihn das wütend, aber seine Wut ist hohl wie eine faule Nuss, er bräuchte ein flammendes Herz, um sie zu einem Sturm zu entfachen.

Den Fürsten scheint das alles ohnehin nicht zu erreichen. Selbst die Corgis interessieren ihn mehr als seine wirtschaftliche Situation. Immer wenn Barnaba ihm Bericht erstatten will, reagiert er ungeduldig, geradezu peinlich berührt.

Barnaba rudert zwar wie verrückt, aber es ist zu wenig Wasser da, er kommt nicht vom Fleck mit seiner hinkenden Seele.

»Ich muss hier weg.«

Es ist Abend, er liegt vollständig bekleidet auf seinem Bett und starrt an die Decke. Der Palast schmatzt und stöhnt. *Verschwinde!*

»Hast du was gesagt, *tesoro*?«, ruft seine Mutter aus dem Salon, vertieft in eine Stickarbeit.

»Wir müssen hier weg.«

Pancrazia sieht von ihrer Stickarbeit auf. »Warum?«

»Weil sie untergehen und ich nicht mit ihnen untergehen will.«

Pancrazia wendet sich wieder ihrer Stickerei zu. »Wir haben es gut hier.«

»Merkst du nicht, dass der Duca längst die Schnauze voll von uns hat? Wenn Ruggero demnächst nach London zum Studieren geht, wird er uns vor die Tür setzen wie zwei Straßenköter.«

»Das wird die Duchessa nicht zulassen.«

»Ich will aber etwas werden, verstehst du, und hier werde ich nichts. Hier sind wir nur Maskottchen. Und außerdem … ist mir der Palast unheimlich.«

Verschwinde! Verschwinde! Verschwinde!

Pancrazia legt die Stickerei beiseite und erscheint in Barnabas Zimmer, blickt missbilligend auf ihren Sohn herab.

»Sieh dich an! Du trägst feine Anzüge, verdienst gutes Geld und verkehrst in der allerfeinsten Gesellschaft. Du bist auf dem besten Weg, eine gute Partie zu werden. Glaub nicht, dass ich die Blicke der jungen Damen nicht gesehen hätte.«

Das ist auch Barnaba nicht entgangen. Beim letzten Ball gab es deutliche Blicke und hie und da sogar verstohlene Berührungen. Natürlich hat ihm das gefallen, erregt hat es ihn sogar. Aber er sagt:

»Du weißt genau, was ich will.«

»Denkst du etwa, sie wartet auf dich? Ihr Vater wird schon jemand für sie im Auge haben, was willst du dagegen machen?«

Barnaba richtet sich auf. »Ich fahre morgen los und hole sie. Camarotta hat gesagt, ich kann jederzeit bei ihm anfangen, und wenn ich mich mache, übergibt er mir in zwei Jahren das Deutschlandgeschäft. Aber wenn der Duca uns rauswirft, wie sieht das aus! Dann nimmt mich Camarotta bestimmt nicht mehr.«

»Porca miseria!«, schimpft seine Mutter laut. »Willst du dich etwa unter Wert verkaufen wie eine matschige Zitrone? Dieser Zwischenhändler Camarotta ist ein Lügner und Aufschneider. Der will dich nur, weil er dem Duca damit was wegnehmen kann. Und danach wird er dich fallen lassen.«

Womit sie nicht ganz unrecht hat, muss Barnaba zugeben. Camarotta ist ungehobelt, verschlagen und gerissen, Barnaba traut ihm selbst nicht über den Weg. Allerdings hält er sich längst für noch gerissener.

»Wie dein Vater – überall ist das Gras grüner. Ich will nichts mehr davon hören. Und hör auf mit diesem Deutschland! Wenn du keinen Fehler machst, hast du beste Chancen, in eine noble Familie einzuheiraten und einen Titel zu tragen. Das hat mir die Duchessa versichert.«

Barnaba schnellt alarmiert hoch.

»Ihr sprecht über mich?«

Pancrazia kehrt zu ihrer Stickarbeit zurück. »Ich muss mich doch um deine Zukunft kümmern, während du deine Zeit mit Ruggero verplemperst.«

Barnaba stampft ihr hinterher. »Was hat dir die Duchessa versichert?«

»*Beh.*« Sie macht eine unbestimmte Geste mit der linken Hand, den kleinen Finger dabei vornehm abgespreizt, wie sie es bei den Damen gesehen hat. »Die Duchessa mag dich. Sie findet, dass du ein hübscher, vielversprechender junger Mann bist. Etwas zu aufbrausend vielleicht, aber tüchtig. Und dass du frisches Blut in eine der besseren Cataneser Familien bringen wirst, mein kleiner zukünftiger Prinz. Dafür wird sie sich einsetzen. Wir werden auf keinen Fall von hier weggehen.«

Verschwinde!

Barnaba ballt die Fäuste. »Dann gehe ich alleine!«

Pancrazia droht ihm mit dem Finger.

»Niemals wirst du mich alleine lassen. Ich bin deine Mutter. Du bist ein Teil von mir. Ich liebe dich. Du wirst tun, was ich sage.«

Er ist der Sohn einer sizilianischen Mutter, was will er machen. Aber es platzt einfach aus ihm heraus:

»Ich weiß, was du mit ihr anstellst.«

Pancrazia lässt ihr Stickzeug ruhen. »Was meinst du?«

Er wollte es nicht sagen, aber jetzt ist es heraus, er kann nicht zurück.

»Mit der Duchessa. Ich hab euch gehört.«

»Wie?«, haucht Pancrazia bestürzt.

»Das Theatrophon.« Er versucht, sich sein Schuldbewusstsein nicht anmerken zu lassen.

»Aber wir reden nur.«

»Ich meine das andere. Das, was ihr auch noch macht. Ich hab's gehört.«

»Was immer du gehört hast, wir tun nichts Verbotenes.« Sie klingt kleinlaut und verlegen auf einmal.

»Ich will, dass du damit aufhörst.«

»Aber es tut ihr gut! Und wenn ich ihr helfen kann, dann wird sie *uns* helfen. Sie wird *dir* helfen.«

»Ich will das nicht. Wir müssen hier weg.«

»Lass uns bitte nichts überstürzen, ja?«, lenkt seine Mutter hastig ein. »Nichts überstürzen. Nur darum bitte ich dich, Ninuccio.«

Sie nimmt seine Hände, küsst sie, legt sie sich aufs Gesicht. Barnaba beruhigt sich, doch die Berührung seiner Mutter ist ihm auf einmal unangenehm, er entzieht ihr seine Hände.

»Beruhig dich, *mamma*. Es muss nicht sofort sein. Aber bei der nächsten Gelegenheit greife ich zu, und wir gehen hier fort.«

Die Gelegenheit kommt einige Monate später. Es ist Ballsaison, der Fürst erhält Besuch aus Palermo. Ignazio Florio ist ein gut aussehender Mann von dreißig Jahren, mit gewellten Haaren und einem gezwirbelten Schnurrbart, kein bisschen blasiert, im Gegenteil, ausnehmend höflich und jovial. Nebenbei ist er, wie Barnaba erfährt, einer der reichsten Männer Italiens. So reich, dass er mit seinem eigenen Privatzug reist. So reich, dass er seine Hemden zum Bügeln nach London schicken lässt, wo er ebenso selbstverständlich eine Stadtvilla besitzt wie in Paris.

Die Florio, erfährt Barnaba von Ruggero, sind das größte

Handelshaus Italiens. Sie machen in Schwefel, Thunfisch, Marsalawein, Zitrusfrüchten und Versicherungen, sie unterhalten eine eigene Fährlinie zum Festland, sie transportieren die Post, und ihre Flotte von fast hundert Schiffen kreuzt die Weltmeere bis Amerika. In Palermo, das auch Floriopolis genannt wird, arbeiten sechzehntausend Menschen für die Florio. Was die Fugger im Mittelalter waren, sind die Florio an der Schwelle zum zwanzigsten Jahrhundert.

Ignazio Florio reist nicht nur für den Ball an, sondern um mit dem Duca über die Übernahme seiner Schwefelminen zu sprechen. Dazu hat er seinen *consigliere* mitgebracht, seinen Berater, Handelsdirektor, rechte Hand, wie auch immer man es nennen mag. Und das ist eben Bianchini. Ein kleiner, mürrischer, erstaunlich nachlässig gekleideter älterer Herr, der Barnaba wegen seiner buschigen Augenbrauen an eine Eule erinnert und der trotz seines zerknitterten Äußeren von Florio und dem Duca mit ausgesuchtem Respekt behandelt wird.

»Jude, natürlich«, erklärt Ruggero Barnaba, als ob damit alles gesagt sei. Von Juden hat Barnaba bislang nur in der Kirche gehört und nie verstanden, was der Padre gegen sie hatte. Gesehen hat er noch keinen, eigentlich hat er gar nicht geglaubt, dass es sie wirklich gibt. Außer dem etwas abgestoßenen Anzug und seinem Tick, sich zwischendurch die Lippen zu lecken, findet er nichts außergewöhnlich an Bianchini.

»Sie denken nur an Geld«, raunt ihm Ruggero zu. »An nichts anderes, das Geld ist ihr Gott. Es liegt einfach in ihrer Natur. Und sie können rechnen wie die Teufel.«

»Ja und? Ich auch.«

»Nein, Nino, du und ich, wir sind Italiener. Ein edles Volk, eine große, überlegene Nation. Die Juden haben noch nicht einmal ein Land. In Sizilien wurden die meisten von ihnen im sechzehnten Jahrhundert fortgejagt. Bianchini ist einer der Letzten ihrer Art. Aber mehr Italiener als Jude, ein guter Mann.«

»Warum hat man sie fortgejagt?«

»*Long story*, würde dich nur langweilen.«

»Waren sie Mafiosi?«

Ruggero lacht. »Nein, Nino. Sie waren Händler, Goldschmiede, Ärzte und Baumeister. Aber sie waren Juden, *you know*. Hin und wieder müssen die Juden eben fortgejagt werden, wenn sie die Reinheit eines Volkskörpers bedrohen. Das ist ein natürlicher Abstoßungsprozess. *Tu comprends?*«

Nein, Barnaba versteht nicht, warum Menschen fortgejagt werden müssen, die rechnen und heilen können. Aber er will das nicht mit Ruggero diskutieren, der schon wieder diesen herrischen Blick kriegt, das *Fürstenauge*, wie Barnaba es nennt.

Jedenfalls, als dieser Bianchini hört, dass der Duca neuerdings einen jungen Sekretär hat, der rechnen kann wie kein Zweiter, will er Barnaba kennenlernen und prüft ihn mit ein paar komplexen Kalkulationen. Barnaba hat das Ergebnis jedes Mal, bevor Bianchini sich die Lippen lecken kann.

»Wie machst du das, Junge?«

Barnaba zuckt mit den Schultern und erklärt dem alten Mann die Sache mit den Farben und den Mustern. Auch den Düften. Er ist gewohnt, dass man ihn dafür für verrückt hält, aber Bianchini leckt sich nur wieder die Lippen und fragt: »Also, du willst sagen, bei jeder Kalkulation verbindest du statt Zahlen Farbmuster, und das Muster, das dabei herauskommt, ist das Ergebnis?«

»Ich glaube, ja, Herr.«

Bianchini leckt sich die Lippen. »Weißt du, was ich glaube, junger Mann?«

»Nein, Herr.«

»Dass du ein Künstler bist.«

Das ist Barnaba unangenehm, er weiß nicht, was er dazu sagen soll.

»Ein Künstler«, wiederholt Bianchini.

Am Abend lässt der Duca Barnaba kommen, und in Anwesenheit des Fürsten, Florio und Ruggero macht Bianchini ihm ein Angebot. Denn er findet, dass Barnabas Talente beim Fürsten vergeudet sind und dass der Junge erst einmal das Handwerk und die Kunst des Großhandels von der Pike auf lernen sollte. Also bietet er Barnaba an, sein Assistent zu werden. Das Ganze zu einem monatlichen Salär von zweihundert Lire und einem gestaffelten Bonus je nach Jahresergebnis.

Ein durchaus großzügiges Angebot, wenn man bedenkt, dass Barnaba außer Kopfrechnen nicht viel vorzuweisen hat und nicht einmal lesen kann. Andererseits, denkt Barnaba, wenn jemand wie Bianchini ihm ein solches Angebot macht, dann wird er auch einen Vorteil für sich darin wittern.

»Nein«, sagt Barnaba.

In diesem Moment hat er die Aufmerksamkeit von Ignazio Florio, der bisher nur an einem französischen Cognac geschnuppert hat. Nun aber sieht er sich den Jungen an, der ein Angebot des größten Handelshauses Italiens ablehnt.

»Wie nein?«, fragt Bianchini irritiert nach.

»Ich kann nicht, Herr.«

Denn der Punkt ist, ein sizilianischer Sohn kann seine verwitwete Mutter unmöglich allein lassen, erklärt er den Herren. Das verstehen sie natürlich.

»Dann reist deine Mutter eben mit«, knurrt Bianchini.

»Unmöglich«, wendet der Duca umgehend ein. »Die Duchessa wird nicht auf sie verzichten wollen.«

Der Patriarch lässt Pancrazia herbeirufen und bittet sie um eine Stellungnahme. Pancrazia wechselt einen langen Blick mit ihrem Sohn und sagt: »Wie kann eine Mutter ihren Sohn gehen lassen? Wie soll er ohne mich zurechtkommen? Wer soll sich um mich kümmern?«

»Damit ist die Angelegenheit erledigt!«, ruft der Fürst.

»Ich kann nicht«, wiederholt Barnaba zerknirscht.

»Bist du verrückt geworden, Nino?«, ruft Ruggero.

»Er kann nicht«, wiederholt Pancrazia wie ein Echo. »Wie kann ein Sohn seine Mutter alleine zurücklassen?!«

Ignazio Florio wendet sich wieder seinem Cognac zu. Bianchini dagegen sieht Pancrazia an, leckt sich die Lippen, tritt nah an Barnaba heran.

»Zweihundertfünfzig Lire pro Monat«, zischt er.

Barnaba schüttelt den Kopf. Und sagt leise:

»Vierhundert.«

Bianchini entfährt ein unwirsches Knurren, er hat es geahnt, der Junge gefällt ihm.

»Übertreib es nicht, Junge. Du bist Niemand. Ich kann dich zu Jemand machen, aber wenn ich mein Angebot zurückziehe, wirst du wieder Niemand sein.«

Barnaba muss an den Tag denken, als er auf einem Karren mit einem Haufen Scheiße saß.

»Ich bin nicht Niemand«, sagt er leise.

Bianchini leckt sich die Lippen.

»Dreihundert, mein letztes Wort.«

»Dreihundert plus fünfzig für eine ausreichend große Wohnung für *mamma* und mich.«

Er streckt seine Hand aus.

Zwei Jahre ist das her. Seit zwei Jahren leben Barnaba und Pancrazia nun in Palermo, in einer möblierten Wohnung mit drei Schlafzimmern und einem Salon in der Via Mendola, es gibt sogar eine Küche und ein Badezimmer. Nie haben sie in größerem Luxus gelebt. Pancrazia hat sich stumm gefügt und führt das Leben einer wohlhabenden Witwe. Die Wohnung ist mit üppigen Blumenmustern tapeziert, die Decken mit Ornamenten von Früchten verziert, die Möbel dunkel und schwer. Auf dem Tisch im Salon duften die Feigen in der Schale gegen den Geruch von Staub, Zigarrenasche und altem Holz an. Den Sekretär in seinem Zimmer hat Barnaba gegen einen Standspiegel getauscht, der ihn größer wirken lässt. Seine Korrespondenz diktiert er ohnehin einem Berufsschreiber von der Straße. Wenn er alle paar Wochen einen Brief von Ruggero aus London erhält, dann liest ihn Bianchini ihm vor. Aus Taormina kommen niemals Briefe.

In das dritte Zimmer hat sich die Eigentümerin der Wohnung zurückgezogen, eine Signora Grasso. Seit dem Tod ihres Mannes, eines Beamten im Staatsdienst, Gott hab ihn selig, ist sie ein bisschen knapp bei Kasse und außerdem einsam. Jeden Morgen bedient sie Barnaba zum Frühstück mit Kaffee und geröstetem Brot mit frischen Feigen, denn er beginnt den Tag gerne mit seinen Lieblingsdüften. Dafür spielt Pancrazia am Nachmittag mit der Signora Grasso Karten und hört ihrem niemals endenden Strom von Klagen, Klatsch und Lästereien zu.

Wenn er nicht gerade mit Bianchini unterwegs ist, führt Barnaba seine Mutter in den neuen mondänen Vierteln von Palermo aus. Er nimmt sie auch zu den Bällen der Florio mit, und natürlich kriegt er mit, dass sie längst wieder eifrig dabei ist, nach guten Partien Ausschau zu halten. Aber gute Partien interessieren ihn nicht.

So unglücklich er auch ist, hat er sich wertvoll für Bianchini erwiesen. Bianchini nimmt ihn überall mit hin, und Barnaba hat schnell gelernt, mit großen Zahlen zu rechnen. Die Farbmuster werden zwar komplexer, aber sie schüchtern ihn nicht ein. Zahlen sind sein Ozean, sein Jagdgrund. Genau das strahlt er aus: ein Raubfisch im Zahlenozean. Einer, mit dem man sprichwörtlich rechnen muss. Niemand schlägt ihm mehr ins Gesicht oder spuckt ihm vor die Füße, jeder weiß, wer er ist.

Dass er Bianchinis Mann ist.

Von Bianchini hat er sich das Zigarillorauchen abgeschaut, wie er sich überhaupt alles von Bianchini abschaut. Die Art zu sprechen, die lauernde Vorsicht, jederzeit mit der Apokalypse zu rechnen, und die milde Arroganz des Gewiefteren. Von Bianchini lernt er, wie man Gewinne vor dem Staat verbirgt, Geldströme umleitet und versickern lässt und an anderer Stelle dann wieder auffängt wie Regen in einem Krug. Aber er weiß inzwischen auch, dass die Geschäfte der Florio keineswegs mehr so gut laufen, wie es überall heißt. Der Bau der Schiffe für die neu gegründete Schifffahrtslinie *Cantiere navale di Palermo* verzögert sich so lange, bis Ignazio Florio seine Anteile an Attilo Odero verkaufen muss, seinen größten Konkurrenten aus dem Norden.

Überhaupt wird die Konkurrenz aus dem Norden des vereinigten Italiens von Jahr zu Jahr stärker. Das meiste Geld bringt immer noch der Schwefel, der Treibstoff für die junge, hungrige Chemieindustrie in Europa und Amerika. Über achtzig Prozent des weltweiten Schwefels kommen aus Sizilien, aus über siebenhundert Gruben. Höllen, in denen dreißigtausend Arbeiter nackt und unter erbärmlichsten Bedingungen hacken, fördern, sich verätzen und in Schlagwettern sterben, die meisten von ihnen Kinder. Aber auch hier beunruhigende Nachrichten: In Amerika ist ein einfacheres und billigeres Verfahren zur Benzinherstellung entwickelt worden, der Schwefelpreis fällt bereits.

Dennoch feiern die Florio weiter wie Fürsten, ihre Empfänge und Bälle sind regelmäßig Thema in *Sicile Illustrée*. Sie imitieren den Pomp des bourbonischen Adels, den sie mit Krediten vor dem Ruin bewahren und der sie dennoch verachtet. Ruggero zum Beispiel, der einmal zu Besuch kommt und sich den ganzen Abend den Spott nicht aus dem Gesicht wischen kann, bis er sich mit irgendeinem Lucio verzieht.

Noch reisen die Florio in ihrem eigenen Zug durch Europa. Noch exportieren sie billigen Marsalawein in alle Welt und Thunfisch in Dosen von den Ägadischen Inseln, die Ignazio Florios Vater kurzerhand gekauft hat. Noch betreiben sie eine Porzellan- und eine Textilfabrik und sogar eine eigene Kreditanstalt. Aber vor Barnabas Augen verfärben sich die Zahlen bereits an den Rändern wie Pilzbefall an Zitronenblättern.

Denn auch der Zitrushandel wird zunehmend schwieriger. Barnaba liebt die Gärten um Bagheria herum, dem alten Villenvorort von Palermo mit seinen prunkvollen Adelspalästen. Die Orangen und Mandarinen sind von überragender Qualität, doch Bagheria produziert viel mehr, als der Markt aufnehmen kann, auch hier sind die Preise im freien Fall. Aber mit Zitrusfrüchten hat Barnaba ohnehin kaum zu tun. Bianchini braucht ihn für die Berechnung von Krediten und für die Kalkulationen rund um die neuen Fährlinien.

In diese Zeit fällt Barnabas erste kurze Episode beim Militär. Völlig überraschend erhält er einen Musterungsbescheid der Armee des Königreichs Italien, muss sich abtasten und alle Körperöffnungen inspizieren lassen, wird bis auf seine unterdurchschnittliche Körpergröße voll tauglich geschrieben und kriegt eine kratzende Uniform verpasst. Er weiß gar nicht, wie ihm geschieht, so schnell geht alles. Sechs Wochen lang muss er exerzieren und salutieren, muss schießen und mit dem Bajonett zustechen lernen, muss sich anbrüllen und anpöbeln lassen, muss sich in den Dreck werfen und von den Läusen auffressen lassen. Aber Barnaba ist zäh, es ist noch nicht lange her, da war er ein *caruso* und *bracciante* in den Gärten des Dottore Passalacqua, er beißt sich durch. Die Wut hilft ihm über die Schinderei und die Langeweile hinweg, verschafft ihm sogar eine gewisse Anerkennung bei den Unteroffizieren. Bis Bianchini ihn mit seinen Verbindungen auch schon wieder aus der Kaserne rausholt. Er hat sogar erwirkt, dass man Barnaba ohne jede militärische Erfahrung zum Leutnant der Reserve ernennt. Und zwar nur, damit er im Fall der Fälle als Stabsoffizier nicht an die Front müsste.

Als er wie zurückgezaubert wieder mit Bianchini im Café Spinnato sitzt, bedauert Barnaba es fast. Wenn er ehrlich ist, hat es ihm gefallen, sich körperlich zu verausgaben. Das kurze Intermezzo unter Soldaten macht ihm klar, dass er keinen Schimmer hat, was er eigentlich mit seinem Leben anfangen will. Ob er bei Florio bleiben, ob er mit Zitrusfrüchten handeln oder ein Hotel für Rosaria bauen will, nur zum Beispiel. Ob er Passalacqua töten muss, ob er nach Amerika oder Deutschland auswandern soll, wie so viele andere, ob er Rosaria einfach entführen soll. Jede Nacht denkt er darüber nach. Bei jedem Schritt, den er tut und bei dem er lässig den Gehstock schwingt, erdrücken ihn diese Fragen mehr. Ein Dämon kaut auf seiner Seele herum wie auf einem zähen Stück Fleisch.

Das Einzige, was ihm Linderung verschafft, sind Routinen, an die er sich seit seiner kurzen Militärzeit eisern hält. Der Samstagnachmittag mit Antonella gehört dazu, das Kartenspielen in der Kalsa, die Abende mit Bianchini und die Pflege seiner dandyhaften Erscheinung, die er sich wie einen Panzer überstreift.

Es ist eine Zeit des Wartens. Er lebt von einem Tag auf den anderen, und obwohl er unermüdlich für Bianchini rechnet und kalkuliert, empfindet er doch nichts als Leere und Stillstand. Er denkt viel über die Florio nach. Über Ignazio Florio vor allem, den jungen Patriarchen der Familie, und je mehr er über ihn nachdenkt, umso mehr legen sich neue Wünsche wie beim Kerzenziehen Schicht für Schicht über sein altes Ziel, reich zu werden. Er will auch eine richtige Familie, eine sehr große Familie, und er will ihr Patriarch sein.

Als Barnaba sich neunzehnjährig für den Abend rasiert und umkleidet, ist Floriopolis eine große, moderne Stadt mit eleganten Vierteln, schattigen Parks und mondänen Cafés, Geschäften und Kabaretts, ebenbürtig mit London und Paris. Auf der Strandpromenade Foro Italico fahren Hunderte von aristokratischen Kutschen und die ersten Automobile. Aber nur wenige Schritte weiter Richtung Hafen liegt die dunkle Seite der Stadt, die labyrinthischen, dicht gedrängten, verwahrlosten Gassen der Viertel Albergheria, Vucciria oder

Kalsa. Ungepflasterte Gassen, in denen die Kloake am Rand entlang verläuft und in der Sommerhitze erstickenden Pesthauch verbreitet. Überall ist Schmutz, überall ist Geschrei. Wäsche spannt sich über die Gassen wie Flaggen des Elends.

Zwei Höllenfürsten herrschen in der Kalsa, ihre Namen sind Armut und Gewalt. Messerstechereien sind an der Tagesordnung, manchmal liegt morgens ein Toter in der Kloake, abgestochen wegen ein paar Lire oder einer Lappalie, oder einfach am Hunger, an der Malaria verreckt. Kinder schleppen mit ernsten Gesichtern Lasten so schwer wie sie selbst, Greise trippeln mit Körben voller Gemüse miserabler Qualität durch die Gassen, Mädchen bieten sich selbst feil, manchmal zieht eine trübselige Prozession durch das Viertel.

Die Leute leben in Zimmern ohne Fenster, mit Fußböden aus gestampftem Lehm. Von den Wänden dieser Löcher läuft das Wasser, alles ist feucht, in einer Ecke qualmt vielleicht eine Feuerstelle, daneben ein Waschbecken und ein Abtritt. Zu acht leben sie in solchen Zimmern, und drei müssen sich ein Bett teilen, die meisten sind Fischer, die nur die eine Hälfte des Jahres Arbeit haben. Typhus und Tuberkulose grassieren, überall gibt es Schmuggel, Prostitution und die *elenden Berufe*: Schreiber, Wahrsagerinnen, Männer, die Türscharniere schmieren, Heiligenbildverkäuferinnen, Seiler und Behördengeher. Die Kalsa ist ein angeschwollener, stinkender, pulsierender Leib, der sich hartnäckig weigert zu sterben.

In dieser Welt der ewigen Misere jedoch fühlt sich Barnaba lebendig. Und schämt sich dafür, weil es ihm erzählt, wo er herkommt. Doch wenn er frühmorgens durch die Gassen der Kalsa streunt wie ein ausgesetzter Köter, wenn sie nach Kaffee und Rauch riecht, dann ruckelt sein betäubtes Herz wieder an. Er braucht die Kalsa wie ein bitteres Elixier gegen seine Traurigkeit, das er heimlich nimmt, um am Leben zu bleiben.

In der Kalsa hat er Antonella kennengelernt und auch einen Mann namens Musumeci.

Ja, genau der Musumeci, aber das weiß Barnaba nicht. Er kennt ihn nur vom Kartenspielen, noch so ein heimliches Laster, das er sich zugelegt hat. Andererseits ist ganz Sizilien verrückt nach Karten. Man spielt *Sette e Mezzo*, *Cucù*, *Scopa* und *Cavadduzzo* mit sizilianischen Karten, aber auch Rommé und Bridge mit französischen. Alle spielen, Frauen, Männer, Kinder, Greise, Fischer, Näherinnen, Minenarbeiter, Aristokraten und Beamte. Sie spielen zu Hause in der Familie, auf der Straße, in den Cafés und in stinkenden, verqualmten Hinterzimmern. Sobald mehr als drei Leute zusammensitzen, kann man sicher sein, dass einer Karten auf den Tisch legt, es ist eine regelrechte Manie.

In der Kalsa spielt Barnaba *Scopa* um mickrige Beträge, aber um die Höhe der Summen geht es ihm gar nicht. Sondern ums Gewinnen. Jeden Stich zählt er mit, addiert im Kopf Kartenwerte und schätzt Wahrscheinlichkeiten ab. Damit gewinnt er zwar nicht jedes Spiel, aber auch darum geht es ihm nicht. Er gewinnt über die Langstrecke. Er spielt wie eine Eidechse: übervorsichtig, wie eingefroren, aber wenn die Zahlen zu ihm sprechen, schlägt er blitzschnell zu. Mehr als zehn Lire bringt er nie zu den Spielen mit und ist zufrieden, wenn er am Ende des Abends fünfzehn in der Tasche hat. Denn wenn er beim *Scopa* mit fünfzig Prozent Rendite nach Hause gehen kann, dann kann er das bei größeren Geschäften auch, denkt er.

Etwas führt zu etwas. Gebirge falten sich und stauen die Wolken. Gestautes übt Druck aus und lässt irgendwann einen

Damm brechen. Tage tröpfeln dahin, füllen Jahre, Jahre versickern, Erinnerungen verblassen. Was gesät wurde, treibt aus oder auch nicht. Wie ein Gletscher uralte mumifizierte Leichen nach Jahrhunderten im Tal ablädt, so lädt das Schicksal Musumeci vor Barnaba ab, obwohl mein Urgroßvater nie erfahren wird, dass der Verlauf seines ganzen Lebens von diesem Mann mit dem Rattengesicht und der leeren linken Augenhöhle vorgezeichnet wurde.

Da Barnaba am Kartentisch alle Stiche mitzählt, hat er schnell kapiert, dass dieser Musumeci bescheißt. Er kriegt zwar nicht mit, wie, dazu ist Musumeci zu geschickt, aber wenn Musumeci mit am Spieltisch sitzt, spielt Barnaba nicht. Und das ist Musumeci ebenfalls aufgefallen und hat sein Misstrauen geweckt. Etwas führt zu etwas.

Musumeci ist alt geworden, ausgedörrt wie eine Mumie, ein schiefes Haus an einem porösen Hang, das sich immer noch verzweifelt im unsicheren Untergrund festkrallt. Mit den Elixieren und Beschwörungen läuft es schon lange nicht mehr. Das Kartenspielen bringt ein bisschen was, und hin und wieder kann er mal ein Dokument anfertigen, darauf ist er dann sehr stolz. Manchmal kann er einem Dummkopf sogar noch eine gefälschte Besitzurkunde für ein Haus in Taormina unterjubeln, das es gar nicht gibt. Aber die Scharlatanerie ist ein Geschäft wie jedes andere, auch dort gibt es ehrgeizigen Nachwuchs. Die junge Konkurrenz ist fix und brutal, also hält Musumeci sich lieber aus ihren Revieren heraus. Das Leben, kommt es ihm vor, hat sich über ihn hinweggewälzt wie eine Kuh über eine frisch erblühte Orchidee im Gras. Er hat keine Ahnung, wo Orchideen wachsen, aber ja, so sieht er sich selbst, als eine Orchidee. Immer zerquetscht ihn das Leben, scheuert sich an ihm, pikt ihn, biegt ihn, beugt ihn. Das Leben ist ungerecht und tückisch und hat sich gegen ihn verschworen, alle wollen ihm etwas wegnehmen. Deswegen, seine Meinung, ist es nur ausgleichende Gerechtigkeit, wenn er denen, die alles hinten und vorne reingestopft bekommen, etwas wegnehmen kann. Ausgleichende Gerechtigkeit ist das nur. Die Moral einer Ratte.

In den vergangenen neunzehn Jahren hat Musumeci Glück gehabt und Pech. Meistens Pech. Viel Pech. Mit Steinen hat man ihn verjagt, verprügelt hat man ihn, im Gefängnis hat er gesessen, ganz Sizilien hat er durchquert, bis er in Palermo hängen geblieben ist. Irgendwo unterwegs hat er seine Frau verloren und ein Auge. Allerdings haben zwei Menschen auch ihr Leben durch seine Hand verloren, lange her. Musumeci bereut es nicht einmal, sie im Schlaf beraubt und ermordet zu haben. Ausgleichende Gerechtigkeit, so sieht er das.

Barnabas Vater hat er längst vergessen, wie so vieles. Aber was Musumeci, einäugig, grindige fahle Haut und nach Tod stinkend, immer noch draufhat wie kein anderer, ist, Menschen zu lesen. Und in Barnaba hat er großes Unglück gelesen. Unglück und zu Geld gekommene Armut. Eine Kombination, auf die er aus alter Gewohnheit sofort anspringt. Außerdem provoziert es ihn, dass dieser Bengel ihn durchschaut. Das reizt ihn, macht ihn fuchsteufelswild, so wütend, dass er beschließt, es ihm zu zeigen, und zwar indem er ihn ausnimmt, so richtig bis auf die Unterwäsche. Ein letzter großer Coup, nach dem er sich zur Ruhe setzen wird. Ausgleichende Gerechtigkeit.

Aber erst muss er die Schwachstelle des Kerls finden, und dazu folgt er Barnaba seit einer Woche auf Schritt und Tritt.

So hässlich und abstoßend Musumecis Erscheinung auch ist, versteht er es doch, sich aufzulösen, aus der sichtbaren Welt zu verdampfen wie ein Regentropfen auf dem sommerlichen Trottoir der Via Maqueda. Er ist ein Schatten. Wenn Blicke ihn überhaupt streifen, dann gehen sie durch ihn hindurch wie durch einen gelblichen Dunst. Als ob die menschliche Wahrnehmung sich weigere, etwas so Abstoßendes wie ihn als Realität anzuerkennen.

Musumeci macht so was nicht zum ersten Mal, er weiß bereits Barnabas Namen, dass er für die Florio arbeitet, wo er wohnt und einiges mehr. Er weiß, dass Barnaba einmal in der Woche mit Antonella schläft, und auch, was sie dafür kriegt und dass Barnaba fast jeden Abend mit diesem alten Juden zu Abend isst, der nach noch mehr Geld aussieht. Aber von den Juden hält Musumeci sich fern, mit denen hat er ganz schlechte Erfahrungen gemacht, allein bei der Erinnerung wird ihm übel vor Wut.

An diesem Abend wartet er in einem Hofeingang, er verschmilzt mit dem Sandgrau der Fassade und sieht, wie Antonella auf der anderen Straßenseite das Hotel Eden verlässt. Musumeci wartet geduldig, bis Barnaba eine Stunde später herauskommt. Er folgt ihm bis zum Café Spinnato in der Via Principe di Belmonte, dann verdrückt er sich in den nächsten Hauseingang. Seine Erfahrung hat ihn gelehrt, dass nur der geduldige Jäger erfolgreich ist. Und er behält recht.

Als Barnaba das Café Spinnato betritt, sieht er Bianchini schon an ihrem Stammplatz in dem Separee hinten in der Ecke und auch, dass Bianchini schlechte Laune hat. Er setzt sich grußlos dazu und wartet darauf, dass Bianchini loslegt.

Aber Bianchini bestellt erst das Übliche. *Pasta con le sarde*, Fisch und Salat. Dazu Champagner, er trinkt nichts anderes. Als die Pasta kommt, denkt Barnaba 24879, denn das ist die Zahl und die Farbkombination des Gerichts. Die goldgelben Makkaroni sind die Zwei. Die Achtundvierzig ist der Wilde Fenchel, bitter und erdig wie das Leben. Die Sieben, das sind die silbern schillernden Sardinenstücke, so salzig wie die ewigen Sorgen und die Scham der Armut. Die Neun, das sind die Rosinen, süß und tröstlich wie das Dekolleté der Geliebten, in dem er die Misere für einen Moment vergessen kann. Ein gutes Gericht.

»Wir sind verflucht«, knurrt Bianchini düster und leckt sich die Lippen. »Wir sind alle verflucht.«

»Wen meint Ihr, Herr?«

»Na, wen meine ich wohl? Dich, weil du keine Geldhaut hast. Du ziehst Geld nicht an, musst es dir mühsam holen, und es wird dich verlassen wie eine Hure. Die Florio sind verflucht, weil sie zu ewigem Reichtum verdammt sind, genauso wie die Götter besoffen sind von ihrer eigenen Glückseligkeit. Und das hindert sie daran, wirklich Großes zu bewirken. Und ich bin verflucht, schlicht und einfach, weil ich Jude bin. Wir sind alle verflucht.«

Barnaba ahnt, dass das erst die Einleitung ist. Aus der Art und Weise, wie Bianchini sich die Lippen leckt, kann er inzwischen seine Stimmungen lesen.

»Letzte Nacht hatte ich einen Traum«, fährt Bianchini fort. »Einen furchtbaren Traum von totalem, vollständigem Verlust. Ich komme nach Hause und sehe, wie Soldaten in braunen Uniformen unsere Möbel, Bücher, Kleidung, Hausrat, einfach alles aus dem Fenster auf die Straße werfen. Ein Offizier zeigt mir ein gestempeltes Dokument mit der entsprechenden Anordnung auf Deutsch. Ich versuche, mit dem Offizier zu reden, weil er mir ganz vernünftig aussieht, aber er hört gar nicht zu. Ich sehe, wie die Soldaten draußen alles auf einen großen Karren werfen. Alles Deutsche. Dann zerren sie meine Frau und mich auf die Straße. Es ist Palermo, aber ich erkenne nichts wieder. Niemand kümmert sich um uns. Der Offizier verliest eine weitere Anordnung auf Deutsch, dann werden Angelica und ich erschossen.«

Bianchini keucht, als ringe er um Atem, auf seiner Stirn stehen Schweißtropfen.

»Es war nur ein Traum«, versucht Barnaba seinen Mentor zu beruhigen. »Nur ein idiotischer Traum. Ich träume ständig, dass unser Haus abstürzt und dass der Dottore Passalacqua mich umbringen will.«

»Meiner war anders!«, zischt ihn Bianchini an. »Meine Mutter konnte Träume deuten, ich weiß, wovon ich rede. Das war eine Warnung.«

Barnaba schüttelt den Kopf. »Die Deutschen, die ich kenne, sind alle freundlich und gebildet. Sie reden zwar nicht viel, aber sie sind immer sehr höflich.«

Aus dem Nichts schlägt Bianchini mit der flachen Hand auf den Tisch, dass die Gläser umfallen.

»Sie sind Barbaren!«, brüllt er.

Der Kellner eilt herbei, um den verschütteten Champagner aufzuwischen, die anderen Gäste verdrehen neugierig die Hälse. Jeder Eklat, der die Monotonie ihres Müßiggangs aufraut, ist willkommen. Bianchini ist stadtbekannt, die Leute werden sich Dinge zusammenreimen, raunen, tratschen. Nie gut fürs Geschäft.

Bianchini beruhigt sich nur mühsam. Trinkt abwechselnd Champagner und Wasser.

»Sie sind Barbaren«, fährt er etwas gefasster fort. »Aber Barbaren mit einem soliden Finanzsystem. Ich habe vor, einen größeren Geldbetrag auf ein Konto bei einer deutschen Bank auszulagern. Ich wollte selbst alles regeln, aber nach diesem Traum geht das nicht mehr.«

Er sieht Barnaba an, Barnaba versteht nicht.

»Ich will, dass du das für mich erledigst. Das Geld nach Deutschland zu bringen. Du wirst in München ein Konto bei einer Privatbank für mich eröffnen, das Geld einzahlen und dann wieder zurückkehren. Keine große Sache. In drei Wochen bist du wieder hier bei deiner kleinen Nutte.«

Die Pasta kommt, Bianchini lehnt sich zurück und bindet sich die Serviette um den Kragen. Barnaba starrt ihn an und denkt nur: Deutschland.

»Ich war noch nie in München. Ich kann die Sprache nicht. Und Ihr wisst, dass ich …«

»Du musst gar nichts lesen«, winkt Bianchini ab. »Mir ist es sogar lieber so, versteh mich nicht falsch. Du sollst das Geld nur nach München bringen. Die Bank ist über alles im Bilde, es gibt dort auch eine Person, die Italienisch spricht. Am Ende unterschreibst du zwei Dokumente, das wirst du ja wohl hinkriegen, und kehrst mit dem Einzahlungsbeleg zurück.«

»Wie viel ist es?«

»Ist das wichtig?«

Bianchini isst bereits mit gutem Appetit. Barnaba rührt nichts an, schließt die Augen. *Deutschland.*

»Nein, nicht wichtig.«

»Für den Anfang bringst du fünfzigtausend Lire nach München«, sagt Bianchini kühl, isst weiter, als ob das nur eine weitere Zahl wäre, hat aber Barnaba genau im Blick. Wenn es um Geld geht, ist Bianchini immer auf dem Sprung, selbst bei kleinen Beträgen. Barnaba weiß das, er ist ja nicht anders.

»Das sind knapp vierzigtausend Deutsche Mark.«

Barnaba weiß auch das, hat er längst umgerechnet. Seit er für die Florio arbeitet, rechnet er täglich mit Devisen und großen Zahlen, aber bei fünfzigtausend verschlägt es ihm dann doch kurz den Appetit. Mit fünfzigtausend Lire könnte er zum Beispiel die Wohnung der Signora Grasso kaufen und komplett neu einrichten. Mit fünfzigtausend könnte man in Taormina fast schon ein kleines Hotel bauen, wenn man es klug anstellt.

»Wessen Geld ist es?«

»Du stellst zu viele Fragen. Dein Essen wird kalt.«

Barnaba weiß inzwischen genug über die Geldgeschäfte der Florio. Er vermutet, dass wieder einmal ein Geldstrom am italienischen Staat vorbei in ein sicheres Becken umgeleitet werden soll. Und wenn Bianchini das Geld ursprünglich sogar persönlich transportieren wollte, dann muss es sich um eine größere Transaktion handeln, die fünfzigtausend sind also nur ein Anfang.

»Warum ich?«

»Weil du mich nicht betrügen wirst, Nino.«

»Was macht Euch da so sicher? Mit fünfzigtausend könnte man schon eine Menge anfangen.«

Bianchini winkt ab. »Ich weiß, dass du größere Pläne hast, mein Junge. Die wirst du nicht für fünfzigtausend Lire riskieren.«

»Warum fährt nicht Florio selbst oder ein Mitglied der Familie mit dem Privatzug nach München? Die sind doch sowieso ständig unterwegs.«

»Aus verschiedenen Gründen ist das nicht möglich. Einer davon ist, dass der Zug derzeit mit einem Maschinenschaden in Paris steht. Also wirst du mit einem der nächsten Zitronentransporte nach München reisen, ganz unauffällig, niemand wird irgendwas ahnen.«

»Was ist mit dem Zoll? Werden die nicht mein Gepäck kontrollieren?«

»Dir wird schon was einfallen.«

Der Fisch kommt, ein prächtiger *pauru*. Bianchini verfolgt vergnügt, wie der Kellner ihn filetiert, und beginnt sofort zu essen. Seine zur Schau gestellte Unbekümmertheit macht Barnaba immer misstrauischer.

»Was krieg ich dafür?«

Bianchinis Augen werden zu eulenhaften Schlitzen.

»Das ist kein Spiel, Nino. Ich erteile dir einen Auftrag.«

»Für mich klingt das eher so, dass ich Euch irgendwie den Arsch retten soll, weil Ihr wegen dieses Traums nicht selber fahren wollt. Und so wie ich das sehe, ist das erst der Anfang einer gewaltigen Geldverlagerung. So wie ich das sehe, machen die Florio die Rettungsboote klar.«

Bianchini behält ihn im Blick wie ein Insekt, das er gleich erschlagen wird. Aber dann knurrt er: »Keine Rettungsboote, sondern Kriegsschiffe. Deutschlands Industrie wächst wie verrückt, die deutschen Banken pumpen alles hinein, was sie haben, die Renditen sind astronomisch. Da wollen wir mitmischen.«

»Wo ist das Problem?«

»Rom schätzt es nicht, wenn das größte Unternehmen des Landes in eine ausländische Industrie investiert. Wenn das herauskäme, würden wir unseren Ruf verlieren, aber vor allem die Staatsaufträge.«

»Und das ist es alles wert?«

Bianchini nickt. »Ja. Trotzdem sind die Deutschen Barbaren. Ich werde dieses Land nie wieder betreten.«

Er trinkt. Barnaba muss nicht lange nachdenken.

»Gut. Aber ich möchte was dafür.«

Er zögert. Bianchini macht eine auffordernde Geste, dass er mit der Sprache herausrücken soll. Barnaba atmet durch.

»Ein Darlehen. Ich will ein Darlehen.«

»Hört, hört. Wofür brauchst du wohl ein Darlehen?«

»Meine Sache.«

»Wie hoch?«

»Fünfzigtausend.«

Bianchini sieht ihn kauend an. »Bist du meschugge geworden?«

»Zinsfrei.«

»Das Wort *zinsfrei* kenne ich gar nicht. Sechs Prozent.«

»Zwei.«

»Vier. Und du sagst mir auf der Stelle, wofür du so viel Geld brauchst.«

»Ich will ein Hotel bauen.«

Bianchini starrt ihn einen Moment an, dann bricht er in schallendes Gelächter aus, kriegt sich gar nicht mehr ein, verschluckt sich, hustet, lacht weiter. Köpfe drehen sich, Hälse recken sich, Blicke werden gewechselt.

»Du *bist* meschugge geworden.« Aber als er sich wieder beruhigt hat, sagt er: »Du weißt, dass du reich werden kannst, wenn du bei mir bleibst. Sehr reich. Ganz sicher jedenfalls reicher als mit einem Hotel.«

»Möglich.«

Bianchini wirft seine Serviette auf den Tisch. »Bist ein guter Junge. Hast Talent. Aber du bist unglücklich. Du lebst in der schönsten Stadt der Welt, aber hast nichts Besseres zu tun, als dich in der Kalsa rumzutreiben und dich nach deinem Dorf und einem Mädchen zu sehnen, dessen Horizont gerade mal bis zum Hafenbecken reicht. Nein, lass mich ausreden. Weißt du, es gibt zwei Arten von Reichen. Die Kleinreichen und die Großreichen. Die Großreichen kriegen niemals genug. Das sind Haifische, die immer fressen wollen. Die haben was, das andere nicht haben, nenn es Jagdtrieb, nenn es Gier, nenn es Charisma. Als Großreicher wird man geboren. Du nicht. Mit deiner Herkunft kannst du vielleicht ein Kleinreicher werden. Mit harter Arbeit kannst du es vielleicht schaffen. Aber es wird eine Grenze geben, über die du nie hinauskommst, und zu jedem Zeitpunkt kannst du alles verlieren. Nichts wird übrig bleiben. Die Dynastie der Florio dagegen wird noch in tausend Jahren existieren.«

Barnaba schluckt die Demütigung und versucht, sich nichts anmerken zu lassen.

»Wann soll ich fahren?«

»Ich muss erst noch ein paar Dinge klären. Halte dich bereit.« Bianchini streckt seine Hand über den Tisch aus. »Also?«

Musumeci, der es gegen seine Gewohnheit riskiert hat, im Barbereich des Lokals herumzulungern, kann zwar nicht hören, was Barnaba und Bianchini besprechen, aber anhand ihrer Körpersprache liest er, dass es um etwas Großes geht. Er sieht, wie die beiden sich die Hände schütteln. Ein Vertrag wurde geschlossen. Das könnte ihm fürs Erste reichen, es wird ohnehin Zeit, sich zu trollen, bevor Barnaba ihn erkennt oder sich jemand doch sein Gesicht gemerkt hat. Bloß dann bemerkt er etwas Erstaunliches. Nämlich wie Barnaba förmlich zusammenzuckt und in Richtung Eingang starrt.

Als Musumeci sich umwendet, kommt gerade eine ältere Dame mit einem jugendlichen Mädchen herein. Der Kleidung nach bessere Gesellschaft, aber von der Ausstrahlung her eher provinziell. Die ältere Matrone spricht mit dem Kellner im Dialekt der Ostküste. Musumeci schätzt das Mädchen auf höchstens fünfzehn, auch wenn ihr Blick älter wirkt, viel älter. Sie sieht sich gelangweilt um. Knochig wirkt sie, erstaunlich grobe, bäuerliche Hände, findet Musumeci, der sich für einen Kenner hält, was Frauen betrifft, ihr Blick so ernst, wie der einer Frau, die schon zu viel gesehen hat – und immer noch sieht. Ein Blick, dem Musumeci sofort ausweicht, sich geradezu wegduckt, als er ihn streift.

Dennoch entgeht ihm nicht, dass Barnaba sich im Separee verkriecht, als habe er einen Geist gesehen.

Die Damen werden zu einem Tisch am Fenster begleitet. Das Mädchen bekommt den Platz mit Aussicht in den Raum. Musumeci kann nicht erkennen, ob sie Barnaba erkennt, aber zumindest, dass Barnaba seinen Stuhl so herumrückt, dass er sie aus dem Augenwinkel im Blick behalten kann. Er windet sich regelrecht, kann kaum stillsitzen.

Musumeci lobt sich innerlich selbst für seinen Instinkt. Allerbester Dinge verlässt er die Bar und postiert sich wieder auf der anderen Straßenseite. Zwei Stunden vergehen, dann treten die Matrone und das Mädchen wieder hinaus. Sie nehmen keine Kutsche, sondern schlendern die Straße entlang. Kurz darauf verlässt auch Barnaba das Restaurant, ganz wie

Musumeci es erwartet hat, und folgt den beiden in sicherem Abstand. Und das tut Musumeci ebenfalls. Die Jagd beginnt.

Die beiden Damen haben es nicht weit. Sie schlendern an der Nationalausstellung an der Piazza Castelnuovo vorbei und treten durch den Hofeingang eines großbürgerlichen Wohnhauses an der Via della Libertà. Als Barnaba das Haus erreicht, wartet er unschlüssig vor dem Hofeingang, geht ein paar Schritte hinein und wieder hinaus. Lange muss Musumeci im Dunkeln auf der anderen Straßenseite jedoch nicht warten. Das Mädchen kehrt zurück, ihr Schritt energisch. Musumeci sieht, wie sie auf Barnaba zustrebt und ihm noch aus der Bewegung eine schallende Ohrfeige verpasst, und dann, wie Barnaba das Mädchen gegen die Wand im Eingang drängt und sie leidenschaftlich küsst. Das Mädchen wehrt sich nicht, im Gegenteil, sie schlingt ihre Arme um seinen Hals, als habe sie nie etwas anderes getan. Sie küssen sich sehr lange, es erregt Musumeci, wie Barnaba sich gegen das Mädchen presst und sie geradezu auffrisst. Bis sie ihn energisch von sich drückt und zurück ins Haus eilt.

Gleich am nächsten Samstag besucht Pina Barnaba im Hotel Eden. Sie ist gewachsen, alles an ihr ist gewachsen, auch ihr Ernst. Sie ist jetzt sogar ein bisschen größer als Barnaba, ihr Blick so streng, als müsse er unablässig alles und jeden auf seine Zuverlässigkeit prüfen. Und gleichzeitig so verloren wie eine Schwalbe im Winter. Sie wandert durch das kleine Hotelzimmer, prüft alles, Barnaba vor allem, der am Fenster steht und raucht.

Barnaba erfährt, dass der Dottore Passalacqua Pinas Mutter mit der von ihm selbst gestellten Diagnose Hysterie in eine

Nervenklinik hat einweisen lassen, wo man sie in Starrkrämpfe versetzt und mit Hypnose, Elektroschocks und einer Ovarienpresse behandelt. Barnaba stöhnt gequält, als Pina es ihm tonlos erzählt.

»*Papà* sagt, dass *mamma* die Klinik bald wieder verlassen kann.«

»Das glaubst du doch selbst nicht.«

»Deswegen hat er mich nach Palermo zu Tante Ignazia geschickt, damit ich hier auf eine Oberschule für Mädchen gehe.«

»Er wollte euch loswerden. Dein Vater ist ein Monstrum.«

Sie wendet sich zu ihm. »Sag das nie wieder. Er ist dein zukünftiger Schwiegervater. Er ist kein schlechter Mensch.«

»Er ist ein Mafioso und Mörder, das wissen alle.«

Sie seufzt. Und dann zieht sie sich wortlos vor ihm aus. Da ist sie vierzehn und Barnaba neunzehn. Barnaba sieht ihr die Scham dabei an, aber Pina lässt keinen Zweifel daran, was sie will, und empfängt ihn mit leisen Schmerzlauten wie ein unausweichliches Schicksal. Oder ihre Rettung, Barnaba ist sich nicht sicher.

Dann ist es auf einmal November. Der November stiehlt sich lautlos ins Jahr wie eine nasse Katze durch einen Türspalt. Das Licht von Palermo wird nachsichtiger, die Tage vergilben. Platanenlaub raschelt auf den Boulevards, vom Meer her ziehen Wolken herein wie wehmütige Erinnerungen, tragen Feuchtigkeit und Verfall durch die Gassen der Kalsa, wo Musumeci Vorbereitungen zu seinem ganz großen Coup trifft. Eine gemeine Erkältung plagt ihn, er hustet und niest, aber bald, denkt er, wird er sich an einem schöneren Ort erholen können, erholen von der ganzen Welt.

Es ist der letzte November eines ganzen Jahrhunderts. Während Musumeci in der Kalsa hustet, liegt Barnaba wieder mit Pina im Bett im Hotel Eden. Vorhänge wehen, das Rascheln des Regens draußen macht ihn schläfrig. Er streichelt Pinas Po an der Kuhle, wo ihr Rücken beginnt und ihre sonst eher raue Haut ganz zart ist, so weich wie das Novemberlicht.

Pina Passalacqua, die Tochter des Mannes, der ihn immer noch umbringen will, liegt neben ihm auf dem Bauch, den Kopf auf die Arme gestützt. Barnaba betrachtet ihren knochigen kleinen Körper mit der hellen, immer leicht geröteten Haut, dem der Glanz von Rosaria fehlt, überhaupt Rosarias instinktive Gier. Aber wenn sie ihn mit geschlossenen Augen empfängt wie eine ihr vorbestimmte Bürde, spürt er, dass Pinas ernste Begierde noch viel tiefer geht. Dass sie sich mit ihm auf dem Grund eines Ozeans verbinden will, als ob ihr Leben davon abhinge.

Und das gefällt ihm. Kann er nicht abstreiten. Kaum erwarten kann er die Samstagnachmittage, wenn sie sich unter dem Vorwand der Klavierstunde für einige Stunden von ihrer Tante wegstiehlt. Barnaba hat dafür gesorgt, dass die Klavierlehrerin für ihre Diskretion großzügig entschädigt wird. Er lernt, dass man sich für Geld auch Schweigen kaufen kann. Dennoch ist er nicht so naiv, anzunehmen, dass das reicht. Daher hat er der Klavierlehrerin erklärt, wer er ist und für wen er arbeitet. Außerdem hat er ihr noch einen neuen Schüler aus der Familie der Florio vermittelt, um klarzustellen, wem sie ab sofort verpflichtet ist.

Sie reden nur wenig, meistens erzählt Pina knapp von der Schule oder von ihrer Tante. Barnaba berichtet von dem ein oder anderen Geschäft oder von Mandarinensorten und dem

Duft der Zahlen. Pina lacht ihn nicht aus dafür. Sie hört aufmerksam zu, als sei nichts auf der Welt sonst von irgendeiner Bedeutung. Auch das gefällt ihm, er will dann gleich wieder mit ihr schlafen.

Jedes Mal bringt er sie danach bis fast nach Hause, das hält er für seine Pflicht, denn die Straßen sind unsicher, wenn es dunkel wird in Palermo. Außer an diesen Samstagnachmittagen treffen sie sich allerdings nie. Sie sind wie zwei Planeten, deren Umlaufbahnen sich manchmal kreuzen. Aber Barnaba weiß, dass es längst ernst ist. Pina ist nicht Antonella.

Antonella hat Barnaba seit jenem Nachmittag im August nicht mehr wiedergesehen, Musumeci auch nicht. Überhaupt hat er aufgehört, sich in der Kalsa herumzutreiben. Von Bianchinis Auftrag hat er ebenfalls nichts Neues gehört. Als ob die Zeit seit jenem Augustabend stehen geblieben wäre. Aber das ist sie nicht. Der geräuschlose Regen draußen vor dem Fenster erinnert Barnaba daran, dass die Welt sich weiterdreht und ihm nur ein wenig Aufschub gewährt.

Er träumt immer noch von Rosaria und dem Hotel, aber er sehnt auch die Samstage im Hotel Eden herbei. Und sobald er mit Pina geschlafen hat, träumt er wieder von Rosaria. Er hasst sich dafür, es macht ihn noch unglücklicher.

»Wir müssen damit aufhören.«

Pina rollt sich auf den Rücken, sieht ihn an.

»Du willst mich wegschicken?«

Barnaba stöhnt. »Du weißt selbst, dass wir keine Zukunft haben. Dein Vater wird nie in eine Heirat einwilligen.«

»Das ist eine Ausrede. Du hast einfach genug von mir, gib's zu.«

Er denkt darüber nach und sagt: »Nein.«

»Dann ist es auch nicht falsch. Ich rede mit *papà*. Wir haben noch Zeit.«

»Es ist falsch. *Mamma* hat uns verhext, uns beide.«

»Fang nicht wieder damit an.«

»Mit den Talismanen.«

Sie setzt sich auf, bedeckt sich mit dem Laken.

»Willst du damit sagen, dass ich das hier gegen meinen Willen tue, Nino Carbonaro? Fühlt sich das etwa so für dich an?«

Er presst die Lippen aufeinander.

»Vielleicht hast *du* ja bald genug von mir«, sagt er. »Vielleicht bist du ja wie dein Vater.«

Sie legt den Kopf schräg. »Vielleicht.« Dann lässt sie das Laken los und sagt heiser: »Komm!«

Entscheidungen müssen getroffen werden, damit Geschichten erzählt werden können. Immer und immer wieder. Unausweichlich wie der Regen sind sie, der nächste Schauer wartet schon. So ist das Leben. Ein unaufhörlicher Regen aus Entscheidungstropfen, manche mikroskopisch klein, manche dick und fett. Jeder einzelne kalt und unangenehm, aber ohne Regen keine Frucht, so sieht Barnaba das. Der Sommer hat nur wenig Regen gebracht, aber nun ist es Herbst, das Leben will weiter.

Seine Gedanken schweifen ab, während er wieder Pinas Po streichelt. Wehen mit dem Wind durch die Straße zu den Mandarinengärten in Bagheria, kämpfen sich mit den Thunfischschwärmen durch die Gegenströmung zwischen Skylla und Charybdis, verfangen sich vor Taormina in Netzen, lassen sich vom Baron mit einem stolzen Fischer fotografieren und anschließend von dem Dottore Passalacqua in großen Stücken mit gegrilltem Thunfisch verschlingen. Oder von Rosaria. Er stellt sich vor, wie Rosaria ihn verschluckt, wie er tief unten in ihrem dunklen weichen Bauch landet und dort für immer bleibt. Jeden Tag, jeden einzelnen Tag formuliert er im Geiste Briefe, die er manchmal einem Schreiber auf der Straße diktiert, aber niemals abschickt. Auch zum Baron von Gloeden hält er keinen Kontakt mehr. Aber sie sind alle immer da, Rosaria, der Baron, der Dottore Passalacqua. Wie Geister folgen sie ihm auf Schritt und Tritt. Manchmal denkt er, dass er noch verrückt wird.

Während er gedankenverloren Pinas Po streichelt, spürt sie, wie er aus ihr herausrinnt. Und weil der Druck seiner Fingerspitzen sich verändert, weiß sie, dass es nicht nur sein Sperma ist, das sie gerade wieder verlässt, nachdem es vorhin eine Eizelle befruchtet hat.

»Du denkst wieder an sie.«

»Nein.«

»Gib es zu.«

»Und wenn schon. Ich kann denken, was ich will.«

»Ich sollte *papà* schreiben, wo er dich findet.«

Barnaba gähnt. »Dann tu's doch.«

Sie schweigt einen Moment, denkt darüber nach.

»Sie hat längst einen Neuen.«

Barnaba zuckt zusammen. »Was?«

»Rosaria. Ich hab sie gesehen. Mit dem Catanesen, der ihr seit einer Weile den Hof macht.«

»Du lügst.«

Sie schüttelt nicht mal den Kopf, sie sieht ihn nur an.

»Ich wollte es dir gar nicht sagen, aber jetzt ist es raus. Er ist reich, sieht wahnsinnig gut aus, und Signor Bagarella ist begeistert. Weil er nämlich außerdem ein Fürst ist.«

Barnaba spürt, wie ihm übel wird.

»Wie heißt er?«

Es ist der erste Samstag des letzten Novembers des vorletzten Jahrhunderts. Der Tag, an dem Pina Passalacqua mit vierzehn Jahren zum ersten Mal schwanger wird, der Tag, an dem sich Musumeci in der Kalsa keuchend und niesend auf den Weg macht, der Tag, an dem Bianchini ein Telegramm aus München erhält.

Alles Ereignisse, von denen Barnaba noch nichts weiß, als er von Ruggeros Verrat erfährt und seine Welt wieder einmal zusammenbricht. Noch nie im Leben hat er eine solche Wut empfunden. Nicht als dieser Sciortino ihn in die Jauchegrube stieß, nicht als er den Kutscher Cucinotta bedroht hat, sogar nicht, als er den Dottore Passalacqua über seiner Mutter erwischte. Diese Wut ist völlig anders. Sie ist kein Schleier mehr, der alles vernebelt. Sie ist ein lebendiges Wesen, das die vollständige Kontrolle über ihn übernimmt. In dem Augenblick, als Pina den Namen Ruggero di Manganelli ausspricht, wird Barnaba zum geblendeten Zyklopen. Ein bösartiger Troll wird in seinem Hals geboren, rutscht hinab in seinen Magen und erbricht dort sein Gift. Barnaba sackt stöhnend zusammen, rollt sich wimmernd auf dem Boden. Er schlägt sich mit den Fäusten gegen die Stirn, er grunzt und keucht wie ein Tier.

»Ich. Bringe. Ihn. Um«, schreit er mit einer Stimme, die nicht mehr seine ist. »Ich bringe sie beide um.«

Pina springt vom Bett auf und steht bestürzt daneben.

»Kennst du ihn etwa?«

Barnaba starrt sie an wie eine Fremde.

»Verschwinde.«

Pina will ihn berühren, aber er stößt sie von sich.

»VERSCHWINDE!«

Er kriegt kaum mit, wie sie ihre Wäsche zusammenrafft, sich hastig anzieht und aus dem Zimmer flieht. Nein, nicht flieht, verzweifelt losstürmt.

Es wird dunkel, als Barnaba es endlich schafft, sich aufzurichten. Sein ganzer Körper besteht nur noch aus Schmerz. Er ist ein Niemand. Aber eine Stimme raunt ihm zu: *Töte ihn. Töte beide!*

Die Stimme ist klar und scharf, es ist das Wesen, das sich in seiner Brust eingerichtet hat, und es duldet keinen Widerspruch.

»Du bist spät heute«, knurrt Bianchini, als Barnaba endlich im Café Spinnato eintrifft. »Mein Gott, Junge, wie siehst du denn überhaupt aus? Geht's dir nicht gut?«

»Mir geht es gut.«

»Blödsinn. Iss eine Brühe, trink einen Cognac und dann ab nach Hause ins Bett und lass dich von deiner Mutter kurieren. Bis Montag musst du gesund sein.«

»Ich muss etwas mit Euch besprechen.«

»Ja, ich auch. Du wirst nämlich am Montag nach München fahren und das Geld überbringen. Du fährst mit der nächsten Lieferung.«

»Ich kann nicht.«

»Bis Montag musst du gesund sein. Ich zähle auf dich.«

»Ich muss nach Catania. Ich kündige.«

»Bist du meschugge? Du gehst sofort nach Hause und bist Montagfrüh am Bahnhof, da kriegst du die Tasche mit dem Geld. Pack nur eine leichte Reisetasche, in drei Wochen bist du spätestens wieder zurück.«

»ICH KANN NICHT!«

Er ist laut geworden. Bianchini funkelt ihn böse an.

»Jetzt hör mir mal zu, du kleiner Bastard, du hast mir die Hand darauf gegeben. Also wirst du am Montagfrüh schön am Bahnhof sein und das für mich erledigen. Denn falls nicht, bist du für alle Zeiten erledigt, habe ich mich da klar ausgedrückt?«

Barnaba sieht den verärgerten Bianchini vor sich.

»Ich kann nicht«, presst er gequält hervor.

Bianchini sieht ihm die Verzweiflung an.

»Was ist denn los?«

Barnaba erklärt es ihm stockend. Knetet seine Hände dabei, knirscht mit den Zähnen vor lauter Unglück. Bianchini leckt sich die Lippen und schenkt Champagner nach.

»Ich verstehe«, sagt er schließlich. »Aber wenn du Ruggero tötest und möglicherweise auch deine Rosaria, wie groß wird deine Rache sein? Nichts wird sie sein. Keine Genugtuung wirst du empfinden. Selbst wenn du Rosaria nicht umbringst – wie soll sie dich dann noch heiraten? Hassen wird sie dich. Für immer im Gefängnis wirst du landen, in Armut wird deine Mutter sterben. Alles wirst du verlieren. Und wofür?«

»Ich muss es tun.«

»Du bist doch ein Mann des Geschäfts, Nino. Dann frag nicht, was du *musst*. Frag, was du *willst*.«

Barnaba denkt nach. Die Wut tobt in ihm, roh wie bei Outis. Niemand. Auch das hätte ihm der Wiener Nervenarzt vielleicht erklären können. Dass dies die Stimme des Müssens ist. Aber da ist auch noch eine andere Stimme, die aus dem Hintergrund zu ihm spricht. Eine junge Stimme, kühn und rücksichtslos. Die Stimme des Wollens. Die Stimme des listigen Piraten auf seiner Irrfahrt, der nicht tötet, sondern blendet.

»Ich will, dass er bis zum Rest seines Lebens dafür bezahlt«, sagt Barnaba schließlich.

»Ah!« Bianchini leckt sich die Lippen. »Da spricht der Geschäftsmann. Ich kann dir dabei helfen. Der sizilianische Adel hat mein Volk bestohlen und aus diesem Land vertrieben. Es wird Zeit, dass die Bourbonen ihre Schulden begleichen. Wir machen sie alle arm, wie klingt das?«

Barnaba nickt. Inzwischen ist er ruhiger, und Handschlag ist Handschlag. Mein Urgroßvater steht zu seinem Wort, das wird er sein ganzes Leben lang so halten und sich an jeden erinnern, der es nicht getan hat.

»Ich werde am Montag pünktlich sein.«

»Geh heim, Nino. Schlaf dich aus.«

Genau das hat Barnaba vor. Er fühlt sich elend. Aber auf halbem Weg nach Hause, an einer besonders dunklen Stelle, löst sich ein Schatten aus einem Hauseingang, und Musumeci ist plötzlich neben ihm, hält ihm ein Messer an die Rippen.

»Auf ein Wort, Herr«, zischt er.

Für Barnaba ist es nicht das erste Mal, dass man versucht, ihn zu überfallen. Er weiß, dass man ruhig bleiben muss. Aber da ist eben auch immer noch seine Wut. Kaum hat Musumeci ihn angesprochen, wirbelt er herum und stößt ihn von sich. Musumeci taumelt zurück, hält das Messer schützend vor sich. Barnaba reißt die Fäuste hoch, bereit zuzuschlagen. Der Überfall kommt ihm gerade recht.

»Ich will Euch nichts, Herr!«, beeilt sich Musumeci zu sagen. »Nur auf ein Wort. Ein Wörtchen, nur ein Wörtchen. Mein Name ist Musumeci. Wir kennen uns von den Karten.«

»Ich weiß, wer du bist. Was willst du?«

»Die Signorina Passalacqua hat mir etwas für euch mitgegeben. Wo hab ich es nur? Ach, hier.«

Er nestelt umständlich in seiner Jackentasche und zieht ein schmutziges Taschentuch heraus, in das etwas eingewickelt ist.

Barnaba reagiert nicht, er hat immer noch die Fäuste oben, Musumeci immer noch das Messer. Er hustet.

»Nehmt, Herr.«

Zögernd nimmt Barnaba das Taschentuch entgegen. Es ist blutig. Musumeci hustet.

»Seht nach, Herr.«

Barnaba hat aufgehört zu denken. Mit spitzen Fingern schlägt er das Taschentuch auf, sieht den blutigen Finger darin liegen wie das Herz einer Muschel. Er braucht kein Licht, um zu wissen, wessen linker kleiner Finger das ist. Er starrt ihn nur an, hört sein eigenes Stöhnen nicht mehr.

»Denkt nicht einmal daran«, hört er Musumecis Rattenstimme. »Ich bin ein zivilisierter Mensch. Aber meine Gefolgsleute, das sind Tiere, Ihr haltet den Beweis in Händen. Wenn ich nicht zurückkehre, werden sie sich an der Signorina schadlos halten. Also hört mir jetzt gut zu.«

Musumeci hat in den vergangenen Monaten viel über Barnaba herausgefunden. Dass der Junge von den Florio protegiert wird, zum Beispiel. Dass der Vater des Mädchens den Jungen aus irgendeinem Grund töten will. Aber auch, dass Barnaba am kommenden Montag sehr viel Geld von Palermo nach München bringen soll. Musumeci erklärt Barnaba alles ganz genau:

»Sobald Ihr mir am Bahnhof das Geld übergeben habt, lasse ich sie frei, mein Wort darauf.«

Die Worte sinken in Barnabas Bewusstsein wie auf den Grund eines stillen Ozeans, sodass er sie fast Wort für Wort nachsprechen kann, als Musumeci sich eilig davonmacht. Mit dem Finger in der Hand kehrt Barnaba nach Hause zurück, weckt seine Mutter und erzählt ihr alles. Er hat einfach keine Kraft mehr für Geheimnisse. Die Worte fallen in großen Tropfen aus ihm heraus wie der Regen aus einer tief hängenden grauen Wolke. Als Barnaba den Namen Musumeci ausspricht, stöhnt Pancrazia auf und schlägt die Hände vors Gesicht. Als er fertig ist, strafft sie sich jedoch und wirkt auf einmal ganz ruhig.

»Sieh mich an, Nino. Sieh mich an!«

Barnaba sucht ihre Augen.

»Es ist gut, dass du mir alles erzählt hast. Jetzt hör mir zu. Dieser Musumeci ist ein sehr gefährlicher Mann. Er ist schuld am Tod deines Vaters. Ich werde es dir noch erklären. Aber hast du das verstanden?«

»Ja.«

Barnaba denkt an Bianchinis Worte kurz zuvor. Nicht zu fragen, was er muss, sondern was er will.

»Ich beschaffe das Geld«, presst er hervor.

»Glaubst du, dass Musumeci vorhat, irgendwelche Zeugen zurückzulassen?«

Barnaba starrt nur auf Pinas blutigen Finger, der auf dem Tisch liegt und auf ihn zeigt. Sie ist tot, denkt er. Aber dann zertritt er diesen Gedanken sofort wieder wie ein giftiges Insekt.

»Du wirst doch bestimmt irgendeinen in der Kalsa kennen, der sich fünfzig Lire verdienen will.«

Barnaba nickt. Aber er sagt: »*Ich* mache es.«

»Auf keinen Fall. Lass es jemand erledigen, der Erfahrung mit so was hat.«

»Nein, ich mache es. Noch heute Nacht.«

Er spricht es so klar aus wie etwas, das schon lange feststeht, als ob er sich in diesem Moment an seine Zukunft erinnere, und Pancrazia widerspricht nicht. Alles kommt zusammen. Pancrazias Schuldgefühle, dass die Talismane, die sie einst in Passalacquas Haus versteckt hat, Pina nach Palermo geführt haben. Die Erkenntnis bei Barnaba, dass dieser Musumeci, den er bislang nur für einen harmlosen Trickbetrüger gehalten hat, für den Tod seines Vaters und das Unglück seines Lebens verantwortlich ist. Dazu die Verzweiflung, Pina nicht beschützt zu haben. Das alles zusammen lässt ihm keine Wahl.

Weder Barnaba noch Pancrazia fällt es ein, die Carabinieri zu rufen. Asche wirbelt auf. Hänge kommen ins Rutschen. Gelangweilte Götter brechen den Wesen, die sie am meisten lieben, die Beine, nur damit sie für immer bleiben. Niemand zieht sie je zur Verantwortung, keine Anklage belastet, kein Schmerz berührt sie je. Doch wenn sie, vergiftet von sich selbst, mutwillig in Aschehäufchen pusten, nur um zuzusehen, wie etwas aufwirbelt und endgültig vergeht, kann es sein, dass sie dabei ein allerletztes Glutnest neu entfachen. Und vielleicht weil es gar so lustig aussieht, pusten sie es nicht ganz aus, sondern schichten Stöckchen darauf. Denn das Einzige, was sie je gelernt haben, ist, dass etwas auferstehen muss, um prächtig untergehen zu können.

Noch in der gleichen Nacht schleicht sich Barnaba in die Kalsa zu Antonella, gibt ihr Geld, damit sie Leute bezahlen kann, die sich umhören. Noch in der gleichen Nacht zahlt sich seine

Herumtreiberei in der Kalsa aus. Zahlt sich aus, dass er einer von ihnen ist, einer von unten, klein geblieben, aber stark geworden durch Hunger, Schläge und Wut. Zahlt sich aus, dass er Geld hat.

Die nächsten Stunden verbringt Barnaba wie in Trance. Um nicht verrückt zu werden, rechnet er Bilanzen, Kalkulationen, Transportkosten durch, bildet Dreizehnerreihen und Quersummen und berechnet Zinserträge, während die Götter Stöckchen auf seine Glut schichten. Pinas Finger liegt noch immer in dem Taschentuch auf dem Tisch. Er hat überlegt, ob er ihn irgendwo bestatten soll, aber das wäre, als würde er Pina selbst bestatten. Zwischendurch erhebt er sich schwerfällig, tritt seitlich ans Fenster und späht hinaus in die Nacht wie ein erschöpfter Pestarzt auf entvölkerte Straßen, in denen die Seuche wütet.

Seit langer Zeit denkt er wieder an seinen Vater. Als ob Musumecis Erscheinen seinen Geist heraufbeschworen hätte, um ihm den entscheidenden Rest an Entschlossenheit mitzugeben.

Spät in der Nacht steht dann ein Mann vor der Tür, ein Fischer, der seinen Namen nicht sagen will. Er flüstert Barnaba hastig etwas ins Ohr, wartet, bis Barnaba ihm zwanzig Lire gibt, und verschwindet eilig wieder.

Regen liegt in der Luft. Gewalt liegt in der Luft. Etwas löst sich auf. Du murmelst nach, was der Fischer zu dir gesagt hat, immer wieder, versuchst, dir alles genau einzuprägen. Du fühlst nichts, nicht einmal dich selbst. Du löst dich auf. Du bist nur noch deine Wut. Du bist jemand, der ein Haus verlässt. Jemand, der sich in den Gassen der Kalsa auflöst. Jemand, der ein Messer in Empfang nimmt, der es kurz auf seine Schärfe prüft und es sich in den Ärmel steckt. Jemand, der das Haus findet, das der Fischer dir beschrieben hat. Jemand, der in dieses Haus eindringt. Ein winziger Raum, kaum groß genug für ein Bett. Es stinkt nach Schimmel, Urin und Fisch. Eine alte Frau sitzt auf dem Bett. Von einer alten Frau hat der Fischer nichts gesagt. Ehe du reagieren kannst, schreit die Alte schon los. Stellt sich dir in den Weg, beschimpft dich. Du stößt sie beiseite. Dabei rutscht dir das Messer aus dem Ärmel, als sei es geweckt worden. Es fällt zu Boden. Ein schlankes, zweischneidiges Instrument mit kurzer Klinge. Hastig hebst du es auf, packst es fest und stürmst in den anliegenden Raum. Du bist die Wut. Du bist ein Zyklop, aber geblendet bist du nicht mehr. Du siehst Musumeci mitten im Raum. Geduckt, ein Messer in der Hand. Das Messer, mit dem er Pinas kleinen Finger abgeschnitten hat. Das Messer, mit dem er sich eben noch eine Scheibe Käse von einem Laib abgesäbelt hat, der Käse liegt auf dem Boden neben dem Stuhl. Dein Überraschungseffekt ist dahin. Pina, gefesselt und bleich auf dem Bett an der Wand, siehst du nur ganz am Rande.

Denn du denkst ohnehin nichts, du stürmst auf Musumeci zu, fängst seinen erschrockenen Blick auf, dann stürmt er schon nach draußen. Du hinterher.

Du erwischst ihn in dem kleinen Innenhof, der mit dem Nachbarhaus verbunden ist. Von irgendwo Stimmen, eine Frau singt. Du stichst noch in der Bewegung auf ihn ein, so wie deine Mutter es dir erklärt hat. Du legst deine ganze Kraft in die Bewegung. Das Messer durchstößt den Widerstand der Haut, dringt Musumeci bis zum Heft in den Hals, trifft die Wirbelsäule. Musumeci bringt nur einen gurgelnden Laut heraus, Blut schießt aus der getroffenen Halsschlagader, trifft dich ins Gesicht. Mit der einen Hand greift Musumeci sich an den Hals, aber mit der anderen, die immer noch das Messer hält, sticht er zurück, trifft dich irgendwo am Bein.

Spürst du gar nicht. Du reißt dein Messer mit aller Kraft aus Musumecis Hals und stichst erneut zu. Und noch mal und noch mal. Musumeci igelt sich ein, rollt sich auf den Boden, will wegrobben. Will einfach nicht sterben. Wie damals das Kaninchen mit dem aufgescheuerten Hals und dem flatternden Näschen. Aber daran denkst du nicht, denn du bist die Wut. Du stichst ihm mit aller Kraft kurz hintereinander in die Seite, in den Rücken, in den Bauch, überall. Es ist anstrengend. Die Frau singt immer noch. Hörst du nicht, du hörst dich nur keuchen, hörst Musumecis Stöhnen, überall jetzt Blut. Musumeci bewegt sich nicht mehr, aber an der Tür zum Innenhof ist eine Bewegung. Die alte Frau. Sie schreit. Aber du musst es zu Ende bringen, also kniest du dich auf ihn, rammst Musumeci das Messer ein letztes Mal in den Hals und ziehst es dann seitlich durch. Du spürst den Widerstand der Sehnen und Adern, brauchst Kraft, viel mehr als damals bei dem Kaninchen, aber dieses Mal ist das Messer scharf genug. Musumecis Beine zucken kurz, dann erlischt auch diese letzte Bewegung.

Die Alte schreit noch lauter, die Frau, die eben noch gesungen hat, schreit jetzt ebenfalls. Die Zeit setzt wieder ein, dein Bewusstsein verbindet sich wieder mit deinem Körper und zischt dir zu, dass du Pina hier wegbringen musst.

Sie wiegt fast nichts, als Barnaba sie vom Bett hochhebt. Pinas linke Hand ist mit einem blutigen Lumpen umwickelt, sie sieht ihn an, als fürchte sie, dass er für immer verschwindet, wenn sie den Blick abwendet. Barnabas Gesicht und auch sein

Anzug sind voll mit Musumecis Blut. Er selbst blutet aus der Schnittwunde am Bein, merkt es aber nicht, spürt es da nur pochen.

»Ist er tot?«

»Ja.«

»Ich will ihn sehen.«

»Wir müssen hier weg.«

»Ich will ihn sehen.«

Barnaba stöhnt. Aber er trägt sie hinaus in den Hof. Pina wirft einen Blick auf den Toten. Ohne Abscheu oder Entsetzen.

»Gut«, sagt sie wie eine Feststellung, ohne Befriedigung oder Erleichterung.

Barnaba trägt Pina hinaus auf die Gasse, an den Leuten vorbei, die ihn anglotzen wie ein Gespenst. Niemand hält ihn auf. Er bringt Pina mit einer Droschke nach Hause. Pancrazia verbindet Pinas Finger, die Wunde hat sich entzündet. Die ganze Zeit über sieht Pina ihn an. Obwohl es mitten in der Nacht ist, lässt Barnaba den Dottore LaGuardia wecken, den Hausarzt der Florio, der die versehrte Hand schließlich fachkundig versorgt. Aber Pina bekommt Fieber, und es steht zu befürchten, dass sie die Hand verlieren wird, wenn nicht gar den ganzen Arm, falls die Entzündung fortschreitet.

Auch Barnaba kann sich kaum noch auf den Beinen halten, inzwischen spürt er den Schmerz im Bein, wo Musumeci ihn erwischt hat. Wundinfektionen selbst kleinerer Verletzungen sind immer noch eine der häufigsten Todesursachen. Antibiotika existieren nicht, also müssen Pinas und Barnabas junge Körper den Kampf alleine führen, der Dottore LaGuardia kann sonst nur amputieren.

Barnaba ist gewohnt, Schmerzen zu ertragen. Nachdem der Dottore auch seine Wunde genäht hat, schickt er sofort einen Boten zu Pinas Tante. Fast wahnsinnig vor Angst und Sorge erscheint die Signora. Als Barnaba sich ihr vorstellt und ihr knapp berichtet, was passiert ist, küsst sie ihm unter Tränen die Hand.

Zu dem Schmerz am Bein trifft ihn nun endlich auch die Erkenntnis, dass er einen Menschen getötet hat. Er bereut es nicht, nein, ganz und gar nicht. Es ist das Nachbeben der Gewalt, das ihn erschüttert. Das Ausmaß der Schuld gegenüber einem Gott, an den er gar nicht glaubt.

Der Dottore LaGuardia hat Pina Bettruhe verordnet, bis die Temperatur fällt, daher verbringen sie und ihre Tante den Rest der Nacht bei den Carbonaro. Gleich am Morgen sucht Barnaba Bianchini auf und berichtet ihm alles. Er ist bereit, sich den Carabinieri zu stellen. Aber davon will Bianchini nichts wissen.

»Wenn es so war, wie du sagst, hat er den Tod verdient. Wer wird ihn schon vermissen?«

»Alle haben mich gesehen.«

»Na und? Werden sie reden? Nein, werden sie nicht. Niemand in der Kalsa spricht mit den Carabinieri. Ob er Familie hat, ist die Frage. Ob er Söhne hat, die bereit sind, den Vater zu rächen, das ist die Frage.«

»Soweit ich weiß, nicht.«

»Dann ist die Sache erledigt. Wirst du reisen können mit dem Bein?«

Barnaba schweigt. Der Schmerz pulsiert inzwischen durch seinen Körper, dass ihm übel wird.

»Ob du reisen kannst, habe ich gefragt.«

»Ja.«

»Gut. Ich kümmere mich um alles, während du weg bist. Erledige den Auftrag, dann musst du dir um nichts anderes Sorgen machen.«

Den Rest dieses Sonntags vor seiner Abreise verbringt Barnaba zu Hause. Die Wohnung ist voller Frauen: Pina, ihre Tante, seine Mutter, die Signora Grasso. Pancrazia braut bittere Kräutersude gegen die Infektion. Pina liegt weiterhin glühend in Pancrazias Bett, Pinas Tante ist bei ihr und weint. Sie ist die Schwester von Pinas Mutter, das sieht Barnaba gleich. Er wundert sich, dass sie keine Fragen stellt, aber er vermutet, das ist der Schock – oder sie will lieber nicht alles wissen. Es ist ihm egal. Entscheidungen sind gefallen, er will nicht mehr lügen. Längst will er auch Ruggero nicht mehr töten. Er will überhaupt niemanden mehr töten müssen, nicht Ruggero, nicht den Dottore Passalacqua. Scheiß auf die Ehre, scheiß auf die Angst. Die Wut hat seinen Körper verlassen wie ein unsicheres Haus und ist vorerst weitergezogen. Er rollt sich auf dem Sofa zusammen. Er will nie wieder aufstehen.

Er hat einen Mann getötet, er kann an nichts anders denken. Immer und immer wieder sieht er seine Tat nun in allen Einzelheiten vor sich, immer wieder sieht er Musumeci, das viele Blut. Er wankt ins Bad und übergibt sich. Jeden Moment erwartet er, dass die Carabinieri die Wohnung stürmen, aber stattdessen reicht seine Mutter Gebäck, während die Signora Grasso von ihrem verstorbenen Mann erzählt. Fast kommt es ihm wie ein gemütlicher Sonntag mit der Familie vor. Wenn da nicht die Blicke wären, die sie ihm zwischendurch zuwerfen.

Er hört, wie seine Mutter und Pinas Tante darüber sprechen, dass man dem Dottore Passalacqua telegrafieren müsse. Vom Sofa aus sieht er die Furcht bei beiden, und ihm geht auf, dass auch Pinas Tante womöglich in Lebensgefahr ist, wenn der Dottore die Wahrheit über Pina und ihn erfährt.

Es ist schwer, unendlich schwer, aber Barnaba rafft sich auf und setzt sich zu ihnen.

»Es gibt die ganze Wahrheit, und es gibt die halbe Wahrheit«, sagt er matt. Die beiden Frauen sehen ihn an. »Und es gibt die Wahrheit, mit der alle leben können.«

»Diese Wahrheit gefällt mir«, sagt Pinas Tante leise. Pancrazia nickt.

Barnaba geht rüber zu Pina. Sie ist noch blasser als vorhin. Der Verband mit dem blutigen Fleck dreht ihm den Magen um. Barnaba setzt sich auf die Bettkante, fühlt ihre Stirn.

»Danke«, flüstert sie.

»Ich hätte dich nicht alleine gehen lassen dürfen.«

»Ich hätte dir nicht von Rosarias Neuem erzählen dürfen.«

Sie sind zwei Jugendliche, aber sie hängen ihren Was-wäre-wenn-Gedanken nach wie alte Leute, während sich in Pinas Gebärmutter erneut die befruchtete Eizelle teilt.

»Ich muss morgen nach München.«

Pina packt seinen Arm mit ihrer gesunden Hand und schüttelt heftig den Kopf. Die Panik steht ihr im Gesicht, ihr Griff ist überraschend eisern.

»In zwei, spätestens drei Wochen bin ich wieder zurück«, versichert Barnaba und streicht über ihre versehrte Hand. »Dann spreche ich mit deinem Vater. Aber …« Er räuspert sich. »Wir brauchen eine Geschichte.«

MÜNCHEN 1960

Helene Aschenbrenner ist von einer so robusten Schönheit, dass ein halbes Jahrhundert, eine Kriegskindheit, eine Inflation, eine Fehlgeburt, ein Kind, zwei Weltkriege und die Enttäuschung über Barnaba Carbonaro ihr nicht eine Schramme hatten zufügen können. An Helene Aschenbrenners Lächeln und ihrem rotwangigen Glanz perlen alle Rohheit und Vulgarität der Welt einfach ab. Die wenigen Falten machen sie sogar noch schöner. Barnaba kann keinen bitteren Zug um die Mundwinkel entdecken und auch nicht ein einziges graues Haar in diesem wogenden blonden Meer. Sie ist nur stiller als früher, findet er. Aber immer noch lächelt sie, als wäre diese Welt aus nichts anderem als Heiterkeit gewebt.

Er ist unangemeldet vorbeigekommen. Unbehaglich in seiner verdreckten Hose und leicht angetrunken von der halben Maß mit Buscemi sitzt er in ihrer kleinen Küche und sieht ihr dabei zu, wie sie Kaffee aufsetzt. Er mag diesen deutschen Filterkaffee nicht, aber er mag, wie Helene ihn zubereitet. Sie schenkt jedem Handgriff ihre volle Aufmerksamkeit, wie bei allem, was sie tut, und er wünscht sich, dass ihn das wieder einschließen möge. Als sie das kochende Wasser langsam vom Rand her in den Porzellanfilter eingießt und darauf achtet, dass die Filtertüte nicht einknickt, knickt sie dabei stattdessen leicht in der Hüfte ein. Ein bisschen nur, eine alte Gewohnheit, so verführerisch wie damals, Barnaba erinnert sich genau, und wie damals wird ihm dabei ganz leicht ums Herz. Alles wird leicht in ihrer Gegenwart, nur er nicht. Er hält seinen Hut in der Hand, sein schmutziger Mantel liegt griffbereit über dem anderen Stuhl, er darf ihn nicht mal aufhängen.

Barnaba sieht sich in der Küche um. Der Herd ist neu, die geblümten Tapeten sind neu, machen alles viel freundlicher. An der Wand hängt eine gerahmte Fotografie von Franz in einem Fußballtrikot, da war er zwölf, schätzt Barnaba, aber sicher ist er nicht. Helene trägt einen knielangen grauen Rock und eine weiße Bluse, denn sie muss nachher noch ins Büro, hat sie gesagt. Sie reicht ihm den Kaffee in einer Tasse mit Goldrand, Kondensmilch und Zucker stehen bereit. Sie wartet, bis er seinen Mantel hastig vom Stuhl genommen hat, und setzt sich dann zu ihm.

Barnaba zuckert seinen Kaffee. »Ich habe gehört, Franz hat sich verlobt?«

»Sie heißt Marlene. Ein sehr freundlich Mädchen von gutem Familie.«

Ihr Italienisch ist holprig, aber das stört ihn nicht.

»Ich würde ihm gerne gratulieren.«

»Ich glaubt nicht, dass er möchte.«

Barnaba räuspert sich. »Und du …«

»Sein Name ist John«, sagt sie.

Barnaba kann nicht eine Spur von Zögern oder Groll in ihrer Stimme erkennen. Die Leichtigkeit von vorhin weicht einer bleiernen Schwere.

»Kannst du bitte mit Franz sprechen? Ich will ihn mit auf dem Foto haben.«

»Warum?«

»Weil er Familie ist.«

Sie schüttelt den Kopf und holt dann Atem, wie um sich zu sammeln. Wäre das Leben eine Oper, wäre das der Moment für eine Arie. Für Barnaba klingt es auch so, dabei sagt sie nur ganz ruhig auf Deutsch: *»Ach, Nino. Erst durfte er nicht deinen Namen tragen, und dann hättest du ihn mir fast weggenommen. Weißt du eigentlich, wie sehr sich Franz danach verzehrt hat, ein Carbonaro zu sein? Aber als er das letzte Mal in der Westermühlstraße war, mit achtzehn, da hat Nino ihm Prügel angedroht, wenn er sich noch mal blicken lässt. Und jetzt kommst du zurück, als wäre nie was gewesen, trägst Dreck herein und versuchst wieder, mir deine Lügen zu verkaufen. Wer denkst du, wer du bist, der Erzengel Gabriel, oder was?«*

Barnaba versteht kein Wort von dieser Arie und versteht doch alles. Er rührt in seinem Filterkaffee.

»Ich habe all die Jahre immer gut für euch gesorgt.«

Helene schüttelt den Kopf.

»Kannst du ihm ausrichten, dass ich hier war und ihn sprechen möchte?«

Sie sieht auf die Uhr. Barnaba nippt von seinem Kaffee, müsste jetzt seinen Mantel nehmen. Aber das Schwierigste muss er ja noch tun. Er gibt sich einen Ruck.

»Kannst du mir fünfhundert Mark leihen, Helene?«

Sie versteht die Zahl erst nicht. Barnaba wiederholt sie. Helene schließt die Augen. Öffnet sie wieder.

»Du müsst jetzt gehen.«

»Ich bitte dich darum, Helene. Ich würde es nicht tun, wenn es nicht wichtig wäre.«

Wenigstens will sie es sich überlegen, das ist immerhin kein völliger Fehlschlag. Barnaba bleibt zuversichtlich, als er aus dem

Stiegenhaus wieder ins Freie tritt. Der Nebel ist noch dichter geworden als vorher, man erkennt kaum die andere Straßenseite. Er könnte jetzt gut etwas essen, aber weiß nicht mehr genau, wo er ist. Irgendwo hinter ihm müsste die Theresienwiese liegen, aber er hat keine Ahnung, wie er durch den Nebel von hier zurück zur Westermühlstraße finden soll. München narrt ihn. Dennoch schreitet er wieder rüstig aus und fragt an jeder Straßenkreuzung nach dem Weg. Die Leute, die er in seinen wenigen Brocken Deutsch anspricht, mustern ihn zwar erst misstrauisch, aber das nahende Weihnachten stimmt selbst die grantigen Münchner milde.

Nachdem er eine Viertelstunde im Zickzack gelaufen ist, gelangt Barnaba schließlich zu einer Tramhaltestelle der Linie 10, die bis zum Sendlinger Tor fährt. An der Haltestelle warten Leute, die an diesem letzten langen Samstag noch Weihnachtsgeschenke in der Stadt besorgen wollen. Ein Mädchen mit einer roten Wollmütze und einem Geigenkasten hält ihm sogar die Tür auf, als die Tram kommt, und ruft ihm etwas zu. Barnaba ist erschöpft vom Gehen, von den Verhandlungen, vom Bier, vom Schneematsch. Das Geld für den Fahrschein hätte er sogar, aber er will seinen Glücksschein bis auf den letzten Groschen für Weihnachten ausgeben, also winkt er dem Mädchen dankend ab, lässt die volle Straßenbahn fahren und folgt den Schienen zu Fuß.

Bis vor ihm die Welt in Flammen aufgeht.

Zum dritten Mal an diesem Tag taucht etwas aus dem Nebel vor ihm auf und verfehlt ihn nur knapp. Diesmal ist es ein Flugzeug. Dröhnend, so unwirklich wie ein Traum, trudelt die zweimotorige Maschine in niedriger Höhe über die Schwanthalerstraße und stürzt nicht weit von Barnaba entfernt auf eine Kreuzung. Er hört den Aufprall und sieht, wie sich vor ihm ein Feuerball im Nebel aufbläht. Alles wie damals, als es Bomben regnete, als es Flugzeuge regnete, als es Feuer und Stahl und Tod und Leichenteile regnete. Und wie damals beginnt Barnaba zu rennen. Trotz seines Alters, seiner Erschöpfung und der schmerzenden Knie rennt er auf das Feuer zu, denn er ist immer noch der Sohn einer Heilerin und eines Priesters.

Es ist kurz nach zwei, als die Convair der US Air Force vom nahen Flughafen Riem mit sieben Besatzungsmitgliedern und dreizehn Studenten nach London startet. Als der linke Kolbenmotor ausfällt. Als die Piloten noch versuchen, in einer großen Schleife über München zum Flughafen zurückzukehren. Als sie im Nebel aber die Paulskirche am Rande der Theresienwiese nicht sehen, als der linke Flügel in fast hundert Metern Höhe eine der Turmspitzen streift und ein Teil der Tragfläche abreißt. Als die Convair Sekunden später auf eine Kreuzung stürzt, als dort just die Linie 10 in Richtung Sendlinger Tor abfährt. Als der linke Motor gegen den hinteren Wagen der Tram geschleudert wird, als viertausend Liter Treibstoff sich an den abgerissenen Oberleitungen entzünden, als alles schlagartig in Flammen steht, als die Passagiere des Flugzeugs sterben, als Fußgänger von herumfliegenden Trümmern erschlagen und die Menschen in der Tram innerhalb von wenigen Augenblicken getötet werden.

Auf der Kreuzung sieht Barnaba nur eine Wand aus Feuer und Rauch, die Hitze versengt ihm die Augenbrauen. Er erkennt das Leitwerk des Flugzeugs im Rauch, die Umrisse der Tram, er kann das Lodern der Flammen hören und von fern die Sirenen der Feuerwehr. Sonst nichts, keine Schreie, es ist totenstill. Andere Menschen nimmt er nicht wahr, nur Musumeci, der ein paar Schritte weiter neben dem Mädchen mit der roten Mütze und dem Geigenkasten steht. Sie ist offenbar an der Haltestelle ausgestiegen, steht regungslos am Straßenrand, am Rand des innersten Höllenkreises und starrt ins Feuer. Ihre rote Mütze, ihr Mantel und der Geigenkasten stehen in Flammen. Musumeci reicht ihr die Hand. Aber ehe das Mädchen sie ergreifen kann, hat mein Urgroßvater sich den Mantel vom Leib gerissen und wirft ihn ihr über, um die Flammen zu ersticken. Musumeci sieht ihn nur traurig an und wendet sich ab. Barnaba hält das Kind ganz fest im Mantel. »Nicht sterben!«, flüstert er auf Italienisch. »Stirb nicht, hörst du? Du wirst leben, leben wirst du. Bitte, nicht sterben!« Sie bewegt sich nicht, wimmert nicht, aber er kann spüren, dass sie atmet.

Sie ist die Einzige, die das Inferno überlebt, weil sie vorher ausgestiegen ist. Eine halbe Stunde später hat die Feuerwehr den Brand gelöscht, aber an diesem letzten Samstag vor Weihnachten sterben zweiundfünfzig Menschen an der Kreuzung Bayerstraße und Martin-Greif-Straße. Nur die Geigenschülerin mit der roten Mütze nicht. Wegen der Verbrennungen am Kopf wird sie ein Leben lang eine Perücke tragen, aber sie wird weiter Geige spielen, an der Musikhochschule studieren, hie und da ein paar kleine Konzerte geben, einen freundlichen Fagottisten heiraten, mit ihm zwei Kinder haben und bis zu ihrer Rente Musik unterrichten. Sie wird sich ein Leben lang an meinen Urgroßvater erinnern, wenn sie morgens und abends in den Spiegel schaut, nicht an sein Gesicht, aber an den Geruch seines Mantels.

Den Mantel sieht Barnaba nie wieder. Genauso wenig wie die zehn Mark, das Foto seiner Eltern, den Brief und seinen deutschen Pass. Als die Rettungskräfte erscheinen, übergibt er ihnen das Kind ohne einen einzigen Gedanken an den Mantel. Ehe er es sich versieht, drängen sich Hunderte von Schaulustigen an der Absturzstelle und müssen von der Polizei mit Gewalt vertrieben werden. Minuten nach dem Absturz ist auch ein Reporter vom Bayerischen Rundfunk bereits zur Stelle, berichtet mit brechender Stimme vom Anblick der verkohlten Leichen und versucht anschließend, mit Barnaba ein Interview zu führen. Daraus wird nichts, denn Barnaba sagt nur auf Italienisch ins Mikrofon: »Ich hoffe, das Mädchen wird wieder gesund.«

Als die Polizei ihn zurück in die Westermühlstraße bringt – verdreckt und mit versengten Augenbrauen –, herrscht großes Entsetzen bei der Familie. Der Patriarch steht noch unter Schock, überfordert von dem Rummel will er gleich wieder raus, um den Weihnachtsbaum zu kaufen. Da erst fällt ihm auf, dass der Mantel mit dem Pass und dem Geld weg ist. Plötzlich verlässt ihn alle Kraft. Zu Tode erschöpft lässt er sich zu Bett bringen und verlässt es bis zum nächsten Morgen nicht mehr.

Am Tag darauf ist er der Held von München.

Die *Abendzeitung* berichtet über ihn, der *Merkur*, sogar die *Süddeutsche* und der Bayerische Rundfunk. Das Telefon steht nicht mehr still, ständig klingeln Reporter mit Mikrofonen und Fotoapparaten an der Tür. Barnaba will von alledem nichts wissen. Nur ob es dem Mädchen gut gehe und wo sein Mantel mit seinem Pass und seinen zehn Mark sei. Zudem ärgert ihn, dass er ausnahmslos in allen Artikeln *der italienische Gastarbeiter Barabbas Carbonari* ist.

Als er jedoch mit Nino am Stephansplatz einen Weihnachtsbaum kaufen will und der grantige Verkäufer ihn erkennt und er ihnen den Baum einfach schenkt und dabei noch Tränen in den Augen hat, als die *panettoni* von Buscemi und anderen italienischen Familien eintrudeln, einer sogar von Pippo Catalano, und ein Grußtelegramm aus der italienischen Botschaft, als ein Herr vom Bankhaus Dürck sich wieder meldet und um einen Termin bittet, man habe da möglicherweise Neuigkeiten, als Franz anruft und ihm etwas von Helene übergeben will, als die Dame beim Meldeamt sagt: »Aber mei, Herr Carbonari, des ist doch koa Problem ned mit Ihrem Pass!«, und als Barnaba schließlich das Mädchen in der Klinik an der Thalkirchner Straße besucht und sie ihn unter ihrem Verband anlächelt – da dämmert es ihm. Dass das alles eben nicht mehr von Bedeutung ist, weder der falsch geschriebene Name noch die Nationalität noch das verhasste Wort *Gastarbeiter* noch der Verlust des Mantels samt der zehn Mark und der damit verbundenen Erinnerungen. Weil nämlich Weihnachten ist. Weil er nicht in der Tram saß. Weil das Mädchen überlebt hat. Weil die Schuld an Musumecis Tod endlich getilgt ist, weil das Wasser kommt, weil der Nebel sich verzogen hat, weil er wieder sichtbar geworden ist.

Weil München ihn wieder willkommen heißt.

II
MANDARINEN FÜR MÜNCHEN

PALERMO/MÜNCHEN 1899

An einem Novembermorgen in aller Frühe tritt mein Urgroßvater mit einer Stichwunde und Fieber seine erste Reise nach München an. Er ist neunzehn Jahre alt, er hat einen Menschen getötet und sich verlobt. Schlimmer kann es nicht kommen, denkt er.

Der Güterzug ist lang, dreizehn Waggons angekuppelt hinter einer lang gestreckten Mallet-Lokomotive. Ein gedrungenes schwarzes Kraftbiest von tausend Pferdestärken, mit zwei eigenständigen Fahrwerken für kurvige Bergstrecken, das bereits fauchend unter Dampf steht. Der letzte Waggon ist ein Personenwagen mit armseliger Ausstattung, den Barnaba sich mit den beiden Lokführern und den Heizern teilen muss. Es gibt einen Ofen, vier Schlafpritschen, eine Waschschüssel und ein Plumpsklo. Die Hälfte des Waggons nehmen ohnehin die Postsäcke ein, die auch noch mitbefördert werden müssen. Mehr Komfort geht nicht, alle Kraft der Lok wird für den Warentransport benötigt, denn Waren sind Geld.

Die Lok und die Gleise gehören einer Aktiengesellschaft, an der der italienische Staat die Mehrheit hält. Die Waggons gehören Logistikgesellschaften, die die Lok und die Gleise mieten und die wiederum ihren Frachtraum an die Handelsunternehmen vermieten, die sie zum Teil wieder untervermieten. Transport ist ein komplexes und explosiv wachsendes Geschäft.

Die Ware, das ist vor allem Schwefel, aber eben auch Zitronen, Orangen und Mandarinen aus Bagheria, die noch verladen und ein letztes Mal auf ihre Qualität geprüft werden. Hundert Doppelzentner pro Waggon. Ihr Duft weht aus den offenen Schiebetüren in den Morgen, durchdringend und betörend wie Rosarias Stimme.

Am Bahnhof übergibt Bianchini Barnaba endlich die versiegelte Ledertasche mit den vierzigtausend Mark und eine Aktenmappe mit den nötigen Unterlagen, den Frachtpapieren und seinem Reisepass. Nichts davon kann Barnaba lesen, aber Bianchini erklärt ihm, was was ist. Außerdem hat er ihm auf dem Briefpapier des Kontors die Adresse des Bankhauses Dürck abtippen lassen sowie die Adresse seines Kontaktmanns in München. In der Aktenmappe befindet sich außerdem ein Umschlag mit hundert Reichsmark für Spesen, was etwa dem Monatslohn eines deutschen Chemiearbeiters entspricht. Bianchini ermutigt Barnaba, die Herren von der Bank einzuladen, und die eine oder andere Zigarre dürfe er sich davon wohl auch schon mal gönnen. Barnaba versucht, sich die verschiedenen Dokumente einzuprägen, aber er kriegt den Blick einfach nicht von der Ledertasche weg. Die Summe darin ist das Doppelte dessen, was die verladenen Früchte wert sind.

Er braucht ein Versteck für die Zollkontrolle. Erst erwägt er, die Tasche zwischen den Zitronen zu verstecken, aber das erscheint ihm zu riskant. Also stopft er sie stattdessen in einen halb leeren Postsack und verstaut ihn unter seiner Pritsche.

Als der Zug den Bahnhof verlässt, geht die Sonne hinter dem Monte Pellegrino auf. Ein wolkenloser Morgen, der die Feuchtigkeit der vergangenen Tage aus der Stadt vertreibt. Das Licht an diesem Morgen ist so sanft und wehmütig wie der Abschiedskuss einer Mutter, dass es Barnaba fast das Herz zerreißt, als ein Ruck durch die Waggons geht und der Zug ächzend anfährt.

Zum ersten Mal verlässt er Sizilien, verfolgt atemlos vom Fenster des Personenwaggons aus, wie der ganze Zug in Messina im Bauch der *Scilla* verschwindet, eines von vier nagelneuen modernen Dampfschiffen, die den Güterverkehr zwischen Sizilien und dem Festland aufrechterhalten. Vom Oberdeck der *Scilla*, die mit zehn Knoten gegen die tückische Strömung in der Meerenge anstampft, sieht Barnaba Sizilien hinter sich verschwinden und Italien vor sich aus dem Mittagsdunst emporwachsen. Und auf diesem Oberdeck der Dampffähre zerreißt ihn der Gesang von Skylla und Charybdis. Der Schmerz in seinem Bein, der Schmerz, einen Mann getötet zu haben, auch wenn er es verdient hatte, all das ringt ihn nieder. Der Abschiedsschmerz saugt den letzten Rest von Kraft aus Barnabas kleinem zähem Körper, bis er wimmernd auf dem Oberdeck zusammensackt.

Weder sieht er, wie der Zug auf der kalabrischen Seite der Meerenge wieder aus dem Bauch des Schiffs herausfährt, noch überhaupt irgendetwas von Italien. Den Rest der Fahrt verbringt Barnaba im Delirium. Das Rattern, Quietschen und Ächzen des Zuges weicht ihn auf wie einen Schwamm. Wenn er die Augen öffnet, sieht er Musumeci neben der Pritsche stehen, manchmal setzt er sich auch auf seine Brust und zeigt auf den Postsack mit der Ledertasche unter der Pritsche.

»Verschwinde!«, keucht Barnaba. Jedes Wort, jede Bewegung erschöpfen ihn, er ist froh, wenn er es noch rechtzeitig zum Plumpsklo schafft, denn die Lokführer und Heizer drohen ihm mitleidlos Prügel an, falls er ihnen den Waggon vollscheiße.

Währenddessen frisst sich der Zug den italienischen Stiefel hinauf wie ein hungriger Wurm. Durch die baumlosen Berge Kalabriens, durch die Ebenen des Latiums und das rauchige Licht über den toskanischen Tälern.

Nichts davon kriegt Barnaba mit. Nicht, wie sie ihm fade Brühe einflößen, und auch nicht, wenn der Zug an windigen Bahnhöfen zwischendurch Wasser oder Kohle aufnimmt. Auch nicht, dass dabei jedes Mal Ladung verschwindet, weil die Heizer nebenbei ein paar Kisten Orangen auf eigene Rechnung verticken oder schnauzbärtige Bahnhofsvorsteher dreist Tribut dafür einfordern, dass sie die Weichen und Signale stellen. Es wäre Barnabas Aufgabe, diesen Schwund klein zu halten, aber er schafft es einfach nicht. Er führt einen anderen Kampf. Er träumt, dass Musumeci, Passalacqua und die Heizer ihn an die Lokomotive verfeuern. Wenn er zwischendurch aus seinen Fieberträumen erwacht, tastet er nach dem Postsack und fällt schwitzend wieder zurück in seinen Dämmerzustand.

Nach vier Tagen erreicht der Zug die Alpen. Das Gelände steigt an, das Fieber fällt. Barnaba taumelt zur Waschstelle, wechselt seine durchgeschwitzten Sachen und seinen Verband. Die Wunde eitert, aber das gilt ja als Zeichen für eine gute Wundheilung. Der Schmerz ist zu einem dumpfen Pochen abgeklungen, und Barnaba ist Schmerzen gewöhnt. Er merkt, wie hungrig er ist. Musumeci ist weg, das Geld ist noch da, alles in allem geht es also aufwärts. Dafür wird es kalt, kälter, als Barnaba es je erlebt hat. Zitternd kauert er sich an den Ofen, während draußen der erste Schnee fällt. Von den Bergen sieht Barnaba nur dumpfe Felswände. Er zeigt einem Schweizer Grenzbeamten seinen Pass und die Frachtpapiere vor, dann windet sich der Zug auch schon weiter durch bedrückende

Täler, faucht durch den neuen Gotthardtunnel, bis Barnaba fast ohnmächtig wird vom Rauch.

An der Grenze zum Deutschen Kaiserreich die gleiche Prozedur. Allerdings ist diese Grenze, was Barnaba jedoch nicht weiß, gleichzeitig die Grenze zum Königreich Bayern, das nach dem Tod des verrückten Königs Ludwig vom Prinzregenten Luitpold regiert wird. Innerhalb des Deutschen Kaiserreichs genießt das Königreich Bayern Sonderrechte, wie zum Beispiel eine eigene Außenpolitik, eine eigene Armee, eigene Post- und Eisenbahnverwaltung. Es ist also gewissermaßen eine doppelte Grenze, doppelt kontrolliert von doppelt selbstbewussten königlich-bayerischen Beamten mit einem doppelten Urmisstrauen gegenüber den Preußen und Walschen.

Barnaba hat es inzwischen geschafft, sich zu rasieren und sogar einen Anzug anzuziehen. Auch wenn ihm immer noch schwummrig ist, hält er sich tapfer auf den Beinen. Mit geröteten Augen starrt er den bayerischen Grenzbeamten an, der dem klein gewachsenen Italiener-Bengel vor sich scharfe Fragen zubellt. Barnaba muss an Bianchinis Traum denken. Er versteht kein Wort, hält ihm nur die Frachtpapiere und seinen Pass hin.

»*Ob du sonst was zum Verzollen hast, hab i g'fragt?*«, herrscht der Grenzer ihn an. Barnaba gefällt der Ton nicht. Aber der uniformierte Grenzer schüchtert ihn auch ein, denn er sieht aus wie ein Carabiniere. Barnaba bezweifelt zwar, dass die Nachricht vom Mord an Musumeci inzwischen bis nach Deutschland durchgedrungen ist, aber ganz sicher ist er nicht. Er stellt sich vor seine Pritsche, sodass der Grenzbeamte den Postsack nicht sieht, räuspert sich und sagt: »*Genau.*«

»*Kruzitürken, dann zeig halt her, Bürscherl.*«

Barnaba hofft, das war's jetzt, und sagt kurz angebunden: »*Wunderbar.*«

Der Beamte wartet gereizt, Barnaba wartet gereizt. Gereiztes Schweigen hängt zwischen den beiden in der Luft wie ein unangenehmer Geruch, dem man nicht ausweichen kann. Bis es dem königlich-bayerischen Beamten zu bunt wird.

»*Des da, was ist des? Na los, herzeigen!*«

Er deutet auf den Postsack unter Barnabas Pritsche.

Barnaba schüttelt den Kopf und erklärt dem Beamten auf Sizilianisch, dass da nur Post drin wäre.

»*Herzeigen!*«

»*Genau.*«

Barnaba rührt sich nicht. Was den Grenzer langsam in Rage bringt, denn der wittert jetzt Subordination, Schmugglerei, wenn nicht Schlimmeres, man kennt ja diese Katzlmacher-Hallodris, der Zollrat a. D. Brunner hat einmal zum Besten gegeben, wie er einst so ein schwindsüchtiges Bürscherl erwischt hat, der hatte einen ganzen Koffer voll mit lebenden Schnecken dabei, eine ekelhafte Sauerei, und das Bürscherl da vor ihm soll sich bloß vorsehen.

»*Du, Katzlmacher, du kommst mir gerade recht, gell, sieh dich bloß vor!*«

»*Genau.*«

»*Also dann …*« Unwirsche Handzeichen, den Postsack endlich rauszurücken.

Barnaba rührt sich immer noch nicht, merkt, dass es nicht gut läuft, merkt, dass sein Hang ins Rutschen gerät.

»*Wunderbar*«, presst er heraus.

Da reißt dem königlich-bayerischen Grenzbeamten die Hutschnur. Er schiebt Barnaba zur Seite, bückt sich nach dem

Postsack, es folgt ein unerfreuliches Gerangel um die Tasche, in dessen Verlauf Barnaba den königlich-bayerischen Beamten möglicherweise ein bisschen stößt, sodass dieser beim Bücken das Gleichgewicht verliert und sich auf den Hosenboden setzt. Krachend reißt eine Hosennaht im Schritt. Und damit ist es aus, der Beamte schlägt Alarm. Was dazu führt, dass vier königlich-bayerische Polizisten in den Wagen stürmen, dass erst der Postsack und dann die Ledertasche geöffnet und dass Barnaba daraufhin unverhältnismäßig ruppig abgeführt und in eine Arrestzelle der Polizeistation von Mittenwald verbracht wird.

Mit geschwollener Lippe sitzt er da in eine mottenzerfressene Filzdecke und den Geruch von Bohnerwachs, Schweiß und kaltem Kohlenruß gehüllt. Er friert, er starrt auf bröckelnden Putz, er kann sein Pech nicht fassen. Von der Zelle nebenan Würgegeräusche eines betrunkenen Zechprellers, weiter hinten die Stimmen der Beamten. Durch das Oberlicht seiner Zelle kann er milchigen bayerischen Herbsthimmel erkennen, sonst nichts. Es macht ihn einfach fassungslos.

Der Zug ist weg, die Tasche ist weg. Barnaba hat keine Ahnung, was mit der Fracht passieren wird. Was die Tasche betrifft, hat er keine Illusionen, dass die Polizisten, die ihn niedergeknüppelt und eingesperrt haben, das Geld unter sich aufteilen werden, denn schließlich hat Barnaba nie etwas anderes kennengelernt als Carabinieri, die sich ungeniert schadlos halten, als sei es ein Erbrecht.

Fünfzigtausend Lire.

Vierzigtausend Deutsche Mark.

Ihm anvertraut.

Alles weg.

Er würde gerne weinen, aber er kann nicht. Er hat einen Mann getötet, sich verlobt, das Fieber überlebt, einen Güterzug und vierzigtausend Deutsche Mark verloren und sitzt im Knast. Falls sie ihn überhaupt je wieder rauslassen, diese Deutschen, dann wird er niemals wieder nach Hause zurückkehren können, zu groß die Schande.

Das ist die Strafe für den Mord an Musumeci, denkt er. Es kommt ihm vor, als sei im Moment seines Todes alles Unglück, alle Schuld, die Musumeci in seinem Leben je auf sich geladen hatte, auf ihn übergesprungen wie ein Pestfloh.

Kreise haben sich geschlossen, letzte Wellen klatschen ans Ufer, bevor das Meer wieder ruht, mutwillige Götter haben in die Asche gepustet, nun senkt sie sich still auf alles herab, das Feuer ist aus.

Cu lassa a vecchia ppà nova peggiu s'attrova, denkt er, wer das Alte für das Neue verlässt, dem wird es schlecht ergehen.

Aber dann rechnet er schon wieder. Die Zahlen beruhigen ihn mit ihren Farben, Mustern und Düften, tragen ihn zurück in die Mandarinengärten von Bagheria, die Konditoreien von Catania und die Sommernächte in Taormina. Zwischendurch schnuppert er an Pinas Schnupftüchlein, und obwohl es inzwischen nach seinem Schweiß riecht, beruhigt es ihn.

Zwischen Hoffnung und Erwartung haben die Götter einst eine feine Linie gezogen, kaum zu erkennen, um feixend zuzusehen, wie ihre Spielzeuge sie arglos übertreten und unglücklich werden. Auf diesem schmalen Grat namens Zuversicht balancieren die Pancrazias oder Barnabas der Familie Carbonaro. Schwindelfrei, manchmal verwirrt, manchmal verbissen, aber tapfer Schritt für Schritt. *Cchiù scuru di mezzanotti nun pò fari*, denkt Barnaba, dunkler als Mitternacht kann es nicht werden.

Insgesamt verbringt Barnaba neun Tage in der Arrestzelle in Mittenwald. Die Tage fließen zusammen wie ein grauer Brei. Niemand spricht mit ihm, wie auch. Die Kälte raubt ihm sämtliche Kraft, weckt ihn frühmorgens, aber da ist er bereits wieder müde, unendlich erschöpft, wie gelähmt. Vom Alpenpanorama und von dampfenden Knödeln und Haxen in überheizten Wirtshäusern mit Lüftlmalerei kriegt er nichts zu sehen. Stattdessen graubraune Pampe mit irgendeinem sauren Kohl in Blechnäpfen, was so widerlich riecht, dass ihm davon übel wird. Selbst aus den elendsten Zeiten seiner Kindheit erinnert er keinen so ekelhaften Fraß, und er fragt sich, ob das womöglich das Geheimnis der Deutschen sei, dass sie saure Scheiße fressen müssen, um so fortschrittlich sein zu können. Er kaut immer nur auf der Scheibe Kommissbrot herum, die es dazu gibt, denn Hunger kennt er ja schließlich. Als er es am dritten Tag dann doch nicht aushält und die braune Pampe löffelweise herunterwürgt, kriegt er prompt Durchfall davon.

So heißt ihn Deutschland willkommen.

Barnaba bekommt Augenringe und einen Bart, und vor allem stinkt er wie ein Eber. Für einen sizilianischen Dandy, der gewohnt ist, sich morgens, nachmittags und abends zu waschen, zu rasieren und zu parfümieren, die Höchststrafe.

Nach neun Tagen fortschreitender Verwahrlosung wird seine Zelle morgens aufgeschlossen. Man führt ihn zu einer schmutzigen Dusche, drückt ihm einen Klotz Kernseife in die Hand, das Wasser ist eiskalt, so kalt, dass Barnaba glaubt, die wollen ihn umbringen. Stöhnend schrubbt er sich ab, angetrieben von dem Polizisten am Eingang. Anschließend reicht man ihm frische Wäsche aus seinem Gepäck und seinen zweiten Anzug.

In der Amtsstube wartet ein grauer Mann in einem langen grauen Wollmantel, feucht vom Schnee, am Fenster und raucht. Barnaba schätzt ihn auf vierzig, aber er könnte auch dreißig sein oder zweitausend. Er hat kein Alter, denn er war schon immer alt, so alt wie sein Land. Er trägt die Haare mit Pomade zurückgekämmt, einen gestutzten Schnurrbart, seine Erscheinung ist leidlich gepflegt, wie von einem, der sich bemüht, seine Herkunft zu verbergen. Barnaba sieht Flecken auf dem Mantel, abgewetzte Stiefel und einen vertrauten, niemals endenden Hunger nach *roba* – Kram, Dingen, Besitz, irgendwas, das sich zu Geld machen lässt.

Als Barnaba in die Amtsstube eintritt, drückt der graue Mann seine Zigarette aus, ohne jedoch näher zu treten.

»Ich bin Leonardi«, sagt er auf Sizilianisch.

»Nino Carbonaro.«

»Ich weiß, wer du bist, Carbonaro. Du hast große Scheiße gebaut.«

Barnaba will etwas sagen, aber da geht einer der Polizisten unwirsch auf Deutsch dazwischen, legt ihm Formulare vor.

»Unterschreib alles, Carbonaro, dann können wir gehen.«

Barnaba hat keine Ahnung, was das für ihn bedeutet, kritzelt etwas an die betreffenden Stellen, die deutschen Beamten stempeln alles doppelt und dreifach ab, als wollten sie die Dokumente totschlagen. Dann erhält er seine Tasche zurück.

Die Tasche.

Er fasst es kaum.

Die Polizisten fordern ihn zu irgendwas auf.

»Du sollst nachschauen, ob alles da ist«, übersetzt Leonardi.

Barnaba öffnet die Tasche, ein Blick auf die Geldbündel reicht ihm, um zu erkennen, dass nichts fehlt.

»*Wunderbar*«, ächzt er und bemerkt, dass Leonardi fast die Augen überquellen, als er das Geld sieht.

Barnaba schließt die Tasche hastig wieder. Wie betäubt von dem Wunder unterkritzelt er ein Quittungsdokument mit dem Wappen des Königreichs Bayern darauf. Die Summe ist das Einzige, was er lesen kann, und sie stimmt.

Er kann es immer noch nicht fassen. Polizisten, die korrupteste Spezies, die er kennt, geben ihm sein ganzes Geld zurück. Es ist der Beginn einer lebenslangen Liebe zu Deutschland. Aber wie jede Liebe ist auch diese kompliziert, flockig beschneit von Missverständnissen, die sich irgendwann zu erdrückenden Lasten auftürmen. Vor allem wenn man kein Deutsch spricht.

Als die Polizisten ihn vor den Schalter treten lassen, kommt Leonardi auf ihn zu, mustert ihn und die Tasche.

»Wo ist dein Mantel?«

»Hab keinen.«

»Wirst du brauchen. Schon was gegessen?«

Barnaba schüttelt den Kopf.

»*Dai*. Komm.«

Barnaba zögert. »Wohin?«

»Was essen, du Schwachkopf.«

»Ich muss nach München.«

»Bis der Zug fährt, ist noch Zeit. Ich muss was essen und brauch ein Bier.«

»Ich aber nicht.«

Leonardi funkelt ihn an. »Hör mir mal zu, Carbonaro. Ich habe fünf Tage nach dir gesucht, um dich aus diesem Scheißloch rauszuholen. Wie wär's mit ein bisschen Dankbarkeit? Ich muss was essen und brauch ein Bier, und du wirst gefälligst tun, was ich sage. Ist das klar? Außerdem, sieh dich nur an. Vertrau mir, es wird dir schmecken.«

Es schneit wieder, als sie die Wachstube verlassen, sanft und beharrlich, der Schnee rundet die Kanten der Welt. Barnaba sieht verschneite Giebel und bemalte Häuser, Kirchturmglocken läuten zur zweiten Messe.

»Ich bin der Handelsvertreter der Florio in München«, erklärt ihm Leonardi auf dem Weg. »Der wichtigste Mann in München. Merk dir das. Alles läuft über mich. Ich weiß alles, ich höre alles, ich sage, was und wie es gemacht wird. Ich bin das Auge und das Ohr und die Hand der Florio in München. Ohne mich läuft gar nichts, verstehst du? Und warum, denkst du, ist das so, Carbonaro?«

»Weil du die Nachfrage kennst?«

»Gut erkannt. Weil ich die Scheißnachfrage kenne. Weil ich überhaupt alles und jeden in München kenne, weil alle mich kennen und weil mich jeder, der mich verarschen will, noch ganz anders kennenlernen wird. Ich telegrafiere die Nachfrage nach Palermo, sie schicken die Züge los, ich nehme sie hier in Empfang und verkaufe die Ware an die Großhändler weiter. Ohne mich würden Bianchini und die Florio in München kein Bein auf die Erde kriegen.«

»Sprichst du Deutsch?«

»Ob ich Deutsch spreche, du Schwachkopf? Spreche es wie der Papst Latein. Bin aus Licata, aber viel rumgekommen. Dies und das, den ganzen Stiefel rauf und dann über die Alpen. Mir macht keiner was vor.«

Barnaba nickt. Schnee knirscht unter seinen Füßen. Er fragt sich, warum Bianchini keinen Besseren als diesen Aufschneider gefunden hat. Er denkt wieder an Musumeci, der es auch gut raushatte, die Leute zu bequatschen, und packt die Ledertasche noch fester.

»Nebenbei regele ich für die Florio alles, was es mit den Deutschen zu regeln gibt. Genehmigungen, Abgaben oder wenn irgendein Schwachkopf einen ganzen Zug verliert und spurlos verschwindet. Damit bist du gemeint, Carbonaro.«

Es ist kurz vor Mittag und die Wirtsstube des Ochsen in Mittenwald bullig überheizt und voller Menschen. Die meisten von ihnen Männer, alle gut beleibt, mit geröteten Gesichtern, Bärten und in Trachten. Die Luft ist schwer und gesättigt von Bier- und Bratendunst, vermischt mit Scheuerseife und Holz. Ein Geruch, den er für immer mit Deutschland verbinden wird. Die Luft ist angeschwollen vor Selbstgefälligkeit, derbem Wohlstand und bäuerlichem Misstrauen. Der ganze Raum schreit ihn an, dass er sich zum Teufel scheren solle, aber Barnaba hat entsetzlichen Hunger. Leonardi schiebt ihn an einen Tisch abseits der Blicke und bestellt. Barnaba klemmt sich die Ledertasche mit dem Geld zwischen die Beine, so fest er kann, inzwischen fast ohnmächtig vor Hunger.

Verstohlen sieht er sich um. An den Tischen wird Karten gespielt, als ob es darum ginge, die Tische zu zerschlagen. Barnaba erkennt sofort, wo die Wohlhabenden und wo die Armen sitzen. Aber alle trinken sie, diese Deutschen, und was für Mengen! Die Maßkrüge kommen Barnaba wie Eimer vor, aus denen sie ihr Bier saufen wie Esel Wasser.

Rumms – werden zwei Maßkrüge auf ihren Tisch geknallt. Barnaba staunt, wie Leonardi in großen Zügen trinkt und sich zufrieden den Schaum aus dem Bart streicht. Barnaba trinkt sonst nie vor dem Abend, überhaupt verträgt er kaum etwas, aber dieses säuerliche Bier geht runter wie Wasser. Ausgehungert, wie er ist, ist er nach zwei Schlucken bereits betrunken. Endlich, nach Tagen, wird ihm auch warm. Seufzend lehnt er sich zurück, betrachtet die Menschen ringsum nun wie Freunde, die man gerade erst kennengelernt hat.

Dann kommen die Weißwürste. Wie Leichenteile, findet Barnaba, schwimmen sie in einem Topf mit heißem Wasser, aber sie duften verführerisch, und er kann kaum noch geradeaus gucken vor Hunger und Trunkenheit. Also zuzelt er misstrauisch eine aus dem Darm, wie Leonardi es ihm vormacht, und schon beim ersten Bissen gehen ihm die Augen über.

»*Madonna!*«

»Ich sag doch, diese Deutschen fressen am liebsten Dreck, aber Würste können sie.«

Ja, Würste können sie, findet Barnaba ergriffen. Diese weiche, fast schaumige Konsistenz, so ganz anders als die *salsicce* von zu Hause. Der feine Kalbfleischgeschmack, die milde Würzung und die Aromen von Petersilie und Pfeffer rauben ihm fast den letzten Rest seines benebelten Verstands. Dazu die riesige ofenwarme Brezn mit den Salzkörnern. Barnaba verschlingt eine Wurst nach der anderen, probiert sogar den süßen Senf, lässt es dann aber lieber. Er isst, spült mit Bier nach, isst weiter.

»Was ist mit dem Zug?«, fragt er kauend.

»Was mit dem Zug ist, du Schwachkopf? Wegen dir haben sie den Zug hier in Mittenwald festgehalten. Zwei Tage habe ich in München gewartet. Als der Zug endlich ankam, haben sie ihn zum Ostbahnhof umgeleitet anstatt zum Zentralbahnhof. Hat auch wieder einen Tag gedauert, bis ich ihn gefunden hatte. Da hatten sie ihn schon geplündert.«

»Geplündert? Wer?«

»Den größten Teil werden sich die Großhändler geschnappt haben. Haben das meiste von Tagelöhnern umladen lassen und sofort verkauft. Der Schwefel war noch da, aber die ganze Frischware – pfft. Überall lagen Kisten und zerquetschte Zitronen rum. Hab einen Teil der Ware wenig später auf dem Viktualienmarkt gesehen. Die Mandarinen sahen beschissen aus. Aber das schert diese Münchner ohnehin nicht, die fressen alles. Der entscheidende Punkt ist, dass wir keinen Heller für die Ware bekommen haben. Sozusagen Totalverlust. Und das ist deine Schuld, Carbonaro.«

Barnaba sagt nichts dazu, wartet einfach ab.

»Den Schaden wirst du ersetzen müssen.« Leonardi deutet auf die Tasche unter dem Tisch. »Wie viel ist da drin?«

»Es ist nicht mein Geld.«

»Wie viel, hab ich gefragt.«

»Ich weiß es nicht.«

»Lüg mich nicht an.«

»Ungefähr vierzigtausend Mark.«

Leonardi pfeift durch die Zähne.

»Und damit schickt man einen Schwachkopf wie dich los? Wofür ist es?«

Barnaba stopft sich die nächste Weißwurst in den Mund.

»Antworte mir, Schwachkopf! Warum weiß ich nichts davon?«

»Ich soll es nur auf ein Bankkonto einzahlen«, nuschelt Barnaba. Er kann nicht mehr klar denken, klemmt sich die Tasche noch fester zwischen die Beine.

»Was für ein Bankkonto?«

»In München. Ich muss das Geld einzahlen.«

Leonardi leckt sich ausgiebig die Finger. »Morgen.«

»Nein, sofort!« Barnaba merkt selbst, dass er lallt.

»Heute ist Sonntag, du Schwachkopf«, zischt ihn Leonardi an. »Morgen, sage ich. Oder übermorgen, auf einen Tag kommt es jetzt auch nicht mehr an. Solange bist du mein Gast.«

Was er darunter versteht, davon erhält Barnaba eine Ahnung, als Leonardi nach einem Blick auf seine goldene Taschenuhr nach der Rechnung ruft, ihm die Summe nennt und ihn bezahlen lässt.

Barnaba ist inzwischen so betrunken von der einen Maß, dass er sich kaum noch auf den Beinen halten kann. Alles dreht sich, er muss sich am Tisch festkrallen, als er aufsteht. Aber als Leonardi nach der Tasche mit dem Geld greifen will, zieht er sie weg und hält sie weiterhin eisern umklammert.

»Hör mal zu, du Schwachkopf. Ich bin der Stellvertreter der Florio in München. Also bin ich hier dein *padruni,* verstanden? Du hast mir zu gehorchen. Du hast schon genug verbockt, also gib mir die verdammte Tasche, bevor du auch die noch verlierst.«

»Nein.«

Leonardi läuft rot an vor Wut und droht Barnaba mit der Faust. »Ich kann dich auch sofort wieder in den Knast zurückschicken, Schwachkopf!«

Da kommt Barnaba, so betrunken er auch ist, nah an ihn heran. »Ich habe einen Mann getötet«, zischt er Leonardi ohne zu lallen an. »Frag Bianchini. Und ich schwöre beim Kopf meiner Mutter, ich werde auch dich töten, wenn du die Tasche nur berührst und mich noch einmal Schwachkopf nennst. Bianchini hat mir dieses Geld anvertraut, damit ich es in München persönlich auf ein Konto einzahle, und genau das werde ich tun.«

Im Wirtshaus ist es still geworden, alle starren die beiden Italiener an. Gewalt liegt in der Luft, man erwartet, dass die Walschen gleich ihre Messer zücken und sich gegenseitig abstechen, kennt man ja. Aber nichts dergleichen. Enttäuscht verfolgen die Mittenwalder Bauern, wie der Ältere der beiden Makkaronis wütend aus der Stube stampft und der Jüngere hinterdreintorkelt. Pfeifen werden ausgeklopft und neu gestopft, frische Maß werden bestellt, Nasen ziehen Schnupftabak. Die Italiener hinterlassen eine Duftspur der Gewalt, die sich träge auf die Tische und die Herzen senkt wie der Schnee und die sich später an diesem Tag vielleicht noch hie und da im Gesicht einer Bauersfrau oder einer aufmüpfigen Tochter entladen wird.

Es schneit schon wieder, als die Sizilianer am Nachmittag in einen Bummelzug einsteigen, dritte Klasse. Im schwindenden Tageslicht sieht Barnaba das verschneite Bayern an sich vorbeiruckeln wie eines dieser Lichtspiele, die man inzwischen auf Jahrmärkten besuchen kann. Es ist eine triste Welt ohne Übergänge, nur unterbrochen von geduckten Dörfern mit spitzen Kirchtürmen und Schornsteinen, aus denen überall Rußfahnen aufsteigen. Dennoch kommt sie Barnaba geradezu märchenhaft verzaubert vor. Als der Zug am frühen Abend in den Münchner Zentralbahnhof einfährt, ist es bereits dunkel, und noch immer schneit es. Es hört und hört einfach nicht auf zu schneien. Was Barnaba von München sieht, ernüchtert ihn. Ja, die herrschaftlichen Häuser, alles gut und schön, aber kein Vergleich mit Palermo, auch nicht mehr Automobile. München stinkt nach Kohleruß und versinkt im Schnee und im Dunkel des Dezemberabends. Allerdings sieht er überall Baustellen und schwerfälligen Aufbruch.

Leonardi residiert in einem der besseren Häuser am Mariahilfplatz in der Münchner Vorstadt Au. Mit Frau und Tochter bewohnt er die bürgerliche Beletage und kommt sich vor wie ein Fürst. Barnaba erhält eine Abstellkammer zugewiesen, nicht größer als seine Zelle in Mittenwald, für die er eine Mark pro Tag zahlen soll, weitere fünfzig Pfennig für Verköstigung. So viel zu Leonardis Gastfreundschaft. Aber lange bleibt Barnaba ohnehin nicht dort, nämlich nur, bis er seinen Rausch ausgeschlafen hat.

Es ist immer noch dunkel, als mein Urgroßvater sich am nächsten Morgen mit der Tasche voller Geld aus dem Haus schleicht wie ein Dieb, der er doch gar nicht ist. Erst als er das Haus hinter sich gelassen hat, fühlt er sich wieder frei. Dafür holt ihn wieder einmal das Elend seiner Kindheit ein, denn nun sieht er, wo er gelandet ist.

Die Au, das ist im letzten Dezember des vorletzten Jahrhunderts ein überfülltes Arbeiterquartier, das meinem Urgroßvater wie eine eisige Version der Kalsa vorkommt. Während gleich nebenan, in der Maxvorstadt und der Ludwigsvorstadt, die ersten Gründerzeitquartiere mit herrschaftlichen Häusern, Bürgersteigen und Kanalisation entstehen, ist die Au am rechten Isarufer ein Fass kurz vor dem Überlaufen. Ein sumpfiges Labyrinth aus Elend, Schinderei und Hoffnung, das regelmäßig vom Hochwasser und der Cholera überflutet wird. Ein keuchender Organismus aus baufälligen Häusern, die sich wie trunken aneinanderlehnen, ein Gewölle aus Baracken, Werkstätten, Manufakturen und Höfen, verbunden durch ein Adergeflecht von unbefestigten Straßen und Winkeln. Überall ist Bewegung, überall ist metallischer Lärm und Geschäftigkeit, überall Menschen, die im Funzellicht der wenigen Gaslaternen durch den Schneematsch schlurfen, oder Pferdekarren voller Kohlen, Ziegel oder Bierfässer.

Denn überall zwischen den trunkenen Häusern wird gebraut, gebrannt und gesoffen. Die Isar entlang rauchen Hunderte von Schornsteinen kleiner Brauereien und Ziegelbrennereien, die kalte Luft riecht nach Feuer, Malz und Hopfen. Die Kalsa duftete morgens nach Kaffee und Rauch, dieses München stinkt nach Bier und Rauch.

Doch das gefällt meinem Urgroßvater.

Noch etwas fällt ihm auf, während er durch die Au irrt und auf den Sonnenaufgang wartet: Man kann nur wenig kaufen. In Barnabas Wahrnehmung heißt das: kaum Obst und Gemüse. In der Kalsa gibt es Elend, aber eben auch die überbordenden orientalischen Märkte, auf denen Händler mit kehligem Gesang Ware aus allen Teilen der Welt feilbieten. In der Au dagegen sieht er nur vereinzelte Marktstände, und die brechen ihm fast das Herz, so kümmerlich sind sie. Viel mehr als Kartoffeln, Karotten, Rotkohl und harte Birnen wird da nicht angeboten. Nicht einmal Blumenkohl scheinen sie zu kennen, die Deutschen, von Zitrusfrüchten ganz zu schweigen. Allein die Fleischereien und Bäckereien sind gut gefüllt.

Wie kann es sein, denkt Barnaba, dass dieses reiche Deutschland nichts anderes kennt als Würste, Kohl, Bier und Brot? Aber dann denkt er: *Wunderbar!* Dass er das ja ändern könnte. Dass dieses Deutschland nur sehnsüchtig auf jemanden wie ihn wartet, der ihm Mandarinen, Zitronen, Blumenkohl und mediterranen Sommer verkauft.

Schon viel besser gestimmt hebt er den Blick, es wird endlich hell, es schneit auch gar nicht mehr. Die Luft wird klar, ganz und gar klar, von den Alpen her weht ein milder, trockener Frühlingswind in die Stadt hinein, der den Schnee im Nu in Matsch verwandelt. Immer noch schleppt Barnaba die Tasche mit den vierzigtausend Mark, immer noch hat er keine Ahnung, wie er zu dieser Bank kommt, aber auf einmal hört er vertraute Laute. Von irgendwo her streiten Stimmen auf Italienisch, und eine raue Frauenstimme singt.

Ciuri d'aguannu!
Ma iu chi aju ca la notti 'un duormu
Siempri pinsannu a tia, corpu di sangu!

Das vertraute *stornello* und die Erinnerung an Rosaria treffen ihn mit voller Wucht. Zitternd steht er da, wie vom Schlag getroffen, und dann bricht es aus ihm heraus, der Schmerz, das Heimweh. Er kann gar nicht anders. Er antwortet der Frauenstimme mit einem sizilianischen Volkslied, das jedes Kind kennt. Ein Lied über einen Totenschädel, der seine Geheimnisse nicht preisgeben will, über die Last und Sinnlosigkeit des Lebens und die zerstörerische Plackerei in den Zitrusgärten und Schwefelminen.

Vitti 'na crozza supra nu cannuni
Fui curiuso e ci vossi spiare
Idda m'arrispunniu cu gran duluri
Murivi senza un tocco di campani.

Barnaba Carbonaro hat nicht oft gesungen in seinem Leben, aus Scham vor dem gerühmten Belcanto des Vaters. Er weiß nicht einmal, was für eine kraftvolle Stimme da in seinem klein gewachsenen Körper schlummert. Aber in diesem Moment, in der Münchner Vorstadt Au, geweckt vom Heimweh, lässt er sie durch den klaren Münchner Morgen stürmen. Die Tasche mit dem Geld, die er weiterhin krampfhaft festhält, verliert an Gewicht, alles wird ganz leicht auf einmal, selbst München, selbst Deutschland. Mit dem Föhn weht seine Stimme über die Dächer, trägt die Wärme und das Unglück Siziliens in die Häuser, rüttelt an den Herzen selbst derer, die diese alte Sprache nicht verstehen.

Das Lied jedoch, das Lied verstehen sie alle.

Als Barnaba endet, herrscht Stille. Als ob das Lied einen Riss in die Welt gekratzt habe, der sich erst wieder schließen muss. Von irgendwo her hört er jemanden »Bravo« rufen, sieht neugierige Gesichter an den Fenstern und auch die Frau, die zuvor das Ritornell gesungen hat. Sie lehnt an einem maroden Zaun in einem winzigen Garten vor einem winzigen windschiefen Holzhäuschen mit einem Dach aus morschen Holzschindeln, das zwischen zwei größeren Holzhäusern klemmt. Obwohl das Häuschen nicht an einem Hang steht, sieht es aus, als könne es jeden Moment abrutschen. Nicht so die Frau. Barnaba schätzt sie auf Ende zwanzig. Ein Gesicht wie aus reifen Pfirsichen zusammengefügt, ohne Furcht, müde von der Last der Jahrhunderte. Eine Frau wie das Land, aus dem er stammt, üppig, träge und fruchtbar, von allem immer zu viel. Ihre Gestalt am Zaun erscheint ihm tief in der Erde verwurzelt und biegsam wie reifer Weizen.

»He, du!«, ruft sie auf Sizilianisch herüber, mit einer Stimme wie Holzkohlenrauch. »Wer bist du?«

»Nino Carbonaro aus Taormina.«

Sie mustert ihn von ihrem Gärtchen aus. »Siehst mir

nicht so aus, als hättest du heute schon was gegessen, Nino Carbonaro.«

So lernt Barnaba Melina Fisichella kennen. Zia Melina, wie sie in der Au genannt wird, wie man Legenden eben nennt. Als mein Urgroßvater bei ihr einzieht, ist sie neunundzwanzig Jahre alt und bereits Witwe. Viel mehr, als dass sie mit dreizehn mit ihrer Familie nach München kam, ist über Zia Melinas Vergangenheit nicht bekannt. Bestätigt ist nur, dass sie mit Anfang zwanzig einen Münchner Schuster heiratete, der sie jeden Tag im Suff schlug und im Jahr darauf starb, angeblich an Typhus.

Mit Ende zwanzig ist Zia Melina immer noch eine begehrenswerte Frau, hell und voll wie der Mond. Als Barnaba bei ihr einzieht, behandelt sie Geschwüre, Knochenbrüche, Fieber und die zahllosen Gebrechen der italienischen Gemeinde in der Au. Tausende von Italienern, erfährt Barnaba, die meisten von ihnen werden niemals Deutsch lernen und könnten sich niemals einen richtigen Arzt leisten. Deswegen gehen sie alle zu Zia Melina, die sich auf Salben versteht, die Wunden bespricht, Kinder auf die Welt holt, stärkende Tränke für Ehemänner braut und die man bitten kann, Eingaben an die deutschen Behörden zu schreiben, weil sie fließend Deutsch spricht und eben auch schreiben kann. Die Leute bezahlen sie in Naturalien. Als Barnaba ihr Häuschen betritt, das innen behaglicher ist, als er gedacht hat, laufen ihm Hühner und Katzen zwischen die Beine, die sich offenbar gut vertragen. In ihrem kleinen Garten hält Zia Melina eine Ziege und ein Schwein.

»Hunderte hab ich geheilt, wenn nicht Tausende«, erklärt sie Barnaba munter. »Hunderte von Kindern hab ich auf die Welt gebracht.«

»Und der da?« Barnaba zeigt auf den Toten, der mit kummervollem Gesicht an ihrem Küchentisch sitzt.

»Das war mein Mann«, sagt Melina, ohne hinzusehen.

»Wie ist er gestorben?«

»Typhus.«

Barnaba schüttelt den Kopf. »Sie kommen nur zurück, wenn sie gewaltsam gestorben sind.«

»Verstehst du was davon?«

»Bisschen.«

»Was ist dann mit ihm?« Melina zeigt auf Musumeci, der draußen im Garten steht und ebenfalls traurig und stumm hereinschaut.

»Ich hab ihn getötet.«

Melina nickt. »Weißt du, wie man sie loswird?«

Barnaba hebt die Schultern. »Manche wollen Geld.«

Melina seufzt. »Wer hätte es gedacht.«

Sie kocht Barnaba einen Teller Spaghetti, die ersten nach Wochen. Die Spaghetti schwimmen in flüssiger Butter, statt *pecorino pepato* gibt es geriebenen Bergkäse, was Barnaba in diesem Moment jedoch alles egal ist, er fühlt sich wie im Himmel.

»Eine schöne Stimme hast du, Nino Carbonaro. Bist du Sänger?«

Barnaba schüttelt den Kopf. »Händler«, nuschelt er mit vollem Mund.

»Mit was handelst du?«

»Mandarinen und Schwefel.«

Melinas Blick verklärt sich. »Ich habe seit Ewigkeiten keine Mandarinen mehr gesehen. Hast du welche?«

Barnaba schüttelt den Kopf. »Hab sie verloren.«

»Du bist mir ja ein schöner Händler, der seine Ware verliert.«

Was soll er dazu sagen? »Muss den Schaden ersetzen.«

»Sagt wer?«

Barnaba schweigt. Aber Melina versteht schon.

»Wie hoch ist der Schaden?«

»Vierundzwanzigtausendvierhundertachtundfünfzig Lire.«

Melina streicht ihm mitfühlend über die Wange. »Mein armer Händler.« Dann deutet sie auf die Ledertasche, die Barnaba immer noch mit einem Fuß sichert. »Wie viel ist da drin?«

Barnaba starrt sie fassungslos an. Melina lächelt ihn milde an.

»Na, sag schon.«

Er zieht die Tasche mit dem Fuß dichter zu sich. »Vierzigtausend Mark. Ich muss sie auf ein Konto einzahlen.«

Melina füllt seinen Teller erneut. »Und was, wenn du damit noch ein wenig wartest, Nino Carbonaro?«

Das klingt so unerhört, dass Barnaba seine Gabel weglegt. »Das geht nicht«, ächzt er.

Melina zuckt mit den Schultern. »Du bist ein Mann von Ehre. Aber wenn es nur für ein paar Wochen wäre? So wie es für mich aussieht, kannst du nicht zurück nach Hause, bis der Schaden beglichen ist. Wie willst du das anstellen in einem fremden Land? Weißt du, wie lange sich ein Ziegelbrenner für so eine Summe hier abrackern muss? Ich sag's dir, ein Leben lang, und dann wird es immer noch nicht reichen. Aber du spazierst hier fröhlich mit einem Schatz durch das Armenhaus von München, und obwohl du eine ganze Ladung Mandarinen verloren hast, scheinst du mir kein Idiot zu sein. Also, warum säst du deinen Schatz nicht hier aus und fährst in ein paar Wochen eine schöne Ernte ein? Dann zahlst du die Summe ordnungsgemäß ein, wen interessiert schon die kleine Verzögerung. Du kehrst zurück, begleichst den Schaden mit Zinsen, wäscht die Schande von dir ab. Und ich verspreche dir, mein Schatz, du wirst bei deinem *padruni* noch im Ansehen steigen.«

Barnaba isst weiter. Als er sich schließlich stöhnend zurücklehnt, legt Melina ihm die Karten. Sie sieht, wer er ist, woher er kommt und wohin er geht. Sie sagt, was alle Kartenlegerinnen sagen. Dass er eine alte Seele sei, dass er an einem Scheideweg stehe, dass etwas Großes auf ihn warte, dass er vierundzwanzig Kinder von drei verschiedenen Frauen haben werde, aber nur sieben von ihnen lange genug leben würden, um ihre Namen zu behalten. Dass sein Glück an einen abrutschenden Hang gebaut sei. Barnaba hört kaum hin. Zu erregt ist er von Melinas Händen, die die Karten zärtlich streicheln, bis sie wie erlöst aufschweben, um seinen Kopf herumwirbeln und sich dann so anmutig vor ihm ablegen wie wohlerzogene Töchter. Der Anblick von Melinas Händen lädt seinen Körper elektrostatisch auf.

»Und gib die zehn Mark nicht aus.«

Es braucht eine Zahl, um ihn zurück in die Realität zu holen.

»Welche zehn Mark?«

»Was weiß ich. Das sagen die Karten. Dass du die zehn Mark nicht ausgeben sollst. Sobald du sie ausgibst, musst du sterben.«

Barnaba überlegt kurz, dann zieht er den Umschlag mit den hundert Mark von Bianchini für Spesen aus der Ledertasche und zählt dreißig Mark ab. Zehn steckt er sich in die Innentasche seines Jacketts und nimmt sich vor, sie auf keinen Fall auszugeben. Der Schein soll sein Glücksschein sein. Die anderen zwanzig legt er auf den Tisch, auf dem Melinas Hände ruhen.

»Kann ich hier für eine Weile wohnen? Ich bezahle im Voraus.«

»Wer sagt, dass du bezahlen musst?«

Sie sieht ihn an. Barnaba nimmt ihre Hände, er kann einfach nicht anders. Sie sind weich und elektrisch, sie verwandeln seine untere Körperhälfte in die eines Ebers, und alle Scham fällt von ihm ab. Als er mit dem Daumen über Melinas Handrücken streicht, führt sie ihn in ihre Kammer unter dem Dachfirst, gerade groß genug für ein schmales Bett, in dem einst auch der Schuster Platz fand. Aber an den toten Schuster denkt Barnaba nicht, als er ihr fast ohnmächtig folgt, als es rot wird vor seinen Augen, als alles zerschmilzt und zerfließt und er seine Brunst herausgrunzt, bis die Erde bebt und ein Hang ins Rutschen kommt.

Als er ganz und gar menschlich wieder erwacht, liegt er in einem klebrigen Ozean, vor dem Fenster schwindet mit Aluminiumglanz bereits das Licht. Irgendwo weit weg vor der Küste Siziliens raut feucht und kühl der Grecale aus Nordost das Meer auf, Barnaba kann spüren, wie er durch seine Adern rauscht. Über München dagegen zieht mild und trocken der Föhn hinweg, und Melina zieht sich schon wieder an. Neben dem Bett steht Barnabas Ledertasche.

»Du kannst bleiben. Dein Geld kannst du zur Bank tragen. Oder du hörst dir meinen Vorschlag an.«

»Ich höre.«

Sie kniet vor dem Bett nieder und küsst ihn.

»Wir gründen unsere eigene Bank.«

Am nächsten Tag lässt Barnaba sich in der Maximilianstraße zwei neue Anzüge anfertigen und schickt ein von Melina vorgeschriebenes Telegramm an Bianchini, in dem er ihm erklärt, dass er zurückkommen werde, sobald er den Verlust des Zuges ersetzt habe. Außerdem empfiehlt er ihm, Leonardi zu feuern. Er verschickt noch zwei weitere Telegramme, eines an Pinas Tante und eines an seine Mutter.

BIN WOHLAUF – DRINGENDE GESCHÄFTE IN
MÜNCHEN – BALDMÖGLICHST ZURÜCK

Währenddessen empfängt Melina die Frau eines italienischen Zimmermanns, der sie im Vertrauen von ihrem Gast erzählt, der mit Mandarinen handele. Und dass sie ihre Ersparnisse zu dreißig Prozent Zinsen für drei Monate in sein Handelsunternehmen investiert habe. Zum Beweis der Solvenz ihres Gastes lässt Melina die Frau einen Blick in Barnabas Ledertasche werfen. Der Frau des Zimmermanns gehen die Augen über, sie will sofort mit einsteigen. Melina zögert kurz, ist dann jedoch einverstanden, bittet die Frau des Zimmermanns allerdings um größte Diskretion. Als die Frau des Zimmermanns ihr wenig später zwanzig Mark bringt, stellt Melina ihr einen Wechsel aus und zahlt ihr umgehend die ersten zwanzig Prozent Zinsen in bar aus. Die restlichen zweiundzwanzig Mark erhalte sie dann in drei Monaten.

Die Idee hat Melina aus einem Buch mit den Lebenserinnerungen einer Münchner Volkssängerin, die vierzig Jahre zuvor ein Schneeballsystem mit Kleindarlehen aufgezogen hatte, zu einer Volksheldin wurde und nach dem unvermeidlichen Kollaps des Systems mit einer milden Zuchthausstrafe davonkam. Den Teil mit Zusammenbruch und Zuchthaus will Melina besser hinkriegen. Dafür hat sie nun Barnaba und seine magische Geldtasche, die ihr die nötige Liquidität verschafft.

Die Saat geht auf. Am nächsten Tag erscheinen prompt zwei weitere Interessenten, angelockt von der Aussicht auf märchenhafte dreißig Prozent. So absurd der Zinssatz auch ist, er ist betörend wie der Gesang der Sirenen in der Meerenge von Messina. Am dritten Tag sind es bereits vier neue Kunden, und die Zahl wird sich jeden weiteren Tag verdoppeln, ebenso wie die Summen, die die Leute Melina antragen. Nach drei Monaten, als die ersten Wechsel fällig sind, zahlt Melina jeden, der sein Geld will, anstandslos aus. Das erhöht das Vertrauen und bringt weitere Kunden. Die braucht Melina auch, denn die Summe der Wechsel beläuft sich rasant auf Zehntausende von Mark, die sie nur durch immer neue Wechsel bedienen kann.

Zwischendurch kommen Leute, um sich Geld zu leihen. Melina ist großzügig, obwohl sie weiß, dass die Hälfte ihrer Gläubiger es nie zurückzahlen wird. Aber innerhalb weniger Wochen ist sie nicht mehr nur die Heilerin, sondern auch die Bank der Au. Die Rettung all derer, die nirgendwo sonst Kredit kriegen. Der Fiebertraum von einem besseren Leben all derer, die wissen, dass sie es mit Arbeit allein niemals schaffen werden.

Es sind immer nur Italiener, darauf achtet Melina, damit die deutschen Behörden nichts von ihrem Kreditgeschäft erfahren. Sie bleiben unter sich, mit ihrer Sprache und ihrem Misstrauen gegenüber der Obrigkeit. Erst kommen sie aus der Au, dann aus Haidhausen, bald aus dem Umland. Innerhalb von wenigen Wochen stapeln sich in Melinas Häuschen Säcke mit Zehntausenden von Mark in Gold- und Silbermünzen, und es werden immer mehr. Melina lässt eine Schule bauen mit der Auflage, dass die Hälfte der Schüler Mädchen sein müssen. Zia Melina lässt sogar eine Volksküche einrichten, in denen die ärmsten italienischen Familien kostenlos versorgt werden und wo es sogar Mandarinen gibt. Nach und nach dämmert den königlich-bayerischen Behörden dennoch, dass da irgendetwas vorgeht bei den Katzlmachern, aber Zia Melina ist vorsichtig. Sie lebt weiterhin bescheiden in ihrem kleinen Häuschen, zwischendurch tauscht sie hie und da einen Teil der Münzen in Banknoten um, obwohl sie wenig Vertrauen in Papiergeld hat. Für ein Bankkonto bräuchte sie ohnehin die Einwilligung eines Gatten.

Barnaba fragt sich, welchen Plan sie eigentlich verfolgt. Ob sie nur den toten Schuster loswerden will oder ob sie sich mit dem Geld irgendwann nach Sizilien absetzen und dort das Leben einer Dame von Stand führen will. Sie selbst zu fragen kommt ihm nicht in den Sinn, Melinas Zauber liegt wie ein lähmender Panzer auf seinem Willen und seinen Gedanken. Am wahrscheinlichsten findet er noch, dass sie alles aus purer Lust an der Verführung tut, wenn er ihr dabei zusieht, wie sie die Münzen mit ihren Zauberhänden fliegen und tanzen lässt. Ihre Buchführung dagegen ist ganz und gar unmagisch, sie beschränkt sich auf handschriftliche Einträge mit Namen und Summen in einem Notizbuch.

Barnaba zählt dennoch alles im Kopf mit, aber die Farben der Zahlen sind ausgewaschen und stumpf, schmecken nach Chlor und Rost, erdrücken ihn in seinen Träumen. Er ist gefangen in einer giftigen Blase willenlosen Müßiggangs. Er würde gern Bianchinis Geld zur Bank in Sicherheit tragen, aber er bringt einfach nicht die Kraft dazu auf. Jede Nacht wird er Melinas Eber, unersättlich und überfließend, am Tag spaziert er dann elegant gekleidet durch die Au, verbreitet Geschäftssinn und Zuversicht. Aus der Brusttasche ragt Pinas Schnupftüchlein mit den aufgestickten Mandelblüten, aber er schnuppert nicht mehr daran.

Überall wird er gegrüßt, er ist jetzt Jemand. Ein neues Jahrhundert wird geboren und tut seinen ersten Schrei, aber Barnaba hört es nicht mal. Eine Masernepidemie rast durch München, Bertha von Suttner spricht im Kaimsaal über Krieg und Frieden, das Künstlerhaus am Maximiliansplatz wird feierlich eröffnet. Nichts davon durchdringt die Membran von Barnabas Blase. Er weiß, dass Melina ihn für irgendetwas benutzt, nur wird ihm nicht ganz klar, für was eigentlich. Außer für die Nacht braucht sie ihn im Grunde gar nicht, tagsüber fühlt er sich unnütz.

»Du bringst mir Glück«, sagt sie zärtlich. »Du bist der Magnet meines Glücks. Du bist mein Talisman.«

Weil er als Talisman nicht viel zu tun hat, durchstreift Barnaba München wie vorher die Kalsa. Mit seinem schlechten Orientierungssinn verirrt er sich oft, aber es gefällt ihm, sich aufzulösen in dieser winterlichen Residenzstadt, gewebt aus Kohleruß und Himmel. Die Leute wirken zwar unfreundlich, aber wenn er genau hinsieht, scherzen sie viel miteinander, sind so rumpelnd wie ein Bollerwagen über Kopfsteinpflaster. Ganz gleich aus welcher Schicht sie kommen, bewegen sie sich mit Maß und Stolz und scheinen nicht übermäßig viel zu arbeiten, denn die Cafés und Wirtshäuser sind zu allen Zeiten voll. Da er genug Geld hat, sitzt auch Barnaba viel in Cafés herum, lässt sich frische Säfte pressen und bedienen wie ein Herr. Viel Vergnügen bereitet es ihm nicht, er vermisst die Nachmittage mit Bianchini, sogar mit Ruggero.

Aber wenn er an Ruggero denkt, packt ihn auch gleich wieder die Wut. Dann will er zurück nach Hause, will um Rosaria kämpfen oder um Pina, aber er erinnert sich noch nicht einmal mehr genau an ihre Gesichter. Er will zurück nach Hause, aber Melina erklärt ihm, dass die Carabinieri bestimmt nach ihm suchen, wegen der Sache mit Musumeci. Er solle lieber bei ihr bleiben, flüstert sie, und dann vergisst er wieder, wer er ist, und versinkt in ihr.

Obwohl er in der Au lebt, sieht Barnaba breiten Wohlstand ringsum wachsen. Münchens Märkte dagegen kommen ihm erschreckend ärmlich vor. Mit einer Ausnahme: dem Viktualienmarkt. Hier, im Herzen von München, entdeckt er den schäumenden Überfluss wieder, den er aus Palermo gewohnt ist. Auf dem Viktualienmarkt kann man am Kindbett des neuen Jahrhunderts fast alles kaufen, was das Herz begehrt, sogar Bananen, Kokosnüsse und frische Ananas. Eine Orange mittlerer Qualität kostet zwölf Pfennig. Wenn er das umrechnet, kommt Barnaba auf etwa eine Lira pro Kilo. Mehr als das Doppelte dessen, was die Florio für die Ware erhalten, und Barnaba findet, dass in dieser Marge noch viel Luft für jemand wie ihn ist.

Gleich neben dem Viktualienmarkt, im lang gestreckten Glaspalast der Schrannenhalle, brummt das Großmarktgeschäft mit Getreide, Gemüse und auch Zitrusfrüchten. Die Sonne stürmt durch die Glasfassade, bringt alles zum Leuchten. Barnaba wandelt zwischen den Ständen herum wie in einem Traum, schnuppert an Zitronen und Orangen, lässt sich von den italienischen Großhändlern wie ein Herr anreden. Bis Leonardi ihn entdeckt.

»Eh, Carbonaro! Eh, Schwachkopf!«

Als er sieht, wie Leonardi auf ihn zuschießt, macht sich Barnaba flugs aus dem Staub.

»Du verdammter Hurensohn, bleib stehen!«

Im Zickzack rennt Barnaba durch die Halle, aber Leonardi bleibt ihm auf den Fersen. Barnaba braucht ein Versteck, aber die Schrannenhalle mit ihren Glasfassaden bietet nicht viel. Bis er einen Jungen in seinem Alter in einem karierten Hemd sieht, der Orangenkisten auf einen Karren mit einer Plane lädt, als ob sie kein Gewicht hätten. Ohne viel nachzudenken, drückt er dem bulligen Jungen mit den Fuchsaugen ein Fünfmarkstück in die Hand und kriecht unter die Plane. Eingehüllt in den Duft der Orangen hört er, wie Leonardi schnaufend ankommt.

»Wo ist er?«

»Wer?«, fragt der andere Junge.

»Du hast ihn doch gesehen, Schwachkopf. Der Zwerg im feinen Anzug.«

»Ich hab niemand gesehen, Leonardi.«

Eine Hand greift an die Plane. Barnaba erstarrt. Aber die Plane wird nicht weggezogen.

»Fass meine Ware nicht an! Verpiss dich, Leonardi.«

Kurz darauf wird die Plane weggezogen, der Junge sieht Barnaba prüfend an.

»Er ist weg, kannst rauskommen.«

Barnaba sieht sich vorsichtig um.

»Na los, du Schwuchtel, ich brauch den Karren heute noch.«

Der Junge packt ihn an den Füßen und zieht ihn vom Karren wie einen Sack Haselnüsse. Er ist kräftig, mit Händen wie Zangen, und reicht ihm auch die fünf Mark zurück.

»Behalt sie«, sagt Barnaba. »Danke.«

»Scheiß drauf. Wie heißt du?«

»Nino Carbonaro.«

»Hör mir mal gut zu, Carbonaro. Ich mag Leonardi nicht, aber dich mag ich auch nicht. Versuch nie wieder, mich zur Hure zu machen, sonst schlag ich dich tot, ist das klar?«

So lernt Barnaba Mario Buscemi kennen und verzieht sich. Viel lieber würde er bleiben in dieser hellen Glaswelt zwischen Orangen und Zitronen, aber er kann nicht. Er ist neunzehn und verzaubert. Er kriecht in Melinas Bett zurück, denn er ist ihr Maskottchen, ihr Talisman, er hat keine Ahnung, was. Wenn sie für ihn singt und sich auszieht, ist er verloren. Seine Nächte sind traumlos, Melina liegt mit ihrem ganzen Gewicht auf ihm, als ob sie verhindern wolle, dass er wegfliegt. Er weiß nicht einmal, ob er sie liebt. Er sieht nur apathisch zu, wie sich immer mehr Geld im Häuschen ansammelt, und je mehr es wird, desto melancholischer macht es ihn. Melina und das Geld betäuben ihn und hüllen ihn ein, gleichzeitig enthüllen sie, was er wirklich ist: nichts. Immer noch nichts. Er lebt in einer Welt des Unwirklichen, er fühlt sich verhext.

Das Selbstmitleid und die Selbstverachtung wärmen ihn auf, er ist gerührt von sich selbst, in der Nacht ist er dann wieder Melinas Eber. Allerdings auch nicht ihr einziger. Melina hat andere Gelegenheitsliebhaber, die sie sich nach Belieben pflückt wie Früchte. Barnaba bricht einen Streit vom Zaun, als er dahinterkommt, schlägt sie, aber Melina erklärt ihm, dass sie ihm nicht gehöre. Sie verwandelt jeden, wie sie will, Barnaba kann nichts tun.

Er nimmt zu, sein Gesicht wird teigig. Manchmal erwischt er Musumeci und den toten Schuster dabei, wie sie verloren mit den Münzen spielen, ohne sie behalten zu können. Den beiden *patruneddi* kann er jedoch ebenso wenig aus dem Weg gehen wie Leonardi, der ihn schließlich in der Au aufstöbert wie ein waidwundes Wild.

»Was hast du denn gedacht, Schwachkopf! Dass du dich in meiner Stadt vor mir verkriechen und auch noch nach Herzenslust Geschäfte machen kannst?«

Leonardi stiefelt durch Melinas Häuschen, als gehöre es ihm samt der Münzsäcke. Barnaba fühlt sich zu angeschossen, um ihn zu vertreiben, aber seltsamerweise unternimmt auch Melina keinen Versuch. Im Gegenteil, sie protestiert nicht einmal, als Leonardi eine zwanzigprozentige Beteiligung einfordert. Barnaba schafft es, ihn auf fünfzehn herunterzuhandeln, aber damit ist sein Widerstand erschöpft.

Von diesem Tag an werden sie Leonardi nicht mehr los. Allerdings spielt seine Beteiligung bei Melinas Buchführung ohnehin keine Rolle, denn sie weiß nicht einmal, wie viel sie wirklich einnimmt. Sie weiß nur, dass sie nicht mehr aufhören kann, und das weiß auch Leonardi, also bedient er sich von dem Geld, wie es ihm beliebt, und schleppt neue Kunden an. Anfangs noch Italiener, aber mit der Zeit kommen immer mehr Deutsche. Aus dem Schneeball wird eine Lawine, und Barnaba kann nichts tun.

Natürlich könnte er sich ebenso selbstverständlich wie Leonardi an Melinas Geld bedienen und Bianchini den verlorenen Güterzug auf einen Schlag ersetzen. Aber so viel Verstand bringt er gerade noch auf. *Megghiu pierdiri ca strapierdiri*, denkt er, besser wenig verlieren als alles, er will es nicht noch schlimmer machen. Aber die Gedanken an Bianchini, an Pina, Rosaria und zu Hause durchdringen allmählich die Membran, die ihn umschließt. Als die Tage länger und milder werden und er sich ein wenig klarer fühlt, schleppt er die Ledertasche mit den vierzigtausend Mark zum Bankhaus Dürck, als ob er Steine trage. Die Einzahlung verläuft ohne größere Probleme, danach fühlt sich Barnaba so leicht wie lange nicht mehr. Am Abend hat er deswegen einen heftigen Streit mit Melina, weil sie ihm vorwirft, sich absetzen zu wollen. Wütend hält sie ihm ein Bündel mit Telegrammen von Bianchini, Pina und auch seiner Mutter unter die Nase, die sie abgefangen hat. Melinas Zauber wirkt immer noch. Barnaba beißt sich zwar fast die Zunge ab vor Wut, bis er sein eigenes Blut schmeckt, doch dann verbrennt er kraftlos die Telegramme, ohne Melina zu bitten, sie ihm vorzulesen.

Es wird Frühling. An den Sonntagen werden keine Wechsel ausgestellt, an den Sonntagen geht er mit Melina ins Kino oder in den Kindl-Keller, wo sie Georg Lettl und Anton Haderecker bei der Weltmeisterschaft im Gewichtheben zusehen. Im Nymphenburger Park sehen sie zu, wie die Luftschifferin Käthchen Paulus mit ihrem Ballon aufsteigt und ihn dann als Fallschirm bei einem geplanten Absturz benutzt. Der Himmel ist so weit, dass man hineinspringen möchte. An ganz klaren Tagen kann man die Alpen sehen oder im Englischen Garten am Chinesischen Turm Foxtrott tanzen.

Überall ist Bewegung und Lebenshunger. Die erste elektrische Straßenbahnlinie wird festlich eingeweiht, die ersten Fahrprüfungen für Autofahrer werden abgehalten. In den Haidhauser Kabaretts werden frivole Lieder gesungen und Kokain in Wein und Cognac gemischt. Zum ersten Mal sieht Barnaba die Boheme seiner Kindheit in ihrem natürlichen Habitat und prügelt sich mit einem betrunkenen Stutzer, der Melina begrapscht hat. Melina lacht nur. Erst als die königlich-bayerischen Schupos mit Trillerpfeifen und Schlagstöcken anrücken, machen sie sich aus dem Staub. An Sonntagen fühlt es sich gut an, in München neunzehn zu sein, Geld zu haben, sich zu raufen und seine Wut bis zur Selbstauflösung in Melinas Bett zu verströmen.

In der Au freundet er sich mit einem deutschen Jungen in seinem Alter an, einen krumm und schief gewachsenen Kerl mit Strohhaaren und Eselsgesicht, der Melina gelegentlich hilft, Münzsäcke zur Bank zum Wechseln zu tragen. Sein Name ist Valentin, der Vater hat ein Speditionsgeschäft, aber dafür hat Valentin nicht viel übrig. Viel lieber füllt er Bierflaschen mit Schießpulver, die er dann mit Barnaba am Isarufer hochgehen lässt. Obwohl sie kaum ein Wort miteinander reden können, verstehen sie sich prima. Barnaba fühlt sich, als ob die Kindheit noch einmal kurz auf einen Besuch vorbeischaue.

Der Viktualienmarkt wird zu seinem Gestirn, um das er nun täglich seine Kreise zieht und Kraft schöpft allein vom Anblick der Zitronen, Orangen und Mandarinen. In die Schrannenhalle traut er sich allerdings nicht mehr hinein, als ob sie eine verbotene Zone wäre, die er nicht betreten kann, solange er mit Melinas lähmendem Zauber belegt ist.

Es wird Sommer. Die Summe der Wechsel beläuft sich auf mehr als drei Millionen Mark, und Leonardi schleppt inzwischen Bauern aus dem ländlichen Münchner Umfeld an. Ohnmächtig sieht Barnaba den Kollaps anrollen, es ist nur eine Frage der Zeit, bis zu viele Kunden auf einmal ihre Wechsel einlösen wollen. Um flüssig zu bleiben, beschäftigen Melina und Leonardi bald eine Kolonne von Kreditvermittlern, die fünf Prozent pro Wechsel dafür erhalten, dass sie aus allen Ecken neue Kunden hervorziehen. Der Dachboden stöhnt unter der Last der Münzsäcke, und dieses vertraute Vorzeichen des Bebens seiner Kindheit zusammen mit einem anderen Ereignis durchdringt endlich die Membran von Barnabas Blase.

Als er eines Nachmittags am Hofatelier Elvira vorbeikommt, einem Fotoatelier, das von zwei Frauen geführt wird, die die Fassade geradezu wollüstig im neuen Jugendstil gestaltet haben, sieht Barnaba im Vorbeigehen sich selbst. Ausgestellt als Fotografie im Schaufenster. Es ist die allererste Aufnahme, die der Baron von ihm gemacht hat, an dem Tag, bevor der Hang abrutschte und sein Vater starb. Fast wäre Barnaba in Gedanken versunken an dem Geschäft vorbeigegangen, aber aus dem Augenwinkel nagelte ihn sein eigener zehnjähriger Blick fest, wirbelte ihn herum. Und nun kommt er nicht mehr vom Fleck, starrt sein zorniges, nacktes zehnjähriges Ich an.

Mein kleiner zorniger Polyphem, denkt Barnaba, getroffen von der Erinnerung an den Moment der Aufnahme, die sich mit der Erinnerung an das Beben und dem nächtlichen Stöhnen von Melinas Dachbalken vermischt. Alles vermischt sich, verwirbelt und strudelt durch seinen Kopf, bis die Blase platzt. Zum ersten Mal seit Monaten fällt Barnaba wieder ein, wer er ist und woher er kommt. Das Heimweh überfällt ihn hinterrücks wie ein Kobold. Für zweiundvierzig Mark kauft er der Fotografin Anita Augspurg die Fotografie ab, unfähig, ihr zu erklären, dass er der Junge auf dem Bild sei. Melina zeigt er die Aufnahme jedoch nicht. Sie ist ohnehin ganz damit beschäftigt, Münzen in Säcke zu füllen.

»Wir müssen damit aufhören«, sagt Barnaba heiser.

»Warum? Es läuft doch gut.«

»Nicht mehr lange.«

»Doch, mein kleiner Eber, noch sehr lange.«

Er stöhnt. »Lass uns von hier verschwinden, bevor es zu spät ist.«

»Wohin?«

»Nach Hause. Wir mieten einen Palast in Catania. Ruggero wird kotzen vor Neid. Wir geben rauschende Feste, wir investieren und werden immer reicher.«

»Nein!«, sagt sie ungewohnt scharf. »München ist mein Zuhause, nicht Sizilien. Ich werde nirgendwohin gehen. Und außerdem …« Sie nimmt sein Gesicht in beide Hände. »Außerdem, mein Schatz, bin ich schwanger.«

»Wie bitte?« Barnaba versteht erst nicht. »Von wem?«

»Von dir, du Dummkopf. Du hast mir ein Kind gemacht.«

»Ich …«, stammelt Barnaba, »ich hab nichts gemerkt.«

»Weil du gar nichts merkst. Jede Nacht bespringst du mich mit deinem Prügel, der fast so groß ist wie du. Selbst wenn ich blute, gibst du keine Ruhe, du merkst es nicht mal. Und wenn ich gar nicht mehr blute, merkst du es gar nicht.«

Barnaba ist Sohn einer Heilerin, groß geworden in Zitrusgärten. Er weiß, dass der Samen des Mannes die Blüte im Leib der Frau bestäubt und ihr eine Frucht wachsen lässt. Aber das ist auch alles. Wie und unter welchen Bedingungen es geschieht, hat ihm nie jemand erklärt. Auch warum Frauen jeden Monat bluten, weiß er nicht. Die Padres sagen, dass es etwas Schmutziges sei, eine Strafe für den Sündenfall.

»Jeden Monat bestraft uns unser Körper mit Blut und Schmerzen dafür, dass wir wieder nicht schwanger geworden sind«, erklärt ihm Melina. »Aber nun ist es passiert, du wirst Vater.«

»Wer sagt, dass es von mir ist?«

»Glaub mir, eine Frau weiß das. Herzlichen Glückwunsch. Du musst jetzt für immer bei mir bleiben.«

Es sickert nur langsam in sein Bewusstsein. Melinas Bauch ist so flach und weich wie immer, aber jeden Tag stellt er sich nun vor, wie unter ihrer Haut ein Kind heranwächst, und wenn er Melinas Bauch berührt, spürt er eine schwache Verbindung. Etwas strömt durch Melinas Bauch hindurch in seine Hand, in seinen Körper und wieder zurück, bildet einen leise pumpenden Kreislauf der Liebe. Eine ganz neue Erregung erfasst ihn. Er beginnt, sich sein Kind vorzustellen, vorzugsweise als Sohn. Aber als er eines Mittags von einem seiner Streifzüge zurückkehrt, sieht er, wie sie ein ganzes Bündel blutiger Tücher im Waschzuber schrubbt. Melina ist blass und wirkt ungewohnt erschöpft.

»Ich hab's verloren«, erklärt sie ihm. »Mach dir keine Sorgen, so was passiert, es geht mir gut.«

Sie wirkt fast erleichtert, aber ganz naiv ist Barnaba, Sohn einer Wunderheilerin, nun schließlich auch nicht. Er muss nur einmal an den Resten des Gebräus in dem Topf in der Küche schnuppern, um Bescheid zu wissen. Er fühlt keinen Schmerz, nur ein dumpfes Nichts, wo vorher ein allerfernstes Pumpen der Liebe war.

»Du hast es dir selbst weggemacht.«

»Na und? Es war meins, ich konnte damit tun, was ich wollte.«

»Es war auch mein Kind!«, schreit er sie an und windet sich.

Aber Melina schüttelt energisch den Kopf. »Nur weil du's

mir gemacht hast, gehört es dir noch lange nicht. Solange sie in meinem Bauch sind, gehören sie mir, mir ganz allein. Und ich sag's dir, wie es ist – ich habe noch jedes weggemacht. Ich will sie nicht, verstehst du? Weder von dem Schuster noch von dir noch von irgendwem sonst.« Sie streicht ihm über die Wange. »Ist besser so, mein Schatz. Du bist doch noch so jung, du willst gar kein Kind, glaub mir.«

Er schlägt ihre Hand weg, tobt durch das Häuschen, tritt gegen die Geldsäcke. Er will Melina schlagen, grün und blau will er sie schlagen, tot will er sie schlagen. Aber er tut es nicht. Noch am selben Nachmittag packt er ein paar Sachen in Bianchinis Ledertasche und verlässt Melina und das Häuschen in der Au. Nur die Fotografie in den Pappendeckeln vergisst er in der Eile.

»Wo willst du denn hin, mein kleiner Eber? Was hast du denn vor?«

Melina bittet ihn um Verzeihung, verspricht ihm, dass sie die nächste Leibesfrucht behalten werde, verspricht ihm, dass sie mit ihm gehen werde, wohin er wolle, verspricht ihm Geld, das ganze Geld. Doch Barnaba will einfach nur noch weg. Odysseus musste weitersegeln, und Barnaba nun auch. Musumeci sieht ihm traurig hinterher, folgt ihm jedoch nicht. Denn die Toten, das vermutet Barnaba inzwischen, folgen immer dem Geld. Nur wissen sie nichts damit anzufangen.

Musumeci ist er zwar vorerst los, aber er ist nun eben auch wieder arm. Und das immer noch in einem Land, dessen Sprache er nicht spricht. Er ist Sizilianer, er kennt die Armut, er kennt den Reichtum. Er hat so viel Geld auf einem Haufen gesehen, dass es ihm bis zum Hals steht. Er hat einen Mann getötet, einen Güterzug verloren, sich verhexen lassen, ein Kind gezeugt und es bereits wieder verloren. Das Leben lacht ihn aus, denkt er. Bianchini, denkt er, kann sich seine Kleinreichen und Großreichen sonst wohin schieben. Der Reichtum, von dem Barnaba träumt, seit er zum ersten Mal *cannoli* gegessen hat, sieht lebendiger aus. Verwurzelt in Arbeit, gepolstert mit Annehmlichkeiten, gesalbt in Respekt, bevölkert von der eigenen Familie. Er ist eben Sizilianer, und ihm ist klar, dass er für diesen Reichtum nach Sizilien zurückkehren muss. Zurück zu Rosaria, zu Pina, seiner Mutter und den Zitrushainen. Aber noch kann er nicht. Melinas Zauber ist zwar erloschen, aber Barnaba befürchtet, dass die Carabinieri ihn immer noch wegen des Mordes an Musumeci suchen.

Die Nacht verbringt er auf einer Bank im Englischen Garten. Am nächsten Morgen, noch vor Sonnenaufgang, ist er in der Schrannenhalle. Mario Buscemi trägt wieder ein kariertes Hemd und erkennt ihn sofort wieder.

»Was willst du, Carbonaro?«

»Ich brauche Arbeit.«

»Siehst nicht so aus.«

»Ich bin kräftig und kann rechnen.«

»Siehst nicht so aus.«

Barnaba würgt seine aufwallende Wut herunter. Nur seinen Stolz, den kriegt er nicht heruntergewürgt. Aber nun fällt das erste Morgenlicht durch die Glasfassade der Schrannenhalle und bricht ihm fast das Herz. Alles glüht, alles leuchtet. Er will bleiben, um jeden Preis.

»Dein Stand?«, fragt er matt.

Buscemi lacht. »Schön wär's. Aber eines Tages gehört mir die ganze Halle.«

Barnaba hat sich so was schon gedacht, und es gefällt ihm.

Was ihm nicht gefällt, ist, wie dieser Buscemi ihn durch seine Fuchsaugen mustert.

»Also, Carbonaro: Was kannst du für mich tun?«

Über dem Viktualienmarkt geht die Münchner Julisonne auf, Barnaba kommt sich vor wie im Innern eines Kristalls aus Glas und Mandarinen. Er hat die Insel der Zauberin verlassen, der Versuchung widerstanden und die Toten abgehängt. Das Glück trifft ihn mit der Münchner Morgensonne, rast als Sturm von Lichtquanten durch ihn hindurch, die Max Planck und Albert Einstein in den nächsten Jahren aber erst noch beschreiben werden. Dieser Moment im Zentrum eines lichtbestürmten Kristalls wird zu einer der schönsten Erinnerungen seines Lebens. Das Beben unter Barnabas Füßen verwandelt sich zu einem sanften Rollen, er kann spüren, wie das Wasser zurückkommt. Er fühlt sich wie Odysseus zurück an Bord, also will er rudern, alles an Segeln setzen, was nur geht. Nur was er nicht will, ist, wieder unsichtbar zu werden. Also sagt mein Urgroßvater:

»Ich kann dir helfen, die Nummer zwei auf dem Großmarkt. zu werden.«

»So? Und wer wird Nummer eins?«

»Ich natürlich.«

Brüder könnten sie sein. Zwei neunzehnjährige sizilianische Angeber mit scharfem Verstand, leicht reizbar, immer auf ihren Vorteil bedacht, aber auch bereit, sich die Finger schmutzig zu machen. Zwei, die sofort wissen, dass sie füreinander bestimmt sind, Konkurrenten fürs Leben.

Und keine Woche zu früh, denn auch Buscemis Vater, ein Ziegelbrenner aus Haidhausen, hat Zia Melina seine gesamten Ersparnisse überlassen in der Erwartung märchenhafter Zinsen. Als Barnaba für drei Mark für Kost und Logis die Woche bei den Buscemis einzieht, fleht er Signor Buscemi noch am gleichen Abend an, den Wechsel umgehend einzulösen. Was dann der Windhauch ist, der das labile Gleichgewicht kollabieren lässt. Ein Gerücht macht die Runde, die Schwingung schaukelt sich auf, und als immer mehr Italiener auf einmal ihre Wechsel einlösen wollen, bricht Melinas Schneeballsystem zusammen, donnert die Lawine ins Tal. Als Hunderte von Italienern das Häuschen stürmen und Leonardi versucht, mit einem Sack voller Münzen zu türmen, kann die Polizei ihn gerade davor bewahren, gelyncht zu werden.

Von Zia Melina allerdings fehlt jede Spur. Einige sagen, der Teufel persönlich habe sie geholt, um sie zur Frau zu nehmen, wieder andere wollen gesehen haben, wie sie auf einem Besen durch die Nacht flog, und ein Radmacher aus Lentini will ihr auf einer Landstraße mit einer Schweineherde begegnet sein. Die Mädchenschule und die Volksküche, die Zia Melina errichtet hat, festigen ihren Ruf als geheimnisvolle Wohltäterin. Ersparnisse sind vernichtet, Existenzen ruiniert worden, ganze Höfe werden verpfändet, ein gutes Dutzend Selbstmorde lässt sich auf Zia Melinas Betrug zurückführen, aber trotzdem wird sie zum Mythos. Das Schicksal bestraft am Ende allein Leonardi mit drei Jahren Zuchthaus, und das auch nur, weil die königlich-bayerische Justiz ein Exempel statuieren will.

Anfangs macht sich Barnaba noch Sorgen, dass Leonardi ihn bei der Polizei verpfeift. Bestimmt tut er das sogar, aber weil er mit der Glückshaut der Pancrazias und Barnabas in unserer Familie gesegnet ist, perlt wundersamerweise alles an ihm ab. Niemand behelligt Barnaba, niemand führt ihn ab. Als er sich endgültig sicher fühlt, will er noch mal zurück, um die Fotografie heimlich zu holen, die er in der Eile des Aufbruchs zurückgelassen hat. Aber als er an Melinas Häuschen ankommt, sieht er, dass es bis auf die Grundmauern abgebrannt ist.

Nachts entlädt er nun mit Buscemi die Waggons aus Italien, von frühmorgens bis mittags schleppt er Obstkisten in der Schrannenhalle wie früher die *cufinu* in den Gärten des Dottore Passalacqua. Er ist wieder zurück im kleinen Glück, zwischen Zitronen, Pfirsichen, Aprikosen, Weintrauben, Kirschen, Blumenkohl, Mandeln, Trockenfrüchten und Oliven. Wenn er mit Mario Buscemi mittags die Schrannenhalle verlässt, schlingen sie erst ein halbes Dutzend Weißwürste herunter, dann arbeiten sie bis zum Abend auf dem Viktualienmarkt weiter, als ob ihre Energie endlos sei. Goldene Tage, gepresst aus harter Arbeit und Mandarinenduft. An den Sonntagen spielen sie Karten in den Kaschemmen in der Au, das Geld verpulvern sie in den Bordellen gleich nebenan. Es verschafft Barnaba keine Erlösung, im Gegenteil. Er bezahlt für die Enttäuschung. Anschließend zettelt er mit Buscemi Streit an, wo immer es nur geht. Sie haben bald den Ruf, dass man ihnen besser aus dem Weg geht, und wenn sich niemand mehr findet, der sich provozieren lässt, prügeln sie sich untereinander. Allerdings speist sich ihre vulkanische Kraft aus einer vergifteten Quelle, dem *sicilianismo*. Dem Hochmut der Sizilianer, der sich auf nichts anderes gründet als ihre *sicilianità*. Sie sind so sehr von sich selbst berauscht, dass Barnaba sogar seinen zwanzigsten Geburtstag vergisst. Dennoch hat er eine interessante Beobachtung gemacht: Die Deutschen bevorzugen Obst, wenn es hübsch in ein Seidenpapier eingewickelt ist, das eigentlich nur seinem Schutz dient. Selbst wenn die

Früchte fast das Doppelte kosten. Es ist ihm schon im Winter bei den Orangen aufgefallen. Mit Pfirsichen und Weintrauben verhält es sich genauso. Er misst dieser Beobachtung zunächst keine Bedeutung bei, aber tröpfchenweise tränkt sie sein Bewusstsein. Die Deutschen haben einen umständlichen Sinn für Gründlichkeit und Vorsicht. Vielleicht, denkt er, haben sie deswegen so eine zärtliche Zuneigung für Verpackung. Denn eine aufwendige Verpackung singt ihnen eine Ballade von unerschütterlicher Qualität. Und das ist, was sie schätzen – Qualität.

Wege gabeln sich, Entscheidungen werden gefällt, eine Saat geht auf, eine andere nicht. Kinder werden gezeugt und geboren, andere nicht. Das Leben ist ein Fass voller Begierde, ein schäumendes Gebräu, niemand kriegt je genug. Das neugeborene Jahrhundert kräht seinen Hunger hinaus in die Welt, und alles eilt herbei, ihn zu stillen. Allmählich begreift Barnaba, was Ruggero damals im Palazzo Manganelli mit dem Fortschritt meinte. Überall ist Elektrizität und Dampf, überall sind Maschinen. Die Welt ist eine Wundermaschine, alles dreht sich. Federn flirren, Rädchen surren in einem Uhrwerk mit verstörenden Komplikationen. Es wäre nicht verkehrt, denkt Barnaba, ein treibender Teil dieser Maschinerie zu sein. Er hat nur keine Idee, wie.

Als Barnaba an einem Sonntagmorgen im August verkatert, mit blutiger Lippe und befleckter Hose aus dem Bordell tritt, um sich irgendwo zu erleichtern, schneit es seidene weiße Orangenpapierchen. Wie eine Blütenwolke ganz aus knittriger Zartheit und Reinheit wirbeln sie um ihn herum, senken sich lautlos auf ihn herab, auf ganz München, türmen sich gewichtslos auf den Dächern und in den Straßen, verstopfen die

Kanäle und den Verkehr, dämpfen alle Geräusche und jedes rastlose Herz. Verzaubert von so viel Anmut versucht Barnaba nach den Seidenpapieren zu greifen, aber sie entwischen ihm mit jedem Luftzug seiner Handbewegungen. Erschüttert von so viel Schönheit, schüttelt er schließlich allen Hochmut und alle Lethargie ab. Ohne sich von Mario Buscemi zu verabschieden, packt er die Ledertasche und fährt auf dem nächsten Güterzug nach Sizilien zurück.

Auch diese Fahrt verbringt er in einer Art Fieber und sieht kaum etwas von der Landschaft. Zu sehr ist er damit beschäftigt, sich Rosaria heroisch für immer aus dem Herzen zu reißen, großmütige und selbstbewusste Worte an Ruggero im Geiste zu formulieren und überhaupt von seiner eigenen Selbstlosigkeit so gerührt zu sein, dass sie den dumpfen Druck des Unglücks betäubt. Denn ganz hinten in seinem Herzen wohnt trotz allem immer noch das Unglück wie eine Mäusefamilie hinter der Wand, die er einfach nicht weggeräuchert kriegt.

Am Abend des ersten Septembers des neuen Jahrhunderts erreicht er Palermo. Noch vor seiner Mutter sucht er Bianchini im Café Spinnato auf, den er, wie erwartet, alleine an seinem Stammplatz antrifft, missmutig und älter geworden, wie ihm scheint. Bianchini wirkt nicht einmal überrascht, als mein Urgroßvater nervös und in einem von der tagelangen Fahrt mitgenommenen Anzug vor ihm steht. Er bedeutet ihm, sich zu setzen, und winkt dem Ober.

»Hast du meine Telegramme bekommen?«

Barnaba nickt erst, schüttelt dann den Kopf. »Ich kann Euch alles erklären«, presst er heraus. »Ich werde Euch …«

Bianchini unterbricht ihn mit einer Handbewegung. »Ich bin im Bilde. Du hast Scheiße gebaut, Nino, einen Riesenhaufen Scheiße. Wenigstens hast du mein Geld schließlich doch noch eingezahlt.« Er schenkt ihm Champagner ein. »Den Verlust der Ware habe ich von deinem Darlehen abgezogen. Du bist übrigens gefeuert.«

Ein Teller mit dampfender *pasta con le sarde*, von anderen Gästen zuvor bestellt, landet vor Barnaba. Er rührt ihn nicht an.

»Leonardi hat Euch beschissen und bestohlen.«

»Ich weiß. Deswegen habe ich dir auch nur die Hälfte des Verlusts abgezogen. Na los, iss was, du siehst furchtbar aus. Morgen kehrst du in dein kleines Taormina zurück. Viel Glück mit deinem Hotel.«

»Hört mich erst an«, fleht Barnaba. Er greift in seine Hosentaschen und legt ein Bündel zerknitterter Seidenpapierchen auf den Tisch. »Ich habe eine Idee.«

Bianchini pustet die Orangenpapierchen vom Tisch wie tote Fliegen und trinkt einen Schluck.

»Nein, du musst nach Taormina zurück. Dein Sohn braucht einen Namen.«

TAORMINA 1900

Als mein Urgroßvater nach vierjähriger Abwesenheit spätabends am Bahnhof von Giardini ankommt, schleicht er sich wie der zurückgekehrte Odysseus erst heimlich nach Hause, um die Lage zu sondieren. Der Weg über den steilen Maultierpfad hinauf nach Taormina ist von Kakteen und dornigen Büschen überwuchert, als wolle ihn das Land nicht mehr, aber Barnaba genießt jeden Schritt.

Pancrazia ist in das Häuschen zwischen den Kakteen zurückgekehrt, und wie schon Bianchini ist sie nicht sonderlich überrascht über Barnabas Rückkehr. Sie umarmt ihn, küsst ihn und beginnt zu kochen. Denn wie Bianchini, wie alle Sizilianer lebt auch sie ganz und gar in der Gegenwart. Geht einer fort, ist er weg. Kehrt er zurück, ist er wieder da. Zwar müssen Rangplätze neu verhandelt, Beziehungsnetze geflickt und Verbindlichkeiten aufgefrischt werden, aber ansonsten spielt die Dauer der Abwesenheit keine Rolle, ob drei oder dreißig Jahre, was zählt, ist immer nur *roba*. Da fangen die Schwierigkeiten schon an, denn als mein Urgroßvater Barnaba Carbonaro nach Taormina zurückkehrt, trägt er zwar vierunddreißigtausend Lire in der Ledertasche herum, aber das ist nur der Rest von Bianchinis versprochenem Darlehen. Im Grunde besitzt er nichts. Nur seine Zuversicht und die Idee mit den Orangenpapieren.

Als er sich umsieht, wirkt das Haus aufgeräumt und ordentlich mit Vorräten bestückt. Pancrazia berichtet ihm, dass sie ein gutes Auskommen hat, weil all die Kranken und Siechen, die sich das Hospital des Dottore Passalacqua nicht leisten können, sich nun an sie wenden. Weil sie die Mutter des Helden ist, der die Tochter des Dottore gerettet hat.

»Bianchini hat dafür gesorgt, dass es in allen Zeitungen stand. Selbst die *cantastorie* singen über dich. Dein Vater wäre stolz auf dich gewesen.«

Er hätte mich noch mehr dafür gehasst, denkt Barnaba.

»Was ist mit Passalacqua?«

»Was soll sein! Du hast seine Tochter gerettet. Eurer Hochzeit steht nichts mehr im Wege.« Und als ob plötzlich Rosarias Name in Tinte auf Barnabas Stirn erscheine, fährt sie fort: »Die kleine Bagarella-Nutte hat sich in der Zwischenzeit Ruggero Manganelli geangelt, als er mal nach Taormina kam, um sich vom Baron fotografieren zu lassen. Ihre Eltern sind natürlich begeistert.«

Barnabas Magen krampft sich zusammen. »Ich muss sie morgen dringend sprechen.«

»Gar nichts wirst du. Die beiden haben nämlich im August in London geheiratet.«

»Was?«, stöhnt Barnaba.

»Vergiss sie! Du hast Pina ein Kind gemacht, soll sie ihr Leben in Schande beenden? Ich will gar nicht wissen, wie vielen Huren du in diesem Deutschland geschwängert hast. Du wirst Pina Passalacqua heiraten, sie ist die Richtige. Ich muss das wissen, denn du bist ein Teil von mir.«

»Ja, *mamma*. Ist das Kind gesund?«

»Ein kräftiger Bursche. Er sieht dir zum Glück nicht ähnlich.«

»Was meinst du damit?«

»Warte ab.«

Viel hat sich nicht verändert in Taormina, einiges aber doch, und es gibt manches, von dem Barnaba nie erfahren wird. Dazu gehören all jene Dinge, die Frauen untereinander klären. Unter anderem, dass Pancrazia und Pina vergeblich versucht haben, das Kind abzutreiben, kaum nachdem Pinas Periode ausgeblieben war und sie es bereits fühlen konnte. Allen Zaubersprüchen und Gifttränken zum Trotz erwies der Embryo einen so zähen Lebenswillen, dass er sich hartnäckig in Pinas jugendlicher Gebärmutter verkrallte. Schließlich verständigten sich die Frauen auf die Geschichte, Pina sei von Musumeci nicht nur verstümmelt, sondern auch geschändet worden. Barnaba, als hoffnungsvoller junger Protegé der Florio mit exzellenten palermitanischen Kontakten, habe zufällig von der Entführung Wind bekommen und die Tochter seines ehemaligen *padruni* unter Einsatz seines Lebens befreit. Um ihrer Familie die Schande zu ersparen, sei er sogar bereit, das Mädchen zu heiraten. Zuvor jedoch habe ihn Bianchini, um ihn einer eventuellen Strafverfolgung zu entziehen, nach München geschickt, bis klar sei, dass die Behörden den Tod eines so widerwärtigen kriminellen Subjekts wie Musumeci wohlwollend zu den Akten legen würden.

Misstrauisch hatte der Dottore Passalacqua sich die Geschichte einzeln und haarklein von Pina, Pancrazia und Pinas Tante erzählen lassen, bis sie ihn überzeugte. Pinas Tante hatte Pancrazia vor Dankbarkeit und Erleichterung die Hände geküsst und war hastig nach Palermo zurückgekehrt.

Um die Schande geheim zu halten, hatte der Dottore Passalacqua seine Tochter allerdings bis zur Niederkunft in seinem Haus in Giardini eingesperrt und angekündigt, das

Kind gleich nach der Geburt zu töten. Was Pina bislang zwar noch hatte verhindern können, aber wer den Dottore kannte, mochte Schlimmes erahnen. Zumal Pancrazias Zaubersprüche und Gifttränke den Fötus in Pinas Leib auf unvorteilhafte Weise verändert hatten. Der Junge, mit dem Pina eine Woche vor Barnabas Ankunft niedergekommen war, konnte zwar als durchaus gesund bezeichnet werden, doch jeder, der ihn zum ersten Mal sah, erschrak. Denn er war ein Zyklop. Stark behaart und mit nur einem Auge mittig über der Nasenwurzel.

Die Einzige, die den kleinen Zyklopen jedoch aus ganzer Seele liebte, war seine junge Mutter, die ihn selig stillte und ihn keine Sekunde aus den Augen ließ, damit ihr Vater ihn nicht töten konnte.

Auch davon weiß Barnaba nichts, als er in seinem besten Anzug das Haus des Dottore in Giardini aufsucht. Da ist er zwanzig. Der Dottore Passalacqua empfängt ihn jovial, keine Hunde, kein Säbel, bietet ihm sogar *caffè* an. Barnaba bleibt dennoch wachsam.

»Ich schulde dir das Leben meiner Tochter!«, dröhnt sein ehemaliger *padruni.* »Wie kann ich dir danken?«

»Ihr schuldet mir nichts, Herr. Ich habe nur meine Pflicht getan.«

Passalacqua atmet durch. »Wenn du es noch mal wagst, mich zu beleidigen, schlage ich dich hier auf der Stelle tot. Meine Tochter wurde von einem Tier verstümmelt und geschändet, und mit dieser Schande muss ich nun leben. Aber ich schulde dir ihr Leben, von allen Hurensöhnen auf der Welt ausgerechnet dir. Und ich werde diese Schuld begleichen, ist das klar?«

»Verzeiht, Herr.«

»Also gut, was verlangst du? Spuck's aus.«

Barnaba nimmt seinen ganzen Mut zusammen. »Eine komplette Ernte auf Kommissionsbasis.«

Der Dottore glaubt, sich verhört zu haben, aber mit fester Stimme fährt Barnaba fort: »Ihr erhaltet vierzig Prozent vom Gewinn. Es wird mehr sein als jemals sonst.«

Barnaba sieht, wie den Dottore langsam die Wut packt.

»Ich erwarte, dass du um die Hand meiner Tochter anhältst.«

»Ich dachte, Ihr wolltet mich erschlagen, wenn ich sie auch nur berühre.«

»*Madonna*, willst du mich verarschen?«

Barnaba schüttelt den Kopf. »Wenn Ihr das wünscht, nehme ich sie zur Frau. Und Ihr gebt mir dafür für zwei Jahre die kompletten Ernten auf Kommission. Falls der Gewinn höher ausfällt als im Vorjahr, verlängert sich die Option automatisch um ein Jahr.«

»Du kleines Stück Scheiße. Du kommst in mein Haus wie ein aufgeplusterter Gockel und versuchst, mit mir um meine Tochter zu feilschen wie auf einem Basar?«

»Nein, Herr«, erklärt Barnaba ruhig und ist bemüht, keinerlei Arroganz durchklingen zu lassen. »Mein Angebot wird von keinerlei Nachteil für Euch sein.«

Der Dottore knirscht mit den Kiefern, als zermahle er bereits Barnaba. »Sag es.«

Barnaba denkt an die Talismane, die seine Mutter damals im Haus des Dottore versteckt hat, und fragt sich, ob er jemals eine Wahl hatte.

»Ich bitte Euch um die Hand Eurer Tochter, Herr.«

»Ich will, dass du mich Ignazio Florio vorstellst.«

Niemals, denkt Barnaba, aber er sagt: »Es wird mir eine Ehre sein.«

»Das mit der Ernte kannst du dir sonst wohin schieben. Pina kriegt eine Mitgift von zwanzigtausend Lire, mehr gibt es nicht. Ihr zieht nach Catania, und ich will, dass du deine Mutter mitnimmst. Wenn ihr beide hier jemals wieder auftaucht, hetze ich die Hunde auf euch, hast du das verstanden?«

Panisch rechnet Barnaba seine Kalkulation durch, sie passt auf einmal hinten und vorne nicht mehr, aber er steht mit dem Rücken zur Wand.

»Dreißigtausend. Weil ich das Kind anerkenne.«

»Was dieses Balg betrifft, gibt es eine einfachere Lösung«, erwidert der Dottore kalt.

Barnaba schluckt. »Das wird nicht nötig sein. Ich werde den Jungen anerkennen. Zwanzigtausend sind sehr großzügig.« Hastig streckt er seine Hand aus. Es ist der erste und einzige Handschlag mit Pinas Vater, und der Dottore zerquetscht ihm fast die Hand. Danach lässt er Pina rufen, und zum ersten Mal seit jener Nacht in Palermo sieht Barnaba sie wieder. Sie ist sechzehn und Mutter. Sie trägt ein weißes Leinenkleid, in ihrem Blick glaubt Barnaba Freude zu erkennen. Tatsächlich ist sie aber nur besorgt um das Baby, das sie in Tücher gewickelt im Arm hält.

»Ihr werdet heiraten«, verkündet ihr Vater.

»Ich weiß.«

Sie tritt näher, sieht Barnaba genauso unverwandt und brennend an wie zuletzt in der Kalsa.

»Gut, dass Sie zurück sind«, sagt sie nur und reicht ihm seinen Sohn wie eine Opfergabe. Dann entdeckt sie ihr Schnupftüchlein in der Brusttasche seines Jacketts, zupft es heraus, ohne dass ihr Vater etwas bemerkt, drückt es fest an sich. Sie lächelt kein einziges Mal.

Als Barnaba seinen Sohn zum ersten Mal im Arm hält, erschrickt er auch erst wie jeder andere. Aber als das einäugige Wesen Barnabas kleinen Finger mit der Kraft einer Zange umschließt, spürt er, wie die Liebe ihn auflöst, und er sieht keinen haarigen Zyklopen mehr, sondern ein Wunder.

»Er soll Salvatore heißen.«

Der Dottore Passalacqua schmatzt durch die Zähne. »Wie auch immer.«

Wie auch immer ist Salvatore eine Woche später tot. Starr und kalt, mit abgespreizten Beinchen und Ärmchen, liegt er am Tag der Hochzeit in seiner Wiege. Der Dottore bescheinigt einen natürlichen Tod und erklärt, dass eine derart missgestaltete Kreatur ohnehin keine große Lebenserwartung gehabt hätte. Barnaba ist überzeugt, dass der Dottore ihn erstickt oder vergiftet hat, und schwört, dass er eines Tages dafür bezahlen werde.

Zeigen darf er seinen Schmerz nicht, weil Salvatore ja für die Welt nur das missgestaltete Abbild eines Scharlatans und Vergewaltigers ist. Aber auch noch Erleichterung zu heucheln, bringt er nicht über sich. Pina versteinert geradezu, aber ansonsten reagiert sie überraschend gefasst, als ob sie den Tod ihres Kindes als ein göttliches Schicksal akzeptiere, wie alles andere auch, den Mafiavater, die verbannte Mutter in der Nervenheilanstalt und auch Barnaba. Von diesem Tag an allerdings, dem Tag ihrer Hochzeit, wird Pina ein Leben lang nur noch Schwarz tragen. Eine Woche nur ist ihnen mit ihrem erstgeborenen Sohn vergönnt, aber in Barnabas Erinnerung wird es sich wie ein ganzes Leben anfühlen, gefüllt mit der schaumigen Creme des Glücks.

In jener glücklichen Woche vor der Hochzeit sehen sich die Verlobten jeden Tag für einige Stunden am Abend, jedoch nie unter vier Augen. Aber wenn der kleine Salvatore mit unbändiger Kraft an seinem Finger nuckelt, fühlt Barnaba sich so frei wie lange nicht mehr. Entzückt entdeckt er Ähnlichkeiten mit dem kleinen Wesen und kann dieses Entzücken nur mühsam verbergen. In dem kleinen Zyklopen erkennt er sich selbst, und er nimmt sich vor, Salvatore zu einem Weltbürger zu erziehen, der sich von nichts und niemandem blenden lassen werde.

Pina hat die letzten Reste von Kindheit abgestreift wie eine zu eng gewordene Haut und wirkt bei aller Zerbrechlichkeit nun vollkommen unverwundbar. Sie hat außerdem ein Geschick entwickelt, die versehrte Hand zu verbergen, und lässt den kleinen Zyklopen keinen Augenblick aus den Augen. Barnaba würde sie gerne zwischendurch berühren, aber der Dottore oder irgendeine Tante sitzen immer mit dabei. Als Barnaba einmal wagt zu fragen, wie es Pinas Mutter gehe, erstarren alle, und der Dottore schmeißt ihn aus dem Haus.

Tagsüber flaniert Barnaba mit Gehstock über den Corso Umberto, froh, nicht verhaftet worden zu sein. Ein bisschen hat er erwartet, dass man ihn wie einen Helden behandelt, aber wieder einmal bezahlt er für die Enttäuschung. Man nickt ihm respektvoll zu, dann senken sich die Blicke auch schon wieder. Möglicherweise kommt es nicht gut an, dass er die Tochter des verhassten Dottore heiraten wird. Möglicherweise kommt es auch nicht gut an, dass die *cantastorie* über ihn singen. Möglicherweise kommt es einfach nicht gut an, dass er nun Jemand ist. Jemand, der bereit ist zu töten. *Cu nasci tunnu nun pò moriri quatratu*, wer rund geboren wird, stirbt nicht quadratisch, raunen die Leute, und Barnaba weiß, dass sie ihm seinen Ehrgeiz niemals verzeihen werden. Aber er weiß eben auch, dass er hier zwar ein Fremdkörper, jedoch niemals ein Fremder sein wird.

Von den Leuten, die ihn tagsüber mehr oder weniger ignorieren, werden einige jedoch in Pancrazias Häuschen vorstellig. Um einen Schinken vorbeizubringen, *cannoli* oder einen Korb mit Maulbeeren und um dann kleine Gefälligkeiten zu erbitten, ein gutes Wort beim Dottore, ein kleines Darlehen aus alter Freundschaft, eine Empfehlung bei einer Behörde. Sogar Vincenzo Cuddetta, fett geworden, kommt ihn besuchen, bittet um nichts, bringt auch nichts mit, aber als er geht, sagt er: »Melde dich, wenn du was brauchst.«

An den Vormittagen lässt Barnaba sich vom Baron von Gloeden und Mariano erzählen, was in seiner Abwesenheit passiert ist. Mariano ist inzwischen fester Assistent des Barons, vielleicht auch sein fester Liebhaber, so genau will Barnaba es gar nicht wissen. Zu Anfang hat Mariano ihn noch nervös gemieden, aber als er hört, dass Barnaba mit Pina Passalacqua verlobt ist, berichtet er freimütig über Ruggeros Werben um Rosaria. Es ist, wie Barnaba vermutet hat. Unter dem Vorwand, den Baron von Gloeden kennenzulernen, ist Ruggero nach Taormina gefahren, um das Mädchen aus Barnabas Beschreibungen und Briefen kennenzulernen. Das Mädchen aus den Briefen, die er abgefangen und ihm niemals vorgelesen hat. Er hat wertvollere Geschenke gebracht als Barnaba zuvor und nach zweijährigem, durchaus hartnäckigem Werben schließlich um ihre Hand angehalten.

»Rosaria wollte lange gar nicht«, berichtet Mariano bedrückt. »Du kennst sie, sie hatte eigene Pläne. Aber für meine Eltern klang es wie ein Märchen, und irgendwann klang es für Rosaria wahrscheinlich auch so.«

Barnaba wird das Gefühl nicht los, dass sie ihn damit für sein Verschwinden bestrafen wollte. Der Gedanke, dass aufrichtige Liebe im Spiel sein könnte, kommt ihm gar nicht.

»Sie ist jetzt eine Prinzessin«, sagt Mariano. Es klingt, als ob sie aus der Welt gefallen sei.

»Wer rund geboren ist, stirbt nicht quadratisch«, sagt Barnaba. Schmerz empfindet er keinen mehr. Zu sehr freut er sich jeden Tag auf den kleinen Zyklopen. Allerdings bittet er den Baron noch um ein bestimmtes Foto, das er von Rosaria mit vierzehn Jahren gemacht hat. Da trägt sie eine Stola um die Schultern, in den Armen einen Korb mit Zitronen, die Haare ein bisschen wild, und blickt trotzig und ein wenig wehmütig in die Kamera.

Vier Tage vor der Hochzeit fährt Barnaba mit dem Zug nach Catania, um eine möblierte Wohnung zu mieten und eine Druckerei zu suchen, die mehrfarbige lithografische Drucke anbietet. Die Druckerei Prampolini empfiehlt ihm einen jungen Kunstmaler namens Alessandro Abate, der sich angeblich auf Porträts und den neuen Art-nouveau-Stil verstehe. Abate erweist sich als mürrischer Eigenbrötler, der jedoch dringend Geld braucht. Barnaba überlässt ihm das Foto von Rosaria und erklärt ihm haarklein seine Wünsche.

Die Hochzeit mit Pina ist die traurigste Hochzeit, die Sizilien in viertausend Jahren erlebt hat beziehungsweise nicht erlebt hat, weil sie praktisch unter Ausschluss der Öffentlichkeit in der Privatkapelle im Gutshaus des Dottore inmitten der

Zitrusgärten stattfindet. Außer ihm und dem Brautpaar sind nur noch Pancrazia und Pinas Tante aus Palermo anwesend sowie zwei angeheuerte *braccianti* als Trauzeugen. Den Priester hat Passalacqua aus einem abgelegenen Ätna-Dorf kommen lassen, um sicherzustellen, dass niemand redet. Nicht einmal Pinas Mutter hat er aus der Nervenheilanstalt herbringen lassen, niemand weiß, ob sie überhaupt noch lebt. Der kleine einäugige Salvatore muss ebenfalls bei einer Haushälterin in Giardini versteckt bleiben. Während der kurzen Zeremonie wirkt Pina daher abwesend und unruhig.

Als die Ringe getauscht werden, bemerkt Barnaba, dass die Erde vibriert. Das Beben rollt unter seinen Füßen hindurch wie eine unterirdische Lawine. Alle erstarren erschrocken, als das ganze Gutshaus zittert, als die Kerzen flackern, die Gipsheiligen wackeln und die Kristallgläser klirren. Aber bevor noch Panik ausbrechen kann, hört das Beben schlagartig auf. Im selben Moment zerplatzen die Gipsheiligen, zerspringen die Kristallgläser, bersten die Kerzenständer, als habe sie eine Stimme von der Pflicht des molekularen Zusammenhalts freigesprochen und zerreiße sie auf der Stelle in tausend Stücke. Pina schreit auf. Sie will umgehend zurück nach Giardini zu ihrem Kind, doch Passalacqua scheucht die Gesellschaft in den Salon, wo es erst noch ein lieblos zubereitetes Essen gibt. Niemand hat Appetit, quälende Stunden, bis Pinas Vater die Feier am Nachmittag offiziell auflöst, indem er Barnaba wortlos einen Umschlag mit der Mitgift auf den Tisch knallt und den Raum verlässt. Kein Kuss für Pina, kein Gruß, nichts.

Voller böser Vorahnungen drängt Pina zur Eile. Barnaba hat einen bunt verzierten Eselskarren mit Blumen schmücken lassen und kutschiert seine Mutter und seine junge Frau nach

Giardini, um das Baby zu holen und danach gleich weiter zum Bahnhof Giardini zu fahren, wo sie noch am selben Abend die Wohnung in Catania beziehen wollen. Pina sitzt steif und bleich in ihrem Hochzeitskleid neben ihm, bringt kaum ein Wort heraus, nur immer wieder: »Fahr schneller.«

Als sie das Haus des Dottore erreichen, liegt der kleine Salvatore bereits tot in seiner Wiege.

CATANIA 1900

Die neue Wohnung, in einer Seitenstraße des Corso Italia gelegen, ist bedrückend klein und ständig behaucht von einem leichten Kloakedunst. Eine Hochzeitsnacht gab es nicht, aber auch nach den ersten Wochen schlafen Pina und Barnaba immer noch nicht wieder miteinander. Sie teilen ihr Bett wie zwei Fremde, vermeiden jede Berührung, als ob der Schmerz sie dann vollends auffressen würde. Barnaba hat keine andere Erklärung, Lust verspürt er jedenfalls keine.

Pina und Pancrazia gehen sich nach Möglichkeit aus dem Weg. Barnaba bemerkt eine Art stummen Vorwurf bei Pina, dessen Ursache er nicht ergründen kann, da er nichts von den Abortversuchen der beiden weiß. Er lebt mit zwei schwarz gekleideten Frauen zusammen, in einem Haushalt, dem das Lachen so fern ist wie dem sizilianischen Sommer der Regen, und es ist eher die Last ihrer Erwartungen auf seinen Schultern als der Kloakegeruch, die Spannungen und die Trauer, die ihn aus dem Haus treiben. In den ersten Wochen bringt er gelegentlich noch Rosen für seine junge Frau mit nach Hause, aber sie vertrocknen innerhalb eines Tages, man kann ihnen förmlich dabei zusehen, wie sie zu Staub verfallen. Barnaba, überzeugt, dass wegen des Mordes an Musumeci immer noch ein Fluch auf ihm lastet, kauft nie wieder Rosen.

Ungeachtet des tragischen Beginns seiner Ehe gründet mein Urgroßvater bereits in der Trauerzeit sein erstes Unternehmen, das ganz auf einer bunten, luftigen Idee basiert, die ihm in München gekommen ist. Zehntausende von quadratischen Seidenpapierchen mit einer dreifarbigen Kopie von Rosarias Porträt, die Abate für ihn gestaltet hat, lässt er bei Prampolini drucken, in drei Ausfertigungen für Zitronen, Orangen und Mandarinen. Darunter sein Name in geschwungenen Lettern. Barnaba mietet ein Lagerhaus am Bahnhof von Catania und heuert Frauen an, die die Früchte sortieren, waschen und in die Papierchen wickeln sollen wie Konfekt. Er schafft es sogar, im Fernmeldeamt eine telefonische Verbindung nach München herzustellen. Mario Buscemi kapiert sofort, macht ihm keine Vorhaltungen wegen seines abschiedslosen Verschwindens und gründet daraufhin in München selbst sein erstes Großhandelsgeschäft.

Den Palazzo Manganelli meidet er und hat stets ein waches Auge darauf, nicht zufällig Rosaria und Ruggero irgendwo über den Weg zu laufen. Manchmal stellt er sich Rosaria vor, wie sie verloren über die abweisenden Flure des Palazzos irrt, sich von missmutigen Porträts herab kritisieren lässt, den Gespenstern ausweicht, vielleicht mit den Trollen im Garten Freundschaft schließt und hofft, dass der Palazzo Rosaria nicht verdauen wird, wie er es mit allen Bewohnern tut.

Allerdings kriegt er mit, dass seine Mutter wie selbstverständlich wieder regelmäßig die Duchessa besucht. Als er es wagt, sie deswegen zu rügen, fährt sie ihn vor Pina an, was ihm einfiele, seiner Mutter Vorschriften zu machen, Dank sei ohnehin nicht zu erwarten, aber vielleicht doch zumindest Respekt, und frage sie etwa, wo er sich überall in Deutschland herumgetrieben habe und mit wem, und dass es wichtig sei, in dieser Stadt Verbindungen zu haben, sie tue das alles nur für ihn. Einen ganzen Tag geht die Litanei so, schimpfend und klagend mäandert Pancrazia durch die kleine Wohnung, verrückt Möbel und scheppert mit Geschirr. Pina zieht sich augenrollend ins Schlafzimmer zurück. Barnaba geht aus, aber als er zurückkommt und seine Mutter nach den Umständen im Palazzo ausfragt, erfährt er befriedigt, dass es um die Finanzen der Manganellis nicht gut bestellt ist, seit der Schwefelpreis wegsackt, und dass sie den Palazzo bald aufgeben müssen.

Doch wenn auch der Schwefelpreis inzwischen fällt – der Schwefelhandel hat Catania fett gemacht, die Stadt scheint aus einem Jahrhundertschlaf zu erwachen und sich stöhnend aus Lavaerde und Gestrüpp herauszuwälzen. Überall wird gebaut, überall reckt und streckt sich das neugeborene Jahrhundert, hungrig nach Aufbruch und Anbetung. Entlang der Boulevards wachsen neben den Barockpalästen des dösenden Adels überall selbstbewusste Bürgerhäuser in die Höhe. Eines bald prächtiger als das andere, erbaut aus Lavabasalt, mit floralen Jugendstilornamenten verziert, in Italien *Liberty* genannt. Barnaba kennt diesen Stil bereits aus München vom Hofatelier Elvira und beginnt, von einem solchen Haus zu träumen.

Bislang aber hat mein Urgroßvater nur Pinas Mitgift und das Darlehen von Bianchini, und die Kalkulation ist eng. Was er bislang nicht hat, sind die Früchte. Also fährt er hinaus nach Scordia und Paternò zu den Gütern des Duca di Manganelli, die er schließlich gut kennt, und präsentiert sich den verdutzten Pächtern und Zwischenhändlern als neuer *corrispondente.* Aber die nehmen den Zwanzigjährigen immer noch nicht ernst und verlangen ein Vielfaches des üblichen Preises. Barnaba bleibt nichts anderes übrig, als zähneknirschend weniger Früchte einzukaufen, als er kalkuliert hatte. Dafür sucht er sich die Gärten mit der höchsten Qualität aus und beaufsichtigt den gesamten Ernteprozess, inspiziert den *scalu*, kontrolliert die *cugghituri*, achtet darauf, dass immer genug Stroh in den Körben ist und die Früchte nicht beschädigt werden. Er treibt die *panararu* mit den Körben an und achtet beim Zählen peinlich genau darauf, nicht geprellt zu werden. Er fühlt sich wieder angekommen, und die Trauer weicht einer vertrauten, fast zärtlichen Zuneigung zu den delikaten Früchten.

Die Ernte ist nicht üppig, gerade mal zweihundert Doppelzentner Zitronen und Orangen, aber für Barnaba sind sie ein Schatz, und so behandelt er sie auch. Als die Früchte endlich im Magazin am Bahnhof eintreffen, lässt er sie von den Frauen in die neuen Papierchen mit dem farbigen Porträt von Rosaria einwickeln. Jede einzelne Frucht. Sie werden in drei Lagen in strohgepolsterte Holzkisten verpackt, die zusätzlich mit seinem Namen bedruckt sind. Nie zuvor war Barnaba stolzer als in dem Augenblick, als die Kisten in die beiden Waggons verladen werden. Die Fracht- und Zollpapiere, überhaupt alles Schriftliche hat Pina für ihn erledigt, als ob sie nie etwas anderes getan hätte. Es hat ihr sogar gefallen, vor allem wegen der Genugtuung gegenüber Pancrazia, etwas zu können, wozu weder sie noch Barnaba fähig sind.

Barnaba begleitet und bewacht seinen Schatz auf der langen Fahrt nach München, verschenkt unterwegs die eine oder andere Kiste an knurrige Bahnhofsvorsteher und vereinbart per Handschlag Zuteilungen für zukünftige Lieferungen, wenn sie für eine zügige Weiterfahrt sorgen. Kaum drei Monate nach seiner Abreise kommt er schon wieder in München an, wo Buscemi ihn grinsend am Bahnhof mit drei Tagelöhnern erwartet. Sie laden die Ware um und schaffen sie heil zu Buscemis improvisiertem winzigem Großmarktstand in der Schrannenhalle. Immerhin hat er sich ein Schild gemalt, mit seinem Namen in protziger roter Blockschrift. Bis hierhin hat alles geklappt, Barnaba glaubt bereits an ein Wunder. Nur verkauft kriegen sie die Früchte nicht. Barnabas Idee war, die aufwendig eingewickelten Orangen und Zitronen zum doppelten als dem üblichen Preis zu verkaufen. Aber die Rechnung geht nicht auf, die Händler sind zu misstrauisch. Nach drei Tagen müssen Barnaba und Buscemi über die Hälfte der Früchte wegschmeißen.

»Beim nächsten Mal wird es besser laufen«, sagt Buscemi. Sie sitzen auf Orangenkisten vor der Schrannenhalle, in einem Berg von verdorbenen Zitronen, blinzeln in die Novembersonne und rauchen. Sie haben ihren mickrigen Erlös geteilt, es gibt nichts mehr zu tun. Barnaba versichert sich, dass der Zehnmarkschein noch in seiner Brieftasche steckt, und wundert sich, dass er keinerlei Verzweiflung empfindet. Im Gegenteil, er genießt diesen Moment sogar.

»Es wird kein nächstes Mal geben«, sagt er ohne Bitterkeit.

»Dir wird schon was einfallen.« Buscemi streicht zärtlich eines der Orangenpapiere zwischen den Fingern glatt. »Deine Frau?«

Barnaba bläst Rauch in den Münchner November. »Nein. Nur eine Fantasie.«

Buscemis Augen werden wieder zu Schlitzen, ein Zeichen, dass er nachdenkt.

»Die Idee mit den Papierchen ist richtig, hatte ich auch schon. Aber vielleicht noch zu dezent.« Buscemi hält eine der Orangenkisten in die Höhe, wo auf beiden Seiten in schwarzer Schrift AGRUMI CARBONARO steht. »Wir brauchen viel mehr Farbe und Verpackung. Das muss alles leuchten, wie ein Tempel.«

Wie ein Tempel. Während der gesamten Rückfahrt spinnt dieser Gedanke ein Nest in Barnabas Kalkulationen. Bevor er nach Catania zurückkehrt, legt er einen Zwischenstopp in Palermo ein, um Bianchini ein weiteres Darlehen aus den Rippen zu leiern und um im Hotel Eden mit Antonella zu schlafen, die inzwischen ebenfalls Mutter geworden ist und ihn so selbstverständlich willkommen heißt, als hätten sie nur einen Samstag ausgelassen und nicht über ein ganzes Jahr. Für einen Moment genießt er die Vertrautheit ihres Körpers und seines alten Lebens, aber es ist nicht mehr wie zuvor. Als er Antonella danach zurück in die Kalsa schickt, wissen beide, dass sie sich nicht wiedersehen werden. Immerhin ist seine Lust zurück, das stimmt ihn zuversichtlich.

So willkommen wie bei Antonella war er zuvor bei Bianchini erst einmal nicht. Immerhin hört er sich Barnabas Geschichte an und lässt sich am Ende zu dem Angebot herab, Barnaba solle gelegentlich weitere Geldtransfers nach München übernehmen und Mario Buscemi als neuen Kontaktmann der Florio in München einsetzen. Dafür ist er zu einer Aufstockung des Darlehens bereit, fordert zudem jedoch eine zehnprozentige Unternehmensbeteiligung, die Barnaba ihm partout nicht wegverhandeln kann.

Dennoch außerordentlich zuversichtlich, mit frischem Geld und einem Plan kehrt er nach Catania zurück. Meine Urgroßmutter macht ihm nicht einmal einen Vorwurf, dass er ihre Mitgift pulverisiert hat. Auch bei ihr scheint sich etwas verändert zu haben, denn kaum ist er angekommen, zieht sie ihn vor den Augen seiner Mutter ins Schlafzimmer. Ihr kleiner, kräftiger Körper verbreitet sein eigenes Licht, das das ganze Schlafzimmer in Milch taucht, als sie erklärt: »Ich will noch ein Kind, Nino. Ich will noch viele Kinder.«

Am nächsten Tag ist Barnaba bereit, über seinen Schatten zu springen. Zwar hat er den Palazzo Manganelli für sich zur Tabuzone erklärt, aber er ahnt, wo er Ruggero antreffen wird. Am Nachmittag sucht er sich einen gut sichtbaren Platz im Café Elena, bestellt frisch gepressten Mandarinensaft und wartet geduldig, bis er Ruggero mit seinem Bruder Gioacchino im Schlepptau hereinschlendern sieht. Rosaria ist nicht dabei, das erleichtert ihn. Auch Ruggero hat sich verändert, wirkt viel weniger weich, hat Ecken und Kanten bekommen, trägt jetzt einen Schnauzbart und bewegt sich mit gezierter Eleganz. Er erstarrt kurz, als er Barnaba entdeckt, zögert aber keine Sekunde, ihn zu begrüßen. Und ja, Barnaba würde ihm immer noch am liebsten das Gesicht spalten, ihn abstechen und ihm dabei die Ansprache halten, die er sich mal zurechtgelegt hat. Aber er kann sich beherrschen, denn es geht ums Geschäft. Also bietet er ihm einen Platz an. Gioacchino setzt sich gut gelaunt dazu, erfreut, Barnaba wiederzusehen.

»Wie ich höre, warst du in Deutschland, *my friend*«, beginnt Ruggero und winkt dem Kellner. Er wirkt kein bisschen verlegen oder schuldbewusst. Barnaba nickt.

»Wie ich höre, seid ihr bankrott.«

Ruggero winkt ab. »Du weißt doch – aussterbende Art und so.«

»Wie schlimm ist es?«

Ruggero zündet sich ein Zigarillo an. »Mach dir keine Hoffnungen, wir werden nicht untergehen.«

»Ich hätte vielleicht einen Vorschlag.«

»Sie liebt dich nicht, *mon ami*. Entschuldige meine Offenheit.«

»Ich weiß das.«

»Ich wollte wirklich nur den Baron von Gloeden kennenlernen. Mein Wort.«

»Scheiß auf dein Wort. Du hast ihre Briefe an mich abgefangen.«

»*Mea culpa*. Falls du dich mit mir duellieren möchtest, wäre das lächerlich, und falls du mich ruinieren möchtest, fehlen dir dazu die Mittel. Wenn du mich in deiner rasenden zyklopischen Eifersucht abstechen willst, bitte schön, du hast da, wie man hört, ja bereits eine gewisse Hemmschwelle überwunden. Aber sei versichert, Rosaria wird dich niemals …«

»Halt's Maul!«, zischt Barnaba ihn an. »Ich will dir ein Geschäft vorschlagen. Bist du interessiert oder nicht?«

»Du weißt doch, wie sehr geschäftliche Dinge unsereins langweilen.«

Gioacchino rutscht auf seinem Stuhl herum. Und so selbstsicher und borniert wie immer Ruggero sich auch gibt, sieht Barnaba ihm doch die Nervosität an. Zufrieden zündet er sich jetzt ebenfalls ein Zigarillo an und macht Ruggero das gleiche Angebot, das er Passalacqua gemacht hat. Allerdings zu dreißig statt vierzig Prozent, und er weiß, dass Ruggero niemals feilschen wird.

»Wahrscheinlich wäre es einfacher, wenn wir das ganze Land einfach verkaufen«, erklärt Ruggero. »Weit unter Wert natürlich, weil alles andere unter unserer Würde wäre.«

Barnaba versteht, dass Ruggero bei aller Weltläufigkeit immer noch Sizilianer genug ist, um auf seine Ehre zu achten, und ihn immer noch als einen von unten betrachtet, mit dem man keine Geschäfte macht. Ruggero berührt sanft Barnabas Wange, als ob er ein Kind trösten wolle, dann lehnt er sich wieder zurück.

»Außerdem kann ich das gar nicht alleine entscheiden.«

Barnaba beugt sich vor: »Du kannst alles, was du willst, Ruggero. Ich bin nicht dein Feind.« Und streckt seine Hand aus.

Die Zeit ist knapp, fieberhafte Tage, die Barnaba zwischen Abates Atelier und der Druckerei Prampolini in der Via Verginelle, zwischen dem Magazin und den Gärten verbringt. Er kontrolliert, drängt zur Eile, bezahlt seine Rechnungen pünktlich auf den Centesimo. In den Gärten der Manganelli schlägt ihm der blanke Hass entgegen, als er mit dem Erlass des Duca aufkreuzt. Aber Barnaba ist in Zitrushainen aufgewachsen und kein *caruso* mehr, den man herumkommandieren kann. Wer ihm blöd kommt, den schlägt er nieder. Er droht den Pächtern mit Enteignung durch den Duca und den Aufsehern mit Entlassung. Er ahnt, dass er jederzeit ein Messer im Rücken haben kann, deswegen nimmt er Vincenzo Cuddettas Angebot an, der ihn bald täglich mit einer umgeschnallten Flinte begleitet. Aus alter Freundschaft, wie er sagt, aber Barnaba macht sich keine Illusionen, dass er sich damit von gefährlichen Leuten abhängig macht. Bloß hat er kaum eine Wahl, denn er braucht den Respekt in den Gärten, und er braucht die Ernte.

Spätabends sitzt er zu Hause dann mit zwei wortkargen, schwarz gekleideten Müttern am Tisch, die niemals lachen und ihm nun doppelt vorhalten, wie er reden soll, wie er sich kleiden, mit wem er sich unbedingt treffen und wen er besser meiden solle. Er wundert sich nur, woher die beiden sich so rasch in der Cataneser Gesellschaft auskennen. Schweigend verschlingt er eine Schüssel Spaghetti und Berge von Fisch und schläft danach mit Pina, die tagsüber alle Dokumente für ihn fertigstellt. Barnaba wundert sich über Pinas Zügellosigkeit, und so erschöpft er auch sein mag – sobald er Pina nur ernst wie eine biblische Richterin am Tisch sitzen sieht, kann er sich kaum noch aufrecht halten. Der ganze Tisch erzittert unter Pinas Blick, bis Pancrazia ärgerlich mit der flachen Hand auf die Tischplatte schlägt. Kaum dass Barnaba mit Essen fertig ist, überlässt Pina ihrer Schwiegermutter den Abwasch und erwartet ihren Mann im Schlafzimmer mit einer verzweifelten Lust. Die Wohnung ist klein. Wenn Barnaba sich morgens zum ersten *caffè* an den Tisch sitzt, sieht Pancrazia ihn missbilligend und, wie ihm scheint, auch ein bisschen neidvoll an.

»Gib acht, dass du deine Kraft nicht verschwendest«, sagt sie. »Wenn du so weitermachst, fällt er dir noch ab«, sagt sie und dass er sich gefälligst zügeln solle, er käme schon ganz nach seinem Vater, dass er Pina ein neues Kind machen und sich dann aufs Geschäft konzentrieren solle, sie habe ihre besten Jahre schließlich nicht für sein animalisches Vergnügen geopfert, er solle nie vergessen, wem er sein Leben und überhaupt alles verdanke. Als Barnaba einem Impuls folgend das Schlafzimmer absucht, findet er tatsächlich wieder zwei Talismane unter dem Bett. Er wirft sie weg, aber sie bringen ihn auch auf eine Idee, die er umgehend mit Alessandro Abate bespricht.

Ruggero sieht er in dieser Zeit nur noch ein einziges Mal, als er ihn überraschend in der Druckerei aufstöbert. Er schlendert an den Druckmaschinen vorbei, tippt Maschinen und Geräte mit seinem Gehstock oder einer Fußspitze an, entdeckt einen Andruck für die Orangenpapiere mit Rosarias Porträt und verzieht das Gesicht.

»Mein zorniger Polyphem. Wir hätten die Welt zusammen erobern können.«

Barnaba hat keine Ahnung, was er will, lässt ihn weiterreden und tut so, als konzentriere er sich auf die Prüfung der Andrucke. Ruggero zerknüllt das Papierchen und wirft es weg.

»*Anyway*, du hast bekommen, was du wolltest, wir sind quitt. Du hättest sie nie glücklich gemacht, *my friend*. Du hast auch nur die Mutter deiner Kinder in ihr gesehen. Aber Rosaria hat so viel mehr Potenzial, und ich kann ihr alles bieten, um es zu entfalten. Sie interessiert sich für Psychoanalyse, schon mal gehört? Nein, ich glaube nicht. Vielleicht hättest du ihr dieses Hotel gebaut und ihr ein halbes Dutzend Kinder gemacht. Aber am Ende wäre sie weit unter ihren Möglichkeiten geblieben. An meiner Seite wird sie eines Tages als gefeierte Nervenärztin nach Catania zurückkehren. Dann braucht es Quacksalberinnen wie deine Mutter nicht mehr, die an meiner Mutter herumfummeln.«

Barnaba sieht ihn an. »Was meinst du mit *zurückkehren*?«

»Hat dir deine Mutter das nicht kolportiert? Meine schöne kluge Frau und ich werden nächste Woche nach Wien gehen, wo ich mein Studium beenden und Rosaria erst Deutsch lernen und dann eine Ausbildung bei Doktor Freud aufnehmen wird. Ich denke nicht, dass ihr euch je wiedersehen werdet.«

Die Worte rasen durch Barnaba hindurch, ohne dass er nur eines zu fassen kriegt. Keine Wut, kein Schmerz, er weiß gar nicht, was er empfindet. Aber er hat genug *patruneddi* gesehen, um tiefe Traurigkeit zu erkennen. Eine Traurigkeit, die Ruggeros Gehässigkeit zu etwas verdünnt, das Barnabas Mitleid erregt, auch wenn er nicht versteht, woher diese Schwermut entspringt. Wie, denkt er, kann ein Mensch unglücklich sein, der das Glück geheiratet hat?

Einen Monat später bringt er die nächste Lieferung auf die Schiene, diesmal fünf Waggons, voll beladen mit bunt bedruckten Kisten. Tausende von kleinen Tempeln gefüllt mit Arkadien in bunten Papierchen. Aber das ist noch nicht alles, denn jede Obstkiste ist innen auch noch mit einem Papier ausgeschlagen, auf dem Moritatenszenen der sizilianischen Volksballaden zu sehen sind wie auf einem Eselskarren. Und auf der obersten Lage liegt noch ein weiteres Papier, üppig gestaltet und koloriert, mit vielen Ornamenten und geschwungenen Lettern. ARKADIA steht jetzt dort, denn so nennt Barnaba seine Marke. Abate hat Tempelruinen, Amphitheater, Vulkan, Kakteen, Landschaft und Meer auf den Drucken untergebracht, lässt leicht bekleidete Nymphen und athletische Satyrn sich rundherum in einem arkadischen Reigen wiegen und hat dazwischen sogar noch Platz für die Talismane gefunden, auf die Barnaba zu seinem Verdruss kurz vor Druck bestanden hat. Es sind Tempel, diese Kisten, verschlossen, verzaubert und verschleiert und mit einem fruchtigen Allerheiligsten, zu dem nur eine geweihte Kaste Zutritt hat – die Kundschaft.

An einem Februarmorgen rollen die ersten Waggons Richtung Norden und danach jede Woche weitere. Das Schnaufen der Lok, das Kreischen von Eisen auf Eisen und das Stöhnen der trägen Masse beim Anfahren werden für Barnaba zur Musik seines Lebens. Und auch diesmal geht nicht alles reibungslos, es gibt Verzögerungen, Schwund und Fäulnis.

Es gibt Beschiss, gesperrte Alpenpässe, fehlende Papiere und pedantische bayerische Beamte. Es gibt Ratten und Diebe und Pech. In den letzten Waggons des letzten Zuges lässt Barnaba schließlich eine riesige Kiste mit Eis schaffen, um den Oktopus für Familie Buscemi frisch zu halten. Und als er mit dem letzten Zug, samt Oktopus und frischen *cannoli* selbst wieder nach München fährt und Buscemi auf Heller und Pfennig mit ihm abrechnet, ist mein Urgroßvater Barnaba Carbonaro unterm Strich um zweiundsechzigtausend Reichsmark reicher. Buscemis Stand in der Schrannenhalle ist gewachsen, hat einen Verschlag als eine Art Kontor erhalten und ein größeres Schild, das ein richtiger Schildermaler angefertigt hat.

»Am Anfang war es noch schwierig«, berichtet ihm Mario Buscemi heiser. »Die Münchner Gemüsehändler sind um unsere Kisten herumgeschlichen wie um Reliquienschreine, aber am Ende waren sie ihnen noch zu teuer.«

»*Meine* Kisten«, korrigiert ihn Barnaba, aber Buscemi fährt unbeeindruckt fort.

»Was tun?, denke ich. Aber dann habe ich eine geniale Idee. Ich verschenke die unverkauften Kisten in den Restaurants und Kabaretts, wo die jungen Künstler verkehren, die Schauspielerinnen, Tänzer, Maler und eben auch die Geldsäcke, verstehst du? Die sind begeistert. Und seitdem reißen sie mir die Kisten nur so aus der Hand. Der Preis interessiert die gar nicht. Ich liefere inzwischen sogar in die Residenz, stell dir das vor. Die anderen Großhändler hassen uns schon, also mich vor allem. Aber wichtig ist jetzt nur, dass wir weiter liefern können. Wir können doch weiter liefern, Nino, oder?«

»Was brauchst du?«

»Alles, Nino«, ruft Buscemi heiser. »Ich brauche alles. Zitronen, Orangen, Mandarinen, Blumenkohl, Zucchini, Tomaten, Rosinen, Haselnüsse, Mandeln, Pistazien, getrocknete Feigen, frische Feigen, Olivenöl, Bergamottöl, Weinessig, Senf, Kastanien, Salami, Wein – *Madonna*, wir können hier alles verkaufen, wenn wir es richtig anstellen.«

Also verbringt Barnaba noch eine Woche im frühlingshaften München, besucht Märkte, um herauszufinden, was Deutschland braucht. Sein zweiter Frühling in der Residenzstadt, er fühlt sich bereits wie zu Hause. Er zuzelt Weißwurst im Augustiner, geht ins Varieté, ins Kino, ins Bordell, lädt seinen Freund Valentin ins Café Luitpold ein. Er kauft Geschenke beim Oberpollinger am Karlstor, denn er gibt ja gerne Geld aus, achtet aber stets darauf, die zehn Mark in seiner Brieftasche nicht anzurühren. Er mag München und lässt sich im Hofatelier Elvira fotografieren. Manchmal denkt er noch an Melina, aber über der Erinnerung liegt bereits der Schleier eines nur besonders lebendigen Albtraums.

Während Barnaba in München seinen Erfolg feiert, weben in Catania zwei grimmige Moiren am unausweichlichen Schicksal und am blinden Zufall. Zwei ungleiche Frauen, verstrickt in ein Unglück, das sie selbst geknotet haben, gebunden durch ein Geheimnis und vereint in der Eifersucht aufeinander. Wenn Barnaba in Catania ist, wird Pancrazia nicht müde, an ihrer Schwiegertochter herumzunörgeln und sie für Kleinigkeiten vor ihm zu kritisieren. Erst die Abwesenheit des Mannes erlöst beide für einen Moment von diesem Fluch. Dann sprechen sie nur wenig über ihn, denn auch sie sind Sizilianerinnen, wer weg ist, ist weg. Stattdessen bringt Pancrazia ihrer jungen Schwiegertochter alles über Elixiere und Talismane bei, und Pina revanchiert sich, indem sie die Schwiegermutter Lesen lehrt. Weder über das eine noch das andere verlieren sie je ein Wort zu Barnaba.

Die Talismane trägt Pancrazia in den Palazzo Manganelli und Pina ins Haus ihres Vaters. Zufall oder nicht, jedenfalls werden der Duca und der Dottore Passalacqua bald darauf krank, eine rätselhafte Erschöpfung mit einem hartnäckigen trockenen Husten, die sie nie wieder loswerden und an der beide im Jahr darauf fast gleichzeitig versterben werden.

In München bietet Buscemi meinem Urgroßvater an, ein Bankkonto für ihn zu eröffnen, aber mein Urgroßvater, der nicht lesen und schreiben und kein Deutsch kann, bringt das Geld lieber in Bianchinis Ledertasche nach Palermo, wo er es im Kontor der Florio wechseln lässt und Bianchini die erste Rate samt Zinsen und Beteiligung zurückzahlt. Äußerst zufrieden kehrt er nach Abzug seiner Kosten und der Kommission für die Ernte zwar nicht reich, aber immerhin doch mit einem satten Plus in der ersten Klasse zurück zu seinen Schicksalsgöttinnen. Im Gepäck einen Ballen Lodenstoff, einen Damenhut nach neuester Mode, einen traditionellen Herrenhut mit Gamsbart, feine französische Seifen, zwei elegante Regenschirme, einen verzierten Maßkrug, zwölf Flaschen Weißbier, das Porträtfoto von sich und ein Grammofon mit zehn Schellackplatten für den Anfang.

Da ist Pina mit sechzehn Jahren bereits zum zweiten Mal schwanger.

MÜNCHEN 1960

An einem klaren Dezembermorgen kurz vor Weihnachten entdeckt mein Urgroßvater Barnaba Carbonaro mit achtzig Jahren das Lachen.

Das Lachen, im dritten Jahrhundert in Burma erfunden und tausend Jahre später von der französischen Klarissin Marie de Vautibault bei alchemistischen Transmutationen zufällig als *materia prima* isoliert, wurde rasch in der ganzen Welt populär, da es billig ist, sich leicht vervielfachen lässt und sogar heilen kann. Kinder lernen es schnell, volkstümliche Sänger verbreiteten es mit dem Staub an ihren Kleidern, wer Macht hat, misstraut ihm eher. Wie viele praktische Erfindungen kam es zwischenzeitlich aus der Mode und setzte Rost an. Ganz in Vergessenheit geriet es zwar nie, aber das neunzehnte Jahrhundert hatte nur wenig Bedarf und das zwanzigste Jahrhundert in seiner ersten Hälfte wenig Geduld. Musste fortschreiten, fliegen, leuchten, rasen, gründen, reich machen, arm machen, satt machen, stürmen, rasseln, elektrifizieren, desinfizieren, bombardieren, niederwalzen, auslöschen und alles rasch wiederaufbauen. Da blieb unterm Strich wenig Zeit für Lachen, und selbst die Begabtesten gaben es nach und nach auf. Denn trotz seiner vielseitigen Vorzüge und allgemeinen Verfügbarkeit hat nicht jeder ein Talent dafür.

So wie Barnaba. Das Lachen hat sich nie in seinem Leben niedergelassen wie eine zugelaufene Katze. Weder seinen Vater noch seine Mutter hat er je lachen hören. In den Zitronengärten wurde gesungen, aber nur wenig gelacht. Rosaria hat immer viel gelacht, aber nicht ihr Lachen hat ihn damals erregt, sondern die Grübchen an ihrem Hals. Er kann sich zwar an Melinas kehliges Lachen erinnern, aber es hat ihn nur brünstiger gemacht und nicht angesteckt. Pina hat niemals gelacht. Barnaba selbst könnte nicht einmal einen Witz erzählen, niemand hat in seinem Haus je einen Witz erzählt. Er hat das Lachen nie richtig kennengelernt und es deswegen auch nie vermisst. Bis er an einem klaren Dezembermorgen kurz vor Weihnachten erkennt, wie sehr es ihm dennoch gefehlt hat.

In der Wohnung in der Westermühlstraße ist das Lachen so allgegenwärtig wie die Familienporträts an den Wänden. Wie das Surren der Nähmaschinen, wie die Abstecknadeln und die Stofffusseln auf dem Boden, wie das Knarren der Dielen, die frischen Rosen, die Musik aus dem Radio, der Duft von Ninos Rasierwasser oder Kaffee aus der Küche. Wie das Licht und der Staub und die Sorgen. Irgendjemand lacht immer. In den Tagen nach dem Flugzeugabsturz lernt Barnaba jedes Familienmitglied am Lachen zu unterscheiden. Wenn er zwischendurch mal keinen Besuch erhält, sitzt er einfach nur in seinem Salon. Von allen Seiten sieht ihn seine ganze Familie von den Fotos der vergangenen sechzig Jahre herab an, ernst und feierlich. Nachdem ihn Tosetti darauf aufmerksam gemacht hat, fällt es auch ihm nun auf, dass nie jemand auf den Fotos lacht oder lächelt. Zwischen den Familienfotos hängt er selbst, mal jünger, mal älter, er kriegt die einzelnen Jahre nicht mehr zusammen, denn er steht immer in der gleichen Pose: aufrecht, mit einer Hand lässig auf einen Tisch oder auf seinen

Gehstock gestützt, niemals lächelnd. Und so, denkt Barnaba, zieht sein Leben in Fotos an ihm vorbei, in steifen Posen ohne Heiterkeit. Daher schließt er die Augen und lauscht konzentriert wie ein Schüler dem Lachen seiner Familie.

Am auffälligsten ist Auroras Lachen. Ein Lachen wie ein Wintertag, kehlig und dunkel bricht es in Kaskaden aus ihr hervor wie ein heißer unterirdischer Fluss. Barnaba kann hören, wie das Lachen sie wegen des Herzfehlers erschöpft, dennoch sind die Pausen nur kurz. Wenn sie nicht lacht, dann singt sie. Und dann lacht sie wieder. Als müsse sie erst atmen, um zu lachen, und dann singen, um zu atmen. Als ob das der ihr vorbestimmte natürliche Lebensausdruck sei: lachen, singen, atmen.

Das Lachen ihrer Mutter Anna ist hell und klar wie ein milder Frühlingswind, der die letzten Schneewehen zum Schmelzen bringt oder eben die täglichen Sorgen. Sie lacht fast immer, kleine Böen der Lebenslust, die durch die Wohnung wehen und unbeirrt verkünden, dass alles gut wird. Das Lachen von Angela sind immer kleine Explosionen der Freude. Sie stauen sich in ihr an, steigen gluckernd auf und zerplatzen dann in einem einzigen Prusten. Wie Feuerwerk, das noch einen Moment in der Luft verharrt, bis es in einem Goldregen aus Kichern zerstäubt.

Maria lacht seltener als die anderen, aber wenn, dann lacht die Welt. Ihr Lachen ist eine herbstliche Frucht, überreif und leuchtend. Eine ruhige, kraftvolle Dünung, die alles, aber auch alles anhebt und senkt. Wenn Maria lacht, dann kann Barnaba spüren, wie ihr Lachen sich über die Dielen fortpflanzt, sich rundherum ausbreitet, bis sein Sessel unter ihm vibriert. Es ist das Lachen der alten Götter, mit dem sie den Dingen einst

Leben einhauchten. Wenn Maria lacht, dann spürt Barnaba seine ganze Endlichkeit, aber es macht ihm nichts mehr aus. Er hat auch bemerkt, dass alle umgehend auf Marias Lachen reagieren. Als ob sie etwas gerufen hätte, werden Türen geöffnet, eilen Schritte herbei oder es schallt »*Aou!*« vom anderen Ende des Flurs, das traditionelle sizilianische Hallo.

Giuseppes Lachen ist durch und durch bajuwarisch. Polternd, großzügig und unverschämt. Mit vollen Händen greift es nach Raum und Herzen, drückt jeden an seine Brust und quetscht ihm den letzten Rest von Griesgrämigkeit aus dem Leib. Es ist das Lachen eines Münchner Sommergewitters, das Kühlung bringt nach einem schwülen Tag. Das Lachen seines Bruders Toni dagegen ist der sizilianische Sommer, ein Nachmittag im August, wenn die Luft so schwer ist, dass alle Ungeduld verdampft und sich der Blick nach innen richtet. Ein selbstbewusstes Brummen, so empfindet es Barnaba, eine Decke aus dicht gewebter Zuversicht, die sich über alle Mühsal legt und die Verzweifelten wärmt. Es ist das Lachen, mit dem er sich am ehesten identifiziert.

Vor allem jedoch staunt Barnaba über seinen Sohn Nino. Selbst sein ängstlicher, aufbrausender Sohn, dessen Bewunderung ihn immer mehr irritiert als gerührt hat, kann lachen. Sein Lachen ist laut und kläffend, rempelt sich den Weg frei, scheint überall Streit zu suchen, aber wenn Barnaba genau hinhört, schwingt da etwas mit, das ihm zum ersten Mal Bewunderung für seinen rätselhaften Sohn abringt: eine unerschütterliche Tapferkeit, die er Nino nie zugetraut hätte. Vielleicht, denkt Barnaba, hätte Pina so gelacht, wenn sie je gelacht hätte. Nicht so laut und derb, aber genauso unerschrocken.

All diesen verschiedenen Farben des Lachens, erkennt Barnaba, ist eines gemein: Sie bäumen sich gegen die alltägliche Misere der Welt auf. Sie verweigern sich der Last des Unabwendbaren, erklären die Lage für vielleicht hoffnungslos, aber nicht ernst. Und das findet Barnaba an einem klaren Dezembermorgen kurz vor Weihnachten so unverfroren, dass er es auch noch lernen möchte.

Er hat es bereits mit jovialen Scherzen versucht, allerdings nur respektvoll bemühtes Lächeln geerntet. Als er sich an den Frühstückstisch setzt, kommt ihm der Zufall zu Hilfe. In eiliger Vorfreude auf seine morgendliche Weißwurst hat er sich die Krawatte falsch gebunden. Mit der Innenseite nach außen, und niemand sagt es ihm. Als Angela und Aurora es bemerken, grinsen sie erst nur. Der Patriarch fragt, was los sei, sie schütteln nur den Kopf, werden aber so rot, dass auch Toni jetzt grinst. Dann auch Anna. Und Maria. Alle sehen ihn an, Angela wimmert ein bisschen. Barnaba will schon besorgt fragen, ob er etwa krank aussehe, als Nino in die Küche kommt, den Fauxpas sofort bemerkt und erschrocken »*Dio mio!*« ausruft. Damit ist der Knoten geplatzt, alle prusten los, schütteln sich vor Lachen. Ehe Barnaba jedoch von konsterniert auf wütend umschalten kann, erklärt ihm Maria, was los ist. Barnaba starrt erst auf seine Krawatte, dann in die Gesichter seiner Familie. Und in diesem Moment, zum ersten Mal seit, ach, er kann sich nicht erinnern, lacht er aus vollem Herzen, wedelt kokett mit der Krawatte, verschluckt sich, hustet, hält sich den Bauch, wischt sich die Tränen, kann nicht mehr aufhören. Nein, will nicht. Er will nie wieder aufhören zu lachen. Er hält kurz inne, weil er erwartet, dass gleich wieder irgendetwas Wundersames passiert. Dass Obstpapierchen aufflattern, dass Dinge durch die Küche schweben oder zerplatzen, dass es Frösche regnet oder zumindest der Tisch vibriert. Aber nichts dergleichen geschieht. Das Lachen genügt sich selbst, und so lacht Barnaba einfach befreit weiter, bis er nicht mehr kann.

»Wie nennt ihr mich gleich noch?«

Die Familie sieht sich verlegen an.

»Großer Ossobuki!«, platzt Angela heraus.

»Großer Ossobuki!« Barnaba biegt sich vor Lachen. »Und was macht der?«

»Er steigt aus dem Koffer des Kummers und rettet uns.«

Barnaba wischt sich eine Träne aus dem Augenwinkel. »Ja, euer Großer Ossobuki wird euch alle retten. Und zwar noch heute, wenn ich mit Franz von der Bank zurückkomme! Ich mache uns alle reich!«

Ein guter Tag. Aufgekratzt und doch ein bisschen nervös fährt er nach dem Frühstück mit der Tram nach Schwabing, um Franz vom Tengelmann abzuholen und seine neue Fertigkeit zu üben. Überall sieht er Heiterkeit, wird angelächelt, nickt leutselig zurück. Er sieht ein geschäftiges, freundliches, geläutertes Land mit Werbung an den Hauswänden statt Fahnen. Da er zu früh dran ist und neugierig, was es mit diesen neuen Selbstbedienungsläden auf sich hat, schnappt er sich, dem Beispiel einer Münchnerin folgend, einen Einkaufswagen, legt seinen Gehstock hinein und fährt die Regale im Tengelmann ab. Das Angebot und die ganze Ordnung beeindrucken ihn zwar durchaus, aber mit einem Wägelchen wie ein Kinderwagen macht es ihm keine Freude. Endgültig vergeht ihm der Spaß, als er den Brennkofer bei den Konserven wiedererkennt. Auch der Brennkofer ist älter geworden, aber Barnaba hat keinen Zweifel, dass er es ist. Er trägt einen zerschlissenen Wollmantel, wirkt gesund und rüstig. Bei ihrer letzten Begegnung hat er noch panisch seine Uniform in einer Tonne auf dem Großmarkt verbrannt. Die Uniform, die er auch trug, als sie das Ehepaar Reis von gegenüber aus ihrer Wohnung zerrten und noch auf der Straße totschlugen, genauso wie in Bianchinis Traum.

Barnaba erstarrt für einen Moment, will umdrehen, aber eine Frau hinter ihm blockiert den Gang, scheppernd kollidieren die Wagen, die Frau grantelt den Patriarchen an. Da erkennt der Brennkofer den ehemaligen Nachbarn. Aber statt sich erschrocken abzuwenden, grinst er Barnaba jovial an.

»*Mei, sind Sie des, Carbonari? Ja, Grüß Gott, wie geht's Eana denn? Ah, versteh scho, Sie sprechen immer no koa Deitsch ned. Wird aber langsam Zeit, gell? Oiso dann, pfiat Eana.*« Er klopft Barnaba auf die Schulter und steuert sein Wägelchen ohne Eile an ihm vorbei zur Kasse. Barnaba starrt ihm nach wie einer Kreatur aus der Hölle. Dabei hatte der Tag so gut begonnen. Barnaba hat das Lachen entdeckt, und er will es behalten und beschützen. Aber wie der Brennkofer sich so einfach davonmacht und ihm sogar noch auf die Schulter klopft, wird Barnaba von seiner alten Wut überwältigt. Er schnappt sich den Gehstock aus dem Wagen und prügelt von hinten auf den Brennkofer ein, wie damals auf Salvo Sciortino, der ihn in eine Jauchegrube stieß. Blindlings drischt er auf den Brennkofer ein, der versucht noch, die Schläge abzuwehren, aber es nützt ihm nichts.

»Mörder!«, keucht Barnaba. »Mörder!«

Er hört Leute auf Deutsch schreien, aber er hört nicht auf, bis kräftige Hände ihn endlich wegziehen und eine Stimme auf Italienisch mit schleppendem Akzent ihn anschreit: »Verdammt, was machst du da, *papà*?«

Mein Urgroßvater hat immer noch Schwierigkeiten, Ähnlichkeiten mit sich selbst zu entdecken, wenn er Franz betrachtet. Er kam schon als Kind viel mehr nach seiner Mutter, wirkt sportlich, die rotblonden Haare sind kurz geschnitten. Ein Bayer durch und durch, bis auf die traurigen Augen der Carbonaro. Allerdings steht ihm der weiße Kittel nicht, findet Barnaba, und er findet auch das karierte Hemd darunter unvorteilhaft. Überhaupt hat er die Vorliebe der Deutschen für karierte Hemden nie verstanden. Das Offensichtlichste, was Franz von seinem Vater geerbt hat, ist sein kleiner Wuchs und seine aufbrausende Art. Beides bedauert Barnaba, denn er hätte seinem Sohn für ein Leben in Deutschland mehr Körpergröße und Besonnenheit gewünscht. Er sieht ihm dabei zu, wie er in seinem kleinen Büro mit den beiden Polizisten diskutiert, und kommt sich auf dem Schreibtischstuhl vor wie in ein Theaterstück geworfen. Manchmal soll er etwas sagen, aber die meiste Zeit betrachtet er angepinnte Mitteilungen und Urlaubspostkarten und irgendwelche Tabellen an den Wänden. Ihm gegenüber hängt gerahmt ein Deckel einer Obstkiste mit seinem Logo aus den Vierzigerjahren, das rührt ihn. Auf dem Tisch neben der Schreibmaschine steht das Foto einer jungen Frau, das er sich näher ansieht. Wie hieß sie noch? Marlene, genau.

Barnaba muss etwas unterschreiben, dann ziehen die Polizisten ab. Franz betrachtet ihn wütend.

»Es ist gut, dich zu sehen, Franz.« Barnaba wirft einen Blick auf seine Uhr. »Aber ich denke, wir müssen los. Die Herren von der Bank warten.«

»Du kannst nicht einfach meine Kunden verprügeln.«

»Ich werde mich nicht entschuldigen«, erklärt Barnaba trotzig. Die Wut ist abgefallen, er ist zuversichtlich, dass auch das Lachen ihn wiederfinden wird.

»Mei, so ist des halt!«, ruft Franz auf Deutsch aus, und auf Italienisch: »Es waren zu viele, um sie alle einzusperren. Und irgendwann muss halt mal gut sein. Der Brennkofer ist ein Kunde wie jeder andere.«

»Brennkofer hat Dutzende von unschuldigen Menschen umgebracht. Darunter zwei, die meine Nachbarn waren. Alle haben es gesehen.«

Franz zieht ein gequältes Gesicht. »Aber davon will keiner mehr etwas wissen, *papà*. Vielleicht hast du ihn ja auch verwechselt.«

»Er war es. Ich weiß es.«

»Jedenfalls können wir froh sein, wenn du mit einer Anzeige wegen Beleidigung davonkommst. Und ich kann froh sein, wenn sie mich nicht wegen dir rausschmeißen.«

»Wenn wir mit der Bank fertig sind, wirst du das hier nicht mehr nötig haben.« Barnaba erhebt sich ächzend und breitet die Arme aus. »Was ist? Willst du deinen alten Vater nicht begrüßen?«

Seufzend lässt Franz sich umarmen, küssen, abklopfen, anschauen.

»Gut siehst du aus. Einen Mann hast du aus dir gemacht. Und bald Ehemann, wie man hört.« Er nimmt das Foto vom Schreibtisch. »Wann stellst du sie mir vor?«

Franz nimmt ihm das Foto aus der Hand. Zieht ein Kuvert aus der Kitteltasche und reicht es Barnaba.

»Das soll ich dir von Mama geben.«

Barnaba winkt ab. »Ich brauche es nicht mehr. Wir gehen ja jetzt zur Bank. Und dann machen wir das Foto. Heute ist ein guter Tag.«

Bloß, das Geld ist weg. Der Schatz von Bianchini. Das Geld, das er jahrelang heimlich nach Deutschland geschafft hat. Das nie angerührt wurde. Das über Jahrzehnte auf einem Konto lag. Das jedenfalls erklären ihnen die beiden akkurat gescheitelten Herren, die aussehen wie Brüder, in einem edel getäfelten Konferenzraum des Bankhauses Dürck. Franz sieht ständig auf die Uhr, denn er muss bald zurück in den Supermarkt, übersetzt dennoch alles geduldig. Aber der Patriarch will es nicht glauben. Immer wieder pocht er auf die Dokumente, die er mit farbigen Zetteln markiert hat, damit er weiß, was was ist. Die Einzahlungsbelege und Kontoauszüge, die Vollmachten von Bianchini und vor allem die Überlassungsurkunde. All das, was er in Pinas Nachlass gefunden hat, alles übersetzt und notariell beglaubigt.

»Es waren exakt achthundertvierundsechszigtausenddreihundertneunundsechzig Reichsmark«, erklärt Barnaba. Das ganze Geld, das er in Tranchen für Bianchini in der Ledertasche nach München gebracht und eingezahlt hat. Er klopft auf die Überlassungsurkunde.

Nun ja, wenden die beiden Herren ein, in der Zwischenzeit sei allerdings viel passiert. Mehr als die Hälfte des zwanzigsten Jahrhunderts nämlich. Hyperinflation, Währungsreform, etliche Weltwirtschaftskrisen, zwei Weltkriege, die Arisierung, Enteignung und Aufteilung der Bank, Vernichtung von Akten durch Bomben, eine weitere Inflation und eine weitere Währungsreform. Franz übersetzt.

»Aber die Zinsen!«, ruft Barnaba. »Die Zinsen für sechs

Jahrzehnte. Ich habe das alles durchgerechnet. Demnach müssten auf dem Konto noch über hunderttausend Deutsche Mark liegen. Übersetz ihnen das, Franz.«

»Das habe ich schon, *papà*.«

»Und was sagen sie?«

»Dass es ihnen sehr leidtue.«

»Es gibt außerdem noch etwas«, fügt einer der beiden gescheitelten Herren zögernd hinzu, und der andere räuspert sich wie ein Echo. »Leider sind viele Originaldokumente in der Bombennacht vom September 1943 verbrannt. Aber laut einer handschriftlichen Aktennotiz, die wir gefunden haben, wurde das Konto bereits am fünfzehnten Juni 1919 aufgelöst.«

Die beiden Herren reichen Barnaba ein Blatt mit einer Kontenliste des betreffenden Jahres. Einige Konten sind mit kurzen Notizen in akkurater Handschrift versehen.

»Was steht da, Franz?«, presst Barnaba hervor. »Der Name.«

Franz wirft einen Blick auf das Blatt.

»Frau Melina Fisichella.«

Barnaba sieht Franz an. Lässt es sich noch einmal bestätigen, versucht, sich an jenes Jahr zu erinnern. Irgendwo fällt eine Tür zu. Am anderen Ende des Konferenztisches hebt Ruggero in seiner faschistischen Uniform die Arme zum Zeichen der Unschuld. Wege haben sich gegabelt, Entscheidungen sind gefallen, Rosen zu Staub zerfallen. Fehler sind gemacht worden, Fotos sind gemacht worden. Ein Leben hat den Jahrhundertpfad genommen. Der Wind flaut ab, jemand lacht. Es ist Barnaba. Er kann gar nicht mehr aufhören.

Aber als er endlich mit tränenden Augen wieder zu Atem kommt und Franz und die beiden gescheitelten Herren ihn immer noch konsterniert anstarren, erhebt er sich, räuspert sich und singt das alte Lied von dem armen, unbetrauerten Totenschädel.

Vitti 'na crozza supra nu cannuni
Fui curiuso e ci vossi spiare
Idda m'arrispunniu cu gran duluri
Murivi senza un tocco di campani.

Er ist Franz nicht einmal mehr gram, als der ihm draußen erklärt, dass er nicht mit aufs Foto wolle. Sie wünschen sich fröhliche Weihnachten, aber als Franz eilig loswill, hält Barnaba ihn noch einmal zurück.

»Ich möchte, dass du und Maria euch wieder vertragt.«

»Es ist kompliziert, *papà*.«

»Wir sind eine Familie, vergiss das nicht.«

»Wer war Melina Fisichella?«

»Eine Zauberin.« Er hält Franz immer noch fest. »Ich habe Pläne, Franzl.«

Franz will sich endlich losmachen, aber dann kann er doch nicht mehr an sich halten.

»Bei allem Respekt, *papà*. Du tauchst auf, als ob nichts gewesen wäre, willst ein Foto machen, rettest ein Kind, verprügelst mal eben einen Kunden von mir …«

»Einen Nazi und Mörder!«

»Schleifst mich zu dieser Bank wegen eines angeblichen Schatzes, der überhaupt nicht existiert, führst dich auf wie ein Verrückter, singst auf einmal los und sprichst von Zusammenhalten und irgendwelchen nebulösen Plänen. Ich freue mich, dich zu sehen, ehrlich, *papà*, aber ich brauche das alles nicht. Mein Leben ist bereits gut so, wie es ist. Ich hab immer davon geträumt, ein Teil der Familie zu sein, aber sie will mich nicht, sie hat mich noch nie gewollt. Und das wirst du nicht ändern können.«

»Ich habe das Lachen entdeckt, Franzl. Du wirst sehen, jetzt wird alles gut.«

Franz weiß nicht mehr, was er noch sagen soll.

»Fröhliche Weihnachten, *papà*.«

Jedes Jahr an Weihnachten bringt meine Urgroßmutter Pina Carbonaro ein Kind zur Welt. Es sind Zyklopen, Sirenen mit durchscheinenden Fischschwänzen, bocksfüßige Faune, fuchsnasige Trolle, schlangenköpfige Medusen, Nymphen, Elfen und ein Zwitterwesen von herzzerreißender Anmut, wie ganz aus Milch gegossen. Barnaba und Pina nennen sie Salvatore oder Rosaria und lieben sie alle, aber keines von ihnen erlebt je den Jahreswechsel. Als wären sie nur neugierig in unsere Welt gestolpert und hätten sich nach kurzem Erstaunen entschlossen, lieber wieder umzukehren. Der Tod ist ein regelmäßiger Gast im Hause Carbonaro, der keinen Schrecken mehr verbreitet, sondern nur den Muff des Unglücks.

Im Jahr nach Barnabas und Pinas Hochzeit stirbt der Dottore Passalacqua an einer schleichenden Krankheit, gegen die die besten Ärzte machtlos sind. Niemand betrauert ihn, selbst Pina nicht. Am Tag der Beerdigung lässt Barnaba sich mit Pina und Pancrazia im Haus des Barons fotografieren, wie ein trotziges Zeichen, dass sie immer noch leben. Seitdem sitzt auch der Dottore manchmal vorwurfsvoll mit am Tisch, und da ahnt Barnaba, was es mit der Krankheit tatsächlich auf sich hatte.

Und als ob noch nicht genug Unglück und Gespenster im Haus wären, holt Pina kurz nach dem Tod des Dottore ihre Mutter aus dem Sanatorium. Barnaba erkennt die elegante Frau aus dem Modeladen der Signora Matranga nicht mehr wieder. Ihre Augen sind erloschene Krater, ihre Haare schlohweiß, ihre Haut wie das Seidenpapier der Zitronen, man kann fast hindurchsehen. Als Pina sie bringt, trägt sie nur ein langes Nachthemd aus der Klinik, doch als Pina sie neu in Schwarz einkleiden will, wie es sich für eine Witwe gehört, verweigert sich ihre Mutter vehement, krümmt sich zusammen und wimmert. Das Einzige, was Pina ihr überhaupt anziehen kann, sind Nachthemden. So wird es unmöglich, mit ihr je das Haus zu verlassen, also sitzt sie nur den ganzen Tag am Tisch, murmelt vor sich hin und malt mit den Fingern unsichtbare Zeichen auf die Tischplatte. Etwas anderes als geröstetes Brot mit frischen Feigen oder Pfirsichen, höchstens noch ein paar Garnelen, nimmt sie nicht zu sich. Was auch immer sie in der Nervenklinik mit Pinas Mutter angestellt haben, es hat ihre Seele ausgeschabt. Da die Verhältnisse beengt sind, erklärt sich Pancrazia bereit, ein Bett für Pinas Mutter in ihr Zimmer zu stellen, und dort hält sie sich auch die meiste Zeit über auf, als ob sie dem Echo einer alten Anweisung gehorche. Außerdem scheint sie sich vor Barnaba zu fürchten, denn sie wahrt immer einen gewissen Sicherheitsabstand, als ob sie auch da dem Echo einer leidvollen Erfahrung folge. Zu Barnabas Überraschung kümmert sich Pancrazia jedoch rührend um das neue Familienmitglied, wäscht ihr die Haare und massiert ihre kalten Hände und Füße.

Das ist jetzt seine Familie. Barnaba lebt mit drei Frauen zusammen. Die eine schläft mit ihm, die andere kritisiert ihn, die dritte meidet ihn. Wie drei uralte Geschöpfe aus dem Schattenreich, die am Schicksalstuch weben und die Verbindung zu den Toten halten. Er nimmt es ebenso klaglos hin wie die Besuche des Dottore, denn abergläubig wie alle Sizilianer betrachtet er sich als verflucht. Von Musumeci, von Melina, von Passalacqua und seinem eigenen Vater. Als Sizilianer akzeptiert er das. Und so gespenstisch die drei Frauen und die *patruneddi* an seinem Tisch auch erscheinen mögen, sie sind seine Familie, sie behandeln ihn wie ihren Herrn.

Und die Familie wächst.

Im fünften Jahr ihrer Ehe, an einem frühlingsmilden Weihnachtsmorgen, kommt meine Urgroßmutter endlich mit einem Jungen nieder, der überleben und den Namen Salvatore behalten wird. Da ist Barnaba fünfundzwanzig. Salvatore hat zwei Augen, eine rosige Haut, kräftige Arme und Beine und eine durchdringende Stimme, die sich später im Leben zum berühmten Belcanto-Tenor der Carbonaro entwickeln und wieder verkümmern wird. Drei Jahre später wird Rosaria geboren, die ihrer Großmutter Pancrazia wie aus dem Gesicht geschnitten aussieht und ebenso wie sie Wunderheilerin werden wird.

Ihre Kinder bringt meine Urgroßmutter immer zu Hause zur Welt, nur Pancrazia und irgendwann auch ein Arzt sind dabei zugelassen. Die Nymphen und Faune sind jedes Mal unkomplizierte Geburten, aber bei Rosaria, ihrem achten Kind, verblutet sie fast. Pancrazias Kräutertränke retten ihr zwar das Leben, aber der Arzt rät Pina von weiteren Schwangerschaften ab, zumal wegen der Zyklopen, die ihm nicht geheuer sind. Barnaba wäre sogar einverstanden, aber Pina erklärt ihm unmissverständlich:

»Es ist mein Körper. Ich werde dir sagen, wenn es gut ist.«

Und zu den Dingen, an denen mein Urgroßvater niemals zweifelt, gehören nun mal die Wahrheit der Zahlen und die Stärke und Unbeirrbarkeit meiner Urgroßmutter.

Erleichtert bemerkt Barnaba, dass seine Mutter nach Salvatores Geburt aufhört, Pina ständig vor ihm zu kritisieren und an ihr herumzunörgeln. Und da es nach Salvatores Geburt so aussieht, als sei der Fluch gebrochen, mietet mein Urgroßvater eine größere Wohnung in der Via Pacini an, im Zentrum von Catania, nicht weit vom Giardino Bellini, und überlässt Pina die Einrichtung. Zusammen mit der Miete übersteigt das alles zwar deutlich seine Möglichkeiten, aber Barnaba ist zuversichtlich, dass die Richtung stimmt, nämlich aufwärts, immer weiter aufwärts.

Denn die Geschäfte laufen bestens. Seit der Dottore Passalacqua tot ist, hat mein Urgroßvater keine Schwierigkeiten mehr mit dem Nachschub an Früchten. Wie sich nach Passalacquas Tod herausstellt, war der Dottore bis unter den Hemdkragen verschuldet, weil er durch den Druck des Preisverfalls ständig neues Land auf Kredit gekauft hat. Auch eine Art Schneeballsystem, wird Barnaba klar. Zwar hat Pina Anspruch auf das Erbe, aber wie sich herausstellt, gehört alles den Banken. Die Gärten, das Gutshaus, das Haus in Giardini. Alles. Vielleicht, denkt Barnaba manchmal, war das die letzte Rache des Dottore an ihm, dem *bracciante*, der ihn vorgeführt, bedroht, seine Tochter gerettet und dann geheiratet hat. Was damals wirklich zwischen seiner Mutter und dem Dottore war, will Barnaba genauso wenig wissen wie die Todesursache. Jedenfalls kein Erbe. Null. Nur Schulden. Pina nimmt es so stoisch hin, als habe sie nie etwas anderes erwartet.

Dennoch profitiert Barnaba indirekt von Passalacquas Tod, denn die Banken verhökern sein Land zu Schleuderpreisen. Damit nicht wieder ein einziger *padruni* so viel Einfluss gewinnen und ein wirtschaftliches Risiko darstellen kann, teilen sie es auf, zerfetzen es parzellenweise und verkaufen es an Kleinbauern aus der Umgebung. Die wenigen, die sich überhaupt ein Stückchen Land leisten können, sind mit der Organisation und dem Aufwand des gesamten Prozesses von der Düngung bis zur Ernte alleine überfordert, also gründen sie erste Konsortien und müssen sich verschulden. In dieses Vakuum, das der Dottore hinterlässt, stoßen umgehend die anderen Mafiafamilien. Die Brunnen füllen sich wieder mit Leichen, durch die Willkür der Behörden bleiben die Besitzverhältnisse oft unklar, und alles zusammen führt dazu, dass viel gutes Land über Jahrzehnte nicht bestellt wird und zu Macchia verwildert. Wer profitiert, das sind die Banken und die Mafia. Aber auch die *corrispondenti,* die Einkäufer und Händler, wie Barnaba jetzt einer ist. Denn die von Passalacqua künstlich aufgequollenen Einkaufspreise zerplatzen wie Luftballons, und Barnaba ist überall gleichzeitig, kennt die richtigen Leute, kennt Vincenzo Cuddetta, kennt den deutschen Markt und überbietet die Konkurrenz, da er sein Endprodukt mit den edlen Verpackungen teurer anbieten kann. Muss er auch, denn seine Kosten steigen rasant. Kaum stimmt die Kalkulation, entdeckt schon wieder irgendein kleines schnauzbärtiges Licht in irgendeiner muffigen Amtsstube, dass ohne seinen Stempel nichts geht, und hält die Hand auf. Für Frachtbescheinigungen, Ausfuhrbescheinigungen, Zollbescheinigungen, Steuerbescheinigungen. Alle naselang werden neue Bescheinigungen und Gebühren erfunden, für die wieder neue Stempel und andere kleine schnauzbärtige Lichter zuständig sind. Es ist ein Fass ohne Boden, und Vincenzo Cuddetta erwartet mittlerweile auch jeden Monat einen gut gefüllten Umschlag.

Zudem wird Barnabas Marketingidee rasch kopiert. Schon im ersten Jahr nach Passalacquas Tod werden praktisch sämtliche sizilianischen Zitrusfrüchte in bedrucktes Seidenpapier eingewickelt und in aufwendig bedruckten Kisten exportiert. Ein regelrechter Überbietungswettstreit der Farben, Formen und Logos entbrennt. Die meisten Motive sind eher kindlich, provinziell oder einfach nur schlampig gestaltet, aber einige Konsortien kreieren kleine Meisterwerke der Volkskunst auf den Papierchen und Kisten. Um den Vorsprung zu halten, treibt Barnaba daher den störrischen Abate zu immer neuen Kunstwerken an. Außerdem vertreibt er seine Früchte nun unter verschiedenen Markennamen, um bei den Münchner Obsthändlern die Illusion von Konkurrenz zu erwecken. Neben Zitrusfrüchten exportiert er versuchsweise auch Rosinen, Mandeln, Pfirsiche, Bergamott- und Olivenöl, aber er ist nicht zufrieden mit den Margen. Die Zug- und Telefonverbindungen nach Deutschland werden besser, und mindestens viermal im Jahr fährt mein Urgroßvater persönlich nach München, um mit Buscemi abzurechnen, die Nachfrage zu beurteilen und um Geld für Bianchini auf das Konto beim Bankhaus Dürck einzuzahlen. Den Kontostand behält er über Jahre im Kopf.

München wird zu einer zweiten Heimat. Jedes Mal wenn er kommt, hat er einen Oktopus für Mario Buscemi mit im Gepäck. Und weil er nah dran ist am Zeitgeist und inzwischen eine Vorstellung von den Vorlieben seiner deutschen Kundschaft hat, passt er seine Marken mit sprachlicher Unterstützung seines Freundes Valentin entsprechend an. Er nennt sie »Kasperle« oder »Apache«, »Heidi« oder »Kaiser«, »Sonnenglück« oder »Heldenfrucht«. Für seine Marke »Jugend« lizenziert er eine Fotografie des Barons von Gloeden mit der Nacktaufnahme von Mariano, dem Abate nur eine schambedeckende Toga überwirft. Die Orangen dieser Marke schlagen besonders bei der Münchner Boheme ein, bis die königlich-bayerischen Sittenbehörden dem Ganzen dann doch einen Riegel vorschieben. Aber auch das bringt Barnaba nicht aus dem Tritt.

Das Jahrhundert hat Laufen und Tanzen gelernt, dreht kokette Pirouetten vor dem Spiegel und probiert allerhand Verkleidungen aus. Die Industrien erschaffen ein selbstbewusstes Bürgertum, das mit kindlicher Sorglosigkeit auf den Boulevards flaniert, sich in Cafés und Salons feiert und in den Kabaretts vergnügt. Die Lebenserwartung steigt, die Damen legen erleichtert ihre Korsetts ab, der Herr trägt schmal geschnittene Sakkos in gedeckten Farben, seine Hosen bekommen Bügelfalten.

Das junge Jahrhundert spielt mit glühendem Eisen und Puderquasten. In Berlin tanzt Mata Hari ihren Schleiertanz, in Nevada wird Las Vegas gegründet, in München das Deutsche Museum, die Wright-Brüder heben ab. Mailand pfeift Puccini nach der Uraufführung von *Madame Butterfly* aus, das Deutsche Kaiserreich führt den Postscheck ein, in den Pariser Bars wird Absinth getrunken und Kunstgeschichte geschrieben. Im Haus Bateau-Lavoir malt Pablo Picasso blaue Bilder, weil er kein Geld für Farbe hat, und verheizt im Winter seine Zeichnungen. Das wird sich bald ändern. Zur gleichen Zeit kopiert ein Adolf Schicklgruber, hohlwangig und schlecht ernährt, in Wien noch Ansichtspostkarten in Aquarell und lebt im Obdachlosenheim. Auch das wird sich bald ändern. Albert Einstein veröffentlicht aus dem Berner Patentamt heraus seine Relativitätstheorie und wird Professor. Hanns Heinz Ewers schreibt expressionistische Novellen und finanziert seinen Drogenkonsum, indem er, gesponsert von der Hapag-Schifffahrtslinie, mit Reiseberichten aus aller Welt den Deutschen Appetit aufs Reisen macht.

Vom Reisen und von den vielen schönen Dingen der Belle Époque kann die Masse der Arbeiter nur träumen. In den Industriestädten wird in Elf-Stunden-Schichten sechs Tage die Woche malocht, geschraubt, geschweißt und Stahl gekocht, danach geht es zurück in überfüllte elende Hinterhofquartiere. Pensionen in der Münchner Au vermieten allerkleinste Zimmer für ganze Familien, die sich darin ein Bett teilen müssen. In den Gewerkschaften und Arbeiterparteien, die sich überall bilden, mischt auch ein Mann mit vielen Namen mit, den Barnaba zufällig aus dem Hofbräuhaus kennt. Der stiernackige Russe mit dem kahlen Schädel, der beim Reden seine Daumen im Ärmelausschnitt seiner Weste einhakt, als müsse er sich selbst festhalten, trinkt gerne und spricht ein bisschen Italienisch. Als er erfährt, woher Barnaba kommt, fragt er ihn erst neugierig nach den Arbeitsbedingungen in den Zitrusgärten aus. Er will wissen, wie der Landarbeiter Barnaba Kapitalist geworden ist. Er findet sogar durchaus anerkennende Worte für den sozialen Aufstieg, moniert aber Barnabas verkümmertes revolutionäres Bewusstsein und erklärt betrunken und leutselig, dass die Revolution solche wie ihn eben wieder umerziehen werde. Barnaba versteht, dass der Mann das bei aller Trunkenheit völlig ernst meint. Aber da ihm das Interesse schmeichelt und die Meyers arm sind und überhaupt, man ja nie weiß, bringt er ihnen hin und wieder eine Steige Orangen vorbei. Das mit dem verkümmerten revolutionären Bewusstsein gibt ihm kurz zu denken. Als er sich jedoch an die brutale Dumpfheit der *braccianti* und an Salvo Sciortino erinnert, verwirft er den revolutionären Anflug als Unsinn. Ohnehin hält er sich lieber aus politischen Dingen heraus. Er ist Händler, kein *padruni*, also kann er ohnehin nichts an den Arbeitsbedingungen in den Gärten ändern, und viele Jahre lang glaubt er das wirklich.

Sein Freund Valentin aus der Au ist ebenfalls dabei, sich von seiner Herkunft zu befreien. Noch arbeitet er zwar als Schreiner und in der Spedition des Vaters, tritt aber zwischendurch auf kleinen Bühnen als Vereinshumorist auf. Als er Barnaba einmal einlädt, versteht mein Urgroßvater zwar kein Wort, sieht aber, wie sich das rotwangige Publikum auf die Schenkel schlägt und wie sein Freund sich auf der Bühne zu einer anderen Person verwandelt. Zu jemand, der leidet, scheitert, ringt und sichtbar wird. Wann immer es in seinem Leben nicht mehr weiterzugehen scheint, wird Barnaba sich fortan seinen Freund Valentin in München zum Vorbild nehmen.

Er ist gern in München. Obwohl er die Sprache nicht spricht, kommt er klar. Er mag die gelassene und trotz gelegentlicher Rüpelhaftigkeiten doch meist freundliche Art der Münchner. Er mag es, fremd zu sein an einem Ort, der ihm zunehmend vertrauter wird. Die Stadt ist wuselig, erfüllt vom Klappern der Fuhrwerke, vom Röhren der Motorwagen und dem Kreischen der Trambahn. München ist alles, was Sizilien nicht ist: modern, gelassen, geordnet. Die Frauen sind groß und schön, senken den Blick nicht und weben auch nicht finster am Schicksalstuch. Die Männer sind grob, aber aufrichtig. Außer in den Ziegeleien und beim Bau wird, so scheint ihm, in München überdies nicht sonderlich viel gearbeitet. Die Münchner scheinen sämtlich Beamte, Künstler oder Privatiers zu sein, mit viel Muße für die zahllosen Cafés und Brauhäuser. Die unmäßige Trinkerei von der Früh bis in die Nacht wird meinem Urgroßvater allerdings immer fremd bleiben. Dafür entwickelt er eine Vorliebe für deutsches Gebäck und Süßigkeiten und bringt von jeder Reise einen Vorrat Schokolade aus München mit.

Was er irgendwann ebenfalls aus München mit nach Hause bringt, sind seltsamerweise Bücher. Bücher bleiben das Mysterium seines Lebens, aber seit er mit sechzehn durch die Bibliotheken des Palazzo Manganelli gewandert ist, ziehen sie ihn magisch an. In München stöbert er stundenlang in den prächtigen Buchhandlungen auf der Maximilianstraße, und da er ohnehin nicht lesen kann, spielt die Sprache keine Rolle. Er beginnt mit illustrierten Büchern, Atlanten, Kuriosa und Lehrbüchern, aber irgendwann kauft er Bücher nur, wenn die Einbände ihm gefallen. Zurück in Catania ermuntert er auch Pina dazu. Egal, ob er lesen kann oder nicht, er will eine Bibliothek. Als Symbol seines Aufstiegs und für seine Kinder.

Zu seinem Bedauern hat er nie viel Zeit in München. Ein paar Tage nur, dann muss er schon wieder zurück. Manchmal beneidet er Mario Buscemi um seine Freiheit, der es im kaiserlichen Deutschland zwar auch nicht leicht hat, sich aber zumindest nicht mit so viel Korruption herumschlagen muss. Barnaba sieht, wie Buscemis Großmarktgeschäft Jahr um Jahr wächst, wie er Obst und Gemüse aus ganz Italien importiert und die Deutschen mit Blumenkohl versorgt, den sie bald so sehr lieben, dass sie glauben, sie hätten ihn erfunden.

Barnaba wird fünfundzwanzig und achtundzwanzig, und in Messina bebt die Erde. Die Stadt wird fast vollständig zerstört,

Hunderttausende sterben unter den Trümmern oder durch den nachfolgenden Tsunami, in München steigt der Preis für eine Tasse Kaffee auf dreißig Pfennig. Und München wächst. Eine halbe Million hungriger Einwohner verlangt nach Blumenkohl, Mandarinen, Fleisch, Schmalz, Mehl und Eiern, daher wird die Schrannenhalle am Viktualienmarkt bald zu klein. Als der Münchner Magistrat den Bau einer modernen Großmarkthalle mit Eisenbahnanbindung im Stadtteil Sendling beschließt, drängt Buscemi Barnaba, dass die Zeit gekommen sei, zu investieren und zu expandieren.

»Das ist unsere Chance, Nino. Lass uns groß werden, richtig groß.«

Barnaba zögert. Zwar hat er Geld zurückgelegt für alle Fälle, aber erstens ist ihm die Sache zu unwägbar, und zweitens, ja zweitens hat er immer noch diesen ganz anderen Plan im Kopf seit jenem Abend auf dem Turm des Dominikanerkonvents. Pina rät ihm ebenfalls ab, aber Barnaba vermutet Eifersucht dahinter. Pina ist die Einzige, die genauso viel über seine Geschäfte und den Geldfluss weiß wie er. Sie schreibt Rechnungen und Mahnungen, studiert die Nachrichten über die Entwicklung des Weltmarkts und rät Barnaba dazu, einen Kredit aufzunehmen und in Paternò oder Acireale so viel Land zu kaufen wie möglich, solange es noch günstig zu haben ist. Doch Barnaba zögert erneut. Zu tief sitzt sein Hass auf die *padruni*, zu hoch erscheint ihm das Risiko, das Land jederzeit an einen lokalen Mafioso verlieren zu können. In Wahrheit jedoch gibt es noch einen ganz anderen Grund. Seine alte Scham darüber nämlich, nicht lesen und schreiben zu können. Landerwerb und Investitionen sind mit schriftlichen Verträgen verbunden, und Barnaba misstraut allem Schriftlichen. Pina könnte sich zwar darum kümmern, aber damit würde Barnaba sämtliche Kontrolle an sie abgeben, und das kann er nicht. Solange er alles im Kopf hat, denkt er, kann nichts schiefgehen.

Barnabas Vorbehalte beschädigen jedoch seine Freundschaft zu Mario Buscemi, der das Zögern persönlich nimmt und sich das Geld enttäuscht woanders beschafft.

Barnaba wird dreißig. Das Leben ist eine milde Strömung, gegen die er klaglos und zuversichtlich anrudert. Seine Geschäfte kommen ihm manchmal vor wie eine Partie *Zicchinedda*: Es gewinnt der, der mitrechnen kann und geduldig am Spieltisch sitzen bleibt. Er würde niemals betrügen, aber in jedem Spiel gibt es schließlich kleine Tricks, die einem aus der Patsche helfen können, so sieht er das.

Er entwickelt alltägliche Gewohnheiten und Marotten. Zum Frühstück nimmt er weiterhin nichts anderes als Kaffee, geröstetes Brot und frische Feigen zu sich, denn beides duftet nach Gewinn. Zum Mittag erwartet er Pasta, Salat und Fisch auf dem Tisch, abends gedünstetes Gemüse oder eine leichte Suppe. Wein trinkt er nur selten. Wie es sich für einen Patriarchen gehört, kriegt er einen kleinen Bauch. Seine Haare trägt er inzwischen gescheitelt und mit viel Pomade. Salvatore und Rosaria sind ihm fremd, viel fremder als die durchscheinenden und einäugigen Fabelwesen, die Pina in den folgenden Jahren wieder an Weihnachten zur Welt bringt. Denn obwohl diese Wesen nicht für unsere Welt geschaffen sind, liebt er sie insgeheim mehr als jene beiden, die gesund und stur in der Wohnung herumkrabbeln, alles anfassen und vielerlei Geräusche machen. Als sizilianischer Patriarch am Anfang des zwanzigsten Jahrhunderts muss er seine Liebe jedoch noch nicht durch tägliche emotionale Zuwendung beweisen. Es reicht, dass ein Patriarch die Familie gut versorgt, und das tut er. Seine Kinder sind ein Teil seines Körpers, sein Besitz, er kennt es nicht anders. Bis zu ihrem fünften Jahr werden vor allem Jungen maßlos verwöhnt. Danach jedoch stehen sie in lebenslanger Bringschuld von Respekt und Aufopferung gegenüber den Eltern, denen sie schließlich ihr Leben verdanken. Allerdings erhebt er niemals seine Hand gegen seine Kinder. Zu tief sitzt immer noch die Erinnerung an die Dresche seines Vaters. Ansonsten bekommt er von ihrer Entwicklung nicht viel mit. Darum kümmern sich die drei Frauen, sie umflattern, beglucken, füttern und tadeln den Nachwuchs wie drei große schwarze Vögel. Meine Urgroßmutter erzieht ihre Kinder mit Strenge, Pancrazia näht ihnen unermüdlich kleine Anzüge und Kleider, und Pinas Mutter singt sie in den Schlaf.

Es sind ruhige Jahre, gewebt aus Jahreszeiten, Gewohnheiten, kleinen böigen Dramen und regelmäßigen Mahlzeiten. Mit dem Erfolg wächst auch der Kreis von Schnorrern und Neidern, die Barnaba kaum voneinander unterscheiden kann. Er lädt immer großzügig ein, aber wirklich ungezwungen fühlt er sich nur mit Mario Buscemi und Valentin Frey in München oder wenn er an Sonntagen Mariano Bagarella und den Baron von Gloeden in Taormina besucht. Manchmal geht er mit Pina in eines der neuen Lichtspieltheater oder in die Oper. Er mag Opern, aber die brillanten, ausgebildeten Stimmen der Sänger erreichen ihn nie so wie das markerschütternde Geschrei der *cantastorie*. Da er keine Zeitungen lesen kann, abonniert er die üppig bebilderte *Sicile Illustrée* für Pina und heimlich für sich, um auf dem Laufenden zu bleiben, wer wichtig ist, wen man kennen, wen man meiden muss. Und mit jeder Ausgabe wünscht er sich mehr, dass *Sicile Illustrée* eines Tages auch über ihn berichten möge. Er ist eben Sizilianer, nichts ist wichtiger als die öffentliche Meinung. Daher zeigt er seinen Wohlstand am allerliebsten beim Flanieren über die Via Etnea oder den Corso Umberto in Taormina. Und weil er Sizilianer ist und ihm jahrhundertealte Feudalherrschaft im Mark steckt, lässt er sich von Abate ein Adelszertifikat mit dem Wappen der Baroni di Raisi malen, das er zusammen mit seiner Bibliothek und den Familienporträts, die er jedes Jahr vom Baron von Gloeden anfertigen lässt, all seinen Besuchern präsentiert. Alle machen das so, die es zu etwas bringen, aber es befriedigt Barnabas Sehnsucht nach Status immer noch nicht. Als am Corso Sicilia ein Jugendstilhaus emporwächst, das einem Giuffridda gehört, dem Besitzer dreier Schwefelminen, träumt er jede Nacht von diesem Haus, genau diesem und keinem anderen.

An Rosaria denkt er nur noch selten. Die Erinnerung an das Mädchen am Waschplatz und an jenen Abend auf dem Turm des Konvents hat sich zu etwas verändert, das einer kolorierten Ansichtspostkarte gleicht.

Bis Mariano im Sommer 1909 beim Reinigen einer Plattenkamera des Barons wie beiläufig sagt:

»Sie hat nach dir gefragt.«

Damit zersplittert das fragile Gebilde aus Verlangen und Verdrängung. Mariano reicht ihm ein kleines Päckchen mit Schleife, darin eine hübsch verzierte Packung Katzenzungen aus Schokolade von Küfferle in Wien.

»Soll ich dir geben.«

Barnaba ist neunundzwanzig. Entscheidungen sind gefallen, Tote auferstanden, Meere haben sich geteilt, Wege sich gegabelt, Sedimente sich abgesetzt, Schicht um Schicht. Aber dann rutschen Hänge ab, treibt Verschüttetes wieder auf, wenn kindliche Götter mutwillig im Gebräu des Schicksals rühren, nur um dem lustigen Spiel der Schlieren an der Oberfläche zuzusehen. Um sich an der Verzweiflung der Menschen zu erfreuen, wie sie emsig hin und her huschen, weil sie glauben, dass alles etwas zu bedeuten hat. Hat es aber nicht, genauso wenig wie die Haselnuss, die ein Eichhörnchen jeden Morgen unter einer Bank im Südfriedhof findet, und dann irgendwann nicht mehr.

Fassungslos erfährt Barnaba, wie gut Rosaria über sein Leben Bescheid weiß. Er hört, dass sie Deutsch und Englisch spreche, dass es mit der Ausbildung bei diesem Nervenarzt nicht geklappt habe, dass sie ihre Familie in Taormina einmal im Jahr besuche, dass sie keine Kinder habe. Barnaba weiß nicht, was er mit diesen Informationen und der Schokolade anfangen soll.

»Weiß Ruggero davon?«, fragt er Mariano misstrauisch.

»Frag mich nicht.«

»Und du findest es in Ordnung, dass deine Schwester mir Schokolade schickt?«

»Ist doch nur Schokolade.«

»So siehst du das?«

Mariano weicht ihm aus, und Barnaba hakt nicht weiter nach. Aber von diesem Tag an fühlt er sich ermutigt, Rosaria über Mariano kleine Kistchen mit Marzipanfrüchten zukommen zu lassen, die er eigenhändig in seine Orangenpapierchen einwickelt, und aus München Pralinen vom königlichen Hoflieferanten Micksch. Es ist das Romantischste, was er je in seinem Leben tut. Ein neues Fieber hat ihn ergriffen, das er sorgfältig vor seiner Familie verbirgt. Da er Rosaria nicht schreiben kann, schickt er ihr eine aktuelle Fotografie von sich mit und erhält prompt mit den nächsten Katzenzungen ein Foto von ihr. Er erkennt die mondäne Frau in dem bestickten Ballkleid kaum wieder. Aber der trotzige Blick, der ihn durchschneidet, ist immer noch der gleiche.

Telegramme fliegen hin und her, die heimlich übersetzt und formuliert werden müssen. Dass sie etwas mit ihm besprechen müsse, und es klingt nicht wie eine schüchterne Frage. An Weihnachten bringt Pina wieder ein Elfenwesen aus Pergament zur Welt, das nach fünf Tagen verstirbt. Sie geben ihr den Namen Maria. An einem Nachmittag im folgenden März wartet Barnaba in München in der Lobby des Hotel Bellevue am Stachus auf Rosaria.

Ein kühler, stürmischer Frühlingstag. Seit dem Morgen reiben sich dichte Wolken an der Stadt, entleeren sich in heftigen Schauern, kurz klart es auf, dann wälzen sich schon die nächsten Sturmwolken herein, reißen Böen Hüte von Köpfen und zerlegen Regenschirme, als suchte der Himmel Streit. Die Luft ist aufgeladen mit klammer Feuchtigkeit, sie treibt die Menschen in die Hauseingänge und zerrt an den Nerven. Jetzt, am Nachmittag, überfällt graues Zwielicht die Stadt, spaltet die Welt in Hoffnung und Schwermut, es riecht nach Gewitter.

In der gut geheizten Lobby des Hotel Bellevue wird in Silberkännchen Kaffee und heißer Kakao aus den Kolonien serviert. Barnaba sitzt in einem Ledersessel mit Blick auf den Eingang und reibt verstohlen die Hände an den Hosenbeinen. Noch vor dem nächsten Regenguss kommt sie endlich an.

Die elegante Frau mit dem ausladenden Hut, die mit einem Gepäckträger im Gefolge das Hotel betritt, hat nichts mehr gemein mit der Tochter eines sizilianischen Landarbeiters. Ihre Schönheit reißt ihn aus sich selbst heraus und schleudert ihn auf den Grund eines Brunnens. Wie sie geht. Den ganzen Raum und die Zeit dabei hinter sich herziehend wie eine königliche Schleppe. Die Palmen in den Kübeln zu beiden Seiten der Lobby verneigen sich vor ihr. Sie nimmt Barnaba kaum wahr, als sie zur Rezeption schreitet, sie nimmt überhaupt niemanden wahr, aber Barnaba ist sicher, dass sie genau weiß, wo er sitzt. Dass sie ihn riechen kann, so wie er sie riecht. Melina hat ihn in ein Tier verwandelt, Rosaria dagegen erhebt ihn zu einem Gott. Nicht er, begreift er, sondern sie ist Odysseus. In Verkleidung zurückgekehrt zu ihm. Nur für ihn ist sie hier, er ist der Auserwählte, ihr Ziel, ihr Hafen, nichts sonst hat mehr Bedeutung. Denn er kann spüren, wie sich ein elektrisches Feld zwischen ihnen aufspannt, das sie über die Lobby hinaus verbindet. Und er hat keinen Zweifel, dass sie natürlich sieht, wie Köpfe sich drehen, Zigarren beleckt, Stirnen gerunzelt, Fragen getuschelt werden. Eine alleinreisende Dame ist immer noch ein Eklat, und die Schönheit dieser Frau weckt Neid, Begierde und Misstrauen.

»*Grüß Gott, die Dame*«, spricht der Empfangschef Rosaria von oben herab an, als er die Reservierung findet. »*Mei, i seh grad, die Kaisersuite ist leider derzeit ned frei, aber mir haben da a schön's saubers Zimmer zum Hof heraus für Eana, Frau … äh, Manganelli.*«

Barnaba hört, wie Rosaria ihn mit einem Schwall sizilianischer Flüche überzieht. Aber dann fährt sie in leichtem Wiener Deutsch fort:

»*Mein Name ist Rosaria Duchessa di Manganelli Banchieri della Torretta. Mein Mann, der Duca di Manganelli, ist Attaché der Italienischen Botschaft in Wien. Und wenn Sie jetzt freundlicherweise noch einmal nachsehen wollen, die Kaisersuite wurde von der Direktion schriftlich bestätigt. Falls es jedoch ein Problem gibt, spreche ich gern mit dem Herrn Direktor Geisel persönlich, wir sind bekannt.*«

Barnaba versteht kein Wort, aber er kann erkennen, wie der Mann an der Rezeption bleich wird und sein ganzer Körper zu einem Instrument kriecherischen Gehorsams zusammenschrumpft. Unter zahlreichen Bücklingen winkt er den Pagen herbei, und als sie an Barnabas Ledersessel vorbeikommt, hält sie kurz inne. Sie sieht ihn nicht einmal an, und doch ist sie ihm so nah, dass er ihre unterschiedlichen Pupillen erkennen kann. Ein braunes und ein goldenes Auge.

»*Welche Etage?*«, hört er sie den Pagen fragen.

»*Die Beletage, Madame.*«

Und Rosaria wiederholt auf Italienisch: »Kaisersuite, erster Stock.«

Zu keiner Regung fähig, bleibt Barnaba in dem roten Ledersessel sitzen. Sieht auf seine Uhr. Überlegt sich, dass er eine halbe Stunde warten wird, um kein Aufsehen zu erregen und ihr Zeit zu geben, sich frisch zu machen. Er bestellt Orangensaft, zündet sich ein Zigarillo an. Merkt, wie feucht seine Hände sind. Und die ganze Zeit über stellt er sich vor, wie sie ihm die Tür öffnen und er sie noch auf der Schwelle küssen und ausziehen wird. Er weiß es, sie weiß es. All die anderen Hotelgäste in der Lobby, die bereits wieder um sich selbst kreisen, wissen es nicht. Dass er der Auserwählte ist, der gleich ihre Honighaut küssen wird.

Draußen donnert es. Der Regen kommt wie eine Strafe über die Stadt. Wie eine Züchtigung ohne Maß wütet er gegen die großen Fensterscheiben, rüttelt an der Drehtür, ertränkt die Welt in Raserei. In der Lobby hat der Barpianist Platz genommen und spielt Walzer gegen das Gewitter an. Barnaba kommt sich vor wie auf einem untergehenden Schiff.

Er wirft einen Blick auf seine Uhr. Versucht sich Rosaria in ihrer Suite vorzustellen, aber es gelingt ihm nicht richtig, das Bild verschwimmt. Sie ist der Schatz, den er seit langer Zeit hütet, und einen Schatz bespringt man nicht wie ein Eber. Barnaba will in der Frau, die ihn oben erwartet, die Rosaria aus seinen Träumen wiederentdecken, die Nachfahrin von Trollen und Elfen, aber es gelingt ihm nicht.

Der Saft wird serviert. Barnaba zahlt und trinkt einen Schluck. Sieht hinaus in den Regen, dann wieder auf die Uhr.

Wege kreuzen sich und gabeln sich wieder. Staub senkt sich, Blicke senken sich, Wolken senken sich, Dämmerung senkt sich über das Land und hinab ins Meer. Der Mandarinenpreis steigt langsam wieder. In den Tiefen der Ozeane, wo kein Auge hinreicht, träumen durchscheinende Wesen durchscheinende Träume und werden von Riesenkraken gefressen, die von Träumen leben. In einer anderen Welt, in einem Ledersessel in einem Münchner Hotel, wird ein Sizilianer von seinen Träumen aufgefressen.

Vorhänge aus Regen wehen draußen über den Stachus. Er sollte jetzt hinaufgehen. Aber irgendwie schafft er es nicht aus dem Sessel. Denkt an den Tag am Waschplatz, an den Abend auf dem Turm des Konvents. An ihre Honighaut und ihren Blick. Und ihm wird klar, dass er sie längst verloren hat, an jenem Abend schon. Er merkt erst, dass er weint, als ihm die Tränen schon unter den Kragen rinnen. Ein Hang kommt ins Rutschen, kindliche Götter pusten in Asche, aber die Glut ist erloschen. Er will aufstehen, kann nicht. Er krümmt sich zusammen und weint, bitterlich und stumm, die Krämpfe schütteln ihn, er schlägt die Hände vors Gesicht, wimmert in sein Taschentuch. Aber alle sehen es. Alle hören, wie der junge Mann im roten Sessel gequält aus tiefster Brust aufstöhnt und einfach nicht aufhören kann zu schluchzen. Der Ober fragt, ob alles in Ordnung sei, Barnaba keucht nur: »*Wunderbar*«, und kann doch nicht aufhören. Alle sehen es. Und die Zeit verrinnt. Er sollte jetzt hinaufgehen, mit ihr schlafen, zumindest hinaufgehen, sie wird sich Sorgen machen, sich ärgern, die ganze Stimmung wird ruiniert sein, dass sie noch mit ihm schläft, das kann er erst mal vergessen.

Als das Beben ausrollt und er sich ein wenig fängt, lässt der Regen nach. Barnaba trinkt aus, schnäuzt sich. Bleibt noch einen Moment sitzen, um zu Atem zu kommen, als ein Zug zwergenhafter, kindlicher Zyklopen, Elfen, Faune und Sirenen gemessenen Schrittes aus dem Fahrstuhl durch die Lobby marschiert. Barnaba sieht ihnen nach, und als sie am Ausgang auf ihn warten, erhebt er sich endlich, zupft sich seinen Binder und sein Jackett zurecht, holt Luft und singt.

Ciuri d'aguannu!
Ma iu chi aju ca la notti 'un duormu
Siempri pinsannu a tia, corpu di sangu!

Das Stornello, das sie damals am Waschplatz sang, über einen Traum aus Blüten und Blut. Mit rauem Schmerz haucht er es in Richtung Fahrstuhl. Er weiß nicht, ob sie es hören kann, aber die elektrische Verbindung ist noch da. Er singt Rosaria ein Abschiedslied von Blut und Blüten. Als er endet, endet auch der Regen. Es ist totenstill in der Lobby. Alle starren ihn an. Ohne Verbeugung nimmt Barnaba Hut, Stock und Mantel.

Rosaria trifft er nie wieder.

Als er das Hotel verlässt und in die feuchte Frühlingsluft eintritt, ist er bei allem Elend sogar noch stolz auf sich, denn wieder sieht er nur sich selbst. Er stellt sich vor, dass sie ihn vom Fenster aus beobachtet, wie er davongeht. Aber als er am Stachus in die Tram steigt und das Magnetfeld zwischen ihnen zerreißt, bricht es ihm das Herz. Welche Kräfte Rosarias Herz zerreißen, erfährt er nie, und auch nie, warum sie ihn unbedingt treffen wollte. Denn das steht alles in den Briefen, die sie ihm noch fast ein Jahr lang schickt und die meine Tante Maria Jahrzehnte später ungeöffnet in seinem spärlichen Nachlass findet.

Und nein, kein Karma belohnt Barnaba dafür, dass er Rosaria nicht noch unglücklicher gemacht hat, dass er nicht hinaufgegangen und mit ihr zum Geräusch des Regens ein Kind gezeugt hat. Kein Leonardi lauert ihm auf, der sich für drei Jahre Haft und sein ganzes verpfuschtes Leben an ihm rächen will, aber ausgerechnet jetzt hat die Pistole Ladehemmung. Kein Privatdetektiv der Detektei Helios (mit Telefonanschluss) in der Bräunerstraße in Wien berichtet seinem eifersüchtigen Auftraggeber, dass die Frau Gemahlin zwei Tage allein auf ihrer Suite verbracht habe und dann wieder abgereist sei, ohne Besuch empfangen zu haben. Kein biblisches Pfingstfeuer regnet auf Barnaba herab, keine Katastrophe, die ihn haarscharf nicht trifft, keine Krankheit, von der er verschont bleibt, weil er mit gebrochenem Herzen, aber aufrechten Hauptes ein Hotel verlässt und nicht mit Rosaria geschlafen hat.

Unbeeindruckt davon, dass Barnaba Carbonaro sich lieber einen unglücklichen Traum bewahren, als alles aufs Spiel setzen will, dreht sich die Erde einfach weiter. Barnaba reist zurück nach Sizilien und zeugt einen Sohn, der am darauffolgenden Weihnachtstag geboren wird und den Namen Antonino erhält. Mein Großvater, der sonst wahrscheinlich nicht geboren worden wäre, und ich damit auch nicht, um von der Familie Carbonaro zu erzählen, wenn mein Urgroßvater an jenem Gewitternachmittag Ende März mit dem Fahrstuhl in die Kaisersuite des Hotel Bellevue in München hinaufgefahren wäre.

Pfade haben sich wieder gegabelt, eine weitere Sedimentschicht Unglück ist hinzugekommen und wird zu Stein. Auf die Frage: Wer sind wir?, gibt es keine Antwort, aber etwas führt immer zu etwas. Vielleicht dazu, dass man den einen Sohn weniger liebt als seine anderen Kinder, weil man sich vorstellt, dass dies ein anderes Kind hätte sein können, und es ihm heimlich vorwirft. Womöglich, weil man einfach begreift, dass Bianchini damals recht hatte, dass es Kleinreiche und Großreiche gibt, oder dass man eben doch kein mythischer griechischer Pirat ist, sondern nur ein Mandarinenhändler aus dem Süden.

Ein knappes Jahr nach jenem Nachmittag liest ihm Pina aus *Sicile Illustrée* vor, dass Ruggero di Manganelli und seine Frau einen gesunden Sohn bekommen und ihn Nino genannt haben. Sie kommentiert es nicht, aber sie muss es Barnaba dreimal vorlesen, bis er es glaubt. In demselben Artikel berichtet *Sicile Illustrée* auch über Ruggeros Ausbildung zum Luftfahrer in Österreich, mit Fotos von ihm in lässiger Pose vor einem Blériot-Eindecker. Vor Wut zerreißt Barnaba die Zeitschrift und beschließt, mit den Reserven, die er heimlich für Rosarias Hotel zurückgelegt hat, sein Geschäftsgebiet bis hinunter nach Siracusa auszudehnen, wo die besten Mandarinen wachsen.

Das stürmische junge Jahrhundert verlangt nach sizilianischen Mandarinen, nur an sizilianischem Schwefel hat es keinen Bedarf mehr. Als der Schwefelhandel in Sizilien endgültig kollabiert, als der Stern der Florio unabwendbar sinkt, als Giuffridda bankrottgeht und das Jugendstilhaus am Corso Sicilia auf einmal zum Verkauf steht, kann Barnaba sein Glück kaum fassen. Bloß hat er nach den letzten Investitionen die Reserven dafür nicht mehr. Mit einem Bankkredit könnte es wohl klappen, aber obwohl ihn Pina bedrängt, widerstrebt ihm das zutiefst. Haben muss er das Haus jedoch unter allen Umständen. Also lädt er Giuffridda groß zum Essen ein, bietet alles auf, was er an Verhandlungsgeschick und Schläue von Bianchini gelernt hat, und überzeugt ihn, ihm das Haus auf Lebenszeit zu vermieten, mitsamt dem halben Mobiliar. Bei der restlichen Einrichtung lässt er Pina freie Hand, die dem verspielten Jugendstil mit dunklen sizilianischen Möbeln, Brokat und schweren Vorhängen tüchtig die Heiterkeit austreibt.

Als er mit ihr, den beiden Müttern und den drei Kindern umzieht, ist er zweiunddreißig. Genauso viele Zimmer und Salons hat das neue Haus, vier Bäder, zwei Küchen, dazu Balkone und Terrassen. Ein Palast. Von der Dachterrasse aus hat man einen freien Blick auf den Ätna. Barnaba kommt sich vor wie ein Fürst, lässt elektrische Leitungen und Telefon legen und eine Bibliothek einrichten mit einem Schreibtisch und einem bulligen Tresor, wo er sein ganzes Geld bunkert. Er lässt die Fotos aufhängen, die er von sich und der Familie in den vergangenen Jahren hat machen lassen, und gibt einen pompösen Empfang für die Cataneser Gesellschaft, bei dem nicht nur Champagner, sondern auch bayerisches Bier in Strömen fließt. Kein wirklich ausgelassenes Fest in seinem Haus, dem das Lachen fremd ist, aber endlich erscheint sein Name kurz darauf in *Sicile Illustrée*. Allerdings irgendwo weiter hinten, denn ausgerechnet jene Ausgabe vom Mai 1912 wird, wie alle Nachrichten in jenen Monaten, vom Untergang der *Titanic* dominiert, bei dem auch Dutzende von sizilianischen Auswanderern in der dritten Klasse den Tod finden. Und das wurmt Barnaba.

Er würde es nie zugeben. Wenn das Gespräch darauf kommt, äußert er sein Entsetzen, er beteiligt sich sogar an den üblichen Spekulationen zum Wie und Warum des Unglücks, aber dann wechselt er lieber schnell das Thema. Denn eigentlich nimmt er es den *braccianti*, den Schneiderinnen, Müttern, Maurern und Tagelöhnern, den Verzweifelten in der dritten Klasse und sowieso dem Kapitän und dem Eisberg übel, dass sie ihm den glanzvollen Auftritt vermasselt haben. Er verachtet sich selbst dafür, aber er kann einfach nicht anders, er ist Sizilianer, er ist persönlich beleidigt vom Untergang der *Titanic*.

Vielleicht ist das der Grund, warum er nie richtig in seinem Palazzo ankommt, sich bei allem Wohlstand doch immer wie ein Fremder fühlt, ein verlauster *caruso*, der sich unbefugt hereingeschlichen hat, um *cannoli* zu klauen. Es vergehen Jahre, bis er sich das eingesteht, aber die Wahrheit ist, dass er oft von dem kleinen Häuschen zwischen den Kakteen träumt, weil einer wie er vielleicht nur dort glücklich sein kann.

Dabei ist es ein gutes Jahr für ihn. Im Februar ist in München die neue Großmarkthalle eröffnet worden, und auch wenn die meisten Großhändler sich nur zögernd mit dem modernen Umschlagplatz anfreunden, können Barnabas Güterzüge den Markt nun direkt anfahren. Auf einmal kann er ganz andere Mengen umschlagen, und er sieht, wie Buscemis Großmarktgeschäft wächst. Sie machen immer noch gute Geschäfte miteinander, aber wenn Barnaba in München ist, gehen sie nicht mehr zusammen in die Spelunken und Bordells und suchen irgendwo Streit. Was Barnaba sich damit erklären könnte, dass auch Mario Buscemi inzwischen Familie hat, dass die Zeiten einfach vorbei sind, aber natürlich weiß er es besser. Etwas führt zu etwas, und das Misstrauen ist eine Infektion, die nur im Anfangsstadium zu heilen ist. Als der neue Großmarkt eröffnet, fragt er sich, ob er Buscemi nicht vielleicht zu lange zu sehr entgegengekommen ist. Ob ein wenig Konkurrenz, ein bisschen frischer Wind nicht vielleicht ganz gut wäre. Also beginnt er, auch mit den anderen italienischen Großmarkthändlern zu verhandeln und sie zu beliefern. Die Konditionen werden mit Handschlag besiegelt, sie sind alle Ehrenmänner. Ein bisschen Beschiss gehört dazu, wie am Kartentisch, doch wenn einer sein Wort bricht, ist er erledigt. Barnaba gilt als gerissen, aber zuverlässig. Er zählt immer noch alle Stiche mit, hat jedes Detail im Kopf und wird in Catania alles diktieren.

Doch als Buscemi das spitzkriegt, kündigt er ihm wütend die Zusammenarbeit auf. Barnaba hält es zunächst für eine dramatische Geste und wartet ab, bis Buscemi wieder ankommt. Und Buscemi wartet darauf, dass Barnaba sich entschuldigt.

Ein Jahr darauf sind sie Konkurrenten.

Aber dann ist den kindlichen Göttern ohnehin schon wieder langweilig. Das Jahrhundert kommt in die Pubertät, will mit seinen neuen Maschinen, Flugapparaten und all der Elektrizität um sich werfen, irgendwas kaputt schlagen, den Weltenbrand entfachen, in Tränen baden und Abgründe aufreißen. Als der Krieg ausbricht, fegt er auch Barnabas Karten vom Tisch.

CATANIA / MÜNCHEN 1914–1918

»Du musst dringend neue Märkte finden.«

»Sagt wer?«

»Die Zeitungen. Deutschland ist im Krieg.«

Kerzengerade, die fünfjährige Rosaria auf dem Schoß, sitzt meine Urgroßmutter neben ihm auf dem Beifahrersitz des nagelneuen Automobils. Ein sechssitziger weinroter Alfa-Vierzylinder mit Klappverdeck und neunundvierzig Pferdestärken. Eine Extravaganz für zwölftausend Lire. Pina hätte es lieber gesehen, wenn Barnaba dafür ein gutes Stück Land gekauft hätte, aber er wollte dieses Automobil unbedingt. Ein Rausch hat Italien erfasst, das ganze zerrissene Land träumt von Geschwindigkeit und neuer Größe. Und mit seinem Automobil, denkt Barnaba, kann er seinen Teil zum Fortschritt und zur neuen Größe Italiens beitragen.

Eine Woche zuvor hat er den Alfa aus Mailand geliefert bekommen und ihn bislang nur alleine gefahren, um sich an die Steuerung und die brachiale Kraft des Motors zu gewöhnen. Aber an diesem Sonntag fährt er mit der ganzen Familie ans Meer. Barnaba ist vierunddreißig, er trägt einen weißen Anzug, die Fahrerbrille lässig über die Schiebermütze geschoben, mit hellen Lederhandschuhen hält er das Lenkrad unerschütterlich fest und fühlt sich symbiotisch mit der Maschine verbunden. Wegen seiner Körpergröße haben ihm die Alfa-Werke sogar den Sitz erhöht, Barnaba kommt gerade noch so an die Pedale und genießt den Fahrtwind bei einer familienfreundlichen Geschwindigkeit von dreißig Stundenkilometern. Hinten, im komfortablen Fond, sitzen die zwei Mütter mit den beiden Jungs und klagen über die Schlaglöcher. Der achtjährige Salvatore quiekt vor Vergnügen, auf dem Schoss seiner Großmutter weint der dreijährige Nino. An diesem Sonntag jedoch, am Steuer seines ersten Automobils, kann nichts und niemand Barnabas Laune erschüttern. Pina ist wieder schwanger. Bis auf ein paar Falten hie und da hat sich ihr Körper durch die Schwangerschaften kaum verändert, jedenfalls in keiner Weise, die Barnaba aufgefallen wäre. Sie wirkt unbeugsam wie eh und je, er würde gerne seine Hand auf ihren Bauch legen, aber hinten sitzen die Mütter.

»Das ist nicht mein Krieg. Was schert mich die Politik?«

»Dass du nicht an Gott und die Sünde glaubst, bewahrt dich auch nicht vor der Hölle.«

Immer öfter spricht sie über Gott und die Sünde, ist ihm aufgefallen. Seit sie täglich die Messe besucht und im Haus Kruzifixe aufgehängt hat, sitzt auch die Sünde mit am Tisch wie die traurigen Toten. Pina hat es mit viel Geduld und Sturheit geschafft, dass ihre Mutter sich anzieht und sie in die Kirche begleitet, wo es kühl und dämmrig ist und wo die Dämonen kurz mit den Heiligen die Plätze tauschen. Spaziergänge über die Via Etnea sind eher schwierig, da Pinas Mutter sich bereits zweimal in aller Öffentlichkeit entkleiden wollte. Kein Mensch weiß, warum sie das tut, Barnaba kann es sich nur mit gewissen Vorfällen in der Nervenklinik erklären, denn weder erklärt sich Pinas Mutter dazu, noch kann man es ihr abgewöhnen. Pancrazia, die einen Priester zum Mann hatte, lehnt Kirchgänge ab, weil sie Gott und den Priestern nicht verzeihen kann, was sie mit ihrem Leben angestellt haben, und Barnaba findet Messen nur Zeitverschwendung.

Seit Pina mit ihrer Mutter täglich zur Messe geht und mit ihr den Rosenkranz betet, hat sich die Strenge in seinem jungen Haus verdichtet wie die Hitze, wenn man im Sommer die Fenster öffnet. Da Barnaba jedoch keine Veränderung in ihrer Begierde erkennen kann, stört es ihn nicht. Wenn sie miteinander schlafen, ist es, als ob sie mit Ernst und Ausdauer ein stürmisches Meer überqueren, immer und immer wieder. Überhaupt stört ihn nichts an diesem Augustsonntag im ersten Jahr des Krieges. Man könnte fast sagen, er ist glücklich.

Es geht an die *Playa di Catania*, wo Barnaba zwei Kabinen an einem Lido gemietet hat. Die Fahrt ist kurz, am liebsten würde er weiter bis Siracusa fahren oder über die Alpen nach München, aber es ist heiß, die Familie will baden und Limonade trinken. Unter den Pinien vor dem Lido parken zwei weitere Automobile, aber zufrieden erkennt Barnaba, dass es sich um preiswerte Ford-T-Modelle handelt. Er lässt den Alfa nur ungern allein zurück, am liebsten würde er auf dem Rücksitz im Schatten ein Nickerchen halten. Ein schmutziger Junge mit hungrigen Augen erweckt Barnabas Misstrauen, aber dann hat er eine Idee, lässt den Jungen sich kurz ans Steuer setzen und gibt ihm eine Lira, wenn er gut auf den Alfa aufpasst.

»Wenn ich zurückkomme, kriegst du noch eine«, erklärt er ihm, denn dieser Sonntag ist der Familie versprochen, und er ist entschlossen, ihn zu genießen.

Sie sind eine normale sizilianische Familie mit *parmigiana*, Krapfen und Obst, frischer Limonade und Sonnenschirmen. Sogar ein Reisegrammofon haben sie dabei. Die Söhne tragen Matrosenanzüge, die Tochter ein gestreiftes Strandkleidchen. Es ist heiß, der Sand wie Lava, die Faust des Sommers presst den letzten Rest von Güte aus den Menschen. Aber vor den Kabinen warten Liegestühle und Sonnenschirme, aus den benachbarten Schatten heraus werden sie respektvoll gegrüßt. Als Barnaba aus der Kabine tritt, trägt er einen gestreiften Badeanzug. Gemessen setzt er sich in einen Liegestuhl, kurbelt das Grammofon an, legt eine Platte auf, und Enrico Carusos neapolitanischer Belcanto erklingt mit der berühmten Arie aus *Pagliacci* von Leoncavallo über den Clown, der sich auch mit gebrochenem Herzen das Gesicht pudert, weil das Publikum schließlich bezahlt hat, um zu lachen.

Vesti la giubba e la faccia infarina.
La gente paga, e rider vuole qua.
E se Arlecchin t'invola Colombina,
ridi, Pagliaccio … e ognun applaudirà!

Carusos Stimme trägt Barnaba wieder zurück zu jenem Sonntag am Strand mit Mariano und dem Baron vor so vielen Jahren. Versonnen sieht er aus dem Schatten heraus zu, wie seine Söhne zum Wasser laufen. Das heißt, Salvatore rennt mit ungestümer Wucht, als wolle er das Meer verdreschen, und Nino stolziert hinterdrein mit der aufgeschminkten Würde einer Figur aus der Commedia dell'Arte. Er fürchtet sich vor den Wellen oder vielleicht auch nur davor, schmutzig zu werden. Salvatore bewirft ihn mit nassem Sand, Nino wird wütend, schmeißt selbst Matsch, kriegt noch mehr Matsch ab und weint. Barnaba rührt sich nicht. Pancrazia eilt hinzu und beruhigt Nino mit einem Krapfen. Die beiden haben eine besondere Verbindung zueinander, ist Barnaba aufgefallen. Dann will Pinas Mutter auf einmal nackt ins Meer rennen, unter den benachbarten Sonnenschirmen drehen sich bereits Köpfe, aber Pina kann sie gerade noch zurück in die Kabine bugsieren. Salvatore strullt in die Wellen, Nino macht es ihm nach. Barnaba zündet sich ein Zigarillo an und kalkuliert, ob sich das Risiko lohne, die nächste Mandarinenernte aus Siracusa bereits jetzt zum Festpreis zu kaufen.

»Du musst dich um neue Märkte kümmern«, fängt Pina neben ihm wieder an.

»Im Gegenteil«, brummt Barnaba. »Jetzt, wo sie im Krieg sind, müssen die Deutschen ihre Soldaten versorgen, da wäre es töricht, woanders ein Abenteuer einzugehen.«

»Und was, wenn sie demnächst Krieg gegen uns führen?«

»Die Deutschen sind unsere Verbündeten. Ich kenne sie, sie stehen zu ihren Verpflichtungen. Außerdem wird dieser Krieg nicht lange dauern, du wirst sehen.«

»Aber was, wenn Italien in den Krieg eintritt?«

Barnaba schließt die Augen. Hört Salvatore schreien und Nino weinen. »Warum sollten wir?«

»Die Zeitungen sind voll mit Reden von diesem Gabriele D'Annunzio. Dass Italien Anspruch auf diese Gebiete im Norden hätte. Da braut sich was zusammen.«

»Der ist doch nur ein Dichter.«

»In den Zeitungen schreiben sie, die Regierung verhandelt bereits heimlich mit der Entente. Das macht mir Sorgen.«

»Dann hör auf mit den Zeitungen, *amore*. Italien steht treu zu seinem Bündnis mit Deutschland und Österreich-Ungarn.«

»Dieser D'Annunzio beschwört einen *heiligen Egoismus*, dem Italien folgen müsse, das klingt für mich nicht sehr nach

Treue. Außerdem wäre es doch nicht schlecht, neue Märkte zu erschließen.«

»Und zwar wo?«

»Amerika. Oder Schweden. Ich habe gelesen, dass es da den ganzen Winter über dunkel ist und dass sie dort alle an einem Vitamin-C-Mangel leiden. Stell dir vor, wie dankbar sie für deine Zitronen wären.«

Barnaba richtet sich auf und berührt jetzt doch den schwangeren Bauch seiner Frau. »Geht es dir gut, *amore*? Vielleicht verträgst du die Hitze nicht?«

Er will sich nicht streiten, nein, er will diesen Sonntag genießen. Weder will er über Hirngespinste noch über verrückte Dichter oder den Krieg diskutieren und schon gar nicht darüber, wie er seine Geschäfte zu führen hat. Er will einfach nur in Ruhe im Schatten rauchen, Enrico Caruso hören, Limonade trinken und am Abend in seinem neuen Automobil nach Hause fahren. Aber die Laus, die ihm bereits über die Leber gelaufen ist, erreicht seine Galle, als Nino schreiend vom Strand zurückrennt, weil Salvatore ihn ins Wasser geschubst hat. Über und über mit Sand paniert wirft er sich weinend in Barnabas Arme und erbricht den Krapfen von vorhin auf den neuen Badeanzug. Barnaba springt auf, stößt die große bauchige Flasche mit der Limonade um, die im heißen Sand versickert. Er flucht. Nino weint noch mehr, tritt wütend gegen das Grammofon, Caruso zerbricht. Die kleine Rosaria will weglaufen, tritt in eine Plattenscherbe und schreit los wie am Spieß. Salvatore streitet derweil mit einem fremden Jungen um einen Ball, und aus dem Augenwinkel sieht Barnaba, wie Pinas Mutter jetzt doch halb nackt über den heißen Sand rennt und sich zum Vergnügen der anderen Badegäste in die Wellen wirft.

Sie sind eine normale sizilianische Familie an einem Sonntag im August. Blut trocknet, Tränen trocknen, das ganze Land trocknet aus. Sand knirscht zwischen den Zähnen wie die tägliche Unbill des Lebens. Immerzu knirscht es irgendwo, aber manchmal sitzt auch das kleine Glück mit unter einem Sonnenschirm und sieht zu, wie eine Familie schweigend eine sandige *parmigiana* verzehrt. Dinge zerbrechen und vergehen, Schiffe sinken, Imperien versinken, viele Tausend Kilometer weiter nördlich könnte man gerade eines dabei beobachten. Aber noch ist der Krieg so fern wie Barnabas kurze Kindheit, an die er sich kaum erinnert. Mit jedem Bissen *parmigiana* schluckt er seinen Ärger hinunter und versucht wieder, sich an seinem kleinen Glück zu erfreuen. Aber als sie am späten Nachmittag zum Parkplatz bei den Pinien zurückkehren, ist nicht nur der verdreckte Junge weg, sondern auch der Alfa.

Barnaba lernt ein neues Gefühl kennen: die Bitterkeit. Die Bitterkeit über die Willkür der Götter. Es ist nicht allein der materielle Verlust, obwohl der ihn quält wie ein Zahnschmerz, es ist die Ohnmacht. Nichts kann er tun, gar nichts. Er will die Diebe umbringen, aufspießen und rösten, er will Gerechtigkeit oder wenigstens irgendwas kurz und klein schlagen, aber da seine Wut kein würdiges Ziel findet, verwandelt sie sich zu dumpfer Bitterkeit. Obwohl er inzwischen sogar einen Carabinieri-*maresciallo* zu seinem Bekanntenkreis zählt, findet die Polizei weder das Automobil noch die Diebe. Er hat sogar Vincenzo Cuddetta gebeten, seinen Fall den Mafiafamilien in Catania vorzutragen, und eine Belohnung ausgelobt. Beziehungsweise ein Lösegeld für den Wagen, denn er weiß, wie es läuft. Aber auch von dieser Seite kein Ergebnis. Wochenlang hält Barnaba überall Ausschau, aber sein weinroter Alfa taucht nicht mehr auf. Den Zündschlüssel mit dem roten Anhänger behält er als Mahnung, dass alles nur geliehen ist im Leben.

Die Bitterkeit richtet sich in seinem Gemüt ein wie der Winter in einem Haus am Meer. Selbst die Geburt seines Sohnes Ignazio, pünktlich zu Weihnachten wie alle seine Kinder mit Pina, erwärmt ihn kaum. Bitter ist der neue Geschmack der Welt. Er ist nun oft übellaunig, die Kinder gehen ihm aus dem Weg. Ausflüge ans Meer gibt es nicht mehr, das Grammofon rührt er auch nicht mehr an, Carusos Arie kommt ihm vor wie Hohn. Und wenn der tote Dottore wieder mal mit am Tisch sitzt, glaubt Barnaba, ihm den Spott ansehen zu können.

Seine Bitterkeit schlägt sich auf die Geschäfte nieder, denn als ob der Flugrost des Misserfolgs bereits an ihm fräße, werden die Verhandlungen mit den Landbesitzern, den Waggonunternehmen und den Münchner Großhändlern schwieriger. Als ob der Verlust des Alfas noch nicht genug sei, schrumpft sein Gewinn, als schrumpfe seine Glückshaut. Die Zahlen riechen nach verglühtem Eisen.

Natürlich fallen ihm bei seinen Besuchen in München die Soldaten mit den Pickelhauben auf und die Schriftzüge auf den Truppentransporten, auf denen *Ausflug nach Paris* steht. Aber obwohl Pina ihm aus den Zeitungen berichtet, dass der Krieg sich an der Marne festgefressen hat wie ein Geschwür, glaubt er nicht, dass das für ihn irgendwas verändert.

»Du siehst doch, die Regierung verhält sich neutral«, widerspricht er gereizt, als Pina ihn abermals drängt, sich nach neuen Märkten umzusehen. »Und überhaupt, glaubst du wirklich, irgendwer in diesem Land hat Lust, in den Krieg zu ziehen? Schau dich doch um. Die *braccianti* hassen die Obrigkeit, und wir alle zusammen hassen die da in Rom. Wir sind ein Land von Briganten, uns eint nur der Widerstand gegen jede Regierung. Italien ist seit dreißig Jahren mit Deutschland und Österreich verbündet. Sollen sie meinetwegen in den Krieg ziehen, wir halten uns einfach raus, und damit *basta.*«

Pina blättert in der Zeitung. »Dieser Mussolini schreibt, die Österreicher halten uns für feige.«

»Wer ist überhaupt dieser Mussolini?«

Pina zeigt Barnaba das Titelblatt der Zeitung, in der sie gerade blättert, während sie den kleinen Ignazio im Arm hält. Es ist die *Il Popolo d'Italia*, aber das kann Barnaba nicht lesen.

»Er hat diese Zeitung gegründet und trommelt für den Kriegseintritt.«

Barnaba lacht. »Ein Journalist!«

»Alle reden über ihn. Er schreibt, dass Tirol, Trentino und Friaul zu Italien gehören. Er fordert einen totalen Krieg.«

»Was für ein Unsinn.« Er greift nach einem *cannolo.*

»Ruggero übrigens auch«, sagt Pina.

»Was?«

Pina liest vor. »In einer flammenden Rede an die Arbeiter der Zementwerke Monferrato bei Bergamo forderte der berühmte Aviator Ruggero di Manganelli, der Krieg müsse endlich mit der unwürdigen Legende aufräumen, dass die Italiener nicht kämpfen. Es sei die heilige Aufgabe Italiens, Österreich und Deutschland den Todesstoß zu versetzen.«

Der *cannolo* schmeckt bitter. Barnaba legt ihn weg.

»Das ist der größte Schwachsinn, den Ruggero je von sich gegeben hat. Die Deutschen sind unsere Freunde. Und Italien ist zu klug und zu zerstritten, um sich in irgendeinen Krieg hineinziehen zu lassen, du wirst sehen.«

»Ich mache mir Sorgen, Nino. Ein Krieg mit Deutschland würde alles zunichtemachen, was du aufgebaut hast. Denk an deine Kinder. Du musst dich nach neuen Absatzgebieten umtun.«

Aber Barnaba will nichts mehr davon hören, was er alles muss. Nichts vom Krieg, nichts von Ruggero und auch nicht, ob Kinder Zähne bekommen. Er lebt ganz in seinen Zahlen, bis der Kriegseintritt Italiens auf der Seite der Entente-Mächte im folgenden Mai ihn schließlich wie ein Regenguss aus heiterem Himmel trifft.

Auf einmal laufen die Geschäfte richtig schlecht. Die Mobilmachungen in Deutschland und Österreich führen zu einem Arbeitskräftemangel in den Industrien, der durch Kriegsgefangene und polnische Zwangsarbeiter kaum aufgefangen werden kann. Mit der verringerten Produktion kommt auch die Versorgung ins Stocken. Mehl, Brot, Butter, Eier, Fleisch und Kohlen werden rationiert, die halb verhungerten Münchner gehen im Umland hamstern. Noch gilt die »Maivereinbarung« zwischen Italien und dem Deutschen Reich, aber mit dem Beginn des Kriegszustands stellen die Sozialversicherungen nun sämtliche Zahlungen ein. Zwar bleiben die Italiener von Zwangsarbeit verschont, aber viele werden als »feindliche Ausländer« ausgewiesen, und in den Monaten nach dem *intervento* Italiens bricht die Nachfrage nach Barnabas Zitrusfrüchten ein.

»Es wäre besser, wenn du für eine Weile nicht mehr nach München kommst«, rät ihm Buscemi. »Ich sage das in alter Freundschaft.«

»Und du?«

»Wo soll ich schon hin? Das ist meine Stadt, Nino. Wenn alle Stricke reißen, musst du uns eben in deinem schönen Palazzo aufnehmen, dein Pech, mein Freund.«

Er sagt es grinsend, aber Barnaba küsst ihn ernst und verspricht ihm, dass er mit seiner ganzen Familie jederzeit willkommen sei.

Allerdings weiß er gar nicht, wie lange er seinen schönen teuren Palazzo noch halten kann. Denn auch in Sizilien wirkt sich die massenhafte Mobilmachung aus. Die Zehntausenden von Landarbeitern, die hastig in den Stellungskrieg in den Alpen geworfen werden, fehlen nun in den Gärten. Die anspruchsvollen Zitrushaine können nicht mehr ordentlich bestellt werden, im Winter verfault die erste Ernte an den Bäumen, Barnaba kann es kaum mitansehen. Mit leeren Händen steht er da, fünfunddreißig Jahre alt, ein Händler ohne Ware, und ehe er sich noch überlegen kann, wie er Kontakte nach Schweden herstellen könnte, ziehen sie ihn ein.

Die ganze Familie sitzt um den Küchentisch herum und starrt auf den Stellungsbefehl wie auf einen schlafenden Dämon. Pina, die Kinder, die beiden Mütter und auch der Dottore. Barnaba kann das Dokument nicht lesen, aber Pina hat ihm tonlos erklärt, dass er sich am nächsten Tag in der Kaserne einzufinden habe, andernfalls werde man ihn vors Kriegsgericht stellen.

»Darfst du dann Österreicher totschießen, *papà*?«, fragt Salvatore erregt.

»Kschsch!«, fährt ihn Pancrazia an, und als Nino anfängt zu weinen, steckt sie ihm einen *cannolo* in den Mund.

»Ich will auch Österreicher totschießen, *mamma*!«

»Du bist Leutnant der Reserve«, sagt Pina. »Sie können dich nicht an die Front schicken.«

Doch genau das tun sie. Denn als Analphabet gibt es für ihn keine Verwendung als Stabsoffizier, und Barnaba hat versäumt, die richtigen Leute zu schmieren. Eine Woche nachdem mein Urgroßvater sich in der Kaserne gemeldet hat, im April 1916, sitzt er als Offizier ohne militärische Erfahrung in einem Truppentransport Richtung Norden und ringt verzweifelt um Zuversicht. Die Fahrt geht in den Tiroler Ferienort Anpezo am Rande der Dolomiten, der einige Tage nach Kriegseintritt von italienischen Truppen eingenommen und in Cortina d'Ampezzo umbenannt wurde.

Die Front verläuft gleich hinter dem Ort über dem fast dreitausend Meter hohen Lagazuoi. Die grauen Wände der Dolomiten wirken allein schon wie gigantische Festungen, uneinnehmbar und tödlich. Und sie machen ihre Drohung wahr. Das Gemetzel des alpinen Maschinenkriegs sprengt Barnabas Vorstellungskraft. Entlang der umliegenden Berge, der Tofane, des Hexensteins und der Marmolata, haben beide Heere sich in Stollen eingegraben und bombardieren sich manchmal nur auf Dutzende Meter Entfernung mit schwerer Artillerie. Waffen, Munition, Material, Verpflegung, Post – alles muss mit Maultieren durch steilstes Gelände hinaufgeschafft werden, aber die Tiere verbrauchen schon einen Großteil ihrer Kraft zum Transport des eigenen Futters. Das alles unter ständigem Beschuss von Scharfschützen und den gefürchteten tschechischen Dreißig-Zentimeter-Mörsern. Die Artillerie muss dabei gar nicht genau zielen, denn der Beschuss auf die Felsen verursacht allein durch die Splitterwirkung grauenhafte Kopfverletzungen. Barnaba sieht, wie Kameraden direkt neben ihm von Felssplittern enthauptet und förmlich zerfetzt werden. Felsen und Leichenteile fliegen durch die Luft. Hunderte fallen jeden Tag auf beiden Seiten, die Toten können nicht geborgen werden, verpesten die Luft und vergiften Bäche und Teiche. Die Soldaten leiden Durst, verlieren vor Ekel jeglichen Appetit und sämtliche Energie. Weil sie über die Felsen nicht weiterkommen, treiben Pioniere Stollen unter die gegnerischen Linien, die dann mit Tausenden Kilogramm Sprengstoff in die Luft gejagt werden. Einen ganzen Gipfel des Lagazuoi sprengen sie weg.

Es ist ein Krieg, den die Mehrheit der Italiener niemals wollte. Die liberale Parlamentsmehrheit wollte ihn nicht, die katholische Kirche wollte ihn nicht, und am wenigsten wollten ihn die, die dafür zu Hunderttausenden elendig sterben müssen: die Landarbeiter, die nicht mal Zeitung lesen konnten, um den Parolen zu verfallen. Der Kriegseintritt Italiens wird angetrieben durch eine moderne Propaganda von Leuten um Gabriele D'Annunzio und Benito Mussolini, mit ihrem Pathos vom *sacro egoismo*, von Blut und Kampf. Ein Zirkel nationalistischer Fanatiker, dem auch Ruggero inzwischen angehört. Monatelang verspricht General Luigi Cadorna dem Parlament rasche Siege und Italien neue Größe. Als Oberbefehlshaber hält er stur und brutal an einer Strategie fortwährender Offensiven fest, so verlustreich sie auch sein mögen. Über eine halbe Million Männer wird er dafür in den Tod schicken. Wer beim Sterben zögert, wird erschossen. Mein Urgroßvater kommt nur wie durch ein Wunder davon.

Unzählige Male rettet ihn seine Glückshaut. Als Leutnant schickt man ihn zumindest nicht direkt in die Mörserhölle.

In ständiger Todesangst, halb verdurstet, frierend, verlaust und taub von den Einschlägen kauert er in wechselnden Unterständen auf zweitausend Meter Höhe, umgeben von Stacheldraht, weil er sich als Scharfschütze ausgegeben hat, damit man ihn nicht in die vorderste Frontlinie stellt. Sein einziger Schutz sind die Felsen und der Stahlhelm. Es ist der Albtraum eines nie enden wollenden Erdrutsches. Tag und Nacht bebt der Berg. Aber es ist nicht das friedliche Schnaufen des Ätna, sondern das Wüten eines Dämons. In den ersten Tagen hat Barnaba noch bei jedem Einschlag nach seiner Mutter gerufen, bald hat er auch dafür keine Kraft mehr. Nur manchmal wagt er es, den Kopf herauszustrecken, doch sobald er einen der österreichischen Kaiserjäger im Visier hat, feuert er bloß in die Luft, damit sie verschwinden. Er merkt, dass es viele auf der anderen Seite genauso halten. In seiner ganzen Zeit als Soldat tötet Barnaba keinen einzigen Menschen. Niemand will töten, aber gestorben wird dennoch in Massen, die größten Verluste gibt es auf italienischer Seite. Barnaba kann sich keine Namen mehr merken. Zweimal wird er verschüttet, zweimal graben sie ihn unter Trümmern wieder aus, halb erfroren, grau vor Staub und Elend, und er weiß nicht, ob er nur mehr einer der traurigen Toten ist, die nicht gehen können.

Tausend Granaten, tausend Splitter, tausend Schüsse. Es regnet Fels, Metall und Fleisch, es regnet, es schneit. Obwohl in den Hochlagen noch zwanzig Zentimeter Schnee liegen, befiehlt das italienische Oberkommando im Mai die nächste Offensive. Doch die österreichischen Truppen haben sich tief eingegraben und alles mobilisiert. Die Italiener werden entlang der gesamten Front aus ihren Stellungen geworfen, einfach weggesprengt. Ende Mai steht das, was von den italienischen

Gebirgstruppen noch übrig ist, vor dem Untergang. Gleichzeitig jedoch beginnt die russische Armee an der Ostfront mit der Brussilow-Offensive, und Österreich setzt die Reserven Richtung Osten in Marsch. Wahrscheinlich rettet das meinem Urgroßvater das Leben. Als das tagelange Mörserfeuer endlich erstirbt und er sich aus seinem Unterstand aufrichtet, um kurz Luft zu schnappen, trifft ihn eine Kugel in die Brust. Die Wucht des Aufpralls reißt Barnaba von den Beinen, er fällt zurück in den Graben, so verpasst ihn die zweite Kugel des österreichischen Kaiserschützen.

Als mein Urgroßvater zu sich kommt, kann er kaum atmen vor Schmerz. Angstvoll tastet er nach der Stelle, wo die Kugel ihn getroffen hat, und zieht seine lederne Brieftasche aus der Brusttasche mit dem gefalteten Zehnmarkschein, dem Foto seiner Eltern und dem Brief des Barons. Brieftasche, Banknote, Brief und Foto haben ein Loch. Die deformierte Kugel steckt dicht unter der Haut in einer Rippe über dem Herzen, Barnaba kann sie sich mit den Fingern herauspulen. Dann wird er auch schon wieder ohnmächtig.

Im Lazarett in Cortina erhält er einen Marschbefehl, gestempelt und von einem Stabshauptmann des Oberkommandos unterschrieben. Barnaba muss sich den Befehl mehrfach vorlesen lassen, bis er versteht, dass man ihn nicht zurück in die Hölle schickt, sondern nach Rom abkommandiert. Er fragt nicht, warum. Er weiß nur, dass dieses Dokument sein Passierschein ins Leben ist, und so hütet er es mit dem durchlöcherten Zehnmarkschein in seiner durchlöcherten Brieftasche wie einen Schatz. Er diktiert einer Krankenschwester eine Feldpostkarte an Pina, dann wandert er zu Fuß los, denn man hat ihm erklärt, dass der nächste Truppentransport nach Süden erst eine Woche später abfahren werde. So lange will Barnaba aber nicht warten, zu groß ist seine Angst, dass sich alles als Scherz der kindlichen Götter herausstellt.

Er ist in seinem Leben schon so viel zu Fuß gegangen, aber siebenhundert Kilometer mit einer Schussverletzung bis Rom sind kein Klacks, und mit fünfunddreißig ist er auch nicht mehr der Jüngste. Doch was will er machen. Beim ersten Frühlingslicht marschiert er los, schreitet aus über blühende Almen, bloß weg von den tödlichen Wänden der Dolomiten, und kommt sich vor wie der Glückspilz in dem deutschen Märchen, das Pancrazia seinem Sohn Nino immer vorliest.

Blasen kriegt er trotzdem. Humpelnd und hungrig erreicht er abends ein abgelegenes Gehöft am Lago di Alleghe, wo ihn ein uraltes Paar aufnimmt, deren kehligen Dialekt er kaum versteht. Sie wirken so ewig und unverrückbar wie die Berge und sprechen noch Ladinisch, die alte Sprache der südlichen Alpen. Ihr Leben war hart genug, der Krieg interessiert sie nicht. Sie setzen Barnaba eine Schüssel Gerstensuppe und Spinatnocken mit Käse vor, so fremd und köstlich, dass ihm schwindlig wird.

»Kannst a Handwerk?«, will der Alte wissen.

Händler, will Barnaba sagen, aber sagt: »Ich kann Mandarinen anbauen.«

Den Alten gehen fast die Augen über. »Kannst bleiben und Mandarinen machen.«

Barnaba schüttelt den Kopf. »Hab Frau und Kinder, die warten.«

»Holst sie da her und machst Mandarinen. Harts Leben. Aber guts Leben.«

»Ich werde es mir überlegen«, sagt mein Urgroßvater, und in diesem Augenblick meint er es sogar ernst. Als er bei Sonnenaufgang am nächsten Morgen mit schmerzenden Füßen weiterziehen will, zeigen sie ihm das Automobil.

In der Scheune hinter dem Haus steht sein weinroter Alfa. Staubig, voller Hühnerkot, mit Dellen und Beulen, aber kein Zweifel, es ist sein Alfa. Barnaba erkennt ihn daran, dass sein Vater Salvatore mit seiner Geldschatulle auf dem Beifahrersitz sitzt und ihn traurig ansieht.

»Wie kommt der hierher?«, presst Barnaba hervor.

»A dicke Frau hat's hergefahren im letzten Herbst«, schwärmt die Alte. »Groß und dick und schön wie a Zauberin. Am nächsten Tag is über die Berg.«

Da ahnt Barnaba etwas. »Eine schöne Frau mit Schweinen?«

Der Alte nickt. »Des Gespenst da und a Sau hat's mitbracht und uns geschenkt, wann mir des Automobil unterstellen. A Mann werd kommen und es schon abholen, hat's gesagt.«

»Es gehört mir«, erklärt Barnaba und deutet auf Salvatore. »Das ist mein Vater.«

Die beiden Alten sind nicht einmal verwundert.

»Kannst es beweisen?«

Barnaba zeigt auf Salvatores Schatulle.

»Da sind zweihundert Lire drin.«

Er zeigt ihnen auch den Autoschlüssel, den er immer noch mit sich herumträgt als Futter für seine Bitterkeit. Aber die Bitterkeit muss nun gehen, denn nach dem zweiten Ankurbeln springt der Alfa schnurrend an.

Als Barnaba sich neben seinen Vater auf den Fahrersitz schwingt, reicht ihm Salvatore die Schatulle mit den zweihundert Lire, die Barnaba vor vielen Jahren durch harte Arbeit zusammengespart hat, nur damit er für immer verschwindet. Zweihundert Lire sind längst nicht mehr das, was sie mal vor sechsundzwanzig Jahren waren, aber es reicht für das Benzin bis Rom.

Vier Tage sind sie unterwegs, Vater und Sohn auf einer Reise. Überall wird er mit dem Automobil angestarrt, ständig muss er seinen Marschbefehl vorzeigen, aber niemand schickt ihn zurück in die Hölle. Italien zieht an ihnen vorbei, schwermütig und schön wie kein anderes Land, streicht ihm freundlich über die Haare, als wolle es sich entschuldigen. Die Nächte verbringt Barnaba unter freiem Himmel auf dem Rücksitz, während Salvatore seinen Platz auf dem Beifahrersitz niemals verlässt, wie ein stummer Wächter. Kein Wort sprechen sie miteinander, aber jedes Mal, wenn Barnaba tanken muss, reicht ihm Salvatore die Schatulle, bis sie in Rom schließlich leer ist.

Mit seinem schlechten Orientierungssinn verfährt sich Barnaba zunächst, bis er am Mittag endlich den Heerespalast findet und sich mit seinem Marschbefehl vorstellt. Schmutzig und abgerissen in seiner Uniform und ohnehin suspekt mit dem edlen Automobil lässt man ihn warten, und er traut seinen Augen kaum, als Ruggero ihm schließlich entgegenkommt, in der Uniform eines Stabshauptmanns. Jetzt erst begreift Barnaba, wer seinen Marschbefehl unterschrieben hat.

»Da bist du ja endlich!«, ruft Ruggero begeistert. Und als Barnaba sich nicht rührt, zischt er: »Du musst mich grüßen, *mon ami.*«

Erst als Barnaba verdattert salutiert, umarmt ihn Ruggero. »Mein Gott, Nino, du siehst furchtbar aus.«

»Was machst du hier, Ruggero?«

»Dies und das. Hauptsächlich Koordination des Nachschubs und Aufbau unserer neuen Luftstreitkräfte. Erinnerst du dich, wie du mir mal vorgeworfen hast, feige zu sein?«

»Das habe ich nie.«

»Aber gemeint. Du hast gesagt, ich solle Teil des Fortschritts werden. Das habe ich mir zu Herzen genommen. *Et voilà!*« Er strahlt ihn an und deutet auf den Alfa. »Schöner Wagen. Wo hast du den konfisziert?«

»Er gehört mir.«

Ruggero schlägt ihm lachend auf die Schulter. »*Bien sûr!* Keine Sorge, *my friend*, niemand wird ihn dir wegnehmen. Vorerst. Hast du schon was gegessen?« Ehe Barnaba noch etwas sagen kann, hakt er ihn unter und führt ihn in den Palast. »Das Essen ist natürlich eine Zumutung, aber wie heißt es so schön – je schlechter das Essen, desto besser die Kampfmoral. Wir haben viel zu besprechen.«

»Wie hast du mich gefunden?«

»Deine Frau hat mir geschrieben. An die Redaktionsadresse der *Il Popolo d'Italia* zwar, aber der Brief wurde mir weitergeleitet, *pas de problème*. Sie hat mich praktisch angefleht, dich da rauszuholen. Wahrscheinlich verdankst du uns beiden dein Leben.«

Barnaba lässt sich ins Offizierskasino des Ministeriums führen, erduldet die Blicke der Offiziere, die wahrscheinlich damit beschäftigt sind, die nächste Offensive zu planen, die seinesgleichen zu Tausenden töten wird. Ohne Appetit isst er einen Teller *rigatoni all'Amatriciana*. Seine Hände zittern, wenn er das Besteck hält. Ruggero nimmt seine Hand, streicht mit dem Daumen über den Handrücken.

»Alles in Ordnung, *my friend*?«

Barnaba entzieht ihm die Hand »Wie geht es deinem Sohn?«

»Blendend. Großartiger Junge.«

Sie sehen sich an.

»Wenn du damals in München mit ihr geschlafen hättest, hätte ich sie umgebracht und dich an der Front verrecken lassen, *mon ami*«, fährt Ruggero im gleichen Plauderton fort.

Barnaba legt sein Besteck zur Seite, achtet darauf, kein Geräusch zu machen. Das Tischtuch ist so weiß wie der Schnee auf dem Lagazuoi, mit kleinen roten Soßenflecken. Er widersteht dem Impuls, nach Rosaria zu fragen.

»Was willst du, Ruggero?«

»Orangen.«

»Wie bitte?«

»Die Truppe braucht Vitamine, aber wir kriegen kaum noch Nachschub. Weil ich Sizilianer und Landbesitzer bin, haben sie mir das Problem zugeschoben. Und du wirst es für mich lösen, *my friend*. Du verdankst mir dein Leben.«

Barnaba denkt kurz nach. »Dazu braucht man Leute. Aber die verheizt ihr gerade alle.«

»Ich kann dir ein paar Kriegsgefangene besorgen. Und wir rekrutieren welche, kein Problem.«

»Man braucht Leute, die was von der Sache verstehen. *Zappaturi, cugghituri, tagghiaperi panarari, cantaturi, mastillieri, capusquatri.* Und die sind alle an der Front.«

Ruggero verzieht das Gesicht. »Wie viele?«

»Tausend. Für den Anfang.«

»Unmöglich. Fünfhundert.«

Barnaba wird übel bei dem Gedanken, um Menschenleben feilschen zu müssen, hält seine Hände fest, damit das Zittern aufhört. »Achthundert«, bringt er gerade noch heraus. »Und das wird schon nicht reichen.«

»Für wen hältst du dich!«, fährt ihn Ruggero an. »Denkst du, wir könnten auch nur einen einzigen Mann an der Front entbehren? Wir stehen kurz vor dem Sieg. Denkst du, wir führen diesen Krieg zu unserem Vergnügen? Es geht um Italien.«

Barnaba schweigt. Ruggero mahlt mit den Kiefern, sieht ihn unter zusammengekniffenen Augen an.

»Wann kannst du liefern?«

Den Rest der Fahrt nach Catania findet Barnaba zwar viel weniger idyllisch, aber er lebt, er trägt keine Uniform mehr und rechnet bereits wieder. Nur wenn er fährt, zittert er nicht. Die Motorgeräusche, die Vibrationen und das Abrollen der Reifen werden zu einem Teil seines Körpers, selbst in der Nacht, wenn die Einschläge und der Gestank zurückkommen und er schreiend auf dem Rücksitz erwacht und dann weiterfährt, weil nur Bewegung die Dämonen und das Zittern vertreibt. Ein Wal hat ihn ausgewürgt, die kindlichen Götter haben ihm gleichgültig sein Leben zurückgegeben, Barnaba erwartet keine Entschuldigung. Schlafen zu können wäre schon ein Anfang.

Auf der Landstraße von Messina nach Catania sieht er in der Ferne eine über tausend Meter hohe Rauchsäule über dem Ätna stehen, rot glühend im Abendlicht. Die Stöße der Eruptionen rollen wie schwere Seufzer über das Land, wie ein Echo der Einschläge auf dem Lagazuoi. Als er in Catania ankommt, liegt Vulkanasche in allen Straßen wie schwarzer, tonnenschwerer Schnee, es regnet schwarze Bimssteine. Zu Hause erlebt er zum ersten Mal, dass Pina weint. Sofort weint auch Nino. Die beiden Mütter küssen ihm die Hände, und Salvatore ist enttäuscht, dass der Vater keinen Österreicher totgeschossen hat. Barnaba will nur noch schlafen und vergessen, aber als Erstes geht er an den Tresor, legt zweihundert Lire in Salvatores Schatulle zurück, reicht sie seinem Vater und sieht ihm auf der Straße hinterher, bis er mit der Dunkelheit verschmilzt.

Er würde am liebsten mit, so müde ist er. Aber er muss ja liefern, er hat Familie, und Pina ist wieder schwanger. Bevor er neben ihr einschläft, sagt er noch: »Danke. Ich werde versuchen, ein besserer Vater zu sein.«

Sie streicht über die kleine Narbe über seinem Herzen. Sanft, fast schwerelos, und doch schmerzt die Berührung wie eine Entzündung.

»Mir fehlt ein Finger, und du hast ein Loch in der Brust. Das Leben hat uns beide gezeichnet.«

Barnaba wartet, ob da noch was kommt, aber sie schweigt, als wäre alles gesagt. Als sie beginnt, seinen Schwanz zu streicheln, wendet er sich ab und drückt seinen Kopf ins Kissen.

Er will, dass alles wieder wird wie vorher. Am Sonntag macht er mit der Familie einen Ausflug an die *Playa*, spielt mit den Kindern und vergräbt die zitternden Hände im Sand. Doch als ihm Salvatore einen Ball an den Kopf schießt, schreit er auf und kauert sich zusammen. Alle starren ihn betreten an. Und mit den gleichen Blicken sehen sie ihn auch an, wenn seine Hände so sehr zittern, dass er das Besteck nicht mehr halten kann. Wenn er sich in der Bibliothek einschließt, wenn er schreiend erwacht, wenn er sich die Hände auf die Ohren presst bei jeder fernen Eruption des Vulkans. Das beständige Knistern der Vulkanasche, das Prasseln der Bimssteine aufs Dach machen ihn wahnsinnig. Er ist der Sohn einer Wunderheilerin, aber auch Pancrazias Tränke und Talismane helfen ihm nicht.

Eine Woche geht das so, dann stöbert Pina ihn in der Bibliothek auf, wo er sich verschanzt, wenn das Zittern unerträglich wird und er seine Hände unter die Achseln presst, damit es endlich aufhört. Pina steht vor ihm, so entschlossen wie damals, als er sie zum ersten Mal im Haus des Dottore Passalacqua sah.

»Rede mit mir.«

»Ich kann nicht, Pina. Ich bin am Ende.«

»Vielleicht gibt es Dinge, über die ich auch nicht reden will. Aber du bist Barnaba Carbonaro«, erklärt sie. »Du hast deine Mutter gerettet. Du hast keine Furcht vor meinem Vater gezeigt. Du hast auf einem Haufen Scheiße auf mich gewartet und damit dein Leben riskiert. Du hast mir das Leben gerettet und den Mann getötet, der mich verstümmelt hat. Du hast jeden verdroschen, der dir blöd kam, die Toten kuschen vor dir und leihen dir Geld. Du hast Zyklopen und Nymphen gezeugt. Du hast ein Unternehmen gegründet, den Krieg überlebt, dein Automobil wiedergefunden und bist nach Hause zurückgekehrt. Wie auch immer du das siehst, du bist vom Glück gesegnet, Barnaba Carbonaro. Und jetzt hast du die Chance, etwas davon zurückzugeben. Also erweise dich würdig.«

Barnaba stöhnt. »Und was, wenn mich das Glück verlassen hat?«

»Dann tu, was du am besten kannst. Verhandle mit ihm.«

Barnaba hat keinen Schimmer, wie man mit dem Glück verhandelt. Wenn er sich sein Glück vorstellt, dann als eine Art Behörde, wo nie jemand zuständig ist, wo man immer von einem Beamten zum anderen weitergeschickt wird, ohne je den gewünschten Stempel zu erhalten. Das erinnert ihn an einen Sketch seines Freundes Valentin in München. Und daran, wie Valentin sich auf der Bühne verrenkte und litt und irgendwie stur und grantig der Unbill des Schicksals trotzte. Und wie er sich gerührt seinen mürrischen Freund in München vorstellt, während die Fensterscheiben schon wieder unter der Druckwelle einer fernen Eruption klirren, kommt Barnaba eine Idee, wie er mit seinem Glück verhandeln könnte. Eine Idee, die ihn so sehr in Panik versetzt, dass sie womöglich richtig ist.

Am nächsten Morgen steigt er zum ersten Mal in seinem Leben auf den Ätna, und schlechter als mein Urgroßvater kann man für eine Bergtour auf über dreitausend Meter nicht gerüstet sein. Er trägt einen älteren Anzug und Winterschuhe, um die es nicht schade ist, und über der Schulter einen Vesperbeutel. Er fürchtet sich, wieder auf einen Berg zu steigen, kommt sich vor, als marschiere er geradewegs hinauf in die Hölle. Aber genau mit der Hölle will er ja verhandeln. Also fährt er mit seinem Alfa hinauf, durch die kleinen Bergdörfer, durch Gravina, Mascalucia und Nicolosi, bis die befestigten Straßen in Pedara enden. Dort beginnt er den Aufstieg, bergan durch endlose Eichenwälder, die nach Erde und Pilzen duften und seit Jahrtausenden unberührt vor sich hin träumen.

Wildschweine kreuzen seinen Weg, Trolle und Faune glotzen ihm nach. Er trinkt aus kristallenen Bächen, verschlingt den *pecorino*, den er sich eingepackt hat, und marschiert weiter, bis die Wälder zurückweichen und die Lavafelder sich vor ihm erstrecken wie ein erstarrtes stürmisches Meer, auf dem wilde Iris blühen. Der scharfkantige Fels schlitzt ihm die Schuhe auf, jeder Schritt ist Schmerz, aber mein Urgroßvater marschiert weiter bergauf, gegen seine Furcht an. Die Stöße der Eruptionen werden jetzt heftiger, der ganze Berg rüttelt sich, als wolle er Barnaba abschütteln. Vom Krater her faucht ihn der Ätna an wie ein gewecktes Ungeheuer. Der Boden wird heiß. Barnaba muss aufpassen, wo er hintritt, denn unter der Kruste wälzen sich rot glühende Lavaströme talwärts. Vom Krater her regnet es Fels und Gestein, Schwefelwolken verätzen ihm die Lunge, bis er fast ohnmächtig wird, aber irgendwie marschiert Barnaba weiter. Denn mit jedem Schritt durch diese Hölle verwandelt sich seine Angst in etwas sehr Vertrautes: in Wut. Er ist Nachfahre und Vater von Zyklopen, er wird sich nicht von seinem angestammten Ort vertreiben lassen.

Als es dämmert, schneidet ihm ein gewaltiger Lavastrom den Weg zum Krater ab. Zäh und träge wälzt er sich ihm entgegen und versengt ihm Augenbrauen und Haare. Barnaba müsste umdrehen, aber es wird dunkel, also sucht er Schutz in einer Kaverne erstarrter Lava. Die ganze Nacht über hagelt es Steine, röhrt der Vulkan, fließt Lava um die Kaverne herum, während Barnaba mit blutigen Füßen dem Ätna die halbe Nacht hindurch seine Wut und seinen Trotz entgegenschreit, bis er nicht mehr kann.

Ich weiß nicht, ob mein Urgroßvater dort oben eine mystische Erfahrung hatte, aber ich glaube nicht. Gott erscheint ihm ebenso wenig wie die Jungfrau Maria, kein Schatten verkörpert sich zu etwas, kein Funke erleuchtet ihn. Er ist allein mit seiner Wut und der Lava, und am nächsten Morgen ist es vorbei.

Als Barnaba nach zwei Tagen mit nackten Füßen und zerrissenem Anzug nach Hause zurückkehrt, findet er, dass er gar nicht so schlecht mit seinem Glück verhandelt hat.

Das Zittern wird ihn zwar nie ganz verlassen, aber Barnaba hält seinen Teil der Vereinbarung mit dem Glück ein. Er verbringt viel Zeit mit den Kindern, die ihm wie Gleichungen vorkommen, die nicht aufgehen. Überrascht, wie groß sie geworden sind, gibt er ihnen Zahlen.

Salvatore ist die Sechs, rotbraun, stabil und vorwärtsstrebend. Er hat Schwierigkeiten mit dem Lernen, die er durch Ungestüm und Wutausbrüche abreagiert. Wo auch immer er gerade ist, macht er ständig etwas kaputt. Dabei hat er ein gutmütiges, erdverbundenes Wesen, nörgelt nie übers Essen und verbringt seine Zeit meistens im Freien unter Tieren. Mit Tieren geht er erstaunlich sanft um, als ob er eine besondere Verbindung zu ihnen hätte, die die Menschheit schon vor Urzeiten gekappt hat. Ein Zyklop, findet Barnaba, und die Vorstellung rührt ihn.

Rosaria ist eine silbrige, geheimnisvolle Sieben. Eine Nymphe, ein Wasserwesen von der durchscheinenden Zartheit ihrer Großmutter. Sie summt ständig und versteckt sich gerne. Wie ihre Großmutter ernährt sie sich fast ausschließlich von Feigen und Garnelen. Nach Käse muss sie sich übergeben. Als Barnaba entdeckt, dass sie gerne liest, erlaubt er ihr, sich in die Bibliothek zurückzuziehen, wo er sie manchmal erst nach Stunden bemerkt, wenn sie hinter dem Tresor über einem Buch aufseufzt, als ob die Welt all ihre Last über ihr ausgegossen hätte. Wie ihr jüngerer Brüder Nino weint sie oft, aber nicht um Aufmerksamkeit zu erregen, sondern aus einem Bedürfnis nach Traurigkeit heraus, einer tiefen, erschütternden Traurigkeit über etwas unwiederbringlich Verlorenes.

Nino kommt ihm schon am Gang vor wie ein Faun. Ein Feuerwesen ohne Flamme, das viel Zeit vor Spiegeln verbringt. Barnaba ist aufgefallen, dass Nino ihn da nachahmt. Es stört ihn, aber er beherrscht sich, ihn dafür zu tadeln. Ebenso wie für seinen Tick, sich für jeden Schluck Wasser ein neues Glas zu nehmen, als ekle er sich vor sich selbst. Nino fordert so viel Beachtung ein, wie er nur kriegen kann, meistens durch Weinen oder Krankheiten. Er reagiert eifersüchtig auf Rosarias Privileg, sich in der Bibliothek aufhalten zu dürfen, liest aber selbst nicht gerne. Am liebsten verbringt Nino ganze Tage in Pancrazias Nähstube und sieht ihr beim Schneidern zu. Beim kleinsten Anlass wird er wütend. Vielleicht ist ihm Nino also doch ähnlicher als die anderen, aber gerade das mit dem Jähzorn gefällt Barnaba nicht. Jedenfalls vergibt er an Nino die Vier, eine blassgrüne Zahl, aus der alles sprießen kann oder nichts.

Zu dem kleinen Ignazio hat er noch keine Meinung, er kommt ihm allerdings ausgeglichen und aufgeweckt vor, seine Augen sind immer in Bewegung, das gefällt ihm.

Überhaupt gefällt ihm das Familienleben, und er erwischt sich dabei, dass er alte Geschichten seines Vaters von ihrer bourbonischen Abstammung hervorkramt. Wie arm sie waren, wie sein Vater Salvatore mit einem Maultier jeden Tag das Meerwasser für die Kur des Barons von Gloeden aus Giardini heraufholte und wie es war, als ihr Haus abstürzte. Allerdings können seine Kinder wenig mit der Schilderung von Armut anfangen, stellt er fest.

Alles in allem ist Barnaba dennoch stolz auf sie, auch wenn sie ihn manchmal bei der Siesta stören, auch wenn es ihn betrübt, dass keines von ihnen ein besonderes Verhältnis zu Zahlen hat. Immer wenn er sich Zahlenspiele mit farbigen Kärtchen ausdenkt, wenden sie sich gelangweilt ab. Dafür genießen sie die Spazierfahrten sehr, und Barnaba lässt sie alle reihum auf seinen Schoss, lässt sie lenken, kauft ihnen Eis und billiges Spielzeug von einem der fliegenden Händler am *lungomare*. Irgendwo ist Krieg, manchmal kehrt er als Zittern zu Barnaba zurück, aber wenn mein Urgroßvater am Abend mit Rosaria auf dem Boden sitzt und ein Puzzle legt, ist er ein kleines bisschen weniger unglücklich.

Achthundert kriegt er zwar nicht, aber tatsächlich schickt Ruggero ihm sechshundert *braccianti* von der Front. Die Hälfte von ihnen hat keine Ahnung von *agrumi*, sie haben es nur behauptet, um aus der Hölle rauszukommen. Barnaba nimmt es ihnen nicht übel und sieht zu, dass die anderen ihnen zeigen, wie es gemacht wird. Keinem von ihnen muss er je erklären, was auf dem Spiel steht.

Die Haine sind seit Monaten verwahrlost, die Bäume halb vertrocknet, voll mit Schädlingen, nicht gedüngt. Die Bewässerungsgräben sind eingefallen, die Brunnen versandet. Da viele Pächter ebenfalls an der Front sind, teilt Barnaba die Arbeiter auf, bestimmt Vorarbeiter und hofft auf ein Wunder und einen alten Trick der Zitrusbauern. Um den Bäumen eine vierte Ernte abzupressen, lassen sie sie manchmal über Wochen fast vertrocknen. Kurz bevor sie eingehen, werden sie ausgiebig gewässert und werfen kurz darauf in einer Art Schockreaktion noch einmal Früchte. Barnaba weiß, dass er die Bäume damit stresst, aber was will er machen.

Wochenlang ist er überall gleichzeitig, immer im Alfa unterwegs. Wenn Not am Mann ist, greift er selbst zur *zappa*, hackt, düngt, wässert, sortiert, belädt Waggons. Trotz des Aufwands besteht er darauf, dass weiterhin jede Orange in Seidenpapier eingewickelt wird. Abate schlägt ihm ein patriotisches Motiv vor, irgendetwas Heroisches, aber Barnaba erklärt ihm: »Glaub mir, die wollen keine patriotische Scheiße. Ich will, dass die armen Schweine an der Front noch einmal etwas wirklich Schönes aus der Heimat sehen, bevor man sie wieder zum Sterben rausschickt.«

Das neue Logo zeigt ein üppiges nacktes Pin-up mit wehendem schwarzem Haar und verzücktem Ausdruck. Schamlos, mit Hüften, Brüsten, Armen und Wangen wie aus reifen Pfirsichen zusammengefügt. Sie ist Abate gut gelungen, findet Barnaba, sie trägt nur eine Schärpe in den italienischen Nationalfarben mit der Aufschrift MELINA, so nennt er die neue Sorte. Und darunter steht in geschwungenen Lettern: L'ITALIA TI ASPETTA – *Italien erwartet dich.*

»Muss das sein?«, fragt ihn Pina nur.

»Ja, muss sein.«

Sie streicht einen der Andrucke glatt. »Kennst du sie aus München?«

»Sie ist nur eine Fantasie.«

»Deine Fantasie?«

»Mehr als das, Pina. Sie wird die Fantasie einer verlorenen Nation sein.«

Und so kommt es. Im September kann er eine karge Ernte miserabler Qualität an die Front schicken. »Melina« wird berühmt. An der Front verwandeln sich die Orangen zusammen mit den Papierchen zu heiß begehrten Talismanen aus der Heimat. Zum kleinen Glück der Todgeweihten. Bald träumt jeder italienische Soldat von Melina und fragt sich, wer sie wirklich ist. Und nicht nur die Italiener. Von der Handvoll Papierchen, die den Verfall und das Vergessen überdauern, wird Jahrzehnte später eines im Nachlass eines ehemaligen österreichischen Kaiserschützen gefunden. Natürlich kann es damals über die kurze Distanz zwischen den Stellungen auf die andere Seite geflattert sein. Aber wenn ich im Sommer gut ausgerüstet auf den Lagazuoi steige, hinauf zu den Orten des Grauens, wo rostiger Stacheldraht und verwittertes Holz die ehemaligen Stellungen markieren, dann stelle ich mir vor, dass sie getauscht haben, Alpini und Kaiserschützen. Dass sie in einer Feuerpause »Melinas« gegen Zigaretten oder Katzenzungenschokolade getauscht haben, anstatt sich gegenseitig totzuschießen. Dass mein Urgroßvater Barnaba Carbonaro mit seinen Orangen und dem schamlosen Bildnis einer Zauberin unter all den Hunderttausenden von Verdammten vielleicht ein paar Leben gerettet hat.

Ruggero telegrafiert:

MEHR!

Von der ersten Ernte lässt Barnaba eine Kiste an den Lago di Alleghe schicken und hofft, dass sie die beiden Alten erreicht. Im Laufe des nächsten Jahres kann er die Produktion verdoppeln. Die Miete für sein Haus kann er schon seit Monaten nicht mehr zahlen. Was ihm die Regierung für die Früchte bezahlt, deckt gerade die laufenden Kosten. Noch hält Giuffridda still, weil Barnaba offenbar gute Verbindungen nach Rom hat, aber mein Urgroßvater sieht den Tag nahen, an dem er den Alfa verkaufen und mit seiner Familie den Palazzo räumen muss. Damit sie über die Runden kommen, beginnt Pancrazia wieder zu nähen. Ein Tropfen auf den heißen Stein.

»Lass mich dir helfen«, sagt Pina eines Abends zu Barnaba.

»Du hilfst mir schon.«

»Ich meine nicht den Papierkram. Ich kann mit den Pächtern verhandeln und den Transport organisieren. Dann könnten wir doppelt so viel liefern.«

Der Vorschlag ist so unerhört, dass es Barnaba für einen Moment die Sprache verschlägt.

»Kommt nicht infrage. Das ist nichts für Frauen.«

»Ich bin in Zitrusgärten aufgewachsen, genau wie du«, erklärt ihm da meine Urgroßmutter. »Ich weiß, wie es geht, ich kenne diese Leute.«

»Sie werden dich nicht ernst nehmen.«

»Ich bin die Tochter eines *padruni* und Mafioso. Ich habe sechzehn Kinder auf die Welt gebracht. Sehe ich etwa so aus, als könne man mich nicht ernst nehmen?«

Barnaba ächzt. »Die Leute werden reden. Nino Carbonaro geht es schlecht, werden sie sagen, jetzt schickt er schon seine Frau arbeiten.«

»Sehe ich so aus, als würde ich etwas darauf geben, was die Leute reden, wenn es um meine Familie geht?«

Barnaba weiß längst, dass sie recht hat. Aber er sagt:

»Und wer kümmert sich dann um die Kinder und alles?«

»Unsere Mütter kommen schon klar. Und es wäre ja nur übergangsweise.«

»Übergangsweise.«

Pina nickt. »Und ich möchte, dass du mir Autofahren beibringst.«

Als er es nicht mehr aushält vor Neugierde und Mariano in Taormina besucht, erfährt er, dass der Baron von Gloeden kurz nach Kriegseintritt Italiens als »feindlicher Ausländer« Italien verlassen und nach Deutschland zurückkehren musste. Mariano hütet das Haus und die Fotografien bis zu seiner Rückkehr, denn daran hegt er keinerlei Zweifel.

»Er ist einer von uns. Wir werden ihn nicht im Stich lassen.«

Barnaba erfährt, dass Mariano inzwischen Maria Lo Turco geheiratet hat. Sie haben sogar schon eine Tochter.

»Sie wird es einmal besser haben als wir«, erklärt Mariano.

»Alle werden es einmal besser haben als wir.«

»Vielleicht baue ich ein Hotel. Rosaria hat früher immer von einem Hotel gesprochen, jetzt nicht mehr. Was hältst du davon? Ich habe gespart.«

Hotel Villa Rosaria.

»Wenn es einer schafft, dann du.«

Barnaba muss sich zwingen, nicht nach Rosaria zu fragen. Er sagt Mariano nur, wie sehr er sich für ihn freue, küsst ihn auf beide Wangen und kehrt nach Catania zurück zu seiner eigenen Familie.

Obwohl Krieg ist und alles viel schwieriger, gestattet Barnaba der Familie keine Nachlässigkeiten. Er achtet darauf, dass alle die Mahlzeiten einhalten, dass die Kinder lernen und stets gut gekleidet sind. Seit er aus dem Krieg zurückgekehrt ist, nimmt Barnaba am Alltag seiner Familie teil, an den täglichen kleinen Verrichtungen und Querelen. Ständig wird irgendwo geputzt, Wäsche gewaschen, gekocht, geklappert, gestritten, werden Kinder getadelt, Wunden verarztet, Tränen gestillt, Betten aufgeschlagen und Hintern gewischt. Ständig ist er irgendwo im Weg, also streunt er rauchend durch sein Haus und lernt es zum ersten Mal richtig kennen. Wie damals im Palazzo Manganelli streift er durch verwaiste Salons und Flure ohne Bilder. So viel Platz, so viel Leere. Ein junges Haus ohne Geschichte, Jasmin windet sich bereits an der Hauswand, aber Barnaba bemerkt den Staub überall. Im ersten Stock, den sie ausschließlich bewohnen, sind Pancrazia und Pinas Mutter ständig mit Staubwischen beschäftigt, die anderen drei Etagen haben sie aufgegeben. Böden, Möbel, Stoffe – alles ist hier bedeckt mit einer gräulichen Schicht, als ob der jugendliche Palazzo in einen Jahrhundertschlaf gefallen sei. An einer Stelle hat jemand, wahrscheinlich eines der Kinder, mit dem Finger ein lachendes Mondgesicht in den Staub gemalt. Wenn die Abendsonne durch die Scheiben fällt, kann Barnaba sehen, wie *patruneddi* durch lautlose Staubschauer schreiten. Der Staub ist dabei, das Haus langsam zu ersticken. Kaum hat man ihn weggewischt, ist er wieder da. Der Staub ist so ewig wie Sizilien.

Denn es ist der Vulkan, der *Mungibeddu*, der Berg der Berge, geht Barnaba auf. Es ist die gleiche Asche, die die Zitrusgärten so fruchtbar macht, die Orangen so tiefrot, die Mandarinen so süß. Deswegen sei *l'Etna* gleichzeitig weiblich und männlich, sagen die Leute, fruchtbar und furchtbar. Und auch wenn es meinem Urgroßvater nicht im Traum einfallen würde, dass er als Nachfahre antiker Göttinnen und Giganten ebenso immer beides zugleich ist – männlich und weiblich, verflucht und gesegnet –, hält er den Staub für ein Symptom seines Unglücks.

Um die Räume zu entstauben und nebenbei seine Mietschulden zu reduzieren, lässt er Pina eine Zeitungsannonce aufsetzen und empfängt kurz darauf die ersten Interessenten. Die Untermiete ist moderat, der Ansturm enorm. Nach reiflicher Prüfung entscheidet sich Barnaba für einen einbeinigen Fotografen, der im zweiten Stock ein Studio für Porträtfotografie einrichten will, für eine ehemalige Sopranistin und ihre Musikschule, für drei schlampig gekleidete junge Männer, deren Familien dafür gesorgt haben, dass sie nicht eingezogen werden, und die zusammen mit der Schwester des einen heimlich eine sozialistische Zeitschrift herausgeben wollen, sowie für eine Wahrsagerin.

»Bist du übergeschnappt?«, schimpft Pancrazia, als er der Familie seine Entscheidung verkündet. »Das reine Chaos wird ausbrechen.«

Barnaba nickt zufrieden. »Das hoffe ich doch.«

Pancrazia wendet sich fassungslos an Pina.

»Dein Mann ist verrückt geworden. Sag was dazu!«

Meine Urgroßmutter wechselt einen Blick mit ihrem Mann und erklärt: »Ich werde eine Hausordnung schreiben. Wer sich nicht daran hält, fliegt raus.«

Da erkennt Barnaba, wer nun die Herrscherin seines Hauses ist, denn gegen Pinas Autorität ist sogar Pancrazia machtlos. Allerdings unter Bedingungen. Wie sich nämlich herausstellt, hat sie während Barnabas Abwesenheit eine Korrespondenz mit ihren Eltern oben in Gravina aufgenommen.

»Sie werden alt und kommen alleine nicht mehr gut zurecht«, erklärt sie Barnaba. »Ich möchte mich hier um sie kümmern.«

Barnaba glaubt es nicht. »Warum das denn auf einmal? Du hast sie kaum je erwähnt.«

»Die Stimme des Blutes hat gerufen«, erklärt Pancrazia. Was eine mehr als vage Umschreibung dafür ist, dass Barnabas Großvater zu Ohren gekommen war, dass seine verstoßene Tochter inzwischen in einem feinen Haus in Catania lebe. Er hat ihr daraufhin einen Brief geschrieben, in dem er zum Ausdruck brachte, wie schlecht es ihnen in diesen Zeiten gehe, und in dem er sie an ihre Tochterpflichten erinnerte.

»Du hast sie über dreißig Jahre nicht gesehen!«, ruft Barnaba aus.

»Als du an der Front warst, habe ich sie besucht. Sie haben mir verziehen.«

»*Du* müsstest ihnen verzeihen, *mamma*! Sie haben dich mit *papà* und läppischen hundert Lire aus dem Haus geworfen.«

»Ich hatte schließlich auch Schande über die Familie gebracht. Aber nun ist alles vergessen und vergeben. Es sind deine Großeltern, vergiss das nicht. Ich möchte, dass du sie hier aufnimmst. Und deinen Onkel Gianni mit seiner Familie.«

»Was denn noch?«, brüllt Barnaba los. »Und halb Gravina etwa auch? Kommt nicht infrage.«

Nino beginnt zu weinen. Barnaba muss wieder an Gaetano Impalà denken, den Fischer mit seiner schönen blauen Barke, bis seine Familie ihm alles kaputt machte. Er will auf keinen Fall in die gleiche Falle laufen.

Aber so leicht gibt Pancrazia nicht auf. Zwei Monate lang regnet es draußen fast ununterbrochen, zwei Monate prasselt drinnen ein Regen von Verwünschungen, Verstoßungen und Schmeicheleien auf ihn nieder. Bis mein Urgroßvater schließlich zermürbt einknickt. Nur den unbekannten Onkel mit seiner Familie lehnt er kategorisch ab und verhandelt mit seiner Mutter zumindest aus, dass die Großeltern in der Portierswohnung im Erdgeschoss wohnen und Hausmeistertätigkeiten übernehmen werden.

So lernt Barnaba mit achtunddreißig Jahren seinen Großvater, den Schneider Giuseppe Carbonaro, kennen, der einst zur Plünderung des Gutshauses der Raisi aufgerufen hatte. Aber das gehört ebenfalls zu den Dingen, von denen mein Urgroßvater nie erfahren wird, doch am Ende verdankt er diesem Verrat schließlich seine Existenz und seinen Namen. Und wir Carbonaro auch.

Der alte Schneider Carbonaro hat schlechte Augen und begrüßt Barnaba, indem er ihm jovial in die Wangen kneift.

»Siehst dem Bock von deinem Vater gar nicht ähnlich.« Ohne ein Wort des Dankes bezieht er mit seiner wortkargen Frau wie vereinbart die Pförtnerwohnung und übt mit ihr vom ersten Tag an ein strenges Regiment von Einlasskontrollen, Bespitzelungen und Inspektionen aus. Eine Nähmaschine rührt Giuseppe Carbonaro nie wieder an.

Staub wirbelt auf, Meere schäumen im Sturm, das neue Jahrhundert badet in Blut, Maschinenöl und Nationalstolz. Es gibt Gewalt und Verzweiflung, Zuversicht und Liebe. Es gibt die Begierde, den Verrat, die Vergebung, den Stolz. Es gibt *caffè* und *cornetti*. Nymphen werden geboren und sterben, traurige Gespenster sitzen neben Kindern am Tisch. Entschädigungen werden gewährt, aber niemals entschuldigt sich jemand. Es geht einfach weiter, die Musik geht wieder an. Staub senkt sich. Geschichten werden erzählt. Etwas führt zu etwas.

Barnabas Haus füllt sich mit Lärm, Gesang, chemischen Gerüchen und höflichen Revolutionären. Während meine Urgroßmutter Autofahren lernt und den neuen Pächtern der ehemaligen Gärten ihres Vaters Beine macht, steigt Ruggero di Manganelli in einem Ansaldo-Doppeldecker in Padua auf und fliegt zusammen mit dem Dichter und Kriegshetzer Gabriele D'Annunzio und zehn weiteren Maschinen nach Wien, wo sie unbehelligt schwülstige Propagandaflugblätter abwerfen. Die Wiener Presse feiert die fliegerische Leistung. In Kansas springt ein Virus von Schweinen auf den Menschen über, überquert auf Kriegsschiffen den Atlantik, wütet erst in den Schützengräben und dann durch das ganze ausgezehrte Europa. In Kiel erheben sich Matrosen, in München wird der König abgesetzt, Arbeiter- und Soldatenräte übernehmen die

Macht. Die Zarenfamilie wird ermordet, ein Kaiser verlässt beleidigt sein Reich, und in einem Salonwagen der französischen Eisenbahn in einem Wald bei Compiègne wird eine Kapitulationserklärung unterzeichnet.

Aber das Sterben geht weiter. Mit den heimkehrenden Soldaten rast die Influenza um die Welt und tötet in drei Wellen fast fünfzig Millionen Menschen. Eine Million davon in Italien. Das Virus hat freie Bahn. Es ist ein demokratisches Virus, denn es tötet ohne Klassenunterschiede, bevorzugt aber junge Menschen und Kinder. Der Krieg hat die Gesundheitssysteme in Europa pulverisiert, Regierungen lösen sich auf, Industrien brechen zusammen, überall fehlt es an Notlazaretten und Pflegepersonal. Die Ärzte und Forscher können nur ohnmächtig zusehen, wie die Menschen erst hohes Fieber bekommen und kurz darauf an einer schweren Lungenentzündung qualvoll versterben. Sie ertrinken an ihrem eigenen Blut. Mit der zweiten Welle trifft es auch die Carbonaro. Drei Wochen liegen sie alle nacheinander darnieder, die Kinder husten blutigen Schleim, Pancrazia kämpft um ihr Überleben. Im Delirium machen die beiden *patruneddi*, Musumeci und der Dottore Passalacqua, Barnaba ein Angebot:

»Gib uns eines deiner Kinder, dann werden alle anderen gesund, und wir verschwinden für immer.«

»Niemals!«, erklärt Barnaba. Aber die beiden Gespenster erklären ihm, dass er keine Wahl habe.

»Wenn du dich nicht entscheidest, sterben alle.«

Verzweifelt versucht Barnaba zu verhandeln, bietet all seine Barmittel, sein Glück, sogar sein Leben an, aber die Toten bleiben stur.

»Dein Vermögen kriegen wir ohnehin, und dein Glück haben wir längst aufgegessen. Gib uns ein Kind.«

»Nehmt Nino«, presst Barnaba schließlich hervor und sinkt ins Fieber zurück. Als er erwacht, schleppt er sich voller Angst an Ninos Bett und sieht, dass er dank Pancrazias Kunst zwar blass, aber wieder bei Sinnen im Bett sitzt und nach Milch mit Honig verlangt.

Von diesem Tag an plagt Barnaba jedes Mal die Scham, wenn er Nino sieht, und er distanziert sich noch mehr von seinem Sohn. Mein Großvater wiederum wird ein Leben lang nicht verstehen, warum der Vater ihn meidet, und ihn nur umso hartnäckiger imitierten.

Als der Krieg endet, ist Barnaba achtunddreißig und vermisst München. Schon wegen der zehn Mark mit dem Loch in seiner durchlöcherten Brieftasche. Durchlöchertes Glück, denkt Barnaba, und dass deswegen vielleicht alles so viel schwieriger ist. Bestimmt könnte ihm die Banco di Sicilia einen Zehnmarkschein wechseln, aber irgendwie ist das nicht das Gleiche, denkt Barnaba. Für einen richtigen Glücksschein muss er nach München. Und zwar bald. Bevor sein Glück vollends versickert.

Doch München ist ferner denn je. Denn es ist ein weiteres Jahr des Todes. Die Grippe, die in den Zeitungen die Spanische genannt wird, rafft zuerst Bianchini in Palermo dahin, danach Rosaria in Rom.

MÜNCHEN 1960

Zigarillos sind geraucht, Mandarinen gepellt worden, der Duft ihrer Schalen vermischt sich mit dem Rauch und dem Schweigen. Alles ist still, drinnen wie draußen. Barnaba hört Maria in der Küche leise mit Tassen klappern, um niemanden zu wecken. Wasser läuft. Staub fällt. Die Toten sitzen schweigend auf dem Sofa, daneben steht ein geschmückter Weihnachtsbaum.

Maria kehrt mit Tee zurück und schenkt zwei Tassen ein. Der Patriarch hängt Gedanken nach, die er mit dem Rauch ausatmet und doch nie loswird. Maria mustert die vier Toten, die sich nebeneinander auf dem Sofa quetschen wie ein bedrücktes Publikum, das einfach nicht applaudieren will, bevor das Stück zu Ende ist. Zwischen Ruggero und den beiden Männern sitzt eine junge Frau, kaum älter als Maria, in einem schlichten malvenfarbenen Kostüm aus einer vergangenen Zeit und mit einer langen Perlenkette.

»Sie ist wunderschön.« Und da ihr Großvater immer noch nichts sagt: »Aber warum sitzt sie hier?«

»Ruggero hat sie damals mitgebracht, als er als Attaché der faschistischen Partei nach München kam.«

»Ich meine, warum ist sie *noch* da? Ich dachte, die Regel ist, sie können nur dann nicht gehen, wenn sie eines gewaltsamen Todes gestorben sind.«

»Frag Ruggero.«

Doch Barnabas sonst so redseliger Jugendfreund schweigt.

Sein Ausdruck hat auch nichts Spöttisches mehr, er sieht genauso traurig drein wie die drei anderen.

»Ich nehme an, der ganz außen ist Musumeci, nicht wahr? Aber wer ist der Herr zwischen ihm und Rosaria?«

»Der Dottore Passalacqua.«

Maria denkt kurz nach. »Also, du hast Musumeci getötet. Die *nonna* hat, wenn ich richtig verstanden habe, offenbar ihren Vater vergiftet.«

Barnaba nickt.

»Aber war der Dottore dann nicht an die *nonna* gebunden?«

Barnaba hebt die Arme. »Als die Demenz deiner *nonna* nicht mehr zu übersehen war, litt sie auf einmal sehr unter dem *patruneddu* ihres Vaters. Also habe ich ihm Geld geboten, wenn er sie in Frieden lässt und mit mir nach München kommt. Darauf hat er sich eingelassen.«

»Und warum sitzt Ruggero hier?«

»Weil er sich nach der Badoglio-Geschichte 1943, dem Putsch gegen Mussolini, eine Kugel durch den Kopf gejagt hat. Vor meinen Augen.«

»*Pardon, mon ami.*«

Maria nickt. »Demnach ist Rosaria also nicht an der Grippe verstorben?«

Barnaba schüttelt den Kopf, als koste es ihn viel Kraft. Maria versteht, dass er ihre Frage nicht beantworten will, also versucht sie es anders.

»Du bist wegen ihr hier, nicht wahr?«

Barnaba seufzt. »Ich dachte, ich könnte sie hier zurücklassen. Aber es wird Zeit, dass sie alle ihren Frieden kriegen. Und ich werde deine Hilfe dazu brauchen.«

»Sie wollen doch immer Geld, denke ich.«

»Manche wollen einfach nur nach Hause. Aber ja, meistens wollen sie Geld. Nur wissen sie nichts damit anzufangen.«

»Du hast aber kein Geld. Ich auch nicht. Niemand hat Geld.«

»Ich werde es beschaffen.«

Maria pustet in ihren Tee. *Cchiù scuru di mezzanotti nun pò fari*, geht ihr durch den Kopf. Dunkler als Mitternacht kann es nicht werden.

»Aber das ist noch nicht alles, nicht wahr?«

Barnaba atmet aus. »Wenn ich den Mercedes zurückhabe, möchte ich, dass du die *patruneddi* nach Sizilien fährst, damit sie ihre Ruhe finden.«

»Warum fährst du nicht selbst?«

»Ich habe andere Pläne. Was ist da zwischen dir und Franz?«

»Was meinst du?«

»Denkst du, ich bin blind? Hast du mit ihm geschlafen?«

»*Nonno*, bitte!«

»Antworte mir.«

»Nein! Und es wird auch nie passieren.«

»Das hoffe ich. Weil es ein Unglück erzeugen würde, vor dem dich auch deine Glückshaut nicht schützen kann.«

»Ich weiß das, *nonno*. Mach dir keine Sorgen.«

»Ich verbiete es, hörst du? Es ist wider die Natur. Schwöre, dass du das respektieren wirst.«

»Ich schwöre.«

»Er wird bald heiraten.«

»Und ich freue mich für ihn.«

Der Patriarch atmet durch. »Wenn du den Mercedes nach Sizilien zurückgefahren hast, möchte ich, dass du Carmelo Manganelli triffst. Das ist Rosarias Enkel. Er ist in deinem

Alter und lebt in Taormina. Er hat vor, ein Hotel zu bauen, vielleicht kommt ihr ja irgendwie zusammen.«

»Du willst sagen, ich soll ihn heiraten.«

»Du wirst Carmelo mögen, er ist ein guter Junge.«

Maria stöhnt. »Du erzählst mir deine Lebensgeschichte, *nonno*. Deiner Enkelin, die du kaum kennst. Nicht dass ich dir nicht gerne zuhöre, aber du schüttest dein Leben über mir aus, ohne auch nur nachzufragen, ob mich gewisse Dinge beschämen. Und dafür erwartest du, dass ich vier Tote in Sizilien abliefere und den Enkel deiner Jugendliebe heirate, weil du sie nicht haben konntest?«

»Ich möchte nur, dass du ihn kennenlernst. Ich werde in deine Saftproduktion investieren, was du daraus machst, liegt bei dir.«

»Du bist pleite, *nonno*, schon vergessen?«

»*Beh.* Ich war öfter im Leben pleite, als ein Esel am Tag scheißt. Geld kommt, Geld geht, Geld fließt.«

Der Patriarch wirkt wieder vergnügt, das weckt Marias Misstrauen. Überhaupt erscheint er ihr seit dem Flugzeugabsturz verändert, lacht über die schlechtesten Witze und pfeift neuerdings vor sich hin.

»Wo ist all dein Geld überhaupt hin?«

Der Patriarch hebt die Schultern. »Das meiste ging an die Familie und in das Haus. Dein Onkel Salvatore hat ein halbes Vermögen am Kartentisch verspielt. Eine ganze Villa hat er verspielt. Aber lassen wir das. Die Pflege der *nonna* hat eine schöne Stange gekostet, und ich war nicht knauserig. Ein Leben lang hat sie mir in den Ohren gelegen, dass ich Land kaufen soll, aber ich wollte nicht. Es ist, wie es ist. Den Rest haben sich die Mafia und der Staat geholt. Vielleicht hätte ich Vincenzo Cuddetta damals nicht um Hilfe bitten sollen. Aber auf der anderen Seite, sobald du in Sizilien irgendwas aufziehst, kommt der Krake sowieso immer und lutscht dich aus. Seit die Amerikaner Lucky Luciano freigelassen haben, damit sie in Sizilien einmarschieren können, ist Sizilien an die Mafia verloren.«

Sein Zigarillo ist ausgegangen, der Patriarch lässt sich von Maria Feuer geben, pafft ein paar Züge und betrachtet den Stumpen wie etwas, das Antworten geben kann.

»Aber soll ich dir was sagen: Ich bin stolz, dass das Geld endlich weg ist. Ich bin endlich wieder frei.«

Maria glaubt ihm kein Wort, aber der Mandarinenduft und das Gewicht der Nacht halten sie davon ab, es auszusprechen. Stattdessen geht ihr ein anderer Gedanke durch den Kopf.

»Hast du jemals eine Antwort auf deine Frage bekommen?«

»Welche Frage?«

»Wer du bist? Oder was?«

Falsche Frage, denkt Barnaba. Aber er sagt: »Ja.«

»Oh.« Maria wirkt überrascht. »Und?«

Er breitet die Arme aus. »Der Große Ossobuki.«

Maria droht ihm mit dem Finger.

»Ich meine es ernst«, erklärt der Patriarch. »Wir sind Nachkommen mythischer Wesen. Wir sind das, was man über uns erzählt. *E basta.*«

»Glaubst du eigentlich an Gott, *nonno*?«

Der Patriarch raucht einen weiteren Zug.

»Gestern habe ich den Brennkofer beim Tengelmann gesehen, als ob nichts gewesen wäre. Wenn es einen Gott gibt, dann ist er ein *padruni*, und wir sind für ihn nur *roba*. Aber ich denke nicht viel darüber nach. Es ist, wie es ist.«

Maria wirft einen kurzen Blick hinüber zu Rosaria.

»Erzähl weiter«, sagt sie. »Dann überlege ich es mir vielleicht.«

Der Patriarch drückt sein Zigarillo aus. »Ich war verwundert, wie viele Menschen zu Bianchinis Beerdigung erschienen. Ich hatte gar nicht gewusst, wie groß die jüdische Gemeinde in Palermo wirklich war. Aber es war ja meine erste jüdische Beerdigung. Ich fand sie sehr beeindruckend. Halb Palermo war da. Sogar Ignazio Florio, aber damals ging es mit den Florio schon bergab. Alles ging bergab nach dem Krieg, aber der Untergang der Florio war ein Absturz. Bianchini hatte recht gehabt, mehr als ein Kleinreicher konnte ich nie werden. Aber nichts währt ewig, auch Imperien wie das der Florio nicht. Sie zerfallen einfach zu Staub. Nichts bleibt von ihrem Glanz. Ich dachte, dass irgendwer mit mir über das Geld auf der Münchner Bank sprechen würde, aber niemand wollte überhaupt mit mir sprechen, und Bianchini hatte mir auch nichts hinterlassen. Jedenfalls dachte ich das, bis ich sein Testament im Nachlass der *nonna* fand. Sie hatte wohl befürchtet, dass ich mit Bianchinis Geld für immer in München bleiben würde.«

»Wie hast du von Rosarias Tod erfahren?«

»Durch Mariano. Aber da hatte man sie schon in der Gruft der Manganelli beigesetzt. Es war ein Schock, wie du dir vielleicht vorstellen kannst. Aber wir waren damals auch an den Tod gewöhnt.«

»Hatte Ruggero dich gar nicht kontaktiert?«

Barnaba schüttelt den Kopf. »Ich habe ihn danach im Palazzo Manganelli aufgesucht, das war, kurz bevor er ihn verkaufen musste, und ihm erklärt, dass ich nie wieder mit ihm zu tun haben will.«

»Wie hat er reagiert?«

Barnaba wendet sich zu Ruggero auf dem Sofa um.

»Sag's ihr.«

Ruggero winkt ab.

»Sag's ihr, oder ich lasse dich für alle Ewigkeit in München zurück.«

Ruggero hebt wehmütig die Schultern. »Ich habe auf ihn geschossen. Im Affekt, würde man heute sagen. Aber du wolltest mich schließlich verprügeln, *my friend*, vergiss das nicht.«

»Auf mich hat er auch geschossen«, meldet sich nun Rosaria zum ersten Mal. Es klingt nicht einmal anklagend.

»Ich habe euch eben beide geliebt.«

»Er war sehr eifersüchtig«, erklärt Rosaria. »Das muss man verstehen. Es waren andere Zeiten.«

»Ja, heute würde man das wahrscheinlich nicht so machen«, meldet sich der Dottore Passalacqua zu Wort.

»So vieles hat sich verändert«, murmelt Musumeci. »Aber vieles auch nicht.«

Ihre Stimmen steigen wie Rauch zur Decke auf. Alle vier nicken, als sei soeben eine geheime Weisheit ausgesprochen worden, und verfallen wieder in Schweigen.

»Da hörst du es«, sagt der Patriarch. »Zum Glück hat er nur das Porträt seiner Ururgroßmutter getroffen, das Loch sieht man heute noch.«

»Und mit dem Mord an seiner Frau ist Ruggero einfach so durchgekommen?«

»Er hatte viel Einfluss. Niemand hat gewagt, Fragen zu stellen. Mariano weiß es bis heute nicht.«

Maria rollt mit den Augen. »Und dann?«

»Bin ich nach Amerika gegangen.«

»Oh. Du warst in Amerika?«

»Es war die Idee deiner Großmutter.«

»Warte kurz«, sagt Maria. »Ich muss mal.«

Als sie weg ist, schließt Barnaba die Augen und denkt über ihre Frage nach. Er hat einen Menschen getötet, er hat zerfetzte Leichen gesehen, die Toten folgen ihm schon ein Leben lang, aber einen Gott kann er hinter all dem nicht erkennen. Das Einzige, was er erkennen kann, ist, wie ein Staub aus Gnade sich auf alles herabsenkt, und er stellt sich vor, wie er mit den Fingern ein lachendes Mondgesicht in diesen Staub malt.

Als Maria zurückkehrt, sind die *patruneddi* weg. Der Patriarch sitzt immer noch mit geschlossenen Augen in seinem Sessel. Maria erschrickt und horcht auf seine Atemzüge. Erleichtert deckt sie ihn mit einer Wolldecke zu, haucht ihm einen Kuss auf die Stirn und löscht das Licht.

Als sie gleich am nächsten Morgen nach ihm sehen will, ist er verschwunden.

Es ist Weihnachten, der Geburtstag meines Großvaters Nino Carbonaro und allen zweiundzwanzig Kindern, die meine Urgroßmutter je auf die Welt gebracht hat. Traditionell ein Tag des Bangens in der Familie Carbonaro. Ohnehin wird Weihnachten in Italien zu dieser Zeit nicht groß gefeiert, man sitzt mit der Familie zusammen, isst, bis man platzt, spielt Karten und lässt den Dudelsackspieler rufen. Viel wichtiger ist Allerheiligen und für die Kinder Allerseelen am nächsten Tag, denn da werden sie traditionell von den Verstorbenen beschenkt. Die Jahre in München haben in der Familie Carbonaro zwar viele italienische Traditionen verblassen lassen, aber vielleicht ist es kein Wunder, dass bei meinem Großvater Nino, der sich diesen Tag immer mit seinen lebenden und toten Geschwistern teilen musste, keine rechte Feststimmung aufkommt.

Seit dem frühen Morgen klagt er über Schwindel und scheucht Anna und seine Kinder, dass sie den Patriarchen suchen sollen. Aber der taucht erst am Nachmittag wieder auf, und zwar mit dem Mercedes. Bestens gelaunt hupt er die Familie aus dem Haus und präsentiert ihnen den tadellosen Zustand des Wagens, den Buscemi ihm zurückgegeben hat, ohne etwas dafür zu verlangen. Auf dem Rücksitz sitzen vier *patruneddi* wie Passagiere ohne Fahrschein und halten Weihnachtsgeschenke fest, die der Patriarch noch kurz vor Geschäftsschluss beim Oberpollinger gekauft hat und die er die Toten nach oben in die Wohnung schaffen lässt. Dass er auch noch in aller Ruhe ein Bordell besucht hat, erzählt er nicht. Auch nicht, was in der alten Aktentasche ist, die er in der Hand hält und nicht abgeben mag.

Es ist Heiligabend, die Bescherung findet üblicherweise erst am anderen Morgen statt, aber da am nächsten Tag das Foto gemacht werden soll, werden die Kerzen am Baum entzündet, Toni setzt Glühwein auf, die Familie singt »Bianco Natale« und »Gesù Bambino«. Aurora und Giuseppe singen »White Christmas«, »Let It Snow« und »Santa Baby«, und dann gibt der Patriarch auf Drängen der Familie geschmeichelt noch »Ch'è duci 'stu figghiu« zum Besten, das einzige Weihnachtslied, an das er sich erinnert. Die alte Frau Erlinger krakeelt »Wir wollen unseren alten Kaiser Wilhelm wiederhaben«, Anna weint und lacht gleichzeitig, Giuseppe umarmt Aurora, mein Vater reicht den Glühwein herum, Nino wischt sich jetzt auch Tränen aus den Augen, und irgendwo in der Nähe der Tür steht Maria und kann es nicht fassen.

Anschließend verteilt der Patriarch die Geschenke. Für Nino hat er einen neuen Gehstock mit Elfenbeingriff zum Geburtstag und für die Familie einen Fernsehapparat. Ein schickes, nagelneues Modell von Braun mit glänzender Kunststoffoberfläche für neunhundert Mark. Aufgeregt wird die Zimmerantenne hin und her gedreht, der Kanal gesucht, es gibt eine kurze Verwirrung, weil es rauscht, dann Streit, dann schreit Nino Toni an, dass er den Apparat kaputt gemacht habe, dann beruhigt sich alles, als das Erste Programm über den Bildschirm flimmert mit Weihnachtsliedern, gesungen vom Dresdener Kreuzchor. Jetzt weinen alle außer Maria. Aber das ist immer noch nicht alles.

Denn der Patriarch öffnet nun die alte Aktentasche und legt bündelweise Geldscheine auf den Tisch. Insgesamt achtzehntausend Mark.

»Das Geld war eine Art stille Reserve von mir«, erklärt er. »Ich habe es unter dem Rücksitz versteckt, damit die Toten im Wagen bleiben und ich meine Ruhe vor ihnen habe«, erklärt er. »Ich konnte ja nicht ahnen, dass ihr den Wagen verkaufen würdet.«

Maria lacht schallend auf und kassiert eine Ohrfeige von ihrem Vater dafür. Nino will dem Patriarchen vor Dank und Scham die Hand küssen, aber Barnaba drückt ihn an sich.

»Schon gut, *Ninuccio*. Ich liebe dich. Es tut mir leid, dass ich dir das ein Leben lang nicht zeigen konnte.«

Der Patriarch zählt fünftausend Mark für Marias Saftproduktion ab, weitere fünftausend erhält Anna zur freien Verfügung. Die restlichen achttausend bittet der Patriarch für die *patruneddi* im Wagen zu lassen, bis sie wieder in Sizilien sind.

Jetzt weint auch Maria. Aber nicht lange, denn es wird gegessen. Es gibt frittierten Fenchel, Schweinsbraten mit Klößen und eine *cassata siciliana*, so süß und schamlos wie ein barocker Fiebertraum. Die Carbonaro singen Schlager, die alte Frau Erlinger singt eine Arie aus *La Traviata* auf Italienisch, und der Patriarch erzählt Carabinieri-Witze. Es wird geweint und gelacht, gegessen und getrunken. Bis spät in die Nacht fliegen Küsse über den Tisch, Angela muss sich nach zu viel Glühwein übergeben, Giuseppe legt Rock-'n'-Roll-Platten auf, und gleichzeitig läuft der Fernseher, bis das Testbild kommt.

Am nächsten Tag wird das Foto gemacht.

CATANIA / TAMPA 1919

Barnaba denkt, er hört nicht richtig. Konzentriert pellt Pina ihm Fitzelchen um Fitzelchen eine Mandarine.

»Was soll ich in Amerika?«

Pina zerteilt die Mandarine in zwei Hälften, reicht ihm die eine und steckt sich die andere selbst in den Mund.

»Das, was keiner so gut kann wie du. Mandarinen.«

»*Braccianti* gehen nach Amerika. Leute, die nichts mehr zu verlieren haben. Soll ich etwa alles aufgeben, was ich aufgebaut habe?«

»Wir sind schon dabei, alles zu verlieren. Wie lange werden wir das Haus noch halten können? Zwei Monate? Drei?«

»Der Markt wird sich erholen.«

»Nicht schnell genug.«

»Wir können nicht mal Englisch.«

»Deutsch kannst du auch nicht.«

Barnaba merkt, dass er schon über Details verhandelt.

»Schluss damit. Ich weiß nicht, was in dich gefahren ist.«

»Ich sage ja nicht, dass du wieder auf dem Feld arbeiten sollst. In Kalifornien und Florida bauen sie inzwischen überall Orangen an. Also brauchen sie Leute wie dich, die was davon verstehen. Land dort ist günstig zu haben, das Klima ist das gleiche wie bei uns, du könntest reicher werden als je zuvor. Sie nennen es das Land der unbegrenzten Möglichkeiten.«

Barnaba kneift die Augen zu. »Sei keine Stute. Ich will nichts mehr davon hören.«

Meine Urgroßmutter legt ihre Hand mit dem verstümmelten Finger auf den Tisch.

»Ich bin deine Frau, und du hast mir das Leben gerettet, Nino. Dafür werde ich dir dankbar sein bis in den Tod, und wenn es sein muss, werde ich mit dir untergehen. Aber ich kenne die Zahlen, ich mache deine Abrechnungen, ich bin die Mutter deiner Kinder, also nenn mich nicht Stute. Unsere Zukunft liegt in Amerika, sage ich.«

»Ich bin Händler, kein *padruni*«, stöhnt Barnaba. »Sobald sich die Lage in München beruhigt hat, wird alles gut, du wirst sehen.«

»Überleg es dir wenigstens.«

Das tut er. Er findet sogar, dass sie in vielen Punkten recht hat, das muss er selbst zugeben. Was ihn abhält, ist nicht etwa die Furcht, irgendwo neu anzufangen, sondern etwas, für das mein Urgroßvater keine Worte hat: seine Liebe zu Deutschland.

Doch Deutschland ist fern.

Für Italien endet der Krieg in einer Tragödie. Die industrielle Produktion liegt am Boden, Massenarbeitslosigkeit und die Grippe grassieren. An der Seite der Entente-Mächte steht das Land zwar offiziell auf der Siegerseite, erhält aber die versprochenen Balkangebiete nicht. Die jungen Faschisten um Mussolini hetzen vom *verstümmelten Sieg*, ihre paramilitärischen Kampftruppen erhalten zehntausendfachen Zulauf von arbeitslosen und verbitterten Kriegsveteranen.

In München sind die Lehmgruben allmählich so ausgelaugt wie die Menschen. Weil Deutschland keine Arbeit mehr für sie hat, kehren die italienischen Ziegelbrenner wieder in ihre Heimatdörfer zurück. Wer etwas sparen konnte, kauft sich ein Häuschen und ein paar Ziegen und erzählt Legenden über Deutschland und Zia Melina. In München dankt der Prinzregent ab, und Kurt Eisner gründet den Freistaat Bayern. Doch was für Italien die *vittoria mutilata* ist, wird für Deutschland die Legende vom Dolchstoß, mit dem die Revolution das Land um den Sieg gebracht habe. Erst hundert Tage im Amt, wird Eisner auf offener Straße von einem nationalistischen Reserveleutnant erschossen. Daraufhin läuft der Revolutionäre Arbeiterrat Amok. In München brechen Tumulte von Arbeitern und Soldaten aus, es kommt zu Plünderungen, Gewalt und Hinrichtungen. Im April ruft der Revolutionäre Arbeiterrat die Räterepublik aus, Reichspräsident Ebert schickt Schutztruppen, die sich mit zwanzigtausend Rotarmisten erbitterte Straßengefechte liefern. Schließlich wird München von den konterrevolutionären Weißarmisten eingekesselt, angeführt vom dem als »Bluthund« verschrienen Freikorpsführer Franz Ritter von Epp, der bereits den Boxeraufstand in China niedergeschlagen und die Hereros in der deutschen Kolonie Südwestafrika massakriert hatte. Dem Sturmangriff im Mai fallen mehr als tausend Münchner zum Opfer, manche noch Jugendliche. Gerichtsverfahren gibt es nicht, die Freikorps wüten in den Arbeitervierteln, bis von den Türmen der Frauenkirche wieder weißblaue Fahnen wehen. Als im Dezember der Kriegszustand aufgehoben wird, geht ein Riss durch die bayerische Bevölkerung, an dessen Fransen sich Monarchisten, Republikaner, Kommunisten und völkische Bewegungen bis zur Katastrophe radikalisieren werden.

Das Jahrhundert stinkt nach Tod und geronnenem Blut,

aber erst einmal will es wieder tanzen, fressen und saufen, und Barnaba lernt ein neues Gefühl kennen: die Einsamkeit.

Nach Rosarias Tod fühlt er sich, als ob er einen leeren Raum abschreite, ohne das Geräusch seiner Schritte zu hören. Als bestehe er aus Staub. Die Wut, als er Ruggero im Palazzo Manganelli fast verprügelt hätte, ist verdampft, die Leere, die sie hinterlassen hat, füllt nun die Einsamkeit.

Seitdem er die Verbindung zu Ruggero gekappt hat, laufen die Geschäfte schlecht. Die Besitzverhältnisse in den Gärten werden immer verworrener. Die Mafiafamilien kontrollieren alles, die *braccianti* haben sich in Gewerkschaften organisiert, ständig wird gestreikt, regelmäßig gibt es Aufstände, die Brunnen füllen sich erneut mit Leichen. Barnaba verliert die Lust. Das Wasser ist wieder weg, er hat aufgehört zu rudern. Sein Leben erscheint ihm wie ein Puzzle, wo nichts zusammenpasst. Er ist neununddreißig, aber er kommt sich genauso verwirrt vor wie mit zehn, als er den ersten *cannolo* seines Lebens probierte. Nun ist er neununddreißig, steht gesund in der Mitte seines Lebens, hat viel erreicht, aber in seinem großen Haus voller Menschen fühlt er sich zunehmend unwohl. Selbst die Familie kann ihn nicht aus der Einsamkeit retten. Also fährt er mit dem Alfa nach Taormina.

Das kleine Häuschen seiner Kindheit zwischen den Kakteen ist inzwischen eine Ruine, doch der Ort beruhigt ihn. Manchmal verbringt er ganze Tage dort, träumt von Zahlen und von München. Manchmal setzen sich Mariano und der zurückgekehrte Baron von Gloeden zu ihm und erklären ihm, dass das nicht gut sei, was er da tue.

Manchmal, wenn die Einsamkeit ganz schlimm wird oder die Kinder zu laut sind, setzt er sich zu den jungen Leuten in ihre kleine, verrauchte Redaktion und lässt sich die Revolution und das mit dem Frauenwahlrecht erklären. Er bringt jedes Mal *cannoli* mit, die mit spöttischem Dank angenommen, aber gierig verzehrt werden. Mit der Revolution kann Barnaba nur wenig anfangen. Er versteht nicht, was die jungen Leute eigentlich wollen, da sie doch aus guten Familien kommen, nie hungern oder arbeiten mussten und studieren können. Außerdem reden sie schlecht über Deutschland, obwohl sie noch nie dort waren. Als er einwendet, dass in Deutschland Frauen inzwischen wählen dürfen, gefällt das den jungen Revolutionären auch wieder nicht. Aber da sie schlecht etwas gegen das Frauenwahlrecht einwenden können und weil es gut passt, nennen sie ihn einen Reaktionär.

Barnaba ist gerne bei den drei jungen Revolutionären, denn ihr Zorn gefällt ihm. Unermüdlich wie einem Kind, das schwer von Begriff ist, leidenschaftlich und gestenreich schleudern sie ihm entgegen, dass die bürgerliche Gesellschaft ein Geschwür der Dekadenz am Arsch der Arbeiterklasse sei, das man wegschneiden müsse. Und wischen sich dann den Puderzucker von den Lippen. Als sie ihm einmal ein Foto von Lenin zeigen, ruft er erfreut aus, dass er den Mann kenne, und erzählt ihnen von seinen Begegnungen mit dem stiernackigen Herrn Meyer im Hofbräuhaus, dem er manchmal eine Steige Mandarinen und Orangen zukommen ließ. Da sind die drei Revolutionäre baff. Drei Monate später präsentieren sie ihm aufgeregt einen Brief mit kyrillischem Briefkopf und einem roten Stern darauf und verraten dem Patriarchen, dass sie an das Zentralkomitee in Moskau geschrieben hätten, zu Händen des Genossen Lenin, des Inhalts, dass ein ehemaliger Bekannter von ihm aus Münchner Zeiten mit ihnen an der revolutionären

Umgestaltung der italienischen Nation mitwirke. Im Grunde wollten sie mit ihrem Vermieter angeben und hatten noch nicht einmal eine Antwort erwartet. Bis tatsächlich eine Antwort eintrifft. Der Brief ist von Lenin persönlich unterzeichnet und beginnt mit den Worten:

Genosse Carbonaro, ich freue mich, dass du dich in den Dienst der Revolution stellst. Mit Dankbarkeit erinnere ich mich an deine Mandarinen.

Er schließt mit dem Hinweis, dass der Volkskommissar für Ernährung, der Genosse Iwan Teodorowitsch, wegen einer größeren Order von Mandarinen und Orangen für die hungernden Arbeiterinnen, Matrosen und Rotarmisten der jungen Sowjetunion demnächst an ihn herantreten werde.

Barnaba weiß nicht, wie ihm geschieht. Aber tatsächlich erscheint einen Monat später ein Bevollmächtigter des Volkskommissariats für Ernährung, um ihm eine komplette Ernte abzukaufen. Die Verhandlungen sind zäh, die junge Sowjetunion steckt finanziell in einer Klemme, am Ende verdient Barnaba fast nichts an den beiden Schiffsladungen, die er nach Odessa auf den Weg bringt. Aber so schlecht seine Marge auch ist, sie verschafft ihm Luft, und er ist wieder im internationalen Geschäft. Der Feigenduft frischer Zahlen muntert ihn auf.

Soll ich nach Amerika gehen?

Um die Entscheidung zu beschleunigen, sucht er die Wahrsagerin in seinem Haus auf. Sie nennt sich Madame Romanov, behauptet, eine Cousine des letzten Zaren zu sein und nur dank ihrer hellsichtigen Fähigkeiten der Ermordung durch die Bolschewiken entgangen zu sein. Tatsächlich aber spricht sie das stakkatohafte, orientalische Sizilianisch aus der Kalsa und wirkt so slawisch wie eine Dattelpalme. Eigentlich kommt sie

Barnaba eher vor wie ein rosa gekleidetes Krokodil. Als er ihr Studio betritt, funkelt sie ihn misstrauisch an.

»Ich kann Euch nichts sagen, Don Barnaba«, erklärt sie ihm, noch ehe er sie um irgendetwas gebeten hat.

»Warum nicht?«

»Weil es gegen die Hausordnung verstößt und ich keinen Ärger mit Eurer Frau will, darum. Geht bitte.«

»Ich habe nur eine einfache Frage.«

»Tut mir leid. Hausordnung ist Hausordnung. Und überhaupt, seien wir ehrlich, ich kann Euch auch gar nichts sagen. Und warum nicht? Weil ich nur eine Scharlatanin bin, Don Barnaba, so, jetzt ist es heraus. Natürlich kann ich Euch sagen, was ich allen sage, dass Ihr eine alte Seele seid, dass Ihr an einem Wendepunkt Eures Lebens steht, dass Ihr bald eine große Reise machen werdet, lauter solche Dinge. Aber die Wahrheit ist, dass ich nur eine Schneiderin aus Bagheria bin und dass Ihr die Toten mit ihren griesgrämigen Visagen viel besser kennt als ich. Alles ist vorbestimmt, Don Barnaba. Die Zeit ist ein Gebilde, kein Fluss. Alles ist schon gewesen, und alles wird noch geschehen. Geschichten werden erzählt, darauf läuft alles hinaus. Aber Vergangenheit und Zukunft existieren nicht, findet Euch damit ab. Wir leben, wir sterben, und dann werden wir wiedergeboren und leben das gleiche Leben noch einmal und immer so weiter. Ihr seid nur unglücklich, weil Ihr Euch nicht an Eure Zukunft erinnert, aber es gibt keinen Grund, sich zu fürchten. Denkt nur an das Eichhörnchen.«

»Eichhörnchen?«

»Vergesst es. Wie gesagt, ich will keinen Ärger, also geht bitte, geht! Kschsch!«

Ungehalten wedelt sie ihn hinaus.

Barnaba ist es leid. Die Launen des Schicksals ist er leid, die Einsamkeit, die miesen Geschäfte und am meisten sich selbst. Und weil er keine bessere Idee hat und weil man selbst die Worte einer Scharlatanin aus Bagheria irgendwie deuten kann, beschließt mein Urgroßvater mit neununddreißig Jahren, Amerika eine Chance zu geben.

Mit einem jungen Dolmetscher namens Martino Lombardo, den ihm die Handelskammer empfohlen hat, schifft sich Barnaba in Lissabon ein, übersteht zwei stürmische Wochen auf See und landet in Tampa, Florida, wo schon die spanischen Eroberer Orangenbäume am St. Johns River gepflanzt haben.

Das mediterrane Klima und der sandige Boden sind ideal für Zitrusfrüchte, und der Markt boomt. Florida erzeugt zehn Millionen Kisten Orangen jährlich, und immer noch gibt es Land zu erwerben. Der größte Teil der Früchte wird als Saftkonzentrat in den Vereinigten Staaten verkauft. Ein Exportgeschäft existiert praktisch nicht. Barnaba kann die Zahlen bereits schmecken.

Um nicht wie ein italienischer Emigrant zu erscheinen, mietet er sich im besten Haus am Platz ein, dem Tampa Bay Hotel. Eine groteske Fantasie eines Eisenbahnmagnaten mit silberglänzenden Minaretttürmen, eine Mischung aus einem osmanischen Palast, dem Kreml und Schloss Neuschwanstein, ausstaffiert mit teurem Kitsch aus aller Welt. Der Name des Hotels ist eine Lüge, denn es liegt weit abseits der Bucht, am Ende einer eingleisigen Eisenbahnstrecke des Magnaten, damit die prominenten Herrschaften aus Amerika und Europa nur wenige Meter durch die schwülheiße Luft bis zur ersten eisgekühlten Limonade gehen müssen. Alle Zimmer haben elektrisches Licht, Telefon und eigene Bäder, sie kosten zehn Dollar pro Nacht, fast sechzig Lire, das Fünffache einer üblichen Hotelübernachtung. Dennoch nimmt Barnaba eines für sich und eines für Martino Lombardo. Er trägt weiße Leinenanzüge und einen Strohhut, er diniert mit dem jungen Winston Churchill, Sarah Bernhardt, dem Prince of Wales und Babe Ruth, der auf dem anliegenden Sportplatz den längsten *home run* der Baseballgeschichte schlägt. Das Spiel findet Barnaba langweilig, das Essen im Hotel scheußlich.

Im Tampa Bay Hotel kommt Barnaba sich vor wie unter den Fremden in Taormina damals. Als ob er endlich durch die feine Membran auf die Seite des Reichtums getreten sei, genau wie er es sich als Kind erträumt hat. Doch es fühlt sich wie eine Lüge an, genauso wie das Tampa Bay Hotel.

Mein Urgroßvater hat viertausend Dollar in bar dabei, ausreichend Visitenkarten und eine Auswahl seiner Orangenpapierchen. Er ist unerschütterlich zuversichtlich, dass dieses Land der unbegrenzten Möglichkeiten einen Unternehmer wie ihn mit offenen Armen empfangen werde. Leider erweist sich Martino Lombardo als völlige Niete. Sein Englisch reicht kaum für eine simple Konversation, den amerikanischen *slang* versteht er gar nicht. Die Termine mit den Behörden und Landbesitzern sind eine demütigende Quälerei, die Gesetzeslage ist offenbar komplexer als gedacht. Mit Martino Lombardo an der Seite kommt Barnaba sich wie ein Idiot vor. Wo auch immer die beiden elegant gekleideten Sizilianer vorstellig werden – niemand interessiert sich für seine Orangenpapiere. Alle interessieren sich nur für Geld. Alleine fünfhundert Dollar gehen für einen Anwalt mit einem Haifischgrinsen drauf.

Florida ist sumpfig, sandig und fruchtbar, es wimmelt von Leben. Das Land, wild und weit, es zerrt an seinen Nerven mit der Schwüle, den Moskitos, den apokalyptischen Gewittern und den Alligatoren, die wie Fürsten über den Hotelrasen schreiten. In den ersten zwei Wochen plagen Barnaba Kopfschmerzen bis zur Besinnungslosigkeit. Er ist ein Nachfahre von Nymphen und griechischen Piraten, er stammt aus einem alten Land, in dem unzählige Eroberer seit Jahrhunderten ihre Götter abladen. Aber dieses Land ist noch viel älter. Seit Anbeginn der Zeit lag es nur träumend da, bis junge, gierige Götter es weckten wie ein Schwarm Moskitos. Ihre Namen sind Geld, Elektrizität und Geschwindigkeit.

Die jungen Götter leben in den Salons des Tampa Bay Hotels von Pianomusik, kultivierten Gesprächen und gedämpftem Lachen. Nirgendwo liegt Staub. Aber wenn Barnaba die endlosen Zitrusplantagen besichtigt, wo nur Schwarze hacken, wässern und ernten, dann sieht er Heerscharen von traurigen Toten durch die Felder irren und kann sich denken, warum. Diese Plantagen sind größer als alles, was er bislang gesehen hat, schier unendlich fressen sie sich ins Land. Die dickbäuchigen amerikanischen *padruni* bewirtschaften sie nachlässig, auf Barnaba wirken die Bäume in einem jämmerlichen Zustand, grob gehackt, nachlässig gedüngt und völlig überbewässert. Die Qualität enttäuscht ihn, aber am Ende macht es die schiere Masse, und Amerika will Saft, immer mehr Saft.

An den kreolischen Garküchen in den Arbeitervierteln auf der anderen Seite des Flusses schmeckt es ihm allerdings endlich auch wieder. Da ist er unter seinesgleichen, unter *braccianti*, dort spürt er wieder das ruhige Schnaufen alter Götter, und seine Kopfschmerzen lassen nach. Er kommt zur Ruhe und verbringt immer mehr Zeit ohne Martino Lombardo bei den Schwarzen und Kreolen. Manchmal fühlt es sich an, als würde er aus seiner alten Realität herausrutschen und nie wieder zurückfinden.

Warum muss alles so kompliziert sein?, fragt er sich resigniert. Warum hänge ich in diesem Scheißland in diesem Scheißhotel fest, warum kann nicht mal eine Scheißsache glattgehen?

Frauen werden ihm angeboten, aber Barnaba winkt ab. Allerdings interessiert er sich für eine tätowierte alte Haitianerin mit einem riesigen weißen Alligator, die alle Sprachen der Welt spricht und die Zukunft kennt. Da er nichts Besseres zu tun hat, fragt er sie um Rat.

Der weiße Alligator neben ihr scheint zu schlafen, aber als Barnaba sich unbehaglich in einigem Abstand von ihm auf einen Stuhl setzt, öffnet er ein Auge, und Barnaba hört ihn murmeln: *Vergangenheit wird, Zukunft war. Glück und Unglück sind eins. Geschichten müssen erzählt werden. Lerne von den Eichhörnchen.*

Dann schließt er das Auge wieder, um weiterzuträumen. Ein bisschen verwundert es Barnaba, dass ein sprechender Alligator ihm das Gleiche sagt wie eine sizilianische Wahrsagerin. Andererseits hat er schon genug seltsame Dinge erlebt.

»Stell eine Frage«, erklärt ihm die Haitianerin in einem Italienisch, das wie Blätterrauschen klingt. »Aber sag sie mir nicht. Stell sie dir nur vor. Eine einfache Frage. Hast du sie?«

Und Barnaba denkt: *Wer sind wir?*

»Falsche Frage«, murmelt die Wahrsagerin. Träumerisch tätschelt sie den weißen Alligator. »Die Frage muss mit Ja oder

Nein zu beantworten sein. Denk fester. Denk an nichts anderes, nur an diese eine Frage.«

Es sind jedoch so viele Fragen, die Barnaba durch den Kopf schwirren, er kriegt kaum eine zu fassen. Schließlich denkt er trotzig:

Findet mich das Glück?

»Macht einen Dollar.«

Der weiße Alligator blinzelt, und während sie den Schein in einer Rocktasche verschwinden lässt, sagt die Wahrsagerin: »Du solltest dich besser auf deine Arbeit konzentrieren.«

»*Das* ist die Antwort?«

Die Haitianerin nickt.

Wie immer bei Orakeln eine wenig befriedigende Antwort. Barnaba hatte zumindest etwas Rätselhaftes erwartet, stattdessen soufflìert der weiße Alligator seiner Herrin deutsche Tugenden. Mürrisch kehrt er ins Tampa Bay Hotel zurück, wo Martino Lombardo auf seine Kosten das süße Leben genießt, Cocktails trinkt und mit einer englischen Witwe anbandelt. Als Barnaba ihn zurechtweist, stiehlt sich Martino Lombardo mit weiteren fünfhundert Dollar, die für den windigen Anwalt bestimmt waren, davon, um sich im Land der unbegrenzten Möglichkeiten als Gigolo selbstständig zu machen. Weit kommt er allerdings nicht, noch auf dem Grundstück des Hotels wird er von einem Alligator angefallen. Man hört zwar seine Schreie, aber außer seinem Boater und einigen Dollarnoten in der Nähe des Flusses gibt es keine Spur mehr von Martino Lombardo.

Barnaba steht nun ohne Dolmetscher da, in diesem wilden Gewitterland, und seine Barmittel schwinden schneller als das Tageslicht. Viel Land wird er für die restlichen zweieinhalbtausend Dollar abzüglich seiner Spesen kaum noch kriegen. Die Hotelleitung bittet Barnaba bereits, seine Rechnung zu begleichen, da sie um seine Zahlungsfähigkeit fürchtet.

Aber das ist noch nicht das Schlimmste. Denn das Schlimmste ist das Heimweh. Ein schreckliches, namenloses Heimweh, das Barnaba zusammen mit der Einsamkeit beutelt und würgt. Trübselig wandert er durch die dampfende Luft der überladenen Salons des Tampa Bay Hotels. Wie durch sein großes Haus in Catania oder noch früher durch den Palazzo Manganelli. Mit dem Unterschied, dass die traurigen Gespenster, denen er hier begegnet, Ureinwohner des sumpfigen Landes sind, deren Stamm man beim Bau des Hotels massakriert hatte.

Und als er so bedrückt durch das quecksilberne Licht und den Kitsch des Tampa Bay Hotels wandert, entdeckt er das Bild. Es hängt in der Ecke eines Salons zwischen einem Piano und einer Vitrine mit Nippes, und es fällt ihm auch nur auf, weil eine traurige tote Ureinwohnerin es betrachtet. Es ist ein altes Foto. Es zeigt den zehnjährigen Barnaba als zornigen Polyphem. Genau das Foto, das er bei Zia Melina zurückgelassen hat. Und in diesem Moment, als Barnaba das Foto wiedersieht, das irgendwie durch einen Spalt zwischen Raum und Zeit gerutscht und auf geheimnisvollen Wegen nach Florida gelangt ist, bekommt sein Heimweh einen Namen: München.

MÜNCHEN 1923

Im Januar steht der Dollar bei fünfundzwanzigtausend Mark. Der Milchpreis steigt auf dreihundertachtzig Mark pro Liter, eine Semmel kostet fünfzig, ein Brot vierhundert Mark. Um die horrenden Kriegsschulden zu begleichen, hat die neue Regierung in Weimar die Goldbindung der Mark aufgehoben und zu viel Geld gedruckt. Zu viel Geld trifft auf zu wenig Ware, die Inflation steigt. Die Besetzung des Ruhrgebiets durch französische Truppen heizt die Börsen zusätzlich an, die Spekulanten wittern fette Beute. Im April kostet die Milch bereits doppelt so viel, die Mieten erhöhen sich um das Hundertfünfzigfache. Barnabas Geschäfte laufen bestens.

Die veränderten Ausländergesetze der Weimarer Republik machen es möglich, dass er sich unbefristet im Reich aufhalten und sogar Eigentum erwerben kann. Es gibt Regelungen zur Unfall- und Krankenversicherung und zur Rente. Auch wenn Mario Buscemi die Großmarkthalle inzwischen dominiert, kann Barnaba mit seinem Stand, den er drei Jahre zuvor eröffnet hat, nicht klagen. Es ist ein hartes, riskantes, derbes Geschäft, aber München will Mandarinen. Die Deutsch-Italienische Handelskammer in Mailand hat ihm einen Dolmetscher und Steuerberater vermittelt. Max Versani, in München geboren, ist ein junger Mann mit stürmischen Haaren und einem klassisch-römischen Gesicht. Deutsch ist praktisch seine Muttersprache, er weiß sich zu kleiden, und vor allem ist er diskret und loyal. Er ist Italiener und Münchner in einem, kann sowohl mit Bierkutschern als auch mit den Herren vom Finanzamt. Er hat Charme, ohne schmierig zu wirken. Barnaba hat sofort Gefallen an ihm gefunden. Jeden Tag um neun Uhr, wenn das Großmarktgeschäft abflaut, kommt Versani, um die Abrechnung zu machen, und begleitet ihn dann den ganzen Tag über. Er kümmert sich um Verträge, die Steuern und ist jederzeit zur Stelle, wenn Barnaba ihn zum Übersetzen braucht.

Mein Urgroßvater ist zufrieden mit seiner Entscheidung, selbst ins Großmarktgeschäft einzusteigen. Nach dem Krieg hat der Münchner Stadtrat alles getan, um die Lebenssituation der Münchner wieder zu verbessern und die Stadt zum Umschlagplatz für den gesamten Warenverkehr aus Italien zu machen. Dazu wurde auch der Großmarkt um Bürohäuser und Kontore erweitert, wurden die Gleisanschlüsse verbessert. Seit dem Bau der Großmarkthalle hat sich der Warenfluss vervierfacht.

München boomt. Zwischen München und der Reichshauptstadt Berlin fliegen Zeppelin-Luftschiffe im Linienverkehr hin und her und Postflugzeuge über die Alpen nach Mailand. Die Züge werden schneller, in München fahren fast siebentausend Automobile, es gibt stabile Telefonverbindungen ins gesamte Reich und regelmäßige Rundfunksendungen. Immer mehr Unternehmen werden zu Aktiengesellschaften. In Barnabas Brieftasche steckt ein neuer Glücksschein.

Als dann im Februar die Inflationsspirale beginnt, versteht er sofort, was die Stunde geschlagen hat. Das Wasser kommt, und Barnaba rudert wie verrückt. Auch ohne Nachrichten zu lesen, kann er dem Geld seinen rasanten Verfall bereits an den Verfärbungen der Zahlen ansehen. Doch sein Vorteil ist, dass er weiterhin Mandarinen nach Moskau liefert, weit unter Preis zwar, aber immerhin zahlen sie in Dollar. Mit den Dollars kauft mein Urgroßvater in München, ohne lange nachzudenken, Taschenuhren, Fotoapparate und Pelzmäntel und verfrachtet sie nach Italien, wo meine Urgroßmutter sie zwar wieder weit unter Preis an einen Händler losschlägt, aber das spielt alles keine Rolle. Der Gewinn ist real, die Mark fällt ins Bodenlose, selbst die Lira ist tausendmal mehr wert. Das Einzige, was zählt, ist jetzt Geschwindigkeit. Und *roba*. Barnaba muss schnell sein, schnell wie damals als *panararu*, die Arme voller Körbe, muss er hin und her flitzen. Ein Wettlauf gegen die Zeit, denn wenn er nicht aufpasst, nachlässt oder stolpert, kann er alles wieder verlieren. Bei jedem guten Geschäft reckt er die Arme und ruft: *»Uno, due – tagghia!«*, nur aus Sentimentalität an seine kurze harte Kindheit, die ihn alles gelehrt hat.

Im Juni wird der Dollar mit fast hunderttausend Reichsmark notiert. Wie im Rausch kauft Barnaba, was er kriegt – Motorräder, Automobile, Uhren, Porzellan, Schmuck, Schreibmaschinen, Staubsauger und die ersten Rundfunkgeräte. Hauptsache teuer, modern und deutsch. In Italien werden ihm diese Dinge von einer neuen Oberschicht aus der Hand gerissen. Versani führt über alles genau Buch, legt Listen und Dossiers des Waren- und Geldflusses an und Listen der Leute, die unterwegs geschmiert werden müssen. Er kennt die Kosten der Lagerhallen in Catania und der Sicherheitsfirma, die neuerdings Barnabas Transporte begleitet. Dafür erhält er eine kleine Beteiligung, und so legt er sich ins Zeug, vor allem bei den Zollangelegenheiten. Barnaba hat dennoch sämtliche Zahlen im Kopf, sie wehen wie bunt gemusterte Vorhänge vor seinen Augen. Nie war er mehr in seinem Element, nie zuvor oder danach hat er mehr Vergnügen am Kopfrechnen als in jenen Monaten der Hyperinflation, nie hat er sich lebendiger gefühlt.

Seine Früchte verkauft er in München nicht mehr gegen Geld, sondern tauscht sie en gros gegen Luxuswaren. Als ein Münchner Gemüsehändler ihm sein Haus im Sendling anbietet, wenn er ihn nur weiter beliefert, überlegt Barnaba nicht lange und kauft es ihm per Handschlag ab. Im Nu erwirbt er Wohnungen und Häuser wie Semmeln. Versani erledigt hastig alles Schriftliche und verschafft Barnaba mit den Immobilien als Sicherheit bei der Dürck-Bank einen Kredit über fünfhundert Millionen Mark, kurz darauf gleich den nächsten über eine Milliarde Mark. Für das Geld kauft Barnaba umgehend wieder Luxuswaren, bevor das Geld nichts mehr wert ist, und lässt sie nach Italien transportieren. Dazu nutzt er inzwischen den Güterbahnhof des Großmarkts. Die Wege sind kurz. Seit er nach München zurückgekehrt ist, hat er für vierzig Mark im Monat eine kleine Dreizimmerwohnung in der Thalkirchner Straße gemietet, mit Toilette im Stiegenhaus, die er sich mit zwei anderen Familien teilen muss. Zum Baden geht er dreimal die Woche ins Müller'sche Volksbad. Im Vergleich zu seinem Palazzo in Catania ist die Wohnung ein Loch, aber irgendwie erinnert sie ihn an seine Zeit bei der Signora Grasso in Palermo. Eigentlich sollte sie nur eine Übergangslösung sein, aber inzwischen sind drei Jahre vergangen, er weiß auch nicht, wo sie geblieben sind.

Im Salon hängt das Foto von ihm, das er dem Tampa Bay Hotel abgekauft hat, und erinnert ihn, woher er kommt und wohin er will. Morgens in aller Frühe schlendert er über den

Südfriedhof zum Großmarkt, denn aus alter Gewohnheit geht er gerne zu Fuß zur Arbeit. Um den Haushalt kümmert sich eine ältere Münchnerin, die Frau Schlickenrieder, die inzwischen auch gelernt hat, wie man einen Oktopus zubereitet, und die ihm morgens die Brotscheiben röstet. Frische Feigen sind in München allerdings nur schwer zu kriegen, aber einmal in der Woche kommt der Eismann mit seinem Pferdewagen und trägt dicke Eisstangen in die Küche, denn Eis und frisch gepresste Säfte sind für Barnaba immer noch ein Symbol von Wohlstand. Manchmal treten fahrende Sänger im Hof auf, singen die Bayernhymne oder »Beim Hollerstrauch«. Barnaba kann die Lieder inzwischen recht und schlecht mitsingen, auch wenn er kein Wort versteht, und wirft diesen bayerischen *cantastorie* jedes Mal eine Mark herab.

Wenn er das Haus verlässt, sitzt da der Dienstmann Hiendlmayer auf einer Holzkiste und wartet auf Aufträge. Der Hiendlmayer trägt Koffer und Kisten, klopft Teppiche, schlägt Nägel in die Wand und räuchert die Ratten aus, wenn es sein muss. Auch Barnaba erteilt ihm öfter Aufträge, genauso wie es der Baron mit seinem Vater und Mariano Bagarellas Vater gemacht und sich so einen Ruf in Taormina erworben hat.

»*Grüaß Gott, Herr Carbonari*«, sagt der Hiendlmayer, wenn Barnaba aus dem Haus kommt.

»*Griaßa God*«, grüßt Barnaba leutselig zurück, denn er weiß, so jemand wie der Hiendlmayer, der ist viel mehr als nur ein Dienstmann, der ist das Auge und das Ohr und der Mund des ganzen Sendling.

Den Kindern, die im Sommer ohne Schuhe auf der Straße Schussern oder Fangermandl spielen, gibt er fünf Pfennig dafür, dass sie seine Toilettenschüssel an der Isar ausleeren, manchmal kauft er ihnen in der Bäckerei Russisch Brot oder Warschauer vom Vortag, ein billiges Hefegebäck aus Resten, das so ärmlich ist, wie es köstlich schmeckt. Die Thalkirchner Straße ist nicht die Kalsa, aber hier gibt es Bäcker, Polsterer, Metzger, Lebensmittelläden, Feinkostläden, Obsthändler, Zuschneider, Schlossereien, Druckereien, Milchläden, Kurzwaren- und Modegeschäfte.

Barnaba fühlt sich wohl in München. Manchmal empfängt er in seiner Wohnung auch gegen Bezahlung die eine oder andere diskrete Geliebte, aber er achtet darauf, es nicht zu übertreiben. Er will sich in München den Ruf als gut situierter Geschäftsmann erwerben, denn nach einer neuen »Bekanntmachung über Aufenthalts- und Zuzugsbeschränkungen« im Freistaat Bayern muss er sich regelmäßig bei der Ortspolizei melden. Die Zeiten der Ausschweifungen sind also vorbei.

Er ist jetzt dreiundvierzig. Ein Mann in den besten Jahren. Pina unterstellt ihm zu Recht, dass er in München Geliebte habe, auch wenn Barnaba es lebhaft abstreitet. Sie hat ihm sogar angedroht, überraschend dort zu erscheinen und jede Frau zu töten, die sie in seinem Bett erwische. Aber besucht hat sie ihn in der ganzen Zeit trotzdem noch nie. Ihre Eifersucht richtet sich gegen Deutschland, gegen München und wächst zu einem Vorwurf heran, den sie allerdings niemals ausspricht. Manchmal denkt Barnaba, sie sei vielleicht sogar froh, dass er nur noch alle paar Monate zurückkommt, um seine Geschäfte zu regeln, die längst sie führt. Natürlich vermisst er die Familie und Sizilien. Die Zerrissenheit ist der Preis der Freiheit, so sieht er das. Zumindest macht sie ihn weniger unglücklich, als in seinem Palazzo in Catania dem Staub beim Absinken zuzusehen.

Du solltest dich besser auf deine Arbeit konzentrieren.

Und weil er das tut, weil das Wasser da ist, weil die Geschäfte inmitten einer Hyperinflation so gut laufen wie nie und weil Sonntag ist, einer der wenigen ruhigen Momente im Sturm der Inflationswochen, lässt er sich dazu hinreißen, einen Gedanken auszusprechen, der ihm seit vergangenem November nicht mehr aus dem Kopf geht.

»Ich möchte Deutscher werden.«

Barnaba sitzt mit Versani in den holzgetäfelten Räumen der Osteria Bavaria seines Kunden Deutelmoser und isst eine *pasta alla Norma*. Versani spült mit Bier nach und zeigt auf die anderen Gäste.

»Meinst du wie *die* oder wie *die da*?«

Er deutet mit der Gabel auf zwei Grüppchen an verschiedenen Ecken des Gastraums, die sich spinnefeind sind. *Die*, das ist eine lärmende Gruppe von Bohemiens, Künstlern und Schriftstellern, die Barnaba vom Sehen aus den Haidhauser Kabaretts und Spelunken kennt. Signor Mann, den Barnaba vor vielen Jahren mit dem Baron auf dem Corso Umberto kennengelernt hat, ist auch manchmal darunter. Barnaba überlegt, ob er rübergehen und sich vorstellen soll, aber dann lässt er es immer.

Die da, das ist eine Gruppe von deutschen Nationalisten, die teilweise in braunen Fantasieuniformen die Köpfe zusammenstecken und hasserfüllt zu den Künstlern herüberstarren. Einer vor allem fällt Barnaba schon seit einer Weile auf. Ein kleiner Mann mit brennenden Augen und einem Bärtchen in einem Regenmantel, den er nie auszieht, weil er darunter eine Pistole trägt, Barnaba hat es mal gesehen. Der kleine Mann hält gerne Reden und ist gefährlich, das spürt Barnaba gleich, auch ohne zu verstehen, was er sagt. Aber dafür hat er einfach einen Instinkt. Gefährlicher noch als der Dottore Passalacqua. Auch wenn der kleine Mann mit dem Bärtchen offenbar die italienische Küche schätzt und Barnaba sogar schon mal zugenickt hat. Aber Barnaba weiß, dass es nie gut ist, für diese Leute sichtbar zu werden, also wechselt er den Tisch. Bei den braunen Fantasieuniformen seiner Spießgesellen muss er auch wieder an Bianchinis Traum von vor langer Zeit denken.

»Weder noch«, erklärt er. »Ich will einfach nur einen deutschen Pass. Kriegst du das hin?«

Jetzt blickt Versani von seinem Teller auf.

»Warum um alles in der Welt das denn?«

»Weil ich hierbleiben möchte. Und weil ich nicht möchte, dass sie mich aus dem Land werfen oder totschlagen, wenn es wieder Krieg gibt.«

»Was denn für einen Krieg? Es geht uns doch gut.«

Barnaba zeigt auf die Männer um den kleinen Mann herum.

»Wenn die an die Macht kommen, wird es Krieg geben. Und sie hassen uns.«

Versani lacht. »Das sind doch nur Spinner. Und sie lieben uns Italiener.«

Aber Barnaba weiß es besser. Als Sizilianer, der gewohnt ist, über sichere Entfernung hinweg durch Gesten zu kommunizieren, kennt er noch die vielen Nuancen des Nickens, auch das tödliche Nicken der Mafiosi. Einer wie Versani kennt sie nicht mehr.

»Fühlst du dich denn gar nicht mehr als Italiener?«, fragt Versani.

Nein, denkt Barnaba. Denn seit Mussolini im November mit Tausenden von Freischärlern nach Rom marschiert ist und die Macht übernommen hat, fürchtet er sich vor Ruggeros Zugriff. Aber er sagt:

»Wir Sizilianer haben allgemein nicht viel für Italien übrig.«

Versani hebt die Arme. Seine Familie stammt aus dem Norden, er ist in München geboren, wie soll er wissen, wie ein Sizilianer über Rom und das vereinigte Italien denkt.

»Du willst also deine Familie nachholen?«

Barnaba nickt. »Salvatore ist groß genug und könnte das Geschäft in Catania übernehmen.«

»Dann könnt ihr ja auch euren Namen eindeutschen und zu ›Köhler‹ ändern.«

Er meint es als Witz. Barnaba geht nicht darauf ein.

»Also, kriegst du das hin mit dem deutschen Pass?«

Versani verzieht das Gesicht. »Du sprichst nicht einmal Deutsch. Nimm's mir nicht übel, aber warum sollten sie dir einen deutschen Pass geben?«

Barnaba sieht hinüber zu dem kleinen Mann, und ihre Blicke begegnen sich. Barnaba erschaudert, muss an die Rüden des Dottore Passalacqua denken und schiebt seinen halb vollen Teller von sich.

»Versuch es. Was auch immer es kostet, ich will einen deutschen Pass.«

Als die Rechnung kommt und Barnaba sich beschwert, dass sie fünftausend Mark zu hoch sei, wird ihm erklärt, dass die Preise in den zwei Stunden, die sie hier sitzen, bereits wieder gestiegen seien.

Die Preise explodieren. Im Juni bezahlt man für ein Ei achthundert Mark. Ab Juli für einen Liter Milch zweitausendvierhundert Mark, für eine Semmel vierhundert, die Katastrophe ist nicht mehr aufzuhalten. Die Reichsdruckerei schwemmt

Tag und Nacht neues Geld ins Land. Als Papier knapp wird, lässt die Stadt München aus der Not heraus Gutscheine im Gesamtwert von vierhundert Millionen Mark drucken. Wer kann, setzt seinen Lohn sofort in Ware um, denn eine Stunde später kann ein Brot bereits unerschwinglich sein. Das Kilo Zitronen kostet inzwischen zwei Millionen Mark.

Alle reden nur noch über Geld. Geld, Geld, Geld. Es gibt kein anderes Thema mehr, nirgendwo. *Hast Dollars, Makkaroni? Echte richtige Papierdollars? Zeig her, gib her, was willst du dafür?* An jeder Straßenecke bieten ihm die Leute mit fiebrigen Augen alles an: Schmuck, Antiquitäten, Krempel. Nur Dollars müssen es sein, schnell muss es gehen, denn die Mark schmilzt weg wie Butter in der Pfanne, sämtliche, oft vom Mund abgesparten Rücklagen verpuffen, das ganze Leben löst sich auf, nichts bleibt. *Mach hin, Makkaroni, gib ein Dollar.* Die Pfandleihhäuser füllen sich mit dem Besitz der Leute, dem Ballast ihrer Existenz, aber dafür interessiert Barnaba sich nicht, er kauft immer nur neu.

Bäckereien werden geplündert, Schaufenster eingeworfen, alle bürgerlichen Werte rutschen unaufhaltsam einen Hang hinab. Panik erfasst die Deutschen, sie verprassen das Geld, die Spelunken und Nacktbars in der Au sind brechend voll, Kokain ist überall verfügbar.

Nicht oft, aber manchmal geht Barnaba ins Elysium oder Alhambra in Sendling und lässt sich von irgendeinem jungen *Fräulein* mit nach Hause nehmen. Sie heißen immer Babette, Rosa oder Franzi. Die *Fräulein* sind überall, sie machen nicht viele Umstände. Sie nehmen ihn an die Hand, mit in ihre kleinen Kammern in irgendeinem Hinterhaus, wo sie für Kost und Logis bei einer Witwe wohnen, die beide Augen zudrückt, wenn das *Fräulein* jede Nacht einen anderen Herrn mitbringt. Noch bevor es hell wird, schleicht sich Barnaba hinaus, lässt ein paar Dollar liegen für das *Fräulein* und auch für die Wirtin.

Ansonsten hält er sich mit Ausschweifungen zurück, und Zeit hat er ohnehin kaum. Er schläft höchstens vier Stunden, denn er muss handeln, tauschen und rudern, und solange er in Dollar zahlen kann, kann er fast alles kriegen, was er will.

Bis auf die *Naturalisation.*

Geburtsurkunde, Heiratsurkunde, Meldebescheinigung, Wohnungsnachweis, Leumundszeugnis, Wohlverhaltenszeugnis, polizeiliches Führungszeugnis, Gesundheitszeugnis, Steuererklärung, Versicherungsnachweis, Einkommensnachweis, Bescheinigung der Konfessionszugehörigkeit, Bescheinigung der Armenfürsorge. Alles, was er umständlich über Pina aus Italien beschaffen lässt, muss übersetzt und im italienischen Konsulat beglaubigt werden. Die junge Republik hat im Prinzip nichts gegen die Naturalisation von *fremdstämmigen Ausländern.* Solange sie Steuern zahlen, eine Wohnung haben und nicht im Land herumvagabundieren, Militärdienst leisten und vor allem dem Reich nicht auf der Tasche liegen.

Das Einzige, was die junge Republik ganz und gar nicht will, erklärt ihm Versani, sind polnische Juden. So ist die geforderte *Unbescholtenheit* nicht mit Straffreiheit gleichzusetzen, denn kleinere Vergehen können durchaus vernachlässigt werden. Tatsächlich ist die Auslegung vage, liegt im Ermessen der Behörden und ist nur ein weiteres Instrument, um die Polen und Juden abzuweisen.

Italiener dagegen haben zwar bessere Chancen, aber alles

dauert. Zunächst werden umfangreiche Nachforschungen im Umfeld des Antragstellers angestellt. Nachbarn werden befragt, Einzelhändler am Wohnort, Arbeitskollegen. Ist der Antragsteller dem Alkohol verfallen? Hat er außerehelichen Verkehr? Ist er zuverlässig? An die Amtsgerichte ergehen Anfragen nach schwebenden Verfahren, danach muss die Gemeinde angehört werden.

In staatsbürgerlicher Hinsicht ist zu prüfen, ob derselbe seine mit der Einbürgerung neu entstehenden Pflichten an Reich-, Länder- u. Gemeinden getreulich erfüllen wird. Vom kulturellen Standpunkt aus ist zu prüfen, ob der Gesuchsteller durch seinen langjährigen Aufenthalt in hiesiger Gemeinde die Fähigkeit bewiesen hat, sich der deutschen Eigenart u. Kulturgemeinschaft anzupassen.

Erhebt der Stadt- oder Gemeinderat keine Einwände, geht der Beschluss mit einer Empfehlung an die Kreisregierung zurück. Die schickt ihre Empfehlung dann in die Reichshauptstadt, denn alle Anträge auf Naturalisation werden im Innenministerium entschieden.

Allerdings scheitert Barnabas Einbürgerung ohnehin beinahe schon ganz zu Anfang, nämlich an seinem Deutsch, denn er muss seinen Einbürgerungsantrag persönlich auf dem Amt stellen. Zwar erklärt Versani dem Beamten, dass sein Mandant seit zwanzig Jahren erfolgreich und zum Wohle des Reichs in München tätig sei und zur Festigung seines Geschäfts und aus inniger Liebe zu Deutschland seine Einbürgerung anstrebe. Doch als der Beamte Barnaba persönlich dazu anhören will, sagt mein Urgroßvater wieder nur: »*Genau.*«

»*Ja, was jetzt?*«, fragt der Beamte.

»*Wunderbar*«, sagt Barnaba.

Ehe der Beamte sich jedoch auf die gleiche Weise veräppelt fühlen kann wie seinerzeit der bayerische Grenzbeamte, springt Versani hastig ein, dass sein Mandant fest entschlossen sei, die deutsche Sprache bis Ablauf des Jahres in einem Maße zu beherrschen, wie es von einem deutschen Reichsbürger zu erwarten sei.

»Niemals«, erklärt Barnaba ihm, als sie nach dem Termin auf ein Helles in die nächstgelegene Wirtschaft einkehren. »Ich lasse mich nicht demütigen. Außerdem bin ich dafür zu alt, und Zeit habe ich sowieso keine.«

Versani stöhnt. Sie trinken.

»Wie lange wird es dauern?«, will Barnaba wissen.

Versani hebt die Arme. »Laut Gesetz kann nur eingebürgert werden, wer sich mindestens schon zehn Jahre in Deutschland aufhält. Außerdem musst du erst deine italienische Staatsbürgerschaft abgeben.«

»Kommt nicht infrage. Ich werde Pina und die Kinder nicht staatenlos machen. Das wäre auch der Todesstoß fürs Geschäft.«

»Du willst zwei Staatsbürgerschaften?«

Barnaba schlägt mit der Hand auf den Tisch. »Ich bin Deutscher *und* Italiener. Es reicht, wenn ich eine von beiden Sprachen spreche.«

Versani hebt ergeben die Hände. Und als Barnaba sich etwas beruhigt hat, sagt er: »Es könnte hilfreich sein, wenn du in gewissen Kreisen sichtbar würdest.«

Als bekannt wird, dass der Circus Krone in der Marsstraße kaum noch Futter für seine Tiere kaufen kann, springt Barnaba ein und verschenkt sein Obst und Gemüse. Am nächsten Tag steht sein Name in der Zeitung, und Barnaba erhält die ersten Einladungen zu Soireen der besseren Münchner Gesellschaft. Versanis Plan scheint aufzugehen.

Dafür bricht das Großmarktgeschäft von Mario Buscemi zusammen. Anders als Barnaba hat Buscemi zu Anfang des Jahres noch geglaubt, dass sich die Situation schnell wieder beruhigen werde, nun ist es zu spät, um wie Barnaba auf Luxuswaren umzusteigen, zumal er auch kein Dollargeschäft hat, das ihm harte Devisen bringen würde. Im September ist er bankrott und bittet Barnaba um Hilfe.

»Du kannst dir vielleicht vorstellen, wie schwer mir das fällt, Nino.«

Barnaba schüttelt den Kopf. »Du bist mein Freund, Mario.« Aber da er den Freund nicht mit seiner Großzügigkeit beleidigen will, stellt er ihm die übliche Frage. »Was kannst du für mich tun?«

»Ich überschreibe dir mein Haus.«

»Willst du mich beleidigen, Mario?«

Buscemi überlegt kurz. »Falls ich jemals wieder auf die Füße komme, werden wir wieder Konkurrenten sein. Aber ich verspreche dir, dass ich deine Kunden nie aktiv abwerben werde.« Und trotzig fügt er hinzu: »Und trotzdem werde ich eines Tages wieder die Nummer eins auf dem Großmarkt sein.«

Im August kostet ein Pfund Margarine eine halbe Million, ein guter Anzug zwanzig Millionen Mark. Die zweihunderttausend Mark, die die Frau Schlickenrieder im Monat bekommt, reichen nicht einmal mehr für das Nötigste. Daher bezahlt Barnaba sie fortan in Dollar aus und bringt ihr für die Familie Früchte und Gemüse vom Großmarkt mit. Sogar Ärzte lassen sich nur noch in Naturalien entlohnen. Obwohl eigentlich genügend Ware vorhanden ist, fehlt stabiles Geld, um sie zu kaufen. Barnaba investiert inzwischen in Gold, weil es einfacher zu transportieren ist und weil er so eine Ahnung hat, wie die Inflation sich entwickeln wird, denn die Spirale der Geldentwertung dreht sich unaufhaltsam weiter.

Im Oktober steht der Dollar bei vierzig Milliarden Mark. Eine Semmel kostet fünf Millionen Mark. Deutsch lernt Barnaba nicht. Für ein paar Wochen versucht er es sogar nachts mit einem Studenten, den ihm die italienische Handelsvertretung vermittelt hat, aber die Sprache will sich ihm nicht öffnen. Anders als Zahlen haben Worte einfach keine Farben für ihn, er kann sie nicht schmecken. Immerzu denkt er ans Geschäft, an die Zahlen, den Warenfluss – und schmeißt den Studenten schließlich frustriert hinaus. Er will Deutscher werden. Je mehr er darüber nachdenkt, umso mehr will er es. Er ist kein mittelloser *bracciante*, er ist ein Geschäftsmann. Er hat Wunder gesehen und solche bewirkt. Er will Deutscher werden mit Leib und Seele und Pass und allen deutschen Tugenden. Und davon wird er sich von der deutschen Sprache nicht aufhalten lassen.

Auf Einladung von Carl Krone besucht Barnaba im Oktober widerwillig eine politische Kundgebung im Holzbau des Circus, auf der der kleine Mann aus der Osteria Bavaria spricht. Barnaba versteht kein Wort, aber er versteht, was der kleine Mann *will*, als seine Stimme sich überschlägt, als er die Fäuste ballt und die Menge ihm zujubelt. Da denkt er, dass es vielleicht doch besser sei, wieder unsichtbar zu werden. Auf dem Rückweg sieht er, wie am Sendlinger-Tor-Platz eine Frau vor Entkräftung zusammenbricht. Die Arztwitwe hat seit acht Tagen nichts mehr gegessen. Barnaba bringt sie mit Versani nach Hause und schenkt ihr zwei Milliarden Mark. Aber er weiß, auch das wird nicht lange reichen.

Im November versucht der kleine Mann mit dem Bärtchen aus der Osteria Bavaria einen Putsch. Zusammen mit einem Stoßtrupp dringt er in den Bürgerbräukeller ein, wo der bayerische Regierungspräsident von Kahr eine Kundgebung abhält, feuert mit seiner Pistole an die Decke, erklärt die Regierung für gestürzt und sich selbst zum Vorsitzenden einer neuen Reichsregierung. Am nächsten Tag marschiert er mit weiteren Kampfbundtruppen zur Feldherrnhalle. Bei einem Schusswechsel mit einer Hundertschaft der Landespolizei werden fünfzehn Putschisten, vier Polizisten und ein unbeteiligter Oberkellner getötet. Der kleine Mann im Regenmantel entgeht dem Kugelhagel nur wie durch ein Wunder und wird drei Tage später in Uffing am Staffelsee gestellt. Nach neun Monaten Festungshaft unter großzügigsten Bedingungen kommt er wieder frei und hatte gerade genug Zeit gehabt, um seinen Zellengenossen ein Buch zu diktieren, in dem er bereits alles ankündigt, was er mit Deutschland, den Juden und der ganzen Welt vorhat, das jedoch kaum jemand lesen wird.

Im November steht der US-Dollar bei vier Billionen Mark. Ein Ei kostet dreihundert Milliarden Mark, der Liter Milch vierhundert Milliarden, ein Kilo Mandarinen achthundert Milliarden. Geld wird nicht mehr gezählt, sondern kiloweise gewogen und in Schubkarren transportiert. Statt unbezahlbarer Kohlen wird bündelweise Geld verheizt. Barnaba zahlt seine Kredite bei der Dürck-Bank aus der Portokasse zurück, und seine Zahlen duften nach Feigen.

Mit dem deutschen Pass hat es zwar noch nicht geklappt,

aber dafür ist er jetzt reich. Richtig reich. Als im Dezember die Rentenmark eingeführt und die Mark wieder an den Goldstandard angepasst wird, als der Wahnsinn endet und er seine hastig getauschten Immobilien an die Bank verkauft, ist mein Urgroßvater so reich, wie er es sich in seinen verzweifeltsten Kindheitsträumen als zorniger Polyphem nicht hätte vorstellen können.

Zu Weihnachten ist er wieder in Catania, gerade rechtzeitig zur Geburt seines Sohnes Giuseppe. Da ist meine Urgroßmutter neununddreißig und erklärt meinem Urgroßvater, dass nach zweiundzwanzig Geburten und sechs gesunden Kindern nun Schluss sei. Barnaba ist alles recht. Todmüde legt er sich hin und schläft vier Tage durch. Danach verkündet er seiner Familie, dass sie im nächsten Jahr nach München umziehen würden.

Schweigen. Die drei Frauen sehen sich an.

»Und wer kümmert sich dann hier ums Geschäft?«, will Pina wissen.

»Salvatore. Mit achtzehn ist er alt genug. Sobald ich ihn überall eingeführt habe, kann er ohne Probleme das Geschäft übernehmen. Nicht war, Salvo?«

»Ich will aber nicht«, sagt Salvatore mürrisch. Er hat eine hohe Stimme, ist groß geworden und massig, ein wahrer Koloss. Barnaba kann sich nicht erinnern, wann das passiert ist. In den vergangenen drei Jahren war er allerdings auch nur noch selten in Catania gewesen, also vermutet er, dass Salvatore im letzten halben Jahr einen Sprung gemacht hat.

»Was soll das heißen, du willst nicht?«

Salvatore schweigt bedrückt.

»Er will Opernsänger werden«, erklärt Pancrazia an seiner Stelle. »Er hat so eine schöne Stimme. Wir wollen ihn nächstes Jahr aufs Konservatorium schicken.«

»Ich kann das Geschäft übernehmen, *papà*«, meldet sich Nino, aber Barnaba ignoriert ihn.

»Warum weiß ich davon nichts?«

»Nun, dann weißt du es jetzt.«

MÜNCHEN 1933

Die allgemeinen Umstände geben dazu wenig Anlass, und er merkt es ja selbst kaum, aber er lächelt tatsächlich. In seinem dreiundfünfzigsten Lebensjahr sitzt mein Urgroßvater auf dem Flur der Entbindungsstation der Frauenklinik in der Maistraße und wartet auf die Geburt von Franz. Es ist das Jahr, in dem auch sein Sohn Salvatore zum zweiten Mal Vater wird und in dem auch meine Tante Pancrazia, genannt Maria, in Catania auf die Welt kommt. Ein bleierner Maiabend aus Gewitterluft, Bohnerwachs und Desinfektionsmitteln. Irgendwo hinter der Flügeltür am Ende des Flurs liegt der Kreißsaal, wo Helene wahrscheinlich gerade unter Wehen schreit. Zweiundzwanzigmal hat Barnaba Pina zu Hause so schreien gehört, aber diesmal herrscht Stille, es ist sein erstes Mal auf einer Entbindungsstation. Die Station ist hell und sauber, aber sie will ihn nicht. Er kommt sich vor wie Staub im Getriebe eines sterilen Organismus.

Trotz des milden Frühlingswetters trägt Barnaba immer noch seinen Wollmantel mit dem Pelzkragen, der nach Zigarillorauch und Aftershave riecht. Er hat einen Bauch bekommen, einen kompakten prallen Wohlstandsbauch, wie seine Mutter es sich immer gewünscht hat. Er könnte stolz auf das Erreichte sein, aber wie verloren sitzt er auf einer Bank und dreht seinen Hut in den Händen zwischen den Beinen, als warte er ungeduldig auf einen Zug oder müsse gleich los.

Dabei muss er das gar nicht, er hat Zeit. Ihm ist nur kalt, er weiß auch nicht, warum, und der feste Wollstoff und der Pelz fühlen sich an wie ein schützender Panzer. Eine Bank weiter sitzt Musumeci und zinkt traurig sizilianische Spielkarten. Barnaba fragt sich kurz, wo er die herhat, aber ansonsten ignoriert er den vertrauten *patruneddu*. Immerhin ein bisschen Gesellschaft. Helene ist seit zwei Stunden im Kreißsaal, aber niemand kommt und spricht mit ihm.

Es ist still auf der Station, draußen marschiert schon wieder die SA. Der Widerschein ihrer Fackeln malt rauchige Flecken an die Decke, Barnaba spürt die Vibrationen der Schaftstiefel im Gleichschritt unter seinen Fußsohlen. Sie grölen schon wieder das Horst-Wessel-Lied, und Barnaba, Sohn eines *cantastorie*, versteht genug von Liedern, um zu wissen, dass dieses hier nichts anderes als rohe Mordlust ausdrückt. Dass seine dumpfen Takte aus einer Hölle aufsteigen, wo empfindungslose Teufel sich an Schmerzen und Leid mästen, ohne jemals satt zu werden.

Um die verhasste Melodie aus seinem Kopf zu verdrängen, summt er leise »Vitti 'na crozza«. Am liebsten würde er sich von der Bank erheben und den Stationsflur mit seiner Stimme füllen, aber er knetet nur weiter seine Hutkrempe.

Barnaba hat sich nie um Politik geschert, aber seit der kleine Mann aus der Osteria Bavaria Reichskanzler geworden ist, macht er sich Sorgen um die Zukunft. Manchmal kommt der kleine Mann mit dem Flugzeug aus Berlin nach München geflogen, hält Reden vom Balkon in dem braunen Eckhaus am Königsplatz. Und die Münchner jubeln ihm zu, die jungen vor allem. In der ganzen Stadt wehen Hakenkreuzfahnen. Zwei Tage zuvor wurden auf dem Königsplatz Bücher verbrannt, und Barnaba, der nicht lesen und schreiben kann, aber Bücher sammelt, fand den Anblick unerträglich. Überall machen braun uniformierte Schläger Jagd auf Sozialdemokraten, Liberale und Kommunisten, überhaupt auf jeden, der sich kritisch äußert. Schupos patrouillieren zusammen mit *Hilfspolizisten* von der SA durch die Straßen, von denen jeder immer einen Schäferhund mitführt. Barnaba wird jedes Mal übel bei dem Anblick, denn es erinnert ihn an die Rüden des Dottore Passalacqua. Jeden Tag denkt er inzwischen an Bianchinis Traum vor vierunddreißig Jahren, den er damals absurd fand. Aber so wird es kommen, Barnaba hat nur noch wenig Zweifel, denn die Braunen kleben bereits Zettel mit Warnungen an die Geschäfte der jüdischen Einzelhändler, oft schmieren sie einfach nur mit Farbe KAUFT NICHT BEI JUDEN! an die Schaufenster. Wer sich wehrt, wird zusammengeschlagen und abtransportiert wie Abfall.

Meistens werden die Leute nachts aus ihren Wohnungen gezerrt, man kann sie schreien hören, aber niemand wagt einen Blick aus dem Fenster. Manchmal werden sie aber auch auf offener Straße überfallen und mit Lastwagen verschleppt. In Dachau, so hört man, haben die Braunen ein provisorisches Lager errichtet, wo sie Leute foltern und umbringen. Niemand spricht offen darüber, aber hinter vorgehaltener Hand werden Gräuelgeschichten aus Dachau erzählt.

Lieber Gott, mach mich stumm, dass ich nicht nach Dachau kumm, beten die Kinder vor dem Schlafengehen und kassieren Ohrfeigen von ihren Eltern, wenn sie es zu laut tun.

Barnaba kennt das alles noch aus seiner eigenen Kindheit. Das Gesetz des Schweigens, als die Brunnen sich mit Leichen füllten. Als die Brüder Crisafulli mit durchgeschnittenen

Kehlen auf den Gleisen lagen, als sie den Schmied Tumino am helllichten Tag mit einem Kopfschuss erledigten, als sie Gianni Capra und Pino Occhipinti erschossen, als man Placido Cassia mit einem Strick um den Hals in einer Grube fand, die so voll war mit Knochen, dass man einen Karren brauchte, um sie fortzuschaffen. Als sie Vito Scuzzulato die Hände abhackten, als sie Cicci Gulotta erwürgten und Peppe Fiorello mit einem Gewehrkolben den Schädel zertrümmerten.

Barnaba stöhnt leise, als er merkt, dass er sich nach über vierzig Jahren immer noch an die Namen erinnert, als sei er eine lebende Gedenktafel. Er weiß also, was gerade mit Deutschland geschieht. Alle wissen Bescheid, niemand redet, wer aufmuckt, verschwindet. Barnaba ist überzeugt, dass es Krieg geben wird, denn wozu sonst die Uniformen? Natürlich wird es Krieg geben.

Aber, beruhigt er sich selbst, all das betrifft ihn am Ende nicht. Er ist ein respektierter Münchner Geschäftsmann, der sich aus der Politik heraushält.

Was allerdings nicht ganz stimmt, denn ein Jahr nach der Inflation bricht mit Lenins Tod und zahlreichen Säuberungen durch seinen Nachfolger Barnabas Russlandgeschäft ein. Und obwohl ihn das Russlandgeschäft während der Inflation gerettet hat, bemüht Barnaba sich nicht, das Geschäft wiederzubeleben. Trotz einer gewissen sentimentalen Zuneigung zu den Ideen seiner revolutionären Untermieter in Catania will er nicht in den Verdacht geraten, ein kommunistischer Agent zu sein.

Er zahlt seine Steuern und Abgaben, er sorgt für seine Familie in Catania, die sich hartnäckig weigert, ihm nach Deutschland zu folgen, er spendet an die Kirchengemeinde, an den

Volksbund, den Turnverein, die Kunstsammlung. Er versorgt seine Münchner Nachbarn mit Orangen und Mandarinen, er kann inzwischen *Oans, zwoa, gsuffa* sagen und *Mei, da schau her* und *Sakramentifix* und *Scheißdreck*. Man schätzt seine Großzügigkeit, man grüßt ihn freundlich auf der Straße. Er gehört jetzt dazu. Zum Oktoberfest lädt er ins Bierzelt ein, und im Januar gibt er jedes Jahr einen großen Empfang in der neuen, repräsentativen Wohnung in der Westermühlstraße, zu dem auch Persönlichkeiten der Münchner Gesellschaft erscheinen. Zu seinen Bekannten und Freunden gehören Beamte der Landesregierung, Professoren, Brauereibesitzer und ein paar Künstler. Sogar der Signore Mann war einmal da. Aber am Ende, das weiß Barnaba selbst, bleibt er ein *Ausländer*. Ein *Makkaroni*. Denn einen deutschen Pass hat er noch immer nicht.

Dreimal wurde sein Antrag in den vergangenen zehn Jahren abgewiesen, nie gab es eine Begründung. Mit zyklopischer Sturheit hat Barnaba es nach zwei, drei Jahren wieder versucht, aber allmählich vergällen ihm die Hakenkreuzfahnen die Zuversicht. Trotzdem will Barnaba es weiter versuchen, schon wegen Helene und dem Kind, das sie irgendwo hinter der Flügeltür gerade zur Welt bringt.

Bei den Stationsschwestern ist gerade Schichtwechsel, Barnaba hört sie tuscheln, hin und wieder werfen sie ihm Blicke zu. Er weiß schon, warum. Er ist Italiener, er ist der Vater des Kindes, er ist vierundzwanzig Jahre älter als die Mutter, aber nicht ihr Ehemann. Barnaba weiß, dass er suspekt ist. Dennoch lächelt er. Er merkt es selbst kaum, aber er lächelt, wenn er an Helene denkt, denn es ist ihr Lächeln, in das er sich verliebt hat. Dieses Lächeln, in dem alle Weisheit und Nachsicht der Welt liegt und alles, was er an Deutschland liebt.

Aber nun malt dieses Deutschland rauchigen Schrecken an die Decke. Barnaba erhebt sich und wandert nun nervös den Flur auf und ab. Er will sich ein Zigarillo anzünden, aber sofort schießt eine der Stationsschwestern aus ihrem Kabuff.

»Rauchen verboten!«

Der Klang ihrer Stimme durchschneidet die Stille. Barnaba deutet gelassen auf den Aschenbecher am Ende des Gangs.

»Hier ist Rauchen verboten. Verstehn's koa Deutsch ned?«

Also lässt er das eben mit dem Zigarillo.

»Als Eber hast du mir besser gefallen«, murmelt Musumeci von der Bank.

»Kschsch. Was weißt du schon.«

»Vergiss nicht, wem du dein Glück verdankst.«

»Einen Scheiß schulde ich dir.«

»Ohne mich wärst du nie dort, wo du jetzt bist.« Musumeci mischt das Kartenspiel. »Karte?«

»Settebello«, sagt Barnaba. *Die schöne Sieben*, die Sieben der Münzen, die Glückssieben der sizilianischen Karten. In vielen Spielen bringt sie einen Extrapunkt, wenn man sie am Schluss noch auf der Hand hat. Denn im Leben wie im Spiel belohnt das Glück diejenigen, die es bis zum Schluss zu halten verstehen.

»Wie gewöhnlich«, mault Musumeci. »Alle nehmen immer die *Settebello.*«

Er hält ihm die aufgefächerten Karten hin, Barnaba zieht eine. Die *Settebello.*

»Du hast sie gezinkt.«

»Aber du hast sie gezogen«, zischt Musumeci. »Gezinkt und gezogen, ohne mich wärst du nichts.«

Der Stationsflur verwandelt sich in einen Bahnsteig, füllt

sich mit Menschen, die achtlos durch ihn hindurchgehen. Barnaba erkennt den Bahnhof von Giardini sofort wieder. Am Ende des Bahnsteigs steht Pina, zwölfjährig, mit einer Tüte warmer *cornetti* in der Hand, und sieht ihn durchdringend an, als ob sie sich in diesem Moment an ihre Zukunft erinnere.

»Lass das!«, fährt Barnaba Musumeci an. Als er bemerkt, dass die Stationsschwestern ihn beobachten, senkt er die Stimme. »Du hättest Pina umgebracht, wenn ich dich nicht getötet hätte.«

»Aber jetzt bin ich nun mal euer *Settebello.* Hab's mir nicht ausgesucht.«

Die Illusion verschwindet. Barnaba setzt sich neben seinen traurigen *patruneddu* auf die Bank.

»Was willst du?«

»Nach Hause. Ich bin so müde. Aber ich muss dir folgen bis zum Ende. Willst du dich etwa scheiden lassen und für immer in dieser Stadt der Dumpfheit bleiben?«

»Ich werde Pina niemals verlassen.«

»Dann kehr zurück zu deiner Frau und deiner Familie.«

»Ich kann nicht. Noch nicht.«

»Du bist Sizilianer, du wirst nie ein Deutscher sein, wann kapierst du das endlich? Früher oder später werden sie dich aus diesem Land hinausprügeln, das ist doch selbst dir inzwischen klar. Also verschwinde von hier. Sofort. Jetzt. Es ist ganz einfach. Ein Schritt nach dem anderen. Ein Tänzchen. Du fährst in deine Wohnung, räumst deinen Tresor aus, und morgen in aller Frühe nimmst du den ersten Zug. Gleis 11. Und kommst nie wieder zurück. Ja, jetzt denkst du an dein Geschäft und was mit Helene wird und alles. Aber glaub mir, es ist leichter, als du ahnst.«

»Und dann?«

»Setzt du dich zur Ruhe und siehst deine Enkel groß werden, nachdem du es bei deinen Kindern schon versäumt hast. Du hast genug Geld, du wirst es genießen. Und wenn dich der Hafer sticht, kannst du noch Mätressen haben. Ich zinke deine Karten, und du ziehst die *Settebello*. So war es immer.«

Ein junger Oberarzt mit einem Schmiss im Gesicht erscheint und erklärt Barnaba zackig, dass sich die Geburt hinziehe, dass es keinen Sinn habe, hier zu warten, dass er morgen wiederkommen solle. Am liebsten würde Barnaba dem Oberarzt noch einen weiteren Schmiss verpassen, aber er bleibt gelassen sitzen und erklärt ihm auf Italienisch, dass er mit dem Professor Millbauer zu sprechen wünsche, das Fräulein Aschenbrenner sei Privatpatientin. Der Oberarzt wiederholt sich, zunehmend gereizt, bis Barnaba so oft *Professore Millbauer* gesagt hat, dass er den Chefarzt holt. Professor Dr. Millbauer ist eine stattliche bajuwarische Erscheinung im besten Alter, hat in jungen Jahren die *Grand Tour* bis nach Taormina gemacht und spricht sogar ein gebrochenes Italienisch. Außerdem ist er schon mehrfach bei Barnaba zu Gast gewesen, denn er ist seit Kurzem wieder verheiratet, und zwar mit der Arztwitwe, der Barnaba zehn Jahre zuvor durch die schwere Inflationszeit geholfen hatte. Man ist befreundet. Der Professor erklärt Barnaba alles noch einmal und dass es wirklich sinnlos sei, die ganze Nacht hier auf dieser ungemütlichen Station zu warten, morgen sei das Kind dann da, und Barnaba könne jederzeit, auch außerhalb der regulären Besuchszeiten kommen.

Barnaba schwitzt jetzt in seinem Wollmantel. Musumeci ist verschwunden, hat auch die flackernden Schatten an der

Decke mitgenommen, alles ist ganz still, nur das Leben rinnt leise von den Wänden. Es ist Frühling in München, irgendwo, nicht fern, kommen Babys auf die Welt, zwei Straßen weiter werden Menschen umgebracht. Kindliche Götter haben einen Brand entfacht und erfreuen sich juchzend am Flug der Funken. Das Jahrhundert wälzt sich in einem Fiebertraum von Größe und Untergang. Blut fließt, Geld fließt, Stahl fließt, Maschinen werden auf die Bühne gezerrt, speien Zahlen und Tod, wer kann, verlässt leise das Theater. Barnaba stellt sich vor, wie er seinen Tresor leer räumt und am nächsten Tag in den Zug steigt. Dann bedankt er sich freundlich bei dem Chefarzt und geht.

Seit dreizehn Jahren lebt er jetzt in München und fragt sich immer noch, wer oder was er ist. Vielleicht ist er ein Mandarinenbaum, denkt er manchmal, ansonsten kümmert er sich ums Geschäft, und die Arbeit hält zumindest das Unglück von ihm fern. Er hackt und wässert den Mandarinenbaum seines Lebens. Sein Stamm verkrallt seine Wurzeln in steiniger Erde, hat Dürren und Insektenplagen überstanden, den Krieg, die Hyperinflation und die große Wirtschaftskrise und wächst dennoch stur und unerschütterlich. Trägt Früchte.

Denn das ist Barnaba: ein Mandarinenhändler. Mit der Währungsreform hat er seine Inflationsgeschäfte wieder aufgegeben, jeden Morgen um vier erwartet er die Züge in der Großmarkthalle, wählt die Tagelöhner aus und überwacht das Entladen. Bis zum frühen Mittag läuft das Geschäft, dann begibt er sich in die Gaststätte nebenan. Zwar hat er inzwischen ein Büro mit Telefonanschluss im Kontor gegenüber, aber hier empfängt er die *corrispondenti*, feilscht um Mengen und Preise, hört die Gerüchte und hat seine Konkurrenz im Blick, Buscemi vor allem. Buscemi ist nicht unterzukriegen, gleich nach der Inflation war er wieder da. Sie essen regelmäßig zusammen zu Mittag und trinken ein Helles zusammen, eine Sache des Respekts.

Danach legt er sich im Kontor kurz hin, am Nachmittag erledigt er Telefonate, bespricht das Nötigste mit Pina, unterschreibt, was Versani ihm vorlegt, und schlendert am frühen Abend über den Südfriedhof wieder zurück nach Hause. Er mag den Südfriedhof. Manchmal setzt er sich auf eine Bank und füttert die Eichhörnchen, die um die verwitterten Gräber flitzen, und erinnert sich daran, was Madame Romanov und der weiße Alligator gesagt haben. Die Eichhörnchen vom Münchner Südfriedhof sind gut genährt und besonders zutraulich. Geradezu bekannt für ihre Zudringlichkeit. Ohne Furcht klettern sie auf Barnaba herum. Er stellt sich vor, wie sie in ihrer kleinen Welt des Südfriedhofs leben. Ihr Leben ist hart. Es gibt Krähen, Füchse, Frost und Pech, überall lauert der Tod, aber irgendwie kommen sie klar. Sie sind vollauf damit beschäftigt, nicht zu verhungern, den Nachwuchs zu versorgen und wieder neuen zu zeugen. Und immer so weiter. Aber was wissen sie schon von der Welt jenseits des Friedhofs? Was wissen sie von Automobilen, Flugzeugen und Krieg, von Mandarinengärten, Vulkanen und Zahlen? Wissen sie überhaupt, wer sie sind?

Müssen sie alles nicht, denkt Barnaba, falsche Frage. Und dann denkt er, dass auch er womöglich nicht anders ist als sie. Das Leben ist hart, überall lauern Schmerz und Tod, und zwischendurch geschehen Wunder. Er hat keine Ahnung, warum die Toten ihm folgen, warum es Obstpapierchen schneit und warum ein gestohlenes Automobil in einer Scheune auf ihn wartet. Aber er kann nicht leugnen, dass jenseits des Südfriedhofs seines Lebens eine Welt existiert, die einfach zu groß ist für seinen Verstand. Und wenn das so ist, denkt Barnaba, dann ist die Zeit vielleicht wirklich kein Fluss, sondern ein Gebilde, und ich bin nur unglücklich, weil ich mich nicht an meine Zukunft erinnern kann.

Das findet er kurz tröstlich, wenn er so auf der Bank sitzt und die Eichhörnchen füttert, bis er sich dann erhebt und zurückkehrt in seine eigene kleine Welt. Er arbeitet, und das muss er auch, denn seine laufenden Kosten sind enorm. Die Sonntage verbringt er meistens in der Wohnung oder lädt eine seiner Geliebten zu einem Ausflug ein, aber in den vergangenen Jahren sind es weniger geworden. Er hat gern seine Ruhe. Außer einem Schnupfen im Winter war er bislang nie krank, darauf ist er stolz. Er trinkt wenig, raucht aber viel. Gelegentlich besucht er die Oper oder eine Kinovorstellung, aber am liebsten beschäftigt er sich mit Zahlen.

Er ist dreiundfünfzig im Jahr der Machtergreifung. Das Geschäft ist sein Leben, es erfüllt ihn mit Befriedigung und Stolz, er hackt und düngt und wässert. Zwischendurch erntet er. Die Ernte ernährt seine Familie in dem großen Haus am Corso Sicilia, die er nur noch zweimal im Jahr besucht. Zu Weihnachten bringt er Geschenke mit und lässt das alljährliche Familienfoto machen. Im Sommer, um Ferragosto herum, gönnt er sich vier Wochen Urlaub und geht seiner Familie auf die Nerven, die sich weiterhin weigert, den Palazzo mit all seinen Annehmlichkeiten zu verlassen und zu ihm nach Deutschland zu ziehen. Die Kinder fürchten sich vor Deutschland. Nicht so sehr vor den Nazis, sondern vor dem Wetter und dem Essen und davor, dort möglicherweise arbeiten zu müssen. Umgekehrt fragt ihn Pina jedes Jahr, wann er gedenke, endlich zurückzukehren. Sie vertritt ihn längst als Patriarchin, sie ist die Autorität, der alle aufs Wort gehorchen, sogar die *padruni* und *sanzali* respektieren sie. Sie kümmert sich um Verträge und Abrechnungen, sie überwacht die Ernten und die Ausbildung der Kinder, sie bahnt die ersten Ehen an. Wenn Barnaba zu Besuch ist, schlafen sie zwar noch manchmal miteinander, aber ihre Gespräche drehen sich fast ausschließlich ums Geschäft.

Pancrazia ist immer noch rüstig und näht, Pinas Mutter sieht ihr dabei zu. Ständig liegen ihm die beiden in den Ohren, dass er nach Sizilien zurückkehren solle, sie klingen wie ein Echo der anderen. Barnabas Großeltern, die als Hausmeister jahrelang sämtliche Untermieter terrorisiert haben, sind zur großen Erleichterung aller kurz nacheinander verstorben. Nicht einmal Pancrazia hat lange um sie getrauert. Und immer noch sitzt der *patruneddu* des Dottore Passalacqua missmutig mit am Tisch, aber an den haben sich alle gewöhnt.

Seinen Freund Mariano hat Barnaba zuletzt vor zwei Jahren auf der Beerdigung des Barons von Gloeden gesehen. Ganz Taormina war auf den Beinen, eine Kapelle hat gespielt, Reden wurden gehalten, viele haben geweint. Barnaba nicht. Außer einer gewissen sentimentalen Rührung konnte er keine starke Trauer empfinden, nur Dankbarkeit. Taormina hat sich kaum verändert, allerdings ist Barnaba der wachsende Wohlstand aufgefallen. Von dem Häuschen zwischen den Kakteen ist nichts mehr zu sehen, aber am Tag nach der Beerdigung hat er das Fleckchen gekauft, der einzige Landerwerb seines Lebens. Der Familie erzählt er nichts davon. Eines Tages, denkt er, werde ich ihr hier das Hotel bauen.

Ohne dass mein Urgroßvater viel davon mitbekommen hätte, sind seine Kinder erwachsen geworden. Salvatore ist doch nicht aufs Konservatorium gegangen, manchmal singt er noch auf Volksfesten, aber Barnaba hat keine Ahnung, womit er sonst seine Zeit verbringt. Jedenfalls nicht mit regelmäßiger Arbeit, so viel steht fest. Er hat geheiratet, so viel weiß Barnaba, und ist im vergangenen Jahr zum ersten Mal Vater geworden. Die Familie lebt im ersten Stock, dort, wo die freundlichen Revolutionäre einst ihre Redaktion hatten. Barnaba hat keinen Schimmer, was aus ihnen geworden ist, ebenso wenig, wohin es Madame Romanov oder den Fotografen oder die Sopranistin verschlagen hat. Sie alle mussten Platz machen für Rosaria, Nino, Ignazio und Giuseppe. Nino hat eine Schneiderlehre abgeschlossen und geht Pancrazia zur Hand. Er hat ebenfalls geheiratet, aber Barnaba fällt der Name seiner Frau gerade nicht ein. Anna oder Maria. Wie es sich gehört, hat er für alle Kinder die Hochzeiten ausgerichtet, würdige Bankette für zweihundert Personen, die meisten davon Geschäftsfreunde von ihm. Einzuladen und die Familie zu unterhalten ist sein Privileg und seine Pflicht als Patriarch.

Außer Nino übt keines seiner Kinder einen Beruf aus. Sie alle leben in seinem Haus von den Früchten eines Mandarinenbaums, der in München gedeiht. Was soll's, denkt Barnaba, denn er exportiert inzwischen bis nach Hamburg und Berlin, hat acht feste Angestellte und zwei Lieferwagen, die seine Ware in ganz Bayern ausfahren. Buscemi hat vier, Barnaba hat keinen Schimmer, wie er das geschafft hat.

Barnaba Carbonaro ist, wie Bianchini vorausgesagt hatte, ein *Kleinreicher* geworden. Damit könnte mein Urgroßvater mit dreiundfünfzig Jahren zufrieden sein, denn schließlich ist auch das Imperium der Florio untergegangen. Wenn er es bedenkt, hat Musumeci recht. Er könnte sich durchaus zur Ruhe setzen. Geld wäre genug da, und wenn er Pina freie Hand ließe, einen Teil davon geschickt anzulegen, würde es für Wohlstand bis ans Lebensende reichen. Nicht schlecht für einen ehemaligen *caruso*, denkt Barnaba.

Aber zur Ruhe setzen möchte er eben sich nicht. Denn die Wahrheit ist nun mal, dass er seine Familie nicht erträgt.

Es ist ihm erst nach und nach klar geworden. Nach seiner Rückkehr aus Amerika hat er sich noch eingeredet, dass es ihm nur darum ginge, den Zwischenhandel auszuschalten und selbst ins Großmarktgeschäft einzusteigen. Aber mit jedem Mal, wenn er nach Catania zurückkommt, verstärkt sich die Abneigung. Er weiß gar nicht, warum, schließlich hat er sich immer eine große Familie gewünscht. Aber wenn er im August durch seinen Palazzo stromert und bemerkt, wie sein Haus altert und knarzt, wie der Staub sich wieder auf alles herabsenkt, dann erdrücken ihn die Stimmen, Ausdünstungen und die schiere Anwesenheit seiner Familie, dann kriegt sein Unglück einen Namen.

Er schämt sich dafür, ein schöner Patriarch ist er, aber tun kann er nichts dagegen.

Helene ist der einzige Mensch, dem er je von seiner Zerrissenheit erzählt. Es ist Liebe auf den ersten Blick. Also für Barnaba, nicht so sehr für Helene, denn als sie sich begegnen, ist sie noch verlobt. Die Bedienungen in der Großmarktgaststätte sind immer *fesch*, tragen Dirndl und können ein bisschen Italienisch, seit sich wieder mehr Italiener in München ansiedeln und Großmarktstände eröffnen. Barnaba mag, wie sie *scusi* sagen oder *grazie*. Oder auch *vaffanculo*, wenn einer sie antatscht. Die meisten sind verlobt oder verbandelt, aber Barnaba hat auch einige seiner Geliebten in der Gaststätte kennengelernt. Als Helene sich zum ersten Mal über seinen Tisch beugt, eine Terrine mit Weißwürsten vor ihm abstellt, ihn anstrahlt und *prego* sagt, denkt er: So sieht also das Glück aus.

»Hast du etwa gerade gelächelt?«, fragt Buscemi, mit dem er wie jeden Mittag zusammensitzt.

»Kümmere dich um deinen eigenen Scheiß.«

»Doch, hast du.« Buscemi sieht Helene nach. »Es geht bergab mit dir, mein Freund.«

Sie ist mehr als einen Kopf größer als Barnaba, bewegt sich schwerelos mit Tabletts und Bierkrügen. Der Dunst der Händler und Tagelöhner in der Gaststätte teilt sich vor ihr wie ein biblisches Meer. Alles an ihr wirkt mühelos, ihre Bewegungen fließend und sparsam. Sie macht keinen Wind, sondern einfach ihre Arbeit, das gefällt Barnaba. Manchmal sieht er, wie sie sich am Tresen eine Haarsträhne richtet, während sie auf frisch gezapfte Maß wartet. Wie sie in den Hüften einknickt, sich mit einem Fuß an der Wade kratzt, wie sich ein Anflug von Erschöpfung in ihr Lächeln schleicht, wie sie kurz mit einer Kollegin schwatzt, die Augen rollt und dann schon wieder lächelt. Nein, schimmert. Sie kommt ihm vor wie eine Quintessenz all der Frauen, die sein Leben geprägt haben. Pancrazia, Rosaria, Pina, Melina. Wenn er Helene ansieht, werden Zahlen und die Zeit bedeutungslos.

»Tut mir leid, ich bin verlobt«, erklärt sie ihm auf Italienisch, als er sie fragt, ob sie ihn in die Oper begleiten möchte. Aber ihr Lächeln und die Neugier in ihrem Blick ermutigen ihn.

»Wir haben den gleichen Nachnamen!«, ruft sie ausgelassen

auf ihrem ersten Spaziergang an der Isar. »Köhler und Aschenbrenner.«

»Das ist praktisch, wenn wir heiraten«, erwidert Barnaba aus einem Impuls heraus. Er meint es nicht als Witz.

Sie lacht. »Aber wozu denn noch, wenn wir schon den gleichen Namen haben.«

»Helene Aschenbrenner«, wiederholt Barnaba ihren Namen wie eine Beschwörungsformel und erzählt ihr dann von den Eichhörnchen.

Wege gabeln sich, Entscheidungen müssen getroffen werden. Barnaba ist geübt darin, jeden Tag trifft er Entscheidungen, lässt sich leiten von den Farben und Düften der Zahlen. Aber wenn er mit Helene spazieren geht, dann riecht er nur sie und fühlt sich wie an einem Ort, an dem man für immer bleiben möchte. Und nicht kann.

Vier Monate später zieht sie bei ihm ein. Da ist sie bereits schwanger. Und nein, sie ist nicht Melina, und er ist kein Eber diesmal. Er ist nicht verhext, er ist verzaubert.

Versani hält ihre Beziehung sogar für eine gute Idee. Scheidungen sind in Italien immer noch ein schwieriges Unterfangen. Da Ehen zwischen Partnern unterschiedlicher Staatszugehörigkeit in Italien jedoch nicht gern gesehen sind und Barnaba glaubhaft machen könne, sich mit der deutschen Mutter seines Kindes verehelichen zu wollen, könne das ein gutes Argument für die Naturalisation sein, meint Versani.

Natürlich zerreißt man sich im Glockenbachviertel das Maul über die *wilde Ehe*, aber da mein Urgroßvater und Helene versichern, die Verbindung so schnell wie möglich zu legitimieren, und da Barnaba einen guten Ruf genießt, entstehen ihm keine Nachteile. Im Gegenteil, es dämpft sogar das Misstrauen einiger Nachbarn mit halbwüchsigen Töchtern vor dem älteren italienischen Dandy mit der lockeren Moral, und man behandelt Helene bald wie Barnabas Frau.

Das Glück hat ihn wiedergefunden, glaubt Barnaba, umständlich und kompliziert, diesmal will er es unbedingt festhalten. Aber wie immer vergisst er die kindlichen Götter.

Die kindlichen Götter, das sind wir, wenn wir uns Geschichten erzählen. Um zu beantworten, wer wir sind, vermessen wir das Gebilde eines Lebens mit groben Schritten. Piraten sind wir, wir segeln los, um zu plündern. Geblendete Zyklopen sind wir, unser Name ist Outis. Nymphen sind wir, an schattigen Quellen singen wir ein Lied von Liebe und Aufbruch.

Als mein Urgroßvater Barnaba Carbonaro seinen Sohn Franz am nächsten Tag zum ersten Mal im Arm hält und die Liebe zwischen ihnen hin und her pulsieren spürt, ahnt er, dass selbst dieses allerkleinste Glück nicht lange Bestand haben wird. Aber in diesem Moment mit Franz auf dem Arm erinnert er sich an seine Zukunft und betritt das Haus der Zeit. Es hat Flure mit Bildern und Säle mit hohen Fenstern. Es hat einen Garten mit blühendem Oleander und steinernen Bänken zum Verweilen und Seufzen. Ohne Hast durchschreitet Barnaba den Palazzo seines Lebens, durch Salons, möbliert mit Vergangenheit und Zukunft. Er sieht alles vor sich, klar und deutlich. Die Ereignisse tragen keine Jahresstempel, alles ist gleichzeitig um ihn herum, Staub hängt in der Luft.

Barnaba erinnert sich daran, wie seine Enkelin Maria ihm Mandarinen schälen wird, und an ein brennendes Flugzeugwrack. Wie er nach München zurückkehren wird, um das Lachen zu entdecken. Er erinnert sich daran, wie sein Vermögen wegschmelzen wird und es ihm nichts ausmacht, im Gegenteil. Wie Pinas Gedächtnis langsam zu Staub zerfallen wird und er für sie nach Sizilien zurückkehrt. Wie er Pina ins Vergessen pflegen wird. *Cchiù scuru di mezzanotti nun pò fari.* Wie sie ihn *papà* nennen wird, wenn er sie wäscht und füttert, Tag für Tag. Wie sie langsam vergehen und erlöschen wird. Wie er in Pinas Nachlass das Testament und die Vollmachten von Bianchini finden wird, die sie über Jahrzehnte vor ihm verborgen hat. Wie erst Pancrazia vierundneunzigjährig sterben wird und kurz darauf Pinas Mutter, zwei schwarze Vögel, die man morgens auf der Terrasse findet wie eine Mahnung des Himmels.

Er erinnert sich, wie erst Nino nach München kommen wird und dann Anna mit den beiden Kindern. Wie der in Geschäften wenig talentierte Nino sich überraschend schnell ins Großmarktgeschäft einfuchst, sich mit Versani anfreundet, aber nie mit Helene und Franz.

Im Haus der Zeit sieht Barnaba, wie sie alle in der Westermühlstraße zusammenleben. Wie er Franz am Stachus für zehn Pfennig durch das große Fernrohr des Heinrich Haas blicken lässt, damit er die Sonnenfinsternis sehen kann. Wie die Frau Lehner Anna warnen wird, dass sie die Musik abends aus dem *Feindsender* doch leiser drehen soll. Wie Franz und Toni sich eine Fantasiefahne malen und eine alte Münchnerin fragt, warum sie keine Hakenkreuzfahne gebastelt haben, wie die Buben erklären, dass ihre Fahne eben viel schöner sei, wie die Alte zu keifen anfängt und nach der Polizei ruft und die Jungen weglaufen. Wie sie alle durch das brennende München laufen werden. Und er erinnert sich an all die Bombennächte, die noch kommen werden. Wie der Großmarkt brennen wird.

Wie sie Anna und die Kinder an den Tegernsee evakuieren, wie er mit Nino irgendwie versucht, das Geschäft aufrechtzuerhalten. Wie Toni jeden Tag nach der Schule verdroschen wird und man ihm androht, ihn nach Dachau zu deportieren, weil Italiener Verräter seien.

Er erinnert sich, wie Bianchinis Traum Wirklichkeit wird, wie der Brennkofer und drei andere Braune das Ehepaar Reis aus ihrer Wohnung zerren und noch auf der Straße totschlagen werden. Barnaba erinnert sich an ihre Schreie.

Er erinnert sich, wie er Ruggero wiederbegegnen wird, in seiner Fliegeruniform als Sondergesandter der faschistischen Partei. Und er erinnert sich auch an Rosaria. Die traurige Rosaria, die Ruggero als Gespenst folgt, seit er sie aus Eifersucht erschossen hat, aber das muss Barnaba gar nicht mehr wissen. Er erinnert sich, wie Ruggero ihn bitten wird, ihn zu erlösen und ihm zu verzeihen, damit Rosaria nur endlich geht. Er erinnert sich, wie Ruggero ihm gestehen wird, immer nur ihn geliebt zu haben, und auch, wie Ruggero sich Jahre später nach Mussolinis Absetzung vor seinen Augen in München erschießt. Und wie er dann kurz darauf mit vierundsechzig Jahren überraschend seine Einbürgerungsurkunde erhalten wird, aber sich nicht richtig freuen kann, weil es auf Ruggeros Empfehlung bei der NSDAP geschehen ist und weil er bereits weiß, dass er Helene verlassen wird. Er erinnert sich, wie er sich den Mercedes kauft und ihn nach dem Krieg mit den *patruneddi* zurücklässt, um die Toten endlich loszuwerden.

Und dann erinnert sich Barnaba an seinen Abschied von Franz auf Gleis 11. Als er achtundsechzig ist und Franz nicht mit ihm nach Sizilien gehen wird, weil Helene ihm androhen wird, dass er dann gar nicht mehr wiederzukommen brauche.

Barnaba Carbonaro, der Stamm eines Mandarinenbaums in steinigem Boden, erinnert sich an all die Früchte seines Lebens, die er noch tragen wird. An die Geschichte einer unglücklich glücklichen Familie, so verworren und unvollständig und zerbrechlich und wahr wie eine gestammelte Liebeserklärung.

An all das erinnert sich mein Urgroßvater mit Franz auf dem Arm in einem Wimpernschlag der Liebe. Als er aus dem Haus der Zeit hinaustritt, zurück in die Welt der Dinge, und leise die Tür schließt, erlischt die Erinnerung an seine Zukunft. Zurück bleibt nur der Duft von Mandarinenblüten. Als Franz an seinem Finger nuckelt, durchströmt ihn das Glück, das allerkleinste Glück.

»Willst du mich heiraten?«, fragt er Helene, obwohl er bereits ahnt, dass es anders kommen wird. Aber so ist das Leben, und er hat noch viel vor.

MÜNCHEN 1960

»Das ist doch vollkommen verrückt.«

»Ich finde es eigentlich eine schöne Idee.«

»Seht doch, wie er lächelt.«

»Er hätte es bestimmt gewollt.«

»Ich bin sicher, er *wollte* genau das.«

Sie stehen um ihn herum und diskutieren. Sogar Franz ist da. Anna wischt sich die Tränen, die Mädchen halten sich im Arm, überhaupt nehmen sie sich alle ständig in den Arm, selbst Toni und Giuseppe. Nino hält seine Hand. Barnaba versteht die ganze Aufregung nicht.

»Beruhigt euch Kinder, es geht mir gut«, sagt er, aber sie hören ihn nicht. Kein Wunder, denn er ist tot. Doch im Gegensatz zu den vier verdrucksten *patruneddi* auf dem Sofa kann ihn seine Familie offenbar nicht sehen. Dabei ist er immer noch da. Tot, aber anwesend. Er fühlt sich leicht und warm, von irgendwoher wird er gerufen, aber er hat es nicht eilig.

Barnaba kann sich nicht an seinen Tod erinnern. Die Zeit macht seltsame Sprünge. Maria hat ihn am Morgen vollständig bekleidet im Sessel gefunden, so viel hat er mitbekommen. Bewegen oder aufs Bett legen können sie ihn nicht, da die Totenstarre bereits eingesetzt hat. Die alte Frau Erlinger singt das Lied vom Wagen von der Linie 8.

»Wenn ihr mich fragt, ist das der einzige Grund, warum er sich noch mal angezogen und da hingesetzt hat«, sagt Maria.

»Das ist doch Wahnsinn«, meldet sich Giuseppe.

»Und was, wenn Maria recht hat und er es sich genau so gewünscht hat?«, fragt Franz.

Gerührt sieht Barnaba, wie er Aurora, Angela und Anna abwechselnd in den Arm nimmt wie ein großer Bruder oder Onkel. Irgendwann auch Maria. Aber sie lösen sich wieder schnell. Es fällt kein einziges böses Wort.

»Schaut doch, wie er lächelt.«

»So selig.«

»Papà!« Nino kniet schluchzend vor ihm nieder und küsst ihm die Hand. Macht sie ganz nass mit seinen Tränen. Barnaba streicht ihm über die Haare, aber Nino merkt es nicht.

»Mach dir keine Sorgen, Ninuccio, mir geht es gut.«

»Früher hat er nie so gelächelt.«

»Es gibt nicht ein einziges Foto, auf dem er lächelt.«

»Eben! Und genau deswegen werden wir es heute machen.«

»Ist das nicht Störung der Totenruhe?«

»Wieso, wer stört ihn denn?«

»Wir könnten das Foto doch niemals zeigen.«

»Wieso? Auf mich wirkt er noch sehr lebendig. Wir sollten uns nur beeilen.«

Um den Überblick zu behalten, rückt Barnaba zu den vier Gespenstern aufs Sofa und sieht sich selbst im Sessel. Und dass er tatsächlich lächelt. Er findet sich ganz freundlich und kaum tot.

»Warum sehen sie mich nicht?«, fragt Barnaba die *patruneddi.*

»Weil du innen und nicht außen gestorben bist, *my friend*«, erklärt ihm Ruggero. »Du kannst bald gehen, wir nicht.«

»Wenn ich tot bin, warum könnt nicht auch ihr gehen?«

»Ich hab die Regeln nicht gemacht, *mon ami.*«

Bei aller Trauer wirken die Carbonaro nicht niedergeschlagen, findet Barnaba, und ihm gefällt Marias Idee. Franz ist ebenfalls dafür, Anna und die Mädchen wirken schon ziemlich überzeugt. Nicht einmal Nino erhebt Einwände, vergräbt nur seinen Kopf im Schoß des toten Patriarchen. Der kleine Nino. Barnaba würde ihm gerne noch sagen, wie stolz er auf ihn ist.

Als es klingelt, begleitet Barnaba Aurora zur Tür und sieht, wie Tosetti sie heimlich im Hausflur küsst, bis sie sich sanft löst und ihn in die Wohnung zieht. Tosetti hat seine gesamte Ausrüstung dabei. Nach einem fachmännischen Blick auf die Leiche erklärt er, dass es mit der richtigen Beleuchtung klappen könnte, aber man müsse schnell machen.

Alle sehen Nino an, und Nino nickt.

»Ich glaube, er hätte es gewollt.«

Und dann sind sie auf einmal alle umgezogen. Tosetti arrangiert sie um den Sessel herum und zu seinen Füßen, prüft ihre Posen und das Licht.

»Was ist mit den anderen vier Herrschaften?«, fragt er.

Kurzes Schweigen.

»Meinetwegen«, brummt Nino und winkt den Toten, die sich eilig aufgeräumt zur Linken des toten Patriarchen formieren wie eine traurige Ehrengarde.

Es gibt nur einen einzigen Abzug von diesem Foto, er hängt im Kontor von Tante Maria, denn sie findet, dass jeder es sehen kann. Onkel Roberto hat ganze Arbeit geleistet. Tante Maria hat mir verraten, dass sie meinen Urgroßvater kurz vorher noch heimlich abgepudert hatte, und er wirkt auf dem Foto tatsächlich rosig und jovial, gar nicht tot. Die Carbonaro stehen oder liegen in klassischen Posen um ihn herum. Sie sind nur mit Stoffbahnen aus der Nähstube bekleidet, die Maria und Anna zu Togas und Lendenschurzen drapiert haben. Die Männer tragen Kränze aus Olivenzweigen im Haar, die Frauen halten Körbe mit Mandarinen. Alle wirken sehr feierlich. Wenn man genau hinsieht, kann man seitlich die vier Toten als staubige Unschärfe erahnen.

Nachdem die Carbonaro das Foto gemacht haben, wird gegessen. Drei Tage lang halten sie Totenwache, pellen Mandarinen, singen ihrem Patriarchen vor, empfangen Trauergäste und essen wieder. Es sind heitere Tage. Versani nimmt mit seiner Familie Abschied, Helene Aschenbrenner wird von allen umarmt, Mario Buscemi kann nicht aufhören zu weinen.

Irgendwann muss Barnaba gehen, der Stimme folgen, die ihn ruft. Aber erst als seine Präsenz am dritten Tag ganz und gar verklungen ist, wird der Bestatter gerufen und reagiert verblüfft, als man ihm erklärt, dass Barnaba Carbonaro zu Lebzeiten die allerletzte Grabstätte auf dem Münchner Südfriedhof erwerben konnte. Sie liegt, von Eichhörnchen umsprungen, zwischen zwei alten Ulmen und ist ziemlich unauffällig. Hunderte von Münchnern und Sizilianern nehmen von ihm Abschied. Die *Abendzeitung* nennt ihn eine »Münchner Legende«.

Als im Mai die Alpenpässe zuverlässig schneefrei sind, überführen Maria und Toni den Mercedes mit den Gespenstern nach Sizilien. Musumeci setzen sie in Palermo in der Kalsa ab, Ruggero in Catania vor dem Palazzo Manganelli und Rosaria und den Dottore Passalacqua in Taormina. Kaum betreten die *patruneddi* sizilianischen Boden, verwehen sie wie Staub und werden nie wieder gesehen.

Tante Maria organisiert ihre Saftproduktion und trifft sich mit Carmelo Manganelli, dem Enkel von Rosaria und Ruggero. Er führt sie zu einem verwunschenen Ort zwischen Kakteen, wo sich Nymphen und Faune einst zu nächtlichen Tänzen trafen, und erklärt ihr, dass dieses Stück Land jetzt ihr gehöre.

Mein Vater Barnaba Carbonaro, genannt Toni, der wie sein Großvater ein Feuerzeichen ist, immer bereit, sich zu kümmern und gut gelaunt in die Schlacht zu reiten, und der gerne zwei Fliegen mit einer Klappe schlägt, begleitet im Auftrag des staatlichen italienischen Reisebüros eine Gruppe von deutschen Reisekaufleuten auf einer Studienreise durch Sizilien. Dabei lernt er eine junge Düsseldorferin namens Ada Voss kennen und zeigt ihr Taormina. Oben in Castelmola, in der Bar San Giorgio mit Blick auf das Meer, über das einst griechische Piraten heransegelten, und auf den Vulkan, an dessen Hängen bis heute Zyklopen leben, sind sie zum ersten Mal allein. Sie bitten den Barbesitzer, ein Foto von ihnen zu machen, und tragen sich ins Gästebuch ein. Am nächsten Tag stellt Toni Ada seiner Schwester vor.

Kreise schließen sich, Fotos werden gemacht. Mandarinenbäume gedeihen in steiniger Erde, um köstliche Fülle abzuwerfen. Leben werden gelebt, um erzählt zu werden. Eine frische Böe fegt durch das Haus der Zeit, rüttelt Fenster und verborgene Türen auf, lässt die Vorhänge flattern und weht Mandarinenblüten und Gesang herein. Auf einer Anrichte klappern Porzellantässchen mit einglasierten Namen der Frauen der Familie Carbonaro. Von ihnen will ich erzählen.

DANKSAGUNG

Ein Roman ist wie ein Mandarinenbaum, er fordert ständige Hingabe, dann kann er sich großzügig erweisen und Früchte abwerfen. Viele wunderbare Menschen haben mir beim Hacken und Wässern dieses Romans geholfen, denen ich zutiefst dankbar bin.

Alles begann mit einem Pflänzchen, und in diesem Fall musste es viele Jahre reifen. Julia Giordano hat immer an den Stoff geglaubt, mich ermutigt und, als es so weit war, mir geholfen, die richtige Entscheidung zu treffen.

Ich danke meiner Familie, meinen Eltern, meinen Großeltern, Tanten und Onkeln, die die Wurzel von allem sind und die ihre Erinnerungen und Geschichten mit mir geteilt haben, von denen ich ein Teil sein darf.

Meinem Agenten Felix Rudloff danke ich für seinen Beistand und klugen Rat. Stellvertretend für all die wunderbaren Mitarbeiterinnen im Verlag danke ich Grusche Juncker und Claudia Negele für ihren Enthusiasmus, ihren Mut und all die mühevolle Arbeit, ohne die kein Buch blühen kann. Ach, und für die Dosenmandarinen.

Ich danke Regina Carstensen, die mit ihrem Lektorat so einfühlsam und doch resolut die Erde gelockert, die Schädlinge ausgeräuchert und das meiste Unkraut beseitigt hat.

Die umfangreichen historischen Recherchen hätte ich nie alleine bewältigen können. Franco Filice hat mich mit

Charme und Beharrlichkeit in Sizilien begleitet, hat übersetzt und Leute aufgestöbert, die so großzügig waren, ihre Erfahrungen mit mir zu teilen und mich mit Materialien zu versorgen. Persönlichkeiten wie Prof. Salvatore Butera, Rosario Lentini, Amico Dolci, Nino Morreale, Daniela Dioguardi, Pietro Pagano, Salvatore Melluzzo und Alfio D'Agata. Ihnen allen danke ich für ihre Geduld und fürs Augenöffnen. Muriel Vandenberg hat sich für mich durch Archive gewühlt, Daria Rizzello hat die kleinen, unauffälligen Dinge gefunden und schwierige Texte aus dem Italienischen für mich übersetzt. *Grazie mille!*

Grazie mille ebenso an Christine und Gerhard Schuler für ihre Gastlichkeit und Unterstützung, und Mario Bolognari für seine anthropologische Expertise zu Wilhelm von Gloeden und Taormina.

Von Herzen danke ich der ganzen Familie Reiter, die mich als Familienmitglied aufgenommen und mich mit Erinnerungen, Fotos, Briefen und Leberkäs versorgt hat. Olga Braun hat ihre Erinnerungen und Kuchen mit mir geteilt und Gaby Giuntini mir die Geschichte ihrer Familie und des Münchner Großmarkts erzählt.

Zu danken habe ich auch Pit Riethmüller für das Gespräch, Gunnar Cynybulk für den Anruf und Simone Buchholz für den Werkstattbericht. Ihr wisst schon.

Und dann gibt es den einen Menschen, der über Monate hinweg mein Hadern und auch die manischen Phasen begleitet hat. Ich danke Yeo-Rhim für ihre Liebe und ihre unerschütterliche Nachsicht, für die Ermutigungen, ihre Fragen und die Genauigkeit im Detail.

Doch auch wenn dieser Roman hie und da historisch verwurzelt ist, so ist er doch ein Produkt der Fantasie, und alles Unkraut, sämtliche sachlichen Fehler, die sich noch finden mögen, gehen auf meine Kappe.

GLOSSAR

Agrumi	Oberbegriff für alle Zitrusfrüchte
Bracciante	Landarbeiter
Cannolo	Italienisch für »kleines Rohr«. Süßes Cremeröllchen aus einem dünn gerollten und frittierten Teig, der mit einer Creme aus Ricotta, Zucker, Pistazien und kandierten Früchten gefüllt wird.
Cantastorie	Reisende Bänkel- und Moritatensänger
Cantaturi	Vertrauensmann des Landbesitzers, der die geernteten Früchte zählt
Capuchjurma	Vorarbeiter eines Landarbeitertrupps bei der Ernte
Capusquatra	Vorarbeiter eines kleinen Trupps von Landarbeitern
Carabinieri	Italienische Gendarmerie, militärisch organisiert
Carruzzelli	Vierrädrige Karren zum Transport der Zitrusfrüchte vom Magazin zum Bahnhof

Caruàna	Arbeiter, die die Obstkisten in die Waggons verladen
Carusi	Kinderarbeiter
Chiuvardu	Hauptwurzel des Zitrusbaums
Chjurma	Trupp von Erntearbeitern
Conca	Mulde für die Bewässerung rund um den Stamm des Zitrusbaums
Corrispondenti	Einkäufer der Zitrusfrüchte nach der Ernte
Cubbuaturu	Landarbeiter, der beim Räuchern der Zitrusbäume die Markierungen an der Plane vorliest
Cuffuna	Korb für die geernteten Früchte, jeweils 110 pro Korb
Cugghituri	Aufs Pflücken spezialisierter Landarbeiter
Cunnutati	Tuffsteintunnel, die die Brunnen im Zitrushain unterirdisch verbinden
Ferragosto	Mariä Lichtmess. Großer Feiertag in Italien.
Figuraccia	Bzw. *fare un figuraccia/una brutta figura:* sich lächerlich machen
Gebbia	Zisterne
Lungomare	Uferpromenade
Maìstra	Vorarbeiterin der *ncartaturi*

Maresciallo	Carabiniere im Rang eines Polizeiinspektors
Mastillieri	Landarbeiter, der die Blausäure zum Räuchern der Zitrusbäume anmischt
Mungibeddu (ital.: mongibello)	Sizilianischer Name für den Ätna. Aus dem arabischen *djebel* und dem italienischen *monte* abgeleitete Wortdopplung: Berg der Berge
Ncartaturi	Arbeiterinnen, die die Früchte im Magazin sortieren und verpacken
Panararu	Korbträger
Parmigiana	Sizilianisch-neapolitanischer Gemüseauflauf aus geschichteten Auberginen, Parmesan und Tomatensauce
Passeggiata	Spaziergang. Meist am Nachmittag nach der Siesta
Patruneddi	Auch: *patruneddi di casa*, sizilianisch für Hausgeister, die Orte heimsuchen, an denen sie früher gelebt haben und Frieden suchen.
Pupu	Kleiner Erdhaufen
Sanzali	Zwischenhändler
Scalu	Mit Stroh ausgelegte Stelle, auf der die geernteten Zitrusfrüchte ausgebreitet werden

Scopa	Italienisch für »Besen«. Beliebtes Kartenspiel in Italien, das mit dem italienisch-spanischen Blatt gespielt wird.
Scugna	Mulde rings um den Baumstamm für Dünger
Tagghiaperi	Landarbeiter, spezialisiert auf das Abschneiden und Einsammeln der Früchte
Tesoro	Schatz. Beliebter Kosename
Vancu	Tisch, an dem der *capusquatra* sitzt und die benötigte Menge an Blausäure fürs Räuchern der Zitrusbäume berechnet.
Zappa	Hacke
Zappaturi	Fürs Hacken zuständige Landarbeiter
Zappeddu	Kleine Wasserrinnen im Zitrushain

NACHWEIS DER LIEDZITATE

S. 57: Weiß Ferdl 1949

S. 88: Altes sizilianisches Volkslied

S. 125, S. 338 und S. 425: Altes sizilianisches Volkslied

S. 172: Altes sizilianisches Volkslied

S. 338 und S. 404: Fortsetzung des sizilianischen Volkslieds von S. 125 und S. 179

S. 434: Arie aus der Oper *I Pagliacci* von Ruggero Leoncavallo (1857–1919)